KB070717

충직한 검이 되려 했는데

충직한 검이 되려 했는데 1부 1권

초판 1쇄 발행 2022년 11월 15일

지은이 시이온

발행인 이재진 **단행본사업본부장** 신동해
기획총괄 석혜원 **책임편집** 조아라
제작 정석훈 **마케터** 박성훈
디자인 이호 디자인

브랜드 사막여우
주소 경기도 파주시 회동길20
문의전화 02-6744-0056(편집) 02-6744-0036(마케팅)
블로그 blog.naver.com/wj_fennecfox
트위터 @wjt_fennecfox

발행처 ㈜웅진씽크빅
출판신고 1980년 3월 29일 제406-2007-000046호

ISBN 978-89-01-26503-2(1권), 978-89-01-26502-5(세트)

충직한 검이
되려 했는데

시아온 로맨스 판타지 소설

I was going to be a loyal sword

Contents

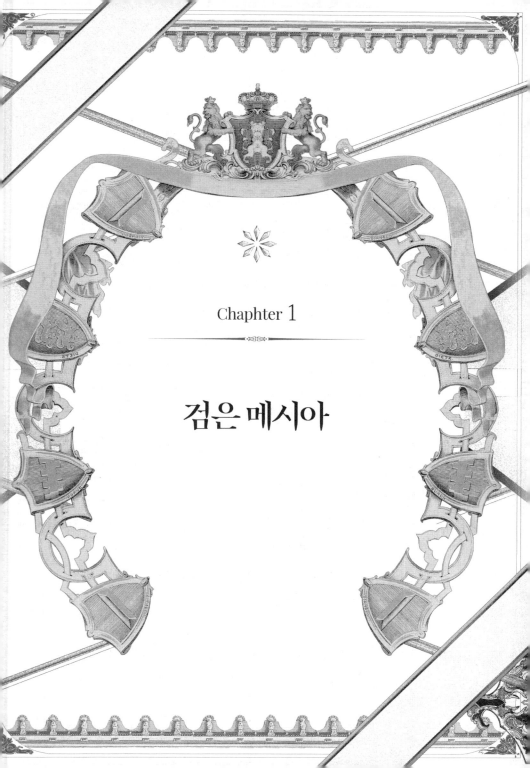

Chaphter 1

검은 메시아

　평범한 이들의 인생이 그럭저럭 갖춰진 코스 메뉴라면, 내 인생은 온갖 어두운 것들로 버무려진 불행 한 그릇 같았다. 사창가에서 태어나 아비의 이름도, 얼굴도 몰랐다. 가난한 집에서 입에 풀칠만 하며 살다 세 살 무렵 동생을 보았다.

　세상 모든 불행과 우울함을 가득 안고 태어난 나. 온갖 사랑스러움을 고이 모아 빚어낸 듯 화사한 내 동생. 그 아이만큼은 나같이 뒷골목 시궁쥐처럼 살지 않기를 바랐다. 제대로 된 삶을 살게 해 주고 싶었다.

　하지만 신은 어둠 아래 인간들에게 무심하니. 내가 일곱 살이 되던 해에 어미는 낡고 좁은 오두막만을 남긴 채 유명을 달리했고, 여덟 살이 된 어느 날부터는 엎친 데 덮친 격으로 아리아까지 앓기 시작했다.

　원인도 치료 방법도 불명에 상태는 시간이 갈수록 악화되었으나 이대로 포기할 수는 없었다. 어떻게 가지게 된 소중한 것인데. 무채색 삶에 내려온 유일한 색채를 절대 잃을 수 없었다.

　아리아의 상태를 일시적으로나마 호전시킬 수 있는 약은 매우 희귀했다. 나는 그 약값을 위해 앞뒤 가리지 않고 일하다, 열 살이 되던 해에 처음으로 검을 잡았다. 이후로는 피 냄새가 진동하는 삶이었다. 마수가 출몰하는 사지에 쉴 새 없이 뛰어들다 보니 검술 실력은 빠른 속도로 늘었고, 어느새 검의 끝을 보았다. 제국에선 '검은 재앙'으로 이름을 날렸다.

　그러던 열여덟 살의 어느 날. 여느 때처럼 의뢰를 끝마치고 피 칠갑을 하고선 집으로 돌아가던 그날, 발을 삐끗해 땅에 머리를 박았던 그때, 머리에 통증이 퍼지던 그 순간······.

그래. 나는, 전생을 떠올려 버렸다.

미친.

지끈거리는 두통과 함께 느리게 눈을 떴다.

'여긴.'

익숙한 하얀 천장이었다. 용병 일로 무리하고 쓰러지기를 여러 차례, 이젠 내 전용실처럼 사용되는 1인 병실이었다.

'누가 병원으로 옮겨 준 모양이네.'

누군지 모를 이에게 고마움을 느끼며 힘겹게 몸을 일으키려는데, 목덜미가 서늘했다.

"언니······."

가느다랗고 감미로운 소녀의 목소리. 물기가 잔뜩 어린 처연한 음색이었지만, 그 안에 깃든 냉기는 소름 끼치도록 차가웠다. 나는 흠칫하며 고개를 돌렸다.

흐드러지게 피어 낙하하는 벚꽃처럼 굵게 웨이브진 분홍색 머리카락. 짙은 음영을 그리는 풍성한 속눈썹 아래 처연한 하늘색 눈동자. 온갖 미를 담아 빚은 듯 사랑스러운 소녀.

"아리아······?"

내 동생, 아리아였다. 나는 벌떡 일어나 아리아의 상태를 살폈다. 피부가 창백하고 표정이 좋지 않지만, 아픈 것 같지는 않았다.

"왜 나왔어. 집에서 쉬지."

덮고 있던 이불을 아리아에게 꽁꽁 둘러 주곤 걱정스럽게 아리아를 살폈다. 추운 겨울날 밖에 나와 있다가 감기가 걸리지는 않을까 걱정이었다. 아리아가 산호색 입술을 지그시 깨물었다.

"언니는 피 칠갑을 하고서 길바닥에 기절해 있었던 주제에, 내 걱정이 돼?"

가는 목소리에서 감정이 들끓었다. 나는 소심하게 눈을 깔며 발로 바닥을 툭 툭 찼다.

"너는 몸이 아프니까……."

아리아가 눈을 부릅뜨며 둘러 준 이불이 홱 내팽개쳐졌다.

"언니만 나를 걱정한다고 생각해? 나도 언니를 걱정해! 무슨 일을 하고 다니 는 건지 말해 주지도 않고! 나갔다 오면 항상 다쳐 있고! 무리하고 있는 게 뻔히 보이는데 쉬지도 않고! 제발 슈슈 언니 스스로를 걱정해! 내 병 같은 거 고쳐 주 지 않아도 된다고 했잖아!"

마수 토벌을 주업으로 하고 있다는 사실은 여태까지 아리아에게 알려 주지 않 았다. 위험하니 당장 그만두라고 할 게 뻔한 데다, 안 그래도 아픈 아이가 나를 걱 정하지 않길 바랐으니까.

돈을 버는 데 급급해 요새는 하루도 쉬지 않고 일을 나갔더니 걱정이 많았던 모양이다.

'그래도 다 너를 위한 건데.'

침울한 표정으로 아리아의 눈치를 보았다. 아리아는 심호흡을 하며 감정을 억 누르는가 싶더니, 끝내 커다란 눈물방울을 뚝뚝 흘렸다.

"언니가 나 때문에 힘든 거 싫단 말이야……."

'이런.'

볼 안쪽을 지그시 깨물며 작은 몸을 조심스럽게 끌어안았다. 품에 안겨 눈물 을 펑펑 흘리는 아리아를 보고 있자니 가슴이 미어졌다.

'사랑스러운 아리아. 내 동생.'

작게 한숨을 쉬며 아리아의 부드러운 머리카락을 살살 쓰다듬었다. 가느다란 분홍 털실이 손가락 사이사이로 섬세하게 얽혔다. 분명 어렸을 땐 키 차이가 크게 났던 것 같건만, 어느새 눈높이가 비슷해질 정도로 자란 아리아는 여전히 어린애처럼 울었다.

'아무리 커도 아직 애구나.'

아마 내겐 영원히 아이일 것이다.

나는 아리아의 등을 다정스레 토닥여 주었다.

"미안. 네가 걱정하지 않도록 조심했어야 했는데. 하지만 정말 괜찮아."

"또! 맨날 괜찮다고만 하고……!"

아리아가 흐느끼며 내 가슴팍을 퍽퍽 내리쳤다. 미안하지만 하나도 안 아팠다. 나는 최대한 아픈 척 앓는 소리를 내며 눈을 굴렸다. 세상이 떠나가라 울고 있는 아리아가 민망하게도, 내 몸 상태는 피곤한 것만 빼면 정상이었다.

옷에 묻은 피는 내 피가 아닌 마수의 피. 상처라고 해 봤자 좀 긁힌 게 다였다. 애초에 소드 마스터의 몸은 웬만한 충격이 아니고서야 흠집도 나지 않았고, 흠집이 나는 걸 허용하지도 않았다.

'심각한 문제는 따로 있지.'

머릿속이 고양이가 가지고 논 뒤의 실타래처럼 마구 엉켜 있었다. 등 뒤로는 식은땀까지 흘러내렸다. 그것은 조금 전 미끄러지면서 머리를 땅에 시원하게 박았던 것에서 시작된다.

믿기 힘들지만, 나는 전생을 떠올려 버렸다.

전생의 내 이름은 이윤. 지구라는 행성의 대한민국이라는 나라에서 천애고아로 군사학을 공부하며 살았다. 전생의 나는 지금의 나만큼 가정환경이 좋지 않고, 지금의 나만큼 악착같이 살았다. 분명 다른 세계, 다른 환경임에도 성향이 비슷하다는 것은 흥미로웠으나, 행복해 보이지 않아 씁쓸하기도 했다.

나는 30대 중반에 심장마비로 죽었다. 고달픈 인생을 살다가 악착같이 공부하여 드디어 명문대 군사학 교수가 되기 직전에 말이다. 억울하긴 하지만 전생은 전생일 뿐이다. 떠오른 것이 이것뿐이었다면 그저 신기한 경험쯤으로 남았을 것이다.

하지만 나는 이 상황을 가볍게 넘길 수 없었다.

'요정의 밤.'

간질간질하고 로맨스 느낌 폴폴 나는 이 단어는 전생의 내가 읽었던 로맨스 판타지 소설의 이름이다. 요정 왕의 혈통을 이은 아름다운 백작 영애, '아리아 드 프레이야'가 소설의 주인공이었다.

그녀는 고귀한 친가의 핏줄이 부끄럽게도 더러운 뒷골목에서 태어났음에도 올곧게 자라난다.

그러나 그녀는 자랄수록 몸 상태가 악화되는 희소병을 앓고 있었는데, 열다섯 살의 어느 날, 결국 버티지 못하고 길에서 쓰러지고 만다.

때마침 그곳을 걸어가던 프레이야 백작은 쓰러진 아리아를 발견하고, 그녀를 자신의 저택으로 데려간다. 백작가에서 먹은 여러 영약들로 겨우 목숨을 부지한 아리아는 백작 부부의 권유로 잠시 저택에 머무는 사이, 따뜻한 마음씨로 백작 부부의 마음은 물론, 백작가 사용인들의 마음까지 사로잡아 버린다. 그리고 자식이 없던 백작 부부의 수양딸, '아리아 프레이야'가 된다.

그 후 사교계에 진출한 아리아가 여러 사건사고들 속에서 잘난 남주들과 썸을 타기도 하고 시간이 나면 세상도 구한다는 전형적인 이야기가 바로 『요정의 밤』이었다. 아름다운 여주인공이 잘난 남자들을 후리고 다니는 역하렘 로맨스. 뻔한 스토리에 식상한 소재지만, 흡입력 있는 문체와 깔끔한 전개로 베스트셀러 반열에 들었고, 전생의 나는 『요정의 밤』을 꽤 재미있게 읽었다.

문제는 여기에서 시작된다.

'『요정의 밤』 여주인공 이름이 내 동생과 똑같아. 과거 사정까지도!'

도무지 우연이라고 볼 수 없다. 15년을 애지중지 길러 온 여동생이 로맨스 판타지 소설의 여주인공이었다니. 이 세계가 소설 속이었다니!

'게다가 『요정의 밤』은.'

기본적으로 여주 부등물이었지만, 머릿속이 꽃밭이던 아리아는 각성을 위해 작중에서 여러 번의 시련을 겪어야 했다.

'아리아가 왜 시련을 겪어. 애 머릿속이 좀 꽃밭일 수도 있지, 왜 각성을 해!'

남의 귀한 여동생에게 대체 무슨 짓이란 말인가. 게다가 소설에는 나도 등장했는데, 소설 속의 '카슈미르 크리시스'를 떠올리면 한숨밖에 나오지 않았다.

'소설 속의 카슈미르는……'

아리아가 겪어야 하는 '여러' 시련 중 하나를 맡고 있는 악녀이자, 남주 후보 중 하나의 배다른 동생이었다.

개요는 이렇다. 뒷골목 여자와 카이사르 크리시스 공작 사이에서 태어난 카슈미르는 아리아와 함께 살아가다 우연히 자신의 출생의 비밀을 알게 되고, 무식하면 용감한 건지 무턱대고 크리시스 공작을 찾아가 자신을 딸로 받아 줄 것을 요구한다. 그녀는 공작의 자비로 공작가에 입적되긴 하지만, 사생아라는 이유로 사교계에서 따돌림을 당하며 점점 삐뚤어지게 된다.

그러던 어느 날, 여느 때처럼 무시를 당하던 카슈미르는 백작가의 영애가 된 아리아와 십여 년 만에 재회한다. 카슈미르르는 덩그러니 혼자 남겨진 자신과 다르게 남주들의 사랑을 한 몸에 받는 아리아에 대한 질투심과 열등감에 사로잡혀 악녀로 거듭난다. 말 그대로 전형적인 악녀였다.

'말이 되나.'

나는 품속 아리아를 착잡한 눈으로 응시했다. 원작이 그렇든 원작 할애비가 그렇든, 내가 미치지 않는 이상 아리아를 괴롭힐 일은 없다. 다만 원작의 카슈미르와는 정반대인 내가 개입하면서 이야기가 엉킨 것이 사뭇 걱정되었다.

카슈미르는 열 살이 되는 해에 아리아를 떠나 공작가를 찾아간다. 올해로 열일곱인 내가 아리아와 함께 있는 것부터가 잘못되었다는 소리다. 카슈미르는 아리아에게 관심이 없었으니, 여태껏 아리아의 병을 고치려는 노력도 해서는 안 됐다. 카슈미르가 그렇게까지 중요한 인물은 아니었지만 혹여나 나비효과를 일으킬까 불안한 것이 사실이었다.

　나는 아리아의 굽이치는 벚꽃색 머리카락을 느리게 쓸어내렸다. 아리아가 행복하기를 바랐다. 소설에서 겪는 짧은 시련들조차 없이 그저 온전히 행복하기를.

　"아리아."

　낡은 가죽 갑옷을 젖은 넝마로 만들 기세로 우는 아리아의 턱을 살짝 들어 올려 눈을 맞췄다. 그리고 아리아의 동그란 이마에 가볍게 입술을 맞췄다.

　"언니가 행복하게 해 줄게."

　아리아가 아프기 시작하면서부터 끊임없이 해 왔던 약속이다. 여태껏 말뿐이었지만, 이제는 정말 지킬 수 있을 것 같았다.

　"난 널 위해서라면 뭐든 할 수 있어."

　내 속삭임에 아리아가 물기 어린 숨을 뱉었다.

　"나는, 언니가 무사하기만 하면 돼. 언니랑 함께하는 것이 내 행복이야."

　나는 푸스스 웃으며 아리아의 머리를 헝클어트렸다. 내 동생은 마음씨까지 고왔다.

　소설의 내용을 알게 된 이상, 아리아를 호강시켜 주는 건 일도 아니었다. 원작만 따라가도 행복은 열린 문이었으니까.

　'하지만 그 전까지는 일상을 지켜야지.'

　아리아가 백작가에 입양되기까지는 이 상태를 유지해야 했다. 나는 아리아를 겨우 달래고 물에 푹 젖은 솜처럼 무거운 두 다리를 움직여 거리로 나왔다.

　'서둘러야겠네.'

　시간을 확인하고는 혀를 찼다. 일주일에 한 번, 오후 6시로 고정된 약속 시간까지 10분 언저리가 남은 시간이었다. 나는 며칠간 이어진 마수 토벌로 낡고 쇠해진 마나회로를 억지로 가동시키며 공중으로 도약했다.

　'이 의뢰인은 정말 이상하단 말이지.'

　익숙하면서도 여전히 이상한 그를 떠올리며 옅게 한숨을 쉬었다. 내게는 2년 동안 거래를 진행해 온 의뢰인이 있었다.

그와의 만남 장소는 늘 '헬레네(Helene)'로 고정되어 있었다. 태양 신전 거리 뒤편, 인적 드문 골목길에 위치한 이 레스토랑은 아주 비밀스럽게 운영되어 대부분은 존재조차 몰랐고, 오직 예약제로 이루어졌다. 가면을 쓰고서만 입장이 가능하기 때문에 높으신 분들의 밀회 장소로 제격인 곳이었다. 심지어는 가격까지 말이다. 늘 의뢰인이 음식값을 지불했기 때문에 나는 한동안 가격을 몰랐다.

'이거…… 설마 순금입니까?'

'먹을 수 있도록 마법적 처리를 했으니 염려치 않아도 돼요. 혹시 마음에 들지 않는 건가요? 버릴까요?'

'미친 거 아니야? 이걸 왜 버립니까!'

1년 전, 순금을 수북하게 뿌린 송로버섯구이를 대접받고 설마 하는 마음으로 메뉴판을 확인하기 전까지는 말이다. 나는 식겁했던 그때가 떠올라 얼굴을 구기면서도 위장에 집중했다. 눈과 하관만 드러내는 검은 가면을 쓰고, 목소리를 변조시키는 마도구까지 착용한 뒤, 목을 가다듬었다.

"아, 아."

성별을 짐작하기 힘들 만큼 변조된 목소리가 흘러나오면 완성이다.

용병 '미르'로서 일할 시간이었다.

레스토랑은 그야말로 돈을 발랐다는 표현이 어울렀다. 화려한 가면을 쓰고 값비싼 의상으로 무장한 귀족들 사이에서 칙칙한 검은 망토나 칭칭 두른 나는 공작새 무리에 낀 까마귀 같았다.

"검은 재앙 미르?"

"그럴 리가요. 그가 왜 이런 곳에……."

"하지만 그가 이 근방에 자주 오간다는 소문이 들리던데."

"미르를 따라 하는 자들은 워낙 많으니까요. 요새 용병들은 다 저 차림이더군요."

"그렇긴 하지."

잠시 내게로 시선이 쏠리며 레스토랑 일대에 파문이 일다가, 오래 지나지 않아 평화를 찾았다. 용병 '미르'가 이름을 날리자, 미르의 검은 가면과 망토를 따라 하는 용병들이 기하급수적으로 늘어났다. 용병 중 열에 두엇은 이 차림을 하고 돌아다니기 때문에 내가 평소처럼 돌아다녀도 알아서들 미르가 아니라고 오해를 했다.

"모시게 되어 영광입니다. 예약이 되어 있으십니까?"

웨이터가 공손히 허리를 숙였다. 나는 작게 고개를 끄덕였다.

"정오에 하늘과 약속이 있습니다."

뜬금없는 소리였지만 알아들어야 할 이들은 모두 알아들었을 암호였다. 그 증거로, 웨이터의 눈빛이 순식간에 돌변했다.

"그러시군요. 식사는 무엇으로 하시겠습니까?"

"오늘같이 화창한 날에는 레드 샴페인과 서니 사이드 업을 곁들인 스테이크가 제격이라고 생각합니다."

오늘은 하루 종일 우중충했던 데다, 레드 샴페인 같은 건 존재하지 않음에도 웨이터는 짧은 목례와 함께 내부 귀빈실을 가리켰다.

"하늘께 안내해 드리겠습니다."

나는 앞장서는 웨이터를 따라 익숙하게 발걸음을 옮겼다.

"즐거운 시간 되시기를."

늘 그렇듯 복도 맨 끝 귀빈실로 나를 안내한 웨이터는 허리를 숙여 인사하고 사라졌다.

'오늘도…… 잘해 보자.'

용병으로 일하며 수많은 의뢰인들을 만났고, 기상천외한 인간들도 보았다. 그럼에도 이 의뢰인은 독보적이었다. 나는 이번에는 절대로 그에게 휘말리지 않으리라 결심하며 동그란 손잡이를 돌려 열었다.

귀빈실 내부는 황궁의 응접실이라 해도 믿길 정도로 휘황찬란했다. 번쩍이는 공간에서 나 혼자만 무균실의 세균 같았다. 방 안에는 총 네 명의 수행원이 있었고, 모두 성기사들의 제복을 입고 있었다. 이제는 꽤 익숙한 얼굴들을 지나치며 문제의 의뢰인 앞으로 걸어갔다.

하얀 망토로 가려진 몸. 내 것과 비슷한 형태의 흰 가면, 그 사이로 반짝이는 은빛 눈동자. 맑고 투명한 그의 눈동자는 갓 세상을 본 아이처럼 순했다. 그 앞에 서만큼은 거짓을 고하지 못할 것 같았다. 은은한 백합 향기가 코끝을 스쳤다.

"안녕하십니까, 대신관님."

나는 짧은 목례와 함께 의례적인 인사를 건넸다. 창문 너머를 응시하던 그가 내게로 고개를 돌렸다.

"대신관님 말고 불러 달라고 한 호칭이 있지 않나요."

붉은 입술이 화사한 호선을 그렸다. 한 떨기 백합 같은 웃음은 마주하는 것만으로도 괜스레 민망했다.

"……그간 잘 지내셨습니까, 엘."

머뭇거리다 의뢰인이 끊임없이 요청해 오던 호칭을 어색하게 입에 올렸다. 엘이 부드럽게 웃었다.

"편하게 앉아요."

나는 익숙하게 엘의 맞은편에 앉았다. 엘이 손을 까딱이자 수행원들이 일제히 나갔다.

'소드 마스터랑 단둘이 마주하는 게 무섭지도 않은 건지, 내가 해치지 않으리라고 믿는 건지.'

속으로 혀를 찼다. 무력이 없는 사람이 소드 마스터 앞에서 단신으로 남는 건 목숨을 내놓는다는 소리건만, 엘은 지나치게 위기감이 없었다.

"그간 무탈하셨습니까?"

예의를 갖춘 인사를 건넸다. 엘은 천천히 눈을 굴렸다.

"신전에서의 삶은 늘 똑같죠. 지루하고, 진부해요."

턱을 괸 엘이 탁자 위 꽃병에 꽂힌 꽃을 툭툭 건드렸다. 그의 나른한 시선이 내게로 향했다.

"그래서 당신과의 만남만을 손꼽아 기다렸어요. 당신은 늘 나를 즐겁게 하거든요."

나를 보는 엘의 눈은 깊이 사랑하는 것을 바라보듯 항상 반짝여서 흠칫할 수밖에 없었다.

'이해할 수 없는 말들뿐이니.'

옅게 한숨을 쉬었다. 얼핏 봐도 잘난 얼굴을 가면으로 가린 그는 늘 솔직한 심중은 보여 주지 않으면서 사람이 오해할 만한 말들만 늘어놓곤 했다.

"……클라키의 가죽과 마도루스의 피입니다."

엘의 지긋한 시선을 살짝 피하며 작은 자루를 꺼내 들었다. 거대한 아공간과 연결된 자루에는 몇 날 며칠 밤을 새워 토벌한 마수들의 부산물이 가득했다.

"늘 수고하는군요. 여기, 보수예요."

엘은 자루 안을 확인하지도 않고 하얀 종이봉투를 건넸다. 실수인지, 건네받는 중 그의 손끝이 느리게 내 손등을 쓸었다.

'보수……'

나는 한참 종이봉투를 내려다보았다. 내 피나는 노력의 대가였다. 나는 이것으로 아리아의 약을 살 터였다. 허나 나는 돈을 앞에 두고도 그저 기뻐할 수 없었다.

'엘이 기행을 벌인 게 한두 번이 아니니까.'

일주일에 한 번, 나는 그에게 마수 토벌에서 얻은 유용한 부산물을 건네고, 그는 내게 금액을 지불한다. 여기까지는 평범한 거래였다. 기묘한 것은 그가 내게 건네는 금액은 늘 천 골드로 정해져 있다는 것이었다. 백 골드는 평민들의 한 달 생활비에 가까운 금액. 천 골드는 요정 숲 약수를 한 병 살 수 있는 금액이었다.

'토벌하는 지역과 계절에 따라 등장하는 마수들은 제각각이야. 그에 따라 토벌로 얻어 내는 부산물의 가치도 일정하지 못하고.'

내가 가져오는 마수의 부산물은 때와 장소에 따라 값어치가 마구 달라졌다. 때문에 천 골드라는 큰돈을 일정하게 지불하는 건 당신의 손해라고 몇 번이고 설명해 주었지만, 늘 끄떡없이 거금을 건네는 엘은 내게 불가사의 그 자체였다.

'게다가 늘 보수에 장난질을 하지.'

여태껏 그의 장난에 놀라고 기겁했던 나날들이란. 얼른 열어 보라는 엘의 재촉에 어쩔 수 없이 봉투를 열고 수표를 꺼냈다. 그리고 깊게 한숨을 쉬었다.

"……대신관님."

"엘."

"……엘."

"그렇죠."

방긋 올라가는 입꼬리가 그렇게 약 오를 수 없었다. 나는 다시 한숨을 쉬었다.

"약속한 보수에서…… 0 하나가 더 들어갔습니다."

일만 골드. 내 의뢰인은 제대로 미친놈이었다.

"그렇군요."

엘이 태평하게 찻잔을 기울였다. 나는 환장할 노릇이었다.

'그렇군요? 그게 끝?'

일만 골드는 장난으로 건넬 만한 금액이 아니다. 내가 반년을 마수에게 짓밟히며 아등바등 일해야 겨우 벌 수 있는 돈이란 말이다.

'아무리 대신관이라고 해도 그렇지.'

나는 손안의 수표를 꽉 쥐었다. 엘은 자신의 정체를 직접 말하지만 않았지, 숨기려는 노력은 하지 않았다. 내가 대강 예측한 그의 정체는 대신관. 엘은 내가 대신관이라 불렀을 때도 부정하지 않았기 때문에, 나는 그의 정체가 대신관일 거라고 반쯤 확신하고 있었다.

'대신관은 내가 우러러보기도 힘든 사람이야.'

신전과 황가가 함께 군림하는 솔라티네 제국은 신전의 권력이 막강했다. 정치가 황제파와 귀족파, 신전파로 이루어졌을 정도이니, 신전의 교황은 황제와, 대신관은 후작과 맞먹었다.

'그런 대신관이 왜 나와 계속 만나는 건지, 무언가를 못 줘서 안달인 건지.'

나는 엘을 이해할 수가 없었다.

"제 실수니까 미르가 가져요."

엘이 어깨를 으쓱였다. 유려하게 찻잔을 기울이는 모습조차 한 점의 조각 같았다. 나는 한숨을 쉬며 수표를 그에게 돌려주었다.

"이런 돈은 받을 수가 없습니다. 지나칩니다."

"하나도 지나치지 않아요. 미르의 피 값이잖아요."

엘의 잔잔한 눈빛과 낮아진 목소리가 어쩐지 서글퍼서, 나는 잠시 할 말을 잃었다.

'뭘 안다고……'

허벅지 위에 올린 손을 꽉 쥐었다. 용병으로서의 피비린내 나는 인생을 후회한 적은 없었다. 내 선택이니까. 비록 상실을 겪고, 매일 위기를 겪어야 했지만, 그럼에도 나는 걸어온 길에 부끄러움이 없었다.

'그런데, 당신은 아무것도 모르면서.'

어떻게 감히 내 피 값을 논하는가. 꽉 쥔 두 손이 떨려 왔다. 잘난 대신관님께서 피 값으로 빌어먹고 사는 용병 나부랭이의 인생을 이해할 리 없다. 나는 기만당하는 것 같은 기분을 느꼈다. 어쩌면 열등감일지도 몰랐다.

"대신관님. 이 이상 저를 기만하지 마시죠."

이를 으득 갈며 그에게로 수표를 던졌다. 더는 그의 유희거리가 되고 싶지 않았다.

"……그냥 받으면 안 돼요?"

"대신관님!"

"정말 아무런 의도도 없단 말이에요. 그냥 호의라고요! 왜 항상 순수한 호의를 그 자체로 받아들이지 못해요? 왜 은혜를 갚지 못하게 하느냔 말이에요! 당신도 그랬잖아요! 아무 이유 없이 나를……!"

울컥한 표정으로 말하던 그가 어느 순간 입을 턱 닫았다.

'……너를 뭐?'

말실수한 듯 당황한 낯으로 입술을 깨문 엘이 시선을 피했다.

"아무것도, 아무것도 아니에요."

'수상한데.'

나는 그의 반응에 미간을 좁히면서도 한숨을 쉬었다.

"장난은 이쯤 하시죠. 천 골드도 차고 넘칩니다."

천 골드도 과분했다. 정말 열심히 토벌에 임했지만, 단 한 번도 천 골드에 육박하는 물건을 가져온 적이 없을 정도였다. 나는 이유 없는 호의를 기쁘게 받을 수 있는 사람이 아니었다.

"……불쾌했다면 미안해요. 하지만 정말 미르를 조롱하는 건 아니에요."

엘이 슬픈 눈으로 나를 응시했다. 축 가라앉은 그의 표정에 어쩐지 죄책감이 들었다. 엘이 나를 기만하고자 이런 일을 벌이는 건 아니라는 걸 알고는 있었다. 나는 거짓과 적의에 예민했으니까. 나를 우스갯거리로 만들고자 하는 사람이 저런 눈을 할 리 없었다.

'차라리 이게 자존심 문제였다면 아무렇지 않게 그냥 받았을 텐데.'

허공을 바라보며 한숨을 쉬었다. 나는 한때 돈을 벌기 위해 귀족들 앞에서 개처럼 기어 다니기까지 했다. 그러나 모든 자존심을 버리고 땅을 치는 자존감을 가졌음에도 포기할 수 없는 것이 있었다.

'자존심이 아니라 신념을 가져야 한다. 때와 상황에 흔들리지 않는 너만의 신념 말이다.'

언젠가 내 스승이 준 가르침. 엘의 지나친 보수를 거절하는 것은 내 신념이었다. 돈을 위해 사는 가난뱅이 용병이 무슨 신념이 있느냐고 비웃을지도 모르나, 그럼에도 지켜야 했다.

'정당하지 않은 보수는 받지 않는다.'

일한 만큼 받고, 불법적인 짓은 하지 않는다. 내 신념을 거스르지 않는 선에서 받을 수 있는 건 여기까지였다.

"다음부턴 이러지 않으셨으면 좋겠습니다만, 제 반응이 지나쳤습니다. 대신관님께서 죄송해하실 일이 아닙니다."

허나 그럼에도 이번에는 내가 심했다. 무려 대신관인 엘에게 보일 만한 태도도 아니었고, 내게 호의를 보이는 사람에게 할 말은 더욱더 아니었다. 올곧은 시선으로 그를 바라보며 정중히 사과하자, 엘이 천천히 입을 열었다.

"미르."

"네?"

"당신에게 많은 걸 바라고 있진 않아요. 하지만, 나는 당신과 내가 친구 정도는 된다고 생각했는데……."

느리게 깜박이는 눈꺼풀 아래 드러난 은빛 눈동자가 투명한 물방울들로 반짝였다.

"내가 미안해요. 내 마음대로 행동해서. 그래도, 엘이라고 불러 주면 안 돼요? 대신관님이라고 부르면…… 나랑 미르가 아무 사이도 아닌 것 같아요."

처연하게 축 처진 눈꼬리 끝으로 금방이라도 눈물이 떨어질 것만 같았다.

"제, 제가 실수했습니다. 앞으로는 꼭 엘이라고 부르겠습니다."

흔치 않게 당황한 나는, 어쩔 줄 몰라 하며 옆에 있던 티슈를 마구 뽑아 그에게 건넸다. 짐작컨대 수십 장은 뽑은 것 같았다. 혹여 마음 여린 엘이 상처라도 받았을까 염려되었다.

'그러고 보니, 나도 엘이 많이 편해졌구나.'

안절부절못하며 엘을 지켜보다 문득 생각했다. 대신관인 그에게 내 신념을 거침없이 드러내고, 이렇게 그의 상처를 걱정하는 것 자체가 그를 친근히 여기고 있다는 증거였다.

'지금…… 뭐 하는 거예요?'

'네? 앉으라 하셨기에 앉았습니다.'

'내가 앉으라는 건 의자에 앉으라는 거였어요. 왜…… 바닥에 무릎을 꿇고 있는 거죠?'

나는 엘과의 첫 만남을 떠올렸다. 여러모로 혼란스러웠던 그날을.

·•─╼╬╾─•·

용병 길드를 통해 거래를 하고 싶다는 연락을 받고 처음으로 헬레네에 방문한 나는, 휘황찬란한 건물에 무척 기가 죽어 있었다.

'평민과 귀족은 한곳에 앉아선 안 됩니다.'

나는 그 무렵 평민 용병을 향한 귀족들의 횡포에 익숙해져 있었다. 영웅이라 칭송받고, 제국에 셋밖에 없는 소드 마스터 중 하나임에도, 나는 귀족들에게 그저 평민 용병일 뿐이었다. 대부분의 귀족들은 막강한 내가 그들 앞에서 길 때 저열한 쾌감을 느꼈다. 나는 돈을 벌기 위해서 그들의 저열한 쾌감을 충족시켜야 했고, 엘 또한 그런 종류의 만족감을 얻기 위해 나를 부른 줄 알았다.

'아, 그러지 말아요, 제발…….'

아직도 그때의 당혹감을 기억한다. 자신 앞에서 무릎 꿇은 나를 억장이 무너지는 눈으로 바라보던 엘은 아이처럼 울었으니까. 처음 만난 사내가 눈물을 터트리는 상황에 미치도록 당황한 나는 어쩔 줄 몰라 하다 그를 안아서 달래기까지 했다. 이제 생각해 보니 엘과 나는 첫 만남부터 포옹을 한 기이한 사이였다.

'나는, 나는 당신이 행복하길 바랐는데…… 왜, 이런 모습을 보여 주는 거예요. 당당한 모습을 보여 줘야죠, 당신은, 그런 사람이었는데…….'

알 수 없는 소리를 늘어놓던 엘은, 자신을 안은 내 무례를 조금도 지적하지 않았다. 사실 그의 덩치를 생각하면 내가 그에게 안긴 것 같았지만.

나는 아직도 눈물이 맺힌 눈으로 나를 바라보던 그날의 엘을 기억한다. 가까워질수록 짙게 풍겨 오던 백합 향. 눈물을 머금은 주제에 집착과도 같은 빛을 띠고 번뜩이던 은빛 눈동자. 비록 눈빛이 조금 이상하긴 했어도, 울고 있는 엘은 한없이 아름다웠다. 신성하고 순수한 선의 결정체. 한없이 여리고 약한 생명체. 하늘하늘하고 아름다우나 툭 건드리면 부러지는 나비의 날개 같았다.

그래. 나는, 엘을 처음 보고 천사 같다고 생각했다.

'내 앞에선 절대 무릎 꿇지 말아요. 굽히거나 스스로를 낮추지도 말고요. 내 앞에선 그냥 당신으로 있어 줘요.'

나는 그때 느꼈다. 이 의뢰인은 한없이 착하고 여린 사람이라는 걸. 나를 이전부터 알고 있었던 것만 같은 느낌과 기묘한 기시감이 느껴졌지만, 나는 그를 수상히 여길 수 없었다. 그러기에는 너무 좋은 사람이었으니.

'의뢰인과는 거리를 둬야 하는데…… 유일한 예외를 만들어 버렸지.'

엘은 대신관이라는 높은 자리에 있음이 믿기지 않을 정도로 마음이 여린 사람이었다. 뻣뻣하게 앉은 채 슬쩍 눈치를 살피고 있으니, 내가 건네준 티슈로 눈가를 닦던 엘이 피식 웃었다. 은빛 눈동자 아래에 발개진 눈가가 야살스러웠다.

"우리는 의뢰인과 고용인으로 만나고 있지만…… 그래도 나는 미르와 조금 더 가까워지고 싶어요."

아직 물기가 조금 남은 눈으로 나를 응시하던 엘이 천천히 자기 손으로 내 손등을 덮었다. 커다란 손이 따뜻했다. 내 안색을 살피는 그의 시선은 내가 불쾌한

지 확인하는 것 같았다.

'이제 이 정도는 익숙하구나.'

스킨십이 잦은 편은 아니었음에도 엘과의 접촉은 나쁘지 않게 느껴졌다. 살짝 고개를 끄덕이며 동의를 표하니, 그가 내 손을 잡고 제 뺨에 대었다. 손바닥에 닿는 것은 사람의 온기 어린 뺨이 아닌 차가운 가면이었음에도 기분이 이상했다.

"꼭 엘이라고 불러 줘야 해요. 미르에게 그렇게 불리고 싶어요."

엘이 흐드러지게 눈을 휘었다. 늘 생각하지만, 정말 악이라고는 조금도 모르는 순수한 천사 같은 얼굴이었다. 그의 손에서 전해진 온기가 내 귀까지 닿은 건지, 내 양 귀가 조금 달아오른 것 같았다.

"더 먹지 그래요."

"괜찮습니다."

한바탕 난리 후에 이어진 것은 식사였다. 헬레네에서의 식사는 늘 그랬듯 내가 감히 먹어도 되는 것인가 싶을 정도로 귀한 음식들뿐이었다.

"갈 때 카운터에서 음식 챙겨 가는 거 잊지 말고요."

엘이 상냥한 목소리로 권고했다. 마른 나를 걱정한 엘은, 평소에도 잘 챙겨 먹으라며 나와 만남을 가질 때마다 헬레네의 음식을 따로 더 포장해서 챙겨 주었다. 처음에는 부끄러워 거절했지만, 받지 않는다면 헬레네의 메인 셰프를 매일 내게로 출장 보내겠다는 소리에 겸허히 받기로 했다.

'나는 괜찮지만, 아리아가 먹었으면 하니까.'

헬레네의 음식은 모두 산해진미들뿐이다. 밥을 잘 먹지 않는 아리아도 헬레네의 음식은 조금 손대곤 했으니, 이제는 안 준다고 해도 달라고 빌어야 할 지경이었다. 어차피 내게 자존심 같은 건 없었다.

"······늘 감사합니다."

"감사 인사는 내가 해야죠. 내가 신의 귀한 뜻을 행할 수 있게 해 줘서 고마워요."

화사하게 웃는 엘은 정말 빛나는 태양 같았다. 자애로운 태양신이 현현하면 엘이 아닐까 싶을 정도였다. 그 상냥함에 어쩐지 가슴이 뭉클해져 나도 작게 웃고 말았다. 들어온 웨이터가 식탁을 정리하는 것을 지켜보다, 식탁에 준비된 물수건으로 두 손을 꼼꼼히 닦았다.

"지금 하시겠습니까?"

넌지시 물으니 엘이 밝게 웃으며 고개를 끄덕였다. 나는 의자를 끌고 가서 그의 옆에 앉았다.

"손을 잡아 주시겠습니까."

두 손을 엘 앞으로 뻗었다. 수줍은 듯 눈을 내리깐 엘이 살며시 내 손을 잡아왔다. 그의 커다란 손은 내 손을 거뜬히 덮고도 남았다. 태양 신전의 대신관답게 뜨거운 온기가 손을 가득 채웠다. 엘과 나의 기묘한 거래에서 가장 기묘한 순간은 바로 지금이었다.

'정 보답하고 싶다면 내 손을 잡아줄래요?'

거래가 세 번쯤 진행되었을 때, 과한 보수를 받는 것이 양심에 찔려 더 해 드릴 건 없느냐고 물었을 때 이런 답을 받았다. 손을 잡는 것쯤이야 아무렇지 않았으니 나는 별말 없이 수락했고, 이후로는 만날 때마다 손을 잡는 시간이 추가되었다.

'신전에서의 생활이 많이 외로운 걸까.'

나 같은 용병 나부랭이에게 손을 잡아 달라고 부탁하는 엘은, 아마 많이 외로운 것 같았다. 하기야, 내가 엘을 만나기 전까지 만나온 신관들은 그리 좋은 사람들이 아니었으니, 어쩌면 순진하고 착한 엘은 신전에서 따돌림을 당하고 있을지도 몰랐다.

'어쩌면, 그 아이처럼.'

떠오르는 과거의 기억에 입술을 꾹 깨물었다.

몇 년 전의 일이지만, 나는 신전에서 따돌림을 당하는 소년 하나를 구해 준 적이 있었다. 완전히 죽어 있는 검은 눈의 소년. 그때 일 때문에 신전에 대한 내 인식은 그리 좋은 편이 아니었다.

'……잘 있을까.'

사실 소년에 대한 기억은, 조금 슬프고 쓸쓸했다. 느리게 눈을 깜빡이다 엘을 올려다보았다. 계속 나를 바라보고 있던 그와 눈이 마주쳤다. 가면 밖으로 보이는 얼굴은 반짝이는 은빛 눈동자가 유일했다.

다르다. 세상의 모든 불행을 끌어안고 있는 것 같던 새까만 눈동자와 선하고 순진하게 반짝이는 은빛 눈동자. 한없이 착한 엘과 뒷골목에서 살아온 티가 나는 더러운 성격의 소년. 비교조차 할 수 없을 만큼 달랐다.

'그런데 왜 이리도 겹쳐 보일까.'

경계심 많던 내가 엘에게 너무 쉽게 마음을 열어 버린 건 어쩌면 그 때문일지도 몰랐다. 그 어린아이와 엘이, 너무 겹쳐 보여서.

"엘. 혹시, 신전에서 당신을 괴롭히는 사람이 있습니까?"

그런 질문을 건넨 것은 충동적이었다. 엘의 표정이 순식간에 굳었다. 나를 잡은 그의 손에 강한 힘이 들어갔다.

"이 세상 어느 누구도, 더는 나를 괴롭힐 수 없어요, 미르."

순간 그의 입술 틈새를 비집고 나온 한없이 차가운 목소리에 나는 조금 놀란 표정으로 그를 바라보았다. 내 표정을 보고는 크게 흠칫한 엘이 황급히 웃었다.

"아, 나는…… 아니에요. 난 괜찮아요. 아무도 날 괴롭히지 않아요."

단정 짓는 목소리가 상당히 굳어져 있음을 내가 느끼지 못할 리 없었다. 기묘한 반응이었다.

'이런 말 싫어하는구나.'

허나 엘이 드러내기 싫어하는 걸 굳이 파헤치고 싶지는 않았다. 최대한 태연히 고개를 끄덕인 나는, 말없이 잡힌 손을 꼼지락거렸다. 눈을 몇 번 깜빡인 엘이 짙은 숨을 뱉었다.

"나는 항상 이 순간을 기다려요. 아니요?"

낮고 감미로운 목소리가 내 귓가에서 속삭였다. 나는 조금 기분이 이상해졌다.

"또 다쳤군요."

내 손을 내려다보던 엘이 속상한 듯 속삭였다.

'이게 아직도 안 나았나.'

넘어지며 전생을 떠올렸던 그때, 손바닥으로 땅을 짚으며 피부가 조금 갈렸다.

'보통 소드 마스터는 이런 상처 따위 생기자마자 나았을 테지만.'

나는 소드 마스터임에도 회복력이나 방어력이 상당히 떨어졌다. 체력 단련 등의 수련도 없이 마수를 닥치는 대로 때려잡다 소드 마스터가 되었으니, 공격력만 월등히 높은 경우였다.

"항상 치료해 줘도 또 다쳐서 오네요."

옅은 한숨을 쉰 엘의 손에서 은색 빛이 터져 나왔다. 눈이 부셔 미간을 좁히면서도 상처가 치유되는 경이로운 광경을 두 눈에 똑똑히 담았다.

'신성력으로…… 아리아도 치료할 수 있었다면.'

입술을 꾹 깨물었다. 아리아의 병을 고치기 위해 시도해 보지 않았던 것이 없었고, 그중에는 신성력도 있었다. 신전에서 치료를 받는 것은 통상적으로 귀족들만 가능하다. 평민의 신분으로 치료를 받기 위해서는 막대한 돈을 들이부어야 했다.

'아가씨에게는…… 신성력이 아예 통하지 않습니다.'

있는 돈 없는 돈 모두 끌어모아 간신히 만날 수 있었던 신관은 그렇게 말했다.

요정이나 수인을 비롯한 몇몇 이종족들은 신성력이 전혀 통하지 않으며, 인간 중에서도 몇몇 돌연변이들은 신성력을 받아들이지 못한다고 했다.

신성력은 신전의 상징. 신성력이 통하지 않는다는 것이 알려지면 이단으로 몰릴 가능성도 있었다. 결국 그 신관의 입을 막기 위해 돈을 더 써야 했고, 얻은 것은 없었다.

"항상 이렇게 안 해 주셔도 됩니다."

별것도 아닌 상처에 대신관의 치유를 받자니 머쓱해져 머리를 긁적이니 그가 눈매를 늘어뜨렸다.

"내가 하고 싶어서 그런 건데 하게 해 주면 안 돼요?"

'아, 진짜.'

말간 눈을 한 엘에게 거절의 말을 뱉을 수 없었다. 나는 눈을 슬그머니 피하며 얌전히 치유를 받았다.

'언제 봐도 신기하단 말이지.'

신성력으로 흔적도 없이 치료된 손바닥을 내려다보다, 잠시 창밖을 바라보았다. 벌써 해가 뉘엿뉘엿해졌다.

'늦으면 아리아가 걱정할 거야.'

"오늘도 감사했습니다. 저는 이만 가 봐도 되겠습니까?"

엘이 아쉽다는 웃음을 지으면서도 고개를 끄덕였다.

"그럼요. 피곤할 텐데 이만 들어가 봐요."

엘은 참으로 다정한 사람이었다. 마주 웃고는 짧게 목례했다.

"다음 주에 또 뵙겠습니다."

차근히 발걸음을 옮겨 문을 열었다. 뒤통수로 진득한 시선이 따라붙었다.

일이라는 이름의 휴가는 이제 끝이었다.

⊰◈⊱

탁.

문이 닫히고, 엘의 얼굴에 걸려 있던 환한 미소가 천천히 걷혔다. 냉기가 감도는 은빛 눈동자는 시리기만 했다.

"실례하겠습니다, 성하."

제복을 차려입은 성기사가 모습을 드러냈다. 엘, 아니, 교황 엘리오르 라가 가면과 환영 마법이 걸린 후드를 벗었다. 태양 신전 교황의 상징인 연하늘색 머리카락이 그의 허리를 타고 흘러내렸다. 티 없이 하얗고 맑은 피부. 신의 현현과도 같은 지독한 아름다움과 성스러움을 머금은 미모. 허나 표정엔 섬뜩한 차가움만 남아 인간 같지가 않았다.

엘리오르를 바라보던 성기사가 침을 꿀꺽 삼켰다. 신의 사자 앞에 설 때면 공기가 얼어붙고 자신 또한 얼어붙는 것만 같았다. 눈동자만 겨우 굴리던 성기사는 어떻게든 이 분위기에서 벗어나기 위해 입을 뗐다.

"……미르 님과 만남은, 즐거…… 컥!"

"쉿."

아름다운 은빛 신성력의 줄기가 눈 깜짝할 사이에 성기사의 목을 졸랐다. 숨이 막힌 성기사가 아무 말도 하지 못하는 사이, 엘이 탁자 위의 레드와인을 오프너조차 없이 열었다.

"지금 회상 중인데, 방해되잖아."

초점 없는 눈이 카슈미르가 앉아 있던 자리를 한없이 바라보았다. 탁자 위 잔에는 시선조차 두지 않은 채 와인을 병째로 기울이는 엘리오르는 정말 미친놈 같았다. 성기사는 연보랏빛 눈동자의 대신관 하나가 어째서 교황은 미친놈이라고 노래를 불렀는지 알 것 같았다.

"보고해."

기어코 와인 한 병을 비운 엘리오르가 붉은 피 같은 와인을 입가에서 닦아 내며 명했다. 드디어 목을 조르는 신성력에서 벗어난 성기사의 목울대가 크게 울렁였다.

"······오늘 오전, 마수 토벌을 마치신 미르 님이 자택으로 돌아가다 쓰러지셨습니다."

"뭐?"

쾅!

은빛 신성력이 성기사의 오른편 벽을 무너뜨렸다. 사람을 산 채로 찢어 죽일 듯한 살기 어린 은색 눈동자에 성기사의 온몸에서는 식은땀이 흘렀다.

"아, 아시다시피 미르 님께선 기척에 예민하셔서 상당한 거리를 두고 관찰해야 했습니다. 그래서 쓰러지는 모습을 옆에서 보지는 못했으나, 외부에 의한 기절은 절대 아니었습니다! 쓰러지신 미르 님을 병원에 모셔다드렸고, 진찰을 받으시는 것도 확인했습니다!"

다급하게 말을 잇는 성기사의 표정이 초조했다. 엘리오르가 느리게 눈을 깜빡였다. 성기사는 분노한 것보다 갑작스럽게 잔잔해진 은빛 눈동자가 더 무섭다고 생각했다.

"쓰러진 이유가 뭐였지?"

성기사는 잠시 망설였으나, 그렇다고 거짓을 고하면 더욱더 수습할 수 없음을 알았다. 그는 질끈 눈을 감았다.

"······과로였습니다."

쾅!

성기사의 왼편 벽이 박살 났다. 성기사의 커다란 어깨가 크게 튀었다. 성기사가 덜덜 떨든 말든, 엘리오르는 이를 악물었다.

'당신은, 대체 왜!'

카슈미르는 엘리오르의 도움을 받으려 하지 않았다. 한 번쯤 못 이긴 척 받아들일 법한데, 조금만 지나쳐도 망설임 없이 그를 거절했다. 자신이 사랑하던 그

강직한 모습은 이런 면에서도 어김없이 작용했다.

할 수 있는 게 없다. 얼마 안 되는 돈을 내밀고, 사사로운 상처를 치료해 주며, 멀리서 지켜보는 것밖에 할 수 있는 게 없었다. 마침내 황제와 버금가는 권력을 가진 교황이 되었음에도, 엘리오르는 지독한 무력감을 느꼈다.

서늘한 은빛 눈동자가 성기사를 응시했다. 엘리오르는 잠시, 화풀이 겸 저 머저리를 죽여 버릴까 생각했다. 정말 죽을 수도 있다는 위험을 느낀 성기사의 온몸이 굳었다.

'귀하지 않은 사람은 없어. 사람은 타인의 귀천을 구분할 자격이 없으니까.'

하지만, 그녀는 분명 이런 짓을 좋아하지 않겠지.

엘리오르가 짙은 한숨을 쉬었다. 그가 헬레네를 폭파시키고 싶은 충동을 억누르는 건 오직 카슈미르 때문이었다.

"나가."

"네, 네!"

살았다는 생각에 숨을 크게 들이쉰 성기사가 보이지도 않는 속도로 방을 나섰다. 혼자 남은 방에서 거칠게 마른세수를 한 엘리오르가 힘이 풀린 몸을 등받이에 기댔다.

"왜…… 당신은 내게 기회도 주지 않아, 왜……."

당신은 어찌 이리 나를 비참하게 만드는지. 나는 드디어 모든 것을 할 수 있는 자리에 올랐는데, 당신을 위해서는 아무것도 할 수 없는 건지.

진분홍빛 태양이 저버린 하루는 너무 길다. 자신의 신을 잃은 엘리오르는 늘 밤을 살았다.

"또, 밤이야……."

짙은 갈망이 담긴 울림만이 빈방을 가득 채웠다.

'지친다.'

나는 무거운 몸을 질질 끌며 걸어가다, 상점 유리에 비친 내 모습을 발견했다. 정리할 새도 없어 이리저리 뻗친 길고 검은 곱슬머리. 눈두덩이 아래로 짙게 자리 잡은 눈 그늘. 피곤함에 절어 생기 없는 진분홍색 눈동자. 과로했음을 여실히 드러내는 얼굴이었다.

'아리아가 보면 걱정할 텐데.'

창백한 뺨을 쓸며 피곤에 찌든 인상을 바꿔 보려 노력했지만 인상이 더 일그러질 뿐, 진전은 없었다. 나는 포기하고 축축 늘어지는 발걸음을 골목 너머로 옮겼다.

그리고 코끝을 찌르는 피 냄새.

"포위하라!"

나는 멈춰 서서 골목의 동태를 살폈다. 무장한 검은 복면들이 남자 한 명을 에워쌌다. 남자는 이미 중상을 입고 있었다. 오래 생각할 것도 없다. 암살하고 암살당하기 직전의 생생한 현장이었다.

"너는 이제 독 안에 든 쥐다!"

살수들의 수장으로 보이는 남자가 으하하 웃었다. 지나치게 작위적인 웃음소리였다.

'오글거려.'

나는 입을 떡 벌렸다. 저런 대사를 실제 입 밖으로 낼 수 있다는 게 충격적이었다.

"배후가, 누구냐."

상처를 부여잡은 남자가 눈을 날카롭게 떴다. 그의 눈빛은 죽기 직전의 사람 같지 않게 차갑고 올곧았다.

'귀족이네.'

어렵지 않게 판단을 내렸다. 평민으로 위장한 것 같지만, 위급한 상황에서도 잃지 않는 고고함은 추레한 행색으로도 감춰질 수 없었다.

'꽤 높은 작위까지도 생각해 볼 법한데.'

남자를 둘러싼 살수들은 모두 여덟. 살수들은 모두 실력자임에도 남자에게서
는 아무런 기운이 느껴지지 않았다.

'일반인 하나 처리하는 데에 돈을 많이 들였군.'

실력 있는 살수들은 절대 푼돈으로 움직이지 않는다. 무력에 일가견이 없는
남자 하나를 처리하기 위해 살수를 여덟이나 보냈다는 건 예사로운 인물이 아니
라는 뜻이었다.

"오늘 죽을 놈이 배후는 알아서 무엇 하려고?"

살수들의 머리로 보이는 남자가 빈정거렸다. 신음을 참는 듯 입술을 짓씹던
남자가 허탈하게 웃었다. 그 웃음이 지나치게 써서, 도리어 내가 인상을 찌푸렸
다.

"그래. 나를 죽이려는 이가 친애하는 어머니 말고 달리 누가 있을까. 괜한 걸
물었군."

'……어마어마한 콩가루 집안인 모양인데.'

내 집안도 만만치 않은 콩가루였지만, 그래도 어머니가 우리 자매를 죽이려
들지는 않았다. 이런 상황이 한두 번이 아닌 듯 익숙하게 상처를 틀어막는 남자
를 보고 있자니 안쓰러움까지 느껴졌다.

"하하! 예리하군! 비상한 눈치가 안타깝지만 넌 여기서 끝이다!"

또다시 부자연스럽게 웃은 살수가 검을 높이 치켜들고 남자에게 성큼 다가갔
다. 날카로운 검 끝을 응시하다 체념한 듯 눈을 감는 남자는 못내 처연해 보였다.

이 모든 상황에 대한 내 입장은 뻔했다. 나는 망토 후드를 푹 뒤집어쓰고 주머
니에서 가면을 꺼내어 썼다.

'뒤탈이 생기지 않으면 좋으련만.'

나는 한숨을 쉬었다. 살수들과 엮여서 좋은 꼴은 나지 않는다. 이 일을 계기로

곤란한 일에 휘말릴 수도 있었다. 그럼에도 나는 이후에 무슨 대가를 치르든 이 남자를 살릴 것이다. 또다시 이 순간이 온다고 해도 같은 행동을 할 거라고 확신할 수 있었다.

'왜냐고 묻는다면.'

내가 지나치면 이 남자는 반드시 죽으니까.

'*생명은 그 자체로 가치가 있단다. 죽어도 되는 사람은 없어. 잊지 말거라.*'

내 이상향의 가르침을 떠올리며 잠시 눈을 감았다. 사람이 살아 있음에 이유가 필요 없듯이, 살리는 데도 이유가 필요 없었다. 아직 남자는 살아 있고 내가 살릴 수 있으니까. 딱 그뿐이었다.

탁!

거센 마나의 바람과 함께 가볍게 도약한 나는, 다친 남자 앞에 서서 살수들을 막아섰다.

"뭐, 뭐야! 넌 누구냐!"

살수들이 당황스러운 기색으로 황급히 내게 무기를 겨누었다. 나는 눈을 깜빡였다.

'누구냐고.'

상처 입은 남자를 곁눈질했다. 부상으로 인해 새하얗게 질린 얼굴, 그 사이에서도 붉게 생기 도는 입술. 남자임에도 미인이라는 표현이 어울리는 외형이었다.

'위험에 처한 공주님 같네.'

나는 무심코 입을 뗐다.

"백마 탄 왕자다."

주위가 삽시간에 냉랭해졌다. 한순간에 공주가 되어 버린 남자가 눈을 끔뻑였고, 긴장하던 살수들은 넋 빠진 표정을 지었다.

"미친놈이군."

살수 중 하나가 중얼거렸다. 완벽히 광인을 보는 눈빛이었다.

'어차피 내 얼굴도 모르는 놈들인데.'

뒤늦게 민망함이 들었지만 애써 태연하게 어깨를 으쓱였다. 그들이 나를 미친 놈으로 보이든 말든 별 상관없었다.

'빨리 끝내자.'

나는 생각 없이 허리춤에 찬 검에 손을 대다, 퍼뜩 손을 뗐다.

'시체 치우고 싶진 않으니까.'

실력자들이기는 하나, 소드 마스터에 비할 바는 아닌 자들이다. 함부로 검을 휘둘렀다가는 죽을 게 뻔했다.

'검 말고 다른 무기가 있나.'

나는 무기로 쓸 만한 게 있을까 싶어 아공간 주머니를 뒤적거렸다. 무제한 아공간은 아니라도 꽤 넓은 아공간이라 주머니 안에는 별 잡동사니들이 다 있었다. 그러다 손에 잡힌 길고 매끄러운 무언가를 꺼내 올리고는 당황했다.

'이런 게 왜 있지……?'

나는 손에 쥔 물체를 멍하니 바라보았다. 내가 꺼낸 것은, 길고 매끈한 쇠파이프였다.

"크하하하! 정말 미친놈이었군!"

살수가 찢어져라 웃음을 터트렸다. 상처 입은 남자는 자신을 지키려는 듯 나타난 내가 미친놈이라고 생각한 건지, 포기한 표정을 지었다.

'이 자식들이…….'

미간을 꿈틀거렸다. 기분이 좋지 않았다.

"미쳐도 곱게 미쳐야지! 네 사지에 직접 기어들어 명을 재촉하는구나! 겨우 그런 것으로 우리를 상대할……."

신나서 떠드는 수장 살수의 헛소리를 굳이 반박할 것도 없었다. 나는 그저 파이프에 기운을 불어넣었다.

쐐액!

돌풍이 휘몰아치는 소리와 함께, 미르의 상징과도 같은 흉흉한 칠흑색 오러가 파이프를 감쌌다.

⚜

골목에 경악 어린 침묵이 감돌았다.

"……미르? 용병왕 미르?"

다친 상처를 애써 손으로 틀어막던 남자가 믿기지 않는다는 듯 중얼거렸다. 나는 별말 없이 뻐근한 목을 풀었다.

소드 마스터는 검 한 자루만으로 인간의 한계를 뛰어넘은 자들. 대자연을 움직이는 흐름, 마나는 한계를 뛰어넘은 인간들을 존중했다.

소드 마스터가 만들어 내는 순수한 오러는 한계를 뛰어넘으며 찾아낸 자신만의 답이다. 그 답은 모두 달랐기에, 오러의 색은 사람마다 달랐고, 탁할수록 거친 답을 뜻했다.

내가 찾아낸 답인 흉포한 검은 오러가 살수들 사이로 쇄도했다.

"아악!"

상황을 정리하는 데에는 채 몇 분이 걸리지 않았다. 예상은 했으나 상당히 시시한 승부였다.

"왜 미르가 여기에……!"

혼자 남게 된 삼류 악당 살수의 손이 덜덜 떨렸다.

"하지만 나도 소드 엑스퍼트를 눈앞에 두고 있는 검사! 내가 상대해 주지!"

온갖 폼을 다 잡은 살수의 검 위에 자세히 보지 않으면 알아채기도 어려울 만큼 옅은 푸른빛 오러가 얇게 덧씌워졌다.

"하아아아앗!"

지나친 기합과 함께 살수의 검이 쇄도했지만 막아 내긴 어렵지 않았다.

"크윽, 내 검을 막아 내다니……! 이 자식 제법이군!"

'아, 제발……'

손이 오그라들어 파이프를 놓치게 생겼다. 가면에 가려진 얼굴이 마구 어그러졌다. 예의상 몇 번 합을 맞춰 주려 했건만, 그의 헛소리를 들어주기가 괴로웠다.

'그냥 끝내자.'

나는 내 귀를 존중해 주기로 했다.

"이, 이익!"

챙!

장검과 파이프가 굉음을 내며 맞부딪쳤다. 이러다 동네 사람들 다 나올 것 같아 오러의 출력을 최소로 줄이고 날카롭게 파고들었다. 나는 어정쩡하게 칼날을 세우는 실수를 중심으로 반 바퀴를 빙 돌아 실수의 오금을 세게 걸어찼다.

"악!"

털썩 무릎 꿇는 실수의 등을 꽉 밟고 그의 목을 내리쳤다. 끅, 하는 소리와 함께 그가 정신을 잃었다. 상황 종료였다.

'마을에서 사고 치면 안 되니까.'

혹시 모를 상황을 대비해 오러를 섬세하게 조절한 오러 줄로 실수들을 꽁꽁 묶어 올가미 던지듯 저 멀리 숲 밖으로 던져 버렸다.

'죽지 않을 만큼 약하게 던졌으니 지들이 알아서 살아 나가겠지.'

나는 파이프를 주머니에 쑤셔 넣고는 손을 탁탁 털었다. 이 세상에 죽어 마땅한 사람은 없었지만, 조금 막 다뤄도 되는 인간들은 있었다. 사람을 죽이는 걸 업으로 삼는 실수 같은 것들 말이다.

"너…… 뭐지?"

멍하니 나를 응시하던 남자가 뒤늦게 입을 열었다. 나는 그제야 그를 똑바로 마주했다. 부드러워 보이는 연갈색 곱슬머리. 매력적으로 치켜 올라간 눈매. 전체적으로 유려한 느낌이지만 시원하고 굵직한 얼굴선. 붉고 도톰한 입술과 심해를 닮은 푸른 눈동자까지.

'미친.'

세상에서 가장 아름다운 아리아를 보며 단련되었던 나조차도 순간 두 눈을 의심할 정도로 아름다운 외모였다.

'당신 같은 미인을 잃는 것은 우리 제국에 너무도 큰 손실이니까요.'

무심코 튀어나가려는 외모지상주의적 대답을 머리에 힘을 줘 참던 나는, 순간 이질적인 기운을 감지했다.

'……마도구? 외향을 숨기는 마법에, 근원은 반지인가?'

외향을 숨기는 마도구는 싸구려라 해도 상당한 고가다. 거기에 소드 마스터조차 뒤늦게 느낄 정도로 마법의 기운을 죽이는 것이라면 상당한 값일 게 분명했다.

'돈 많은 인간인가 보군.'

생각보다 더 귀찮아질 수도 있겠다는 생각에 혀를 차면서도 남자에게 성큼 다가가 그의 상처를 살폈다. 복부에 난 상처는 꽤 깊었으나, 치료하면 살 수 있는 정도였다.

"이 악무십시오."

나는 내 망토의 끝자락을 북 찢어 대충 뭉친 뒤 그의 상처를 벌렸다. 당황한 남자가 신음을 뱉으면서도 내 손을 턱 잡았다.

"뭐 하는 거지? 왜 날 돕는 건지 말해라!"

'털 세운 고양이 같네.'

혀를 작게 차고는 실없이 대답했다.

"말하지 않았습니까, 백마 탄 왕자라고."

"윽!"

나는 남자의 환부에 천을 쑤셔 넣었다. 신음을 흘린 남자가 날카로운 눈빛을 보냈지만 그의 고통을 고려해 줄 틈은 없었다.

'귀하게 자라서 고통에는 익숙하지 않을 줄 알았는데.'

이를 악물고 익숙한 듯 고통을 참는 남자의 태도가 의아했다. 천을 환부 끝까지 쑤셔 넣은 뒤에야 피가 멈추었다.

"걸을 수 있습니까?"

그가 힘없이 고개를 저었다. 나는 남자를 부축해서 몸을 일으켜 세웠다. 그는 살짝 움찔하면서도 저항하지 않았다. 정확히는 저항할 힘도 없어 보였다.

"미르가 대체 왜 날 살려 준 거지? 의뢰를 받았나?"

남자는 내게 질질 끌려오면서도 끈질기게 물어왔다. 나는 눈을 굴리다 성의 없이 대답했다.

"의뢰는 받지 않았습니다. 당신 옷과 금품을 갈취하고 인질 값을 받으려고 구해 드렸습니다."

마을 외곽 숲으로 향하는 오솔길을 따라 걸으며 앞에 드리운 나뭇가지를 쳐냈다.

"그런 말투인데 잘도 믿겠군."

"제 말투가 어떻기에."

"정말 무성의하네."

"예리하십니다."

남자가 헛웃음을 뱉었다. 그의 푸른 눈동자가 나를 응시했다. 내 장단을 맞춰 주는 듯한 말투와는 다르게 그의 두 눈은 차갑고 냉정했다.

"장난은 그만두고 구해 준 이유를 말하게."

"말하지 않았습니까, 백마 탄 왕자이기 때문이라고."

"허, 그럼 난 위험에 빠진 공주고?"

"잘 아시는군요."

"어이가 없군. 나는 살면서 백마 탄 왕자 역만 해 봤다만."

"이번 기회에 새로운 역할도 해 보니 좋으시겠습니다."

"하, 하하하!"

성가신 낯으로 성의 없이 답하니 남자가 크게 웃음을 터트렸다. 웃으며 상처가 벌어진 탓인지 숨을 크게 들이켜던 그가 나를 돌아보았다.

"그대, 이름도 말 안 해 줄 건가?"

"아시잖습니까. 미르입니다."

"그거 말고. 그대의 진짜 이름."

담담한 남자의 물음에 미간을 살짝 찌푸린 나는 그를 돌아보았다. 남자의 푸른 눈에서 의도를 읽을 수 없었다.

'안 그래도 이렇게 의심하고 있는데, 말하지 않으면 더하겠지.'

허나 내 실명을 말할 수는 없었다. 지금 내 실명을 말하는 건 필사적으로 숨기던 미르의 정체를 내 입으로 실토하는 것이나 다름없었으니.

"……슈슈입니다."

사람들이 불러 주는 애칭이니 이름이기는 이름이었다. 눈을 깜빡이던 남자가 웃음기 서린 눈으로 나를 바라보았다.

"그거 진짜 이름 아니지?"

"당신은 이름이 뭡니까?"

물음을 가볍게 씹어 삼킨 채 말을 돌리자 남자가 멈칫했다. 한참 고민하던 남자는 내 시선을 피하며 대답했다.

"……디디다."

크흥.

참을 새도 없이 웃음이 튀어나왔다. 남자가 눈을 흘겼고, 나는 비죽 입꼬리를 올렸다.

"그거 진짜 이름 아닌 것 같습니다."

"그럴 리가."

킥.

디디와 나는 함께 웃었다. 별것도 아닌 일이었음에도, 잠시 그와 나 모두 긴장을 놓은 순간이었다.

"윽."

물론 웃음은 잠시였다. 웃다가 상처가 벌어진 디디로 인해 빨리 발걸음을 옮겨야 했으니.

⟜•⟨❦⟩•⟝

몸을 뉘일 곳이라고는 일인용 간이침대가 전부인 오두막은 사람이 살기에는 조금 삭막했으나, 연구실로는 완벽했다.

"그대, 의원이었나?"

온갖 약초와 실험 기구, 의학 서적들이 가득한 오두막을 디디가 커진 눈으로 둘러보았다. 그의 푸른빛 눈동자가 예쁘게 반짝였다.

"의학을 조금 공부했을 뿐입니다."

나 또한 새삼 옛 기억에 잠겨 찬찬히 오두막을 살폈다. 이 오두막은 아리아의 병을 고치기 위한 내 노력이 그득히 묻은 장소였다.

'힘들었지.'

아리아가 아프기 시작한 여덟 살 무렵부터는 아침에 일을 하고, 밤에는 새벽을 지새워 의학을 공부하는 것이 일상이었다. 이곳에서 얼마나 많은 밤을 새우고 얼마나 많은 연구를 진행했던가. 습득한 수많은 지식 중에서도 아리아를 고치는 방법이 없어 얼마나 절망했던가. 노력과 절망의 흔적이 그득히 묻어나는 이 오두막은 내게 애증의 장소였다.

'이젠 방법을 알았지만.'

긴 시간을 연구해도 찾을 수 없던 답을 허무하게 알게 된 것이 못내 억울하였으나, 보낸 시간에 후회는 없었다. 나는 아리아를 위해 쓴 시간을 절대 후회하지 않으니까.

"편하게 있으십시오."

디디를 간이침대에 앉혀 주고 찬장에서 약초들을 배합해 절구에 빻기 시작했다. 어느새 오두막에 적응한 듯 편하게 몸에 힘을 푼 디디가 나를 지그시 관찰했다.

"그대, 왜 나를 살려 줬는지 솔직히 말하지 않을 셈인가."

'아직도 이러나.'

나는 조금 짜증스럽게 고개를 돌렸다. 의심과 차가운 이성으로 가득 찬 푸른 눈동자는 그 채도만큼이나 냉랭한 눈빛을 품고 있었다.

"대답했잖습니까. 당신을 인질로 삼아서 부자가 될 겁니다."

가늘게 뜨인 디디의 눈이 날카롭게 번뜩였다.

"진지하게 묻는 거야. 황궁에서 보낸 것도 아닌 것 같은데, 대체 왜 날 구해 준 거지?"

'황궁······?'

잠시 목덜미가 싸늘했다.

'귀족이 위험에 처하면 황궁에서까지 사람을 파견하던가?'

귀족들의 생리를 모르는 나로서는 답을 알 수 없었다. 조금 불길해하는 사이, 디디가 심각한 표정을 지었다.

"그대의 오러가 확실한 검은색이 아니고 키가 더 컸다면 나는 그대가 크리시스 공작인 줄 알았을 걸세. 크리시스 공작은 오러가 검은색에 가깝도록 붉으니. 차라리 그는 신하된 자로서 날 살려 줄 이유라도 있지만····· 미르는 날 살려 줄 이유가 하등 없단 말일세."

크리시스 공작.

귓가에 들려온 익숙하면서도 어색한 이름에 순간 약초를 빻던 손이 멈췄다. 곧바로 다시 손을 움직였으나, 순간의 멈칫함을 발견한 디디가 눈을 가늘게 떴다. 시선을 모르는 척했다.

'제국의 유일한 공작, 카이사르 칼라 드 케니스 크리시스.'

『요정의 밤』에 등장하는 남주 후보 중 하나인 칼 크리시스의 아버지이자, 내 아버지. 그는 제국에서 공인된 최강의 검사로 곧 일어날 전쟁에 지휘관으로 출전한다. 그리고 전쟁 중에 죽는다.

'흑단 같은 고운 흑발을 휘날리며 소름 끼치게 무감각한 핏빛 눈동자로 전장을 응시하는 살육귀라고 했던가.'

조미료가 팍팍 첨가된 소설 속 공작에 대한 묘사를 어렴풋이 떠올렸다. 소설 속 그는 제 아버지를 죽이고 공작위에 오른 괴물로 서술되었다. 카이사르는 피도 눈물도 없는 잔인한 성정과 냉정한 성격의 소유자로, 크리시스 가에는 매일 피바람이 분다는 표현도 있었다.

'그게 바로 내가 곧바로 크리시스 공작가로 달려가지 않은 이유지.'

만약 그가 정상적인 사람이었다면, 나는 전생을 기억해 낸 동시에 아리아를 안고 공작가로 달려갔을 것이다. 그의 바지 자락을 잡고 혈연에 대한 자비를 호소했겠지. 크리시스라면 분명 아리아를 고칠 수 있는 '그' 영약을 가지고 있을 테니까.

요정 숲의 정기. 요정 숲의 충만한 기운을 압축시켜 액체로 짜낸 것으로, 한 방울만 마셔도 환골탈태의 효과를 볼 수 있는 영약이었다.

'아리아는 요정의 기운이 부족해서 아팠던 거니까. 한 방울만 마셔도 10년은 버틸 수 있을 텐데…….'

내가 아리아에게 주고 있는 요정 숲의 약수는 정기보다 요정 숲의 기운이 현저히 적었다. 원래는 요정 숲에 주기적으로 방문해 기운을 보충해야 하지만, 정기를 마시기만 하면 즉시 정기 부족에서 헤어날 수 있을 터였다.

'하지만 지금까지 가지 않았던 건…….'

자신의 아비를 베었다는 카이사르 공작이 혈연에 연연할 것 같지 않았기 때문

충직한 검이 되려 했는데 1

이었다. 크리시스 공작가는 내가 가진 최강의 패이자, 최후까지 남겨 둬야 할, 어쩌면 사용하지 않는 것이 가장 좋은 양날의 검이었다.

상념에 빠져 멍하니 약초만 빻고 있으니 디디가 의아한 표정을 지었다.

"……미르? 괜찮은가?"

"아, 네. 다 됐습니다. 상처를 좀 보겠습니다. 셔츠를 걷어 주십시오."

퍼뜩 정신을 차리고는 휘휘 손짓했다. 살짝 머뭇거리던 디디가 셔츠를 느리게 걷어 올렸다. 상처는 복부 왼편. 다행히 장기들은 다 비껴간 곳이었으나, 그래도 깊었다. 상처를 대강 훑어보고는 쯧 혀를 찼다.

"아예 벗는 게 편할 것 같군요. 옷 벗으시죠."

무심한 투로 벗을 것을 종용하니 디디의 표정이 이상해졌다.

"벗겨 드려야 합니까?"

빨리 안 벗고 뭐 하냐는 눈빛을 보내자 그가 헛웃음을 뱉었다.

"내게 그런 말을 하고도 살아남은 자는 그대가 유일할 걸세."

"아주 영광입니다."

디디가 셔츠 단추를 풀기 시작했다. 길고 예쁜 손가락 사이로 단추들이 풀려 나갔다. 마지막 단추까지 풀리고 나니 커다란 셔츠 아래 감추어져 있던 단단한 몸이 드러났다. 그의 맨몸을 보게 된 나는 잠시 할 말을 잃었다.

'……저 얼굴에 몸까지 좋으면 반칙 아닌가.'

피로 붉게 물든 셔츠를 아슬아슬하게 걸치고 침대에 무방비하게 누운 미인. 긴 속눈썹을 팔랑거리며 눈을 내리깐 모습은 보는 것만으로 죄를 짓는 기분이었다. 정밀하게 짜인 상체의 근육. 그의 튼튼한 복근은 마치 그린 것 같았다. 비쩍 마른 몸에 근육만 붙은 나와 달리 적절한 영양섭취와 운동으로 만들어진 것 같은 디디의 몸은 차라리 조각상 같았다.

'환자다.'

일순 술렁인 마음을 정리하며 담백하게 치료를 이어 갔다. 정확히는 담백하게 이어 가려 노력했다. 솔직히, 환부에 손을 댈 때 어쩔 수 없이 만지게 되는 단단한 몸과 디디의 묘한 시선 때문에 기분이 이상해졌다.

"앉으시죠. 붕대 감아 드리겠습니다."

내 말에 누워 있던 디디가 상체를 일으켰다. 아슬아슬하게 어깨에 걸쳐 있던 셔츠가 어깨선을 타고 흘러내렸다.

'불쾌할지도 모르니까.'

지나치게 아찔해 계속 시선이 갔지만, 그를 불쾌하게 하고 싶지는 않았다. 드러난 넓은 어깨에 시선을 주지 않으려 노력했다.

"실례하겠습니다."

나는 디디의 허리에 팔을 둘렀다. 그의 커다란 몸에 붕대를 두르기 위해서는 거의 그를 껴안다시피 해야 했다.

'동요하지 말자. 환자다.'

야심한 밤에 과년한 남녀가 부둥켜안고 있으니 오두막의 공기가 묘해질 수밖에 없었다. 나는 디디의 체향이 바닐라 향이라는 새로운 사실을 알아버렸다. 짙은 바닐라 향이 자꾸만 코끝을 스쳤다.

'어색해 죽겠네······.'

속으로 한숨을 쉬었다. 나는 원체 어색함과 묘한 분위기를 견디지 못하는 사람이다. 뭐든 깔끔하고 딱 떨어지는 것이 좋았다. 어딘가 몽글몽글한 지금 같은 상황에는 면역력이 없었다.

"······여태껏 나를 보는 시선들은 딱 세 가지 종류로 나누어졌지."

나를 지그시 내려다보던 디디가 염세적인 표정으로 입을 열었다.

"첫째는 내게 한계 이상을 기대하는 경외의 시선. 둘째는 내가 실수하기만을 기다리는 증오의 시선. 셋째는······."

뜨겁게 나를 주시하는 시선에 결국 짜증스럽게 고개를 들다, 그와 정면으로 눈이 마주쳤다. 착 가라앉은 푸른 눈동자. 어딘지 염세적이고 어두운 눈빛이 그의 인생을 이야기했다. 디디가 나를 똑바로 응시했다.

"……내게서 무언가를 얻어 내려 하는, 욕망의 시선."

고막을 파고드는 음울한 목소리가 시렸다.

'귀족이나 평민이나 비슷하구나.'

참으로 우습게도, 더러운 뒷골목 생활 따위는 알지 못할 것 같은 이 고귀한 남자에게서 내가 느낀 것은 동질감이었다.

"현재까지 만나 온 이들 중 이 세 가지 부류에 속하지 않는 사람은 없었네. 모두 눈빛에 담겨 있으니 속을 읽는 건 쉬웠지."

디디의 커다란 손이 내 턱을 살짝 잡아당겼다. 무방비한 상태였던지라 힘줄 틈 없이 그에게 끌려갔다. 손으로 침대를 짚었으나, 몸이 기울어져 그의 가슴팍에 안기는 모양새가 되었다. 새파란 눈동자가 나를 해부할 듯 날카롭게 파고들었다.

"하지만 그대의 눈에서는 아무것도 보이지가 않아. 내게 무얼 바라는 건지 알수가 없어."

'당연하지. 바라는 게 없으니까.'

디디가 고개를 살짝 기울였다. 부드러운 갈색 머리가 내 얼굴에 닿는 순간, 달콤한 향취가 코끝을 찔렀다.

"다시 한번 묻겠네."

색정적인 붉은 입술이 사르르 열린다.

"날 살려 준 이유가 뭐지? 뭘 원하나?"

디디의 눈동자에는 불신만이 가득했다.

'……당하고만 살았군.'

미간을 찌푸렸다. 그가 여태껏 얼마나 힘들게 살아왔는지 짐작할 수 있었다. 물론 의심이 갈 만한 상황이긴 하다. 모르는 이가 자신을 암살자에게서 구해 주고는 보상도 요구하지 않고 상처까지 치료해 주고 있으니. 심지어 그 대상이 용병인 미르였으니, 의도를 의심하지 않는 것이 이상하기도 했다. 한숨을 쉰 나는 천천히 입을 열었다.

"애초에 뭘 바란 적도 없지만, 뭘 바란다고 하면 줄 겁니까?"

디디가 비릿하게 웃었다.

"소드 마스터인 그대라면 날 협박해서라도 취할 수 있겠지."

'자식 참.'

턱을 잡은 그의 손을 부드럽게 쳐내고는 자리에서 일어났다. 따가운 시선을 무시한 채 서랍장을 뒤적였다.

"당신은 그냥 운이 좋았던 겁니다. 피 보기 싫어하는 소드 마스터를 만났으니까."

커다란 셔츠를 디디에게로 던졌다. 내 셔츠들 중 제일 큰 사이즈로, 내게는 편하다 못해 이불보를 뒤집어쓴 듯 넉넉했으나 디디에게는 좀 작을 것 같았다.

"그러니 헛소리하지 마시고 옷이나 갈아입으시죠."

셔츠를 낚아채고는 나와 셔츠를 번갈아 보던 디디는 꽉 끼는 셔츠를 걸쳐 입었다.

"……그래. 용병 미르는…… 영웅이라 불렸지. 마수에게서 사람들을 구하는 영웅, 검은 재앙. 용병왕. 그런 이름으로 불리더군, 그대는."

마주한 디디의 얼굴에는 표정이 없었다.

"하지만 나는 영웅을 믿지 않아. 대가 없이 베푸는 호의 같은 게 존재할 수 있을 리 없잖나."

대가 없는 호의라고는 경험해 본 적 없는 사람처럼 구는 디디는 내 오해일까, 조금 슬퍼 보였다.

"끝까지 대답하지 않을 셈인가?"

나는 작게 한숨을 쉬었다. 계속 대답을 하지 않는 이유는 간단했다.

'이유가 없으니까.'

그래. 이유가 없었다. 지나가다 위험해 보이기에 도와주었다. 그 사이에 어떤 이해관계가 있어야 한단 말인가. 그저 얄팍한 호의, 그 이상은 없었다. 하지만 그는 대답 없이는 납득할 수 없어 보였으니, 나는 입을 열 수밖에 없었다.

"맞습니다. 미르는 흔히 그런 호칭으로 불리곤 합니다."

나는 디디와 똑바로 눈을 맞췄다.

"하지만 저는 영웅이 아닙니다."

나는 영웅같이 거창한 존재가 아니었다. 내 단언에 디디가 미간을 찌푸렸다.

"그럼 의도가……."

"제가 당신에게 했던 행동은 영웅이 아니라 인간이라면 당연히 했어야 하는 행동이었습니다."

이렇게 살지 않는 사람이 더 많다는 건 알고 있었다. 눈앞에 있는 사람의 생명보다는 자신의 안전을 더 귀히 여기는 이들이 더 많을 것이다.

'그 무엇도 인간의 생명보다 먼저가 될 순 없다. 잊지 말아라.'

허나 내 기준 아래 인간의 생명보다 귀중한 건 없었다.

"……결국 이유 없이 날 구해 줬다는 소리군."

디디의 눈매가 날카롭게 섰다. 죄인을 심문하듯 서늘한 목소리. 믿음이라고는 눈곱만큼도 없는 불신의 태도였다.

"안타깝게도 그 소리를 하려는 게 맞습니다."

태연하게 어깨를 으쓱였다. 디디의 얼굴이 싸늘하게 굳었다.

"믿지 않네."

"그럼 믿지 마시죠."

"뭐?"

약초를 빻는 데 사용한 절구를 느긋하게 씻고 있자니 그가 이를 갈았다.

"빨리 원하는 걸 말하게!"

모든 것에 대가가 있다. 그 진리에 대해서는 부정할 생각이 없었다. 나는 혼란스러운 듯 진동하는 파란 눈동자와 마주했다. 인간에 대한 불신과 염세적인 빛으로 가득 찬 눈빛이 누군가와 닮아 보였다.

나였다.

"믿지 말고, 계속 의심해 보시죠. 대체 뭘 요구할까 불안에 떠시고, 호의를 불길해 하세요. 혼자 움직일 수 있을 때까지 이곳에서 머물다, 마지막까지 의심을 품고 당신 발로 이 오두막을 나가시기 바랍니다. 그 길로 무사히 당신 집에 도착하면 그땐 믿어지겠죠."

새파란 눈동자가 호수 위에 커다란 바위를 던진 것처럼 크게 일렁였다.

"이제 그만 주무시죠. 환자에게 충분한 수면은 필수니까."

"……왜?"

'너도 참 징하다.'

쯧, 혀를 차며 디디에게 성큼성큼 다가가 상체를 굽혔다. 얼굴이 맞닿기 전에 멈춰서 검지로 그의 이마를 툭 밀었다. 디디의 몸이 기우뚱하며 힘없이 침대로 쓰러졌다.

"살아 있는 사람이 살아 있는 사람을 살리는 데 이유가 필요합니까?"

피식 입꼬리를 올렸다. 그뿐이었다. 일순 그의 눈빛이 몽롱함으로 가득 물들었다.

"그러니까 이제 좀 주무시죠. 나도 자게."

디디의 얼굴 끝까지 이불을 덮어 주었다. 어째서인지 바로 이불을 내리지 않던 그는, 한참 뒤에야 이불을 얼굴 아래로 끌어내렸다.

"……그대는 정말 이상한 사람이야."

목이 졸린 것 같은 목소리. 새하얀 피부에 발개진 양 귀가 눈에 띄었다.

'이 인간 왜 이러지?'

살풋 미간을 좁혔다. 디디가 묘한 분위기를 풍기기 시작한 건 한순간이었다.

'많이 졸린가?'

밤의 장막이 짙게 깔린 한밤중이다. 환자를 너무 오래 잡아 뒀다는 생각에 몸을 일으켰다.

"저는 다른 곳에서 잘 테니 편하게 주무시죠."

"잠깐, 가려고?"

조금 차가운 손이 손목에 닿았다. 어쩐지 다급하게 손목을 붙잡는 디디에 의해 어정쩡한 자세를 취했다.

"다른 곳에서 자고 아침 일찍 돌아오겠습니다."

버리고 가는지를 걱정하는 건가 싶어 타일렀다. 잠시 혼란스러운 표정을 짓던 디디는, 무언가 결심한 표정으로 내 손을 턱 잡았다.

"가지 말게."

'……?'

떨떠름한 내 표정에도 그의 눈빛은 강건했다.

"왜요?"

읽을 수 없는 표정을 하던 그가 뒤늦게 입을 열었다.

"무섭네."

"……네?"

"혼자 있기 무섭단 말일세."

당당하다 못해 뻔뻔한 디디를 보자니 저절로 미간이 찌푸려졌다. 그는 전혀 무서운 기색이 아니었다.

"정말 가 버릴 건가? 들짐승이라도 나올까 두렵단 말일세."

울상을 지은 디디가 내 손을 꼭 잡아 왔다.

'상관없긴 한데……'

의심이 가득한 눈으로 디디를 훑어보았다. 그가 날카로운 눈매를 처연하게 늘 어뜨렸다.

"날 놓고…… 가 버릴 텐가?"

미인의 표정 공격은 강력했다.

'하기야…… 환자를 혼자 두고 가는 것도 불안하지.'

마음이 약해져서 눈을 굴렸다. 사실 디디가 불편해할까 봐 자리를 피하는 것뿐이지, 나는 어디서 자든 하등 상관이 없었다.

"……그럼 저는 의자에서 자겠습니다."

디디의 얼굴이 환해졌다. 다시 화사해진 낯이 눈이 부실 지경인지라 비스듬히 시선을 돌렸다. 그가 침대를 툭툭 두드렸다.

"같이 침대에서 자도 되네만."

"헛소리."

단호하게 일축하고 발걸음을 옮겨 문 옆 스위치를 내렸다. 오두막을 밝히던 등이 빛을 잃었다. 은은한 달빛만이 오두막을 비췄다. 나는 어둠 속에서도 어렵지 않게 자리로 돌아와 의자에 앉았다. 옆에서 뒤척이는 디디의 기척이 느껴졌다.

"슈슈, 있나?"

"있습니다."

야행성 짐승의 것처럼 어둠 속에서도 빛나는 디디의 푸른 눈과 마주했다. 그의 손이 주위를 더듬거렸다.

"필요한 게 있으십니까?"

허공에서 멈춘 손이 소리를 따라 내 쪽으로 방향을 옮겼다. 디디의 손이 코앞까지 다가왔다.

"손."

"손?"

작게 되묻자 푸스스한 웃음소리가 들려왔다.

"손잡아 주지 않겠나."

점차 눈이 어둠에 익숙해졌는지, 그의 눈이 정확히 내게로 향했다. 디디의 눈이 예쁘게 휘어졌다.

"무서워서 그래."

무서워 보이기는커녕 즐거워 보였다. 분명 어이가 없고 이해할 수 없는 행동이었음에도.

"겁쟁이군요, 당신은."

군말 없이 의자를 당겨 앉아 그의 손을 잡아 준 것은 한순간의 충동 때문이었다. 상처와 굳은살로 뒤덮인 작은 손과 흠집 하나 없이 예쁜 큰 손이 맞닿았다.

'조금은······.'

사람의 온기가 그리웠나.

그와 닿은 손의 온기가 그리 나쁘진 않았다.

"잘 자, 슈슈."

몸을 뒤척여 내 쪽으로 누운 그가 속삭였다. 나는 희미하게 웃었다.

"디디도, 잘 자요."

그 말을 끝으로 눈을 감았다. 그리고 다시 눈을 떴을 땐 디디가 사라진 후였다.

'소드 마스터는 자연과 가장 가까운 존재다.'

자연이 인간에게 선물하는 힘, '마나'. 그 마나를 한계까지 끌어올려 '오러'라는 학살 무기를 창조해 내는 소드 마스터.

소드 마스터는 늘 자연을 느꼈다. 미세한 떨림과 스쳐 지나가는 살기, 미묘한 이질감, 미미한 악의 등. 역설적이지만, 소드 마스터는 너무 예리하기에 도리어 무감각해지고는 했다. 긴급 상황과 위기가 그들 앞에서는 우스운 것으로 전락했다. 나 역시 한계를 뛰어넘은 강함에 도달한 뒤부터는 많은 것에 무감해지기 시작했다.

"모시러 왔습니다, 저……."

"도련님."

그렇기에 오두막에 밤손님이 찾아왔음을 알고도 태연히 잠든 척 흉내 낼 수 있었으리라. 주위에 마나를 덮어놓고 자는 것은 일종의 습관이다. 마수가 가득한 산에서 야영하며 긴장을 놓았다가는 불시 침입한 마수에 의해 사지가 찢기기 마련이었으니 말이다. 그 때문에 주위에 쥐라도 한 마리 어슬렁거렸다가는 바로 눈이 떠졌다.

"……도련님. 모시러 왔습니다."

그러니까, 소드 엑스퍼트 수준의 실력자로 느껴지는 남자가 이 숲에 발을 들인 순간, 내 잠은 진즉 깼다. 나는 머뭇거리며 디디를 도련님이라고 호칭하는 남자에게 감각을 집중했다. 무장은 했으나 공격을 할 기미는 느껴지지 않았다.

'디디를 데리러 온 사람인가.'

의자에 기대 눈을 감은 채 시각을 제외한 감각들로 상황을 판단했다. 정황상 밤손님은 디디 가문의 기사인 것 같았다.

"그런데 이자는……."

"조용히 말하게."

'이미 일어나긴 했는데.'

이 상황에서 갑자기 일어나는 것도 민망하다. 갈 때까지 자는 척하기로 마음먹고 상황이 지나가기만을 기다렸다.

"설마 저하……."

"입."

"……도련님께 위해를 가한 자입니까?"

스릉.

검집에서 검을 꺼내는 듯 쇠붙이가 긁히는 소리가 들렸다. 경계 태세라도 취해야 하나 망설이던 찰나.

충직한 검이 되려 했는데 1

"경거망동하지 마라. 내 생명의 은인이다."

디디가 서늘하게 저지했다.

그의 커다란 손가락이 내 손을 휘감았다. 손을 타고 퍼져 오는 온기가 낯설었다. 남자가 곧바로 검집에서 손을 뗐음에도, 디디는 별말 없이 내 손만 만지작거렸다.

남자가 초조하게 말했다.

"도련님. 이제 슬슬 가셔야 하지 않겠습니까? 황궁이……."

"저택이 난리가 났겠지."

디디가 남자의 말을 성급하게 끊었다.

'좀 이상한데.'

아까부터 무언가를 숨기려 하는 것 같건만, 여기서 무언가를 숨겨야 하는 대상은 나밖에 없었다.

나 안 자는 거 알고 있나.

자는 줄 알고 있다면 저런 식으로 숨기려 할 리가 없다. 내 손목을 만지작거리는 손길에 기분이 이상해졌다. 그냥 눈을 뜰까도 싶었지만, 귀찮은 일이 생기는 건 싫었기에 일단은 버텨 보기로 마음먹었다.

"도련님."

남자가 초조한 목소리로 디디를 재촉했다. 이제는 아예 양손으로 내 손을 주물거리기 시작한 디디가 느릿하게 대답했다.

"그래. 가야지."

아쉬움이 뚝뚝 떨어지는 목소리였다.

'그새 정이라도 들었나.'

살려 준 이유를 말하라고 그렇게 날을 세웠으면서도 살려 준 게 고맙긴 한 모양이었다. 그가 이불을 걷고 몸을 일으켰다.

"그런데 옷이…… 너무 작지 않으십니까?"

남자가 묘한 목소리로 물었다. 내 셔츠를 단추도 채 못 잠그고 겉옷처럼 걸친 채 자던 디디가 떠올랐다. 작은 웃음소리가 들려왔다.

"옷 주인이 작아서 말일세."

'이 자식이.'

미간이 꿈틀거리려는 걸 간신히 참았다. 분명 내가 디디보다 머리 하나 반 정도는 작긴 했으나 그건 디디가 너무 클 뿐, 내 나이 평균을 생각해 보면 그리 작은 키는 아니었다. 잠시 나를 내려다보던 디디가 내 머리를 쓰다듬었다. 애정이 깃든 조심스러운 손길에 의아해하면서도 각오를 다졌다.

'만약 가면을 벗기려 하면.'

남자와 디디, 둘 다 제압해야 한다. 가면을 벗기려는 디디의 손보다 디디의 목덜미를 내려치는 내 손이 훨씬 빠르리라는 것을 알고 있어 긴장은 하지 않았지만, 그런 상황은 일어나지 않기를 바랐다.

'무력을 사용하고 싶지 않으니까.'

그 잠깐 동안 나도 디디에게 정이 들었나. 웬만해서는 그를 공격하고 싶지 않았다.

"……도련님."

"쉿."

나와 디디를 번갈아 보던 남자의 목소리가 묘했다. 설마 하는 것 같기도 했고, 경악한 것 같기도 했다. 작게 숨을 내쉰 디디가 머리를 쓰다듬던 손을 내 얼굴 위로 옮겼다. 가면으로 가려지지 않은 눈두덩이 위를 살살 더듬고, 가면에 덮인 콧대를 타고 내려가 양 뺨을 조심스레 매만지며, 드러난 입술 주위를 배회하는 손. 그의 손은 가면을 벗기려는 게 아니라, 내 얼굴을 감각으로 기억하려는 것 같았다.

'……이상하게 구네, 진짜.'

손가락이 입술에까지 닿으니 기분이 정말 이상해졌다. 차라리 빨리 가 버렸으면 하는 마음에 깨려는 것처럼 살짝 뒤척이자, 디디가 멈칫하며 천천히 손을 거두었다.

"이제 정말 가야 합니다."

정말 급한지 남자가 간청하듯 재촉했다. 남자를 가볍게 무시한 디디가 내 주위를 기웃거렸다.

"불편하겠군."

의자 등받이에 기대어 있던 내 목과 무릎 뒤로 단단한 팔이 들어왔다. 몸이 순식간에 들어 올려졌다. 머리에 닿는 단단한 가슴. 가볍게 나를 들어 올린 디디가 혀를 찼다.

"너무 가벼운데."

다정한 태도와 걱정스러운 목소리, 모두 내게는 익숙하지 않은 것이었다. 등 뒤로 딱딱한 매트리스가 닿았다. 디디는 내 신발을 벗기고 이불까지 꼭 덮어 주었다. 그가 덮었던 이불에서 옅은 바닐라 향기가 났다. 그는 손가락을 뻗어 내 귀를 가린 머리카락을 넘겨 주고, 내 귓가에 느리게 속삭였다.

"우린 곧 다시 만나게 될 거야, 슈슈."

쪽.

이마를 덮은 가면 위로 부드러운 무언가가 닿았다 떨어진다.

'미친.'

스킨십에는 딱히 감흥이 없는 편이었음에도, 디디의 나긋한 목소리와 부드러운 입맞춤은 나를 경악하게 만들었다.

"도련님……!"

"조용히."

봄바람처럼 나긋하게 속삭이던 방금 전과는 사뭇 다른 목소리. 나와 남자를 대하는 온도 차가 봄과 겨울 차이인지라 혼란스럽기까지 했다.

"이제 가지."

울리는 발걸음 소리가 경쾌하다. 얼어붙은 나와 남자를 뒤로하고 오두막의 문을 연 디디는 소리 내어 웃었다.

"안녕, 슈슈."

'보고 싶을 거야.'

덧붙이는 작은 목소리와 오두막을 나서는 발걸음, 황급하게 뒤따라가는 남자, 문이 닫히는 소리. 나는 해가 중천에 뜰 때까지 차마 눈을 뜨지 못했다.

디디가 사라진 뒤에도 한참 굳은 듯 멍하니 누워 있었다. 해가 얼굴을 드러내고 나서야 느지막이 눈을 뜨고 몸을 일으킬 수 있었다. 벽에 기대앉아 느리게 침대를 쓸어 보았다. 은은한 바닐라 향기가 여전히 코를 간지럽혔다.

'그 아이에게선 레몬 향기가 났는데.'

얼핏 오래된 추억이 머릿속을 어지럽힌다. 몇 년이 훌쩍 지났음에도 생생히 남아 있는 추억이다. 그 아이가 지금은 어떻게 살고 있는지 문득 궁금해졌다.

'그때도 비슷했었지.'

이번 일과 비슷한 일이 예전에도 한 번 있었다.

'왜 날 살려 준 거지? 원하는 게 뭐야.'

폭우가 쏟아져 내리던 한여름 밤이었다. 중상을 입고 쓰러진 아이를 발견한 나는, 그 아이를 이 오두막으로 데려와 치료했었다.

'이유 없는 호의 같은 게 있을 리 없잖아! 거짓말 하지 마!'

디디가 볼꼴 못 볼 꼴 다 본 세상살이 찌든 어른이라면, 그 아이는 사람에게 괴롭힘당해 사람을 경계하는 길고양이 같았다.

'슈슈 누나……'

그럼에도 한 번 더 사람을 믿어 보고 싶어 하던 그 아이는.

충직한 검이 되려 했는데 1

'잘 살고 있을까.'

어느 정도 회복된 아이가 돌연히 사라진 이후, 다시는 얼굴을 보지 못했다. 은혜를 갚는 건 바라지도 않는다지만 잘 살고 있는지 얼굴 한 번은 비쳐 주길 바랐는데 말이다.

'뭐, 무소식이 희소식이지.'

힘없이 머리를 기댔다. 너무 잘 살고 있어서 찾아올 새도 없는 거라고 멋대로 생각했다. 나는 비적비적 일어나 잠자리를 정리했다. 침구 사이로 풍기는 옅은 바닐라 향. 아직도 선명하게 떠오르는 아이의 씁쓸한 레몬 향. 이불을 개고 침대보를 평평히 쓸어 보다가, 어느 순간 스며드는 감정에 헛숨을 뱉었다.

'너무 약해졌구나.'

스스로가 한심했다. 나는 헛웃음을 뱉으며 침대 위에 털썩 앉았다. 이래서 인간의 온기가 위험했다. 거대한 나무 그림자에 뒤덮여 오두막 내부는 아침임에도 어두컴컴했고, 창문 새로 내리쬐는 한 줄기 햇빛만이 빛의 전부였다. 희미한 햇빛이 있어 더 외로워 보이는 이곳은 완벽한 정적이었다.

나는 그림자에 파묻혀 스르르 눈을 감았다. 이 감정은 통상적으로 외로움이라 정의되었다.

'참 이상하지.'

혼자인 게 당연한데, 어쩌자고 쓸쓸하다 느껴 버린 건지.

"슈슈 언니!"

그 길로 집에 돌아와 능숙하게 잠금을 풀고 문을 열자 작은 인영이 뛰어와 내 품에 안겼다. 나는 헬레네에서 포장해 온 음식을 바닥에 내려두고 품 속의 인영을 마주 안았다.

"아리아."

휙 고개를 든 아리아가 내 허리를 잡고 늘어졌다.

"어젯밤엔 왜 안 돌아왔어? 걱정했단 말이야!"

잔뜩 울상을 지은 모습이 안쓰러웠다. 나는 어색하게 웃어 보였다.

"미안. 어젯밤에 급한 일이 있었거든. 저녁은 잘 챙겨 먹었어? 못 차려 줘서 미안해."

"지금 내 밥이 중요해?"

아리아가 순하던 눈매를 날카롭게 세웠다. 나는 아리아의 눈치를 보면서도 고개를 끄덕였다.

"밥 잘 챙겨 먹어야지. 집에 먹을 게 별로 없었잖아."

"그럼 언니는? 언니는 어제 저녁 먹었어?"

눈을 부라리는 아리아 앞에서 입을 꾹 다물어 버렸다. 디디를 치료하느라 바빠 저녁을 걸렀기에 할 말이 없었다.

"슈슈 언니는 늘 이래. 항상 나를 걱정하면서 스스로는 돌보질 않잖아. 항상 날 사랑한다고, 나밖에 없다고 하면서 내게 숨기는 게 너무 많다고."

아리아가 투덜거렸다. 원망과 분노보다는 체념에 가까운 어조여서 더 가슴이 아팠다.

'아리아에겐 미안하지만.'

모든 것을 알려 줄 순 없다. 내 비밀 때문에 아리아가 상처받고 고뇌하는 걸 알면서도.

'그건…… 진짜 말 못하겠다.'

나를 걱정하는 아리아 앞에서 어떻게 마수들에게 짓밟히고 곤죽이 되며 소드마스터가 되었다고 말하겠는가.

"……알아. 이유가 있겠지. 언니가 이유 없이 내게 무언가를 숨기지 않는다는 거 알아. 이게 다 애 같은 투정이라는 것도. 그래도 언니가 걱정된단 말이야……."

아리아가 내 품에 얼굴을 묻었다.

'너를 어떻게 해야 할까.'

나는 가슴이 미어지는 것을 느끼며 아리아의 머리를 천천히 쓰다듬었다.

'언니! 제발 정신 차려! 슈슈 언니…… 제발……'

검을 잡은 지 얼마 되지 않았을 때가 어렴풋이 떠올랐다. 처음으로 마수 토벌 원정을 나갔다가 반죽음이 되어 돌아온 날, 아리아는 집 앞에서 쓰러지는 나를 발견하고 비명을 질렀다.

'……말할 수 없는 이유가 있겠지. 알았어. 더는 안 물어봐.'

이후 며칠 동안 사경을 헤매다 겨우 깨어난 내게 아리아는 다친 이유를 물었지만, 내가 대답하지 못하자 급히 입을 다물었다. 너무 빨리 어른스러워진 아이였다.

"말해 주지 못하는 게 너무 많아서 미안해."

너를 위해서 숨기는 거라고 말하고 싶었지만, 이제는 그것조차 잘 모르겠다. 무조건 숨기는 것만이 너를 위한 것일까. 네가 이렇게 아파하는데.

"오늘 언니 아무 데도 안 나가. 같이 시내 나가서 놀까?"

알 수 없었음에, 할 수 있는 거라고는 말을 돌리는 게 고작이었다. 조금 붉어진 눈가를 벅벅 닦은 아리아는 한없이 밝게 웃었다. 나를 안심시키듯.

"응. 같이 놀러 갈래."

마차를 타고 1시간 정도 걸려 도착한 시내는 사람들로 북적였다. 나는 혹여나 아리아와 떨어질까 염려하며 아리아의 손을 꽉 잡았다.

"다가오는 사람들이 마수야?"

부딪치기라도 할까 봐 아리아의 주위를 삼엄하게 경계하고 있으니, 아리아가면박을 주었다. 나는 장난스럽게 호위무사 같은 자세를 취해 보였다.

"뒤로 물러서십시오, 아가씨. 여긴 제가 처리하겠습니다."

아리아가 깔깔 웃으며 유치하다고 놀렸다. 함께 웃으면서도 가슴 한편이 아려왔다. 오랜만에 같이 나온 것이 좋은지 은은하게 달아오른 양 뺨과 내려갈 줄 모르는 입꼬리가 눈에 걸렸다.

'이렇게 좋아할 줄 알았으면 자주 데리고 나오는 건데.'

후회는 늘 늦는 법이다. 아이를 키우는 데 있어 금전적인 지원만이 전부가 될수 없었다. 아리아를 위해 돈을 번다고는 하지만, 내가 나간 뒤 혼자 집에 남아 기다려야 하는 아리아가 얼마나 외로울지 알고 있었다. 그것이 항상 죄업처럼 나를 괴롭혔다. 함께해 줘야 하는데. 외롭지 않게 해 줘야 하는데. 늘 바쁘다는 이유로 눈 돌려 왔다. 나는 역시 좋은 언니가 아니었다.

"응? 왜 그래?"

길을 가다 멈추고 아리아의 목을 감싸 안으니 아리아가 의아한 듯 고개를 기울였다. 먹먹해지는 기분을 차근히 정리하며 작게 속삭였다.

"언니가 꼭 행복하게 해 줄게."

고지가 멀지 않았다. 아리아와 프레이야 백작의 만남이 성공적으로 성사되기만 하면 아리아는 행복해질 것이다. 소설에서 그러했으니까.

'나는 네가……'

제국에서도 손꼽히는 부자인 백작의 양딸이 되었으면 좋겠어. 내가 주지 못했던 좋은 환경에서 좋은 식사를 하고, 모든 이들에게 사랑받는 사람이 됐으면 좋겠어. 항상 널 속상하게만 하는 나를 잊고 행복했으면 좋겠어.

"으응, 하지만 난 지금도 행복한걸."

화사하게 웃으며 마주 안아오는 아리아를 보며 눈을 감았다.

그럴 리 없다. 비밀 많은 음침한 언니를 집에서 혼자 기다려야 하는 삶이 행복할 리가. 인정할 수 없었다. 내가 꿈꾸는 네 완벽한 행복에 나는 없다. 나는 너처럼 완벽하지 않으니까. 너를 보낸 내가 최악의 최악까지 떨어져 절망할지라도…….

'너만은 행복하기를.'

모았던 손을 푼 아이가 신에게 비는 마지막 소원이었다.

"나 정말 더 돌아다닐 수 있는데……."

"알아. 언니가 힘들어서 들어온 거야."

나와 창밖을 번갈아 보며 어쩔 줄 몰라 하는 아리아에게 밝게 웃어 주었다. 몸이 좋지 않은 아리아는 장시간 활동이 불가능하다. 나온 지 얼마 되지 않아 숨이 가팔라진 아리아와 시내 한복판에 있는 찻집으로 들어온 참이었다.

아리아를 이끌어 햇빛이 잘 드는 창가에 자리를 잡았다. 느지막한 오후여서인지 내부는 한적했다.

"뭐 마실래? 주문해 올게."

내 물음에 치맛자락을 대강 정리한 아리아가 메뉴판을 읽기 시작했다. 아리아는 유행이 훌쩍 지난 프릴 드레스를 입고 있음에도 봄의 요정처럼 아름다웠다.

'더 좋은 드레스를 사 주고 싶은데.'

불쑥 고개를 드는 미안함에 입술을 꾹 깨물었다.

아리아가 입고 있는, 내가 아리아의 열두 번째 생일 선물로 선물한 하늘색 프릴 드레스는 싸구려에 불과했다.

3년 전, 20일 동안의 마수 토벌 여정을 마쳤던 날. 좋은 선물을 사 주고 싶어 부러 무리한 일정을 소화하고 난 직후가 하필 아리아의 생일이었다.

'자정이 지나기 전에 선물을 챙겨 주고 싶었지.'

보통 속도로 갔다가는 자정을 넘어설 게 뻔했다. 이른 저녁에 여정을 끝마친 나는, 시간을 맞추기 위해 정상적으로 이동해서는 10시간이 걸리는 거리를 5시간 만에 주파했다. 머리는 바람에 날려 산발이 되었고, 다리가 후들거려 걷기도 힘들었다. 필사적으로 달렸음에도 시간은 늦어 있었다. 나는 아리아의 생일 선물을 사기 위해 이미 닫힌 옷 가게의 문을 두드리며 제발 나와 달라 진상을 부려야 했다.

열린 문 너머, 잠옷 바람으로 나온 파울 아저씨에게 사람 여럿 죽인 꼴을 하고 드레스를 팔아 달라 간청했다. 기겁하던 파울 아저씨는, 내 처절한 애원에 사정이 있음을 짐작한 듯 별 질문 없이 드레스를 넘겨주었다.

'옷 가게 파울 아저씨와 아는 사이였기에 다행이었지.'

20일간 마수에게 짓밟히며 번 돈을 지불해 구매한 드레스를 조심스레 들고 집으로 돌아가던 때를 기억한다. 고깃덩어리와 진배없는 상처투성이 몸이 부끄러웠고, 흘린 피에 나뒹굴며 일해도 줄 수 있는 선물이 드레스 한 벌뿐이라는 게 비참했다. 무엇보다 생일 내내 함께해 주지 못한 것이 미안했다.

'……슈슈 언니?'

식어 버린 밥상 앞에 홀로 앉아 있던 그 순간의 아리아를 기억한다. 문이 열리는 소리에 속상한 낯을 감추고 애써 웃음 짓다가, 엉망인 나를 보고는 세상을 잃은 낯으로 무너져 내렸다.

빛을 잃은 하늘색 눈동자 앞에서 차마 변명할 수 없었다. 피 묻은 손으로 잡지도 못한 선물상자를 조심스레 내려놓으며, 버석거리는 입을 열었다.

'……이런 것밖에 줄 수 없는 내 동생으로 태어나 줘서 고마워.'

그때 내가 어떤 표정을 지었는지 기억이 나지 않는다. 바들거리는 입꼬리를 자연스럽게 끌어올렸던가? 아니면 소리 없이 울었던가? 무표정이었던 것 같기도 했다. 굳은 듯 멍하던 아리아는 대답 없이 떨리는 손을 상자로 옮겼다. 열린 상자 앞에서, 아리아는 와르르 무너졌다.

'……누가 이런 거 사 달라고 했어? 필요 없어. 선물이고 건강한 몸이고 다 필요 없단 말이야! 언니는 왜 이렇게 나를 나쁜 사람으로 만들어? 왜 이렇게 나를 비참하게 해? 그래, 아주 가끔은 예쁜 드레스를 입고 춤추는 걸 상상했어. 건강한 몸으로 다른 사람들처럼 자유롭게 돌아다니는 걸 꿈꾸기도 했어! 하지만 그 꿈을 언니의 희생으로 이루고 싶지 않았어! 이런 거 바라지 않았다고! 왜 언니가 나 때문에 아픈 건데……!'

아리아가 손에 잡히는 모든 것을 내게 던졌다. 피부를 때리는 물건들은 아프지 않았다. 그저, 가슴이 찢어질 것 같았다. 나는 날아오는 물건들을 묵묵히 맞다가 울분에 못 이겨 주저앉는 아리아를 안아 들었다.

'내가 바라서 그래, 아리아. 내가 선택한 길이야.'

그러니 넌 마음껏 나를 이용해. 한 줌의 뼈까지 너를 위해 사용할게. 어째서 이렇게까지 하느냐는 물음에 대한 대답은 늘 동일하고, 지금까지 불변했다.

그날 아리아는 탈진 직전까지 울었다. 어른스러운 아리아는 어째서 이런 꼴로 돌아왔는지, 부족한 우리 사정에 어떻게 드레스를 샀는지 물어보지 않았다. 드레스를 소중히 옷장에 걸고, 가끔 알 수 없는 복잡한 눈으로 드레스를 들여다봤을 뿐.

'아리아가 프레이야 백작가에 가기 전에…… 더 좋은 옷을 사 줄까.'

오래되어 빛이 바랜 드레스를 보며 생각했다. 물론 아리아는 프레이야 백작가에서 더 좋은 옷을 입을 수 있겠지만, 그래도 마지막 선물을 주고 싶었다. 여유로워진 주머니 사정을 생각하면 불가능한 일은 아니었다.

'원래는 수익 90퍼센트가 요정 숲의 약수 값으로 나갔지만.'

이제 아리아를 완치하는 방법을 알았으니, 요정 숲의 약수로 돈을 허비할 필요가 없다. 더 좋은 것을, 사 줄 수 있었다.

'이번엔 가장 비싼 드레스를 사 줘야지.'

나는 햇빛을 받으며 한 폭의 그림처럼 메뉴판을 읽고 있는 아리아를 보며 작게 웃었다.

"골랐어?"

아리아가 망설이는 기색을 보였다. 잠시 우물거리던 아리아는 옅게 웃으며 메뉴판을 접었다.

"으응. 나는 커피."

"……금방 주문하고 올게."

나는 조금 멈칫하다가 자리에서 일어나 카운터 앞에 섰다.

"커피 한 잔, 그리고 딸기 파르페 하나 주세요."

나는 커피 이외의 음료를 즐기지 않고, 아리아는 딸기를 좋아했다. 메뉴판을 빤히 들여다보았다. 가장 저렴한 커피와 값이 두 배가량 차이 나는 딸기 파르페.

'나 때문이야.'

어린애는 어리광을 부려도 되는데. 어린애는 걱정하지 않아도 되는데. 삶이 너무 궁핍했던 탓에, 아리아까지 돈을 걱정하게 만들어 버렸다. 착잡한 마음을 가라앉히기 위해 창밖으로 시선을 돌렸다.

북적거리는 거리, 빠르게 거리를 지나가는 사람들, 평화로운 거리의 정경이었다. 맞은편 골목길에서 귀족 여성을 끌고 가려는 미친 새끼만 빼면 말이다.

'어?'

이질적인 광경에 눈을 크게 떴다. 순간 머리를 스치고 지나가는 생각은 하나.

'요즘 내 앞에서 위험에 처하는 게 제국 유행인가?'

* * *

확실히 단언할 수 있었다. 나는, 선하지 않았다. 내가 꿈꾸는 것은 아리아의 행복뿐이었다. 내 주위의 평화와 안녕만을 바라는 지독히 이기적인 인간상. 용병 미르는 영웅이라 불렸으나, 아무리 생각해도 영웅은 내게 어울리지 않았다. 하지만…….

"아리아."

"응? 벌써 나왔어?"

의아하다는 표정을 짓는 아리아의 머리를 푹 눌렀다. 버둥거리는 아리아의 귓가에 작게 속삭였다.

"언니 잠깐 나갔다 올 테니까, 먼저 먹고 있어. 금방 돌아올게."

혼란스러워 보이는 아리아에게 방긋 웃어 주고 몸을 돌렸다.

"슈슈 언니!"

작은 손이 팔을 붙잡았다. 마음만 먹는다면 단박에 부러트릴 수도 있는 작은 손이었으나, 나는 종소리만 들어도 침을 흘리는 개처럼 반사적으로 몸을 돌려 아리아에게 집중했다.

"응. 듣고 있어."

몸을 숙여 얼굴을 가까이하자 아리아가 입술을 꾹 깨물었다. 무언가 고민하는 기색. 창밖을 살피면서도 아리아의 대답을 기다리자, 마침내 아리아의 입이 열렸다.

"금방…… 올 거지? 다치지 않을 거지?"

무얼 하러 가냐고 묻고 싶었던 것이 분명함에도, 결국 내가 곤란하지 않을 질문만 던지는 아리아를 보니 가슴이 미어졌다.

'언젠가, 네게 모든 것을 말할 날이 오겠지.'

오지 않을 것만 같은 날을 상상하며 아리아의 머리를 쓰다듬어 주었다.

"……응. 커피가 식기 전에 올게. 다치지 않아."

꾸물꾸물 고개를 끄덕이는 아리아에게 방긋 웃어 보이고 빠른 걸음으로 가게에서 나왔다. 아리아가 볼 수 있는 거리에서는 정상적인 속도로 걷다, 귀족 여성과 남자가 들어간 골목길로 발을 들인 순간 마나를 방출하며 속도를 높였다. 검은 망토가 거칠게 휘날렸다.

'이쪽으로 가면 바로 막다른 골목이지.'

도착하기 직전 발을 멈추고 허리춤에 찬 주머니를 뒤적였다.

'무슨 일이 일어날지 모르니까.'

망토에 달린 후드를 뒤집어쓰고 검은 가면을 착용했다. 목소리를 변조하는 반지를 착용하는 것도 잊지 않았다.

"놓으라 하지 않았나! 감히! 감히 더러운 평민 따위가! 내가 누구인지 알고!"

"크학! 네년이, 히끅! 누군지 무슨 상관이지? 어차피 여기서 죽을 텐데!"

골목길에 들어서자 광기 어린 웃음소리가 귓가를 가득 메웠다.

'……저들 말고도 날 지켜보는 이가 하나 있긴 한데. 괜찮겠지.'

골목 벽 너머에서 느껴지는 실력자의 기운에 인상을 찌푸리면서도 상황을 살폈다.

휘황찬란한 드레스 차림의 여자는 남자에게 손목이 붙잡힌 채 새파랗게 질려 있었고, 눈동자가 반쯤 풀린 남자에게서는 지독한 술 냄새가 났다.

'술 처마시고 정신 못 차리는 새끼들은 어느 곳에나 있는 건가.'

더 볼 것도 없었다. 더럽다 못해 경멸스러워 인상을 가득 구겼다.

'죽이지만…… 말자.'

나는 검으로 향하려는 손을 저지하며 죽기 직전까지 패기 좋은 물건을 찾기 위해 주머니를 뒤적이다가, 손에 잡힌 무언가를 휙 꺼냈다. 적당히 가볍고, 적당히 단단하며, 적당히 길쭉한 것.

'……또 이건가.'

쇠파이프였다.

'이러다 수도에 쇠파이프로 사람 패고 다니는 양아치가 있다고 소문 나는 거 아닌가.'

나는 작게 혀를 차고는 쇠파이프를 붕붕 휘둘러 보았다.

'어쨌든 검보단 나으니까.'

힘을 조금이라도 줬다가는 즉사겠지만, 조절만 잘하면 죽지는 않을 것 같았다.

"뉘, 놔라! 뭘 원하는 건가! 돈을 원하나? 얼마든지 줄 테니 놓으란 말이다!"

"너희 귀족들은…… 히끅! 뭐든 돈으로 해결될 수 있다고 생각하지. 끄윽, 안타깝지만 이번엔 돈으로도 해결 못할 거다. 크학!"

남자는 저열하게 웃으며 여자의 몸을 향해 손을 뻗기 시작했다. 파들파들 떨기 시작한 여자는 굳은 듯 저항조차 하지 못했다.

쾅!

나는 그런 남자의 발 앞에, 검은 오러로 휩싸여 악령이 들린 것 같은 쇠파이프를 내리꽂았다.

"히익!"

기겁한 남자가 뒷걸음질 쳤다. 당당하게 여자에게 손을 댈 땐 언제고 바짝 겁먹은 모습이 쥐새끼 같았다.

'……역겨워.'

쓰레기는 가장 먼저 발견한 사람이 치우는 것이 맞다. 나는 그들에게로 걸어갔다.

"누, 누구냐!"

놀란 남자가 내게 소리쳤다. 나는 남자를 무시한 채, 흉흉한 파이프에 덩달아 놀란 여자에게 조심스레 다가갔다.

"괜찮으십니까?"

마도구로 인해 괴이하게 변조된 목소리가 골목을 메웠다. 여자는 흠칫하면서도 간신히 고개를 끄덕였다.

"옷에 흙이 묻었군요."

여자를 진정시키려 부러 다정하게 드레스에 묻은 흙을 털어 주었다. 긴장을 풀어 주려 했던 것이었건만, 여자는 어쩐지 더 굳은 기색이었다.

'……이런 건 잘 못하니까.'

어려서부터 마수를 잡으러 다니기만 해서 사람과의 관계는 늘 어려웠다. 나는

여자를 진정시키는 건 빠르게 포기하고 끄트머리만 남기고 땅에 깊숙이 박힌 쇠
파이프를 거칠게 뽑아냈다.

"누구, 끅, 십니까! 히끅! 왜, 왜 이러는 겁니까!"

남자의 말투는 금세 존댓말로 바뀌었고, 두 눈은 정처 없이 흔들렸다. 비굴한
표정에서 강자에게는 약하고 약자에게는 강한 성향이 확연히 보여 더욱 기분이
더러워졌다.

"그걸 몰라서 묻나, 발정 난 개자식아."

스산한 목소리로 읊조리며 천천히 발걸음을 옮겼다. 남자가 몸을 사시나무처
럼 떨며 뒷걸음질 쳤으나, 그의 등 뒤는 막다른 벽이었다. 그가 새하얗게 질렸다.

"옷, 옷차림을 보니, 끄윽, 당신도 평민 아닙니까?"

궁지에 몰린 남자가 외쳤다.

"당신도 평민이면, 알지 않습니까! 귀족 놈들이, 히끅! 우리 평민들을 어떻게
대하는지! 인간을 개돼지 취급한다고요! 저 여자도, 윽, 지나가다 나를 보면서 더
럽다고 했습니다!"

그가 여자를 삿대질했다. 여자가 크게 몸을 떨었다. 확실히, 이 제국은 신분제
가 빌어먹도록 또렷하다. 없는 평민들은 항상 없이 살고, 있는 귀족들은 늘 부유
했다. 평민들은 귀족들에게 함부로 말조차 걸어서는 안 됐고, 귀족들은 평민들을
노예 취급했다. 더럽게 불공평한 세상이었다.

고개를 돌려 여자를 돌아보았다. 딱딱하게 굳어 있던 여자가 나와 눈이 마주
치자 새파랗게 질려 고개를 저었다.

"아, 아니에요! 더럽다고 하긴 했지만……! 그건 저놈이 술 취해서 걸어가다
내 어깨를 쳐서……!"

"부딪쳤다고 해서 더럽다고 해도 되는 겁니까?"

'좀 너무하지 않나.'

내 반문에 여자가 입을 조개처럼 꾹 다물었다. 그녀의 눈가가 파르르 떨렸다.

푹 숙였던 고개를 치켜든 여자가 표독스럽게 물었다.

"그렇다고 하면, 이제 나를 해칠 작정인가요?"

눈동자는 두려움을 가득 담고 있음에도 말투에는 자존심이 뻣뻣이 세워져 있었다.

'내가 태세를 전환해 자신을 해칠까 두려워하면서도……'

자존심은 버리지 못한다. 그녀는 완벽한 귀족이었다.

"저거 보세요! 끅! 사과할 생각도 없잖습니까!"

남자가 술 냄새를 폴폴 풍기며 소리쳤다. 힐끔 그에게로 시선을 돌리니, 그가 신나게 떠들었다.

"귀족 놈들은 다 빌어 처먹을 놈들입니다! 히끅! 우리가 자기들 발이나 핥는 개들인 줄 알죠! 평민으로 살아왔다면, 끄윽, 아시잖습니까!"

그의 말투엔 광기에 가까운 분노가 어려 있었다. 그가 평민 신분으로 당하고 살았다는 것은 쉬이 짐작할 수 있었다. 팔짱을 끼고 가만히 그의 말을 듣고 있으니, 그는 결국 해서는 안 되는 말까지 하고야 말았다.

"그래서, 내게는 귀족을 해할 자격이 있습니다! 히끅! 저런 주제 모르는 귀족들은, 끅, 험한 꼴을 좀 당해도 된다고요!"

쾅!

파이프가 남자의 얼굴 바로 옆에 박혔다. 화들짝 놀란 남자가 비명조차 지르지 못하고 풀썩 주저앉았다.

"웃기는 소리를 하는군."

개소리를 들은 귀를 닦아 내고 싶었다. 비소를 흘리며 그에게 걸어가자 형편없이 땅에 널브러진 남자의 몸이 바들바들 떨리고 있었다.

"왜, 왜!"

"네가 얼마나 귀족들에게 당해 왔는지, 어떤 삶을 살아왔는지, 알지도 못하고 알고 싶지도 않다."

드득, 벽에 단단히 박힌 쇠파이프를 단숨에 뽑았다. 남자의 눈에서 두려움이 일렁였다. 나는 내게서 발산되는 살기로 인해 몸이 굳어 얼굴조차 들지 못하는 남자의 턱을 쇠파이프로 들어 올렸다.

"다만 내가 아는 것은……."

나 또한 귀족들의 횡포에는 익숙했다. 여정을 떠난 와중에 귀족의 의뢰가 들어와 온 길을 다시 돌아가야 했던 적도 있었고, 나를 동경한다며 자신의 잠자리로 들어오라고 강압하던 귀족을 만난 적도 있었다. 귀족을 좋다, 싫다 중 양자택일로 고르라 한다면 나는 분명 '싫다'를 고를 것이다. 모든 귀족이 나쁘지 않다 한들, 내가 만나 온 것은 인간 같지도 않은 놈들이었기에 귀족이라는 부류에게서 정을 뗀 지 오래였다.

"그 어떤 피해도, 또 다른 가해의 이유가 될 수 없어."

그러나 그 무엇도 가해의 정당성이 될 수 없다. 죄는 죄일 뿐이었다.

"하지만 가해자는 좀 고통스러워야지."

내 주위를 에워싸고 뱀처럼 꿈틀거리던 검은 오러가 사나운 기세로 남자의 몸속에 들어갔다.

"끄아아아악!"

뭣도 모르고 오러를 삼킨 남자가 비명을 질렀다. 귀 따가운 비명이 듣기 싫어 오러로 그의 입을 속박하고 온몸을 칭칭 묶었다. 옴짝달싹 못 하는 그가 의미 없는 발버둥을 쳤다. 자연 그 자체인 오러는 살기를 담아 휘두를 땐 최고의 살상 무기가 되지만, 소드 마스터의 조정 아래 몸에 들어갔을 때는 독이 되지 않았다.

'그저, 온몸에서 요동치며 지옥을 맛보게 할 뿐이지.'

충분한 훈련과 노력으로 다져지지 않은 신체에 오러가 들어갔을 땐 최악의 고통을 자아냈다. 과유불급의 현상이었다.

'원래는 파이프로 조금 때려 주기만 하려고 했더니 몹시 불쾌하게 하는군.'

손도 대고 싶지 않았다. 쓸모가 없어진 파이프를 주머니에 쑤셔 넣고 휙 고개를 돌리자 멍하니 지켜보던 여자와 눈이 마주쳤다. 그녀가 화들짝 놀라 눈을 크게 떴다.

"제가 마무리할 테니 이만 가 보시죠."

귀족에게 사용하기에는 상당히 시건방진 말투였지만, 도와준 것이 있으니 정상참작이 되리라 생각하며 손을 휘휘 저었다. 어쩐지 몽롱한 눈으로 나를 뚫어져라 응시하던 여자가 뺨을 발그레하게 붉힌 채 입을 열었다.

"그대, 이름이 뭔가요?"

'가라는데 왜 이래?'

미간을 좁힌 채 의중을 묻는 눈빛을 보내니 여자가 황급히 덧붙였다.

"보상! 날 도와준 것에 대해 보상을 해 주고 싶어서 그래요!"

다급하게 덧붙이는 모습이 어쩐지 급조한 변명 같았다. 의아해하면서도 고개를 저었다.

"됐습니다. 보상을 바라고 한 것이 아닙니다."

단호한 거절에 여자가 초조하게 입술을 물었다. 여자는 내가 무섭지도 않은지 성큼성큼 다가와서는 내 손을 붙잡았다.

"그, 그럼 나랑 식사라도 할래요? 정말 고마워서 그래요."

"아쉽지만 선약이 있습니다."

'아리아가 기다리니까.'

지금 내 머릿속에는 빨리 아리아에게 가야 한다는 생각만이 가득했다.

'그런데……'

잠시 나를 붙잡은 손을 응시했다. 그녀의 손이 심하게 떨리고 있었다.

'안색도 너무 창백하고, 동공도 확장됐고.'

마치, 기절하기 직전의 전조 증상 같았다.

'평생 귀족으로 살아온 사람이 겪기엔 너무 거친 고초였지.'

여자는 아슬아슬하게 정신을 붙들고 있었지만, 얼마 버티지 못하고 기절할 것 같았다.

"그, 그럼……."

쓰러진 사람을 바닥에 두고 갈 정도로 모진 인간은 아니다. 여자를 정찰대에게 데려다주는 애프터서비스는 해 줄 의향이 있었다. 쓰러질 낌새를 보이며 비틀거리는 여자를 잡아줄 생각으로 팔을 뻗는 순간.

"내 이름은 르웰린 데카르도예요."

멈칫.

"보상을 받을 마음이 생기면 데카르도 후작가로……."

털썩.

여자가 맥없이 쓰러졌다.

한참 굳어 있던 나는, 그제야 여자의 외형을 확인했다.

찬란하게 굽이치는 장밋빛 머리카락. 푸르른 여름날 나뭇잎처럼 선명한 녹빛 눈동자. 앙칼진 고양이를 연상케 하는 날카로운 눈매. 누구든 보자마자 입을 맞추고 싶게 하는 사랑스러운 입술. 클리셰스러운 악녀의 이미지를 그대로 담은 외형.

'사교계의 황제, 르웰린 데카르도.'

지금 쓰러진 그녀는, 소설 『요정의 밤』의 대표 악녀, 르웰린 데카르도였다.

'설마 그럼 지금까지 느껴지던 인기척이…….'

온몸에 쭈뼛 소름이 돋았다. 소드 마스터가 된 이후 오랫동안 느끼지 못하던 섬뜩함이 몸을 지배했다. 명색이 소드 마스터인 내가 이 골목에 타인이 존재함을 느끼지 못했을 리 없다. 이곳에 발을 들인 순간부터 강한 기운을 지닌 누군가가 이곳을 지켜보고 있음을 알고 있었다.

그럼에도 내버려뒀던 것은, 그가 나보다 약하다는 것을 느꼈기 때문이다. 가면을 쓰고 이곳에 들어서기 전에는 타인의 시선이 나를 향한 적 없었기에 맨얼굴을 들키지 않은 이상 누군가 이 상황을 봐도 딱히 상관없다고 생각했다. 하지만 지금 내가 구한 것이 르웰린이고, 이 상황을 지켜본 것이 '그' 사람이라면 얘기가 달라져도 너무 달라진다.

르웰린 데카르도. 통칭 '돈을 먹는 장미'라 불리는 부의 정점, 데카르도 후작가의 막내딸. 르웰린은 아리아가 등장하기 전까지 사교계의 황제 자리를 지키며, 남주인공 중 하나인 '라이너 아인하르트'를 짝사랑하는 인물이었다.

'짝사랑 상대인 라이너가 아리아를 사랑한다는 걸 알게 되면서 삐뚤어진 사람이었지.'

전형적인 양산형 악녀였다. 나는 착잡하게 쓰러진 르웰린을 내려다보았다.

'미래의 르웰린이 아리아를 괴롭히는 건 상관없어. 내가 막을 수 있으니까.'

이미 아리아를 위해 살기로 마음먹은 몸. 미래의 르웰린이 할 짓은 걱정되지 않았다.

'문제는 내가 지금 르웰린을 구해 버렸다는 것⋯⋯.'

저 너머에서 느껴지는 인기척에 식은땀이 흘렀다.

원작에는 르웰린이 라이너에게 반하게 된 계기가 자세히 설명되어 있었다. 라이너가 정의감 넘치는 남주라는 것을 어필하고자 했을 것이다.

'원작에 쓰인 바, 르웰린이 라이너에게 반하게 된 계기는⋯⋯'

다름 아닌 험한 꼴을 당할 뻔한 르웰린을 라이너가 구해 주면서였다. 바로 지금, 르웰린이 라이너에게 반했어야 했다는 뜻이다.

탁.

"그대를 아주 감명 깊게 봤습니다."

나 때문에 원작이 엉켰다.

벽 위에서 뛰어내린 누군가가 등 뒤로 착지했다. 확연히 느껴지는 존재감에 이를 악물었다.

'빌어먹을!'

내게로 향하는 들뜬 발걸음 소리에 차마 뒤를 돌아보지 못했다. 이대로 증발하고 싶었다.

라이너 카르텔 르 노아 아인하르트. 소드 마스터를 앞둔 실력자이자, 아인하르트 후작가의 차기 후작이며, 황궁 제2 기사단의 기사단장인 동시에……

"그대, 소드 마스터더군요."

미쳐 버린 검 덕후였다.

'저자는 소드 엑스퍼트를 앞둔 검사군요. 소드 엑스퍼트의 경지는 보통 오러를 꺼낼 수 있을 때를 기준으로 하며…….'

'오러는 대자연이 인간에게 선물하는 힘, 마나를 기반으로 합니다. 마나는 자연 그 자체이기에 사실상 인간에게 해를 가하는 형질은 아닙니다. 하지만 실력자 경지에 오른 이들은 이 오러에 살기를 담기 때문에 최강의 학살 무기로…….'

'좋은 검을 고르는 기준으론 철의 종류, 원산지, 대장장이의 실력, 담금질 횟수, 마력 유무 등이 있으며, 보통 좋은 강철을 유통하는 지역은…….'

그는 좋게 말하면 직업에 충실한 사람이었고, 나쁘게 말하면 검에 미친놈이었다. 평소엔 기사단장으로서 과묵함과 엄격함을 유지하다가 검에 관한 언쟁거리가 생기면 설명 기계로 변하는 사람. 그 태세 변환이 웃기고 귀여워 『요정의 밤』에서 인기가 많던 남주인공 후보였다. 나도 책을 읽을 때 그런 모습이 귀여워 라이너에게 호감 표를 주었건만.

'그런 놈을 소드 마스터로서 만나게 되면…….'

"실례가 되지 않는다면 대화를 나눌 수 있겠습니까?"

골치가 아파진다.

탁.

그의 발걸음이 바로 등 뒤에서 멈췄다. 광기까지 담긴 듯한 목소리에 쉬이 몸을 돌릴 수 없었다. 검에 미친놈인 라이너 아인하르트는 자신보다 경지가 높은 이를 만나면 절대 놓아주지 않았다. 그것이 문제였다.

'……괜찮아.'

여차하면 치고 튀면 된다. 애써 마음을 진정시켰다. 그가 완연한 소드 마스터로 각성하는 후반부라면 몰라도, 소드 엑스퍼트 경지에 머무는 지금이라면 확실히 내가 제압할 수 있었다.

나는 여러 번의 심호흡 끝에 몸을 돌렸다.

"무슨 일입니까."

가까이 다가와 있던 라이너와 정면으로 마주했다. 그와 내 거리는 한 뼘이 채 되지 않았다. 키 차이로 시선을 가파르게 올리고 나서야 눈을 마주칠 수 있었다.

은회색 머리칼은 한밤중을 비추는 은빛 달처럼 찬란했다. 치솟은 눈매 아래 금빛 눈동자가 먹이사슬 최상위 맹수의 것처럼 나른하게 번득였다. 퍽 강직하면서도 권태로운 인상이었다.

라이너는 남주인공답게 빌어먹도록 잘생긴 얼굴의 소유자였다.

'저 정도면 디디랑 맞먹는데.'

아직도 확연히 기억나는 디디의 잘난 얼굴을 떠올리며 미간을 좁혔다. 갑자기 극한의 아름다움과 마주한 눈이 잠시 초점을 잡지 못했다.

"지나가는 길에 우연히 그대의 오러를 봤습니다."

아니나 다를까, 검에 대한 이야기부터 꺼낸 라이너가 눈을 빛냈다. 금안이 광기에 가까운 흥분을 담아 번득였다.

'이 자식 키워드가 집착남이었던가.'

분명 만사에 무심하지만 내 여자에게만은 다정한 포지션이었던 걸로 기억하건만. 그의 눈은 반쯤 풀린 상태였다.

"그런데?"

스멀스멀 올라오는 불안감을 애써 억눌렀다. 라이너의 눈동자가 번득였다. 열렸다 다물어지기를 반복하더니, 어느새 입꼬리가 사르르 올라갔다. 나는 사뿐히 열리는 산호색 입술에 잔뜩 긴장했다.

"혹시 그대, 용병왕 검은 재앙 미르입니까?"

'젠장……'

짙은 한숨을 내쉬었다. 미쳐 버린 검 덕후가 내 오러를 본 이상 정체를 들키는 것은 어쩔 수 없었지만, 그럼에도 머리가 아파 오는 건 막을 수 없었다. 무려 원작의 남주인공이, 내가 누구인지 알아 버렸다.

'이게 내가 너무 유명해진 탓이겠지.'

속으로 이마를 짚었다. 공식적으로 소드 마스터라 알려진 이들에게는 오러의 색깔을 본딴 이명이 붙었다. 카이사르 크리시스의 경우는 '붉은 검귀'였고, 용병 미르는 '검은 재앙'이었다. 검은 재앙 미르가 되어 이렇게까지 유명해진 것은 절대 내 의도가 아니었다.

'죽어라 일하다 보니 소드 마스터가 되어 버린 걸 어떡해!'

처음 얼굴을 감추고 '미르'라는 가명을 쓴 건 어린 여자아이라는 이유로 무시를 당하지 않기 위해서였다.

'대강 위장을 하면 남자 청년으로 알아서들 오해하곤 했으니까.'

키가 너무 작은 게 문제였지만, 그걸 걸고넘어지는 이들의 무릎을 꿇려 나를 올려다보게 만들다 보니 논란은 금세 잠잠해졌다. 돈을 위해 용병 미르로 일하며 미친 듯이 마수를 도륙했다. 그러다 나도 모르는 사이 유명해졌다.

'정말…… 정말 감사합니다…… 미르 님이 오지 않으셨다면 저희 마을은 마수 떼로 폐허가 됐을 겁니다. 준비한 사례가 얼마 되지 않음에도 와 주셔서 죄송하고 감사할 따름입니다. 다른 용병들은 사례가 부족하다는 이유로 오지 않아서……'

'미르 님! 저희 마을을 구해 주셔서 감사해요! 저는 커서 꼭 미르 님 같은 사람이 될 거예요!'

'저희 마을은 늘 미르 님을 환영합니다. 혹여나 도움이 필요한 일이 생기신다면 망설이지 말고 우리 마을을 찾아 주세요! 마을의 보물을 팔아서라도 도와 드리겠습니다!'

충직한 검이 되려 했는데 1

소드 마스터 경지에 올랐다는 이유로 유명해지기도 했지만, 무엇보단 보통 용병들이 보수가 적다는 이유로 가지 않는 마을들의 마수 토벌을 도우며 명성을 얻기 시작했다.

'……내버려둘 수 없었으니까.'

내가 직접 느끼지 못하는 불특정 다수의 불행과 가난, 세계 평화 같은 건 상관할 바가 아니라고 생각했다. 허나 용병으로 일하는 동안 가난한 마을들이 마수의 침범으로 무너지는 모습을 내 눈으로 직접 봐야 했다.

'아악! 살려 주세요!'

'엄마! 아빠! 일어나요!'

'미르 님! 제발, 제발 도와주십시오. 도와주시지 않는다면 우리 마을은 전멸당할 겁니다!'

마수에게 부모를 잃고 눈물을 터트리는 아이들, 내게 도움을 애원하는 사람들. 직접 본 이상 지나칠 수 없었다. 나약하다면 나약한 내 천성이었다.

'그렇다고 돈을 아예 벌지 않을 순 없으니까.'

나는 영웅이 아니다. 내게 가장 중요한 건 요정 숲의 약수를 구하는 일이었다.

이에 스스로 규칙을 세웠다. 돈을 벌기 위한 일을 한 번 하고 난 뒤에는 보수가 낮더라도 위험한 마을들을 도와주기로.

'그러다 어느 순간부터 용병왕이라고 불리기 시작하더니…….'

제국의 공식적인 소드 마스터 중 하나로 자리 잡으며, '검은 재앙'이라는 이명까지 생겼다. 사람들은 나를 정체를 알 수 없는 신비로운 영웅으로 우러러보기 시작했다.

'명성을 얻은 뒤로 일은 잘 들어와서 좋았지만…….'

문제가 생겼다. 가십을 좋아하는 이들이 내 정체를 추적하기 시작했다는 것.

'내 정체는 밝혀져도 상관없지만, 만약 내 약점으로 아리아가 잡히면…….'

끔찍한 상상에 몸서리쳤다.

나쁜 짓을 하고 다니지는 않았으나 소드 마스터가 된 직후 폭포수처럼 쏟아진 여러 조직의 러브콜을 모두 거절한 전적이 있었다. 소속되는 조직이 생기면 정체를 밝혀야 할뿐더러, 소드 마스터에게는 적이 많아진다. 그러나 너무 거침없이 거절했던 탓에 되레 이 일로 내게 원한을 가진 이들이 적지 않았다.

'혹시 라이너도…… 내게 원한을 가지고 있는 건 아니겠지.'

기억하기로 아인하르트 후작가에서 연락이 온 적은 없었다. 라이너가 내게 원한을 가지진 않았을 거란 생각에 안심하다, 일순 떠오른 기억에 흠칫했다.

'황궁 기사단에서 왔던 러브콜은 한 다섯 번 거절했는데…….'

라이너는 황궁 제2 기사단 기사단장. 러브콜을 거절한 내게 악감정을 가지고 있을지도 몰랐다.

'물론 원작에서 그런 캐릭터가 아니긴 하지만…….'

역시, 잘 모르는 사람이니 불안했다. 조금 눈치를 보며 라이너를 올려다보았다. 한 점의 악의도 없는 반짝이는 눈동자가 나를 주시하고 있었다.

'악의가 없는 것 같긴 한데…….'

"미르가 아니라고 하면 믿을 겁니까?"

"아뇨."

곧바로 단호한 대답이 돌아왔다. 나는 어이가 없어졌다.

"……스스로 소개조차 하지 않고 대뜸 질문이라니, 무례하십니다."

우선 다른 건 둘째치고 이 한 뼘 남짓한 거리가 너무 부담스러웠다. 살짝 뒷걸음치며 예의를 지적하니 라이너의 어깨가 움찔했다.

작중 검에 관련된 것만 등장하면 눈이 돌아가는 미친놈으로 서술되어 있으나, 라이너는 기본적으로 예를 중시하는 기사였다.

"황궁 제2 기사단의 기사단장, 라이너 아인하르트입니다. 무례를 용서하십시오."

익히 알고 있는 소개가 그의 입에서 흘러나왔다. 고개를 작게 끄덕이고는 쓰러진 르웰린과 실신한 남자를 번갈아 가리켰다.

"기사단장님이시라면 저 두 사람의 처우를 맡겨도 되겠군요. 기절한 르웰린 데카르도 영애께서는 저치에게 험한 일을 당하실 뻔했습니다."

그들과 나를 번갈아 본 라이너가 묘한 눈을 했다. 그의 뜨거운 시선을 비스듬히 피했다.

'웬만해선 원작이 더 엉키지 않길 바라니까.'

내 개입으로 르웰린 데카르도와 라이너 아인하르트의 첫 만남이 뒤틀리게 됐다. 이대로 르웰린이 라이너에게 반하지 않는다면, 원작이 잘못되어도 한참 잘못되는 것이다.

'나를 붙잡으려 하던 르웰린이 걸리지만.'

일어났을 때 라이너가 있다면 원작의 억지성을 따라 라이너에게 반하게 되지 않을까, 하는 것이 내 생각이었다.

'나비효과라는 게 있으니까.'

나비의 날갯짓은 작은 날갯짓으로 그칠 수도 있지만, 폭풍을 일으키기도 한다.

'르웰린이 아리아를 괴롭히게 되는 건 싫지만 그로 인해 생겨나는 에피소드까지 사라지면……'

한 번 목줄을 놓친 개를 잡을 수 없듯, 미래는 내가 붙잡을 수 없는 방향으로 튀게 될 것이다. 나는 그것을 경계했다.

"이제 당신도 소개해 주시죠."

저 구석에 처박힌 남자를 질질 끌고 와 쇠파이프로 툭툭 건드리기까지 하며 딴청을 피우고 있었건만, 라이너는 떠날 기색을 보이지 않았다.

'자식, 그냥 좀 갈 것이지.'

"슈슈입니다."

"아니잖습니까."

요새 가명으로 밀고 있는 이름을 입에 올리니 곧바로 반박이 날아왔다.

"맞습니다만."

'내가 맞다고 하는데 어쩔 거야.'

뻔뻔하게 고개를 쳐들었다. 무심한 표정으로 눈을 반짝이는 묘한 기색을 한 라이너가 나를 지그시 응시했다.

"당신, 미르 아닙니까."

"왜 그렇게 생각하시는지 모르겠습니다."

'이 자식, 내가 미르인 걸 알면 절대 놓아주지 않는다.'

내 직감이 그렇게 말했다. 기다리는 아리아에게 빨리 가야 하는 지금, 라이너는 귀찮은 방해물에 불과했다.

"그대, 오러가 검은색이었습니다."

라이너가 손에 쥔 쇠파이프를 가리켰다. 쇠파이프는 오러를 감당한 대가로 새까맣게 물들어 있었다.

"오러가 검은색인 이들은 꽤 많을 텐데요."

"그들은 검은 계열일 뿐, 완벽한 검은색의 오러를 사용하는 이는 검은 재앙 미르가 유일합니다."

라이너가 내 반박을 가볍게 맞받아쳤다.

'맞는 말이긴 하지.'

오러는 검사의 정체성이다. 공식적으로 알려진 이론은 아니지만, 『요정의 밤』에 따르면 모든 검사의 오러는 미묘하게라도 색깔이 달랐다.

'검은 계열 오러는 많아도 나처럼 새까만 오러는 없었지.'

꽤 많은 검사를 만나 봤다고 자부할 수 있지만, 단 한 번도 나만큼 어두운 오러를 본 적이 없다. 내가 한계에 부딪혀 찾아냈던 답은 그만큼이나 어두웠으니까.

"……원하는 게 뭡니까?"

어차피 라이너는 내 정체를 확신하고 있다. 더 끌어 봤자 시간 낭비일 뿐. 반박을 포기한 채 본론으로 들어갔다. 그의 눈동자가 전에 없이 찬란하게 반짝였다. 무뚝뚝하기 짝이 없는 표정을 하고선, 히어로를 만난 어린아이처럼 눈을 빛내는 것이 이질적이었다.

"그대가 누군지 알고 싶습니다."

'이미 알았으면서.'

미미하게 인상을 찌푸리며 짜증스럽게 말했다.

"용병 미르입니다. 이제 속이 시원합니까?"

"그거 말고."

라이너가 성큼 다가왔다. 흥분으로 점철된 눈빛을 한 그가, 천천히 입꼬리를 올리고 눈을 휘었다.

'아리아를 제외한 누구에게도 웃는 모습을 보여 주지 않는 냉혈한 기사라며.'

더러운 골목길을 아기 천사들이 나팔 부는 낙원으로 착각하게 만드는 화사한 웃음에 배신감이 들 정도였다. 캐해석에 패배를 맛보고 있는 그때, 그의 입술이 천천히 열렸다.

"미르의 진짜 이름을 알고 싶습니다."

입안 가득 꿀을 머금은 것 같은 달콤한 목소리. 귓가를 간지럽히는 낮고 부드러운 목소리에 든 생각은 딱 하나였다.

'내 동생한테나 그러란 말이다.'

내가 모르는 무언가가 있는 느낌. 어떤 소설의 에필로그를 보지 못한 것처럼 찝찝했다.

'분명 검에 대해서나 주야장천 물어볼 거라고 생각했는데.'

라이너는 내 검술에 관심이 없어 보였다. 나를 집요하게 주시하는 단내 나는 눈빛과 사르르 올라간 입꼬리가 이를 입증했다. 그는 내 존재 자체에 대해 궁금해하는 것 같았다.

'너 나 알아?'

그래. 그의 태도는 마치 오랫동안 만나고자 했던 동경하는 위인을 눈에 담은 사람 같았다.

"내가 누구인지는 알아서 뭐 하려 합니까? 미르의 정보를 캐오라는 의뢰라도 받았습니까?"

그럴 리 없음에도 말이 날카롭게 나갔다. 카슈미르로서의 내 정체는 아리아의 안전과도 직결되어 있었기에 예민할 수밖에 없었다. 잔뜩 날을 세운 채 두어 걸음 물러서자, 웃음을 지운 그가 무뚝뚝하게 말했다.

"……저는, 검은 재앙이 아닌 당신이 궁금할 뿐입니다."

라이너가 비 맞은 강아지 같은 표정을 지었다. 나는 미궁에 빠졌다.

'소설 속 미친 검 덕후가 소드 마스터에게 검에 대해 질문을 하지 않는다고? 용병이 아닌 내가 궁금하다고?'

해석할 수 없는 라이너는 내 경계심을 가중시키기에 충분했다.

"검은 재앙이 아닌 나는 왜 궁금한 거죠?"

라이너의 입꼬리가 느리게 올라갔다. 그의 웃음은 여전히 그림 한 폭처럼 아름다웠지만, 화사하다 못해 화려하던 조금 전과는 달랐다.

'……왜 슬퍼 보이는 거지.'

씁쓸하면서도 처연해 보이는 웃음이었다. 눈매를 축 늘어트린 그가 작게 한숨을 쉬었다. 가슴 한구석을 간지럽히는 이상한 감각. 조금 전부터 내 직감을 건드리던 무언가.

'기시감.'

왜?

내가 라이너에게 기시감을 느낄 일이 대체 뭐가 있단 말인가. 눈앞의 라이너도, 그 앞에 서 있는 나조차도 이해할 수 없어 혼란에 빠져 있을 때였다. 그의 단정한 산호색 입술이 다시금 열리며 내 사고를 마비시켰다.

"……당신이 말해 주겠다고 했잖아요, 카슈미르."

쾅!

굉음과 함께 라이너의 등이 골목 벽에 부딪쳤다. 라이너가 놀란 눈을 깜박이는 사이, 초월적인 속도로 발도한 검이 그의 하얀 목에 닿았다. 옅게 베인 그의 피부가 붉은 피를 흘렸다. 나는 천천히 그의 얼굴 옆 벽을 짚었다. 머릿속이 미친 듯이 울렸다.

"너 뭐야, 새끼야."

라이너 아인하르트가 내 정체를 알고 있다.

흉흉한 살기가 온 골목을 메웠다. 내 몸에서 뿜어져 나온 검은 살기가 당장이라도 라이너를 덮칠 듯 난폭하게 넘실거렸다. 검에 가로막혀 옴짝달싹 못 하는 라이너의 몸이 덜덜 떨렸다. 소드 마스터가 작정하고 푼 살기를 맨몸으로 받아 낼 때의 생리적 현상이었다.

모든 감정을 지운 무감한 눈으로 그의 금안을 마주했다. 몸은 사시나무처럼 떨리고 있음에도 눈은 흔들림 없이 나를 주시하는 것이 신경에 거슬렸다. 한 뼘도 되지 않는 거리에 라이너가 있다. 조금 빨라진 그의 숨결이 선명하게 귓가를 울렸다. 하얀 목덜미가 날 선 칼날에 베여 울컥 피를 흘렸다.

예민한 소드 마스터의 후각이 직감을 간지럽혔다. 여러 악취가 뒤섞인 이 뒷골목에서, 내 후각을 강하게 건드리는 냄새들이 있었다. 진하게 풍겨오는 비릿한 혈 향. 검 특유의 강철 냄새. 그리고 라이너에게서 은은히 피어나는 로즈우드 향.

'……맡아 본 적 있는데.'

수많은 생각들로 머리가 터질 것 같았다. 라이너에게서 느껴지는 기시감과 알 수 없는 그의 태도. 어떻게 그는 내 이름을 알고 있는 건지, 나는 왜 그에게서 익숙함을 느끼는 건지. 무언가 생각이 날 듯 나지 않는다. 답답함에 짜증스러운 한숨을 뱉으며 서늘하게 읊조렸다.

"그 목 위에 붙은 것을 귀히 여길 줄 안다면 대답하는 게 좋을 거야."

칼날이 더 깊숙이 스며든다. 가랑비처럼 떨어지던 핏방울이 장마철 굵은 빗줄기처럼 길게 흘러내리기 시작했다.

"어떻게 내 이름을 안 거지?"

이를 악물고 으르렁거렸다. 그는 살기에 몸을 떨면서도 알 수 없는 빛을 담은 눈동자로 나를 지그시 응시할 뿐이었다.

'……왜 저항을 하지 않는 거지?'

그는 소드 마스터를 앞둔 강력한 검사. 그가 마음먹고 내게 대항하려 든다면 이기진 못한대도 어느 정도 버틸 수는 있을 것이다. 하지만 그에게는 저항하려는 기색이 전혀 없었다. 순종적으로 내리깔린 눈꺼풀과 허리춤에 찬 검에서 멀리 떨어진 두 손이 그것을 증명했다.

일순 속이 울렁였다. 기억의 편린 한 조각이 머릿속을 스치고 지나갔다.

'강해져서 다시 만날 그날엔 당신에 대해 알려 줄 건가요?'

마수의 피를 뒤집어쓴 작은 인영. 나를 우러러보던 검은 눈동자. 첫사랑을 닮은 풋풋함과 동경이 가득 담긴 눈빛.

'……그럴 리가 없잖아.'

말도 안 되는 가정을 머릿속에서 지워 냈다. 그때 그 아이가 라이너일 리가 없었다. 그 아이는 자기 입으로 평민이라고 말했을 뿐더러, 생김새도 라이너와…….

'……다른가?'

머릿속에 번개가 튀는 것 같았다. 눈앞의 라이너를 해부하듯 관찰했다. 날카로운 시선 아래에서도 그는 묵묵히 침묵할 뿐이었다. 검은 머리, 파란 눈에 조용하던 소년. 은회색 머리, 금빛 눈에 무심해 보이는 라이너.

'말도 안 돼.'

동공에 파문이 일었다. 입을 살짝 벌리다, 쓸데없는 생각이라 단정 지었다. 아무리 소드 마스터의 감이 좋다 한들 이번에는 지나친 도약이었다.

'……당신 같은 사람이 되고 싶어요.'

'그때 그 아이가 라이너일 리 없어. 라이너는 귀족이잖아. 그때 그곳에 있을 이유가 하나도 없는데. 소설에 나오지도 않고.'

라이너의 얼굴 위에 겹치는 소년의 얼굴을 지워 내며 냉정을 되찾으려 애썼다. 상황이 이해되지 않으니 머리가 계속해서 망상을 펼치는 거라고 생각했다.

"우리 용감한 기사단장님께서는 죽음도 두렵지 않으신가 봅니다."

부러 더 서늘하게 낯을 굳히고 그의 귓가에 작게 속삭였다. 라이너의 어깨가 작게 움찔거렸다.

"내가 검은 재앙 미르라는 것을 안다면, 당신 정도는 가볍게 죽일 수 있다는 것도 알 텐데……."

눈을 내리깔며 하얀 살갗 위로 흐르는 붉은 피를 검지로 천천히 쓸어내렸다. 그 모습을 내려다보던 라이너가 제 입술을 깨물었다.

검은 재앙으로 이름을 날린 이후부터는, 미르에 대한 괴담들이 생겨났다.

'의뢰비를 충분히 지급하지 못한 마을에서는 그 마을의 어린아이들을 대가로 가져가 삶아 먹는다는 소문도 있던데.'

사람들은 검은 오러로 마수들을 도륙하는 나를 동경하면서도, 그 재앙이 언젠가 자신들에게로 향할까 두려워했다. 검은 재앙 미르는 사람들에게 두려움이자 경외의 대상이었다.

'이제 슬슬 입을 열 때도 됐는데.'

이렇게까지 위협을 했는데도 라이너의 입은 열릴 기미가 보이지 않았다. 보통 사람들은 협박할 것도 없이 검만 꺼내 들어도 다 나불대곤 했기 때문에 길게 이어지는 그와의 대치가 어색했다.

가면으로 가려져 보이지 않을 미간을 좁혔다. 얼마나 기다렸을까, 꿀이라도 발라놓은 듯 꿈쩍도 하지 않던 그의 입술이 천천히 열렸다.

"……개인적으로, 그대에게 관심이 있어 뒷조사를 했었습니다. 미안합니다."

감정이 배제된 딱딱하고 무뚝뚝한 말투. 처음 나를 보았을 땐 찬란하게 반짝이던 황금빛 눈동자가 깊게 가라앉았다. 원하는 대답을 들었음에도 껄끄러움은 사라지지 않았다.

'분명 이런 대답이 돌아올 거라고 예상했는데.'

라이너와 나는 전에 만난 적이 없으니 당연히 뒷조사로 내 이름을 알아냈을 터였다. 그것밖엔 방법이 없으니까. 그와 내가 만났을 리가 없는데…….

'왜 이렇게 찝찝한 거지.'

여전히 무표정함에도 어쩐지 처연해 보이는 라이너의 얼굴이 눈에 걸렸다. 혼란스러움에 얼굴을 구기면서도 그의 목을 압박하던 검을 순순히 내렸다.

"정보의 출처는 어딥니까."

어찌 되었건 제 입으로 뒷조사를 했다고 하니 믿는 수밖에 없다.

『요정의 밤』에 등장하는 라이너는 침묵할지언정 거짓말을 할 캐릭터는 아니니 의심을 거두기로 했다.

"어쩌다 알게 된 것뿐입니다. 저 말고 미르의 실명을 아는 이는 없으니 걱정하지 않아도 됩니다."

"……정말입니까?"

"네."

'……진짜겠지?'

눈을 가늘게 떠 그의 의중을 살폈다. 라이너의 얼굴은 여전히 무심해 뜻을 읽기 힘들었지만, 직감이 그가 거짓을 말하지 않는다고 속삭였다.

'애초에 라이너가 남의 비밀을 함부로 말하고 다닐 치는 아니니까.'

소설 속 그는 완벽한 기사였다. 딱딱하지만 올곧은 사람. 가지각색의 캐릭터들이 범람하던 소설계에서는 밋밋하다 싶은 성격이었지만, 특이함의 범람 속에서 오랜만에 보는 정석이었기에 오히려 사람들의 사랑을 받던 캐릭터였다.

'내게 악의를 가진 것 같지도 않으니까.'

가라앉은 황금빛 눈동자에 악의는 코빼기도 보이지 않는다. 그저 보이는 것은······.

'슬픔, 분노, 욕망, 그리움.'

내가 이해할 수 없는 감정들이 뒤섞여 만들어 낸 어두운 눈빛뿐.

결국 검을 집어넣었다.

"라이너 아인하르트."

나지막이 그의 이름을 불렀다. 고개를 숙이고 무언가를 생각하던 라이너가 휙 고개를 들었다.

"그대의 이름을 기억했습니다."

라이너의 동공이 파문을 일으켰다. 살짝 달아오른 뺨, 희미하게 올라가는 입꼬리. 왜인지 그는 기뻐 보였다.

"그러니 함부로 경거망동해서는 안 될 겁니다. 용병 미르의 실명은 무덤까지 가져가시길."

"······아."

냉랭하게 갈무리하니 살짝 올라갔던 그의 입꼬리가 순식간에 원위치를 찾았다. 라이너가 입술을 꾹 깨물었다.

"······네."

조금 처진 목소리가 귓가를 간지럽혔다.

'왜······ 실망한 것 같지······?'

내 착각인지, 그는 협박을 듣고 시무룩해 보였다. 이상해지려는 기분을 갈무리하고는 한숨을 쉬었다.

"검을 들이민 건 미안합니다. 그 부분에는 민감해서."

"괜찮습니다. 먼저 뒷조사를 한 제 잘못입니다."

형식적으로나마 사과를 주고받았다. 여전히 무표정이었지만 어쩐지 전보다 훨씬 울적해 보이는 라이너가 신경 쓰였다.

'······무슨 상관이야.'

풀리지 않은 것들이 많았지만 더는 허비할 시간이 없었다. 얼른 아리아에게 가 봐야 했다.

"그럼 좋은 하루 보내십시오. 뒷일을 부탁합니다."

끝은 정중해야 하지 않을까 싶어 대강 예의를 갖추고 등을 돌렸다.

"잠시만."

라이너가 나를 불러 세웠다. 살짝 고개를 돌리자, 입술을 깨물었다 놓기를 반복하는 그가 보였다. 무슨 말을 하려고 저러나 싶어 기다려 주니 그가 느리게 입술을 열었다.

"그대는…… 내 오랜 동경의 대상이었습니다. 나는 그대 같은 사람이 되고 싶었습니다."

뜬금없는 고백이었다. 하지만 그런 고백을 하는 라이너도, 듣는 나도 진지했다.

'……당신 같은 사람이 되고 싶어요.'

정말 어이없게도, 나는 또다시 그때 그 소년을 그와 겹쳐 보았다.

'……머리 아파.'

관자놀이를 꾹꾹 눌렀다. 멈추려 해도 계속 떠오르는 가설 하나가 머릿속을 어지럽혔다. 길게 한숨을 쉬고는 아공간 주머니를 뒤적여 손수건을 꺼냈다.

"지혈."

라이너에게 손수건을 던졌다. 손수건을 가볍게 잡아챈 그가 나를 뚫어져라 응시했다.

'대체 왜 나를 저런 눈으로 보는 건지, 왜 나를 닮고 싶다는 건지 모르겠지만.'

"나는 당신이 나보다 좋은 사람이 되길 바랍니다."

'너는 나보다 좋은 사람이 될 수 있을걸.'

그때 소년에게 했던 것과 비슷한 말을 한 것은, 그래. 충동이었다. 그대로 고개를 돌린 나는 그의 표정을 볼 수 없었다. 내가 골목을 빠져나와 카페로 돌아갈 때까지, 골목에서는 움직임이 느껴지지 않았다.

⟶ ·❦·❧· ⟵

카슈미르가 사라진 골목길에 남은 라이너는 그녀의 흔적이 남은 골목을 찬찬히 둘러보았다. 라이너는 카슈미르의 손가락이 닿았던 상처를 느리게 쓸어내렸다. 욱신거리는 상처보다 쉴 새 없이 뛰는 심장이 더 아팠다.

'당신은······.'

여전히 강하고, 여전히 올곧으며, 여전히, 곁을 내주지 않는다. 가지런한 치열이 입술을 무참하게 짓씹었다. 날카로운 송곳니에 찔린 입술에서 새빨간 핏줄기를 뱉어 냈다.

꾹꾹 누르고 또 누르던 감정이 풍랑을 만난 조각배처럼 넘실거리고 있었다. 울렁이는 속과 정박할 줄 모르고 뛰는 심장이 경박하게만 느껴졌다.

'내가 그때 그 아이라는 걸 말했다면 무언가 달라졌을까.'

건네받았던 손수건이 행여나 구겨질까, 그는 손수건을 쥐지도 못하고 간신히 끝을 잡아 올렸다. 심장이 쉴 새 없이 울렁거렸다.

'당신을 만난 이후부터 잠들지 못하는 새벽이 많아졌지.'

그때를 기억한다. 나보다 작은 당신이 날선 검을 들고 내 앞을 지켜 서던 그때를. 싸우는 당신을 지켜볼 수밖에 없던 그날을. 그 작은 등이 세상 무엇보다 커 보이던 그 순간을. 이제 청년이 되어 버린 소년은, 여전히 첫사랑을 앓고 있었다.

'당신보다 강해지고 싶었는데.'

참을 수 없는 자기혐오에 이를 악물었다. 손수건을 잡지 않은 반대쪽 손을 꽉 쥐었다. 손바닥에 선명한 손톱자국이 물들었다.

그날 이후 수도로 돌아온 라이너는 모든 걸 내려놓고 검술 연습에만 매진했다. 미친 사람처럼 검을 휘두르고, 또 휘둘렀다. 그날 보았던 그 등을 넘어서기 위해, 그녀와 등을 마주 대고 싸우기 위해. 다시는, 좋아하는 이의 등 뒤에서 무력하게 보호만 받지 않기 위해.

'하지만 당신은…….'

뼈가 으스러져라 쥔 주먹 틈새로 핏줄기가 흘러내렸다. 당신은 내가 따라잡을 수 없는 속도로 성장해 이제는 재앙이라 불리고 있었다.

카슈미르는 라이너 아인하르트에게 있어 뛰어넘어야 할 기준선이자, 갈망이고, 동경조차 닿지 않는 머나먼 우상이었다. 그가 아무리 미친 사냥개처럼 추적해도 그녀는 언제나 라이너를 앞서 있었다.

'당신은 왜 이리 무자비하게 다정한지.'

작은 자수조차 없는 흰색 민무늬 손수건. 라이너는 카슈미르의 손이 닿았던 손수건을 한참 동안 내려다보았다. 아인하르트의 재력으로는 수만 개도 더 살 수 있는 흔한 손수건이었으나, 그녀가 주었다는 이유만으로 소중해 견딜 수 없었다. 골목길을 느리게 훑던 라이너의 시선이 르웰린에게로 향했다.

'그녀가 구한 사람.'

금빛 눈동자가 해저에 다다를 듯 깊게 침잠했다. 무자비할 만큼 다정한 당신의 자비는 내게만 향하지 않는다. 라이너는 운 좋게 카슈미르의 동정을 받은 다수 중 하나일 뿐, 그녀에게 유일한 존재가 아니었다.

'분명, 그럴 텐데.'

황금빛으로 빛나던 두 눈동자가 질끈 감겼다. 라이너는 그를 기대하게 하는 그녀의 모든 것들을 잊으려 노력했다.

한없이 난폭한 기세로 내뿜어지면서도 그의 숨통을 본격적으로 막지는 않던 살기를, 목에 핏줄기를 내면서도 깊게 들어오지는 않던 검을, 무언가 떠오른 듯 동요하다가도 애써 냉정을 가정하던 낯을, 저를 의심스러운 눈초리로 바라보면서도 순순히 믿고야 마는 물렁함을, 짜증스럽게 않는 소리를 내며 무심한 듯 손수건을 건네주던 다정함을…….

'나는 당신이 나보다 좋은 사람이 되길 바랍니다.'

'너는 나보다 좋은 사람이 될 수 있을걸.'

무언가 아는 것처럼 그날과 비슷한 말을 읊조리던 변조된 목소리를.

영혼에 새겨진 것은 잊을 수 없다.

음습한 갈망과도 같은 무언가가 그의 속을 뒤집었다.

달려가 그녀를 잡고 싶었다. 당신이 의심하는 대로 그때 그 아이가 나였다고. 당신에게 무력하게 지켜진 뒤로 당신과 같은 자리에 서기 위해 노력했다고. 오랫동안 당신을 동경했고, 한여름 밤의 꿈처럼 다가오던 당신을 그리워했다고.

'……아직은 아니다.'

라이너는 짙은 숨을 뱉어 범람하는 감정들을 삼켰다. 오랫동안 굴려진 눈덩이처럼 커지고 또 커져 더는 부정조차 할 수 없는 욕망을 짓이기듯 누르는 건 라이너에게 습관과도 같은 일이었다.

카슈미르와 헤어진 그날 이후, 그녀를 찾지 못해서 그리 살았던 것은 아니다.

'나한텐 동생이 있어. 그 아이가 행복하길 바라면서 일생을 살아 냈지. 우린 수도 가까이에 살고 있고…….'

다정한 당신은 당신을 궁금해하던 아프고 약한 평민 아이에게 너무 많은 것을 알려 주었다. 그 정보들을 기반으로 당신을 찾으려 했다면 찾지 못할 것은 없었다. 그럼에도 찾지 않았던 것은. 매일 밤 그리움을 누르며 새벽을 지새웠던 것은, 당신이 등을 맡기고 싸울 수 있을 만큼 강한 사람이 되기 전까지는 당신과 재회하지 않겠다고 스스로와 약속했기 때문이었다.

'다시 만날 그날엔 강해져 있겠다고 했으니까.'

당신과 같은 곳에 서기 위해 노력했다. 어느새 소드 마스터 경지에 올라 검은 재앙으로 이름을 날리는 당신의 명성을 듣고 조급해져 밤새도록 검을 휘두르던 날들은 셀 수도 없었다.

그 수많은 나날을 인내하고, 흐르지 않는 새벽을 견뎠는데…….

'당신 얼굴 한번 봤다고 무너져 버리면 어쩌라는 건지.'

채워지지도 삼키지도 못할 갈망이 참혹하다.

방울진 피가 떨어지는 손으로 거칠게 마른세수를 했다. 라이너의 하얀 얼굴에 새빨간 핏줄기가 묻어났지만, 그는 신경 쓰지 않았다.

'당신보다 강해질 순 없을지라도 당신과 비슷한 경지엔 갈 수 있어.'

소드 마스터의 고지가 눈앞에 있음을 그 스스로 느낄 수 있었다. 그때가 되면 당신을 찾아가 자신이 그때 그 아이였음을 고백할 생각이었다.

'그때까진 참아야 한다.'

아직 완성되지 않은 불안정한 황금빛 오러가 그의 주위에서 일렁였다. 이 오러의 색조차도 당신에게서부터 비롯된 것. 라이너의 모든 것은 이미 카슈미르로 물들어 있었다.

다시금 이를 악문 라이너는 기절한 르웰린을 안아 들었다. 정의로운 그는 원래도 르웰린을 도왔겠으나, 카슈미르가 부탁한 이상 더욱 확실히 일을 처리하고 싶었다.

'쓰레기에게…… 과분한 흔적이 남았군.'

라이너는 몸 위에 검은 오러의 흔적이 남은 남자를 서늘하게 내려다보다 자신의 오러로 남자를 한 번 더 속박했다. 빛나는 황금빛 오러가 남자의 몸을 뱀처럼 휘감았다.

'당신의 부탁이니까.'

뒷일을 부탁한다는 카슈미르의 말을 거역할 수 있을 리 없었다.

'당신의 전부는 감히 꿈꾸지도 않으니, 다시 만날 그날엔 당신의 마음 한 조각이라도 받을 수 있기를.'

그것이 라이너 아인하르트가 바라는 전부였다.

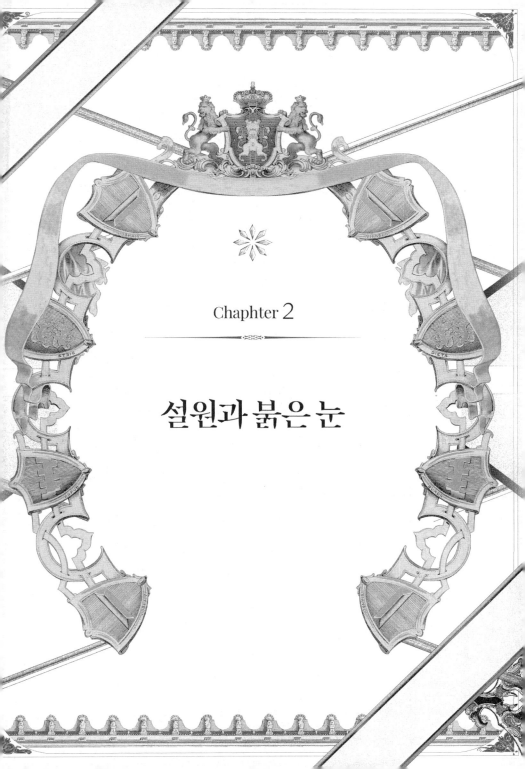

Chaphter 2

설원과 붉은 눈

르웰린을 구하고 라이너와 대면했던 날로부터 일주일이 지났다. 원작의 주요 인물인 둘과 거하게 엮였으나, 내 일상에 변화는 없었다.

'나흘 동안은 프레이야 백작가에 대해 조사했지.'

아리아가 가게 될 가문이다. 혹여 소설에 쓰이지 않은 비리나 어두운 부분이 있을까 싶어 정보 단체까지 방문해 프레이야 백작가의 모든 것을 캐낸 후였다.

다행히도, 프레이야 백작가는 소설과 동일했다. 어마어마한 부를 축적하고 수많은 사업을 진행하고 있음에도 놀라울 정도로 뒤가 깨끗했다. 백작과 백작 부인 모두 선량한 이들이라고 하니 안심하고 아리아를 맡겨도 될 것 같았다.

'아리아가 안정적으로 백작가에 정착을 하면…….'

나는 혼자 남게 되겠지. 기쁨과 슬픔, 걱정과 외로움, 그리고 절망이 점철되어 더는 색을 알아볼 수 없게 된 감정의 응어리가 사무치며 속을 뒤집었다.

'이기적인 새끼. 기뻐해야지.'

그저 기뻐하지 못하는 스스로에게 역할 정도의 자기혐오를 느꼈다. 아리아는 그곳에서 행복해질 것이다. 좋은 부모 아래서 좋은 사람들을 만나며, 나 같은 건 차마 바라볼 수조차 없는 높은 곳으로 사라질 것이다. 그 완벽한 이야기에 내 자리는 없었다.

'결심했잖아. 아리아의 행복을 위해서라면 무엇이든 하겠다고. 절대 욕심 부리지 않겠다고, 한 자락의 그림자로 남기로 했잖아.'

흔들리는 마음을 다시금 다잡았다. 백작 영애가 된 아리아의 곁에서 알짱거릴

충직한 검이 되려 했는데 1

생각은 추호도 없었다. 적이 많은 용병 미르는 아리아에게 방해물만 될 테니까.

'멀리서 바라볼 수만 있다면, 그러다 가끔 위험에 처한 아리아를 도와줄 수만 있다면.'

그걸로 충분하다. 감히 더 바라지 않았다.

'얼마 남지 않았어.'

다행히도 소설에는 아리아가 백작가로 가게 되는 날이 언제인지 자세히 기록되어 있었다.

'눈꽃 축제의 시작일로부터 하루가 지난, 눈 내리던 날.'

눈꽃 축제는 제국의 겨울을 대표하는 성대한 축제였다. 황궁에서는 한 해의 끝을 자축하며 무도회가 열리고, 평민들의 거리에는 화려한 노점상들이 들어섰다.

'눈꽃 축제를 구경하러 가다 외진 골목길에서 쓰러진 아리아를, 집에 돌아가던 프레이야 백작이 우연히 발견한다.'

이것이 원작의 시작점. 아리아 인생의 분기점이 될 사건이 이제 일주일도 채 남지 않았다.

'원작대로 흘러가야 하지만, 아리아가 위험해도 안 돼.'

이미 나 때문에 원작이 뒤틀어졌다. 원작과 달리, 아리아에겐 나라는 보호자가 있었다. 어떻게 흘러갈지 예상할 수도 없었다.

'그러니까 조작을 해서라도 원작을 타야지.'

프레이야 백작의 일거수일투족은 이미 뒷조사로 알아낸 뒤였다.

결전의 그날, 나는 출근하는 프레이야 백작과 실수인 척 부딪치며 그의 몸에 위치 추적기를 붙일 것이다. 마력으로 작동되는 초소형 위치 추적기는 상당히 비쌌으나, 아리아를 위해 못할 것은 없었다.

'어떻게든 프레이야 백작이 아리아와 만나게 해야 해.'

아리아가 요정 숲의 약수를 정기적으로 복용하게 되며 몸 상태가 원작과 사뭇 달라졌을 가능성이 높았다. 과연 그날 쓰러질지조차 확신할 수 없었다.

'……목덜미를 쳐서라도 기절시켜야지.'

아리아를 공격할 생각에 마음이 심란해졌지만 원작을 되돌리기 위해서라면 어쩔 수 없다고 마음을 굳게 먹었다.

'기절한 아리아를 프레이야 백작의 이동 동선에 내려 주면.'

계획은 완벽하다. 생각을 정리한 뒤, 검은 망토의 후드를 꾹 눌러쓰고 건물 위에서 뛰어내렸다.

'용병 길드.'

눈앞에 보이는 나무 건물로 발걸음을 옮겼다.

'그러고 보면, 이곳을 셋이서 함께 들어갈 때도 있었는데.'

처음부터 혼자서 일했던 것은 아니었다. 마수 토벌은 무척이나 험난한 일. 동료 둘과 함께했을 때도 있었다.

'다 옛날이야기지만.'

입술을 꾹 물었다. 그리 좋지 않은 기억이었다. 떠올리는 것만으로 우울해져 고개를 흔듦으로 생각을 흐트러뜨렸다.

또다시, 미르로 일해야 할 시간이었다.

끼익—

거대한 나무 문이 오래된 경첩 특유의 소리를 내며 밀렸다. 술집 형태의 용병 길드 내부에는 언제나 사람들로 바글거렸다. 익숙한 광경을 지나쳐 게시판 앞에 섰다. 내 등장과 함께 일대가 잠시 고요해졌다.

"……저거 미르 아녀?"

"미르야 늘 이쪽으로 의뢰지를 찾으러 오니 가끔 볼 수야 있다만…… 요즘은 미르를 사칭하는 자들이 워낙 많으니 진짜인지 구분할 수가 있어야지."

'일주일 내에 끝낼 수 있는 마수 토벌 의뢰로.'

피부 위로 쏟아지는 시선을 무시한 채 조건이 맞는 의뢰를 찾아 게시판을 뒤적였다. 다닥다닥 붙은 의뢰서들을 헤집고 또 헤집다, 작게 붙은 의뢰지 한 장으로 시선이 고정되었다.

'루주 마을의 겨울 마수 토벌을 도와 달라고.'

루주 마을은 크리시스 공작가의 영지로, 북부와 가까운 변방에 위치해 끊임없이 마수의 침범을 받는 지역이었다. 만년설 지대와도 가까워 농사를 지을 수 없기 때문에 늘 식량 부족과 빈곤에 시달린다고 들었다.

'출몰하는 것들도 죄다 하라바나나 바쿠스같이 난폭하고 토벌하기 어려운 마수들이란 말이지. 게다가 지금은 겨울인데.'

쯧, 혀를 찼다. 추운 날씨에 야영하는 것은 무척 고된 일인 데다, 겨울이 되면 거대 마수들이 활발하게 활동하기에 겨울 마수 토벌은 특히 더 어려웠다. 때문에 가난한 변방 마을들은 겨울이 되면 수백 구의 시체를 치우곤 했다.

나는 보상금 액수와 의뢰지 모서리에서 반짝이는 금빛 방패 문양을 보며 한숨을 쉬었다. 보상금은 백 골드. 겨울 마수 토벌의 난이도를 생각하면 턱없이 부족하다 못해 이 세계에 노동청이 있었다면 곧장 신고당했을 만큼 양심 없는 금액이었다. 가난한 루주 마을로서는 힘겹게 모은 보상금이겠지만 말이다.

'게다가 황금 방패면.'

최고위 용병들만 지원 가능하다는 소리였다. 용병들에게도 등급이 있다. 의뢰 성공률과 의뢰인들의 만족도, 성과 등을 총합하여 매겨진 등급이었다. 용병들은 이 등급에 따라 지원할 수 있는 의뢰가 제한되었다. 보상금이 두둑하나 난이도가 높은 의뢰는 높은 등급의 용병만 지원할 수 있는 식이었다.

'등급의 기준은 방패.'

하급 용병에게는 철 방패. 중급 용병에게는 동 방패. 상급 용병에게는 은 방패.

의뢰 성공률 90퍼센트를 넘기는 극소수의 용병들에게만 금 방패가 부여되었다. 금 방패쯤 되는 용병들은 웬만한 금액이 아니면 쉬이 움직이지 않았다.

'그런데 등급을 금 방패로 제한하고 보상금이 겨우 백 골드면.'

모집을 할 생각이 없다는 것과 다름이 없었다.

'용병계의 생리를 모르는 사람이 작성한 모양이군.'

나도 모르게 깊은 한숨이 나왔다. 내가 아는 금 방패 용병들 중, 이 더럽게 어려우면서 의뢰비는 눈물 나게 짠 악덕 의뢰를 지원할 만한 호구는 단 한 명, 나밖에 없었다.

"내가 지원한다."

뜯어낸 의뢰지를 바 위에 올려놓자, 바 뒤에서 술을 섞던 하울이 의뢰지와 나를 번갈아 보았다. 그의 입가에 그럴 줄 알았다는 웃음이 피어났다.

"이 의뢰지를 붙여 놓을 때부터 자네가 나설 거라고 확신했지. 이런 의뢰를 맡을 호구가 미르 말고 또 있겠나."

"헛소리 말고 접수나 하지 그래."

짜증스럽게 재촉하니 크게 웃은 하울이 의뢰지를 낚아챘다. 용병으로 일한 지어언 5년. 그동안 이곳에서 의뢰를 접수하는 하울과는 꽤 친분을 쌓았다고 할 수 있었다. 하울 또한 미르를 사칭하는 수많은 이들 중에서도 내가 진짜 미르라는 걸 확신할 정도로 내가 익숙해진 듯했다.

"황금 패는?"

"여기."

주머니에서 꺼낸 패를 던졌다. 황금 방패 문양이 세심하게 새겨진 패를 잡아챈 하울이 형식적으로 위조 검사를 하고는 내게 돌려주었다.

"접수됐네. 지금 바로 출발해야겠어."

"지금 바로?"

"그 의뢰 마감이 오늘까지라서. 게다가 이 의뢰에 참가할 다른 이들이 곧 출발할 거거든. 같이 가려면 바로 준비해야 할 거네."

"……나 말고 지원한 사람들이 더 있다고?"

예상치 못한 상황에 미간을 찌푸렸다. 내가 만나 본 황금 방패 용병들은 하나같이 욕심과 거만함에 찌든 치들이었다. 이 값싸고 어려운 의뢰에 응해 줄 인물은 떠오르지 않았다.

"용병은 아닐세. 우리 용병 길드에 이런 의뢰를 자원할 호구가 자네 말고는 없다는 거 알지 않나."

"내가 검 뽑는 꼴을 보고 싶나 보지?"

"크흠! 이번 의뢰엔 기사들이 참여할 걸세."

"기사들?"

생뚱맞은 소리에 멀뚱히 선 채 눈을 깜빡였다. 하울이 설명을 덧붙였다.

"크리시스 공작가가 자기 영지엔 극진하지 않나. 검은 용 기사단의 정예 기사들로만 지원단을 꾸려 마수 토벌까지 하고 온다는군."

"음."

"이번에 루주 마을이 단독으로 의뢰한 마수 토벌에도 지원하는 용병이 있다면 함께 데려가겠다고 기다리고 있네. 허나 이 저렴한 의뢰에 누군가 지원할 거라고 기대하진 않더군. 자네가 가면 엄청 놀랄 거야."

신나서 떠드는 하울과 별개로, 나는 머리가 지끈거렸다.

'크리시스 공작가면…… 내 친아버지 가문이잖아.'

내가 크리시스 공작의 혼외 자식이라는 걸 아는 사람은 없다지만, 조금 신경쓰이는 건 사실이었다.

'뭐…… 별일이라도 있겠어.'

토벌에 참가하는 건 크리시스 공작가의 기사들뿐이니 공작가와 직접적으로 엮일 일은 없을 터였다.

"짐은 싸 왔으니 식사만 하고 바로 출발하지. 어디로 가면 되나?"

"공작가 저택으로 가면 되네. 사실 자네가 그 의뢰에 지원할 줄 알고 자네가 오자마자 공작가로 전보를 쳐 놓았어."

"아주 재밌지?"

"에이, 내가 자네 아끼는 거 알면서."

장난스레 검집 위로 손을 올리자 하울이 너스레를 떨었다. 서로 알고 지낸 지가 5년. 친구라고 부르기엔 어려운 사이였으나, 얼굴을 봐 온 시간이 있는 만큼 하울과 나는 서로에 대해 잘 알고 있었다. 그의 밝은 웃음에 나도 어쩔 수 없다는 뜻을 담아 옅은 웃음을 흘렸다.

"저 비리비리한 게 용병 미르라고? 말도 안 돼! 키가 작다는 소문이야 들었지만 저건 완전 꼬맹이 아닌가!"

"저 정도면…… 나도 이길 수 있지 않을까?"

귓가를 스치는 헛소리들을 반대편 귀로 흘렸다.

'오늘은 물이 더럽군.'

이곳에서 일해 온 용병들이라면 나를 두고 저리 함부로 입을 놀리진 않을 텐데, 오늘은 주제를 모르고 혀를 놀리는 놈들이 많았다. 기묘함에 길드 내를 느리게 훑어보다 이유를 알게 되었다.

'해외 용병단이 곧 한 번 방문한다더니, 그게 오늘이었나.'

이국적인 얼굴들이 많다 싶었는데 해외 용병들인 모양이었다. 해외 용병들이라면 내가 이전에 시비를 거는 용병들을 상대하다 이곳 용병 길드를 반파시켰던 사건을 모를 테니 그러려니 하기로 했다.

"자네 진짜 미쳤나? 제발 좀 닥치게! 난 휘말리고 싶지 않단 말일세!"

"제국인들은 원래 다 겁쟁이인가? 저 꼬맹이가 뭐 무섭다고 벌벌거리는 겐가!"

떠벌거리는 놈들을 새하얗게 질린 얼굴로 저지하는 이들이 있긴 했지만, 그럼에도 잡소리는 점점 커져만 갔다.

'뭐, 알아서 생각하라지.'

내게 저 정도 모욕쯤은 애들 장난 같았다. 그러거나 말거나 주문한 말린 해파리 샌드위치를 태평하게 우물거리고 있으니, 도리어 하울이 안절부절못했다.

"……우리 길드는 얼마 전에 내부 공사를 했네. 낡은 의자랑 탁자들을 싹 새로 갈았지."

"하고 싶은 말이 뭐야."

"제발 안에서 싸우지 말게……."

한탄하듯 부탁하는 하울을 보며 옅게 웃은 뒤 남은 샌드위치를 한입에 꿀꺽 삼켰다.

"걱정 마. 내가 애도 아니고. 괜히 싸울 필요는……."

순간 튀어 오르는 감각. 나는 내 머리를 노리고 날아오는 무언가를 피해 재빨리 고개를 젖혔다.

콰직!

얼마나 세게 던진 건지, 날아온 것은 분명 유리잔이었음에도 부딪친 벽에 구멍이 났다. 산산조각 난 잔과 바깥바람이 숭숭 들어오는 구멍 뚫린 벽을 무감한 눈으로 바라보다 한숨을 쉬었다.

'마나를 담아 던졌군.'

보통 유리잔이 나무 벽을 깰 수 있을 리 없었다. 내 머리를 향해 마나를 담아 물건을 던졌다는 건, 나를 조지겠다는 의미였다.

"이 꼬맹이가 용병왕 미르라고?"

일대가 고요하게 가라앉고 하울이 짜증으로 얼굴을 구긴 가운데, 남자 하나가 자리에서 일어났다. 거대한 몸집에 우락부락한 인상, 이국적인 얼굴. 타국의 용병으로 보이는 남자는 내게 확연한 악의를 품고 있었다. 그가 내게로 성큼 다가왔다.

"하하! 어이가 없군! 무슨 이런 매가리 없는 몸으로 검을 쓴다고! 검을 들다 손목이 부러지게 생겼구먼!"

내 옆으로 다가온 남자가 크고 두꺼운 손으로 내 어깨를 거칠게 밀쳤다. 나를 넘어뜨리려는 의도였음이 분명했으나, 남자가 잔을 던진 직후 시비를 예감하고 마나로 휩싼 몸은 끄덕도 하지 않았다. 내가 멀쩡하니 당황한 그를 뒤로한 채 태연하게 하울에게 말을 걸었다.

"얼음물 한 잔만."

무력의 경지가 낮은 하울은 옆에 있다가 봉변을 당할지도 몰랐다. 그를 대피시키기 위해 필요하지도 않은 얼음물을 부탁하자, 하울의 얼굴이 새하얗게 질렸다.

"자네, 설마……"

"말로 해볼게."

"젠장…… 싸우려면 나가서 싸우라고……"

가게를 근심 가득한 눈으로 둘러본 하울이 송장 치우기 싫다고 중얼거리며 안쪽으로 걸음을 옮겼다.

"이, 이익! 이 자식이!"

내가 꿈쩍도 안 하자 분한 모양인지 남자가 이를 갈며 자신의 등에서 도끼를 뽑아 내게 겨누었다. 나는 남자를 덤덤히 응시했다.

"뭐가 문제지?"

"난 너 같은 놈이 용병왕이라는 걸 인정할 수 없다! 너 같은 꼬맹이는 황금 방패인데 내가 은 방패라고? 여기서 널 이기면 내가 황금 방패겠지!"

'열등감에 찌든 인간이었군.'

한숨을 쉬었다. 스스로가 은 방패라는 발언이나 도끼를 잡은 폼을 보아 실력이 그렇게까지 허접한 인간은 아닌 듯했지만, 말 한 마디 한 마디에 열등감이 찌들어 있었다.

"싸울 생각 없어."

"하! 무서운가 보지?"

'힘 조절 실패해서 네가 뒈질까 봐, 멍청아.'

성가심에 속으로 앓으며 싸울 마음이 없다는 뜻으로 남자에게서 몸을 돌려 앉았다. 그 행동이 자신을 향한 무시로 느껴졌는지, 격분한 남자가 도끼로 바닥을 쾅 내리쳤다.

"이 새끼가! 감히 날 무시해?"

쉬익!

거센 바람 소리와 함께 나를 향해 휘둘러지는 도끼를 살짝 고개 숙여 피했다. 그리 빠른 속도도 아니었다. 그러자 분한 표정의 남자가 도끼를 마구잡이로 휘두르기 시작했다.

쾅! 콰쾅!

남자의 도끼질에 기물들이 마구 파괴되었다. 나는 새하얗게 질릴 하울이 떠올라 혀를 차면서도 날아오는 공격들을 가볍게 피했다. 이 정도는 내게 장난이나 다름없었다.

"쥐새끼 같은 놈!"

새빨개진 얼굴로 숨을 거칠게 들이쉬던 남자가 분에 겨운 듯 내게로 도끼를 던졌다.

'멍청한 놈. 무기를 제 몸에서 떨어트리다니.'

정말 불가피한 상황이 아닌 이상, 용병은 절대 제 몸에서 무기를 떨어트려서는 안 됐다. 혀를 차며 날아오는 도끼를 피해 뛰어올랐다.

쾅!

내가 있었던 자리에 도끼가 박혔다. 다음 순간, 나는 바닥에 꽂힌 도끼의 손잡이를 도약대 삼아 밟고 훅 날아올랐다. 당황한 남자의 얼굴과 정면으로 마주한 순간, 나는 일대로 살기를 뿜어냈다.

쉬익!

독 안개 같은 검은 연기가 건물 안을 가득 채웠다. 모두가 숨을 참는 가운데, 나는 남자에게로 살기를 집중시켰다. 남자의 근육들이 거대한 기운을 감당치 못하고 마구 요동쳤다.

"앞으론 네 앞에 있는 사람이 누구인지 제대로 알고 덤비는 게 좋을 거다."

무감각하게 중얼거리고는 검은 장갑을 낀 손으로 거칠게 남자의 입을 틀어막았다. 손을 뒤덮은 검은 오러가 미친 듯이 날뛰며 남자의 입으로 들어갔다. 내 오러가 그의 뇌와 직접적으로 연결된 신경 하나를 건드렸다.

"나는 미르니까."

쾅!

거대한 인영이 속절없이 무너졌다.

나는 무거운 침묵이 감도는 일대를 가로질러 의자에 걸터앉았다. 용병왕 미르. 그 이름은 더없이 무거웠다.

'비록 돈을 위해 시작한 일이고, 이리 대단해지고자 하는 바람도 없었다지만.'

그럼에도 나는 검을 사랑하고, 이 이름에 자부심을 품었다. 검을 사랑하는 것은 내게 불가항력이었다. 나는 날붙이가 허공을 가르는 소리를 친애했고, 검 끝에서 이글거리는 검은 오러를 애증했으며, 검으로 내 소중한 이를 지키고 있음에 기뻐했다. 내게 '미르'라는 이름은 소중한 사람을 필사적으로 지켜 온 세월의 증거와도 같았다.

"미친……."

얼음물을 들고 나오다 도끼로 패여 엉망이 된 건물 내부를 본 하울이 입을 떡 벌렸다. 나는 넋이 나간 그에게서 잔을 낚아채 단번에 잔을 비우곤 히죽 웃었다.

"난 피하기만 했어. 피해 보상은 저 자식한테 물려."

꾸깃꾸깃한 돈을 바 위에 올려두고 자리에서 일어났다.

"수고해."

내게로 집중된 시선들을 가벼이 넘기며 건물을 나섰다.

"……이, 이 개자식이!"

누구에게 향한 것일지 모를 하울의 울부짖음이 등 뒤로 쩌렁쩌렁하게 울려 퍼졌다.

◈━◈◆◈━◈

마나를 이용한 주파로 5분 만에 도착한 공작가 저택을 눈에 담은 나는 경탄할 수밖에 없었다.

'황궁이고 신전이고 다 저리 가라군.'

크리시스 공작가가 황궁과 신전의 대척점이 될 만큼 강하다는 것은 알고 있었으나, 궁전을 방불케 하는 저택을 이리 직접 보고 있자니 놀라웠다.

'어떻게 해야 하지?'

주저하며 저택 앞으로 다가갔다. 문 앞은 무장한 기사들이 지키고 서 있었다. 어떻게 해야 기사들이 나를 들여보내 줄까 고민하던 찰나.

"헉! 미르 님이십니까?"

내 고민이 무색하게도, 서성거리는 나를 발견한 기사들이 반색하며 맞이했다.

"……맞습니다."

"연락받았습니다! 만나 뵙게 되어 영광입니다! 따라오시죠. 안으로 모시겠습니다!"

떨떠름하게 긍정을 표하니 흥분한 듯 얼굴이 발그레해진 기사들이 꼬리 흔드는 강아지처럼 신나서 나를 안내했다. 나는 예상보다 호의적인 반응에 주춤거리면서도 순순히 그들을 따랐다.

"루주 마을 마수 토벌을 도와주신다는 말에 얼마나 기뻤는지 모릅니다! 미르 님을 정말 만나 뵙고 싶었거든요!"

"그러셨군요."

"사실 전 마수 토벌이 처음이라 걱정하고 있었는데, 미르 님이 함께해 주신다니 얼마나 든든한지 모릅니다!"

"음…… 열심히 해 보겠습니다."

두 기사는 가는 내내 수다스러웠다. 쏟아지는 칭찬들에 어색하게 동조하면서도 의문이 들었다.

'기사들은 용병을 싫어하는 게 보통인데.'

긴 수련을 거쳐 어렵게 작위를 받는 기사들은, 오직 돈을 위해 검을 휘두르는 용병들을 경멸하곤 했다.

'기사단과 동행한다고 하니 눈칫밥 먹는 걸 각오했건만……'

지금 만난 두 기사는 내게 악의가 없다 못해 나에 대한 칭찬으로 대서사시를 쓸 기세였으니 당혹스러울 수밖에 없었다.

"지금 어디로 가는 겁니까?"

가면에 가려진 얼굴은 이미 빨개졌으나, 여기서 칭찬을 더 듣다가는 드러난 목까지 붉게 달아오를 것 같아 황급히 주제를 돌렸다.

"아, 말씀을 못 드렸군요. 지금은 응접실로 안내해 드리고 있습니다."

"응접실이요?"

'정체도 모르는 평민 용병을 공작가 응접실로 안내한다고?'

귀족들이 용병을 얼마나 천시하는지 아는 나로서는 당혹스러운 일이었다. 놀란 나를 향해 갈색 머리의 기사가 방긋 웃었다.

"공작님께서 미르 님을 만나고자 하십니다."

넋을 놓고 홍차가 담긴 찻잔을 만지작거리다, 흠집이라도 낼까 싶어 황급히 잔을 내려놓았다. 나는 응접실 의자에 뻣뻣하게 앉은 채, 내 옆을 지키고 선 남자

충직한 검이 되려 했는데 1

를 곁눈질했다. 자신을 공작가의 총괄 집사 테일러라고 소개한 노년 남성은 나와 눈이 마주치고 자애로운 미소를 지었지만, 나는 그의 눈에 담긴 호의가 어색해 슬며시 눈을 내리깔았다.

"공작님께선 왜 저를 만나려고 하시는 겁니까?"

멀거니 앉아 있다가 어색함을 풀기 위해 넌지시 물었다. 테일러가 온화한 미소를 지었다.

"글쎄요. 저는 명령을 따를 뿐이니 잘 모르겠습니다만…… 미르 님께선 공작님과 같은 소드 마스터이시니 호기심을 가지신 게 아닐까 싶습니다."

'그 악마 공작이? 내게 호기심을?'

아무리 총괄 집사의 말이라지만 믿기지 않아 떨떠름한 표정을 지었다. 제국의 군 통솔권을 쥐고 있는 무(武)의 정점이자, 황궁 기사단과 맞먹는 수준의 검은 용기사단을 거느린 카이사르 크리시스 공작. 그는 악마 같은 성정으로 아주 유명했다.

'분명 공작의 잔인함 때문에 공작가에서 하루에도 수십 명씩 죽어 간다고 했는데.'

저택 내 분위기를 보니 그건 또 아닌 것 같다. 나는 얼굴에 평온함이 가득한 테일러를 힐끔거리다 한숨을 푹 쉬었다. 공작이 보자는데 평민 용병인 내가 거절할 권한은 없으므로, 이 만남은 불가피했다. 다만 나를 보고자 하는 공작의 의도를 알 수 없어 긴장될 뿐이었다.

'보자마자 제국 최강의 소드 마스터는 나라며 검을 휘두르지만 않았으면 좋겠는데.'

힘의 강약을 가리기 좋아하는 호사가들이 꼽는 현 대륙의 최강자들은 총 열 명. 그중 소드 마스터로 최강자 후보에 오른 이가 다섯 명인데 제국에서 공인한 소드 마스터가 세 명이었다.

'붉은 검귀, 금빛 정의, 검은 재앙.'

차례대로 카이사르 크리시스, 노아 아인하르트, 그리고 나였다.

'제국의 소드 마스터로서 승부를 보자고 할지도 모르지.'

그에 대해 아는 것이 없으니 덧없는 걱정들만 늘어난다. 나는 짙게 한숨을 쉬었다.

원작에서도 크리시스 공작에 대한 정보는 극히 적었다. 남주의 아버지라는 애매한 포지션인 데다, 그는 전쟁이 발발한 지 얼마 되지 않아 죽는 인물이기 때문이었다.

'제국에서 도는 소문으론 세상에 둘도 없는 악마라는데······.'

어느 정도 신빙성은 있는 것 같지만 저잣거리에 떠도는 소문은 헛소문이 많아 믿기가 애매했다.

'어쨌든 위험한 사람인 건 확실하지.'

나는 꿀꺽 침을 삼켰다. 긴장으로 입매가 굳었다. 카이사르 크리시스는 가는 곳마다 붉은 길을 만드는 검귀라고 불릴 정도로 살육에 능한 자라고 했다. 성정이 난폭하고 잔인하다는 건 어디까지가 진실인지 확신할 수 없었으나, 아니 땐 굴뚝에서 연기 나지 않는 법. 나를 만나자마자 난폭하게 굴지도 몰랐다.

'무조건 수그리자. 무조건 꿇는 거야.'

허리춤에 찬 검에 잠시 시선을 던지다, 오늘은 절대 뽑지 않을 거라고 다짐하고 또 다짐했다.

"미르 님."

"네, 네?"

갑자기 들려오는 목소리에 놀라서 말을 더듬었다. 여전히 온화한 표정의 테일러가 부드럽게 웃었다.

"갑작스러운 질문 죄송합니다만, 미르 님께선 선대에 크리시스 공작가의 일원을 두신 적 있으십니까?"

테일러가 나긋한 목소리로 거대한 폭탄을 던졌다. 나는 당혹스러움에 표정을 굳혔다. 내 아버지가 카이사르이니 아마 나는 그를 닮았을 것이다. 허나 지금 나는 가면을 쓰고 있었다. 테일러가 생김새로 내 혈통을 짐작할 수 있을 리 없었다. 입을 작게 벌린 채 아무 말도 하지 못하다, 테일러가 나를 유심히 관찰하는 것을 느끼고 황급히 표정을 정돈했다. 침착하게 고개를 저었다.

"아뇨. 저는 평민입니다."

"그러십니까. 하지만…… 기묘하군요."

세월의 지혜를 머금은 노인의 눈동자가 나를 직시했다. 피하고 싶다는 생각이 들 때쯤, 테일러가 부드러이 웃었다.

"그 눈은 쉬이 나올 수 없는 눈인데 말입니다."

'……눈?'

설핏 미간을 좁혔다. 난데없이 눈을 언급하는 테일러의 의중을 알 수 없었다. 가늘게 뜬 눈으로 아무렇지 않게 웃고 있는 테일러를 살피고 있을 때, 강자가 가까워지는 것을 느낀 몸이 본능적으로 긴장했다. 재빨리 문 쪽으로 고개를 돌렸다.

달칵.

그리고 문이 열렸다.

그의 등장만으로도 공기가 압도되었다. 몸을 단단하게 조이는 검은 제복은 금욕적이건만, 분위기는 배부른 맹수처럼 나른하고도 위협적이었다. 짧고 검은 곱슬머리와 날카롭게 치켜 올라간 눈매 아래 박힌 루비처럼 새빨간 눈동자. 숨이 멎을 정도로 잘생긴 얼굴은 섬뜩하리만치 차가웠다.

"예를 갖춰 주십시오. 카이사르 크리시스 공작님이십니다."

카이사르 크리시스. 내 아버지였다.

나는 침을 삼켰다. 지독한 무감각을 붉게 빚어낸 것만 같은 붉은 눈동자와 마주하고 있자니 뼛속까지 시린 느낌이었다.

"허."

카이사르가 잇새로 헛웃음을 닮은 숨을 뱉었다. 나를 바라보던 카이사르의 눈동자가 가늘어졌다. 그의 지긋한 시선에 딱딱하게 굳어 있다가 퍼뜩 정신을 차렸다.

"……공작 각하를 뵙습니다. 용병 일을 하고 있는 미르입니다."

한쪽 무릎을 굽히고 상체를 숙인 채 예의를 차리는데, 카이사르에게서 대답이 없었다. 뭔가 싶어 슬며시 고개를 드니, 느리게 눈을 깜빡인 그가 고개를 까닥거렸다.

"……자리에 앉아도 좋다."

잔뜩 긴장한 채로 앉자, 카이사르가 내 맞은편에 앉았다.

"그럼 전 나가 있겠습니다."

카이사르의 눈짓을 예민하게 잡아챈 테일러가 허리를 숙여 인사하고 응접실을 나섰다. 나와 카이사르, 단둘이 남게 된 응접실의 공기가 한없이 무거웠다.

"너."

부담스러울 정도로 나를 응시하던 카이사르가 느리게 입술을 열었다.

"눈이 예쁘군."

"……네?"

잘못 들었나 싶어 눈을 끔뻑였으나 정정은 돌아오지 않았다. 카이사르는 묵묵히 나를 바라볼 뿐이었다.

'……갑자기? 눈을 칭찬한다고?'

테일러도 그렇고, 카이사르까지 눈 타령을 하는 것이 기묘했다.

'내 눈이 공작가에서 잘 먹히는 눈인가…….'

별 쓸데없는 생각까지 다 들었으나, 아무리 생각해도 내 눈은 예쁘지 않았다.

'소름 끼치는 형광 분홍빛으로 기이하게 번뜩이지.'

내 주위에서 붉은 계열의 눈동자를 가진 이는 내가 유일했다. 눈동자 색이 이상하다는 소리를 한두 번 들었던 게 아니었기에, 카이사르의 말은 고도의 비아냥

같기까지 했다.

"감, 사합니다."

허나 명색은 칭찬이었던 만큼, 불쾌한 티를 낼 수는 없었다. 나는 평민 용병에 불과하고, 그는 공작이었으니. 어색하게 감사를 표하니, 카이사르가 옅게 숨을 뱉었다.

"불미스러운 일이 있어 부른 것은 아니니 긴장은 풀어도 좋다."

여전히 차갑기 짝이 없는 얼굴이었지만, 긴장을 풀어 주려는 노력은 꽤 상냥하게 들렸다. 검이 날아오면 어떤 각도로 피해야 정중해 보일지 고민하던 나로서는 머쓱한 일이었다.

'역시 소문은 과장된 건가…….'

자연스럽게 찻잔을 기울이며 카이사르를 관찰했다. 소문에 의하면 카이사르는 대마왕에게 영혼을 팔아 이 세계를 파괴하려는 악마 새끼였다. 소문이 진실이라면 그게 더 놀라웠겠지만. 잔을 내려놓은 카이사르가 나를 똑바로 바라보았다.

"너를 찾은 건 묻고자 하는 게 있기 때문이다."

"그게 무엇입니까?"

미미하게 미간을 좁혔다. 그가 느리게 입술을 열었다.

"왜 이 의뢰에 지원한 거지?"

"네?"

질문의 요지를 이해하지 못하고 고개를 기울이니, 카이사르가 덧붙였다.

"루주 마을 마수 토벌이 어렵다는 걸 모르지 않을 텐데. 게다가 이번 의뢰는 보수가 좋지도 않다. 다른 용병도 아닌 미르가 다른 일이 없지는 않을 텐데 이 의뢰에 지원한 이유가 뭐지?"

'……호구라고 놀리는 건가?'

무어라 대답해야 할지 몰라 주저하고 있으니, 카이사르가 덧붙였다.

"널 시험하고 싶은 것은 아니다. 이전부터 궁금했을 뿐이다. 용병 미르는 돈 없는 마을들의 마수 토벌을 돕는 영웅이라는데, 어째서 그런 일을 하는지.”

‘이전부터라는 건, 날 알고 있었다는 거겠지.’

그가 나를 이전부터 알고 있다는 것에서 기묘한 기분이 들었다. 나야 카이사르가 내 아버지라는 것을 알고 관심 가지기 시작했다지만, 그는 자신의 딸도 아닌 용병 미르에게 관심을 가졌다는 게 신기했다.

“넌 어째서 귀찮은 짓을 자처하지?”

카이사르의 무심한 눈동자에 들어찬 것은 정말 순수한 궁금증이었다. 그는 사람들을 돕는다는 개념 자체를 이해하지 못하는 것 같았다.

‘그러게, 왜일까……’

새삼 고민했다. 나는 어째서 이렇게 살고 있는 것인지. 잠시 간극 끝에 느리게 입을 열었다.

“저도 잘 모르겠습니다.”

“……모른다?”

무겁게 고개를 끄덕였다.

“열심히 살았고, 그러다 보니 강해졌고…… 강해지고 나니 주위의 약한 자들이 보였습니다. 용병을 많이 고용해 매해 겨울을 안전히 보내는 마을도 보았고, 용병을 고용하지 못해 끊임없이 송장을 치우는 마을도 보았습니다.”

현 황제와 교황은 성군이라 칭송받았고, 수도는 늘 평안했지만, 그렇다고 제국이 유토피아는 아니었다. 법의 형태상 소외될 수밖에 없는 이들. 귀족들의 비리로 인해 받아야 할 지원을 받지 못하는 변방의 마을들. 평화롭다 칭송되는 세상에서, 이방인처럼 동떨어진 사람들. 나도 그중 하나였다.

“제국의 높으신 분들은 그들에게 관심이 없어 보였고…… 저는 무고한 이들의 피를 못 본 척할 만큼 굳건하지 못합니다.”

다른 세상에서 태어났다면 무언가 다르지 않았을까 싶기도 하지만, 나는 현재의 세상이 인류의 최선으로 만들어진 세상임을 알고 있었다. 그 최선이 악할지라도 최선은 최선이었다.

"힘을 가진 자는 그 힘에 책임이 있습니다. 이게 제가 해야 할 일입니다."

카이사르의 붉은 눈과 정면으로 마주했다. 세계평화를 도모하지는 못할지언정 사람들이 눈앞에서 무고하게 죽지 않도록 지키는 것. 이것이 내가 할 수 있는 최선이었다.

"아, 제가 쓸데없는 말을……."

"되었다."

어쩌다 보니 높으신 분들까지 언급했다는 걸 깨닫고 정정하려는 것을 그가 저지했다. 내 대답을 들은 카이사르는 무언가 깊이 생각하는 기색이었다.

'설마…… 화난 건 아니겠지?'

표정이 얼굴로 드러나지 않으니 알 길이 없었다. 그의 생각하는 시간이 길어져 내 온몸이 식은땀으로 가득해질 때쯤.

똑똑.

"대화 나누시는 중에 송구합니다만, 기사단이 출정을 나갈 채비를 마쳤다고 합니다."

내게는 구세주와도 같은 테일러의 목소리가 들려왔다.

"저는 이제 가야 할 것 같습니다. 먼저 일어나는 것을 허락해 주시겠습니까?"

슬슬 카이사르의 눈치를 보며 물으니, 눈을 감고 수심에 빠져 있던 그가 느리게 눈을 떴다. 잠시 대답이 없던 카이사르는, 제 커다란 손을 펴더니 엄지에 끼고 있던 반지를 빼내었다. 피가 고인 샘처럼 새붉은 루비 반지였다.

"가져가라."

"……네?"

"백 골드가 마수 토벌 보상금으로 얼마나 터무니없는 금액인지는 잘 알 텐데. 애초에 루주 마을이 값을 지불하게 할 생각은 없었다. 이게 공작가에서 주는 보상금이다."

나는 입매를 굳히고 고개를 저었다.

"받을 수 없습니다."

"왜지?"

"약속된 것은 백 골드니까요. 그 이상은 받을 수 없습니다."

이것만 받아도 근 몇 년간의 생활이 윤택해질 것이다. 카이사르에게는 이 루비 반지가 굴러다니는 돌멩이에 지나지 않을 테니, 이 거절이 얼마나 미련한 짓인지 알고 있었다.

'하지만 아리아가 곧 백작가로 갈 테니까. 혼자 사는 데에 많은 돈은 필요 없어.'

아리아와 쭉 함께 산다면 잠시 고민했을지도 모른다. 하지만 아리아는 곧 백작가에 입양될 테고, 나는 내 입에 풀칠만 하고 살아도 만족했다. 내 입을 윤택하게 풀칠하고자 약속되지 않았던 보상을 받는 건 내 양심이 허락하지 않았다.

"넌 정말 이상하군."

카이사르가 제 입을 가렸다. 그의 눈동자에서 일렁이는 감정은 읽을 수 없을 만큼 미묘했다. 나는 가면에 가려지지 않은 입가를 긁적였다.

"당연한 일입니다."

"이 세상엔 당연한 것을 모르는 이들이 너무 많지."

'카이사르…… 진짜 나쁜 사람은 아닌 것 같은데.'

풍문으로 들어 상상하던 이미지와는 너무 달라 괴리감이 들 지경이었다. 잠시 생각에 빠져 있던 그가 옅은 한숨을 내쉬었다.

"……그래. 이제 나가 보도록. 출발해야 할 것 같으니."

"아, 네. 감사합니다."

가뿐히 자리에서 일어났다. 창밖으로 여정 준비를 마친 기사들이 보였다.

"마음 써 주셔서 감사합니다. 제국의 검에게 불멸할 영광을."

귀족들과 몇 번 일했던 경험을 살려 정중하게 허리를 굽히고 오기 전에 하울에게 급한 대로 배웠던 크리시스를 위한 인사말을 뱉었다. 카이사르가 고개를 끄덕였다.

"행운을 빌지."

나는 카이사르에게서 돌아서 응접실을 나섰다.

여정을 떠날 시간이었다.

"루주 마을 마수 토벌에 미르가 지원했다고?"

황궁으로 출발하기 전에 제복을 차려입던 카이사르는 단추를 채우다 말고 미간을 좁혔다. 원정대가 떠나기까지 30분을 남겨 둔 시각에 용병 길드에서 들어온 전보는 놀라웠다.

"네. 미르 님께서 지원을 하셨다는군요."

"칼이 미쳐 있는 그 용병왕 미르가 말인가?"

"황금 방패 용병 중 미르라는 이름을 가진 이는 검은 재앙이 유일하니, 그 미르가 맞을 것으로 예상됩니다."

공작가의 오래된 사용인으로서 평정을 유지하는 데 도가 튼 테일러조차 미르를 발언할 땐 조금 흥분된 기색을 띠었다.

"그자가 왜?"

단추를 마저 채운 카이사르가 지극히 합당한 의문을 제시했다. 루주 마을의 주민들은 순박한 이들이었다. 그들은 검은 용 기사단이 토벌을 도우러 온다는 소식에 폐만 끼칠 수 없다며 자기들 임의로 토벌을 도와줄 용병을 모집하고자 했다. 그들이 제시한 것은 황금 방패 용병 한정, 보상금 백 골드. 지나치게 높은 조건에 터무니없는 가격이었다. 변방에 사는 이들이라 수도 용병들의 생리를 모르는 것이 분명했다.

공작가 사람들은 이 의뢰에 아무도 지원하지 않을 거라고 확신했다. 이번 일로 크리시스 공작가와 연을 만들어 보려는 야비한 족속들이 있을까 싶어, 용병 길드에 함부로 크리시스의 이름을 거론하지 말라고 단단히 일러두기까지 했다. 그런데 출발하기 직전에 용병왕 미르라는 거물이 뚝 떨어졌으니 놀랍지 않을 수가.

"우선 공작가로 오라고 일러두었습니다만…… 어떻게 할까요?"

테일러가 조심스레 물었다. 카이사르가 고민하듯 미간을 찌푸렸다.

"미르는 평소에도 가난한 마을들의 마수 토벌을 돕는 걸로 유명하니 허튼 마음을 품고 오는 것은 아닌 듯합니다. 영웅에 용병왕이라는 별칭들이 괜히 붙은 건 아닐 겁니다. 마수 토벌 분야엔 두말할 것 없는 일인자니, 미르의 도움을 받으면 토벌에서 발생할 피해도 줄일 수 있지 않을까 싶습니다. 다만…… 그의 정체에 대해서는 밝혀진 것이 없으니 조금 꺼림직하긴 합니다."

테일러의 말은 모두 타당했다. 카이사르는 눈을 가늘게 떴다. 용병 미르는 드래곤 같은 존재였다. 마수 토벌에서 보이는 흉흉한 소문은 괴담처럼 전해져 왔으나, 유령이라도 되는 양 그의 정체를 아는 이가 전무했다. 그러는 한편 미르에게서 도움을 받은 가난한 마을들은 미르에 대한 미담들을 쏟아 냈으니, 검을 잡는 이들에게 미르는 존경과 동경의 대상이었다.

"자기 발로 돕겠다고 오는데 거절할 필요는 없지. 확실히 그가 참여한다면 토벌이 한결 쉬워질 테니."

"네."

"다만…… 그가 오면 응접실로 안내해라. 내가 보고자 했다고 전해."

카이사르의 입가가 희미하게 올라갔다. 테일러는 만사에 무심하던 그의 주인이 무언가에 관심을 가졌음에 놀라워하면서도 노련하게 표정을 정리했다.

"어떤 놈인지 궁금해졌다."

카이사르의 눈동자에 옅은 흥미가 감돌았다.

카이사르 크리시스에게 용병 미르의 첫인상을 묻는다면 그는 한참을 고민하다 겨우 한마디를 뱉을 것이다. 기묘했다고.

허나 이는 그가 표현하는 것에 서툴렀기 때문에 나온 대답일 뿐이며, 실상은 그보다 훨씬 복잡했다.

"······공작 각하를 뵙습니다. 용병 일을 하고 있는 미르입니다."

문을 열고 진분홍빛으로 반짝이는 두 눈과 마주하는 순간, 카이사르는 아주 깊은 곳에 있던, 삶 속에서 단 한 번도 모습을 드러낸 적 없는 무언가가 싹을 틔우는 것을 느꼈다. 본능이라 불리는 원초적인 감각이 뒤틀리고, 직감이 미친 듯이 울려 댔다.

달에 치인 것 같은(Moonstruck) 기묘한 느낌. 그의 생에 최초로 느껴 보는 격렬한 감정이었다.

'눈동자가 붉은 계열이라고?'

처음 느끼는 감정에 혼란스러움도 잠시, 카이사르는 그 감정을 놀라움으로 치부하며 얼굴을 찡그렸다.

제국엔 건국 신화가 있다. 이는 하늘에서 무질서한 대륙을 굽어보던 태양신 라가 대륙을 평정하기 위해 세 마리 용을 땅으로 내려보낸 것에서 시작된다.

지배의 권능을 가진 황금 용은 제국을 세웠다. 그 황금 용의 후손은 현재 솔라티네 황가이며, 직계는 대대로 금발을 지닌다.

정화의 권능을 가진 은빛 용은 마기에 물든 제국의 터를 정화했다. 그 은빛 용의 힘을 물려받아 신성력을 운용하는 것이 바로 지금의 신전으로, 교황은 대대로 하늘색 머리칼을 지닌다.

살육의 권능을 가진 검은 용은 적들을 베어 제국을 지켰다. 그 검은 용의 후손은 현재 크리시스 공작가이며 직계는 대대로 붉은 눈을 지닌다. 검은 용의 눈은 원래 파란색이었으나, 과도한 살육으로 영혼이 마기에 물들며 눈이 붉어졌다는 것이 전승이었다.

황가와 교황에게 이어지는 외향은 저잣거리 아이조차 알고 있다. 허나 공작가의 직계만이 붉은 눈이라는 것은 공작가나 황가의 직계, 교황쯤 되지 않으면 모르는 사실이었다. 크리시스가 대대로 마기에 물들어 태어난다는 것은 알려져 봐야 좋을 게 없으니까. 제국 내 눈 색이 붉은 계열인 족속은 크리시스 공작가의 피를 이은 이들밖에 없었다. 그런데 가면 사이로 빛나는 미르의 눈은 확연한 붉은빛을 품고 있었으니, 혼란스러울 수밖에 없었다.

'설마⋯⋯.'

카이사르는 머릿속을 스치는 말도 안 되는 가정에 미간을 좁혔다. 미르가 슬며시 고개를 들 때쯤이 되어서야 그는 정신을 다잡고 의자에 앉았다. 카이사르는 눈앞의 작은 인영을 지그시 바라보았다. 미르가 몸집이 작다는 것은 공공연히 알려진 사항이지만 이렇게까지 작을 줄은 몰랐다.

'뼈와 가죽만 남아서 서 있는 게 고작이잖아.'

왜 이리도 마음에 들지 않는지 모르겠다. 검은 잡을 수 있을까 싶을 정도로 앙상한 손목. 못 먹고 자란 듯 작은 키와 몸집. 가면에 가려져 있음에도 작아 보이는 얼굴과 대체 몇 년을 입었을지 짐작하기도 힘들 만큼 해진 망토. 잔뜩 긴장한 몸과 갈피를 잡지 못하는 사랑스러운 분홍빛 눈동자까지.

'⋯⋯사랑스러워?'

카이사르는 조금 전 자신이 느꼈던 감상을 되짚으며 눈썹을 꿈틀거렸다.

이상했다. 정말 이상했다.

"너."

순진하게 감빡이는 눈이 그의 속에 있는 생소한 무언가를 건드렸다.

"눈이 예쁘군."

"⋯⋯네?"

평소답지 않은 간지러운 말을 뱉은 것도 그 때문이었다.

"감, 사합니다."

어색하게 버벅거리는 것조차 사랑스러운 것을 보니 미친 게 분명했다.

"너를 찾은 건 묻고자 하는 게 있기 때문이다."

"그게 무엇입니까?"

카이사르는 일렁이는 감정을 다잡기 위해 차를 들이켜고 말문을 텄다. 정말 궁금했던 것을 묻기 위해.

"왜 이 의뢰에 지원한 거지?"

"네?"

"이전부터 궁금했을 뿐이다. 용병 미르는 돈 없는 마을들의 마수 토벌을 돕는 영웅이라는데, 어째서 그런 일을 하는지."

인간은 이기적이다. 본성 자체가 그랬다. 세상의 더러운 면을 수없이 마주한 카이사르는 영웅을 믿지 않았다. 이득 없이 사람을 돕는 일은 있을 수 없다고 생각했다.

'……인생에 딱 한 번 있긴 했지만.'

딱 한 번, 정확한 이유 없이 사람을 도운 적이 있었지만, 그건 말 그대로 인생에 딱 한 번 있었던 일이었다. 그런 미련한 짓을 반복하며 살아가는 것은 불가능했다. 적어도, 그에게는.

"넌 어째서 귀찮은 짓을 자처하지?"

소드 마스터는 아주 쉽게 삶의 싫증을 느낀다. 정상에 올라선 카이사르는 만사에 공허함을 느꼈다. 그에게는 모든 것이 쉬웠으니까. 분명 미르 또한 그와 같은 소드 마스터로서 끝없는 허망함을 느꼈을 터인데, 어떻게 그리 살 수 있는 것인지 이해할 수 없었다.

"저도 잘 모르겠습니다."

지금껏 그의 시선을 피하던 분홍색 눈동자가 처음으로 카이사르를 올곧게 응시했다. 카이사르는 잠시 숨을 멈췄다.

오래전부터 인간들은 눈이 그의 영혼이라고 여겨 왔다. 두 눈은 오래 쳐다본 것을 고스란히 담기에, 검은 동공 아래에는 그의 생이 도사리고 있다고 했다. 만약 그 말이 진실이라면, 미르의 영혼은 진탕에 잠겨 있을 게 분명했다.

"열심히 살았고, 그러다 보니 강해졌고…… 강해지고 나니 주위의 약한 자들이 보였습니다. 제국의 높으신 분들은 그들에게 관심이 없어 보였고…… 저는 무고한 이들의 피를 못 본 척할 만큼 굳건하지 못합니다."

그에게 대답하는 잔잔한 눈동자에는 때가 잔뜩 묻어 있었다. 지옥의 밑바닥을 본 사람처럼 피와 재로 자욱했다. 세상을 경험하다 못해 세파에 찌들어 버린 여린 영혼이라니. 차분히 죽어 가며 부패하기 시작했으나, 그것과 별개로 믿을 수 없을 만큼 선하게 반짝이는 두 눈은 모순적이었다.

'어떻게 저러는 거지?'

카이사르는 지극히 정당한 의문을 품었다. 카이사르는 저런 눈을 가진 이들을 간혹 만나 보았다. 밑바닥에 떨어져 더 떨어질 곳도 없는 인간들의 눈. 그들은 대개 오래가지 못하고 스스로 목숨을 끊었다. 그런 자들이 악에 겨워 발악하는 모습은 몇 번 봐 왔건만, 저런 눈으로 선함을 말하는 이는 생소하다 못해 처음이었다.

"힘을 가진 자는 그 힘에 책임이 있습니다. 이게 제가 해야 할 일입니다."

단순하고 미련하다. 그렇기에 찬란했다. 그 자신과 지독히 다른 마음가짐, 정반대의 삶의 방식. 그럼에도 같은 소드 마스터에 같은 계열의 붉은 눈.

다르고 닮았다. 카이사르는 진정으로 눈앞의 존재에 마음이 요동침을 느꼈다.

"아, 그, 제가 쓸데없는 말을……."

"되었다."

할 말은 다 해 놓고 뒤늦게 난감해하는 미르를 제지하며 느리게 턱을 괴었다. 그는 진심으로 눈앞에 있는 존재가 궁금해졌다.

충직한 검이 되려 했는데 1

"가져가라."

"……네?"

크리시스 공작의 상징인 가주의 반지를 넘겨준 것도 순전히 그의 반응이 궁금했기 때문이었다. 낡고 해진 망토를 입은 미르는 누가 봐도 가난해 보였다. 카이사르는 그가 황급히 보석을 낚아채도 전혀 놀라지 않을 것 같았다.

"받을 수 없습니다."

돌아온 미르의 대답은 예상했음에도 놀라웠다.

"왜지?"

"약속된 것은 백 골드니까요. 그 이상은 받을 수 없습니다."

그는 정말 믿을 수 없을 만큼 미련하고, 단순하고, 멍청했다.

'하지만 그래서…….'

마음에 든다.

카이사르는 이 무식하도록 올곧은 용병 나부랭이가 마음에 들었다. 카이사르는 손으로 제 입을 덮었다. 이상하게도 웃음이 흘러나왔다.

"넌 정말 이상하군."

그의 중얼거림에 머쓱한 듯 입가를 긁적이는 것까지 마음에 들었다.

"당연한 일입니다."

"이 세상엔 당연한 것을 모르는 이들이 너무 많지."

깔끔하게 잘라 낸 카이사르가 옅게 숨을 뱉었다.

"그래. 이제 나가 보도록. 곧 출발해야 할 것 같으니."

"아. 네, 네. 감사합니다."

그는 엉거주춤 일어나는 미르의 모습을 빤히 눈에 담았다.

"마음 써 주셔서 감사합니다. 제국의 검에게 불멸할 영광을."

카이사르는 어색하기 짝이 없다는 표정으로 귀족들의 인사말을 뱉는 미르를 보며 잠시 웃음을 참았다.

"행운을 빌지."

미르가 등을 보인 채 방을 나선 뒤, 카이사르는 한 가지 생각에 붙잡혔다.

'저 재밌는 것을 어떻게 내 앞으로 잡아오지.'

바야흐로, 39년 동안 모든 것에 무심하던 카이사르 크리시스가 호기심을 요동치게 만드는 존재를 만난 순간이었다.

⋯⋯⋯⋯§↭⸙↭§⋯⋯⋯⋯

테일러의 안내를 따라 나온 마당엔 여정 준비를 마친 기사들로 가득했다. 내가 들어섬과 동시에 떠들썩하던 주위가 고요해지고 시선이 집중되었다.

"처음 뵙겠습니다. 토벌을 함께하게 된 용병 미르입니다."

쏟아지는 시선 사이에서 어색하게 인사했다.

"미르 님이십니까?"

갑옷으로 무장한 중년의 남성이 타고 있던 말에서 훌쩍 뛰어내려 내 앞에 섰다. 강직한 갈색 눈동자에 익숙하지 않은 호의가 가득했다. 느리게 고개를 끄덕이자, 그가 허리를 깊이 숙여 인사했다.

"영웅을 만나 뵙게 되어 영광입니다. 검은 용 기사단의 기사단장, 파르베 로만입니다."

기대하지 않은 정중한 인사에 당황하며 황급히 허리를 마주 숙였다.

"저야말로 영광입니다. 잘 부탁드립니다."

'작은 마을 마수 토벌을 돕는 데 기사단장까지 참여한다고?'

조용히 놀랐다. 루주 마을은 수익도 얼마 내지 못하는 가난한 마을이었기에 기사 대여섯 명 정도나 딸려 보내고 말 거라고 생각했건만.

"마수와 마주해 본 경험이 전무한 기사들도 많아서 이번 마수 토벌에 염려가 많았습니다만, 미르 님께서 동참해 주신다니 참으로 안심입니다. 미르 님은 마수 토벌에 있어 일인자이지 않으십니까."

"……과찬이십니다."

"겸손하기까지 하시는군요. 사실 개인적으로 미르 님을 정말 만나 보고 싶었습니다. 제국 내에서 크리시스 공작님께 대항할 수 있는 검사는 아인하르트 후작을 제외하곤 미르 님뿐이라고 다들 입 모아 말하니 말입니다."

"제가 어찌 공작님과……."

"얼마 되지 않는 보상금만 받고 가난한 마을들을 도우신다는 걸 듣고 정말 본받아야 할 기사도라고 생각했습니다. 저는—"

'부끄러워…….'

과묵하고 엄격한 인상의 기사단장은 엄한 표정으로 나를 칭송했다. 끊임없는 칭찬 세례에 얼굴이 홧홧해졌다. 분명 기사들은 용병들을 돈만 밝히는 쓰레기로 생각한다고 들었다. 그래서 다가올 악의에 단단히 각오하고 왔건만, 기사단장까지 나서서 호의를 퍼부으니 어떤 반응을 보여야 할지 갈피를 잡을 수 없었다.

"그, 로만 경. 좋은 말들 감사합니다만, 이젠 토벌이 어떻게 진행될지에 대해서 듣고 싶습니다."

쏟아지는 칭찬과 주위의 수군거림에 견디다 못해 한마디 하자, 여전히 엄한 표정으로 탄식을 뱉은 파르베가 고개를 끄덕였다.

"너무 제 감정에만 집중했군요. 죄송합니다. 이제부터 토벌 계획에 대해서 설명해 드리겠습니다."

"……로만 경께서 직접 설명해 주십니까?"

'보통 용병 나부랭이한테 설명해 주는 일은 말단 기사가 맡지 않나?'

의문 서린 눈빛으로 그를 올려다보자 그가 희미하게 웃었다.

"이런 좋은 기회를 다른 놈들에게 넘기면 기사단장이 된 보람이 없죠."

"……?"

"미르 님께서 만나 보셔야 하는 분이 계십니다. 가는 길에 설명해 드리겠습니다.”

도통 이해하기 어려운 말들에 갸웃하면서도 잠자코 파르베를 따라갔다.

“이동은 말과 공간 이동 마법진을 번갈아 사용하려 합니다. 마법사 다섯이 동행해서 마법진을 발동시킬 겁니다. 오늘은 수도와 루주 마을의 중간 지점인 숲으로 공간 이동해 그곳에서 야영을 하고, 다음 날은 마법사들의 마력이 회복되기 전까지 말로 이동할 예정입니다. 마법사들이 회복을 마치면 한 번 더 공간 이동을 이용해 루주 마을로 가게 될 겁니다.”

공간 이동은 상당한 마력을 소모하는 고위 마법이다. 대략 서른 명쯤 되어 보이는 토벌단을 머나먼 루주 마을로 이동시키려면 마법사 다섯이 붙어도 죽어날 테니, 하루 쉬었다 가는 것은 현명한 계획이었다.

“토벌단의 수가 조금 적어도 걱정하지 않으셔도 됩니다. 동행해 주시는 한 분께서 정신계 마법의 귀재시거든요. 그분께서 마수들을 혼동시켜 주시면 토벌이 한결 쉬울 겁니다.”

‘정신계 마법사?’

나는 그의 말에 원작에서 정신계 마법을 공포의 대상으로 만들었던 인물 하나를 떠올렸다.

“원래는 함께 갈 계획이 없었지만…….”

“네?”

“아무것도 아닙니다. 계속 가시죠.”

어두워지는 파르베의 안색을 보며 의아해하자 그가 황급히 고개를 저었다. 무언가 이상하다는 느낌이 자꾸 들었다.

“지금 만나러 가는 사람은 누굽니까?”

복잡한 생각들을 지우려 고개를 휘젓고 물었다. 품에서 회중시계를 꺼내 확인한 그가 긴장한 듯 낯을 굳혔다.

“……도착하실 시간이군요. 직접 보시는 게 좋겠습니다.”

화악!

일순 커다란 마력이 응집하며 마당 일대를 진동시켰다. 붉은 연기가 터져 나왔다.

'침입인가.'

스릉.

험악하게 얼굴을 구기며 재빠르게 검을 발도하자 파르베가 황급히 나를 제지했다.

"적이 아닙니다! 검을 넣어 주십시오!"

파르베의 얼굴이 새파랗게 질렸다. 감이 좋지 않았지만 일단 적이 아니라 하니, 나는 얼굴을 일그러트리면서도 검을 도로 집어넣었다. 누군가 공간 이동 장치를 사용한 것 같았다.

"누가 온 겁니까?"

"나 말인가?"

뚜벅뚜벅.

낮은 목소리가 파르베를 대신해 대답했다. 붉은 연기를 가로지르는 구둣발 소리와 함께, 한 인영이 모습을 드러냈다. 붉은 연기에 휘날리는 짧고 검은 머리카락. 카이사르와 소름 끼치게 닮은 얼굴. 미의 신이 영혼을 담아 빚은 듯 숨 막히는 외모와 소름 끼치게 번뜩이는 핏빛 눈동자.

"오셨습니까, 칼 도련님."

굳은 듯 멍해진 내 옆에서 파르베가 잔뜩 긴장한 채 예를 갖춰 허리를 숙였다.

그러니까 이 인물은, 크리시스 공작가의 첫째 아들이자, 『요정의 밤』의 남주인공 중 하나이며, 내 이복 오라비. 칼 하이마 드 카이사르 크리시스였다.

'미친.'

온몸에 식은땀이 흘러내렸다. 나는 입술을 꽉 깨물었다. 칼 크리시스는 내가 가장 만나기 싫었던 인물 중 하나였다.

『요정의 밤』에서는 역하렘답게 남주인공들이 다수 등장했다. 남주인공은 총 다섯. 작가가 남주인공들의 캐릭터성이 겹치지 않도록 노력한 듯 남주인공들은 하나하나가 다 독특했다. 그중 남주인공 칼 크리시스는, 등장할 때마다 소설의 장르를 스릴러로 만드는 장르 파괴자였다.

'어떻게 하면 널 가질 수 있을까. 네 정신을 조종해…… 미치게 만들어 버리면. 넌 나만 볼까? 대답해 봐, 아리아 프레이야.'

'네 사랑 따위 필요 없어. 난 널 손에 쥐기만 하면 되거든.'

'요정 혼혈이라니, 재밌군. 장기의 구성은 인간의 것과 똑같은가? 궁금한데…….'

그는 말 그대로 미친놈이었다. 사실 칼을 남주인공 중 하나라고 말할 수 있는 건지도 잘 모르겠다. 그가 아리아에게 품은 감정은 사랑처럼 달콤한 것이 아니라 재미있는 장난감을 보는 것 같은 광기 어린 흥미와 소유욕이었으니까.

'아리아가 칼 때문에 많이 힘들어했지.'

그래도 좋아하긴 하는 건지 아리아를 직접적으로 해한 적은 없었지만, 만날 때마다 광인의 눈을 하고서는 자기 흥미만 풀어 댔으니 원작의 아리아는 칼을 버거워했다.

'내가 공작가에 오지 않은 큰 요인 중 하나가 이놈이지.'

정말 웬만해서는 아리아와 칼이 마주치지 않게 하고 싶었다. 아리아가 조금도 힘들지 않기를 원했으니까.

"마탑에서 돌아오자마자 출발하셔도 괜찮으시겠습니까? 피곤하진 않으십니까."

"쓸데없는 걱정을."

멍한 나를 사이에 두고 파르베와 대화를 나누던 칼의 붉은 눈동자가 나를 향했다.

'……생각보다 정상적인데?'

그와 눈을 맞추며 의외의 인상에 눈을 끔뻑거렸다.

'마기에 물든 것처럼 사악하게 번뜩이는 붉은 눈동자. 광기 스민 소름 끼치는 눈빛이라더니.'

소설 속의 칼은 정신 고문을 취미로 삼고, 범인이 이해할 수 있는 범주를 넘어선 미친 새끼였다. 허나 현재 내가 마주한 칼은 냉랭해 보이긴 해도 광인의 기색은 보이지 않았다.

'뭔가 이상한데……'

예상과 다른 상황에 눈을 가늘게 뜨며 그를 지그시 응시했다. 분명 그는 정상적으로 보였으나, 위험한 사람을 만나면 예외 없이 울리는 직감이 살짝 발동하고 있었다. 직감상 내게 위험을 끼칠 이는 아니나, 그 자체로 위험한 사람이었다.

'파르베는 왜 저러는 거지.'

생각에 빠져 있다가 문득 파르베의 안색이 무척 좋지 않다는 걸 깨달았다. 그의 공포 서린 눈동자를 보며 고개를 갸웃하다, 칼의 지긋한 시선에 고개를 돌렸다.

"이자가 미르인가?"

"네! 미르 님이십니다."

카이사르와 똑 닮은 눈동자가 나를 날카롭게 해부했다. 퍼뜩 정신을 차리고 빠르게 허리를 숙였다.

"공자님을 만나 뵙게 돼서 영광입니다. 용병 미르입니다."

"너."

나를 응시하는 칼의 눈빛이 일렁였다. 먹잇감을 잡은 듯 번뜩이는 눈동자에는 광기와 비슷한 흥미를 담고 있었다. 순간 섬찟 소름이 돋아 본능적으로 살기를 흘리니, 기묘하던 기색을 지운 칼이 혀를 찼다.

"키가 작다는 건 알았지만 생각보다 훨씬 작군. 못 먹고 자랐나?"

"……그렇게 작은 편은 아닙니다."

"말도 안 되는 소리. 땅딸막해서는 뼈랑 가죽만 남아서 서 있는 게 고작인데."

훅 들어오는 공격에 울컥하여 반박하니 그가 코웃음을 쳤다.

'이 새끼가?'

분함에 이를 악물었다. 습관처럼 검집에 손을 댔으나, 여기서 검을 꺼냈다간 나만 험한 꼴을 당할 터라 재빨리 손을 내렸다.

"저 같은 것을 걱정도 해 주시고, 아주 다정하십니다."

애써 썩은 미소를 지었다. 그런 나를 응시하던 칼이 휙 고개를 돌렸다. 왜인지 그의 귓가가 붉었다.

"바로 출발하지. 준비는 마쳤나?"

"준비는 마쳤습니다. 마법사들이 공간 이동 마법진만 완성하면 출발하려 합니다."

'어?'

"……크리시스 공자님께서도 토벌에 함께 가십니까?"

설마 싶어 물었다. 파르베가 고개를 끄덕였다.

"네. 제가 말한 정신계 마법사가 바로 도련님이십니다."

'미치겠네.'

칼과는 엮이고 싶지 않았건만. 계속 일이 꼬이는 느낌이었다.

"공자님께서 함께 가시기엔…… 여정이 너무 위험하지 않습니까?"

평범한 귀족들은 마수의 '마'도 모르고 안전하게 살아간다. 아무리 그가 뛰어난 정신계 마법사라 한들, 공작가의 공자가 가난한 마을의 토벌을 도우러 갈 필요는 없었다. 그런데 내 질문을 오해한 건지, 칼의 눈썹이 꿈틀거렸다. 칼의 심기가 불편함을 본 파르베의 얼굴이 새파랗게 질렸다.

"왜, 귀하게 자란 공작가 도련님은 함께 가면 짐만 될 거라고 생각하나?"

"네?"

칼의 자존심을 건드린 모양이었다. 귀족 모욕죄로 경을 치기 딱 좋은 소리였기에 황급히 부정을 표하며 정중히 사과했다.

"오해십니다. 보통 귀족들은 이런 일을 천히 여기는데 공자님께서 함께하신다고 하니 놀라웠을 뿐입니다. 공자님께서 뛰어난 마법사시라는 것은 이미 들은 바 있습니다. 제가 주제넘었습니다."

내가 만나 본 칼은 놀랍게도 미치지 않았으나 그렇다고 정상적인 건 또 아니었기에 말 한 마디 한 마디가 조심스러웠다. 알 수 없는 눈으로 나를 바라보던 칼이 휙 고개를 돌렸다.

"……루주 마을이 피해가 상당하다기에 직접 살피러 가는 것뿐이다."

칼의 대답을 들은 파르베의 얼굴 위로 어이없다는 기색이 범벅되다 순식간에 사라졌다. 잘못 본 건가 싶었다.

'……공자인데도, 영지의 피해를 살피러 간다고? 나쁜 놈은 아닌가?'

아리송해 고개를 기울였다. 눈앞의 칼은 원작 칼과의 괴리감이 심했다.

"쯧. 실없는 놈."

멍하니 생각만 하고 있으니 혀를 찬 칼이 내 어깨를 밀치고 나아갔다. 몸이 살짝 밀렸다.

'……뭐지?'

시비와도 같은 그에 몸짓을 따라 어깨에서부터 시원한 기운이 퍼져 나갔다. 부딪치는 순간 칼이 마력을 방출한 것 같았다.

'저주는 아닌데?'

지쳐 있던 몸에 생기가 돌고 기력이 생겨남에 어리둥절해하고 있으니, 파르베가 슬쩍 내게로 다가왔다.

"예전부터 도련님께서 미르 님을 많이 좋아하셨습니다."

"……?"

"자신은 축복 마법이랑 안 맞는다며 웬만하면 사용하지 않으시는데…… 껄끄러움도 감수하고 미르 님께 축복을 걸어 주신 걸 보면 미르 님을 정말 좋아하시는 모양입니다."

'날 좋아한다고?'

믿기지 않는 말에 미간을 좁히면서도 어느 정도 수긍했다. 용병으로 이름을 알리며 나를 추종하는 이들이 없잖아 생겼기 때문이었다. 칼도 그중 하나일 거라곤 상상도 못했지만.

'그냥…… 불쌍해서 좀 관심을 준 정도겠지……?'

아무리 생각해도 칼이 '정말' 나를 좋아했을 리는 없기에, 파르베의 과장으로 치부하고 생각들을 지워 냈다.

"기사단장님! 마법진이 완성됐습니다! 곧바로 출발할 수 있다고 합니다."

"그렇다는군요. 바로 출발해도 괜찮으시겠습니까?"

"아. 물론입니다."

복잡한 생각을 정리하곤 파르베를 따라나섰다. 거대하게 그려진 마법진 안엔 기사들이 모두 모여 있었다. 그 가운데 선 칼의 지긋한 시선이 나를 따라오는 것을 애써 무시했다.

"바로 이동하겠습니다."

로브를 입은 마법사들이 마력을 모았다. 주변으로 마력이 응집되는 것이 느껴졌다.

"텔레포트!"

세찬 바람과 함께 공간이 뒤틀렸다.

공간 이동 특유의 역한 느낌과 함께 눈을 뜨자 우거진 숲이 보였다. 주위에 위험한 것이 있는지 재빨리 살핀 뒤 파르베를 돌아보았다.

"여긴 어딥니까?"

"트라슈 지방의 산입니다. 오늘 부지런히 움직이면 하르텐 산에서 야영할 수 있을 겁니다."

이른 오후쯤 트라슈 지방에서 출발했는데 저녁이 되어서야 하르텐 산에 도착할 수 있었다.

하르텐 산 부근부터는 북부 한파의 영향을 받아 온도가 확연히 낮아졌다. 아공간 주머니에서 기모가 있는 검은 망토를 꺼내 입을 때 칼이 검은 옷밖에 없냐고 한마디 한 것을 제외하고는 이동 중 별일이 없었다.

"여기서 야영을 하는 게 좋을 것 같습니다."

해가 산등선 너머로 기울기 시작할 무렵, 주위를 살펴본 파르베가 야영 위치를 잡았다. 나는 미간을 좁히며 주위를 둘러보았다.

'터 자체는 괜찮지만······.'

주위 나뭇잎을 확인하고 얼굴을 찌푸렸다.

"조금 더 가서 짐을 푸는 게 어떻겠습니까."

"음? 이유가 있습니까?"

파르베가 영문을 모르겠다는 표정으로 물었다. 칼도 덩달아 나를 돌아보았다.

"자세히 보면 주위 나무들의 잎이 은은히 붉은빛을 띱니다."

"정말······ 그렇군요."

"하르텐 산에 가장 많이 서식하는 마수 키피라가 자주 머무는 곳은 나뭇잎 색이 붉게 됩니다."

기사들이 금시초문이란 표정을 지었다. 이런 세세한 것들은 마수 토벌에 오랫동안 종사한 용병들이나 아는 정보였으니 그들이 모르는 건 당연했다.

키피라는 무리를 지어 사는 야행성 마수였다. 날개를 펄럭일 때마다 환각을 일으키는 붉은 가루를 날리는 탓에 그들의 서식지 주변 나무들은 나뭇잎이 붉었다.

'키피라쯤이야 처리하기 쉽지만······ 괜히 피해를 감수할 필요는 없으니까.'

"붉은빛의 농도가 옅은 걸 보니 그들의 주 서식지에선 많이 벗어난 것 같습니다만. 조금만 더 가면 아예 서식지를 벗어날 수 있을 것 같습니다."

안장 위에서 몸을 일으켜 나뭇잎을 하나 따다 만지작거리는데, 사람들의 따가운 시선이 내게로 향했다. 나는 떨떠름하게 눈을 깜빡였다.

"어…… 제가 너무 주제넘었습니까?"

"아. 아닙니다. 그렇게 하는 게 좋을 것 같습니다. 다만 토벌을 나서기 전에 마수를 꽤 연구했음에도 처음 듣는 정보라서 말입니다. 대단하시군요."

"직접 경험해 보지 않고서야 알아내기 힘든 정보입니다."

나는 담담히 대답하곤 고삐를 살짝 당겼다.

"조금만 더 가 보죠. 곧 적합한 장소가 나올 것 같습니다."

그렇게 10분쯤 이동했을까, 나뭇잎이 정상적인 빛을 띠는 평지에 도착했다. 주위에 바위도 적어 뱀 형태의 마수들도 없을 것 같았다. 그곳에 기사들을 도와 막사를 쳤다. 도우려고 다가가기만 해도 기사들이 어쩔 줄 몰라 하니 조금 당혹스럽기는 했지만. 아공간 주머니에서 툭툭 튀어나오는 물건들을 배치한 뒤엔 어느덧 주위가 어둑어둑해졌다.

야영진 중심에 모닥불이 피워졌다. 나는 무리에서 떨어진 외딴 바위 위에 앉아 멍하니 불길을 바라보았다.

"먹지 그래."

"아, 감사합니다."

기사들이 배식받는 것을 멀거니 바라보고 있었을 때, 성큼 다가온 칼이 내게 스튜가 담긴 그릇을 건넸다. 아무렇지도 않게 내 옆에 털썩 주저앉은 칼의 손에도 스프가 들려 있음을 확인한 나는 조금 떨떠름하게 물었다.

"……공자님께서도 이걸 드십니까?"

"난 혼자 스테이크라도 썰 줄 알았나?"

솔직히 그럴 줄 알았다. 내가 봐온 귀족들은 죄다 평민과 같은 것을 먹으면 죽는 줄 아는 개복치들이었으니까. 내 표정에서 은근한 긍정을 읽은 건지 칼이 한숨을 쉬었다.

"날 어떤 인간으로 생각한 건지 모르겠군. 야영에서 혼자 호화를 즐길 정도로 되먹지 못한 놈은 아니다."

'원작의 넌 그런 되먹지 못한 놈이었어……'

원작 속 칼의 만행을 떠올리며 입꼬리를 늘어뜨렸다.

'사람들을 대하는 태도도 그렇고. 그 미친 칼이 여태껏 미친 짓을 한 번도 벌이지 않았다는 게 말이 되나.'

칼이 토벌에 함께한다는 사실을 듣고 나서는 사지 멀쩡히 돌아가는 건 무리라고 생각했건만, 이건 예상과 너무 달랐다.

"용병이 아니라 학자인가? 하루 종일 생각만 하는 것 같군."

"아."

칼의 비아냥에 퍼뜩 정신을 차렸다. 그는 여전히 무심한 얼굴을 하고 있었으나 희미하게 퉁명스러운 기색이 보였다.

"……심심하십니까?"

"내가 다섯 살 먹은 어린애로 보이나?"

설마 싶어 물으니 그가 발끈했다.

'안 놀아 준다고 토라진 어린애 같은데……?'

뒤늦게야 칼이 내게 말을 붙이고 싶어 하고 있음을 깨달았다. 칼에게서 보리라고는 상상치도 못했던 풋풋한 행동이었다.

'하긴. 이제 겨우 열아홉 살이니까……'

새삼스럽게 자각했다. 칼은 내 오라비였으나, 이제 겨우 19년을 산 그가 전생을 떠올리며 도합 50년에 가까운 세월을 앞서 보았던 나보다 어른스러울 리 없었다. 툭하면 사람을 미치게 만들던 원작의 칼이 상당히 이상했을 뿐, 정상적인 열아홉 살이라면 이러는 게 맞았다.

"그럴 리가 있겠습니까. 다만 제가 꽤 심심해서…… 괜찮다면 공자님께서 저와 어울려 주셨으면 합니다. 혹시 제게 궁금한 건 없으십니까?"

고민은 뒤로하고 처음 만난 오라비와 어울려 주어야 할 것 같았다. 나는 그릇을 내려놓고 칼을 돌아보았다.

잔잔히 불타는 모닥불. 쌀쌀한 겨울밤의 정취. 코를 간지럽히는 칼의 나긋한 체향. 무리와 떨어져 앉은 탓에 멀리서 들려오는 떠드는 소리를 제외하고는 주위가 고요했다. 조금 노곤해져 답지 않게 몸의 긴장을 풀었다.

"……넌 어쩌다 용병이 되었지?"

마찬가지로 조금 노곤해진 기색의 칼이 느리게 물었다. 캐물으려는 기색도, 내 정체를 알아내려 하는 기색도 아니었기에 나는 문득 정말 순수하게 용병이 된 이유를 생각하게 되었다.

"돈 때문이었죠."

깊이 생각할 필요는 없었다. 아주 단순했으니까.

"사랑하는 것을 지키고 싶었습니다. 잃고 싶지 않았습니다. 제가 할 수 있는 건 돈을 버는 것밖에 없더군요."

새삼스레 심장이 아려 왔다. 나는 사랑하는 것이 죽어 간다는 끔찍한 무력감과 자괴감 속에서 끊임없이 발버둥 쳤다. 그 의미 없는 발버둥에 아리아를 위한 것이라는 의미를 부여했고, 그 의미가 나를 살아가게 했다. 적어도 검을 휘두를 때만큼은 내가 하늘 아래 끈질기게 살아 있음을, 살아야 하는 이유가 있음을 실감할 수 있었다.

"전 이 일을 살아갈 이유로 삼았던 것 같군요."

그랬다. 나는 아리아를 위해 피를 흘리는 것을 살아갈 이유로 삼았다.

어쩌면 피로 물들어 검은 핏자국으로 가득한 미르라는 이름이 나를 살게 했을지도 몰랐다.

"그렇군."

담담한 긍정이 돌아왔다. 몰이해도, 과한 공감도 아닌, 지극한 무덤덤함. 이해할 수 없고, 이해하려 들어서도 안 되는 완벽한 타인의 삶에 긍정만을 표하는 칼의 태도에서 나는 편안함을 느꼈다. 불편하지 않은 정적이 이어졌다.

"돈을 벌기 위해 용병 일을 시작했다고."

"……네."

"그럼 왜 영웅이 된 거지?"

'그러게. 왜 영웅이 됐을까.'

스르륵 눈을 감았다.

이런 돈도 안 되는 일, 그저 넘길 수 있다면 얼마나 좋을까.

"상실이 얼마나 괴로운지 알기 때문입니다."

한 사람의 얼굴이 내 머릿속을 스쳐 지나간다. 한없이 빛나던 내 이상향. 내가, 상실해버린 이. 떠올리는 것만으로도 내 속에 무언가가 무너지는 느낌이었다.

나는 슬픔을 억누른 눈으로 칼을 마주했다. 나는 소중한 것을 상실하는 것이 지독히 두려웠다. 상실을 느껴 본 적이 있었기에, 떠나간 소중한 이를 그리워하고, 지나간 과거를 끝없이 후회한 적이 있었기에 그 고통을 앓았다.

누군가의 빈자리는 다른 사람으로 채울 수 없다. 빈자리는 영원히 빈자리일 뿐이고, 채워지는 것은 다른 자리이다. 소중한 것을 상실한다는 건, 삶에서 영원히 지울 수 없는 빈칸 하나를 만드는 것과 똑같았다. 나는 이를 알았기에, 다른 사람들이 상실을 겪는 것을 원치 않았다.

"마수에게 덧없이 죽어 갈 수많은 이들은 누군가에겐 소중한 사람이겠죠. 저는 사람들이 사랑하는 누군가를 잃는 걸 보고 싶지 않았습니다."

내 대답에 칼의 눈빛이 일렁였다. 마치 기묘한 무언가를 보는 것 같은 눈동자였다. 한참 동안 무언가를 생각하던 그가 느리게 입을 열었다.

"……그렇게까지 사랑하는 사람이 있는 삶은 어떻지?"

목소리에 묻어나는 것은 지독한 무지였다. 그는 사랑을 몰랐다. 칼은 그냥 그런 사람이었다. 사랑을 몰랐고, 굳이 알려 들지 않았다. 사랑을 필요로 하지도 않았다. 그는 태어나기를 그러했다. 그랬던 그가 내게 사랑을 물은 것은 상당히 기묘한 일이 아닐 수 없었다.

내가 살아온 삶을 천천히 되새겼다. 아리아를 살리겠다는 일념 아래 치열하게 살아왔던 삶을. 아리아만큼은 설원에서 아스라이 사라진 그 사람처럼 되게 하지 않으려 노력했던 시간들을. 사랑도, 생도 버거웠던 순간들을.

"절망스럽습니다."

"절망스럽다?"

"네. 끔찍이 절망스럽습니다. 힘겹고 버겁습니다. 차라리 사랑하지 않았으면 좋았을 거라고 생각할 만큼 괴롭습니다. 상실이, 두렵습니다."

내 사랑은 늘 진탕을 뒹구는 칠흑. 내 오러를 닮은 색이었다.

"다만…… 그 절망은 사람을 살아가게 합니다."

절망은 사람을 죽음으로 몰고 가고, 실제로 많은 이들을 죽이지만, 어떤 이들은 죽음의 문턱에서 생의 의미를 찾는다. 독약과 영약은 늘 한 끗 차이였다.

"그 절망을 꾸역꾸역 끌어안고, 어찌되었건 살다 보면……."

"……."

"어쩔 수 없이 행복해지더군요."

절망을 버티다 보면 살아 있는 것만으로도 참을 수 없이 행복해지는 순간이 왔다. 죽지 않고 버텼기에 느낄 수 있는 행복이었다.

"그냥, 그렇습니다."

쓸데없는 소리를 너무 많이 했다는 자각이 들어 황급히 말을 마쳤다. 칼은 한동안 말이 없었다. 표정도 읽기 힘들어 내가 그의 신경을 거슬렀던 건 아닌가 걱정하고 있을 때, 그가 천천히 입을 열었다.

"신기하군."

나와 눈을 맞춘 그가 느리게 웃었다.

"나도, 날 그렇게까지 사랑해 주는 사람을 만나 그렇게까지 사랑해 보고 싶군."

아마 이때였을지도 모른다.

칼 크리시스가, 자신의 동생 카슈미르 크리시스를 사랑하기 시작한 순간이.

"텔레포트!"

공간이 뒤틀리고, 새로운 풍경이 시선을 사로잡는다.

드디어 루주 마을이었다.

"……세상에."

펼쳐진 마을의 광경 아래 모두가 말을 잃었다.

"라이시여……."

누군가 신을 불렀으나 대답은 없었다. 자애로운 태양신마저 등을 돌린 듯한 이곳에는 침묵만이 가득했다. 무너진 건물보다 성한 건물을 찾아보기가 더 어렵다. 피비린내와 재 냄새가 자욱하고, 새하얀 눈에 뒤덮인 폐허는 비참했다. 무언가 거대한 것들이 짓밟고 간 것만 같은 흔적들. 이곳에 살아 있는 존재가 있다는 것이 믿기지 않을 정도였다.

"토벌단 나으리들이시군요!"

모두가 할 말을 잊고 주위를 살필 때, 폐허 한편에서 한 무리가 우르르 몰려왔다. 그 무리의 수장으로 보이는 노인이 넙죽 엎드려 절을 했다.

"일어나십시오, 어르신!"

"정말, 정말 감사합니다! 저흰 모두 꼼짝없이 죽는 줄 알았습니다!"

방울진 눈물을 뚝뚝 흘리는 노인의 볼은 패여 있었고, 몸은 뼈가 보일 만큼 야위어 있었다. 모두 참혹한 얼굴로 쉬이 말을 잇지 못했다.

'수도 기사들에게 이런 광경은 처음이겠지.'

북부와 한참 떨어진 수도에는 마수의 침범이 없었으니, 마수는 그들에게 먼 나라 얘기였을 것이다. 이처럼 마수에게 짓밟혀 폐허가 된 마을에 충격을 받는 것도 당연한 일이었다. 무거운 침묵 사이, 나는 덤덤히 마을의 상태를 살폈다.

'그래도 성한 건물이 꽤 남았고. 싸움이 가능한 사람도 몇몇 있네. 무기도 있긴 하고.'

마을을 한 번, 몰려온 무리를 한 번 둘러보았다. 그래도 마을의 구색은 갖추고 있었고, 경비대처럼 보이는 장정 무리는 모두 무기를 쥐고 있었다.

'이 정도면 최악은 아니네.'

마수의 습격으로 돌 위에 돌 하나 얹히지 않은 완벽한 폐허에서 임시 움막을 짓고 살아만 있는 경우도 보았기에 놀랄 것은 없었다. 내게는 인생의 일부인 익숙한 상황이었다.

"바닥이 찹니다. 일어나시죠."

손을 뻗어 노인을 일으켜 주고 짧게 허리를 숙였다.

"의뢰를 받고 찾아온 용병 미르입니다."

무리 일대에 소란이 일었다.

"……미르? 그 용병왕 미르 말인 건가?"

"미르가 왔다고?"

열댓쯤 되어 보이는 야윈 남자들이 놀란 얼굴로 수군거렸다. 믿기지 않는다는 눈으로 나를 힐끔거리는 그들에게 못을 박아 주었다.

"황금 방패 용병 미르입니다."

내 이름을 도용하는 용병들이 꽤 많다고 들었으나, 황금 방패라는 등급까지 위조할 순 없었다. 내 확언에 내 손을 두 손으로 꽉 잡은 노인이 눈물을 글썽거렸다.

"와 주셔서 정말, 정말 감사합니다! 이번 겨울에 꼼짝없이 모두 죽는 줄 알았

충직한 검이 되려 했는데 1

는데…… 미르 님께서 와 주셨다니 안심입니다!"

안도하는 노인을 보며 안심과 부담을 함께 느꼈다. 영웅이란 거창한 칭호가 붙은 뒤로는 어깨에 생명들을 진 기분이었다. 나를 향한 믿음과 기대들. 이제는 익숙해질 법도 한데, 여전히 무거웠다. 가끔은 이 부담을 벗고 도망치고 싶었으나.

"이제 마음 놓으셔도 괜찮습니다. 이후부턴 누구도 피 흘리지 않을 겁니다."

나는 이 고통을 지고 갈 것이다. 이것이 내가 선택한 길이니까. 피를 흘리는 건 나 혼자로 충분했다.

엉엉 울기 시작한 노인을 간신히 달래고 마을로 들어섰다. 자신을 이 마을의 이장 허베라고 소개한 노인이 우리를 마을 사람들이 모였다는 광장으로 이끌었다.

"오, 라이시여……."

몇몇 기사들은 이 광경을 보지 못하겠다는 듯 두 손에 얼굴을 묻었고, 어떤 이들은 눈물을 훔쳤다. 50여 명이 넘을까 싶은 적은 수. 아이고 어른이고 끔찍한 상처를 달고 있었고, 사람들의 영양과 위생 상태는 심각한 수준이었다.

"욱……."

티를 내지 않으려 부단히 노력한 것 같았으나, 결국 고개를 튼 채 제 입을 틀어막은 칼의 표정엔 충격이 담겨 있었다.

'……처음 보겠지.'

공작가의 공자로 태어난 그가 이런 상황을 경험한 적이 있을 리 없었다. 아무 말 없이 망토를 벗어다 칼의 어깨를 덮어 주었다. 붉은 눈동자가 내게로 향했으나, 나는 그저 광장만 바라보았다. 검은 와이셔츠 위로 불어오는 눈 섞인 바람이 유난히 차가웠다.

"저희 마을이 원래부터 이랬던 것은 아닙니다. 마수의 습격으로 척박하고 고되긴 했었지만…… 대부분 작은 마수들의 습격이었기에 마을 사람들이 힘을 모아 이겨 낼 수 있었습니다. 하지만 이번 겨울은 뭔가 이상했습니다! 마수들이, 마수들이 미친 것 같았습니다!"

'전쟁이 다가오고 있구나.'

마수들의 난폭화. 원작에서도 명시된 내용으로, 전쟁의 전초전과 같은 현상이었다. 다가오는 재앙을 새삼 실감하며 입술을 앙 물고 이어지는 말을 경청했다.

"원래라면 조금만 겁을 줘도 도망갈 놈들이 피에 미친 괴물처럼 사람들에게 달려들고 농장에 침범해 작물들을 헤집어 놓았습니다! 그래도 근근이 버텼는데…… 일주일 전에, 으흑…… 데베라가 마을을 침범했습니다!"

"데베라요?"

미간을 구겼다. 상황이 생각보다 심각했다.

데베라. 지옥에서 기어오는 사냥개. 개의 시체에 마기가 깃들어 언데드가 된 상태로, 몸집도 거대하고 성정이 난폭한 마수였다.

'다만 상당히 희귀해서 보기 힘든데…….'

데베라의 개체수가 많았다면 생태계가 박살 나고 인간들도 멸종했을 게 뻔했으나, 신의 안배인지 북부 끝 부근에서나 볼 수 있는 희귀한 마수였다. 데베라가 제국까지 넘어오는 경우는 상당히 드물었다.

"네! 데베라 세 마리가 침범해 마을을 쑥대밭으로 만들었습니다! 그때 싸움이 가능한 청년들 대부분이 목숨을 잃거나 중상을 입어서 전투도 불가능한 상태입니다."

차마 말을 잇지 못하는 허베의 표정이 처참했다. 쉴 새 없이 눈물을 흘리는 그에게 아무 말 없이 손수건을 건네주었다. 주변 공기가 무겁게 가라앉았다.

"그러니…… 제발, 도와주십시오."

처절한 간청이었다.

토벌단이 충격에서 벗어나고 나서는 눈코 뜰 새 없이 움직였다. 기사들은 보급품을 배급하고 무너진 건물들의 재건을 도우며 우리가 묵을 막사를 준비했다. 마법사들은 공간 이동 이후 마력이 얼마 남지 않았음에도 자진해서 마을 주위에 방어막을 쳤다. 그 가운데 나는, 마을 사람들을 불러 모아 교육을 시작했다.

"마수와 마주하게 되는 순간이 오면 절대 먼저 공격해선 안 됩니다. 지금의 여러분은 마수를 이길 수 없어요. 섣불리 공격해 봤자 마수만 흥분시킬 뿐입니다."

"그럼 어떻게 해야 합니까?"

"날개가 달린 마수를 만나면 무조건 물로 뛰어드세요. 날개 달린 마수는 날개가 젖으면 날지 못하니 물을 피하는 경우가 많습니다. 몸집이 작은 마수들의 경우, 그 자체로는 그렇게 위험하지 않으나 이빨이나 발톱 등에 독을 품은 경우가 많습니다. 해독제는……."

주위 마수들을 토벌하면 한동안은 괜찮겠지만 마수의 씨를 말리는 건 불가능한 노릇. 이곳에 살아가는 한, 이들은 마수와 공존해야 했다.

'맞서 싸울 방법을 알려 줘도 소용이 없으니까.'

모두 검을 들기조차 힘든 이들이다. 싸워서 이기는 건 기적에 가까웠다. 용병으로서 일하던 경험들을 총동원해 살아남는 방법에 대하여 말해 주니, 마을 사람들은 적어 가면서까지 열심히 경청했다.

"공자님은 어디 계십니까?"

교육을 마치고 기사들이 짐을 나르는 걸 도와준 뒤 한숨을 돌리는데 주위에 칼이 보이지 않았다. 마침 옆을 지나가던 파르베에게 물으니 그가 마을에서 그나마 제일 성한 건물 하나를 가리켰다.

"저기, 중환자들이 머무는 병동에 계십니다."

'충격을 많이 받은 것 같던데.'

조금 전 칼의 상태가 떠올라 걱정스럽게 걸음을 옮겼다. 낡고 작은 건물의 문을 열었다. 공기 중에 드리운 죽음의 향기. 소독약 냄새와 피비린내. 어린아이부터 노인까지 수많은 이들이 상처로 고통받고 있었다.

'이제는 익숙해졌다고 생각했는데……'

코끝에 스미는 죽음의 향기에 호흡을 참았다. 여전히, 사람이 죽어 가는 모습은 보기 괴로웠다. 죽음을 떠올리면 자동적으로 떠오르는 악몽이 있었기에.

새하얀 눈이 뒤덮인 설원과, 설원 위로 퍼지는 붉은 피. 그 중심에, 소중한 것을 지키지 못한 나.

떠올리는 것만으로도 정신이 아득해지는 기분이다. 나는 잠시 숨을 참고 생각을 지워 내려 노력했다.

'죽음에 무뎌지지 않은 것은, 내가 아직 인간이란 증거겠지.'

인간은 죽음에 대해 무뎌질 때 비로소 괴물이 되기 시작한다. 아직 그 정도가 아닌 게 다행이었다. 나는 숨 막히는 공기를 느끼며 주위를 살폈다.

불이 꺼진 병동 안을 오직 달빛만이 비추었다. 창가에 앉은 소년의 초점 없는 붉은 눈동자가 달빛을 받아 번뜩였다.

"……공자님."

그는 창가 곁 병상에 누운 소녀를 바라보고 있었다. 얼굴의 반을 붕대로 두른, 열 살은 될까 싶은 어린 소녀. 재앙은 나이를 가리지 않고 찾아왔다.

"몰랐다."

"……"

"이렇게…… 심각할 줄 몰랐다. 나는, 마수가 인간의 생을 이렇게까지 파괴해 놓을 거라곤 상상하지 못했다. 이렇게, 살아가는 이들이 있을 줄, 몰랐다."

더듬거리는 칼의 동공이 쉴 새 없이 떨리고 있었다. 초점이 사라진 눈에 죄책감이 물들었다. 순간 인위적인 듯한 이상한 느낌이 들긴 했지만, 그렇게 당당하던 그의 어깨가 축 처졌다는 안쓰러움에 생각을 지워 냈다.

'모를 수밖에.'

빛이 있다면 그림자도 존재하는 법. 허나 칼은 위대한 태양 제국의 가장 따사로운 별이 드는 곳에서 평생을 살아온 사람이었다. 별에서만 살아온 이들은 그림자의 존재 자체를 모르곤 했다.

나는 빛 한 점 없는 그늘 아래 서서, 달빛을 받아 빛나는 칼을 멀찍이 바라보았다. 죽음의 향기가 자욱한 이곳은 칼의 세계가 아니다. 그는 마음만 먹으면 이 상황에서 도망칠 수 있었다.

그럼에도 칼의 눈엔 혼란이 담겨 있었기에, 그의 산호색 입술이 떨리고 있었기에, 그의 손끝이 답을 찾아 방황하고 있었기에, 내게로 향하는 붉은 눈동자가 간절했기에, 그가 이 재앙을 자신의 일이 아니라는 이유로 외면하지 않았기에, 나는 그에게 손을 뻗을 수밖에 없었다.

"당신 잘못이 아닙니다."

그의 어깨를 단단히 붙잡은 채, 일렁이는 동공을 향해 단언했다. 그의 눈빛이 흔들렸다.

"이곳이 공작가의 영지긴 하지만 공자님은 아직 어리시니까요. 모르실 수도 있는 겁니다. 아무도 공자님을 탓하지 않습니다."

내가 할 수 있는 가장 따뜻한 목소리로 속삭였다. 입술을 꾹 문 채 주먹을 꽉 쥐던 그가 고개를 떨궜다.

"……이곳은 내 영지다."

"공작가의 영지고, 공자님은 공작이 아니시죠."

"나도 공작가의 일원이다."

"하지만 아직 어리시고요."

"만약, 내가 조금만 더 일찍 알았다면…… 뭔가 할 수 있었을지도 모른다."

초점 없는 눈동자가 질끈 감겼다. 나는 천천히 손을 올려 칼의 머리카락을 쓰다듬어 주었다. 평민이 귀족의 몸에 함부로 손을 대는 건 크게 처벌받을 일이었으나, 괴로운 표정을 한 그의 눈동자는 온기를 갈급해했기에 걱정은 뒤로하고 부드러이 온기를 나눠 주었다.

"만약은 최고의 독약입니다. 무의미한 가정들은 서서히 인간을 죽이죠."

내 살을 파고들어 옥죄던 모든 가정들은 하나같이 덧없었다. 결국은 이루어질 수 없는 허상들. 불필요한 시간 낭비였다.

"중요한 건 앞으로 어떻게 하느냐는 겁니다."

허공을 맴돌던 붉은 눈동자가 내게로 초점을 잡았다. 나는 답을 찾아 헤매는 그 눈동자를 올곧이 마주했다.

"무지는 죄가 아니나, 외면은 죄가 됩니다. 알게 되었다면 외면하지 말아 주세요. 태양이 비추지 않는 그림자 너머에도 사람이 살고 있음을 잊지 말아 주시길 바랍니다."

슬프게 눈을 휘었다. 내가 뱉은 것은 어쩌면 애원이었다.

지금 칼은 어리다. 아직 아무것도 책임질 필요가 없었다. 허나 그가 좀 더 자라 작위를 물려받을 때가 오면, 그림자 속에 사는 사람들은 외면할 것인지, 그들까지 구해 줄 것인지를 선택해야 할 때가 올 것이다. 나는 그때 칼이 외면을 택하지 않길 바랐다.

"이제부터 최선을 다해 주십시오. 그거면 충분할 겁니다."

칼을 향해 밝게 웃어 주었다. 눈동자에 일렁이던 죄책감이 잦아들고, 갈피를 잡지 못하던 동공이 제자리를 찾았다. 망망대해에서 나침반을 찾은 사람처럼 선명해지는 눈빛. 얼핏 기묘한 간악함이 스쳤던 것도 같았다. 천천히 침착한 낯을 되찾은 칼이 쓰게 웃었다.

"……정말 그거면 될까?"

문득, 그가 아직 어리면서도 성숙하다는 느낌이 들었다. 타인의 고통에 죄책감을 느낄 만큼 여리면서도, 그 고통에 책임감을 느낄 만큼 어른스러웠다. 그는 아이와 어른의 중간 경계에 서 있었다.

'어린놈이 참.'

칼은 내 오라비였으나, 아무리 생각해도 오빠라기보다는 동생 같았다. 열아홉

충직한 검이 되려 했는데 1

살밖에 되지 않은 그가 공작가의 공자로서 지고 있을 짐들을 상상한 나는 쓰게 웃고는 손을 들어 그의 머리를 부드럽게 쓰다듬어 주었다.

"그거면 충분합니다."

얼굴을 일그러트린 칼이 내 팔을 꾹 잡더니 내 품에 얼굴을 묻었다. 나는 아무 말 없이 그의 허리에 팔을 둘러 안아 주었다. 부디 내 또 다른 혈육이 너무 괴로워하지 않기를 바랐다.

── · ⋇ · ──

북부의 겨울은 매섭다. 해가 지며 점점 매서워지던 바람은 눈을 몰고 왔다. 바닥 위로 눈이 쌓이기 시작했다. 밤의 장막이 깊게 드리웠음에도 이곳저곳에서 울려 퍼지는 뒤척임 소리에 느리게 눈을 감았다.

수도에 살던 기사들에게 오늘 본 루주 마을의 광경은 충격이 컸을 터. 아마 오늘은 많은 이들이 잠 못 이룰 듯했다.

툭.

"정말 이틀 내리 보초를 서도 괜찮은 건가."

뜬눈으로 아침 해를 살피는 이들 중에는 칼도 포함되는 모양이다. 전혀 졸린 기색이 보이지 않는 칼이 내 어깨 위로 담요를 얹어 주고는 잔을 건넸다. 따뜻한 김이 오르는 우유였다. 우유 위로 눈송이가 내려앉았다.

'아.'

눈을 보고 있으면 섬찟 소름이 돋는다.

나는 눈이 싫었다. 모든 것을 빨아들이는 그 한없는 순백이 싫었다. 구겨지려는 얼굴을 애써 정돈한 나는 다른 곳으로 눈을 돌렸다. 사방이 눈이라 의미 없는 짓이었지만.

"말씀드렸다시피 소드 마스터는 잠 좀 안 잔다고 죽지 않습니다. 제가 보초를

서는 편이 합리적입니다."

짧은 감사 인사와 함께 잔을 받아들고 홀짝거렸다. 향긋한 꿀과 고소한 우유가 입안에서 섞여 들었다.

쯧, 혀를 찬 그가 내 옆에 걸터앉았다. 흰 눈송이가 세상을 덮는 모습을 가만 바라보다 칼을 곁눈질했다. 중환자들을 확인한 이후 아무 말 없이 제 막사에 들어갔던 그의 안색이 아무 일도 없었던 것처럼 매끄러워 안심이었다. 불편하지 않은 침묵이 흐르는 사이 칼이 입을 열었다.

"내일이면 마수 토벌을 나가겠지."

"그렇죠."

"나는……."

"……."

"마수 토벌이 두려워졌다."

자존심이 하늘을 찌르던 칼에게 들으리라곤 상상도 못했던 솔직한 고백이었다. 칼이 내게 이런 말까지 하게 되었음에 놀라워하면서도 조용히 경청했다.

"마수가 이렇게 두려운 존재일 줄 몰랐다. 이렇게까지 인간의 생을 망쳐 놓을 줄 몰랐어."

거대 마수가 한번 지나간 마을은 쑥대밭이 된다. 그것은 재앙이었다.

"너는 어떻게 마수들과 마주해 온 거지? 여태껏 두렵지도 않았나?"

그의 물음에 눈송이가 떨어지는 하늘을 올려다보았다. 참으로 속절없이, 하얀 하늘의 파편들이 세상을 침몰시킬 듯 쏟아지고 있었다.

"……두렵죠. 여전히 두렵습니다."

단 한 번도 두렵지 않았던 적은 없었다. 검을 잡을 땐 온몸이 긴장했고, 마수를 앞에 두면 공포로 심장이 뛰었다. 재앙과 맞서는 것이 두렵지 않을 리 없었다.

"다만 제 죽음보다 두려운 게 있었을 뿐입니다."

내 두려움도 뒤로하고 지켜야 할 게 있었기에. 나는 나를 지그시 응시하는 칼에게 느리게 웃어 주었다.

"두려운 게 당연한 겁니다. 정 버거우시다면 몸이 아프다고 하고 빠져 버리세요."

포기를 종용하는 내 말에 그가 놀란 표정을 지었다. 내가 힘내라는 말들이나 늘어놓을 거라고 생각한 모양이었다. 그에게 내 경험을 바탕으로 한 멋진 이야기들이나 거창한 조언을 할 수도 있었지만, 그렇게 하고 싶지 않았다.

나는 어려서부터 두려움과 정면으로 마주해 싸워야 했다. 싸움을 피해도, 싸움에서 져도 죽었기에 살기 위해서는 싸움에서 이기는 수밖에 없었다. 늘, 선택지가 하나밖에 없었다. 오직 정도(正道)만을 걷는 인생은 인간을 강하게 만드나, 동시에 메마르게 만들었다.

"두려우면 도망치세요. 공자님께선 그럴 수 있지 않습니까."

나의 또 다른 형제는 그런 삶을 살지 않길 바랐다. 그에겐 싸움을 피한다는 선택지가 있으니, 두렵다면 그저 도망치길 바랐다. 칼이 나를 빤히 응시했다. 가라앉는 분위기를 느끼며 부러 장난스레 웃었다.

"강한 전 혼자서도 잘 하니 걱정하지 않으셔도 됩니다. 제가 깔끔하게 끝내고 올 테니 공자님은 쉬세요."

괜히 으스대자 칼이 기묘한 미소를 지었다.

"역시 재밌단 말이지."

"네?"

평소의 낯을 한 그가 고개를 저었다.

"아무것도 아닐세. 그대 덕분에 이제 괜찮아졌어."

힘없던 조금 전과는 달리 굳건한 목소리였다. 조금 걱정스러워져 그를 바라보았다.

"……정말 괜찮으신 겁니까?"

"그래. 더는 두렵지 않아."

제 머리 위에 내려앉은 눈송이를 툭툭 털어 낸 칼이 내가 눌러쓴 후드 위에 붙은 눈송이들도 털어 주곤 씨익 웃었다.

"강한 네가 날 지켜 줄 거 아닌가."

지켜 준다고 한 적 없는데.

장난스러운 대답을 삼킨 채 마주 웃어 주었다. 하여간 제멋대로였다.

이번 마수 토벌은 숲 중반쯤 가루를 뿌려 북부 마수들의 침입을 막고, 결계 안 마수들만 때려잡는 식으로 진행되었다. 장기적으로 봤을 땐 주먹구구로 싸우기보다는 이렇게 진행하는 것이 좋았다.

조는 내 조와 파르베 조로 나뉘어져 구성되었다. 칼은 나와 같은 조였다. 우리 조의 마법사 둘이 마수 탐지 마법을 발동시키며 동쪽으로 나아가기 시작했다. 그리고 이어지는 토벌은 내게 상당히 익숙한 일의 연속이었다.

"나는 소드 마스터인 아버지를 뒀고, 여태껏 수많은 기사들을 봤지만……."

지긋지긋하다는 표정을 지은 칼이 중얼거렸다.

"너같이 검을 휘두르는 인간은 내 일생에 유일할 거다."

모닥불 앞에서 주먹밥을 베어 물다 말고 재채기를 했다. 하얀 입김이 피어올랐다. 매서운 추위에 망토를 여미며 고개를 기울였다.

"저처럼 휘두르는 게 어떤 겁니까?"

"죽기로 작정한 피에 미친 광전사처럼 방어는 하나 없고 공격만 쏟아붓는, 대중도 없고 규칙도 없는 미친 검술."

이어지는 대답은 신랄했다. 질렸다는 표정을 짓는 칼과 아직도 이전에 본 광경이 믿기지 않는다는 듯 상기된 얼굴로 나를 힐끔거리는 일행들을 보다 어깨를 으쓱였다.

'그야 검술을 배운 적이 없으니까.'

내 검은 오직 생존을 위한 검. 최고의 방어는 공격이라는 신념 아래, 죽이지 않으면 죽는 전장을 나돌며 오직 무언가를 베기 위해 벼려진 검. 나는 지키기 위해 베기로 결심했고, 검엔 검사의 인생이 묻어나는 법이었다.

"대신 아무도 안 다쳤지 않습니까."

욱신거리는 어깨를 휘휘 돌렸다. 사실 이번 토벌은 보통의 페이스보다 무리하는 감이 없잖아 있었다. 아리아가 프레이야 백작가로 가게 되는 사건이 일어날때가 가까워져 빨리 돌아가야 하기도 했고, 익숙지 않은 단체 토벌에 긴장했기때문도 있었다.

'……누군가 다치는 꼴을 보고 싶지 않아.'

마주한 것들은 하나같이 만만치 않은 거대 마수들이었다. 그들이 휘두르는 앞발은 마나를 두른 내겐 생채기를 낼 뿐이나, 다른 기사들이나 마법사들이 맞았을때 중상을 피할 수 없었다.

'내가 나서서 좀 다치고 끝내는 게 나으니까.'

나는 마수를 만날 때마다 사람들을 뒤로 물리고 마수를 혼자 잡듯 검을 휘둘렀다. 덕분에 아무도 다치지 않았지만 빠른 시간 내에 사람들을 지키며 검을 휘두른 탓에 몸에 조금 무리가 갔다.

"미련한 놈……."

칼이 짜증스럽게 중얼거렸다. 그의 눈은 무뚝뚝한 태도완 상반되게 미미한 걱정을 담고 있었다. 두렵다고 고백하던 어젯밤의 칼이 떠올라 입매를 늘어뜨렸다.

"공자님께선 괜찮으십니까?"

"보다시피."

칼이 무심하게 답했다. 그는 숲에 들어올 때와 하나 달라진 것 없이 멀쩡했다.

"공자님의 마법 덕분에 빨리 끝낼 수 있었던 겁니다. 대단하시더군요."

"아부하지 마라."

딱 잘라 질책하는 칼의 표정이 눈에 띄게 밝아졌다. 그 모습을 보던 나는 입안 살을 물어 터지려는 웃음을 참았다. 잔소리를 막으려는 일종의 아부이기도 했지만, 거짓을 말한 건 아니었다.

'조금 전은…… 정말 대단했지.'

그가 재능을 빛낸 조금 전의 토벌을 떠올렸다. 대상이 거대할수록 정신 조종 마법을 발동시키는 게 어려워지고, 마기에 물들어 이지가 없는 마수를 조종하는 건 그야말로 최고난이도라고 들었건만.

'멈춰.'

칼은 거대 마수들을 곧잘 조종했다. 그의 가벼운 손동작 아래 나타난 수많은 마법진들이 마수들을 뒤덮고 그들의 움직임을 더디게 만들었다. 칼의 조종에 걸린 마수들을 토벌하는 건 어렵지 않았다.

"충분히 쉬셨으면 슬슬 들어가시죠. 내일 조금 더 가서 가루를 뿌리고, 이후엔 마을 가까이에 있는 마수들만 토벌하면 될 것 같습니다."

어두워진 주위를 확인하고 빠르게 자리를 정리했다. 내일도 활동하기 위해서는 일찍 자 두는 편이 나았다. 오늘도 마찬가지로 보초는 내가 섰다.

'별일 없어야 할 텐데.'

나는 조금 긴장한 채 검집을 꽉 쥐었다.

마수가 서식하는 숲속에서의 야영은 이전 산에서 한 야영이나 마을에서 한 야영과는 차원이 다르게 위험하다. 야영하다 마수들의 습격으로 죽을 고비를 넘긴 게 한두 번이 아니었기에 신경을 날카롭게 세울 수밖에 없었다.

북부의 겨울밤은 무척이나 매서웠다. 조금 먹먹한 코를 훌쩍이다 뺨에 닿는 눈송이에 하늘을 올려다보았다. 아침에 멈추었던 눈이 다시 세상을 덮으려 하고 있었다.

'……싫어.'

솔직히 구역질이 날 것 같았다. 나는 칠흑빛 악몽을 떠올리게 하는 겨울이 싫었고, 눈이 싫었다. 치밀어 오르는 구역질을 애써 참으며 잡생각을 지우고 보초에만 집중하려 노력했다. 그리고 문득 뺨을 스치는 은은한 바람. 그 바람을 타고 코를 간지럽히는 익숙한 체향. 나는 그제야 조금 웃을 수 있었다.

"비행 마법 같은 고위 마법을 이런 데다 사용하시는 건 재능 낭비 아닙니까."

"내 재능은 사치를 부려도 되는 수준이라서."

오만한 말투와 잔잔하게 가라앉은 목소리. 내가 앉아 있는 나무의 맞은편 나무로 날아든 인영을 보며 부드럽게 웃었다. 내게로 향한 붉은 눈동자가 부드러운 빛을 머금었다.

칼이었다.

"어제도 늦게 주무셨지 않습니까. 오늘은 날도 춥습니다. 들어가서 쉬세요."

"네가 쉬면 나도 쉬도록 하지."

"저는 보초를 서야 하지 않습니까. 공자님이나 푹 쉬십시오."

"네가 안 쉬면 나도 안 쉰다."

잠시 실랑이를 벌였으나 칼의 고집에 결국 포기했다. 어제도 나와 대화한다고 늦게 잔 그가 걱정되었지만, 저렇게까지 고집을 부리는데 강제할 순 없는 노릇이었다. 나는 싫어하는 겨울과 눈도 잊고, 잠시 칼과 즐거운 대화를 나눴다. 그리고 재앙은 늘 예고 없이 찾아왔다.

팅—

사방에 뿌려 놓았던 기척을 읽는 오러의 실 중 하나에 무언가가 걸리는 느낌이 드는 동시에, 직감이 날카롭게 곤두섰다.

"……미르?"

말하다 말고 딱딱하게 굳은 나를 칼이 의아하다는 듯 바라보았으나, 그를 신경 쓸 틈은 없었다. 내 온몸엔 소름이 돋고 털이 쭈뼛 섰다.

'냄새.'

너무도 익숙하면서, 지독히 증오하는 냄새. 살 썩는 내음과 진득한 피비린내,

불쾌하고 역겨운 악취가 뒤엉킨 마기의 향.

'하나가, 아니야.'

너무 지독하다. 절대 하나가 낼 수 있는 위압감이 아니었다. 그것들이, 떼로 몰려오고 있었다.

"미르! 정신 차려! 괜찮은가!?"

비행 마법으로 나무를 건너 새파랗게 질려 굳어 버린 내 바로 앞 나뭇가지에 발을 디딘 칼이 내 어깨를 흔들었다. 흔들리는 눈으로 그를 마주했다.

'내 형제.'

그와 알고 지낸 시간이라고 해 봐야 며칠이다. 겨우 며칠이었건만. 혈연이라는 것이 확실히 진하긴 한가 보다.

그를, 잃고 싶지 않았다.

"공자님."

"괜찮은 건가?"

"칼."

"……!"

"꼭, 살아야 해요."

예고도 없이 칼의 허리에 팔을 휘감아 그를 안아 들었다. 칼의 눈이 커다랗게 떠졌다.

휙!

"무슨!"

발에 마나를 두르고 허공으로 도약했다.

"다들 일어나세요! 마수 떼가 옵니다!"

"미르 님, 무슨 일입니까!"

황급히 나와 옷의 단추조차 채우지 못한 기사 하나가 물었다. 모든 마나를 개방해 몰려오는 마수들의 위치를 가늠하던 나는 무겁게 대답했다.

"지금 마수 떼가 오고 있습니다. 우리 전력으론 못 이깁니다. 도망쳐야 합니다!"

"그게 무슨……."

"적어도 마흔 마리. 상당한 크기의 거대 마수입니다. 속도도 상당히 빨라요! 뛰어서는 절대 못 도망칩니다. 순간 이동을 사용해야 합니다!"

따갑게 울리는 내 머리를 부여잡고 얼떨떨해 보이는 두 명의 마법사를 잡아끌었다.

"당신들! 지금 몇 명까지 순간 이동시킬 수 있습니까!"

"네, 네!?"

잠이 덜 깬 맹한 얼굴의 그들이 반문했다. 다들 상황을 파악하지 못하고 멍만 때리고 있어 조급해질 때쯤, 침착함을 되찾은 칼이 나를 붙잡았다.

"우선 상황 설명부터 해라. 마수 떼가 어디 있다는 거지? 보이지 않는데."

"다들 땅에 귀를 대 보세요."

내 말에 다들 갸웃하며 땅에 귀를 대었다. 그리고 굳었다.

쾅! 쾅! 쾅!

괴물들이 몰려오고 있었다.

"지, 지진입니까?"

누군가 겁에 질린 채로 물었다. 나는 고개를 저었다.

"거대 마수 떼가 이동할 때 울리는 진동입니다."

나 혼자 싸우면 아주 희미하게나마 승산이 있을지도 모르나, 저들을 다 지키며 싸울 수는 없었다. 내가 싸우는 사이에 짓밟혀 죽을 게 뻔했다.

'젠장, 왜 거대 마수 떼가 지금 이동을 해!?'

거대 마수 떼의 이동은 정말, 정말 드물었다. 떼로 서식하는 거대 마수종이 아주 적다는 것에 기인하기도 했고, 거대 마수는 웬만해서는 원 서식지에서 이동하지 않기 때문도 있었다.

"빨리 몇 명까지 이동시킬 수 있는지 대답하세요!"

허나 지금은 원인과 이유를 따질 때가 아니었다. 내 재촉에 두 마법사가 황급히 자신들의 마력 회로를 확인했다.

"정말, 정말 무리하면 여섯 명까진 가능할 것 같습니다. 그 이상은 마력 회로가 터질 것 같아요…….""

"저도 여섯 명까진 가능할 것 같습니다. 그 이상은 제 능력 밖입니다."

그들의 대답에 기사들의 얼굴이 새하얗게 질렸다. 이곳의 인원은 총 열네 명. 두 명은 남아야 한다는 소리였다.

"공자님! 공자님은 순간 이동 마법 시전이 가능하십니까?"

"열 명은……. 아니. 아니다. 난 순간 이동을 배우지 않았다."

다급한 물음에 무언가 대답하려던 칼이 황급히 말의 노선을 바꾸었다.

'젠장!'

입술을 짓씹었다. 한 명이 남아야 한다면 내가 남으면 된다. 이들 모두를 지키며 싸워야 하는 것이 버거울 뿐, 혼자서 싸운다면 어떻게든 버텨 볼 수 있을지도 몰랐다. 다만 두 명이 남아야 한다면 다른 하나는 내가 싸우는 도중 죽어 버릴 것 같았다.

"……내가 남겠다."

그리고 칼이 헛소리를 했다.

"도련님! 절대 안 됩니다!"

"개소리 작작 해요! 돌았나 진짜!"

기사들이 크게 반발하고 내 입에선 험한 소리가 튀어 나갔다. 가도 가장 먼저 가야 할 공작가의 공자가 이 상황에서 남겠다는 건 말도 안 되는 소리였다.

까드득 이를 갈았다. 처음으로 만나 조금은 마음을 열었던 내 형제를 죽게 내버려둘 수 없었다.

'빌어먹을! 방법이—아!'

입술을 피가 나도록 깨물며 열이 날 정도로 머리를 굴리다, 순간 머릿속이 환해지는 느낌과 함께 무언가를 떠올렸다. 황급히 허리춤에 찬 아공간 주머니를 뒤지다 물건 하나를 꺼냈다. 한 손에 딱 들어가는, 은은한 은빛이 감도는 돌을 닮은 물체.

'이것만 받아 줘요. 미르가 정말 걱정돼서 그래요. 부탁이에요, 응? 가지고만 있어 줘요.'

꽤 오래전, 엘이 내가 걱정된다며 쥐여 준 순간 이동 마법이 담긴 아티펙트였다.

'돌아가면 엘에게 키스해 줄 거야!'

정말 뛸 듯이 기뻤다.

칼의 어깨를 턱 잡고 그의 손에 억지로 돌을 쥐어 주었다.

"시동어는 '투 미티 살바토르'. 가고 싶은 장소를 떠올리면서 손에 꽉 쥐고 시동어를 외우면 됩니다."

"무슨…… 윽!"

내 검은 오러가 칼의 온몸을 꽁꽁 묶었다. 옴짝달싹 못 하게 된 그가 털썩 쓰러졌다. 묶인 칼과 나 사이에서 어쩔 줄 몰라 하는 기사들에게 명했다.

"끌고 가십시오."

"뭐 하는 건가! 당장 풀어! 귀족 시해 죄로 죽고 싶지 않다면 풀어라!"

"처벌도 살아 돌아가야 하죠."

나는 고래고래 소리를 지르며 발버둥 치는 칼을 뒤로한 채 마법사들을 돌아보았다.

"마법진을 발동시키는 데 얼마나 걸립니까?"

"10분 정도……."

"……."

"5분! 5분 안에 해 보겠습니다!"

눈치를 보는 마법사를 지그시 응시하니 그가 다급하게 외쳤다. 나는 고개를 끄덕이고 점점 커지는 진동의 방향을 탐색했다.

'북쪽.'

발 위를 마나로 감쌌다. 놀란 시선들이 내게로 쏠렸다.

"자, 잠깐! 어디 가십니까?"

"마수 떼의 통행을 막아 시간을 벌겠습니다. 그동안 마을로 빠르게 도망치고, 다른 기사들에게 지원을 요청해 주세요."

"이 미친놈이! 이거 안 풀어!?"

"공자님을 잘 모셔야 합니다. 공자님께서 다치시면 모두 중한 처벌을 피할 수 없을 겁니다."

공작가의 기사가 공자를 지키지 못했다는 건 크게 경을 칠 일이었기에 책임자도 아니면서 눈을 부라리며 말했다. 기사들은 꽁꽁 묶인 칼을 창백한 얼굴로 곁눈질하며 고개를 끄덕였다.

'귀족 시해 죄로 뒈질지도 모르겠네.'

나는 아직까지 발버둥 치고 있는 칼의 몸에 오러 줄이 파고드는 것을 보고 줄을 조금 느슨하게 했다.

쾅! 콰쾅—!

진동은 점점 커지고, 500미터 전방에서 나무가 넘어가기 시작했다. 이전에 딱 한 번 거대 마수 떼의 이동을 본 적 있었는데, 그땐 숲이 아예 폐허가 되었다.

'그리고 나는…… 소중한 것을 잃었지.'

입술을 짓씹었다. 이번 토벌은 그날의 악몽을 떠올리게 하는 것들이 너무 많다. 나는 아득해지는 정신을 붙잡았다.

"그럼 전 가 보겠습니다."

더 이상 가까이 오면 이들이 위험하다. 나는 검을 단단히 잡고 마나를 방출했다. 그리고 아연실색한 칼에게 느리게 웃어 주었다.

"만나서 반가웠습니다."

"미르!"

파앗!

피 끓는 부르짖음을 뒤로한 채 땅을 박차고 올랐다. 나무를 밟으며 빠르게 이동했다. 진동의 근원지에 가까워질수록 나무들이 휘청거리고 직감이 세차게 울렸다.

'살아남을 수 있을까.'

덜덜 떨리는 몸에서 쉴 새 없이 식은땀이 떨어졌다. 나는 눈을 질끈 감았다 떴다. 생애 처음으로 거대 마수 떼를 마주했던, 기억하고 싶지 않은 어린 날이 내 머릿속에서 재생되었다. 악몽의 편린에 지배되어 생각이 마비된다. 통상적으로, 트라우마라 불리는 것이었다.

'……버텨야 해.'

나는 이제 강해졌다. 누군가의 지킴을 받지 않아도 된다. 이젠 지킬 수 있는 사람이다. 일행이 도망칠 시간을 벌어야 했다. 두려움을 억누르고, 기억을 버텨 내며 빠르게 질주하면…….

크아아아악―!

또다시 재앙과 마주했다. 버텨 내기란 불가능처럼 보이는 재앙과. 시끄럽게 이동하던 재앙들의 눈동자가 그들의 앞을 막아선 내게로 향했다.

'지옥에서 기어 오는 사냥개, 데베라.'

외향은 개를 닮았으나, 그 덩치는 장정의 열 배쯤 되었다. 섬뜩하게 불타오르는 붉은 눈동자, 살 썩는 역겨운 악취, 그리고 기묘한 마력의 기운.

'……토할 것 같아.'

분명 죽어 숨을 멈춰야 마땅함에도, 죽음을 거스른 듯 살아 움직이는 데베라의 꼴을 보며 사람들은 '지옥에서 기어 오는 사냥개'라는 별칭을 붙였다.

크르릉…….

나는 우두머리로 보이는 가장 거대한 데베라와 마주 섰다. 드러난 거대한 송곳니를 타고 역겨운 타액이 뚝뚝 떨어졌다. 데베라는 긴장으로 꼬리를 바짝 세운 채 쉬이 덤벼들지 않았다. 짐승의 본능적인 직감으로 내가 쉬운 상대가 아니라는 것을 일찌감치 눈치챈 것 같았다.

데베라는 마수들 중에서도 아주 난폭하고 강한 축에 속하는 마수. 데베라 한 마리라면 쉽게 죽이겠지만, 떼를 상대하는 건 얘기가 달라졌다. 승리를 확신할 수 없었다.

'싸우지 않고 살기로만 방향을 틀 수 있다면…….'

나는 일말의 희망을 품으며 온몸에서 살기를 방출했다. 검은 연기가 숲 전체를 옭아맬 듯 터져 나오고, 살기에 노출된 데베라들이 크게 움찔거렸다.

살기는 대상의 강함을 공기로 담은 날것 그대로의 기운. 자신보다 강한 존재의 살기에 노출되면 사람이든 짐승이든 본능적인 두려움을 느꼈다.

'……물러선다.'

마수들은 이성과 지각이 없는 난폭한 괴물들이지만 본능은 있었다. 알파 데베라가 주춤주춤 물러나자 다른 데베라들도 꼬리를 내렸다. 싸우지 않고 끝낼 수 있을지 모른다는 옅은 희망이 싹을 틔울 때. 이변이 일어났다.

크아아악!

데베라가 울부짖었다. 갑자기 알파 데베라의 눈동자에 광기가 물들고, 미미하게 느껴지던 마력의 기운이 폭발적으로 터져 나왔다. 마력과 비슷한, 허나 훨씬 사악하고 강력한 기운이 데베라를 지배했다. 데베라는 줄에 걸린 꼭두각시처럼 작위적인 몸짓으로 내게 달려들었다.

'빌어먹을!'

나는 온몸에 마나를 두른 채 빠르게 공격을 피했다.

쾅!

방금 전까지 서 있었던 눈밭 위로 구덩이가 생겼다.

'……조종당하고 있다.'

시기와 상황이 모두 맞아떨어졌다. 나는 이를 아득 갈며 북쪽 너머를 노려보다, 눈송이가 내려앉은 검에 오러를 불어넣었다.

쉬이이익!

불길하게 일렁이는 검은 오러는 저 하늘 위의 어둠을 베어 내서 하나의 사념체로 만든 듯하다. 내 삶을 담아낸 어둠이었다.

"이 정도면 그럭저럭 괜찮게 살았지."

작게 중얼거리며 검을 세웠다. 데베라들이 마구 날뛰며 내게로 몰려왔다. 저들을 밟아서고 살아남을 자신이 들지 않았다.

'……아리아. 내 아이.'

끝일지 모르는 절체절명의 순간에서 떠오르는 얼굴은 결국 하나였다. 내 삶의 의미이던 작은 아이. 무채색의 세상에 유일한 색채.

'널 다시 보고 싶어.'

그 집념 하나로, 다시금 재앙과 마주하려 할 때였다.

"가드!"

환한 빛이 두 눈을 사로잡았다. 역겨운 기운을 몰아내고 시원한 마력이 일대를 지배했다. 수많은 마법진들이 나와 데베라 사이를 막아섰다.

나는 딱딱하게 굳은 몸을 힘겹게 돌렸다.

오러 줄에서 벗어나려 마구 몸부림 친 듯 흐트러진 차림. 비행 마법으로 허공에서 떠오른 두 발. 바람에 날려 엉망이 된 머리카락. 그 사이에서 찬연히 빛나는 붉은 두 눈동자.

새하얀 눈. 추운 겨울. 북부와 가까운 숲. 거대 마수의 떼. 악몽의 재연 같은 이 상황에서 내게 다가온 붉은빛은, 어쩌면 내게 구원이었을지도 모른다. 새하얀 설원에서 싸늘한 시체를 끌어안고 하염없이 울던 나를 향한 작은 구원.

그러나 동시에 두려움이었다. 이번에는 당신이 그 시체가 되어 버릴 거라는 두려움.

'아.'

그리고 그 순간 깨닫는 것이다. 당신은 내게 구원과 공포를 함께 느끼게 할 정도로 무거운 사람이 되었음을.

"미친놈……."

물기가 차올라 먹먹해진 목소리로 욕설을 중얼거렸다. 두 손에 마법진을 떠올린 칼이 씨익 웃었다.

"멋진 건 혼자 다 하려고 했나? 미친 미르."

또 다른 나의 혈육이, 나와 함께 재앙에 맞서려 하고 있었다. 나는 거칠게 고개를 휘저어 정신을 차리고 눈을 부릅떴다.

"미쳤습니까? 머리라도 다쳤냐고요! 대체 왜 온 겁니까!"

내 고함을 한 귀로 흘리며 엉망이 된 자신의 머리를 툭툭 턴 그가 마법진을 더욱 크게 넓혔다.

"미친 건 너지. 이것들을 혼자 상대하려 했나?"

"혹 붙이고 하는 것보다 낫습니다!"

칼이 피식 웃었다. 나는 죽을지도 모른다는 생각에 손이 떨리는데, 그는 속이 편해 보여 복장이 터졌다.

"혹은 안 될 테니 걱정 붙들어 매지 그래."

"젠장! 당신 지금 이게 얼마나 위험한 상황인지……!"

"잔소리는 나중에 하고. 우선 앞에 괴물들부터 어떻게 하면 안 되겠나?"

웃는 칼의 턱을 타고 땀방울들이 툭툭 떨어졌다. 나는 그제야 마법진을 펼친 그의 손목이 떨리고 있음을 발견했다.

크르릉…… 크아아앙!

칼의 마법진에 둘러싸인 데베라들이 미쳐 날뛰며 마법진을 부수려 하고 있었다. 마법진이 위태롭게 떨렸다.

충직한 검이 되려 했는데 1

'빌어먹을, 진짜……'

마음 같아서는 그를 쥐어패고 싶었지만, 지금은 그럴 상황이 아니었다. 나는 빠르게 호흡을 정리했다.

"하…… 잘 들어요! 저 데베라는 이미 누군가에게 조종당하고 있어서 정신을 지배하는 건 불가능합니다!"

"뭐?"

미간을 찌푸린 칼이 정신 조종 마법을 시도했으나 통하지 않았다. 마법진이 파훼되기만 할 뿐이었다.

"대체 누가……."

"중요한 건 그게 아닙니다! 당신 화염 마법 할 줄 압니까?"

"할 수 있다!"

나는 땀을 비처럼 흘리는 칼에게 빠르게 설명했다.

"데베라는 시체라 불에 약합니다! 그래서 큰 상처를 내고 그 상처를 지지는 게 제일 확실한 방법입니다! 나무 위에 올라가 있다가 제가 데베라에게 상처를 입히면 상처 안쪽에 화염 마법을 시전하는 겁니다! 알겠습니까?"

"……해 보지!"

칼이 무거운 표정으로 고개를 끄덕였다. 데베라들이 마법진을 물어뜯기 시작하며 그의 손이 경련하는 것을 확인한 나는 느리게 입을 뗐다.

"순간 이동 아티팩트, 아직 가지고 있죠."

"……그래."

칼은 잠시 머뭇거리다가 한숨처럼 답했다. 나는 그를 향해 흐리게 웃었다.

"내가 전투 불능이 되면 곧바로 도망칠 거라고 약속하세요."

"말도 안 되는 소리를……!"

"오기 부리지 마세요!"

반발하는 그를 향해 눈을 치켜떴다.

"약속 안 하면 기절시켜서 강제로 보내 버릴 겁니다!"

나는 위험 앞에서 도망쳐선 안 된다. 그렇게 살아야만 하는 삶이었고, 지키는 것이 힘을 가진 자의 의무였다. 하지만 칼은 공작가의 후계자이고 더 많은 사람들을 다른 방식으로 지켜야 하는 만큼, 이곳에서 살아 돌아가야 했다.

"살아남을 거라고, 약속하세요."

사실 내 이기심일지도 모른다. 참으로 오랜만에 마음을 열게 된 상대가, 내 또 다른 혈육이 살기를 바랐다. 마음 한편에 자라나기 시작한 새로운 바람이었다.

"……빌어먹을. 약속한다. 약속하니까 그 표정 좀 짓지 마!"

눈이 마주친 채 동요하던 칼이 제 머리를 거칠게 헤집으며 버럭 소리를 질렀다. 나는 안도의 한숨을 쉬며 마수들을 돌아보았다. 그들에게 갉아 먹힌 마법진은 거의 파괴되어 있었다.

"셋 세면 거두는 겁니다."

침묵에서 그의 수긍을 느낄 수 있었다. 나는 크게 심호흡했다.

"셋."

온몸에서 끌어올린 마나를 검에 집중시키며 떨리는 손에 힘을 주었다. 또 소중한 것을 잃어버릴 것만 같았다. 데베라의 붉은 눈동자가 나와 내 소중한 것을 집어삼킬 불길의 재앙처럼 보였다.

"둘."

마나를 온몸에 뒤덮어 신체를 강화했다. 칼이 뒤편 나무 위에 자리를 잡는 소리가 들렸다. 그럼에도 물러설 생각은 없었다. 나 또한 재앙이니까.

"하나."

마지막 수를 세는 순간, 마법진이 파괴되었다. 풀려난 재앙들이 거대한 해일처럼 몰려왔다. 나는 검은 오러를 앞으로 내세웠다. 내 검은 무언가를 지킬 때 가장 날카로워졌다.

쉬익—!

크아아악!

한꺼번에 몰려오는 데베라들을 오러의 바람으로 밀어내고, 한 마리씩 잡아 베었다. 내 검이 데베라의 썩은 살을 난도질했다. 악취가 후각을 마비시키고 검은 피와 썩은 살점들이 온몸에 튀어도 멈추지 않았다. 갈고리 같은 데베라의 발톱이 내 어깨를 긁었으나 마나로 꽁꽁 두른 몸은 조그만 생채기를 제외하고 멀쩡했다. 다시금 날아오는 앞발을 잘라 내고, 몸통에 칼을 찔러 넣은 채 아래로 쭉 그었다.

크아앙!

검은 피가 사방으로 튀며 데베라가 절규했다. 칼을 향해 손짓했다.

"지금!"

"발화!"

붉은 마법진이 상처 바로 위에 나타나 불로 화했다. 지독한 타는 냄새와 함께 부패한 살이 팽창하며 데베라가 폭발했다.

"욱."

나무 위에 올라선 칼이 헛구역질하는 소리가 들려왔다. 괜찮은 척하려 노력은 하는 것 같지만 위태로워진 그의 기운을 느끼지 못할 리 없었다.

"정신 똑바로 차려요. 당신이 제대로 도와주지 않으면 내가 죽습니다!"

뺨에 튄 썩은 살점을 거칠게 닦아 내며 고함을 쳤다. 칼의 곁에서 위로할 수 있다면 좋을 텐데. 지금은 그럴 수 없었다. 그는 이곳에 남기로 결정했으므로, 자신의 결정에 책임을 져야 했다.

"넌, 내가 절대 죽게 하지 않는다!"

칼이 오기 서린 목소리로 외쳤다. 순간 피식 웃음이 흘러나왔으나 몰려오는 데베라들을 보며 평정심을 되찾았다. 나와 함께 일했던 어떤 이가 그런 말을 한 적이 있었다.

'네 검은 보통 기사들의 검처럼 화려하지 않아. 그런데 이상하지. 네 검에서 눈을 뗄 수가 없어. 네 검은 뭐랄까, 살아 있음을 증명하려는 것 같아. 네가 이곳에 존재하고 있음을 네 검으로 이야기하려는 것 같다고. 뭐, 그렇다고 잘하고만 있다는 건 아니야. 방어 좀 해, 이 자식아! 어떤 미친놈이 무식하게 공격만 하냐!'

내 체력은 소드 마스터 평균에 비해 형편없다. 방어는 아예 할 줄을 몰랐다. 가끔 보이는 치명타만 간신히 막을 뿐, 웬만한 공격은 무식하게 몸으로 받아냈다. 회복력도 좋지 못했다. 제대로 먹지도, 푹 자지도 못하는 나날들이 한가득. 영양실조와 만성피로를 몸에 달고 살아 면역력이 생길 틈도 없었다. 이런 내가 검은 재앙이라 불릴 수 있었던 건, 오직 멈추지 않는 공격 때문이었다.

끊임없이 베고, 또 벤다. 온몸이 검은 피와 썩은 살점으로 물들어도 계속 베었다. 갈고리 같은 발톱이 내 피부를 긁고, 흉측한 이빨이 내 살을 뚫으려 해도 멈추지 않는다. 최고의 방어는 공격이라는 신념 아래, 살아남기 위해, 살아 있다는 걸 증명하기 위해 검을 휘두르던 삶. 나를 죽이지 못했던 모든 것들이 나를 강하게 만들었다.

"젠장, 미르!"

우두머리 데베라의 송곳니가 내 팔을 뚫었다. 데베라의 침은 마비독의 일종이었기에 팔이 딱딱하게 굳어 갔다. 나는 지독한 현기증에 휘청거리다, 나를 물었던 데베라의 아가리에 검을 처박고 위로 베어 올렸다. 검을 쓰는 오른팔이 아닌 왼팔이 물려서 그나마 다행이었다.

"발화!"

칼이 상처 입은 네 마리의 데베라를 향해 화염 마법을 시전했다. 하나 이상의 마법진을 동시에 전개하는 건 상당히 어렵다고 들었건만, 무려 네 개를 동시에 전개한 걸 보면 과연 천재는 천재인 모양이었다.

'원소 마법은 마력 소모가 심하니…… 빨리 끝내야겠네.'

조금 더 무리해야 할 듯했다. 남은 데베라는 열 마리 남짓. 벅찬 숨을 뱉으며 검 손잡이를 옆으로 잡은 채 날을 가로로 세웠다.

"칼! 데베라들 붙잡아둘 수 있습니까!"

충직한 검이 되려 했는데 1

"30초! 그 이상은 안 된다!"

"그 정도면 충분합니다!"

지친 기색이 역력한 칼은 이유조차 묻지 않고 방어막 마법진을 전개하기 시작했다. 허공에서 빛나는 기이학적 문양의 마법진들은 데베라들을 잠시 붙잡아 두기에 충분했다.

그 사이 나는 심호흡과 함께 허공으로 마나를 모았다.

응축하고, 또 응축한다. 내 속에 든 오러를 모두 긁어 하나로 모으자 커다란 검은 구(球)가 하나 떠올랐다. '궁극기'라고 하기엔 너무 거창했으나 그 외에는 달리 표현할 말이 없었다. 이것은 내가 1대 다수의 싸움을 위해 개발한, 가장 범위가 넓은 기술이었다.

"칼! 방어막 해체해요!"

만약 이름을 붙인다면 '흑풍(黑風)'이 가장 어울릴 터였다.

크아아악!

빛이 사그라들고, 재앙들이 내 앞으로 돌진한다.

서걱.

나는 그 순간 나와 데베라들의 사이에 떠오른 오러의 구를 거침없이 베어 냈다.

쾅! 콰쾅―!

응축되었던 오러의 구가 검의 궤도를 따라 터져 나가고, 검은 회오리가 달려드는 데베라들을 탐욕스럽게 집어삼켰다. 귀가 먹먹해질 정도로 커다란 소음이 일대를 울리고 대지가 들썩였다. 거센 돌풍으로 눈을 뜨기 힘들어 잠시 눈을 감았다 뜨면.

상황은 모두 끝나 있었다.

"허……."

나는 안도의 한숨을 쉬며 뺨에 튄 검은 피를 손등으로 벅벅 닦아 냈다. 시체 썩는 냄새와 살 타는 냄새가 온몸에 진동했다. 시체 더미에 빠진 기분에 구역질이 일었다. 수십 번을 씻어도 이 더러운 기분에서 벗어나지 못할 것 같았다.

'확실히 다 죽었네.'

혹여나 살아 있는 데베라가 있을까, 시체를 뒤져 모두 숨통이 끊어졌음을 확인했다. 마지막에 해치운 열댓 마리의 데베라들은 아예 반토막으로 잘린 데다 검은 오러에 새까맣게 타 형체를 알아보기도 힘들었다.

'그 불쾌한 기운도 사라졌고.'

아마도 원작의 그것으로 짐작되는 사술도 거두어져 있었다. 나는 칼에게로 다가갔다. 데베라 중 하나의 발톱이 다리 근육을 살짝 끊은 탓에 절뚝거릴 수밖에 없었다.

"칼, 괜찮습니까."

커다란 나뭇가지 위에 몸을 뉘인 채 가쁜 숨을 내쉬던 그가 느리게 고개를 끄덕였다.

"죽지는 않았다."

"그렇다고 산 것 같지도 않은데요. 반 정도 죽으셨나요? 반의 반 정도?"

내 힘 빠진 농담에 칼이 힘없이 웃었다. 그는 녹초가 되어 늘어져서는 반쯤 감긴 눈으로 중얼거렸다.

"……살았군."

"우리 둘 다 살았습니다."

몸은 성한 데가 없고, 온몸에서는 죽음의 악취가 나지만, 그럼에도 살아 있다. 땅 위에 발을 딛고 하늘 아래에서 두 눈을 뜨고 있었다.

'이 설원에서, 둘이 살아남았구나.'

이번에는 혼자가 아니다. 어쩐지 눈물이 터져 나올 것만 같아 미간을 잔뜩 찌푸렸다.

"살아 있다는 게…… 이런 기분인 줄 몰랐다."

느리게 시선을 내린 칼이 나를 응시했다. 나는 독이 퍼져 욱신거리는 왼팔을 부여잡은 채로 그를 마주했다. 어떤 형태이든, 살아 있다는 건 그 자체로 참을 수 없을 만큼 찬연한 구석이 있었고, 서로를 딛고 사지에서 함께 살아남은 이들에겐 말없이도 통하는 무언가가 있었다. 똑같은 눈빛으로 서로를 응시하기를 한참, 칼이 느리게 입을 열었다.

"나, 내려갈 힘이 없다."

"그래 보입니다."

나는 그가 몸을 뉘인 나뭇가지 바로 아래서 두 팔을 벌린 채 씨익 웃었다.

"떨어지시죠. 받아 드리겠습니다."

"왼팔을 물리지 않았나."

"당신 정도는 충분히 들 수 있습니다."

회복 속도가 소드 마스터 평균에 비해 떨어지긴 해도 일반인과는 비할 수 없다. 독에 대한 내성이 생긴 것도 한참 전이었기에, 칼 정도는 너끈했다. 칼이 피식 웃었다.

"그렇다면 기꺼이."

스르륵.

나는 옅은 바람 소리와 함께 추락하는 소년의 몸을 가뿐이 받아 들었다. 칼은 나보다 머리 하나 반쯤 컸기 때문에 몸을 한참 구겨야 내 몸에 안착할 수 있었다. 나는 눈이 반쯤 감겨 비몽사몽 하는 그에게 작게 속삭였다.

"주무셔도 괜찮습니다."

"……그럼 조금만……."

칼이 스르륵 눈을 감았다. 예의상 거절도 하지 않는 걸 보면 정말 피곤했던 모양이다. 아이처럼 입술을 우물거리던 그가 느리게 중얼거렸다.

"우리…… 이후에도, 친, 구……."

툭.

칼이 수마를 이기지 못하고 고개를 늘어뜨렸다.

'……친구라.'

나는 달빛을 받아 은은히 빛나는 칼을 물끄러미 내려다보았다. 그리고 부드럽게 웃으며 그의 반듯한 이마 위에 입술을 맞췄다.

"좋은 꿈 꿔요, 친애하는 칼."

칼은 이미 내게 친구 이상으로 소중했다.

✦──◦◦◦──✦

데베라 떼를 토벌하는 사건으로 마력을 다 소진한 칼은 사흘 내리 기절해 있었다. 파르베는 깨어나자마자 미르를 찾는 칼에게 쪽지 하나를 꺼냈다.

"미르 님께서 남기고 가신 쪽지입니다."

미르가 사라졌다는 말에 가라앉아 있던 칼의 눈동자가 번뜩였다. 파르베의 손에서 쪽지를 낚아챈 칼이 그것을 빠르게 읽어 내렸다.

[먼저 갑니다. 숲에서 나오는 김에 만난 마수들도 싹 처치했습니다. 부산물들이 꽤 돈이 될 듯하니 보상금은 됐다고 마을 사람들에게 전해 주세요. 그리고 공자님은 일어나면 목욕부터 하시죠. 몸에서 시체 썩은 내가 납니다._미르.]

"허."

칼이 헛웃음을 뱉었다. 끝까지 기대를 저버리지 않는, 웃기는 놈이었다.

칼은 태어나기를 기묘하게 태어났다. 아주 어렸을 적부터, 도통 살아 있는 사람 같지가 않았다. 분명 그의 심장엔 피가 공급되고, 그의 폐는 공기를 갈구했으나, 영혼은 죽어 버린 것 같았다. 그를 만들던 조물주가 육신을 완성한 뒤 영혼에 호흡을 불어넣는 것은 깜빡한 것처럼.

지루한 삶이었다. 하루하루가 무료했다. 만사에 감흥이 없었고, 무얼 해도 재미가 없었다. 그나마 가장 흥미로웠던 건 마법이었으나, 시전하는 순간만 재미를 느낄 뿐, 일상으로 돌아오는 순간부터는 단조로움의 반복이었다. 무엇보다 그에게는 초고난이도라는 마법도 너무 쉬웠다.

칼은 자극적인 걸 찾기 시작했다. 도박이나 마약 같은 것들에도 손을 대 보았으나, 극상의 쾌락이라 불리는 것도 그에게는 지루했다.

'사, 살려 주십시오! 제발! 아악!'

그나마 가장 재미있었던 건 인간을 고문하는 것. 살고 싶다는 욕망. 살기 위한 몸부림. 그에겐 없는 것들이었다. 칼은 고문으로 죽어 가는 이들에게서 모순적으로 생을 느꼈다. 허나 그것은 사람을 잡아먹는 달콤한 늪 같았다. 고문을 하는 순간엔 즐거워도, 마친 직후엔 스스로가 괴물이 되어 가는 것 같았다. 허나 하지 않으면 중독에 빠진 사람처럼 손이 떨렸다.

인간은 타인의 죽음에 무뎌질 때 비로소 괴물이 된다. 열일곱 살의 칼은 괴물이 되기 직전의 경계에 서 있었다.

"사람 고문하는 일, 그만둬라."

그 앞에서 잠시 브레이크를 걸어 주었던 건 다름 아닌 카이사르였다.

"크리시스 가문에 유전처럼 내려오는 정신병이다. 절대적이진 않지만 자주 발병하지. 나 또한 겪고 있다. 넌 그 정도가 지나친 것 같지만, 그래도 네 무료함이 어떤 느낌인지는 알아. 고문은 잠시 흥분을 줄지 몰라도 영구적인 대책은 되지 못해. 당분간은 저택에만 있어라."

카이사르의 명이 떨어진 이후 칼은 한 달 동안 저택에만 머물러야 했다. 카이사르는 칼에게 무료함을 타파할 수단들을 끊임없이 공급해 주었지만, 재앙처럼 밀려오는 무료함 앞에서는 모든 것이 무용지물이었다.

저택에 갇혀 난동을 부리며 모든 기물을 파괴할 기세인 칼의 통행 가능 지역이 자신의 방과 수련장밖에 남지 않았을 때.

"뭘 보는 거지?"

칼은, 운명처럼 그와 마주하게 되었다.

"허, 헉! 도, 도련님! 저희는 그게 아니라……!"

"됐고. 질문에나 대답해라."

훈련 시간에 수련장 밖에서 딴짓을 하고 있던 두 기사의 얼굴이 새파랗게 질렸다. 그들의 다급한 변명을 가볍게 무시한 칼은 기사 중 하나의 손에 들린 영상 마도구를 가리켰다.

"이게 뭐지?"

"요, 용병 미르의 전투 영상이 담긴 마도구입니다!"

"미르?"

칼의 미간이 좁아졌다. 칼도 익히 알고 있는 자였다.

미르. 3년 전쯤 용병계에 발을 들인 은빛 방패 용병. 현재는 소드 엑스퍼트로 추정되며, 마수 토벌 계열의 의뢰는 모두 독식하고 있었다.

제국에 기사들이 많은 만큼 기사의 전투를 녹화한 영상 마도구도 흔히 거래되었다. 허나 아직까지 용병 일을 천히 보는 기사들이 많아, 용병의 전투를 녹화한 마도구는 흔치 않았다.

"네! 대단한 분이죠! 미르의 전투 영상은 정말 구하기가 힘든데 저희 아버지께서 전투 영상 마도구를 판매하시는 덕에 사정을 하고 빌려 온 참…… 흐앗!"

칼은 자랑스럽게 떠벌리는 기사에게서 마도구를 낚아챘다. 그리고 멀쩡히 돌려놓지 않는다면 아버지에게 사지가 찢겨 죽을 거라고 호소하는 기사를 무시한 채 영상을 재생했다.

챙!

검이 끊임없이 움직였다. 아직은 소드 마스터가 아니라는 걸 증명하듯 조금 불안정한 검술. 절도 있고 품위 있는 기사들과의 검과는 사뭇 다르다. 움직임 하나하나에 처절함이 담긴, 생존을 위한 검이었다.

우아함도, 절도도 없다. 허나 경이로울 정도로 생생히 살아 있었다.

"이걸 얼마에 팔 계획이었지?"

"어, 음…… 듣기로는 하나에 백 골드까지도 생각하고 계시던데요."

"퇴근하기 전에 테일러를 통해 열 배 받아가도록."

"네?"

칼은 경악에 빠진 기사를 뒤로한 채 마도구를 챙겨 제 방으로 돌아갔다. 영상 속 미르의 눈은 죽어 있었다. 허나 눈빛이, 그 몸짓이, 숏구쳐 오르는 오러가, 마수를 베어 내는 검날이 살아 날뛰고 있었다. 칼은 그것에 전율을 느꼈다. 그것이 전환점이었다.

"용병 미르의 전투 영상, 전부 사들여라."

칼은 산 자의 생생한 몸부림을 끊임없이 돌려 보았다. 그것을 보고 있자면 그 또한 살아 있는 것 같았다.

"요즘 용병 미르에게 관심이 많다 들었다. 고문도 더는 집행하지 않고."

얌전해진 그를 보며 의문을 품은 카이사르에게 칼은 덤덤히 고개를 끄덕였다. 더는 고문으로 생을 탐할 이유가 없었다.

"미르의 정체라도 알아봐 주랴?"

그 순간 칼은 고민했다. 직접 만나 본 미르는 어떤 사람일까? 그는 정말 그렇게, 찬란하게 살아가고 있을까? 그는 '예.'라고 답하고 싶은 욕망에 휩싸였으나, 결국 고개를 저었다.

"됐습니다. 숨기려 애쓰는 것을 굳이 드러내 밝히고 싶지 않습니다."

그것은, 칼 크리시스가 타인을 위해 자신의 욕망을 누른 첫 번째 순간이었다.

"……그래. 부족한 게 있다면 말하고. 돌아가 봐라."

카이사르의 무심한 목소리가 잔잔한 호의를 담고 울려 퍼졌다. 칼이나 카이사르나 누군가를 사랑할 수 있는 위인은 되지 못한다. 허나 그럼에도 카이사르는 칼이 원하는 것을 들어주거나 칼의 무료함에 신경을 쓰는 등, 최악의 아버지는 되지 않으려 노력하고 있었다. 건조하고 푸석한 이 부자 관계가 이어질 수 있었던 이유는 전적으로 카이사르 덕분이었다.

"네."

그리고 칼은, 그런 카이사르를 사랑하지 못했으나 이해했다. 둘은 서로에게 고요한 이해자였다. 그 이후 칼의 삶은 꽤 정상적인 궤도로 흘러갔다. 그는 더 이상 쾌락을 찾아 방황하지 않았고, 고문 집행에서도 깔끔히 손을 뗐다. 많은 이들이 그가 180도까지는 아니더라도 90도 정도는 달라졌다고 입을 모았다.

허나 사실 달라진 건 그리 많지 않았다. 칼은 여전히 무료했고, 사랑을 몰랐다. 달라진 건 단 하나, 미르를 알게 되었다는 것뿐이었다.

그러기를 2년. 칼이 살아 숨 쉬는 미르를 마주하게 된 건 어느 겨울날이었다.

"도련님. 공작가에서 연락이 왔습니다."

"바쁘다고 해."

"공작님께서 보내신 연락입니다."

마법진을 그리던 칼의 손이 멈칫했다. 칼이 마탑에서 시간을 보낼 때 카이사르가 연락을 하는 일은 흔치 않았다. 카이사르는 칼의 취미 시간을 방해하려 하지 않았으니까.

"가문에 급한 일이라도 생긴 건가?"

"그것보단 공자님께 기회가 생겼다고 볼 수 있겠군요."

시종이 의미심장하게 웃었다. 마도구를 건네받은 칼은, 그 위로 떠오른 글자들을 읽은 즉시 겉옷을 챙겨 입었다.

"지금 당장 공간 이동 장치 작동시켜."

"이미 대기 중입니다."

오랫동안 칼의 곁에서 일한 시종은 칼을 잘 알았다.

[용병 미르가 이번 루주 마을 마수 토벌에 참여한다.

빨리 오면 꺼서 갈 수 있을지도.]

카이사르 크리시스 또한, 제 아들을 잘 알았다.

"안 가십니까?"

그러나 공간 이동 장치 앞에 섰을 때, 칼은 쉬이 움직이지 못했다. 이 앞을 지나면 미르가 있을 것이다. 2년 동안 그의 생에 원동력이 되던 주인공이. 그리고 그 순간, 칼은 답지 않게 망설이고 있었다.

미르가 보고 싶지 않은 건 아니었다. 칼은 그 누구보다 미르의 실존을 체감하고 싶어 했으니까. 다만, 그는 두려웠다. 미르가 사실은 별 볼 일 없는 사람일지도 모른다는 가정 하나가 칼 크리시스를 미치게 했다.

참으로 우습지만 근 2년 동안 미르는 칼에게 소년들이 으레 동경하는, 일종의 영웅과도 같았다. 닿을 수 없기에 더 빛나 보이는 별. 정체불명의 우상. 본질을 몰라서 동경할 수 있는 이상향. 정체를 확인하는 순간 속절없이 무너져 버릴지도 모르는 위태로운 마음이건만, 너무 많은 지분을 허락해 버렸다.

"……도련님."

오랫동안 칼의 시중을 든 늙은 시종은 주인을 잘 알았다. 어쩌면 칼 본인보다 더. 시중이 느리게 입을 열었다.

"두려움은 마주하지 않는 이상 계속 품고 살아야 합니다. 평생을 괴로워하느니 속 시원하게 털어 내는 편이 낫지요."

칼이 시종을 돌아보았다. 세월이 담긴 인자한 미소가 시종의 얼굴 위에 떠올랐다.

"도련님의 마음은 값싼 것이 아닙니다. 줄 가치가 없는 자에겐 베풀지 않으셨으면 하는 것이 이 늙은이의 바람입니다."

미르에게 가치가 있는지 직접 확인하라는 뜻이었다.

"……맞는 말이군."

대답은 긴 간극 끝에 한숨처럼 터져 나왔다. 칼의 표정이 천천히 풀어지더니, 이내 미소로 화했다. 평소 그가 짓던 그 오만한 미소였다.

"장치를 열어라. 직접 확인하러 가겠다."

마주 웃은 시종이 공간 이동 장치를 발동시켰다.

"잘 다녀오십시오."

시종의 배웅 인사를 들으며, 칼은 망설임 없이 일렁이는 공간 속으로 걸어 나갔다.

"……적이 아닙니다! 검을 넣어 주십시오!"

공간이 뒤틀리고, 기사단장의 목소리가 그의 귓가를 간지럽혔다. 붉은 연기에 가려 앞이 잘 보이지 않았다.

"누가 온 겁니까?"

칼이 익히 아는 변조된 목소리가 뒤따랐다. 칼은 빠르게 뛰는 심장을 무시한 채 여유롭게 발걸음을 옮겼다.

"나 말인가?"

그리고 마주한 작은 인영. 허나 뿜어져 나오는 기백은 절대 가볍지 않았다. 칼은 홀린 듯 그의 영웅을 관찰했다.

익히 알고 있는 모습이지만 실제로 보니 너무도 생소했다.

저 눈. 칼을 생으로 이끌었던 그것은 기이한 진분홍빛으로 번뜩였다. 이미 죽었음에도 찬연하게 살아 반짝이는 모순적인 마음의 샘. 영상에서 봤던 것보다 훨씬 더 빛났다. 칼은 그때 깨달았다.

아. 나는 이자를 놓을 수 없구나.

"……도련님?"

파르베의 조심스러운 부름에 칼이 과거의 상념에서 빠져나왔다. 칼의 입가엔 어느샌가 매혹적인 미소가 떠올라 있었다.

"파르베 로만."

"네, 도련님."

공작가의 충성된 기사가 작은 주인 앞에서 고개를 숙였다.

칼 크리시스는 멍청한 인간을 혐오했다. 제 주제도 모르고 달라붙는 버러지들이나, 속에 든 게 뭔지도 모르면서 겉에 바른 달콤한 설탕물에 끌려드는 벌들. 아주 같잖고 귀찮았다.

미르는 어째서인지 칼 앞에서 유독 멍청하게 굴었다. 그럼에도 그는 미르가 싫지 않았다.

칼이 가면을 썼음을 느낀 것처럼 미간을 좁히다가도, 어디서 나온 건지 모를 믿음이 스며들며 의심을 거둔다. 그답지 않은 나약한 모습을 연기하니 위로해 주고, 제 주제를 망각한 것처럼 공자인 자신을 안쓰럽게 여겼다.

칼은 자신을 바라보는 미르의 눈동자를 떠올렸다. 늘 무심한 기색을 품고 있다가 자신을 보는 순간 사뭇 기묘한 빛을 품는 그 두 눈. 무지와 몰이해의 세계에서 이해자를 만난 듯이, 혹은 자신이 그의 이해자라는 듯이. 기이한 기쁨을 품은 기만적인 눈빛. 미르는, 그를 이미 알고 있다.

언제부터일진 모르겠다. 아니, 언제부터인지는 상관없었다. 미르가 왜 그런 눈빛을 하는지, 자신을 어떻게 알게 됐는지도 관심 없었다. 그저, 그 두 눈이 싫지 않았다. 오히려 소름 끼치게 좋았다. 몰랐다면 잡지 않았겠지만, 그걸 알게 된 순간부터는 놓을 수 없다. 환희한 칼이 명했다.

"얼마가 들든, 무슨 수단을 쓰든 상관없다. 찾지 못하면 자결할 각오로 미르를 찾아와."

그는 한 번 문 것을 절대 놓치지 않았다.

한편 이미 공작가를 나서기 전, 공작에게서 토씨 하나 틀리지 않고 똑같은 말을 들었던 파르베는 부자가 쌍으로 지랄이라고 속으로 욕을 할 뿐이었다.

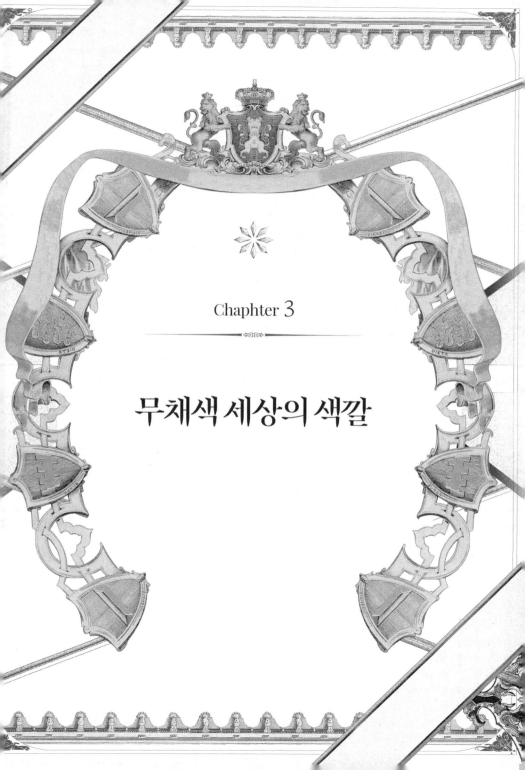

Chaphter 3

무채색 세상의 색깔

"윽."

나는 왼팔을 부여잡은 채 가쁜 숨을 뱉었다. 머리가 지끈거리고, 시야는 비처럼 내리는 땀방울로 인해 일렁거렸다. 무엇보다 오른팔이 터질 것만 같았다.

'젠장! 하필 우두머리 데베라에게 물려서는!'

보통 데베라에게 물렸다면 루주 마을에서 수도로 돌아오는 동안 다 회복됐겠지만, 우두머리 데베라의 독은 보통 데베라보다 다섯 배 더 독했다. 현재까지 온몸이 마비되지 않고 버티고 있는 건 오직 내가 소드 마스터이기 때문이었다.

'오두막⋯⋯ 빨리⋯⋯.'

나는 거칠게 고개를 휘저어 머리 위로 쌓이는 눈송이를 털어 내고, 떨리는 손으로 나무를 짚었다.

아리아를 치유하기 위한 약을 연구하던 오두막엔 해독제를 만들 재료들이 있었다. 오두막은 꽤 깊은 숲속에 자리 잡고 있건만, 설상가상으로 발목까지 쌓인 눈들이 걸음을 방해했다. 나는 휘청거리는 몸을 이끌고 겨우겨우 오두막까지 다다랐다.

끼익—

시끄러운 문소리와 함께 오두막의 문이 열렸다. 오두막 안은 어두웠다.

'인기척.'

순간, 직감에 빨간불이 들어왔다.

스릉.

나는 오른손으로 빠르게 검을 뽑아 침입자의 목에 겨누었다. 침입자가 크게 움찔했다.

"정체를 밝혀라."

침입자는 그 말에 대답하는 대신, 오두막의 불을 밝혔다.

탁.

어두웠던 시야가 환해진다. 부드러워 보이는 연갈색 곱슬머리가 문 틈새로 새어 들어온 겨울바람에 휘날렸다. 나는 그제야 피비린내 사이에서 바닐라 향을 느낄 수 있었다.

"슈슈?"

심해를 닮은 푸른빛 눈동자가 내 꼴을 확인하고 크게 흔들렸다. 나는 느리게 입을 벌렸다.

"……디디?"

남의 이마를 훔치고 튀었던 도둑놈이 제 발로 돌아왔다.

쪼르륵—

물방울이 떨어지는 소리가 은은히 오두막 안을 울렸다. 기다랗고 예쁜 손이 찻주전자를 기울였다. 평생 대접만 받아 온 도련님이라 차도 못 우릴 줄 알았건만, 그가 능숙한 손길로 우려낸 홍차는 예쁜 붉은빛을 띠고 있었다.

"받게."

디디가 찻잔 하나를 내게 건넸다. 멀쩡한 오른손으로 건네받았음에도 살짝 손이 떨렸다. 마비 독의 여운 때문에 온몸을 가누기가 힘겨웠다.

"이런."

흔들리는 내 손목을 본 디디가 굳은 표정으로 손을 뻗을 때, 그의 손을 가볍게 쳐냈다.

"함부로 손대지 마시죠."

냉랭한 표정을 지으려 노력했지만, 디디의 푸른 눈과 마주치면 저절로 인상이 풀려버렸다.

'왜 상처받은 표정을 짓는 거야.'

나는 속으로 깊게 한숨을 쉬었다. 경계하는 시늉이라도 하려 했건만, 디디의 처량하게 처진 눈꼬리 앞에서 차마 더 날을 세우지 못했다.

나는 모든 걸 포기한 채 몸에 힘을 풀고 침대 밑에 몸을 기댔다. 허리까지 굽이치는 검은 머리가 벽 위로 흐트러졌다. 나는 붕대가 감긴 왼팔로 힘겹게 삐뚤어진 가면을 맞춰 쓰고는 입을 열었다.

"……치료해 준 건 고맙습니다. 이제 찾아온 이유를 말씀해 주시죠."

"이게, 대체……."

조금 전으로 돌아가, 불빛 아래 반쯤 시체가 된 나를 본 디디가 딱딱하게 굳었다. 갑작스럽게 마주한 그에게 캐물을 건 산더미 같았지만, 마비 독은 지금도 퍼져나가고 있었으므로 시간이 없었다.

"죽이러 온 겁니까?"

"……뭐?"

"나를 죽이러 왔냐고 물었습니다."

"그럴 리가 없지 않나!"

"그럼 도와주세요."

이틀 밤을 새우고 난 뒤 데베라 떼와 맞서고, 숲속의 남은 마수들을 모두 토벌한 뒤, 말을 타도 일주일은 걸리는 거리를 맨몸으로 이틀 만에 주파했다. 그 사이에 한 번 씻은 것 빼고는 휴식도 없었으니, 의심이고 자시고 죽을 것 같았다.

"뭘, 어떻게 도와주면 되겠나."

"선반에, 윽…… 페리윙클 파우더가 있습니다. 그걸 물이랑 1:5로 섞고……."

"앉아서 말하게!"

이 굳어가는 몸으로는 마비 해독제를 만들기도 힘들었다. 어쩌다 보니 귀족가 도련님을 종처럼 부리게 되었으나, 그가 적극적으로 돕길 원했으니 죄책감 갖지 않기로 마음먹었다.

"미, 미쳤나! 왜 갑자기 옷을……!"

"그럼 입고 치료합니까?"

나는 침대에 기대앉아 입고 있던 검은 와이셔츠를 거칠게 벗어 던졌다. 디디가 경악하며 제 두 눈을 가렸다. 힐끗 드러난 그의 양 귀가 새빨갛게 달아올라 있었다.

디디와 처음 만났을 때 목소리 변조 마도구를 착용하는 걸 잊어 여자라는 건 이미 들켰다. 용병 일을 할 땐 움직임에 걸리적거리지 않도록 가슴에 압박붕대를 두른 상태였다.

"가릴 데는 다 가렸습니다."

딱 귀족가 도련님 같은 반응에 나는 혀를 차며 내 몸을 내려다보다, 살짝 입매를 당겼다.

"……그런데 좀 징그러울 수는 있겠군요."

생뚱맞은 소리에 디디가 살짝 손을 내렸다. 그리고 순식간에 얼굴을 굳혔다.

"너, 몸이 왜 그래."

"멀쩡한 게 더 이상하지 않습니까."

흔들리는 동공 앞에서 무심하게 대답했다.

평생 동안 검을 휘두른 소드 마스터의 몸이다. 매끈하고 예쁜 게 더 이상했다. 마른 몸에는 오로지 근육뿐이었고, 목 아래부터는 아직 난 고깃덩어리를 얼기설기 꿰맨 것과 비슷한 모양새였다.

"……치료 안 해 줄 거면 이리 주세요. 내가 할 겁니다."

상처투성이 몸에 와이셔츠를 덮어 가리고는 얼어 있는 그에게 손을 뻗었다. 이 삶에 후회는 없었지만 상처 한 점 없이 매끄럽던 그의 몸과 비교하면 어쩐지 부끄러워졌다.

"……미안하다."

"네?"

디디가 내 손을 가로막았다. 그의 목소리가 떨리고 있었다. 어리둥절해져서 고개를 기울이니 그가 얼굴을 일그러트렸다.

"네가, 이런 삶을 살게 해서, 미안하다."

나는 죄책감과 책임감으로 일렁이는 두 푸름을 지그시 응시했다. 그의 어깨가 너무도 무거워 보였다. 나는 잠시 망설이다, 그의 머리를 조금 쓰다듬어 주었다.

"이건 당신 탓이 아닙니다."

내가 선택한 인생이니까.

⊰ ❦ ⊱

나는 붕대가 깔끔하게 매인 왼팔을 가볍게 휘둘러보며 내심 감탄했다. 도련님이라 기대 안 했건만, 손이 꽤 야무졌다.

"대답 안 할 겁니까?"

하지만 도와준 건 도와준 거고 침입한 건 침입한 거다.

디디는 침대 옆 의자에 앉아 여유롭게 홍차를 기울이고 있었다. 그 모습이 우아한 명화 한 점을 연상시켰다. 눈이 마주치니 그가 눈을 곱게 휘었다.

'……상황이 반대가 됐네.'

얼마 전 저 자리에 앉아 디디를 치료했던 건 나였건만, 이번에는 내가 상처를 치료받고 침대에 앉아 있었다. 얼마 전 이 침대에서 이유를 묻던 건 디디였건만, 지금은 내가 침입의 이유를 묻고 있었다.

'……졸려.'

나는 흐릿해지는 시야를 억지로 다잡았다. 디디의 도움으로 치료를 마친 왼손은 더 이상 마비가 진행되지 않았지만, 마비 해독제에 강한 정신 착란이 부작용인 약초가 사용된 탓에 정신이 몽롱했다.

"글쎄. 이유가 필요한가."

물음에 대한 대답도, 그날 내가 했던 것과 같다. 나를 놀리는 건가 싶어 눈을 가늘게 뜨니, 그가 짐짓 울상을 지었다.

"함부로 들어온 건 내 깊이 사과하네. 아무리 문을 두드려도 반응이 없기에 아무 생각 없이 당기니 그냥 열리더군. 당황해하고 있는 사이에 그대가 왔던 거야."

"뭐…… 그건 안 잠근 제 탓도 있으니 할 말이 없는데. 애초에 왜 온 겁니까?"

"특별한 이유는 없네. 그냥 발걸음이 이끌렸어."

"당신이 참새고 이 오두막은 방앗간입니까?"

코웃음을 치며 비아냥거리니 그가 웃음을 참았다.

"얼마 전에 그대가 말했지. 사람을 구하는 데는 이유가 필요하지 않다고."

"……그랬죠."

맹하게 눈을 끔뻑이고 있으니 디디가 내게로 손을 뻗었다.

그가 눈짓으로 허락을 구했다. 허튼짓하진 않을까 잠시 망설였으나, 그의 손목은 내가 건드리기만 해도 부러트릴 수 있다는 걸 떠올리고 느리게 고개를 끄덕였다.

스르륵.

그의 가느다랗고 곧은 손가락이 엉망으로 흐트러진 내 머리를 정리했다. 옆머리를 귀 뒤로 넘기는 손끝이 내 귀를 살짝 스치고 지나갔다.

"사람이 사람에게 끌리는 데도 특별한 이유는 필요 없지 않겠나, 슈슈."

그가 눈을 휘었다. 확연한 유혹의 의도를 담은 매혹적인 웃음이었다.

"사람이 참…… 됐습니다."

얼굴을 지나치게 잘 사용했다. 나는 마음에 불퉁하게 얼굴을 구기다 푹 한숨을 쉬었다. 이유고 자시고, 온몸이 욱신거리고 머리가 지끈거려서 눈 뜨고 있는 것만으로도 곤욕스러웠다.

"자고 갈 겁니까? 침대 내줘요?"

지나치게 여상스러운 물음에 디디가 묘한 표정을 지었다.

"정말…… 그때도 느꼈지만 위기감이라곤 조금도 없군. 내가 누구인지도 안 묻나?"

"아무리 자기 굴에 쳐들어왔다 해도 사자가 개미를 두려워하겠습니까. 물어봐도 누군지 말 안 해 줄 거 아닙니까."

일반인을 제압하는 것쯤이야 손도 안 대고 할 수 있었다. 내 신랄한 비유가 불쾌하지도 않은지 디디가 피식 웃음을 흘렸다. 호선을 그리는 그의 입꼬리에서는 후각을 마비시킬 것만 같은 단내가 났다.

"그렇긴 하군. 그래도 그대가 물어보면 대답해 줄지도 모르는데."

그가 상체를 굽히며 느긋하게 턱을 괴었다. 거리가 좁아졌다. 사자 굴에 제 발로 기어든 주제에 제 집인 것처럼 여유로운 그를 보자니 어이가 없어졌다.

'하지만 객기라기보단…… 눈치가 비상하네.'

디디의 눈동자에서 일렁이는, 위험하지 않으리라는 확신. 가소롭지만 옳은 판단임은 분명했다. 나는 죄 없는 일반인을 해치지 않으니까.

"됐습니다."

고개를 젓자, 디디가 미간을 좁혔다.

"……궁금하지 않은 건가?"

"궁금하긴 합니다."

"그러면 왜?"

내 착각인지 몰라도 그는 조금 초조해 보였다. 내가 궁금해하길 바라는 것처럼. 나는 한숨처럼 웃었다.

"당신은 보나마나 귀족이겠죠."

귀족이 아닐 리 없다. 그는 부정하지 않았다.

"나는 보다시피 평민입니다. 평민인 나는 귀족인 디디를 알게 되면 이렇게 있을 수 없습니다. 어떻게 평민이 귀족 나으리 앞에서 편하게 침대에 앉아 있습니까. 예의를 차리고 선을 지켜야 할 겁니다."

평민이 귀족에게 검을 들이민 것 자체가 옥살이를 해도 할 말 없는 일이다. 나는 잔을 기울여 홍차를 입안에 머금었다. 지금 이 순간의 편안함은 우리가 서로의 특이점을 눈 감고 있기에 느낄 수 있는 것이었다. 그를 검지로 툭 밀었다. 친한 친구를 대하듯 허물없는 손길이었다.

"……아."

나는 느리게 탄성을 뱉는 그를 향해 흐드러지게 웃었다. 정신이 몽롱해 평소보다 유한 웃음이 나왔다.

"그러니 귀족인 디디 아무개는 모르는 걸로 하겠습니다. 우리 둘 다 서로에 대해 아무것도 모르는 걸로 합시다."

디디의 정체를 알게 되는 순간, 디디와 나 사이에는 수많은 이해타산들이 들어선다. 겨우 두 번 만나 봤지만 나는 디디가 마음에 들었다. 대화의 주파수가 꽤 잘 맞는다는 점이나, 침착하고 우아한 태도나, 다정한 성격 같은 것들. 늘 외롭던 이 오두막에 타인의 온기가 들어차는 것이 나쁘지 않았다.

"그러니 당신은, 내 앞에선 그냥 디디로 남아 있어 줘요. 내가 당신을 당신 자체로 볼 수 있도록."

일순 디디의 동공이 확장되었다. 무언가 말하려는 듯 입을 벌리던 그가 한참 입을 떼지 못하더니 결국 입술을 꾹 깨물었다.

"……젠장."

고개를 떨군 디디가 거칠게 마른세수를 했다. 나는 온몸에서 힘을 뺀 채 그를 바라보고만 있었다.

"그대는……."

투명한 물 위로 붉은 물감이 번져 나가듯, 하얀 두 귀에 붉은빛이 스몄다. 디디가 제 두 손에 얼굴을 묻었다.

"사람을 참, 이상하게 만드는 재주가 있어."

확실히 이상해 보이는 그의 반응에 어리둥절하며 디디의 뺨을 쿡 찔러 보았다. 그가 크게 움찔했다.

"늦게까지 잠을 안 자니 사람이 이상해지는 겁니다."

왜 저러는지는 모르겠지만 정신이 멍해 생각이 이어지질 않았다.

"자고 갈 겁니까?"

창밖을 곁눈질하니 매서운 눈보라가 불고 있었다.

"자고 가야겠군요. 이 눈보라는 뚫기 힘듭니다."

멋대로 단정 지으니 고개를 획 든 디디가 눈을 질끈 감았다. 나는 긴 하품을 뱉었다.

"자네는 그런 말을 아무렇지도 않게 하나!"

"그럼 뭐, 울면서 합니까?"

되레 그를 이상하다는 눈으로 바라보고는 자리에서 일어섰다. 졸음으로 발걸음이 바닥에 뚝뚝 달라붙었다.

"……하룻밤만 신세 지겠네."

천장이 살짝 들썩거릴 정도로 퍼붓는 눈보라를 본 그가 희미하게 속삭였다. 디디도 이 날씨를 헤치고 돌아가는 건 무리라고 느낀 모양이었다. 나는 감기는 눈을 겨우 뜨며 중얼거렸다.

"침대에서 자요. 내가 의자에서 잘 테니까."

얼굴을 겨우 진정시킨 디디가 황당하다는 얼굴을 했다.

"당연히 환자인 그대가 침대에서 자야하는 거 아닌가?"

"제가 아파도 디디보다는 훨씬 강하니까요. 약한 사람이 침대에서 자는 게 맞죠."

울컥한 그가 할 말이 많은 듯 입술을 움찔거렸지만 결국 반박하지는 못했다.

"……내가 약한 건 맞네만 그렇게 말하면 좀 상처받지 않겠나?"

'네가 약한 걸 어떡해.'

디디의 근육 잡힌 몸을 내려다보다 혀를 찼다. 몸은 좋으나 무력의 기운은 없다. 내 앞에서는 여린 강아지 한 마리일 뿐이었다.

"날 침대에서 재우고 싶습니까?"

"애초에 그대가 이 오두막 주인인데 그게 당연하지 않나."

"그럼 어쩔 수 없군요. 같이 자도록 합시다."

"그래. 그게 도리에 맞…… 뭐?"

고개를 끄덕이던 디디가 뻣뻣하게 굳었다. 그의 잘난 얼굴에 영혼이 빠져나간 것 같았다.

나는 침대에 픽 누워 버렸다. 연약한 그를 침대에서 재워야 할 것 같았지만 오늘은 나도 침대를 포기하고 싶지 않았다.

'사랑니 마취한 느낌이야…… 수면내시경 마취나……'

마취로 인해 흑역사를 산더미처럼 쌓았던 전생을 떠올리며 침대를 굴러다녔다. 원래라면 해독제에 들어가는 약초 하나 때문에 이러지는 않았겠지만, 상태가 최악인 상태로 정신 착란 부작용을 이겨 내려니 영 무리였다.

"뭐 합니까. 누우세요."

몽롱한 눈을 굴리며 침대에 남는 공간을 툭툭 쳤다. 침대는 완벽한 일인용이었지만, 옆으로 누워 등을 맞대면 둘이 누울 수 있는 크기였다.

"무, 무슨……."

디디의 얼굴이 점점 달아오르기 시작하더니, 이내 푸른 눈동자와 정확한 반전을 이룰 수 있을 만큼 붉어졌다. 그의 동공이 쉴 틈 없이 흔들렸다.

"……괜찮으십니까?"

그에게로 얼굴을 가까이했다. 경기를 일으키듯 황급히 내게서 물러선 디디가 이를 악물었다.

"진짜, 진짜 미친 건가?"

"진짜 미친 정도는 아니고, 약간?"

지금 무슨 말을 하고 있는지도 잘 모르겠다. 디디가 환장하겠다는 표정을 지었다.

"뭐, 침대 좀 같이 썼다고 두근거리는 나이는 아니잖습니까."

물론 그야 팔팔한 20대가 맞다. 하지만 나는 겉만 젊은 늙은이였다. 지금 삶에서는 이성과 교제 한번 안 해 봤다지만 과거에는 꽤 시원하게 놀던 경험이 있었고, 용병으로 살며 숙소 공유쯤은 일상이었기에 한 침대에서 잠만 자는 것쯤이야 별 감흥이 없었다.

"불 끄고 이리 와요."

고개를 훅 젖힌 채 그에게 고갯짓했다. 내 머리카락이 스르륵 흘러내리며 머리카락에 가려지던 목선이 드러났다. 반쯤 감긴 눈 사이로 디디의 목울대가 울렁이는 것이 어렴풋이 보였다.

"지금 안 누우면 내쫓습니다."

이렇게까지 말해야 한다는 걸 성가셔하며 목덜미를 긁적이니 디디가 헛웃음을 뱉었다. 부드러워 보이는 연갈색 머리카락을 마구 헤집은 그가 벌떡 일어났다.

"난 정말 그대가 미워."

"네, 네."

지금 내게 중요한 건 빨리 자는 것밖에 없었다. 오두막의 불을 끈 그가 침대에 털썩 걸터앉았다. 일인용 침대가 두 사람의 무게를 버티기 어려운지 크게 삐걱거렸다. 짙어진 바닐라 향이 코를 간지럽혔다.

그는 침대에 앉은 뒤에도 눕는 것을 주저했다. 부끄러운가 보다 생각하며 기다리기를 몇 분.

"아 쫌! 자! 자라고!"

"무슨……!"

결국 확 상체를 일으켜 그의 팔을 잡아당겨 버렸다. 굳어 있던 디디의 몸이 쏠리며 내 옆에 쓰러졌다. 아예 숨도 못 쉬고 얼어 버린 그의 목덜미를 턱 잡았다. 그리고 고개를 틀어 붉은 그의 귓가 가까이로 입술을 가져다 댔다.

"지금 당장 자지 않으면 수면이 아니라 영면을 하게 해 주겠습니다."

피곤에 찌든 음울한 목소리가 고저 없이 퍼져 나갔다. 디디가 눈을 질끈 감았다. 소드 마스터의 감각은 절대적이다. 지금은 감각이 많이 죽고 직감도 무뎌진 상태라지만, 바로 옆에 멀쩡히 깨어 숨 쉬고 있는 사람이 있는데 잠이 들 정도는 아니었다.

"자요, 자."

키 차이 탓에 내 머리가 그의 가슴팍쯤에 닿았다. 푹 한숨을 쉰 그가 연신 마른 세수를 했다.

"진짜, 너는…… 하…….'

솔직히 귀 바로 옆에서 들리는 심장소리가 너무 커 잘 수는 있을까 싶었으나, 또 계속 들으니 힙합 스타일 자장가 같아 노곤하게 눈을 깜빡였다.

나는 디디 머리 위에 손을 얹고 살짝 쓰다듬어 주었다. 그가 숨을 멈췄다. 디디는 체온이 뜨거웠다. 본능적으로 따뜻함을 찾아 그의 가슴팍에 머리를 기댄 채 느리게 눈을 감았다.

"잘 자요…… 좋은 꾸우움…….'

그리고 나는 잠들었다. 아주 푹.

'죽을까.'

제국의 황태자, 디에고 솔라티네는 그의 몸집에 어울리지 않는 작은 일인용 침대에 구겨진 채 끊임없이 생각했다.

그의 목덜미를 간지럽히는 기다랗고 부드러운 검은 머리카락. 가슴팍으로 닿아 오는 조용한 숨소리. 코끝을 찌르는 은은한 체향. 자신의 허리에 팔을 두른 가느다란 팔.

터져 버릴 것 같은 심장을 진정시키려 부단히 노력했다. 이 소드 마스터는 지나치게 예민하니 그가 조금이라도 소음을 냈다가는 단숨에 깨 버릴 게 뻔했다. 이러지도 저러지도 못하는 디에고는 정말 죽고 싶었다.

아주 천천히, 살짝 고개를 숙여 보였다. 검은 가면 아래 창백하다 못해 투명한 피부와 그 위를 덮은 딱딱한 근육. 여전히 제 머리 위에 올라 있는 투박한 손. 제 숨결에 팔랑이는 기다란 속눈썹. 꾹 물린 산호색 입술까지.

'빌어먹을!'

디에고가 눈을 질끈 감았다. 달아오른 몸을 식히려 해도 제 품에 안긴 작은 인영이 끊임없이 열기를 전해 왔다. 피부가 닿는 부분 부분이 타오를 것 같았다. 이건 고문이었다.

이제 막 싹을 틔우던 감정 위에 영양제와 비료가 무자비하게 퍼부어지는 기분이었다. 이 감정이 무엇인지 알고 싶어 다시 이곳을 찾았지만, 이렇게나 빠르게 알고 싶지는 않았단 말이다. 첫눈에 반했다는 것부터 어이가 없는데 이런 본능적인 작용으로 자각하게 되다니, 정말 가벼운 사람이 된 것 같았다. 그는 죄책감과 회의감, 그리고 뛰는 심장 사이에서 제정신을 찾기가 힘들었다.

'아, 제발……'

뒤척이던 카슈미르가 작은 손을 그의 목 위로 올렸다. 긴 손가락이 목덜미를

충직한 검이 되려 했는데 1

스쳤다. 디에고의 얼굴이 목덜미까지 온통 홧홧해졌다. 그는 정말 죽고 싶었다.

'······아주 잘 자는군.'

디에고는 자신을 마구 흔드는 장본인을 원망스럽게 노려보았다. 그를 다섯 살 먹은 어린애처럼 보던 작은 인영은 제국의 황태자를 바디 필로우처럼 안고 세상 편한 얼굴로 자고 있었다. 그 태평한 얼굴을 확 꼬집고 싶었으나, 함부로 가면 위에 손을 댔다간 죽을지도 모르는 일이었다.

디에고가 푹 한숨을 쉬었다. 어느새 창문 새로 햇빛이 들어오고 있었다.

'잠은 다 잤군.'

그에겐 너무도 기나긴 밤이었다.

"후······."

나는 나무에 이마를 박은 채 한참 숨을 골랐다. 물에 젖어 해초처럼 된 머리카락이 마구 풀어헤쳐져 얼굴을 간지럽혔다.

'같이 자죠.'

"아악! 악! 미친 새끼!"

쾅! 쾅!

거친 나무 기둥 위로 미친 듯이 머리를 박았다. 한참 동안 샘에 처박고 있었던 탓에 물이 뚝뚝 떨어지던 머리카락에서 물방울들이 사방으로 튀었다.

'불 끄고 이리 와요.'

휙 몸을 돌려 바로 뒤에 있던 샘에 머리를 처박았다. 차갑다 못해 뼈가 얼어 버릴 것 같은 한겨울의 샘물이 머리를 적셨다. 마취 약으로 제정신이 아니던 어젯밤을 떠올리면 딱 혀를 깨물어 버리고 싶었다.

'미친 새끼! 왜 그런 소리를!'

내 정신 연령이 50살을 넘어섰다고 해서 부끄러움과 성애적 관념이 사라진 건 아니다. 환장하겠다는 표정을 짓던 디디를 떠올리면 그를 볼 면목이 없었다.

'……미안합니다.'

멀찍이 있는 오두막을 바라보다 휙 고개를 돌려 버렸다. 조금 늦은 오전쯤에 눈을 뜨니 디디를 죽부인처럼 안고 있었던 나는, 거의 기절한 것처럼 잠든 디디를 깨울 수도, 그를 안고 있는 채로 버틸 수도 없어 도망을 택했다.

[어젯밤엔 감사하고 죄송했습니다. 원하는 만큼 쉬다가 눈보라가 잦아들면 돌아가세요.]

얼마 뒤 쪽지를 읽을 디디가 내게 너무 분노하지만 않기를 바랄 뿐이었다. 나는 매서운 한파로 인해 살얼음이 껴 버린 머리카락을 거칠게 털어 냈다.

"언니! 왔어?"

작고 허름한 저택의 문을 여니 주방에서 식사를 차리던 아리아가 반갑게 나를 맞아 주었다. 방긋 웃던 아리아는 내 꼴을 보더니 얼굴을 굳혔다.

'이런.'

나는 붕대가 둘둘 감긴 왼팔을 등 뒤로 숨기고, 서늘한 기색이 엿보이는 아리아에게로 조심스럽게 다가갔다.

"……다녀왔어."

아리아의 얼굴이 일그러졌다. 입술을 꾹 물고 숨을 고르던 아리아는 이내 내 허리에 팔을 둘렀다. 결국 아무것도 묻지 않았다.

"잘 왔어."

충직한 검이 되려 했는데 1

별거 아닌 이 대화에 담긴 감정이 얼마나 무거운지는 나와 아리아만이 알 것이다. 살아 돌아왔다는 안도와 아직 죽지 않았다는 안심. 혼자 둬야만 했다는 죄책감과 혼자 있어야만 했던 외로움. 우리는 왜 이렇게 늘 아파야 할까. 아이의 입가에 떠오른 미소가 슬퍼서 나도 슬프게 웃고 말았다.

"자! 같이 식사하자! 마침 준비하고 있었어!"

한참 내 품에 얼굴을 묻고 숨을 죽이던 아리아가 부엌으로 몸을 돌렸다. 나는 아리아의 붉은 눈가를 못 본 척한 채 작은 식탁 앞에 앉았다.

"아주머니가 덤을 많이 챙겨 주셔서 오늘 식사는 풍족해."

아리아가 재잘재잘 떠들며 식탁 위로 접시들을 올렸다. 저렴하지만 충분히 먹을 만해 보이는 빵들과 고소한 냄새가 올라오는 크림수프. 얼마 전 겨울을 대비해 편백나무 장작을 잔뜩 패 온 덕분에 집 안은 따뜻했다. 나는 수프를 떠먹으며 재잘거리는 아리아에게 거듭 맞장구를 쳐 주었다.

"흐음. 데카르도 후작 영애가 검은 가면 쓴 기사 하나를 찾는다네."

"큽."

그리고 먹던 수프를 그대로 뱉어 버렸다. 아연실색한 얼굴로 앞에 앉은 아리아를 바라보았다. 읽는 걸 좋아하는 아리아는 식사 시간에도 신문을 읽느라 바빠 보였다.

"뭐, 뭐라고……?"

"르웰린 데카르도 말이야. 사람을 찾는다는 광고를 크게 올렸네."

아리아는 숟가락을 인중에 댄 채 멍하니 굳어 버린 나를 보며 눈을 가늘게 떴다. 무언가 탐색하는 기색이었다. 나는 날카로운 눈빛을 애써 피하며 더듬거렸다.

"자, 자세히 좀 읽어 줘."

"……약 일주일 전, 르웰린 데카르도 후작 영애는 술 취한 행인 때문에 어려움을 겪을 뻔했으나 홀연히 나타난 한 검사 덕분에 위험을 면했다. 영애는 자신을 구해 주고 사라진 이 검사를 찾고 있으며, 후작가를 찾아올 시 크게 보상할 거라고 장담했다. 후작 영애는 그 기사가 검은 가면을 쓰고 있었으며, 변조된 목소리를 냈고, 작은 몸집의 소유자에, 검은 오러를 사용한다고 증언했다. 해당 정보들을 조합했을 때 '검은 재앙' 용병왕 미르와……."

"쿨럭, 쿨럭!"

빼도 박도 할 것 없이 나였다. 먹은 것도 없는데 기침이 터져 나왔다. 당혹스러워하는 나를 보는 아리아의 얼굴 위로 느른한 미소가 피어올랐다. 먹잇감을 본 맹수의 얼굴 같았다.

"그러고 보니, 후작 영애가 기사를 만났다는 거리가 우리가 저번에 갔던 카페 바로 옆이네. 날짜도 그때랑 같고."

아리아가 목표물을 사냥할 때 짓는 표정이었다.

"그으래……? 시, 신기하네."

"흐응. 신기해?"

턱을 괸 아리아가 고개를 기울였다. 사람의 표정을 읽으며 분위기를 주도하는 데 있어서는 소드 마스터인 나보다 뛰어난 아리아는 무언가를 감지할 때마다 저런 의미심장한 태도를 보였다. 사람을 말과 태도로 사냥하는 것에 너무도 익숙한 포식자의 눈빛. 나는 식은땀을 흘리며 황급히 고개를 끄덕였다.

"언니가 신기하다면 신기한 거겠지."

어깨를 으쓱인 아리아가 묘한 눈빛을 거뒀다. 아무 일 없었다는 듯 태평하게 수저를 드는 모습이 한 번은 봐주겠다는 것으로 보였으나 제발 아니길 바랐다.

"그런데 말이야 언니."

아리아가 흐드러지게 눈꼬리를 휘었다. 그 모습은 『요정의 밤』에서 으레 아리아를 표현할 때 사용하곤 하던 '봄의 요정' 같다기보다는 사람을 홀리는 사이렌 같았다.

"늘 생각하지만, 언니는 멍청하도록 착해."

나만 위하지 못하고 다른 쓸데없는 것들도 돌아볼 만큼.

청각을 사로잡는 옅은 속삭임.

내게는 자주 보여 주지 않는 날것 그대로의 모습.

솔직히 너무 무서워서 기절할 뻔했다.

　

·•⊰❦⊱•·

　

묘한 식사 시간이 끝난 뒤, 쉬는 날을 맞이한 나는 낡은 소파에 걸터앉아 아리아가 읽던 신문을 슬그머니 들었다.

'이건 보기도 싫다.'

1면 아래쪽에 커다랗게 걸린 광고를 보며 인상을 썼다. 짜증스럽게 페이지를 넘기려는데, 1면 정면에 큰 제목으로 쓰인 기사가 눈에 띄었다.

'아타라 왕국의 왕권 교체라.'

유심히 볼 가치가 있는 기사였기에 집중해서 읽어 내려갔다.

　

[올해 여름, 본격적으로 왕위 쟁탈전에 발을 들였던 알렉산드로 1세는 반대하던 귀족들을 대거 숙청하며 왕위에 올랐다. 그의 즉위식엔 제국의 사신들도 함께했다. 알렉산드로 1세는 즉위식에서 '여태껏 탈이 많았으니 한동안은 국가를 안정시키는 데 집중할 것'이라고 발표했다. 아타라 왕국의 사절단은 오는 봄 제국을 방문하며……]

　

긴 기사 하나하나를 놓치지 않고 살펴보다 작게 안심했다. 아타라 왕국 즉위와 관련된 내용은 원작과 달라진 게 없는 것 같았다.

'그런데…… 즉위가 이렇게 빨랐던가? 원작에서도 즉위한 지 얼마 되지 않은 왕이라고 하긴 했는데.'

미간을 좁히며 고개를 기울였다. 알렉산드로는 소설 중후반부에 등장하는 캐릭터였기에, 원작 초기 시점에서 그의 행적은 잘 서술되지 않았다. 즉위가 조금 빠르다는 기묘한 감상이 들긴 했으나 다른 쪽으로 생각을 돌렸다.

'이 자식이 사위 후보란 말이지.'

나는 입술을 쓸며 씨익 웃었다. 내가 아타라 왕국에 관심을 가지는 이유는 다름 아니라 이 알렉산드로가 아리아의 남자이기 때문이다.

'내 동생 진짜 대단하다니까. 거물들만 망태기에 집어넣었어.'

어쩐지 뿌듯해졌다. 아타라 왕국은 제국의 동맹국 중 하나로, 대륙의 이단아와도 같은 북부 지역과 밀접하여 전쟁이 자주 일어나는 왕국이었다. 때문에 상당한 무력을 갖추었고, 무엇보다 마도공학이 발달해 있었다.

'보석 자원이 어마어마해 부유함까지 갖춘 나라지.'

제국의 패황 챔버러가 대륙을 평정한 이후, 대륙의 모든 나라와 민족이 제국 앞에서 무릎을 꿇었으나 오직 아타라 왕국만이 동맹국으로서 제국과 어깨를 나란히 했다. 그리고 지금까지도 제국의 형제 국가라 불리며 원만한 관계를 유지하고 있었다.

그리고 몇백 년이 지난 지금, 홀연히 나타나 피와 검으로 왕좌를 쟁탈한 젊고 막강한 왕. 알렉산드로 레안드로 레오네 드 아타라.

'라이너와 함께 검사 포지션이었지.'

피 묻은 왕관을 쟁취한 그는 라이너와 마찬가지로 소드 마스터를 앞둔 소드 엑스퍼트 검사였다.

'왕위에 오르기 위해 형제를 몰살하고 귀족 대부분을 숙청했다지.'

타닥거리는 평화로운 장작불 소리를 감상하며 그의 악명을 떠올렸다. 라이너가 올곧고 뻣뻣한 정석적인 기사라면 알렉산드로는 검을 든 망나니였다.

'수틀렸다 하면 검을 드는 미친놈이지만 내 여자에게만은 따뜻한 성격이었지.'

충직한 검이 되려 했는데 1

만약 알렉산드로가 아리아에게 난폭하게 굴었다면 나는 알렉산드로와 아리아의 접촉을 막을 방법을 머리 터지도록 강구해야 했을지도 모른다. 하지만 짐승남 수준이 아니라 짐승 그 자체로 미쳐 돌아가던 알렉산드로도 아리아 앞에서는 꼬리 치는 강아지가 되었으니, 사위 후보 1 정도로는 남겨 둬도 괜찮지 않을까 싶었다.

나는 신문에 커다랗게 찍힌 알렉산드로의 얼굴을 유심히 들여다보았다. 열일곱 살이라는 게 믿기지 않는 성숙한 외모. 짧게 다듬어져 부드럽게 휘날리는 새하얀 백발과 지루한 듯 나른하게 뜬 연녹색 눈동자. 날카롭고 강직한 인상과 사진으로도 느껴지는 위압적인 분위기까지. 소름 끼치도록 잘생긴 얼굴이었다.

'이 정도면…… 아리아 앞에 얼굴 들이밀 수준은 되네.'

어리고 돈 많고 권력 있고 잘생겼다. 작중 망나니 같은 그의 행적이 걸리지만, 아리아에게는 순한 양이 되는 만큼 아슬아슬한 합격점을 줄까 했다.

'그런데……'

미간을 구기며 사진을 노려보았다. 깜박거리는 직감이 신경에 거슬렸다. 다 큰 청년의 사진 위로 어린 소년의 얼굴이 신기루처럼 일렁거렸다. 어디서 본 것만 같은 익숙함. 통상적으로 '기시감'이라 부르는 감정이었다.

'라이너도 그랬는데……'

직접 만나 본 남주 중 하나인 라이너에게서도 이런 기시감을 느꼈었다는 것이 기묘했다. 그럴 리 없다고 생각하면서도 계속 알렉산드로의 사진에 누군가가 겹쳐 보였다.

'*대답해! 왜 날 살린 거냐고!*'

'*슈슈, 누나.*'

처음 만났을 땐 상처받은 고양이처럼 굴던 어린 소년. 헤어질 때가 되어서야 보드라운 뺨을 붉힌 채 겨우 누나라는 호칭을 입에 담던 작은 소년. 보드라운 갈색 머리에 동그란 연녹색 눈을 빛내던…….

'잠깐.'

눈을 휘둥그레 뜨고 사진 속 알렉산드로와 기억 속 소년을 대조했다. 머리색이 다르긴 하지만 눈이 꽤 닮았다.

'……아냐. 분위기가 너무 다르잖아.'

휘휘 고개를 저어 말도 안 되는 상상을 지워 냈다. 내가 만났던 소년은 예민하고 성질 사나웠지만 그래도 앙칼진 길고양이 같은 감이 있었다. 저런 거대한 맹수 한 마리가 아니었다.

'그 자식…… 잘살고 있으려나.'

조금 쓰게 웃다 신문을 접었다.

'하기야, 지금 내가 누구 걱정할 처지인가. 잘살고 있겠지.'

어디 가서 사기당할 성깔은 아니었으니까.

'그러고 보니 전쟁도 대비해야 하는데.'

아타라 왕국 하니 저절로 떠오르는 재앙에 얼굴이 굳었다. 원작이 비틀릴 때마다 내가 아리아의 피폐물이 될까 걱정하는 이유가 있다.

'실제 원작 후반이…… 꽤 피폐했으니까.'

원작 후반에서는 제국과 북부 민족 사이에 전쟁이 벌어진다. 죽는 이들을 두고 볼 수 없었던 착한 아리아는 사람들의 만류에도 불구하고 치유사로서 전쟁에 나가고, 죽어 가는 사람들을 보며 점점 피폐해져 갔다.

'시련이 그렇게 길지만은 않았지만.'

나는 아리아가 짧은 시련도 없이 늘 행복하기를 바랐다.

'전쟁을 막을 수는 없어.'

허나 전쟁은 내가 막을 수 있는 수준의 사건이 아니다. 이는 오랫동안 배척당해 온 북부인들이 긴 시간 동안 준비해 온, 제국과의 거대한 전쟁이었으니까.

'하지만 도울 수는 있겠지.'

소드 마스터는 검 한 자루와 단신만으로 재앙으로 불리는 자들. 내 도움이 있다면 전쟁은 더 빨리 끝날 수 있을 것이다. 어쩌면, 아리아가 끼어들 틈도 없이 말이다.

'준비해야 해.'

맞은편에 앉은 아리아를 살폈다. 흔들의자에 앉아 책을 읽던 아리아는 어느덧 새근새근 잠이 들어 있었다. 아이처럼 잠든 모습이 사랑스러워 걱정도 잊고 푸스스 웃고 말았다.

나는 아리아를 안아 들고 방으로 발걸음을 옮겼다. 해가 기웃거리는 느지막한 오후. 겨울이 찾아온 창문 밖에는 작은 눈송이들이 내려앉고 있었다.

"잘 자, 아가."

아리아를 눕히고 이불을 꼭꼭 덮어 준 뒤 동그란 이마 위에 입술을 맞췄다. 조금 찡그리고 있던 아리아의 미간이 화사하게 풀렸다.

조용히 방문을 닫고 나온 나는, 집 한구석에 모여 있는 양피지를 꺼내 들고 탁자에 앉아 무언가를 열심히 적어 내려가기 시작했다.

아무래도 내게는 긴 밤이 될 듯했다.

"흐……."

귓가로 꽂히는 작은 신음에 번쩍 눈을 떴다. 언제 잠든 건지, 창밖엔 밤의 장막이 드리워 있었다. 어느새 함박눈으로 변한 눈송이로 인해 하얀 세상이 펼쳐졌다.

'방금 뭐였지.'

희미했지만 분명 들었다. 나는 잠기운을 떨치며 날카롭게 신경을 세웠다. 집 안에서 느껴지는 인기척은 아리아의 것이 유일하다. 사방에 뻗어 놓은 오러에 걸린 존재는 없었다.

"흐으……."

'그럼……'

탁자에 엎드리고 있던 몸을 벌떡 일으키고 탁자 위에 등불을 집어 들었다. 등불을 잡은 손이 덜덜 떨리고 있었다.

'제발.'

섬광처럼 떠오른 가정이 틀렸기를 간절히 바라며 방으로 성급하게 발걸음을 옮겼다.

벌컥.

"끅, 으윽……."

누군가 세계의 종말을 고한 것처럼 온몸이 굳었다. 모든 사고가 정지하고 정신이 아득해졌다.

"아, 파……."

붉은 피로 물든 하얀 침대보. 아리아의 입가를 장식한 혈흔. 마른 입술 틈새로 끊임없이 새어 나오는 고통 어린 신음. 비처럼 흐르는 식은땀. 희미해진 심장 박동. 불안정한 호흡. 눈가에 아롱진 눈물.

"……아리아!"

아리아가 위급했다.

모든 인간은 연약하다.

검으로 산을 가르는 소드 마스터도, 손짓 한 번으로 해일을 만드는 대마법사도, 한 나라의 황제도, 국왕도, 결국 본질은 한 줌의 티끌일 뿐이었다. 인간은 모든 인과응보에 저항할 수 없으며, 한 치 앞조차 예언할 수 없다. 생과 사는 인간의 주관이 아니고, 예상을 벗어나는 돌발 상황에 대처할 수 없다.

충직한 검이 되려 했는데 1

"언니…… 아, 파……."

그것은 재앙이라 불리는 용병왕 미르에게도, 험한 인생을 헤쳐 온 카슈미르에게도 마찬가지였다.

쨍그랑!

손에 힘이 풀려 들고 있던 등불을 떨어뜨렸다. 커다란 파열음과 함께 사라진 빛을 어둠이 메웠다.

"……아리아."

목이 졸린 듯 처참한 소리가 입술 사이로 튀어나왔다. 감정이 범람하고, 온몸을 감싼 오러가 요동쳤다. 고통스러울 정도로 뛰는 심장을 토해 내고 싶었다.

'왜?'

원작이 뒤틀렸다. 아리아는 원작과 다른 시간에 쓰러졌다. 요정 숲의 약수를 주기적으로 복용시켰으니 몸 상태가 더 나아졌을 거라고 생각했다. 더 늦게 쓰러지면 쓰러졌지 더 일찍 쓰러지는 건 내 예상 안에 없었다. 상태가 많이 안정됐을 거라고 생각했는데, 왜.

"쿨럭."

"아리아!"

수많은 의문들은 다시금 각혈하는 아리아를 보는 순간, 바람에 날리는 티끌처럼 사라졌다. 나는 힘이 들어가지 않는 팔로 아리아를 안아 들었다. 창백하게 식어 가는 몸과 느린 심장 박동이 품 안에서 생생히 느껴졌다.

아리아는 죽어 가고 있었다.

'생각, 생각을, 생각을 해야 하는데……'

이성적인 사고 대신 북받치는 감정만이 온몸을 지배했다.

너무 힘들다. 심장이 짓이겨지는 것 같았다. 모든 것을 놓고 그저 울고 싶었다. 나의 세계가 파괴되는 참혹한 재앙 앞에서 나를 일어서게 한 건 단 하나였다.

'살려야 해.'

아리아는 여기서 죽으면 안 된다. 옅어지는 정신을 필사적으로 붙잡으며 까드 득, 이를 악물었다.

'빌어먹을! 정신 차려!'

쾅! 쾅! 쾅!

광인처럼 벽에 머리를 처박았다. 튀어나온 못에 이마가 긁혀 굵은 핏줄기가 떨어졌다. 시야가 핑 돌았다.

누군가 뇌를 잡고 억지로 뒤흔드는 느낌. 잠시 토기가 올라왔으나, 정신을 들 게 하기에는 충분했다.

'방법. 방법을 찾아야 해.'

아리아가 아픈 이유는 요정 혼혈이기 때문이었다. 물고기가 살기 위해서는 물 이 필요한 것처럼, 요정들도 요정 숲의 기운이 있어야 살 수 있었다. 요정들이 요 정 숲에서만 머무는 폐쇄적인 종족이 된 이유 중 하나가 바로 이거였다. 오랫동 안 요정 숲의 정기를 받지 못한 요정은 천천히 말라 죽어 갔다.

'요정 숲의 약수는 약화를 일시적으로 지연시킬 뿐이야. 아리아가 제국에서 사는 이상 장기적인 수단이 필요해.'

그 수단은 원작에서 설명된 바 있었다. 바로 요정 숲의 정기. 요정 숲의 약수보 다 기운이 훨씬 짙게 농축된 정기는 한 번 마시면 요정 숲 바깥에서도 10년쯤은 버틸 수 있을 터였다.

'하지만 희귀하지.'

요정 숲의 정기 한 병을 만드는 데 필요한 시간만 수백 년이다. 요정들과의 거 래밖에는 얻을 방도가 없는데, 폐쇄적인 요정들은 웬만해선 인간들과 소통하지 않아서 요 몇십 년간 아예 거래 자체가 없었다. 이 희귀한 정기를 보유하고 있는 단체를 찾아야만 했다.

'프레이야? 데카르도? 아인하르트? 태양 신전?'

가능성이 있는 단체들을 두서없이 떠올렸다.

부유한 프레이야 백작가가 요정 숲의 정기를 보유하고 있다는 건 원작에서도 등장한 내용이다.

데카르도 후작가의 경우 보석부터 골동품까지 수집하지 않는 게 없다는 소문이 돌았으니 가능성이 있었다.

아인하르트 후작가는 검소함을 중시하는 기사들의 가문인지라 있다고 확신할 수는 없었으나, 유서 깊은 가문인 만큼 수집품으로 하나 정도는 가지고 있을지도 몰랐다.

태양 신전도 창고에 제물로 받은 귀중품들이 넘쳐 난다고 하니, 정기가 있을 가능성이 높았다.

'원작의 프레이야 백작은 우연이 겹치면서 도와준 것뿐이야. 지금 당장 개연성 없이 찾아간다고 해서 도와줄 리 없어. 르웰린 데카르도가 내게 보상을 해 주겠다고는 했지만 그 비싼 요정 숲의 정기를 내줄 리는 없고, 아인하르트는 라이너에게 검부터 들이민 나를 도와줄 리가 없잖아! 태양 신전은 대신관인 엘이 내게 호의는 보이지만 이유가 확실한 호의도 아니야!'

과열된 두뇌가 터질 것 같았다.

없다. 나와 아리아를 도와줄 곳이 없었다. 거친 숨을 뱉으며 아리아의 품에 얼굴을 묻었다. 코를 찌르는 혈 향에 죽음의 향기가 섞여 나를 미치게 했다. 짐승의 울부짖음 같은 비명을 애써 삼키는데, 이름 하나가 머릿속을 섬광처럼 스치고 지나갔다.

'크리시스 공작가.'

유서 깊고 부유한 가문으로, 황가와 신전에 버금가는 귀중품 수집 창고를 지녔다. 원작에서 카슈미르를 받아 준 전적이 있으며, 가장 독보적인 무가(武家).

'나의 아버지, 카이사르 크리시스.'

방법은 하나뿐이다. 시야를 가리는 눈물과 이마에서 흐르는 핏방울을 거칠게 닦아 냈다. 더는 지체할 수도, 돌이킬 수도 없었다. 후들거리는 다리를 세우고 두꺼운 망토로 식어가는 아리아의 작은 몸을 덮어 안아 들었다. 그리고 다른 변장 도구들은 뒤로한 채 검은 가면만 착용했다.

자신의 아버지를 죽이고 공작위에 올랐다는 카이사르에게 딸이라는 명분은 통하지 않을 가능성이 높다. 하지만 상관없었다. 나 또한 그 얄팍한 명분에만 기 댈 생각은 없었으니까.

철컥.

허리춤에 검집을 찼다. 딸이라는 신분은 내 말을 듣게라도 하려는 미끼에 불 과했다. 나는 그에게 딸이라는 이유로 선물을 요구하지 않을 것이다.

미르라는 이름을 내걸고 거래를 청할 것이다.

"제발…… 조금만 버텨."

아리아의 둥근 이마에 입을 맞추고, 단숨에 창문 밖으로 뛰어내렸다.

"나는, 절대 너를 보내지 않아."

음습한 광기가 맺힌 목소리로 속삭이며 땅을 딛고 도약했다. 폭발적인 마나가 두 발을 감쌌다. 나는 아리아를 품에 안은 채 순식간에 마을을 벗어났다.

······§⊸❦⊷§······

크리시스 저택은 늘 무거운 침묵을 유지했다. 첫째는 크리시스의 큰 주인과 작은 주인이 소란을 싫어하기 때문이었고, 둘째는 황가와 신전 외에 그 어떤 단 체도 머리 위에 두지 않는 고고한 최강을 감히 건드리는 이들이 없기 때문이었 다.

그날은 하얀 것들이 세상을 뒤덮었다. 눈 내리는 소리만 가득한 늦은 시간, 잠 에 들지 않은 크리시스 저택의 총괄 집사, 테일러는 발걸음 소리를 죽인 채 분주 히 움직였다.

크리시스 저택의 사용인들은 늘 바빴다. 얼마 안 되는 사용인들로 거대한 저택을 관리해야 했으니 당연했다. 그중에서도 가장 바쁜 테일러의 하루는 길었다. 오랫동안 저택에 종사해 온, 나이 지긋한 노년 사내의 하루는 늦은 밤에 끝나 이른 새벽에 다시 시작했다. 그날 밤도 일상의 연장선일 뿐이었고, 그저 그렇게 끝나는 줄 알았다.

쾅!

범상치 않은 굉음이 저택을 울렸다. 누군가 문을 두드리는 소리였다. 깨어 있던 이들은 기겁하고, 잠들었던 이들조차 벌떡 일어났다.

"제기랄! 문 열어! 나오라고!"

잠자는 악마의 침대를 부수는 행위에 가까웠다.

쾅! 쾅쾅!

"하이네, 사용인들을 진정시키게. 내가 나가 보겠네."

"네, 네!"

잠시 놀랐던 테일러는 금세 침착함을 되찾았다. 혹여나 사용인들의 떠들썩함이 주인의 심기를 더욱 거스를까 싶어, 테일러는 가까이에 있던 시종에게 명을 내렸다.

잠귀가 예민한 작은 주인은 자리를 비운 상태라 괜찮다지만, 감각이 예민한 큰 주인은 진즉에 눈을 떴을 게 분명했다.

하이네가 사용인들을 진정시키기 위해 황급히 뛰어나간 사이, 테일러는 밤손님을 맞기 위한 채비를 했다.

'주인님께 원한을 가진 자인가.'

악마의 잠을 방해한, 정신이 한 바퀴 돈 인물에게 대입하기 좋은 대상이었다. 테일러는 여기저기 차고 넘치는 주인의 원수들을 속속히 떠올리며 차근히 밤손님의 후보를 추렸다. 그리고 살벌한 기세로 뒤흔들리는 문을 열지도, 가만두지도 못하고 있는 사용인들 사이를 헤치고 나갔다.

"이러지 마십시오, 미르 님! 이러시면 곤란합니다!"

"문 열어! 제발!"

문밖에서 기사들과 침입자의 실랑이가 들려왔다. 기사들의 당혹 어린 목소리는 비명에 가까운 처절한 호소 아래 묻혔다.

'……미르? 용병 미르?'

문으로 다가가던 테일러가 상상치도 못한 이름에 멈칫했다.

용병 미르. 가난한 마을들을 돕는 영웅으로 유명하며, 대륙에 얼마 되지 않는 소드 마스터에 마수 토벌에 있어서는 타의 추종을 불허하는 일인자다. 무엇보다 얼마 전에 루주 마을 마수 토벌을 자원했던 기묘한 인물 아니던가.

마을의 재건을 돕는 기사단보다 먼저 루주 마을을 떠났다는 소식은 전보를 통해 들었건만, 보수도 원치 않는다며 홀연히 떠난 이가 한밤중에 공작가를 찾아온 이유는 전혀 예상이 되지 않았다.

"제발 열어요!"

'……미르는 남자가 아니었던가?'

테일러는 갈수록 미궁에 빠지는 기분을 느꼈다. 찢어지고 갈라져 형체를 구분하기 힘들지만, 분명 어린 소녀의 목소리였다.

문을 열어 줘야 하나 고민할 때, 두드리는 소리가 뚝 멈췄다.

'위험하다.'

테일러는 우그러진 문을 보며 뒷걸음질쳤다. 오랫동안 카이사르를 지켜보며 소드 마스터의 무력에 익숙해졌다고 생각했건만, 몇 번의 두드림으로 걸레짝이 된 웅장한 철문을 보고 있자면 본능적인 공포가 온몸을 잠식했다.

"빌어먹을! 다 물러서!"

그리고 울려 퍼지는 경고.

쉬익!

돌풍 소리와 함께 문 틈새로 검은 연기가 새어 들어왔다.

"으악!"

안개 같던 검은 연기가 빠르게 뭉치기 시작하더니, 어느새 소용돌이가 되어 미친 듯이 회전했다. 그 바람에 문 주위에 선 사용인 일대와 기사들이 강제로 밀려났다. 거대한 문이 검게 물들었다.

쾅!

커다란 폭발음이 일대를 울렸다. 눈 깜짝할 사이 저택을 굳게 지키던 강철 문이 가루가 되어 바람에 날렸다. 세찬 겨울바람과 굵은 눈송이들이 쳐들어왔다.

"으······."

"아아······."

경이로운 무위를 두 눈으로 목격한 이들이 비명조차 지르지 못한 채 얼어붙었다. 카이사르의 막강한 오러에 익숙했던 테일러조차 난생처음 보는 난폭한 오러에 할 말을 잃었다.

뚜벅, 뚜벅, 탁.

통제되지 않는 검은 난폭함의 주인이 새하얀 세상을 등지고 저택에 발을 들였다.

겨울 밤바람에 휩싸여 휘날리는 칠흑빛 긴 머리카락. 비쩍 말라 작은 덩치. 추운 날씨임에도 식은땀에 흠뻑 젖은 몸. 오러가 깃든 검을 꽉 쥔 작은 손. 저만큼이나 작은 소녀를 안아 든 가느다란 팔. 온갖 어두운 것들로 범벅되어 나락으로 굴러떨어져 버린 진분홍색 눈동자.

그 누구도 감히 입을 열지 못하고 있는 가운데, 새하얗게 질려 바들바들 떨리는 카슈미르의 입술이 열렸다.

"······제발, 당신들의 주인과 만나게 해 주십시오."

벼랑 끝에 몰린 처절한 목소리였다.

콰쾅!

신체가 견디기 힘든 속도로 달려 공작가 저택 앞에 착지했다. 비틀거리는 몸을 애써 다잡았다.

"누구냐!"

공작가의 대문을 지키고 선 기사 둘이 잔뜩 긴장한 채로 검을 뽑았다. 나는 그 늘진 어둠 속에서 가로등 앞으로 나왔다. 나를 발견한 그들의 눈동자가 크게 흔들렸다.

"미, 미르 님?"

"미르 님께서 어쩐 일로……."

"정말 미안합니다만, 비켜 주세요."

스릉.

설명할 시간 따위 없었다. 영문을 몰라 혼란스러운 기색을 보이는 그들에게 검을 겨누었다.

"난 지금 당장 공작을 봐야 합니다."

가로등 아래 번쩍이는 검을 본 그들의 표정이 딱딱하게 굳었다.

"죄송하지만 허락받지 않은 출입은 불가합니다."

"무슨 일이신지는 모르겠지만 오늘은 밤이 너무 늦었습니다. 내일 정식으로 방문을 요청하면 제가 억지를 부려서라도 공작님과 만남을 주선해 보겠습니다."

그들은 한밤중의 무례한 침입자에게도 정중하게 대하려 부단히 노력하는 것 같았다. 그들의 눈동자 너머로 촘촘히 서린 존경과 믿음을 보고 있자니 스스로가 역겨워질 지경이었지만.

"지금 당장 봐야 합니다. 제발 물러서 주십시오."

나는 물러설 수 없었다.

"막아서면, 벨 것입니다."

이곳에서 죽는 한이 있더라도 내 품에 안긴 작은 아이를 지켜야 했다.

"······그럼 어쩔 수 없겠군요."

"죄송합니다. 정말 미르 님께 검을 겨누고 싶진 않지만······ 저희는 막아야 합니다."

침입자는 분명 나였음에도 기사들은 죄책감과 미안함이 담긴 복잡한 감정을 내비쳤다. 내게 상대가 되지 않으리라는 걸 짐작하면서도 막아서는 모습은 의무에 충실한 기사 그 자체였기에, 나는 악역이 된 기분을 느껴야 했다.

더 말해 봤자 구차한 변명에 시간 낭비가 될 뿐이다. 검 위로 오러를 씌웠다. 휘두르는 나까지 잡아먹을 것 같은 탐욕스러운 검은 오러가 은빛으로 빛나던 검을 먹어치웠다.

목소리 변조 장치도 없이 머리까지 풀고 이곳에 왔다. 기사들이 당혹스러워하는 이유는 청년으로 예측되던 미르가 소녀였다는 것을 알게 되었기 때문도 있었을 것이다. 나는 목숨처럼 지키던 미르의 정체도 포기했다. 내 목을 들고 이곳에 온 것이다. 이곳에서 공작가의 검이 되지 못한다면, 남은 길은 죽음뿐이었다.

쉬익!

달려드는 두 기사를 향해 검을 휘둘렀다. 근접전이 된다면 아리아가 위험할 수 있었기에 거리를 둔 채로 오러를 날렸다. 그들이 힘겹게 오러를 받아 냈다.

"젠장! 미르 님!"

어차피 그들과 싸움으로 시간을 끌 생각은 없었다. 오러를 날려 시간을 끈 채 하늘 위로 도약했다. 대문을 뛰어넘을 생각이었다.

"미르 님! 문 주위엔 결계가 있습니다! 위험합니다!"

'알아.'

내가 침입자가 됐음에도 여전히 나를 걱정하는 기색을 보이는 그들이 놀라웠으나 멈출 순 없었다. 나는 아리아의 몸을 몇십 겹의 오러로 감쌌다. 마나가 쭉 빠져나가는 느낌과 함께 아리아의 온몸이 검게 물들었다. 산 채로 불 속에 던져져도 대상을 멀쩡하게 지켜 줄 보호막이었다.

보통 귀족가의 저택에는 침입자를 막는 전기 충격 결계가 작동된다. 대문이 그리 높지 않은 것도 결계가 작동되기 때문이었다. 평범한 사람이 달려들었다가는 전기 통구이가 될 위력의 결계.

쾅! 콰쾅!

하지만 나는 소드 마스터였다.

초승달 모양으로 날아간 검은 오러가 결계와 충돌했다. 공작가 저택이 들썩일 법한 거대한 소음이 일었다. 하늘을 덮은 검은 장막과 동일한 암흑이 결계를 집어삼켰다.

'나는, 이 눈 속에서 또 사랑하는 것을 잃지 않을 거야.'

또다시 눈물이 차올랐다.

콰앙!

폭발한 결계 사이로 몸을 던져 공작가 마당에 착지했다. 다행히 아리아는 머리털 하나 다치지 않았지만 전기 결계와 난폭한 오러의 폭발을 고스란히 견뎌 낸 내 몸은 감전당한 듯 욱신거렸다.

'아파.'

그을린 머리칼을 거칠게 쓸어 넘기고 불안정한 발걸음을 옮겼다.

"……검을 놓고 항복하십시오, 미르 님."

공작가 저택 문을 지키던 네 명의 기사가 일제히 내게 검을 겨누었다. 나는 대답 없이 오러로 그들을 밀쳐 냈다. 검은 소용돌이의 형상을 띤 오러가 일대를 거칠게 물린 사이로 문을 향해 달려갔다.

쿨럭.

내 품에 안겨 흔들리던 아리아가 검붉은 피를 뱉어 냈다. 생명력이 옅어져 가는 것이 생생히 느껴졌다.

'젠장!'

나는 공작가의 강철 문을 향해 질주했다. 당장 저 문을 뚫고 공작을 만나야만 했다. 오직 그 집념에 사로잡혀 문을 두드렸다.

"제기랄! 문 열어! 나오라고!"

두드리고, 또 두드렸다. 오러도 두르지 않은 주먹으로 강철 문을 치니 뼈 부서지는 소름 끼치는 소리와 함께 핏물이 흘러나왔다.

"이러지 마십시오, 미르 님! 이러시면 곤란합니다!"

"문 열어! 제발!"

당혹스러운 얼굴로 다가오는 기사들을 거칠게 물리며 처절하게 비명을 질렀다. 아리아의 숨소리가 약해지고 있었다.

"빌어먹을! 다 물러서!"

여기까지 온 이상 더 못할 것은 없다. 흠집이 난 강철 문 틈새로 기체화된 오러를 투입하고 소용돌이로 형상화해 문 주위에 있는 모든 생명체를 뒤로 물렸다.

화악!

지쳐 반쯤 작살이 난 마나 회로를 억지로 돌리며 영혼까지 뽑아 방출해 낸 오러를 검날에 덮었다. 내 머릿속을 지배한 생각은 단 하나였다.

'아리아를, 살려야 해.'

광기 어린 몸짓으로 검을 휘둘렀다.

쾅—!

일대를 들썩이게 하는 소란과 함께 가루가 되어 날리는 강철 문.

"으······."

"아아······."

공포에 질린 사용인들과 어쩔 줄 모르는 기사들. 그 앞에서 처절하게 애원했다.

"······제발, 당신들의 주인과 만나게 해 주십시오."

"저택의 총괄 집사 테일러입니다. 성함을 여쭈어도 되겠습니까?"

내겐 천년과도 같던 침묵 끝에 누군가 입을 열었다. 깔끔한 양복을 차려입은 백발의 노년 신사는 대문을 박살 내고 쳐들어온 침입자에게도 여전히 예를 갖추고 있었다.

나는 눈물이 번진 눈을 손등으로 벅벅 비볐다. 짓무른 눈가가 욱신거렸다.

"미르입니다."

"네, 미르 님. 어쩐 일로······."

"공작님부터 불러 주세요. 나중에 다 설명하겠습니다."

짓씹듯 내뱉는 목소리가 형편없이 갈라져 있었다.

"그건 곤란합니다. 공작님께선 이미 잠자리에 드셨습니다."

그가 당혹스러운 표정을 지었다. 미안하게도 나는 그 예의에 맞장구쳐 줄 여유가 없었다.

"미안합니다만."

핏줄 새로, 근육 틈으로, 온몸을 잠식한 오러를 끝까지 긁어냈다. 살육에 물든 눈동자가 붉은빛으로 아롱졌다. 일대에 존재하는 모든 피 흐르는 생명체를 압박하는 살기가 숨 막히도록 공간을 메웠다. 소드 마스터의 살기와 정면으로 마주한 테일러의 몸이 미친 듯이 떨렸다.

"나는 지금 당장 공작을 봐야겠습니다."

붉은 안광이 번뜩이는 눈으로 사용인과 기사들을 느리게 훑어보았다. 난폭한 살기에 압박되어 숨소리조차 내지 못하는 그들의 눈에는 공포가 가득했다. 정신력 약한 몇몇 이들이 줄 풀린 인형처럼 쓰러지는 모습도 간간이 보였다.

"······무슨 일로 오셨는지부터 말씀해 주시죠. 이렇게 나오시면 제가 도와 드릴 수가 없습니다."

내게 무기를 겨누려는 기사들을 제지한 테일러가 흔들림 없는 목소리로 물었다. 나는 그의 냉정한 눈빛 아래 희미한 동정심이 꿈틀거리는 것을 발견했다.

"동생, 제 동생이 아픕니다……."

나는 그 희미한 동정에 기댈 만큼 절박했다. 참을 새도 없이 눈물이 떨어졌다. 테일러의 눈빛에 곤란함과 안쓰러움이 함께 스쳤다.

"무슨 사정이신지는 모르겠지만 미르 님께서 루주 마을 마수 토벌에 큰 힘이 되어 주셨다는 소식은 들었습니다. 그 도움에 감사하는 차원에서 의원 정도는 제 임의로 불러 드릴 수 있습니다."

"의원으론 안 됩니다!"

쉰 목소리로 처절하게 비명을 질렀다.

'겨우 의원으로 고칠 수 있었다면……!'

나는 이렇게 처참한 일생을 살 필요도 없었다. 마수의 발아래 짓이겨지고 사람들에게 무시당하며 살지 않았을 거란 말이다.

"쿨럭……."

내 와이셔츠 위로 붉은 피가 스몄다.

"공작, 카이사르 크리시스 공작 불러와! 불러오라고!"

나는 아리아를 꽉 안으며 피를 토하듯 부르짖었다. 심장이 미친 듯이 요동쳤다. 아리아의 호흡이 느려질수록 나는 더 다급해졌다. 사용인들이 몸을 떨며 내게서 물러섰다. 다리가 후들거려 서 있는 것조차 힘들었다.

'힘들다.'

결국 버티지 못하고 풀썩 쓰러져 한쪽 무릎을 굽혔다. 오래전부터 켜켜이 쌓인 육체적, 정신적 피로가 밀물 밀리듯 닥쳐왔다. 여태껏 나를 버티고 견디게 한 모든 것이 무너지는 느낌이었다.

나는 어째서 살아왔던가. 겨우 이런 최후를 보려고 달려왔던 게 아니었는데. 아리아를 행복하게 해 주고 싶었는데. 이렇게 끝나 버리는 건가?

나는 무얼 위해 살았지? 어린 시절부터 좁은 장 안에 구겨 넣었던 사념. 생존에 필요 없다는 이유로, 아리아를 위한 것이 아니라는 이유로 미뤄 두었던 고민.

이미 수용 한계치를 넘은 좁은 장 안에 구기고 또 구겨 켜켜이 쌓아 놓았던 고통과 고뇌들. 잊으려 노력하던 그것들이, 정신에 가해진 거대한 충격으로 인해 좁은 장을 부수고 터져 나왔다.

'아리아가 죽으면…… 나는 뭘 위해 살지?'

온갖 어두운 생각들이 뒤죽박죽 섞여 기괴한 색을 만들어 냈다.

나는 소드 마스터니까. 언니니까. 무너져선 안 된다는 끊임없는 세뇌가 파열음을 내며 산산조각 났다. 한번 정신이 무너지기 시작하자 신체 또한 도미노처럼 속절없이 무너졌다.

'쉬고 싶어.'

그냥 모든 걸 놓고 무너지고 싶었다. 몸도 마음도 과부하였다.

'하지만.'

흐르는 눈물을 거칠게 닦아 낸 채 이를 악물고 부들거리는 다리를 일으켜 세웠다. 금방이라도 무너질 것처럼 휘청거렸지만 다시 무너지지는 않았다. 그럴 수 없고, 그러지 않을 것이라는 걸 나는 잘 알고 있었다. 지켜야 할 게 있는 사람은 무너지지 않았다.

나와 홀 가운데 계단을 번갈아 보던 테일러가 입을 열었다.

"오늘 밤 말고 내일……."

"그대는 누구를 섬기는 자인가!"

"……네?"

속 안에 들끓는 난폭함을 억누른 채, 붉게 타오르는 눈동자로 테일러를 마주했다.

의뢰인으로 만나 온 귀족들의 모습을 떠올렸다. 허리를 꼿꼿이 세우고, 자신 위에는 그 무엇도 없다는 고고한 눈빛으로 사람을 아래로 보던 그들을.

"그대는, 누구를 섬기고 누구의 명령을 듣는 자인지 물었다."

어절 하나하나를 짓씹듯 뱉어 내며 귀족들의 몸가짐을 따라 했다. 허리를 세우고 눈앞에 선 테일러를 위압감을 담은 얼굴로 응시했다. 당혹스러운 표정을 지은 그가 엄숙하게 고개를 숙였다.

"저는 오랫동안 크리시스 공작가를 섬긴 종. 크리시스 공작 각하와 그 혈통을 이은 분들의 명령만을 듣습니다."

카이사르와 그 피를 이은 이들.

"그럼 내 명을 들어."

그 범주 안에는, 카이사르의 딸인 나도 들어가 있다.

"……설마."

테일러의 눈동자에서 묘한 빛이 일렁였다. 불가능의 실현을 확인한 사람의 낯이었다.

나는 크게 숨을 들이켰다. 목소리를 변조하는 마도구도 착용하지 않았고, 길고 검은 머리카락을 후드 안에 숨기지도 않았다. 작은 몸집을 거대한 망토로 덮지도 않았다. 미르로서의 정체성들을 착용하지 않은 지금, 나를 미르로 만드는 요소는 단 하나, 가면뿐이었다.

툭.

나는 망설임 없이 마지막 방파제를 벗어던졌다.

"헉."

"……라이시여."

일대가 충격으로 굳었다. 테일러가 침음을 삼켰다.

얼마 전에 마주했던 카이사르의 외양을 떠올렸다. 나와 똑같이 칠흑빛으로 굽이치는 머리 하며, 붉은 계열의 무심한 눈, 비슷한 분위기로 만물을 좌시하던 그를. 또, 내게 소중해져 버린 칼을 떠올렸다. 나와 소름 끼치도록 닮은 얼굴형의 작은 소년은 처음 만난 것이 무색하게 나와 딱 떨어지는 전투 합을 보여 주었다.

"나는 카이사르 크리시스 공작의 딸, 카슈미르 크리시스다."

내 가면 뒤 얼굴을 본 사람이라면 부정할 수 없을 것이다.

"나를 내 아버지 앞으로 인도해. 명령이다."

내가 검은 용의 피를 이은 존재라는 것을.

일대에 거대한 파문이 일었다.

"인도하지 않겠다면 내 발로라도 찾아갈 것이다."

고저 없는 차가운 목소리로 고하며 꽉 쥐고 있던 검에 폭발적인 오러를 불어넣었다. 일도에 산을 가르는 소드 마스터의 오러가 검을 감싸고 날뛰었다. 사람들이 다시금 뒷걸음질쳤다.

"막아서는 자는."

시야가 붉게 물들었다. 아마도 카이사르, 칼과 똑같은 핏빛으로.

"모두 벨 것이다."

그리고 그 순간, 새로운 공기가 공간을 덮쳤다.

"물러서라, 테일러."

낮고 감미로운 목소리가 귓가를 간지럽혔다. 나는 소리가 나는 쪽으로 휙 고개를 돌렸다.

'아.'

진정한 핏빛 눈동자와 마주하는 순간 온몸이 굳었다.

뚜벅뚜벅.

침묵이 가라앉은 홀에 느긋한 구두 소리가 크게 울려 퍼졌다. 잠자리에서 방금 나온 듯 흐트러진 샤워 가운 차림의 남자가 느긋이 계단을 내려왔다.

탁.

검은 구두가 내 앞에 멈춰 섰다.

'멸망을 고하는 검을 쥐고 암흑을 담은 머리칼을 휘날리며, 소름 끼치게 무감각한 핏빛 눈동자로 전장을 응시하는 학살자.'

마주하는 것만으로도 오금이 저리는 차가운 인상. 일대를 압도하는 능숙한 아우라.

카이사르 칼라 드 케니스 크리시스. 내 아버지였다.

"흠."

화악!

권태로운 숨을 내뱉은 카이사르가 일순 살기를 내뿜었다. 자신의 구역에 영역 표시를 하듯 진득하게 퍼져 오는 핏빛 연기에 순간 숨을 멈췄다.

'역시 대륙 최강자를 다투는 크리시스 공작인가.'

내 살기는 모든 걸 집어삼킬 듯 날뛴다면, 카이사르의 살기는 훨씬 절제되고 성숙하며, 예민하도록 예리했다.

"흐윽……."

두 소드 마스터가 작정하고 내뿜는 살기에 주위를 둘러싼 사용인들이 입을 틀어막았다. 몇몇 이들은 눈을 뒤집고 쓰러졌다. 나는 흠칫했다. 여기서 시체를 치울 수는 없는 노릇. 이를 악물고 살기를 거두었다.

챙그랑!

싸울 의지가 없다는 것을 표명하기 위해 검을 떨어뜨리며 빈손을 펼쳐 보였다.

"재밌군."

나와 아리아를 지그시 응시하던 카이사르의 입가에 진한 미소가 피어났다.

"용병 미르."

이미 가까운 거리임에도 성큼 더 거리를 좁혀 코앞까지 다가온 그가 검지로 내 턱을 들어 올렸다.

"네가 내 딸이라고?"

마주친 붉은 눈동자에 흥미가 넘실거리고 있었다. 나는 숨이 턱 막혔으나 지그시 눈을 감고 위태로운 몸과 마음을 정돈했다.

"네."

다시 뜬 눈에는 흔들림이 없도록. 오직, 확신만 담기도록. 단호하게 수긍하자,

카이사르가 느리게 눈을 깜빡였다.

그가 찬찬히 나를 살폈다. 느긋하지만 날카로운 눈빛. 산 채로 해부당하는 느낌에 벗어나고 싶었지만 이를 악물고 참았다.

"닮았군. 나와도…… 그 여자와도."

관찰을 마친 그가 턱을 들어 올린 손을 내렸다. 참았던 숨을 천천히 몰아쉬었다. '그 여자'라는 단어에 미묘한 감정이 담긴 것을 느끼고 순간 미간을 좁혔으나, 공작이 하룻밤만 보낸 평민 여자에게서 느낄 게 뭐가 있을까 싶어 생각을 지워 냈다.

"넌 며칠 전에도 공작가를 찾아왔었지. 용병으로서."

그의 목소리는 딱 0도에 맞춰진 것 같았다. 따뜻함이라고는 찾아볼 수도 없으나 얼 정도로 차갑지도 않았다.

"그땐 아무 말 없더니 이제야 다시 찾아와 이런 말을 하는 저의가 궁금하군."

"……전 공작님의 딸입니다. 혼외 자식이지만 확실히 공작님의 피를 이었습니다."

"그건 안다. 널 찾기도 했으니까."

'날 찾았다고?'

놀란 눈으로 그를 바라보았다. 카이사르가 어떤 경위로 내 아버지가 된 건지는 원작에서도 설명되지 않았다. 의문이 치솟았지만, 쓸데없는 감상에 휘말릴 때가 아니었다.

"하지만 제가 공작님의 혈육이라는 점은 중요하지 않습니다."

"……뭐?"

카이사르는 '하지만'이 왜 나오느냐는 표정이었다. 내 의중을 읽으려는 듯 느리게 구르는 눈동자가 스산했다.

털썩.

나는 다만 그 앞에서 모든 자존심을 꺾고 무릎을 꿇었다.

"……무슨 뜻이지?"

미간을 좁힌 카이사르가 의중을 물었다. 나는 떨리는 숨을 삼키며 그를 올려다보았다.

"부탁드립니다. 제 동생을 살려 주세요. 이 말을 하러 왔습니다."

아무렇지 않게 말하고 싶었건만 뱉어진 목소리는 처절하게 떨리고 있었다. 나와 아리아를 번갈아 본 카이사르가 턱을 매만졌다.

"네 무릎 위의 그 아이가 네 동생인가?"

"네."

"하지만 내 딸은 아닐 텐데."

"……네. 이 아이는 제 동복동생입니다."

"그럼."

카이사르가 느리게 눈을 깜빡였다.

"내 핏줄도 아닌 것을 내가 왜 살려 줘야 하지."

아리아에게로 닿는 카이사르의 눈빛이 무기질을 보는 듯 무감각했다.

'어째서 아리아를 살려야 하느냐고.'

나는 그의 물음에 대한 대답을 생각하고, 또 생각해 보았다. 허나 없었다. 카이사르에게는 아리아를 살려야 하는 이유도, 책임도 없었다.

'핏줄인 나한테도 관심이 없는 것 같은 사람이 과연 아리아에게 자비를 베풀까.'

내 대답은 '그럴 리 없다'였다.

'하지만.'

그럼에도, 그걸 잘 알고 있음에도, 카슈미르의 목숨과 미르로서의 정체까지 모두 다 내놓고 이곳에 온 이유는.

"당신의 딸인 내가…… 이 아이를 너무 사랑하기 때문입니다."

아리아를, 너무 사랑해서.

무거운 침묵이 맴돌았다. 나는 카이사르의 얼굴을 볼 자신이 없어 숨을 참으며 고개를 숙였다. 눈꺼풀 아래로 떨어지는 물방울이 대리석 바닥을 적셨다.

'이렇게까지 사랑할 생각은 없었는데.'

탄생부터 험준한 나날이 예고된 인생이었다. 겨우 걸음마를 뗐을 무렵, 좁은 방문 틈새로 탄생한 아이를 몰래 훔쳐봤을 때. 그때까지만 해도 이렇게까지 사랑하게 될 줄은 몰랐다.

'언, 니! 같이 가!'

순수와 동경은 버린 지 오래이던 어린 시절, 작은 덩치로 커다란 세상과 부딪쳐야 했던 내게 아리아의 탄생은 짐처럼 느껴졌다. 안 그래도 힘든데 먹여야 할 입이 하나 더 늘어난 것에 불과했다.

'너무 수고했어. 물부터 마셔!'

'언니! 이거 봐, 꽃이 피었어!'

'으응, 난 언니가 제일 좋은걸.'

'항상 미안하고 고마워.'

그랬던 아리아가 소중해진 이유라면, 내 무채색인 세상에 유일한 색깔이었기 때문이라고 답할 것이다. 뒷골목을 누비고 지쳐 돌아온 내게 수고했다고 말해 주는 이는 아리아가 유일했다. 바쁘게 사는 내게 계절의 변화를 알려 주고, 시궁쥐 같은 내가 좋다고 말해 주며, 슬픈 눈으로 미안하고 고맙다고 말해 주는 것도 아리아뿐이었다.

'이렇게까지 사랑하고 싶진 않았는데.'

그 작던 아이는, 어느새 자라 내 세상이 되어 버렸다.

치밀어 오르는 비참함에 고개를 떨궜다. 깨끗한 대리석 바닥 위로 처참하게 망가진 내 모습이 비쳤다. 그 모습이 때 묻은 시궁쥐 같았다. 사랑하는 것 하나 지키지 못하는 무력함에 역겨움을 참지 못하고 흐르는 눈물로 대리석 위의 내 모습을 닦아 버렸다.

"하지만 이건 공작님께 이유가 되지 못할 것을 압니다."

카이사르의 딸이라는 패는 그저 허울 좋은 미끼일 뿐이다. 내가 사랑하는 사람이라고 해서 카이사르가 살려 줘야 하는 건 아니었다. 그에게는 아리아나 나나 완벽한 불청객일 뿐일 테니까.

"혈연을 핑계로 자비를 구걸할 생각은 없습니다."

이를 악물고 카이사르를 올려다보았다. 시야가 번져 그의 표정이 잘 보이지 않았다. 가쁜 숨을 애써 고르며 천천히 입을 열었다.

"저는 다만, 허락하신다면 공작님께 거래를 제안할까 합니다."

"……거래?"

그가 이해할 수 없다는 표정을 지었다. 그래도 시답잖은 소리라며 바로 내치지는 않았음에 안심하며 조금 전 떨어트렸던 검을 집어 들었다.

별 볼 일 없는 인간으로 태어나 유일하게 할 줄 아는 것. 내 일생을 바쳐 갈고 닦은 쓸모.

치칫—

한계 앞에서 마주했던 나의 어둠. 늪 속에 발버둥 치던 순간들을 담은 암흑. 빛내기 위해 사그라져야 했던 나의 절망. 내가 들여다보았던 심연을 담은 어두운 오러가 검을 둘러쌌다.

쾅!

내가 출력할 수 있는 최대의 오러를 감당하게 된 검이 미친 듯이 진동했다. 쩌적, 살벌한 소리와 함께 칼날에 금이 갔다.

콰앙!

"제 동생만 살려 주신다면, 공작가의 충직한 검이 되겠습니다."

검 끝을 바닥에 박은 채, 신을 앞에 둔 인간처럼 굴복하듯 고개를 숙였다.

"……."

홀 일대에 무거운 침묵이 흘렀다. 나를 내려다보는 카이사르의 시선이 무슨

223

감정을 담고 있을지 쉬이 예상할 수 없었다.

"으, 콜록!"

내 품에서 몸을 뒤척인 아리아가 다시금 피를 토했다.

'제발.'

나는 피가 날 정도로 입술을 짓씹으며 아리아의 고개를 돌려 피가 기도로 넘어가지 않게 했다.

"콜록! 큽, 콜록!"

"공작님, 제발⋯⋯!"

발작적으로 피를 토해 내는 아리아의 모습에 새하얗게 질려 카이사르에게 매달렸다. 지금 내가 할 수 있는 것은 이것밖에 없었다.

"저는 소드 마스터입니다! 평생 검을 잡았습니다! 받아 주시면 유용하게 사용하실 수 있을 겁니다!"

"⋯⋯유용하게 사용을 해?"

들은 것이 믿기지 않는다는 듯 카이사르의 되물음이 돌아왔다. 사용인들의 웅성거림이 잇달았다.

'통한 건가!'

그가 솔깃했다는 생각에 미친 듯이 고개를 끄덕였다.

"네! 저는 마수에게 짓밟히며 검을 배웠습니다! 실전에 능하고 마수 토벌에 자신 있습니다! 명하신다면 고기 방패로 전장에 나갈 수도 있습니다!"

"고기 방패⋯⋯."

카이사르의 목소리가 차갑게 굳어 갔으나, 제정신이 아닌 나는 느끼지 못했다.

검 한 자루만 준다면 전장에 고기 방패로서 혼자 출전해도 살아남을 자신은 있었다. 반쯤 죽어 되돌아올지도 모르나, 아리아를 위해서라면 그 정도는 버틸 수 있었다.

충직한 검이 되려 했는데 1

내 필사적인 간원에도 카이사르는 이렇다 할 확실한 대답이 없었다. 낭떠러지에 몰린 나는 그의 신발을 붙잡고 매달렸다.

"공작님 제발…… 정말 유용해질 수 있습니다. 아리아만, 아리아만 살려 주신다면 영원히 크리시스 공작가의 충직한 검이 되겠습니다. 주제넘게 크리시스의 이름을 이어받겠다는 망상은 하지 않습니다! 크리시스만의 개가 되어 기라 하시면 기겠고, 죽으라 하시면 죽겠으니……."

희미해진 시야 사이로 크리시스 공작과 사용인들의 신발이 보였다. 수많은 이들 앞에서 무릎 꿇은 내 모습이 깨끗한 대리석 위에 비쳤다.

'죽고 싶다.'

비참하고 처량했다. 허나 아리아를 위해서라면 수천, 수만 번이라도 더 꿇을 수 있었다.

물기로 아롱진 눈을 들어 카이사르를 간절히 바라보았다. 읽을 수 없는 표정을 하고 있는 카이사르 크리시스 공작.

나의, 아버지.

"제발…… 아리아를 살려 주세요……."

마구 갈라지는 목소리가 처절했다.

그럼에도, 카이사르는 여전히 대답이 없었다.

'실패한 건가.'

나는 힘없이 고개를 떨어트렸다. 크리시스 공작가 외에 다른 길은 없다. 아리아는 꼼짝없이 죽을 것이다. 산 채로 지옥에 끌려가는 기분이었다.

'미안. 미안해…….'

피로 더럽혀진 아리아의 얼굴을 느리게 쓸어내렸다. 곧 멎을 듯 가쁜 숨이 심장을 저리게 했다. 아리아의 이마 위로 가만히 입술을 내렸다. 아리아가 살지 못한 건 모두 내 탓이다. 내가 무능력해서. 내가 쓸모가 없어서. 사랑하는 것 하나 지키지 못할 정도로 볼품없어서.

'내 세상. 네 모든 죄와 업보는 내가 지고 가기를.'

저승에서 죽음의 신이 살면서 지은 죄를 그의 저울에 달 그때, 네게 달릴 죄들이 모두 내게로 넘어오기를. 너는 다만, 내 별 볼 일 없는 생에 허락된 조그마한 행복까지 모두 안고 가기를.

'곧 따라갈게. 오래 걸리지 않을 거야.'

나는 생의 저편으로 사라질 아리아를 따라갈 생각이었다.

그렇게 죽음을 결심하던 순간.

스윽.

내 앞에 커다랗고 단단한 손이 내밀어졌다. 나는 그 손을 초점 없는 눈으로 바라보다 손의 주인을 올려다보았다.

"일어나라."

무뚝뚝하던 목소리 위에 옅은 다정이 담겼다. 눈을 크게 뜨니, 그제야 카이사르의 얼굴이 제대로 보였다.

"내 딸은 그 누구에게도 무릎 꿇을 필요 없다. 설령 이 제국의 황제라 할지라도, 네 무릎을 다시 굽히게 할 순 없을 것이다."

그의 눈동자는 간질거리는 온기를 담고 있었다.

'무슨 뜻이지?'

나는 빠르게 머리를 굴리기 시작했다.

'내, 딸?'

가슴이 쿵 내려앉았다. 이상한 기분이 찌르르 퍼지는 것을 애써 저지하며 그의 저의를 추리하기 시작했다.

'……모르겠어.'

그러나 포기했다. 분명 문자 그대로의 뜻이 아닐 거라고 스스로에게 세뇌해도 다른 뜻은 떠오르지 않았다.

'문자 그대로 해석하면…….'

그가 나를 자신의 딸로 인정했다는 뜻으로 들리지 않는가.

'착각하지 말자.'

심장을 간지럽히는 묘한 감각에 이를 악물었다. 다른 누구도 아닌 '그' 카이사르 크리시스다. 살육을 위해 태어났다는 차갑고 잔인한 크리시스 공작. 그런 그가 나 같은 사람을 딸로 인정해 줄 리가 없었다.

"잡지 않을 생각인가?"

흔들.

고뇌에 빠진 내 앞에 커다란 손이 흔들렸다. 퍼뜩 정신을 차리고 그의 손을 잡으려다 크게 멈칫했다.

'……너무 더럽잖아.'

철문을 두드리며 녹과 피로 범벅이 된 손을 움찔 뒤로 물렸다. 카이사르의 손은 검사로서의 굳은살은 있지만 길고 깨끗했다. 도무지 내 투박한 손으로 잡을 용기가 나지 않았다.

"저, 지금 손이 너무 더러워서……."

민망함에 얼굴이 화끈했다. 빤한 시선에 부끄러워져 손을 등 뒤로 감추려던 찰나. 그가 먼저 내 손을 잡고 나를 끌어올렸다.

나는 아리아를 한쪽 팔에 안아 든 채 엉거주춤 몸을 일으켰다.

"쯧."

덜덜 떨리는 내 다리를 보고 혀를 찬 카이사르가 내 품에서 아리아를 낚아채듯 안아 들었다. 그의 하얀 샤워 가운 위로 붉은 피가 번졌다.

"왜, 왜……."

"살려 달라며."

당황스러워하는 내게 카이사르가 무심하게 답했다. 그가 우측에 서 있던 테일러에게 손짓했다.

"빈방으로 데려가. 주치의를 깨워 진찰하게 해라."

"네, 주인님."

테일러가 아리아를 가볍게 받아 들었다. 나는 그 일련의 과정을 멍하니 바라보았다.

'……왜?'

갑자기 이뤄지는 상황이 잘 이해되지 않았지만, 우선 다급하게 외쳤다.

"아리아는 평범한 사람이 아닙니다! 그 앤……!"

"요정 혼혈이겠지."

'어?'

핵심을 찌르는 카이사르의 한마디에 동공이 흔들렸다.

"요정들의 기운은 인간과 확연히 달라서 감각이 예민한 이들은 쉽게 구별하지. 너도 알지 않나."

자연에서 나왔으나 자연을 해치는 인간과 어울려 살아가는 요정은 기운부터가 확연히 달랐다.

"……그럼 일반 치료로는 아리아를 고칠 수 없다는 것도 아실 텐데요."

나는 아리아를 초조하게 바라보았다. 지금 당장 아리아에게 필요한 건 의원의 진찰이 아니라 요정 숲의 정기였다.

"요정 혼혈인데도 여태껏 요정 숲에 가 본 적이 없어 기운 부족으로 인해 신체가 퇴화한 것입니다. 치료법은…… 요정 숲의 정기뿐입니다."

무겁게 고개를 떨궜다. 아무리 그가 내게 호의를 베푼다 한들, 한 병에도 무시무시한 가격을 자랑하는 요정 숲의 정기까지 내줄 가능성은 적었다. 염치없는 걸 요구하는 스스로가 부끄러워 불덩이를 삼킨 듯 속이 뜨거웠지만, 내게는 이것 말고는 방법이 없었다.

"공작님, 제발…… 평생을 바쳐 갚겠습니다. 한 방울만이라도 빌려주신다면, 제가 평생 공작가를 위해 일해서……."

눈을 질끈 감은 채 다시금 무릎을 굽힐 때였다.

획.

무언가 내 몸을 획 들어올렸다.

'어?'

순식간에 일어난 상황을 이해하려 애썼다. 내 발은 공중에 떠 있고, 카이사르는 내 허리를 잡고 나를 들어 올린……

'미친.'

나는 입을 크게 벌렸다. 나를 아기 들 듯 들어 버린 카이사르가 불만스러운 표정으로 나를 바라보고 있었다. 나는 뒤늦은 수치심에 허우적거리며 발버둥 쳤다.

"내, 내려……."

"내가 방금 뭐라고 했지?"

'방금……?'

"요정들의 기운은…… 인간하곤 확연히 다르다고……."

"그거 말고."

"……손, 잡으라고……."

"더 전에."

카이사르에게 대롱대롱 들린 채 필사적으로 머리를 굴리다 움찔했다.

"황제라도…… 무릎을 굽히게 할 수 없을 거라고……."

"그래."

그제야 카이사르가 만족스럽게 웃었다. 그의 화사한 웃음을 바로 눈앞에서 본 나는 딱딱하게 굳을 수밖에 없었다.

"내 딸은 어디에서도 무릎 꿇을 필요 없다."

카이사르가 나를 사뿐히 땅에 내려 주었다.

"그러니 다시는, 누구 앞에서도 무릎 꿇지 마라. 네 무릎은 크리시스라는 이름만큼이나 무거우니까."

딱딱하게 굳어 있는 내 머리 위에 손을 올린 카이사르가 이미 엉망인 내 머리를 더 헝클어트렸다. 심장 한편에서 이상한 것이 계속 꿈틀거렸다.

'왜 계속…….'

내가 착각하게 하는 거지? 기분이 이상했다. 내 아빠라도 된 것처럼 구는 카이사르가 원망스러웠다.

'아니면서.'

그럴 리 없다. 자라나려는 기대의 싹을 다시금 짓밟았다. 나를 도구로 쓰면 몰라도, 공작이 뭐가 아쉬워 나 같은 걸 딸로 삼으려 하겠는가. 술렁이는 마음을 진정시켰다.

"이름이 카슈미르라고 했던가?"

심란한 마음에 넋을 놓고 있는 사이 카이사르가 말을 걸었다. 황급히 고개를 끄덕였다.

"네. 카슈미르입니다."

"그래. 카슈미르 크리시스."

쿵, 심장이 저 아래로 추락하는 것 같았다.

'왜.'

이해할 수 없다. 왜 그가 나를 '카슈미르 크리시스'라고 부르는지. 하지만 물어볼 용기도 나지 않았다.

'아무런 이유도 없다고 하면.'

왜인지 절망할 것 같아서.

"네 동생은 요정 숲의 정기를 섭취하게 해 주마."

무심한 그의 선포에 눈을 크게 떴다. 지옥으로 굴러떨어지던 영혼이 한순간에 낙원에 들어간 것 같았다.

'뭐든, 뭐든 해야 해.'

필사적으로 그의 소맷자락을 잡았다.

"감사합니다! 뭐든, 명령만 내려 주세요!"

덜덜 떨리는 눈꼬리를 접은 채 그를 올려다보았다. 아직 어안이 벙벙하지만, 정말 기뻤다. 그가 명한다면 뭐든 할 수 있을 것 같았다. 그런 나를 빤히 내려다보던 카이사르가 느리게 입을 열었다.

"넌 누구지?"

"……네?"

"넌 누구냐고 물었다."

여상스러운 말투로 다가오는 물음. 너무 단순해 오히려 입을 턱 막히게 하는 질문이었다.

"전…… 용병 미르입니다. 평생 검을 휘두른 소드 마스터죠."

"그래. 내 앞에서 힘을 가진 자의 권리를 말하던 미르지."

그의 대답에 얼마 전 카이사르와의 첫 번째 만남을 떠올렸다. 그러고 보니, 카이사르는 미르로서의 만남에서도 이유를 알 수 없는 호의를 보였었다. 대뜸 보석을 꺼내기까지 했으니 말이다.

"또. 넌 누구지?"

그가 다시금 물어왔다. 아무래도 내게 원하는 대답이 있는 것 같았지만, 무슨 대답을 원하는 건지 잘 짐작이 가지 않았다. 한참 고민하다 손가락을 꼼지락거리며 소심하게 대답했다.

"……카슈미르. 아리아라는 동생을 둔…… 뒷골목에 사는 평민 카슈미르입니다."

"이젠 아니지."

"네?"

"네가 부정하는 것 같으니 확실히 말해 주지."

카이사르가 내게로 얼굴을 가까이 하고 조용히 속삭였다.

"너는 지금부로 내 딸, 카슈미르 크리시스 공녀다."

"……!"

"설마 도움만 받고 사라져 버리려고 했던 건가?"

그의 입가에 피는 웃음이 서늘했다. 황급히 고개를 저었다.

"아뇨! 절대 아닙니다! 이 은혜는 반드시 갚고……!"

"그래. 그 은혜는 내 딸이 돼서 갚아라."

쿵, 또 가슴이 속절없이 내려앉았다. 무어라 대답도 못 하고 있는 사이, 내 머리를 쓰다듬은 카이사르가 희미하게 웃었다.

"아비는 딸에게 명령하지 않지. 상하 관계가 아니잖으냐."

누군가 다정하면 죽고 싶을 때가 있다. 차라리 순간의 만족을 품에 안은 채 이대로 눈을 감는 게 낫다고 생각할 만큼, 다정함은 치사율이 높았다.

"네게 부담을 주려는 건 아니다. 충분히 생각해 보고 대답해도 좋다."

아무런 대답도 하지 못하고 입술을 꾹 깨물고만 있으니 카이사르가 부담을 덜어 주려는 듯 덧붙였다. 그 순간 말랐던 눈물이 다시 차올랐다.

"……울어?"

"제게 왜 그러십니까?"

"뭐?"

북받쳐 오른 감정이 방울져 떨어졌다. 원망 어린 눈빛을 한 내 앞에서, 카이사르가 당황스럽다는 표정을 지었다.

"저는 용병 미르입니다."

"……그래."

"돼먹지 못한 용병 새끼란 말입니다!"

"……."

용병을 향한 사람들의 선입견은 상당히 깊었다. 영웅이라고 불리며 칭송받는 지금까지도 내가 용병이라는 이유만으로 천박하다고 지레짐작하는 이들이 많았다.

'대체 나에 대해 뭘 안다고……!'

나는 카이사르의 거침없는 태도를 믿기 힘들었다. 내게는 익숙하지 않은 호의였다. 딸이라는 패를 내보이며 쳐들어온 건 나인 주제에 이런 말을 지껄이는 게 우습다는 걸 알면서도 으르렁거렸다. 그러나 카이사르는 태연했다.

"네 오라비가 돼먹지 못한 짓 저지르기를 좋아하지. 칼과 잘 맞겠군."

"지금 그런 말을 하는 게 아니잖습니까!"

무심코 살기를 자욱이 내뿜었다.

"내 뭘 믿고 딸로 들이겠다는 겁니까! 조심성도 없으십니까? 용병은 돈만 주면 뭐든 하는 족속들이라는 것도 모르시난 말입니다! 내가 어떤 사람인 줄 알고!"

거친 숨을 내쉬었다. 머리가 새하얗게 질리고 이성을 잡기가 힘들었다. 이해할 수 없는 감정이 범람하듯 밀려왔다.

나는 나조차도 놀랄 만큼 화가 나 있었다.

카이사르가 무감한 표정으로 다정을 말하는 게 싫었다. 생각하는 기색조차 보이지 않고 나를 들이겠다고 말하는 게 두려웠다. 진심인지 짐작하기 어려웠고, 내 본모습을 보면 지금만큼이나 가볍게 나를 내칠 것 같았다.

'……버림받기 싫어.'

그래. 나는, 버림받는 게 두려웠다.

진득하고 지독한 붉음이 나를 훑었다. 그렇게 나를 관찰한 그가 입을 열었다.

"공포에 질렸군."

"……!"

"내가 가벼이 말하는 것 같나."

카이사르는 너무도 쉽게 나를 읽어 냈다. 크게 흠칫하는 나를 보며 턱을 매만지던 그가 내 뺨을 잡고 얼굴을 들어 올렸다. 살짝 서늘한 온기가 뺨을 타고 온몸에 퍼져 나갔다.

"어떤 말을 해야 내 진심을 알아줄까."

"……"

"내가 오래전부터 널 찾았다고 하면 믿겠냐."

'뭐……?'

눈을 크게 떴다. 원작에서도 나오지 않는 내용이었다.

"……여태껏 제 존재를 모르셨던 거 아닙니까?"

"어디서 어떻게 살고 있는지는 몰랐다. 허나 네 존재는 알고 있었다."

당혹스러워하는 나를 두고 고민하던 카이사르가 말을 이었다.

"자세한 얘기는…… 나중에 하는 게 좋겠지."

무언가 숨기려는 듯 말을 돌리는 카이사르를 보며 내 탄생에 사연이 있었으리라는 걸 어렵지 않게 예측할 수 있었다. 입에 담그려는 질문을 그저 삼키고 말았다. 카이사르가 곤란해하는 걸 보고 싶지는 않았기에. 그가 흔들림 없는 눈으로 나를 마주했다.

"다만 나는 빈말을 하지 않아. 널 들이겠다고 한 건 가벼운 치기에서 나온 말이 아니다. 네가 생겼을 때부터 너를 책임지려고 했었고, 미르인 너를 봤을 때도…… 너를 내 곁에 두고 싶었다."

카이사르는 솔직한 사람이었다. 그의 덤덤한 한 마디 한 마디가 마음에 꽂히는 듯해, 입술을 꾹 깨물었다.

"어째서 영웅이 되었느냐 물었을 때. 넌 그게 네가 해야 하는 일이기 때문이라고 대답했지."

카이사르가 발걸음을 옮겨 성큼 거리를 좁혔다. 그는 시선을 피한 채 고개를 푹 숙이고 있는 나를 가볍게 안아 들었다. 몸이 허공으로 떠올라 그의 품에 안착했다. 목덜미로 그의 단단한 팔이 닿았다.

"아비 된 자로서 딸을 책임지는 건 당연한 일이다. 내가 너를 들이려 하는 것도 그게 내가 해야 하는 일이기 때문이다. 다만 내게는 한 가지 이유가 더 있지."

품에 안겨 있는 나와 눈을 맞춘 카이사르가 씨익 웃었다.

"나는 네가 마음에 들었다."

이해할 수 없었고, 믿기도 힘들었다. 허나 이해하지 못해도 믿고 싶었다.

'……오늘만 믿자.'

몸과 마음 모두 지쳐 온기를 갈망하던 내게 내어 준 품이 시리도록 따뜻해서, 그만 생각을 멈춘 채 그렁한 눈을 감고 말았다.

⚬─◦─❈─◦─⚬

카이사르 칼라 드 케니스 크리시스는 모든 것을 가지고 태어났다. 공작가의 외동아들로서 공작 작위는 따 놓은 당상. 검술에 대한 천재적인 재능을 지녀 스물네 살이라는 젊은 나이에 소드 마스터 경지에 이르렀다. 사람들은 그가 제국 최연소 소드 마스터라고 입을 모았다.

태어날 때부터 손에 쥐여진 막강한 권력과 부유한 환경, 그리고 검에 대한 천재적인 재능. 카이사르 크리시스는 감히 완벽하게 태어났다고 말할 수 있을 법한 인물이었다. 그에게 선천적으로 쥐여진 것들 중 유일하게 문제가 있었던 것은, 다름 아닌 그의 아버지였다.

'평민 새끼가 감히! 이 자식 목을 쳐라!'

'난 공작이다! 이 나라의 유일한 공작이란 말이다!'

카이사르의 아버지, 케니스 크리시스 공작은 말 그대로 쓰레기였다. 선민의식에 사로잡혀 주위를 제대로 보지 못하는, 성격만 난폭한 난봉꾼. 저택의 기물은 하루에도 몇 번씩 그의 손에서 깨져 나갔고, 사용인들은 매일 매질을 당하며 툭하면 송장으로 저택을 나갔다.

'술 그만 마시고 서류 처리하라고? 이게 미쳤나! 누구한테 명령질이야!? 이 빌어먹을 놈을 매질하고 내쫓아라! 술이나 더 가져와!'

성격만으로도 충분히 쓰레기 같았건만, 그는 능력까지 없는 쓰레기였다. 재활용도 불가했다는 소리다. 어머니는 아버지의 지랄병에 견디다 못해 젊은 나이에

요절하고, 카이사르는 어린 시절 내내 아버지의 지랄병에 시달려야 했다.

'*이 쓸모없는 놈! 넌 나가서 술이나 사 와!*'

'*고, 공작님……! 어찌 공자님께 그런 일을……!*'

'*안 닥쳐? 이 악마 새끼는 아직도 안 나가고 멀뚱거리고 지랄이야!*'

그의 아버지는 대대로 위대한 기사들을 배출해 온 크리시스 가에서 검에 대한 재능이 없이 태어난 인물이었다. 크리시스이면서도 검을 휘두를 줄 모른다는 이유로 오랫동안 무시당해 온 그는, 세기의 천재라 칭송받는 카이사르를 시기했다.

'*게으른 놈! 벌써 자면 어쩌자는 거냐! 나와서 검 잡아!*'

그의 아버지는 매일 밤 술을 마시고 카이사르의 방으로 쳐들어와 카이사르를 무자비하게 폭행하며 검술 연습을 할 것을 종용했다. 사용인들 앞에서 그에게 부끄러움을 주는 건 예삿일이요, 잘못이 없는 카이사르에게 손을 올리는 일도 잦고, 폭언을 쏟아 내는 건 일상이었다.

사람들은 아비에게 가정폭력을 당하는 어린 공자를 동정했으나, 그 누구도 막아 주지 않았다. 아무리 공작이 별 볼 일 없는 쓰레기일지라도 공작과 맞서기는 두려웠을 테니 당연한 일이었다.

'*귀찮아.*'

다만 카이사르는 아버지에 대한 어떤 감흥도 없었다. 분노도 증오도 없이 그저 무덤덤했다. 카이사르는 그가 자신의 얼굴로 주먹을 날릴 때도 아무런 감정을 느끼지 못했다. 애초에 늙은 아비가 검을 익힌 그를 때려 봤자 아프지도 않았다. 그저 지랄병을 두고 봐주는 게 귀찮을 뿐이었다.

사람이 사람에게 상처를 받는 건 대상에게 일말이라도 감정을 품기 때문이다. 카이사르는 자신의 아비를 사랑하지 않았다. 증오하지도 않았다. 그의 아비는, 그에게 아무것도 아니었다. 심지어 저를 낳은 어미의 죽음도 카이사르에게 어떤 감흥도 불러일으킬 수 없었다. 카이사르는 사랑을 하지 못했다. 그는 태어나기를 그런 사람이었다.

카이사르가 스무 살이 되던 해. 케니스 크리시스 공작은 지속적인 음주로 몸이 약해져 병상에 누웠다.

'나는 너를 단 한 번도 내 아들이라고 생각한 적 없다. 그러니 너도 날 아비라 생각하지 말고 죽여라.'

시기와 열등감에 휩싸여 인생을 허비하던 이의 말로는 처참했다. 약해진 몸으로 힘겹게 숨을 헐떡이던 아버지는 카이사르에게 마지막 명을 내렸다.

푹.

카이사르에게 있어 사람을 죽이는 건 식사보다 더 쉬운 일이었다. 그는 심장이 꿰뚫려 즉사한 아비를 무감하게 내려다보다 몸을 돌렸다. 이제는 고깃덩어리에 불과하게 된 아비였던 것의 죽음은 카이사르에게서 어떤 것도 불러일으키지 못했다. 얼마 남지 않은 아비의 일생을 편안히 끝내 주었던 건 카이사르의 마지막 자비였다.

'이번 작위를 물려받은 크리시스 공작 말일세, 글쎄 제 아비를 죽이고 공작위에 올랐다더군!'

'그게 정말인가? 하기야 그 새빨간 눈이 섬뜩하더니…… 악마 새끼였군.'

분명 공식적으로 알려진 전대 공작의 사인은 병사였건만, 카이사르가 아비를 죽였다는 소문은 제국에서 공공연한 비밀처럼 퍼져 나갔다.

'사용인들 사이에 말이 샜군.'

카이사르는 사람들이 저를 피에 미친 악마라 욕하든, 아비를 죽이고 공작위에 오른 냉혈한이라 부르든 아무런 관심이 없었다. 다만 입이 가벼운 이들을 곁에 두고 싶지 않았을 뿐. 카이사르는 공작위에 즉위하자마자 대부분의 사용인들을 내쫓고 소수로만 저택을 채웠다.

'크리시스 공작이 사용인들을 다 내쫓았다면서?'

'아니. 내가 듣기로는 다 죽였다던데?'

'소문으로는 공작가 저택에서 사용인들이 하루에도 열댓씩 죽어 나간다더군.'

그 일련의 과정 또한 수많은 헛소문을 만들었지만, 카이사르는 퍼지는 소문을 막지 않았다. 어느새 카이사르는 제국에서 인간 거죽을 뒤집어쓴 악마 새끼가 되어 있었으나 그는 나쁘지 않다고 생각했다.

'날파리들이 안 꼬이는군.'

보통이라면 갓 작위에 오른 젊은 공작에게서 하나라도 얻어먹기 위해 날파리들이 달라붙을 터인데, 사람들은 그의 악명 덕분에 그림자만 비쳐도 도망갔다.

카이사르는 소문처럼 사람을 보기만 해도 베는 망나니는 아니었으나 자신을 건드리는 이를 가만히 놔둘 천사도 아니었다. 그는 귀찮게 검을 휘두를 일이 없다는 것이 기꺼웠다. 그리고 공작위에 오른 지 얼마 안 된 스무 살의 어느 날.

'각하. 이제 슬슬 혼인을 하시고 후사를 보심이…….'

카이사르는 가신들에게 후계를 낳아야 한다는 독촉을 받았다.

'누군가를 사랑할 수 있을 리가 없으니.'

카이사르는 자신의 인생에서 사랑이라는 것을 기대하지 않았다. 가신들의 추천을 따라 가신 가문 중 하나인 백작가의 여식과 사랑 없는 결혼을 감행했다.

'고, 공작 각하를 뵙, 습니다…….'

아내는 수많은 악명을 떨치는 카이사르를 두려워했다. 카이사르는 그녀에게서 귀찮은 소리를 듣지 않기 위한 후계 하나만 보면 충분했다. 결혼한 그날 밤을 그녀와 함께 보낸 카이사르는, 이후로 그녀를 자유롭게 놔 주었다. 그녀가 남자들을 만난다는 것을 알게 되었을 때도 상관하지 않았다.

그녀는 카이사르가 스무 살이 되던 겨울, 칼을 낳고 죽었다. 카이사르는 묵묵히 그녀의 장례를 치러 주었다.

이후 공작가 저택에 남은 크리시스는 카이사르와 칼뿐이었다. 둘은 한 저택에 살면서도 남처럼 살았다. 그의 성정을 빼닮은 칼은 어려서부터 주변에 지나치게 관심이 없었고, 아버지라고 예외는 아니었다.

'잘 잤느냐.'

'네. 안녕히 주무셨습니까.'

'그래.'

그들의 일상은 지나치게 딱딱했다. 칼에게서 자신을 향한 살가움이라고는 찾아볼 수도 없었으나, 카이사르는 그다지 불만을 가지지 않았다. 카이사르는 좋은 아버지가 되고 싶다는 열정은 없어도 자신의 아비 같은 이가 되고 싶지는 않았다. 그럴 바에는 형식적인 부자 관계를 유지하는 게 낫다고 생각했다.

카이사르는 사랑하는 방법을 몰랐고, 칼 또한 마찬가지였기에, 둘은 서로에 대한 불만이 없었다.

카이사르 크리시스는 살고 있는 게 아니었다. 시시때때 폭풍처럼 들이닥치는 지루함을 하루하루 버티고 있는 것뿐이었다. 아비처럼 무능한 인간이 되고 싶지는 않았기에 공작으로서의 의무는 다하고 살았다. 허나 그에게 있어 즐거운 일이라는 것은 존재하지 않았다.

부의 정점에 올라 최고라는 것들만 누리고 쾌락의 정점도 경험해 보았다. 안해 본 게 없다 장담할 수 있을 정도로 파란만장한 인생을 살았으나, 결국은 그 모든 것이 따분했다. 죽고 싶지는 않으나 살고 싶지도 않았다. 숨이 붙어 있기에 연명하는 삶이었다.

'공작 각하를 뵙습니다. 용병 일을 하고 있는 미르입니다.'

그런 카이사르 앞에 어느 날 나타난 딸이라는 존재는 죽은 자들의 세상에서 유일하게 살아 있는 존재 같았다.

카슈미르가 아리아를 안고 찾아온 날. 소드 마스터의 예민한 감각을 가진 카이사르는 소란의 대상이 저택 앞에 도착한 순간 잠에서 깼다.

'위험하다.'

거대한 존재가 다가옴을 실감하는 순간, 온몸에 털이 솟고 눈이 번쩍 떠졌다.

스릉.

카이사르의 침대 옆에 기대어 있던 검집에서 서슬 퍼런 검날이 드러났다. 카이사르가 입매를 굳혔다. 다가오는 것이 무엇인지는 알 수 없었으나 확실히 예사롭지 않았다.

'북부인들의 침입인가.'

대군이 몰려오고 있다고 느낄 정도로 위압적인 존재감이었다. 요즘 들어 북부인들의 움직임이 심상치 않았던 만큼, 카이사르는 여러 가정을 세우며 혹시 모를 상황을 위해 통신구를 준비했다.

'그런데······.'

카이사르의 미간이 좁아졌다. 다가오는 존재감이 기묘하게도 익숙했다. 카이사르는 늘 죽은 이의 것과 닮아 있던 심장 박동이 점점 더 고양됨을 느끼며 창문 앞으로 발걸음을 옮겼다.

쾅!

굉음과 함께 폭발이 일어났다. 사방에 터지는 눈부신 빛. 주위가 잠시 빛에 잠식되다 다시금 밤의 장막 아래로 침잠했다. 공작가를 지키던 방어막이 한순간에 박살 났다. 최대한 기척을 죽인 채 창에 손을 짚고 마당을 내려다본 카이사르는 순간 숨을 멈췄다.

고삐 없는 맹수처럼 위협적으로 날뛰는 기운. 숨 막힐 정도로 우울하고 음습한 무언가. 끝없이 아래로 떨어지는 절망을 담고 폭주하는 오러.

'······미르.'

"제기랄! 문 열어! 나오라고!"

난폭한 마나를 폭주하듯 터트리는 미르가 공작가의 대문을 두드리기 시작했다.

난장판이 된 긴 검은 머리. 물기에 젖어 처절하게 빛나는 진분홍빛 눈동자. 제 품에 안은 작은 여자아이가 자신의 생명줄이라도 되는 양 꽉 안은 팔.

순간 카이사르는 심장이 떨어지는 이상한 감각을 느꼈다.

"문 열어! 제발!"

미르가 처절하게 소리쳤다.

작은 손이 끊임없이 문을 두드린다. 문 위로 붉은 핏물이 묻어났다. 카이사르는 어째서인지 그 작은 인영에게서 눈을 뗄 수가 없었다.

'……아.'

카이사르는 문득 생각했다. 미르가, 자신과 조금은 닮은 것 같다고. 윤기가 흐르는 검은색 곱슬머리도, 붉은 기가 도는 유리알 같은 눈동자도, 모두 자신과 닮아 있었다.

'……그 여자.'

순간 떠오른 한 여자의 얼굴에 카이사르의 눈빛이 가라앉았다.

'사람 둘 살린다 생각하시고 한 번만 도와주세요. 제 마법, 제 능력, 제 영혼까지 모두 공작님의 것입니다. 대가로 무얼 요구하시든 평생을 바쳐 갚아 내겠습니다! 제가, 제 사랑하는 것을 지킬 수 있도록…… 한 번만, 한 번만 도와주세요.'

카이사르는 그의 생에 딱 한 번 누군가를 대가 없이 도운 적이 있었다. 끝없이 절망하고 있는 와중에도 심지가 꺾이지 않은 굳건한 태도로 제게 간원하던 한 여자를. 자신의 모든 것을 걸고 소중한 것을 지키려 하던 존재에게 감화되어 몸을 섞었었다.

'아.'

그 순간 카이사르는 미르에게서 느끼던 기시감의 정체를 알아냈다.

'제가 다 할 테니 침대 한 번만 빌려 주시죠.'

미르는, 그 여자와 닮아 있었다. 카이사르는 짙은 눈으로 일렁이는 진분홍빛 홍채를 응시했다. 그는 저 눈을 본 적이 있었다. 자신보다 소중한 무언가를 지켜야 할 때만 나오는 처절한 눈동자였다.

'저건가.'

무감각한 그의 시선이 미르의 품속에 안긴 여자아이에게 향했다. 아이에게서 나는 신경을 건드리는 숲의 향취는 분명 요정들의 것이었다. 그 사실에 붉은 눈동자가 잠시 흥미로 반짝였으나, 이내 증발하듯 빛을 잃었다. 무감한 눈동자는 시선이 미르에게로 옮겨지고 나서야 잃었던 빛을 되찾았다.

어떤 것에서도 오랫동안 감흥을 느끼지 못하던 카이사르는, 미르에게서 터질 듯 강렬한 무언가를 느끼고 있었다.

쾅! 쾅!

저택 일대가 미르의 작은 손이 문을 두드림에 따라 흔들렸다. 강철로 만들어진 문에 흠집이 나는 동시에, 작고 투박한 손에서는 핏물이 흐르기 시작했다. 미르는 주먹 뼈가 으스러지기 시작해도 두드리기를 멈추지 않았다.

카이사르가 얼굴을 구겼다. 작은 손이 피를 흘리며 문을 두드림에 따라 제 속에 있는 무언가도 무너지는 것만 같았다. 그의 속에서 무언가가 들끓어 올랐다. 분노와 닮은 감정이 솟구침과 동시에, 카이사르는 무언가를 부숴 버리고 싶은 짙은 충동에 사로잡혔다.

'미친 건가.'

늘 잔잔하던 심장이 폭풍을 만난 돛단배처럼 울렁이는 것이 익숙하지 않았다. 그는 스스로가 평소와 다르다는 것을 느끼면서도 피가 흐르는 미르의 손에서 눈을 뗄 수가 없었다.

'그만.'

카이사르가 얼굴을 일그러트렸다. 미르의 살갗이 찢어질 때마다 제 피부 또한 난도질되는 느낌은 기묘하면서도 고통스러웠다. 미르가 다치지 않으면 했다. 보다 못한 그가 문을 열어 주기 위해 몸을 돌릴 때쯤.

"빌어먹을! 다 물러서!"

거칠게 숨을 고르던 미르가 자신의 허리춤에서 검을 꺼내 들었다.

충직한 검이 되려 했는데 1

쉬익!

난폭하게 날뛰던 마나가 검날 주위로 모인다. 불안정한 상태를 표하듯 갈피를 잡지 못하고 흔들리는 마나를 억지로 검 주위에 응집시킨 미르가 오러를 내뿜었다. 미르가 검은 오러를 사용한다는 것은 유명한 이야기였다. 칠흑과도 같은 검은 오러로 마수라는 재앙을 난도질하는 재앙들의 재앙.

카이사르 크리시스는 미르의 오러를 처음으로 두 눈에 담았다. 그것은, 절망 그 자체였다.

'왜.'

의문이 치밀어 올랐다. 오러는 한 사람의 검사가 자신의 한계와 부딪쳤을 때 찾아낸 자신만의 정답이다. 오러는 그 정답을 기반으로 형성되었으니, 찾아낸 정답이 어두울수록 오러도 어두운 것이 정석이었다.

카이사르가 소드 마스터를 앞에 두고 찾은 답은 '학살'이었다. 그는 방해하는 모든 것을 베어 냈으니까. 그 때문에 그의 오러는 피를 닮은 검붉은 색을 띠었다.

'하지만 저자는.'

감히 빛을 허용하지 않는 아득한 검정. 끝없는 어둠. 카이사르는 여태껏 단 한 번도 미르의 오러보다 어두운 오러를 본 적이 없었다.

'넌 어째서 그런 색을 가지게 되었을까.'

가면을 타고 흐르는 눈물을 닦아 주고 싶다는 이유 모를 충동을 느끼며, 카이사르는 아연하게 미르의 행보를 관전했다.

쾅!

그리고 몇백 년의 역사를 자랑하는 크리시스 저택의 대문이 미르의 일격 아래 개박살 난 것은 얼마 지나지 않아 일어난 일이었다.

"하하하!"

카이사르는 아주 오랜만에 소리 내어 웃음을 터트렸다. 악마가 산다는 소문이 파다한 크리시스 공작가의 문을 두드리는 것도 모자라 이제는 유구한 역사의 저택을 개박살 낸 미르가 밉지 않았다. 아니, 오히려 그가 느끼는 감정은.

'사랑스럽군.'

카이사르는 자신이 미르만 보면 이상해진다는 것을 깨달았으나, 그것이 나쁘지 않다고 느꼈다. 미르의 손이 다치는 것을 본 순간 무언가 돌아 버리는 것 같았던 불쾌한 경험을 제외하고는 미르로 인한 감정의 변화들이 즐겁기만 했다.

문을 가루로 만들고 당당하게 저택으로 입성한 미르는 그의 시야에서 사라졌다. 카이사르는 유쾌함을 느끼며 방문을 나서 계단 옆 벽에 몸을 숨겼다.

"……저택의 총괄 집사 테일러입니다. 성함을 여쭈어도 되겠습니까?"

"미르입니다."

"네, 미르 님. 어쩐 일로……."

"공작님부터 불러 주세요. 나중에 다 설명하겠습니다."

'내가 목적이었나.'

카이사르는 상황이 점점 더 흥미진진해지는 것을 느꼈다. 그는 왜인지 피어오르려는 미소를 누르며 상황을 관전했다.

"그건 곤란합니다. 공작님께선 이미 잠자리에 드셨습니다."

"미안합니다만."

홀 일대가 살기로 가득 찼다. 카이사르는 같은 소드 마스터인 자신조차 순간 숨이 턱 막혔다는 것을 깨달았다.

"나는 지금 당장 공작을 봐야겠습니다."

갈라지는 목소리가 처절했다.

"……무슨 일로 오셨는지부터 말씀해 주시죠. 이렇게 나오시면 제가 도와 드릴 수가 없습니다."

긴 세월 동안 공작가의 집사로 일해 온 테일러는 피부를 저미는 살기 앞에서도 이성적이었다.

테일러의 물음에 죽은 눈을 하는 미르.

‘왜.’

자신의 가슴이 이렇게 저린지는, 알 수 없었다.

"동생, 동생이 아픕니다."

처절한 목소리에 왜인지 카이사르는 당장 홀 아래로 뛰어내려 가고 싶은 충동을 느꼈다.

‘……조금만 더.’

갑작스러운 충동과 이성 사이에서 고뇌하던 그는, 본능을 누르며 상황을 조금 더 지켜보기로 마음먹었다.

"공작, 카이사르 크리시스 공작 불러와! 불러오라고!"

애써 침착함을 유지하던 미르가 폭발하듯 날뛰기 시작한 건 품속 여자아이가 피를 토하기 시작하면서였다. 미르는 처절하게 눈물을 흘리며 자신을 찾았다.

‘내려갈까? 아니야.’

카이사르는 아까부터 이성을 배반하고 요동치는 본능에 저항해야 했다. 미르의 눈에서 눈물이 흐를 때마다 그는 심장이 뚝뚝 떨어지는 이상한 감각을 맛봤다.

"오늘 밤 말고 내일……."

"그대는 누구를 섬기는 자인가!"

그리고 미르는…….

"나는 크리시스 공작의 딸, 카슈미르 크리시스다! 나를 내 아버지 앞으로 안내해!"

거대한 폭탄을 던졌다.

‘뭐……?’

심장이 아찔한 고공낙하를 계속한다. 심장이 뛰는 속도가 점점 빨라졌다. 그제야 어지럽게 펼쳐져 있던 퍼즐들이 맞아떨어졌다. 사라진 그 여자와 아이. 붉은 계열의 눈동자. 느껴지던 묘한 기시감. 이상하게 날뛰던 감정들.

카이사르는 벽에 몸을 기대었다. 모든 것이 지루하던 그에게 너무도 오랜만에 가해진 신선한 충격이었다. 그는 혼란스러워하면서도 미르, 아니 카슈미르에게서 시선을 뗄 수 없었다. 그리고 미르가 가면을 벗었다.

툭.

가면이 떨어짐과 동시에 드러난 얼굴은, 카이사르와 닮아 있었기에.

사랑스러웠다.

'드디어 미친 건가.'

카이사르는 제 입을 턱 막았다. 자신에게서 슬슬 새는 웃음이 어색했다. 이성과 본능이 따로 노는 것 같았다.

'재밌군.'

카이사르는 제 마음 한편에서 꿈틀거리는 감정을 흥미로 단정 지었다. 그 이상이라는 것을 그도 짐작은 하고 있었지만, 그는 그 감정에 어떤 이름을 붙여야 하는지 몰랐다.

"막아서는 자는, 모두 벨 것이다."

'이런.'

이러다 저택이 무너지게 생겼다. 사실 아이가 정 무너트리고 싶어 한다면 그러라고 놔두고 싶었지만, 자신을 부르려는 시위에 불과한 만큼 슬슬 중재해야 할 듯했다.

"물러서라, 테일러."

카이사르는 꿈틀거리는 이상한 감정을 누르며 느긋하게 테일러를 막아 세웠다. 그 순간 아이와 눈이 마주쳤다. 살기에 오염되어 자신의 눈만큼이나 붉게 물든 눈동자. 광포함이 넘실거리는 눈동자 아래에 담긴 것은 지옥으로 떨어지는 절망의 형상이었다.

심장이 욱신거렸다. 왜인지는 그도 몰랐다. 자신이 유일한 희망이라도 되는양 처절하게 따라붙는 아이의 물기 어린 눈동자가 카이사르의 속을 울렁이게 했다.

탁.

마침내 아이 앞에 섰다. 가까이에서 본 아이의 꼴은 생각보다 더 처참했다. 그 모습이 또 속을 흔들어 카이사르는 괜히 불퉁하게 살기를 내뿜었다. 아이가 숨을 크게 들이쉬었다.

두 소드 마스터의 기 싸움이 잠시 이어지는가 싶더니, 이를 악문 아이가 먼저 살기를 거두었다.

챙그랑.

작은 손이 필사적으로 쥐고 있던 검을 놓았다. 소드 마스터가 같은 소드 마스터 앞에서 먼저 검을 놓는다는 건 목숨 줄을 놓는 행위와 같았기에, 그는 묘한 기분에 휩싸일 수밖에 없었다.

'저것이 그리도 소중할까.'

바들거리는 마른 팔이 소중히 안고 있는 작은 여자아이에게 스치듯 시선을 주었다. 세상 다시없는 보물을 품에 안은 모습이었다.

"재밌군."

카이사르가 희미하게 웃었다. 자신의 딸이면서 저렇게 무언가에 간절할 수 있다는 것이 정말 재밌고, 이상했다. 성큼 카슈미르에게 다가간 그가 그녀의 턱을 살짝 들어 올렸다. 피부가 눈물로 젖어 끈적거렸다.

"네가 내 딸이라고?"

바야흐로 39년 동안 사랑을 모르던 카이사르 크리시스가 남은 일생 동안 유일하게 사랑할 것을 만난 순간이었다.

"아가씨의 상태는 어느 정도 진정되었습니다. 정기를 흡수하는 속도가 빨라 한숨 자고 일어나시면 일상생활에 문제가 없으시겠지만 그래도 이후 일주일 정도는 푹 쉬시는 게 좋겠군요."

아리아의 맥박을 잰 의원이 밝은 표정으로 말했다. 나는 깨끗한 침대에 누워 고른 숨을 뱉는 아리아를 보며 거칠게 숨을 뱉었다.

'끝났다.'

내 인생을 괴롭히던 재앙이 마침표를 찍었다. 지독하리만치 길던 고통의 순간들이 공작가의 힘을 빌리자 허무할 만큼 쉽게 끝났다. 그 사실이 못내 허탈하면서도 기뻤다.

'기분이 이상해.'

힘없는 웃음이 헤실헤실 튀어나왔다. 참을 수 없을 만큼 기쁘고, 벅차오르도록 슬프며, 괴롭도록 쓰라렸다. 너무 많은 감정이 물밀듯이 밀려와 오히려 감정이 느껴지지 않을 지경이었다. 온몸에 긴장이 탁 풀리며 살짝 비틀거리는데, 그런 내 어깨 위로 올라온 큰 손이 나를 지탱했다.

"한 병만 먹여도 충분한 건가."

"네. 적어도 이후 5년간은 정기 부족에 휘말리지 않을 겁니다."

카이사르는 눈 뜨고는 못 봐 줄 내 처참한 꼴을 보고는 당장 들어가서 치료를 받으라고 했지만, 나는 아리아가 멀쩡해지는 것을 보기 전에는 잠들 수 없었다. 태어나 처음으로 떼까지 부려 아리아가 정기를 섭취하는 모습을 눈에 담은 나는 휘몰아치는 감정의 범람 속에서 정신을 차리기 힘들었다.

'아리아.'

내 작은 세상.

비틀거리는 발걸음을 옮겨 누운 아리아 옆에 꿇어앉았다. 살점이 터져 피범벅이 된 손을 조심스레 들어 피가 묻지 않은 손끝으로 아리아의 뺨을 쓸었다. 창백하지만 분명 살아 있는 이의 온기를 품고 있는 뺨을.

"……살았구나."

뱉으면 증발해 거짓이 될까 꾹 삼키고 있던 한 문장을 한숨처럼 내뱉었다. 꿈이라고 해도 믿을 만큼 현실성 없는 상황이었음에도, 손끝에 닿는 온기가 지독한 현실감을 불러일으켜 눈물을 떨어트리고 말았다.

"······다행이다······."

소리 죽여 울며 아리아의 손등 위로 입을 맞췄다. 드디어. 평생을 꿈꾸고 노력해 왔던 염원이 이루어졌다. 주위가 고요해졌지만 그런 것에 신경 쓸 이유는 없었다. 쉴 새 없이 눈물을 흘리며 떨리는 두 손으로 아리아의 창백한 손을 붙잡았다. 감히 형용조차 할 수 없는 감정의 폭포가 밀려와 고개를 들 수 없었다.

신음조차 내지 않고 눈물만 흘리고 있는 나를 보고 있기가 지루할 법도 한데, 카이사르와 테일러, 그리고 의원은 내가 정신을 차릴 때까지 꽤 오랜 시간 동안 아무 말 없이 기다려 주었다. 얼마나 눈물을 흘린 건지 어지러워 살짝 비틀거릴 즈음이 되어서야 뒤에서 가만히 지켜보던 카이사르가 내게로 다가왔다.

"이러다 탈진하겠군. 시간이 더 필요한가?"

상체를 굽힌 그가 허리를 여민 샤워 가운의 긴 끈을 들어 눈물로 뒤덮인 내 얼굴을 닦아 주었다. 그 손길이 지나치게 다정해 넋을 놓고 있다가 카이사르가 여전히 샤워 가운 하나만 걸치고 있음을 깨닫고 퍼뜩 정신을 차렸다.

"죄, 죄송합니다. 이제 괜찮습니다."

손등으로 눈물을 벅벅 닦아 내고는 굽혔던 무릎을 일으키는데, 순간 현기증이 몰아치며 몸이 휘청거렸다.

"조심."

커다란 손이 등을 받쳤다. 카이사르의 표정은 여전히 잔잔했으나 나는 그의 앞에서 소드 마스터답지 못한 모습만 보여 준다는 생각에 민망할 뿐이었다. 황급히 혼자 몸을 지탱하려 다리에 힘을 주었지만 한 번 더 휘청거렸을 뿐, 지친 몸에는 힘이 들어가지 않았다.

"쯧."

느리게 혀를 찬 카이사르가 가볍게 나를 들어 올려 제 팔 위에 앉혔다.

"호, 혼자 걸을 수 있습니다!"

그의 하얀 샤워 가운 위로 내 피와 흙먼지들이 묻어났다. 나는 당연히 기겁하며 발버둥 쳤다.

"퍽이나. 가다가 쓰러지겠군."

반박할 말을 잃고 입술을 꾹 물었다. 사실 나는 지금 정신을 잡고 있는 것조차 힘겨울 정도로 지쳐 있었다. 억지 부리다가 넘어져서 사고를 치느니 안기는 게 낫다는 미친 생각까지 할 정도로.

"테일러. 마리아에게 5분 안에 내 옆방을 사람 묵을 수 있는 상태로 만들고 그 방 욕실에 목욕물 올리라고 전해. 폴. 타박상에 사용하는 연고 가져와라."

"네, 주인님."

"알겠습니다."

발버둥 치기도 지친 내가 힘을 푼 채 안기니, 만족스럽게 웃은 카이사르가 두 사람에게 명을 내렸다. 테일러는 빠른 걸음으로 방을 나가고, 의원 폴은 사물함을 뒤적이더니 연고 하나를 카이사르에게 건넸다.

"그럼 가지."

피곤함에 절어 축 늘어진 나를 확인한 카이사르가 발걸음을 옮겼다. 얌전히 그에게 안겨 방을 나갔다.

어둠에 잠긴 공작 저는 기묘한 빛을 띠었다. 장엄하면서도 음습한 분위기. 어둠이 깔린 복도를 가로지르는 동안 카이사르와 나 사이에서는 불편하지 않은 침묵이 흘렀다. 닿아 있는 피부를 통해 그의 체온을 느끼며 졸린 눈꺼풀을 겨우 들었다.

"씻고 자라."

겨우 눈만 뜨고 있는 나를 지그시 내려다본 카이사르가 내 머리 위로 손을 올리고 느리게 쓰다듬었다. 피와 흙먼지로 더러워진 기다란 검은 머리칼이 그의 긴 손가락 사이로 얽혔다. 퍼뜩 정신을 차리고 황급히 고개를 끄덕였다.

"처음 뵙습니다, 카슈미르 아가씨. 아가씨의 시중을 들게 될 마리아입니다."

어느새 도착한 방문 앞에 서 있던 중년의 여성이 허리 굽혀 인사했다. 조금 멍한 상태로 카이사르를 올려다보며 내려 달라는 눈빛을 보내니 어쩐지 못마땅한 표정을 지은 그가 나를 내려 주었다. 땅에 툭 착지해 살짝 비틀거리며 마리아에게로 다가갔다.

"처음 뵙겠습니다. 신세를 지게 된 카슈미르입니다."

정중하게 허리를 굽히며 각도 잡힌 인사를 했다. 잠시 주위로 침묵이 돌았다.

"……아가씨. 부디 편하게 말해 주세요. 전 아가씨의 종입니다."

"음, 전 이쪽이 편합니다."

식은땀을 흘리며 어쩔 줄 몰라 하는 마리아를 보며 뺨을 긁적였다. 내 뒤에 서 있던 카이사르가 옅게 한숨을 뱉었다.

"카슈미르 크리시스."

카이사르의 입에서 나온 이름이 낯설었다. 순간 굳어 그를 휙 돌아보니 그가 팔짱을 낀 채 나를 지그시 응시했다.

"넌 이곳에 신세를 지게 된 게 아니다. 이곳은 네 거다."

단조로운 목소리로 내뱉는 말들이 현실감 없었다. 어떻게 반응해야 할지 몰라 굳어 있으니, 다시금 한숨을 쉰 카이사르가 직접 나서 방문을 열어 주었다.

"곧 실감이 나도록 만들어 주마. 다만 오늘은 우선 자는 게 좋겠군. 지나치게 피곤해 보이니."

그의 말이 사실이었다. 지금 나는 이게 현실인지 가물가물할 정도로 정신이 빠져 있었으니까. 멍하니 그를 올려다보고만 있자, 희미하지만 분명한 미소를 지은 그가 내 머리를 헝클어뜨렸다.

"네 옆방이 바로 내 방이니 무슨 일이 생기면 바로 찾아와라."

잘 자거라.

무심한 목소리에 담겨 있는 한 마디 한 마디가 참기 힘들 정도로 달콤했다. 가슴께가 간지러웠다. 멍한 정신으로 달콤함에 잠겨 허우적거리는 사이, 그는 내게서 등을 돌린 채 옆방으로 들어가 버렸다.

'내가…… 이 호의에 보답할 수 있을까.'

문득 치솟은 의문에 내 두 어깨가 무거운 짐이라도 진 양 무거워졌다. 어떻게 갚아야 할지 감도 잡히지 않는 무자비한 다정함에 어떻게 반응해야 할지 알 수 없었다.

"아가씨."

입술을 꾹 문 채 고개를 숙인 나를 부르는 인자한 목소리. 내게로 다가온 마리아가 부드러이 웃음 지었다.

"생각이 많으시겠죠. 걱정과 부담도 많을 거고요. 다만 이 늙은이가 아가씨께 무례를 각오하고도 말씀드리고 싶은 건 딱 하나랍니다."

천천히 내 손을 잡은 마리아가 싱긋 웃었다.

"아버지가 자식을 아끼고 보살피는 건 당연한 이치예요."

당연한 이치들은 늘 내 삶에서 빗겨 나가곤 했다. 내 18년 인생 동안 나를 위하는 아버지 같은 건 존재하지 않았기에, 아마 내가 마리아가 한 말들을 이해하려면 꽤 오랜 시간이 걸릴 것 같았다.

"……그렇군요."

하지만 그래도 고개를 끄덕였던 것은, 한 번쯤은 믿어 보고 싶었기에.

나도, 아버지가 있었으면 했다.

"옷을 벗어 주세요."

각양각색의 거품과 입욕제를 푼 욕조 앞으로 나를 이끈 마리아가 멀뚱히 서 있는 내게 말했다.

'좀 민망한데.'

어색하게 쭈뼛거리다 마리아의 종용하는 눈빛에 하는 수 없이 셔츠 단추를 두 개쯤 풀었다.

'아.'

단추를 세 개째 풀다 말고 손을 멈췄다. 옷 틈새로 드러나기 시작한 피부. 얼굴을 일그러트리고 말았다. 기다리는 마리아의 시선을 피해 최대한 옷을 여미며 웅얼거렸다.

"그냥 혼자 씻으면 안 되겠습니까……?"

"귀족가 영애로서 목욕 시중을 받는 건 당연한 일이랍니다. 부끄러워하지 마세요, 아가씨."

내가 단지 수줍어하고 있는 것뿐이라고 생각한 건지, 마리아가 인자하게 웃으며 나를 달랬다. 입술을 꾹 물었다.

'디디 앞에서야 상처 치료를 위해 어쩔 수 없었다지만.'

그땐 상황이 급박했던 만큼 주저하고 말고 할 틈이 없었다지만, 지금은 위급한 것도 아닌데 타인이 내 몸을 이리저리 만져야 하는 상황이었다. 단추 위에 손을 올린 채 주저했다.

'……부끄러워.'

평생 용병으로 살아온 몸. 요령도 없이 검 한 자루만으로 마수들과 맞서 싸워 온 내 몸이 성할 리 없다.

'천하다고 싫어하면 어떡해.'

여태껏 살아온 인생을 후회하지는 않지만, 만신창이 몸을 공작가 사람들에게 드러내는 것이 꺼려지는 건 사실이었다. 그들에게 잘 보이고 싶었으니까. 심해 아래로 처박히는 자존감을 어찌할 도리가 없었다.

"정 부끄러우시면 제가 벗겨 드릴까요?"

어리둥절한 표정을 하고서 다가오는 마리아를 보며 황급히 고개를 저었다.

"……괜찮습니다. 제가, 벗겠습니다."

'그래. 별것도 아닌데…… 마리아도 얼른 일 끝내고 쉬어야지. 나 때문에 자다가 깼을 텐데.'

괜히 유세를 떠는 것처럼 보이고 싶지 않은 마음에 스스로를 채찍질하며 단추를 구멍 틈새로 밀어냈다.

툭, 툭, 툭.

단추가 풀려나가고, 더러운 셔츠가 바닥에 떨어진다. 칼로 난도질한 고깃덩어리 같은 몸이 모습을 드러냈다.

무자비한 마수의 공격 아래 무사한 곳은 있을 수 없다. 아리아가 걱정하니까 얼굴은 필사적으로 부상을 피했으나 이외에는 다진 고깃덩어리와 진배없었다.

사무직에 종사하는 이들의 손은 펜을 쥐는 중지에 굳은살이 박이고, 수작업을 하는 이들의 손은 끝이 닳는다. 인간의 몸은 그 존재가 살아온 삶을 몸 위에 새겼다.

생겼을 당시에는 목숨을 위협하던 치명상이었으나 이젠 나를 죽이지 못한 흔적일 뿐인 거대한 흉터들. 벌레처럼 온몸에 다닥다닥 붙은 작은 흉터들. 드문드문 독 때문에 죽어 버린 피부조직들과 부각된 혈관들. 온몸에 박인 굳은살. 내 몸도 내 삶을 새겼다. 이 짓이겨진 몸뚱이가 용병 미르의 삶이었다.

쨍그랑!

마리아의 손에 들려 있던 향유가 거친 파공음과 함께 산산조각 났다. 마리아가 눈을 크게 떴다. 그녀의 입술이 옅게 떨렸다.

"아……."

마리아가 제 입을 턱 막았다. 확장된 그녀의 동공이 그녀가 얼마나 놀랐는지 알려 주었다. 내 몸을 훑는 그녀의 시선에 참을 수 없이 부끄러워지며 온몸에 열이 올랐다.

"모, 목욕은 필요 없습니다! 제 몸이, 너무 징그러워서, 죄송합니다. 진짜, 놀라게 해 드리려는 건 아니었는데, 제가……."

지나치게 달아올라 욱신거리기까지 하는 뺨을 진정시키려 노력하며 셔츠를 주워 황급히 팔을 끼웠다. 당황스러움에 단추를 채우는 손이 자꾸만 미끄러졌다.

"아니, 아니에요, 아가씨. 징그러운 게 아니에요."

황급히 다가온 마리아가 내 손을 꼭 잡았다. 나는 고개를 들지 못하고 바닥 타일에 시선을 고정하다, 겨우 눈을 슬며시 들었다.

"어……."

마리아와 눈이 마주친 나는 아연한 표정을 짓고 말았다.

마리아는 울고 있었다.

"……왜 우십니까."

어쩔 줄 몰라 뻘뻘거리며 손을 들어 마리아의 눈물을 닦아 주었다. 내 손길을 거부 없이 받아들인 마리아가 크게 훌쩍거렸다.

"왜 이렇게 다치셨어요…… 얼마나 아프셨을까……."

나를 위해 울어 줄 사람이 있다는 것에 기분이 이상해져 머리를 벅벅 긁으며 마리아를 달래듯 횡설수설 말했다.

"괜찮습니다. 더는 아프지도 않고…… 전 소드 마스터니까요. 이런 걸로 힘들어했다면 이 경지까지 오지 못했을 겁니다. 정말, 괜찮습니다. 아무렇지도 않아요."

"아니. 아니에요, 아가씨."

마리아가 제 눈물을 닦아 냈다. 슬픔을 담았음에도 굳건한 눈동자가 나를 따스하게 응시했다.

"이 세상에 아무렇지 않은 상처는 존재하지 않는답니다."

'아.'

눈을 질끈 감았다. 다정이 지나치다. 내가 무얼 그리도 잘못했는지, 이곳 사람들은 내가 또다시 소중한 것을 만들도록 종용했다. 소중한 것은, 늘 나를 아프게 하는데.

아무렇지 않은 것처럼 살아왔으나, 아무렇지 않은 적은 없었다. 늘 아팠다. 매일 밤 상처가 살점을 파고드는 기분을 느꼈다. 행복할 수 없음에, 행복하게 해 줄 수 없음에 고통스러워했다.

"이제 괜찮아요, 슈슈 아가씨."

나를 달래는 다정한 목소리에 솟구치던 감정이 느리게 흘러내렸다. 손등으로 눈가를 벅벅 닦았다. 다정에 잠겨 죽을 것 같은 기분이었다.

⬥

목욕이 끝난 후, 나는 내 몸에 난 상처들을 보며 긴 잔소리를 늘어놓는 마리아에 의해 온몸에 연고를 바르고 나서야 침대에 누울 수 있었다.

'꿈은 아닐까.'

다급하게 일어난 모든 일이 지나치게 현실감 없었다. 거대하고 푹신한 침대에 푹 잠긴 채로 발가락을 꼼지락거렸다.

'내일은 어떻게 될까.'

입술을 꾹 물었다. 내일이 되면 카이사르의 변덕이 끝날까 봐 두려웠다. 내가 어제 잠시 미쳤었다며 나와 아리아를 죽이려 들면 어떻게 대응할까 열심히 고민하다, 어느 순간 가슴이 아파져 생각을 그만두었다.

보드라운 이불을 꽉 쥐었다. 두렵고, 의심되고, 걱정됐으나, 동시에 이래도 되나 싶을 정도로 행복했다.

'……몰라.'

이불을 머리끝까지 뒤집어썼다. 아무것도 모르겠다. 다만 내가 바라는 것은.

'공작의 변덕이, 최대한 오래 지속됐으면 좋겠어.'

눈을 스르르 감았다. 더는 밀려오는 수마를 피할 수 없었다. 그날 밤 나는 소드 마스터가 된 이래 처음으로 잠을 푹 잤다.

그리고 아침.

아침 식사를 위해 홀에 들어선 나는 거대한 접시에 먹음직스럽게 놓인, 내 몸의 두 배만 한 짐승의 대가리를 한 번, 음식 옆에 남겨진 쪽지를 한 번 번갈아 보며 입을 벌렸다.

[네가 너무 말라 툭 치면 뚝 꺾일 것 같기에 대륙에서 서식하는 가장 거대한 짐승의 고기를 구워 오라고 시켰다. 모두 먹어치우고 의원에게 검사를 받도록.]

내 아버지는…… 미친놈인가?

"와……."

나도 모르게 탄성을 내지르며 주위를 둘러보았다. 뺨 위로 시원한 눈송이가 내려앉았다. 흰 눈이 쌓인 공작가의 정원은 아름다웠다. 코끝을 스치는 꽃향기가 좋아 나도 모르게 입꼬리를 잔뜩 올렸다.

침대가 너무 푹신해서였는지 답지 않게 늦잠을 자고 이른 오후가 되어서야 눈을 뜬 내게 들린 소식은 카이사르가 황제의 부름으로 아침 일찍 입궁했다는 것이었다. 아리아도 아직 깨어나지 못했기에, 나는 거대한 저택 홀에서 혼자 아침 식사를 해야 했다.

'저…… 저 혼자 먹는 건데 이건 너무 많습니다…….'

'카슈미르 아가씨께선 딱 보기에도 저체중입니다. 얼핏 봐도 근육량은 상당한데 살집이 너무 없어서 온몸이 근육이에요. 많이 드셔야 합니다. 살집을 늘려야 하는 만큼 음식은 지방과 단백질 위주로…….'

황궁 회의실에나 볼 수 있을 법한 기다란 탁자 앞에 혼자 앉은 나는 쏟아지는 의원의 잔소리를 들으며 탁자를 가득 채운 진수성찬을 해치워야 했다. 난 탁자 음식의 절반을 배에 채우고 나서야 자리에서 일어날 수 있었다.

'창문 밖에 정원이 예쁘던데, 잠시 혼자 산책하고 와도 되겠습니까?'

'혼자 가신다뇨! 위험할지도 모르니까 저도 같이 가요!'

'……저보단 저랑 마주치는 사람이 훨씬 위험하지 않겠습니까?'

'아…….'

잠시 산책하고 온다는 말에 함께 가겠다고 나서던 마리아는 내가 떨떠름한 표정으로 허리춤에 검을 차자 순순히 나를 보내 주었다.

"……예쁘다."

느리게 호흡하며 정원을 천천히 거닐었다. 눈송이가 내려앉은 땅에 남은 발자국은 내 것뿐이었다. 천천히 주위를 둘러보았다. 당장 눈의 요정이 튀어나와도 이상하지 않을 만큼 현실감 없이 아름다웠다.

'봄엔…… 훨씬 아름다운 꽃들이 피겠지.'

추운 날씨로 앙상해진 나무들을 물끄러미 응시했다. 눈이 내린 정원은 신비로운 매력이 있었으나, 역시 꽃이 가득 핀 봄의 정원이 훨씬 더 아름다울 것 같았다.

'하지만 과연 봄이 올 때까지 이곳에 남을 수 있을까.'

씁쓸하게 웃음 지으며 하늘을 바라보았다. 허망한 한숨이 덧없는 입김이 되어 하늘로 사라졌다.

'참 이중적이지.'

푸른 하늘을 보다 문득 그 언젠가 나를 곧게 응시하던 푸른 눈동자를 떠올렸다. 한겨울 밤의 손님으로 찾아와 쉬이 잊을 수 없는 추억들을 남기고 간 정체불명의 남자를.

'디디에겐 이유 없는 호의를 믿어 보라고 했지만……'

이중적이게도, 나는 이유 없는 호의를 믿지 않았다. 기대하다 실망하는 것에 지쳤고, 더는 긍정적으로 생각하다 상처받고 싶지 않았으니까. 소중한 것을 지키기 위한 의심과 경계는 내게 일상과도 같았다.

'디디에게 이유 없이 친절했던 것도 내가 그런 친절을 받아 보고 싶었으니까.'

자조를 터트리며 느리게 걸음을 옮겼다. 속이 울렁거렸다. 카이사르의 이유 없는 호의가 다가온 지금, 나는 여전히 의심하고 경계했다.

'단 한 번도 기대하지 않았던 것들이니까. 내겐, 어울리지 않으니까.'

편안한 잠자리. 질 좋은 식사. 무심한 듯 친절한 손길. 소중한 사람이 된 것 같은 기분.

모두 내게는 과분했다.

'내가 조금 더 순진했다면 이 상황을 곧이곧대로 받아들일 수 있었을까.'

넝마가 되어 버린 마음과 싸늘하게 식은 지 오래인 동심을 찬찬히 더듬어 본다. 카이사르의 따뜻한 눈빛을 그저 아무것도 모르는 척 받을 수 있다면, 호의에 순순히 머물 수 있다면 좋을 텐데. 그러기에는, 너무 험난한 생을 살았다.

그의 의중을 의심하고 또 경계한다. 마음이 부드러워지려고 할 때마다 언제든 내쳐질 수 있다는 사실을 끊임없이 자각한다. 이런 과분한 것들은 하루면 충분하다고 끊임없이 되뇌었다. 아리아를 살린 것만으로 공작가에 지울 수 없는 빚을 졌다. 차마 다른 것을 더 바랄 수 없었다.

이런 꿈결 같은 일상이 이어질 거라는 망상은 하지 않겠다고, 절대 분에 맞지 않는 욕심을 부리지 않겠다고. 내일 당장 나가라고 해도 절대 상처받지 않을 거라고, 다시금 굳게 결심했다.

'다만 바라는 것은.'

아리아에게는, 이 호의가 머물기를.

나 때문에 다 뒤틀려 버렸다. 아리아는 아리아 프레이야가 되어 행복해야 하는데 내 개입으로 망쳐 버렸다.

'아리아. 나는…… 모두 널 위해 했던 것들인데…… 그것들이 네게 폐가 됐을까.'

고통스러웠다. 죄책감과 책임감이 뒤섞인 검은 감정들이 목울대 너머로 솟구치는 것 같았다.

'만약 내가 관여하지 않았다면.'

여러 상념이 머리를 어지럽힌다. 수많은 '만약'들이 나를 괴롭혔다. 나는 내일 당장이라도 이곳에서 쫓겨나 다시 시궁쥐 삶으로 돌아가도 괜찮다. 나는, 괜찮았다. 하지만 아리아는 그렇게 되어서는 안 된다.

'공작이 돌아오면…… 다시 한번 얘기를 해 봐야지.'

카이사르가 황궁에서 돌아오면 아리아를 입양하는 게 어떠냐고 물어볼 생각이었다. 아리아는 세상에서 제일 사랑스러운 아이이니, 내가 그랬던 것처럼 카이사르도 아리아를 사랑하게 될 거라고 확신했다. 그가 어제 믿기지 않는 자비를 베풀었던 것도 아리아가 너무 사랑스러워 그랬던 것이 틀림없었다.

'사실 액면가는 크리시스 가가 더 나으니까. 어쩌면 프레이야 백작가보단 크리시스 공작가가 더 좋을지도 몰라.'

애써 스스로를 위로하며 카이사르에게 할 말들을 차근히 정리했다.

잠시 아리아가 들어간 크리시스 세 가족의 그림을 상상했다. 뿌듯하면서도 비참한, 이상한 기분이었다.

'어.'

수많은 사념으로 발걸음을 채우다, 어느 순간 발걸음이 멈췄다. 흐드러진 분홍빛 꽃을 피운 꽃나무가 내 앞에 있었다. 눈송이가 내려앉은 가지들 사이로 겨울바람에 휩싸인 꽃잎들이 휘날린다. 분홍빛 꽃잎들이 하늘거리며 날아다녔다.

'예쁘다.'

홀린 듯 꽃나무 가까이 다가갔다. 떨어진 꽃잎들이 사박거리며 발아래 밟혔다.

'겨울에 피는 꽃나무라니.'

눈송이를 머금고 빛나는 꽃송이들을 멍하니 바라보았다. 봄이고 겨울이고 가릴 것 없이 바빴던 내게 이리 여유롭게 꽃나무를 구경할 수 있는 지금은 상당히 낯선 시간이었다. 하얀 세상 위에 분홍빛 색채들이 피어난 장관을 보며 말을 잃었다.

손을 들어 조심스럽게 꽃을 톡 건드려 본다. 부드러운 촉감이 생생했다. 하염없이 나무를 올려다보다, 문득 커다란 충동이 이성을 들이밀고 치솟아 올랐다.

'올라가 볼까.'

두꺼운 가지는 무척 튼튼해 보이는 데다, 만에 하나 올라갔다가 가지가 부러진다고 하더라도 내 운동 신경으로 다치는 곳 하나 없이 착지할 수 있었다.

'어차피 아무도 안 보니까.'

슬쩍 주위를 둘러보았다. 주위에서는 기척이 느껴지지 않았다. 못된 짓을 저지르는 어린아이처럼 눈치를 살피다 나무 기둥에 발을 올렸다. 신이 나 볼이 살짝 달아올랐다.

나무를 올라가는 건 우스울 만큼 쉬운 일이었다. 나는 그대로 날다람쥐처럼 재빠르게 가지를 타고 올라가 가장 높은 곳에 위치한 거대한 나뭇가지에 걸터앉았다. 나무 위에서 눈이 내린 정원을 바라보는 것은 정말이지 현실감이 없었다.

어느새 다시 내리기 시작한 진눈깨비가 눈앞에서 흩날렸다. 눈도 싫고 겨울도 싫었지만, 그럼에도 이곳의 겨울은 부정할 수 없을 만큼 아름다웠다. 나는 놀라운 장관에 넋을 놓았다.

'어렸을 땐 나무 타는 걸 그렇게 좋아했었지.'

하얀 입김이 하늘로 떠오르는 것을 보며 추억에 잠겨 들었다. 내가 어렸을 때,

하루가 버틸 수 없을 만큼 힘겨운 날에는 모두가 잠든 밤에 마을에서 가장 높은 고목에 올라가 밤의 정경을 즐기곤 했다.

'가지에 다리 걸치고 거꾸로 매달려 있는 게 제일 재밌었는데.'

작게 키득거렸다. 다른 이들이 보면 기겁할 모습이지만, 어려서부터 짜릿한 걸 즐기던 나에게는 그것만큼 재미있는 놀이가 없었다.

'……해 볼까.'

슬쩍 충동이 일렁거렸다. 겨울의 향기에 잠식되어 이성적인 사고가 불가능한 것 같았다. 어린 날로 돌아간 것처럼, 오금을 가지에 받치고 몸을 거꾸로 뒤집었다.

휙.

순식간에 세상이 거꾸로 변한다. 향긋한 향유 냄새가 폴폴 풍기는 긴 머리카락이 허공을 수놓았다. 상체가 앞뒤로 흔들렸다. 저절로 티 없는 웃음이 입가에 걸렸다. 뒤집어진 정원, 뒤집어진 저택, 뒤집어진 하늘과 땅. 앞뒤로 흔들리며 그 장관을 감상했다. 모든 것이 거꾸로 된 거울나라에 빠진 작은 소녀가 된 기분이었다.

천천히 눈을 감고 시각을 제외한 다른 감각들에 집중한다. 머리카락을 흔드는 겨울바람. 코를 간지럽히는 꽃향기와 향유 냄새. 나뭇잎이 사락거리는 소리. 온 우주에서 혼자 동떨어진 것만 같은 몽환경.

'아.'

온몸이 노곤히 풀리고 늘 날카롭던 직감이 죽은 듯 차분히 잦아들었다. 그냥 이대로 영원히 잠들고 싶다고 생각할 때쯤. 누군가, 내 볼을 쿡 건드렸다.

'어.'

느리게 눈꺼풀을 들었다.

몽롱한 정신에 흐려졌던 시선이 초점을 잡았다. 다시금 펼쳐진 거울나라의 세상 아래. 내가 마주한 것은 제단 위에 흐르는 피만큼이나 붉고, 광기에 사로잡힌 것처럼 짙게 번뜩이는 한 쌍의 눈동자였다.

차가운 손이 내 뺨을 붙잡는다. 서늘하게 올라간 눈꼬리가 사르르 접혀 들었다. 광택이 도는 짧은 칠흑빛 머리칼. 서릿발처럼 차가운 인상. 소름 끼치는 아름다움. 차갑게 번뜩이는 붉은 눈동자.

'강한 네가 날 지켜 줄 거 아닌가.'

마음 한곳에 선명하게 각인된, 옅은 온기를 담은 목소리.

"잡았다."

내 이복형제, 칼 하이마 드 카이사르 크리시스였다.

'……어?'

여전히 거꾸로 뒤집힌 채로 두 눈을 멍하니 깜빡였다. 꽤 높은 가지 위에 올라와 있었으나 칼의 키가 컸던 덕에 바로 정면에 칼의 얼굴이 자리하고 있었다.

떨어지는 눈송이보다 더 차가워 보이는 서늘한 인상. 미묘한 빛을 띠고 나를 지그시 응시하는 적안.

'미친.'

입이 벌어지며 뇌가 굳었다.

툭.

다리에 힘이 풀리는 동시에 나무 위에서 추락했다.

"……이런."

그 순간 내 몸을 잡아채는 손길.

"어."

머리로 닿아 오는 딱딱한 가슴팍에 눈을 느리게 깜빡였다. 단단한 팔 너머로 미지근한 온기가 느껴졌다. 멍하니 고개를 들어 칼을 올려다보았다. 나를 내려다보는 그의 입가로 만족스러운 미소가 가득 퍼졌다.

"이번엔 내가 받았군그래."

'떨어지시죠. 받아 드리겠습니다.'

'왼팔이 물리지 않았었나.'

'칼 정도는 충분히 들 수 있습니다.'

지친 칼을 안아 들었던 한밤중 숲속에서의 일을 연상케 하는 한마디였다. 그의 눈꼬리가 휙 접혔다. 애처럼 나무 위에 대롱대롱 달려 있었던 걸 들킨 것도 모자라 추락하며 그에게 안기기까지 했다는 사실에 얼굴이 확 붉어졌다.

"저 착지할 수 있었습니다!"

"강한 미르 님이시니 여부가 있겠나."

짓궂게 키득거린 그가 나를 더 단단히 고쳐 안았다. 등 뒤까지 열이 올랐다.

'칼이 여기서 왜 나와……!'

입술을 꾹 깨물었다. 식사 후 마리아에게 물어 대답을 들은 바, 칼은 어젯밤 마탑에서 외박을 하고 오늘 밤쯤 돌아온다고 했다. 그리고 지금은 겨우 4시가 넘은 오후였다.

"분명 밤이 돼서야 돌아오신다고 들었는데……?"

"용병왕이 내 이복동생이었다는 충격적인 사실을 듣고 일을 할 수가 있어야지."

'……알고 왔구나.'

칼은 분명 시원하게 웃고 있음에도 내 몸은 살짝 움츠러들었다. 용병으로서 귀족을 마주하는 건 늘 익숙했으나, 동생으로서 오빠를 마주하는 건 처음이다. 카슈미르로서 칼과의 첫 만남이었다.

'원작의 칼은…… 카슈미르를 싫어했지.'

원작을 떠올리며 얼굴을 굳혔다.

칼은 카슈미르를 경멸했다. 카슈미르가 평민 사이에서 나온 혼외 자식이기 때문은 아니었다. 애초에 칼은 귀족들의 같잖지도 않은 혈통 중시 사상을 경멸하는데다, 칼은 카이사르가 뭘 하고 다니든 관심이 없었으니까.

칼은 내가 혼외 자식이라는 사실을 들었을 때도 카이사르에게 실망하기는커녕 그 인간이 흥분도 하냐며 놀라는 수준에 그쳤다고 했다.

칼이 본격적으로 카슈미르를 경멸하기 시작한 건 카슈미르가 아리아를 건드리면서였다. 원작에서 카슈미르가 아리아에게 했던 짓들을 떠올리면 나 스스로 연못에 머리를 처박고 죽고 싶을 지경이었으니 그건 당연한 일이다.

'그 자식 엄마가 평민이든 늑대족이든 관심 없다. 그런데 마탑까지 쫓아와서 기물 파괴하는 짓은 제발 그만하라고 전해.'

다만 그전까지는 카슈미르가 저택에서 패악을 부리며 칼 자신에게 징그럽게 집착하는 것을 싫어했다. 그걸 떠올리자니, 지금은 원작과 많이 달라졌음을 알고 있으면서도 조금은 불안해졌다.

'칼이…… 카슈미르를 좋아하지 않으면 어떡하지. 미르에겐 호감을 가진 것 같았지만 카슈미르는 원작처럼 경멸하게 된다면…… 그래서 미르까지도 경멸하게 되면 어떡하지.'

피가 나도록 입술을 깨물었다. 나는 그 잠시 동안 마주했던 칼에게 이미 마음을 줘 버려서, 칼에게 경멸받는 걸 버티기 힘들 것 같았다.

"……내려 주세요."

분홍빛으로 들떴던 마음이 심해 저 아래로 침잠해 파란빛으로 물드는 것을 느끼며 살짝 몸을 일으켰다. 힘으로 그를 내칠 수는 있었으나, 힘 조절에 실패했다가는 칼의 팔뼈가 아작 날 가능성이 파다했기에 쉬이 움직이지 못했다.

"갑자기 낯이 안 좋아졌군."

나를 지그시 내려다보던 칼이 입매를 굳혔다. 그를 올려다보려 고개를 들다 마주친 눈에 도로 푹 숙이고 말았다. 그의 서늘한 적안에 어렴풋이 다정한 걱정이 서렸다고 착각을 해 버려서. 다시 한번 마주치면 방금 봤던 것이 착각이라고 확신해 버릴까 봐, 그의 감정을 읽기가 두려웠다.

"조금 추워서 그렇습니다. 내려 주시면 알아서 돌아가겠습니다."

시선을 피한 채 웅얼거렸다. 피부에 닿는 시선이 좀 더 집요해진 것 같아 식은

땀을 흘리는데, 칼이 느리게 입을 열었다.

"……내가 싫나?"

"……네?"

축 처져 우울한 목소리. 그가 한 말에 순간 귀를 의심하며 휙 고개를 들었다. 기이한 광기가 들끓는 눈으로 나를 내려다보는 칼은 눈빛과 상반된, 버림받은 강아지 같은 표정을 하고 있었다.

"무, 무슨……."

"그렇지 않나. 날 보자마자 기겁하듯 떨어져 버리고, 안색이 안 좋아지더니 이젠 안기기도 싫어하니 말일세. 내가 그렇게 싫은 건가?"

"그, 럴 리가 없지 않습니까! 제가 어떻게 공자님을……."

더듬거리며 집요한 시선을 피했다. 칼이 싫지 않다. 오히려 너무 마음을 줘 버려서 어떻게 해야 할지 잘 모르는 것에 가까웠다.

"그대는 분명 내 이복동생이라 들었는데 내 이름조차 불러 주지도 않는군. 그래. 내가 싫은 거겠지. 마수 토벌 때 돌아가라는 그대 말을 듣지 않고 따라가기나 하고…… 도움도 별로 안 돼서 말이야. 내가 싫어서 내게 인사도 안 하고 홀연히 떠나가 버린 거지?"

"아니, 잠깐, 무슨……!"

'공자님'이라는 단어에 미간을 꿈틀거리던 칼이 가라앉아 음울한 목소리로 중얼거렸다. 그의 얼굴 위로 짙은 그림자가 졌다. 커다란 죄를 지은 것만 같은 죄악감에 빠져 땀을 뻘뻘 흘리며 황급히 고개를 저었다.

"절대, 절대 공자님이 싫은 게 아닙니다! 제가 어떻게 공자님을 싫어하겠습니까!"

"그러면서도 내 이름은 불러 주지 않지. 그때 봤던 겁쟁이 공자가 오빠인 게 불만족스러운 거 아닌가."

칼이 처연하게 고개를 떨궜다. 순간 가식적이라는 느낌이 확 들었으나, 거기에 연연하기에는 내가 그를 시무룩하게 만들었다는 죄책감이 컸기에 다급하게 입을 열었다.

"칼! 칼! 절대 칼이 싫지 않아요! 칼이 제 형제라서 너무 기쁩니다!"

그의 이름을 몇 번이고 부르자, 축 처져 있던 칼이 번쩍 고개를 들었다. 나는 진땀을 흘리며 조심스럽게 변명했다.

"그러니까 저는…… 소중한 사람이 생기는 게 익숙하지 않습니다. 사람을 대하는 것도 익숙하지 않고요. 그래서 혹시라도 칼에게 실수를 할까 봐 두려웠을 뿐입니다."

우물쭈물하며 솔직히 실토했다. 이미 원작에서 카슈미르를 싫어한 전적이 있는 칼이기에 조금만 실수를 해도 관계가 비틀려 버릴까 걱정되었다.

"내 동생님께서도 겁쟁이였군."

그제야 만족스러운 미소를 지은 칼이 나를 고쳐 안았다. 다시 내려 달라고 말할까 하다가 칼이 또 시무룩해할지도 모른다는 생각에 얌전히 안겨 있었다.

"그런 건 걱정하지 않아도 괜찮다."

"……."

"실수했다고 싫어하기엔 너무 멀리 와 버렸으니."

알쏭달쏭한 그의 말에 갸웃하며 칼을 올려다보니 그가 피식 웃었다.

"내가 그대를 뭐라고 부르면 되지?"

"아, 카슈미르라고 부르시면 됩니다."

"그건 그냥 이름이지 않나."

"……?"

뭔 소린가 싶어 눈만 깜빡이고 있으니 칼이 느리게 웃었다.

"애칭이 뭐냐는 말이다."

"어…… 제 동생은 절 슈슈라고 부릅니다."

"그럼 나도 널 슈슈라고 부르지."

칼의 입에서 처음으로 들어 보는 애칭에 살짝 굳고 말았다.

"이제 넌 내 동생이니까."

내게로 향하는 다정한 시선을 피해 고개를 숙였다.

왜인지 눈물이 날 것 같았다.

눈송이가 흩날린다. 내 복잡한 마음까지 모두 쓸어 낼 것처럼 속절없이 쏟아졌다.

"공자님, 아니, 칼은, 제가 싫진 않으십니까."

"흠?"

눈썹을 꿈틀거린 그가 설명을 요구하는 눈빛으로 나를 바라보았다. 조심스레 입을 열었다.

"아무래도 전 혼외 자식이고 예고도 없이 튀어나온 이방인이잖습니까. 평생 뒷골목에서 평민으로 살아온 별 볼 일 없는 용병 나부랭이고요. 좋은 감정이 드는 게 더 이상하지 않습니까."

덤덤하게 읊조렸다. 스스로를 천천히 돌아봐도 사랑받을 구석이라고는 찾아보기가 힘들어서. 다가오는 호의를 곧이곧대로 믿을 수 없었다. 난 그 호의들을 받을 만한 사람이 아니니까.

칼은 대답이 없었다. 그 침묵을 암묵적인 동의로 생각하며 심해까지 떨어진 자존감이 표류하는 것을 덤덤히 바라보고 있는데.

"……잘 들어라."

칼이 서늘한 표정으로 입을 열었다.

"넌 날 구한 사람이다."

"그건 마땅히 해야 할 일……."

"마수 토벌 때도 있지만, 그보다 훨씬 전부터 넌 날 구해 왔어."

그 한마디에서 형용할 수 없이 아득한 감정의 깊이가 느껴졌다. 깊고 또 깊어, 발을 들이면 끊임없이 떨어지는 무저갱 같은 그의 눈동자를 멍하니 바라보았다.

"누구도 네게 그렇게 말할 수 없다. 너 자신까지도. 누구도, 내 인생의 의미를 그렇게 치부할 수 없어."

이해할 수 없는 말과 이해할 수 없는 감정들. 나로서는 이해할 수 없는 표정을 짓는 칼을 지그시 응시했다. 그는 분노하고 있었다.

"크리시스 공녀로서, 또 내 동생으로서 자부심을 가져. 넌 그럴 자격이 있다."

서늘한 목소리였음에도 안에 든 활자들은 지나치게 따스했다. 입술을 꾹 깨물며 눈을 질끈 감았다.

"왜 제게 이렇게 잘해 주시는 겁니까?"

이해할 수 없는 것들 투성이였다. 칼은 내게 난제이자 수수께끼이며, 불가사의 같았다. 처음부터 내게 호의를 가지고 다가오던 그를, 여전히 이해할 수 없다.

"아마 넌 이해할 수 없겠지만······."

느리게 입술을 뗀 그가 고운 입술이 폭 들어가도록 입꼬리를 말아 올렸다. 그의 검은 머리칼 위를 새하얀 눈송이가 덮었다. 노을이 지기 시작한 하늘 또한 눈송이에게 질세라 칼의 머리 위로 붉은 노을을 색칠했다.

그가 고개를 숙인다. 자연에게 사랑받는 것만 같은 그의 칠흑빛 머리칼이 내 이마를 간지럽혔다. 가까워진 그의 얼굴 위로 미소가 떠올랐다.

"넌 무료함의 무저갱에 빠진 내 손을 잡아끌어 주었지. 날 살게 했어."

촉.

부드럽고 따뜻한 것이 이마 위에 닿았다. 칼이 내 이마 위에 입을 맞추었다. 얼마 전 겨울 숲에서 내가 그의 이마에 입을 맞췄던 것처럼.

"널 사랑하는 건 내게 불가항력이다. 아마 쭉 그럴 거야. 그러니 불안해하지 말고 내 호의를 즐기지 그래."

'정말 이해할 수 없는 사람.'

이쯤 되면 내가 모르는 무언가가 더 있음을 모를 수가 없다. 다만 그 무언가를 굳이 알아내고 싶지는 않았다. 내게 중요한 건, 지금 내가 벅찰 정도로 사랑을 받고 있다는 그 사실 하나니까.

눈을 질끈 감았다. 감지 않으면 꼴사납게 울 것만 같았다. 그런 나를 내려다보며 옅게 웃음을 흘린 칼이 저택으로 발걸음을 옮겼다.

한 사람의 발자국만이 정원을 가로지르는 하얀 세상의 해가 어느덧 저물고 있었다.

───◦◦✿◦◦───

"아, 아가씨? 도련님!?"

어젯밤 내 만행으로 장엄하던 강철 문이 개박살 난 뒤, 임시로 만들어진 나무 판자 문을 열고 들어가자 홀에서 나를 기다리고 있던 마리아가 소스라치게 놀랐다.

'수치스러워……'

이 나이 먹고 안겨 다닌다니, 얼굴을 들 수 없었다. 어떻게든 몸을 작게 하려 칼의 품속에서 뒤척였다. 칼의 작은 웃음소리에 조금 죽고 싶었다.

"……무슨 일이 있었던 건가요?"

얼굴도 들지 못하는 나와 태연하다 못해 뻔뻔해 보이는 칼을 번갈아 본 마리아가 재빠르게 침착함을 되찾고 물었다. 칼이 비죽거렸다.

"내 동생께서 나무에 거꾸로 매달려 계시기에 모셔 왔다."

"……네?"

희미한 웃음기가 깃든 칼의 목소리와 기겁하는 마리아, 놀란 사용인들의 시선. 나는 부끄러워서 혀를 깨물기 직전이었다.

"내려 주십시오……."

힘을 뺀 주먹으로 소심하게 칼의 가슴팍을 쳤다. 칼의 입가에 희미한 미소가 떠올라 있었다.

"내려 주면 또 이상한 짓을 저지를 것 같은데."

"아닙니다!"

이를 악물고 버럭 소리 질렀다. 칼이 웃음을 참듯 입술을 깨물었다. 눈 내리는 창밖을 응시하며 즉사 방법을 고민하고 있을 때쯤, 그제야 나를 내려 준 칼로 인해 비로소 땅에 발을 디딜 수 있었다.

"……데려다주셔서 감사합니다."

이를 악물고 협박 같은 감사 인사를 전했다. 칼이 내 머리를 꾹 눌렀다.

"너무 가볍더군. 좀 더 먹어라."

'정말, 왜 다 먹는 거 가지고 난리지?'

내가 밥을 먹는 내내 옆에 서서 많이 먹어야 한다는 잔소리를 늘어놓던 의원 폴을 떠올리며 한숨을 쉬었다.

"공작님이 조금 전 돌아오셨습니다. 아가씨와 도련님이 저택에 돌아오는 대로 집무실에 모이라고 명하시더군요."

마리아가 고했다. 아침 일찍 황궁으로 떠났던 카이사르가 돌아온 모양이었다. 집무실이 어디인지 몰라 눈치를 보고 있으니, 칼이 1층 복도를 향해 앞장서 걸었다. 나는 그를 따라갔다.

"2층은 공작가 혈육들의 침실이, 1층 우측 복도에는 사용인들의 숙소가, 좌측 복도 끝에는 공작 집무실이 있다. 저택에 대해 궁금한 것이 더 생긴다면 마리아에게 물어보도록."

"네."

복도 끝자락으로 향하는 칼과 발맞춰 걸으며 고개를 끄덕였다.

"……지랄. 당신은 날 못 해쳐."

그리고 다다른 복도 끝. 살짝 열린 문틈 사이로는 심상치 않은 일이 벌어지고 있었다.

북풍한설처럼 서늘하게 식은 익숙한 목소리. 책상 앞에 앉아 턱을 괸 채 흥미롭다는 표정을 지은 카이사르. 공작과 마주 보고 선, 분홍 머리의 소녀.

'……아리아?'

아리아와 카이사르가 대치하고 있었다. 앞뒤 가릴 것 없이 앞서 있던 칼을 제치고 문틈 사이로 온 신경을 집중했다. 방 안 분위기는 싸늘했다.

설마.

'공작이 아리아를 괴롭히고 있는 건가……?'

카이사르가 조금 미친놈이긴 해도 자신의 반도 안 되는 작은 아이를 괴롭히는 양아치는 아니다. 허나 아리아가 관여되는 일에는 늘 걱정이 앞섰다. 마음이 급해져 노크도 잊고 문고리에 손을 올릴 때였다.

「조금 기다려 보지 그래.」

나른한 붉은 눈이 이쪽을 주시함과 동시에, 마나의 울림을 통한 진언이 머릿속을 울렸다. 마나를 극한으로 활용하는 소드 마스터들에게 의식을 통한 진언 전달은 무척이나 쉬운 일이었다.

「……공작님? 뭡니까?」

갑자기 진언까지 보낼 게 뭔가 싶지만, 일단 문고리에서 손을 물렀다. 혼란스러운 내 표정을 본 카이사르의 붉은 입술에 한 떨기 붉은 장미 같은, 짙고 매혹적인 미소가 피어났다.

「네 동생, 무척이나 재밌어서 말이지.」

「무슨…….」

"뒷골목에서 살며 느는 건 빌어먹을 눈치 하나거든. 내 눈치로 봤을 때…… 당신은 날 못 해쳐. 슈슈 언니를 사랑하잖아, 안 그래?"

카이사르에게 되묻기도 전 귓구멍에 직통으로 꽂히는 익숙한 소녀의 목소리. 목소리에 날씨가 있다면 소녀의 목소리에는 분명 서리가 끼어 있을 것이다. 한겨울 칼바람처럼 차갑고 권위적인 목소리가 집무실을 갈랐다. 분명 익숙한 목소리임에도, 통치자의 것처럼 위압적인 분위기가 낯설었다.

"당신 슈슈 언니에 대해 말할 때 눈빛이 달라지거든. 슈슈 언니를 사랑하는 이상…… 슈슈 언니가 가장 사랑하는 난 해치지 못하겠지."

소녀의 길고 하얀 손가락이 책상을 짚었다. 상체를 숙인 소녀의 얼굴이, 흥미롭다는 눈빛을 한 카이사르의 직전에 당도했다. 카이사르가 입꼬리를 비틀었다.

"겁이 없군."

"그보단 내 생각에 확신이 있는 거지."

아리아의 입가 위로 자신만만한 미소가 떠올랐다. 자신이 놓은 수에 단 한 치의 의심도 없는, 오만한 책략가를 닮은 표정. 내게는 보여 주지 않는 모습이었으나, 아리아의 본모습이었던 것처럼 잘 어울렸다.

"내가 아팠던 이유는 요정 혼혈인데 정기를 섭취하지 못해서고, 당신은 그런 날 도왔다고 했지. 당신은 카이사르 크리시스 공작이고 말이야. 그럼 그 악마 공작이 왜 날 도왔을까. 분명 나랑 어떤 접점도 없었는데 말이야. 나 자체를 동정해서 도운 게 아니라는 건 당신 태도로 충분히 유추가 가능해. 이유는 슈슈 언니한테 있는 것 같은데, 슈슈 언니와 당신에겐 어떤 접점이 있는 걸까."

아리아의 하늘빛 눈동자가 냉철함으로 번뜩였다. 광기가 담긴 집요한 눈빛에는 소름 끼치도록 반짝이는 총기가 깃들어 있었다. 아리아가 느리게 카이사르를 훑어보았다. 카이사르는 문틈 새의 나를 힐끔 보더니 느리게 웃었다.

"난 카슈미르의 아버지다."

"직감상 그럴 것 같더라."

아리아는 놀란 기색 하나 없이 받아쳤다. 조금의 흔들림도 없이 카이사르의 소름 끼치는 적안과 마주한 아리아가 입꼬리를 비틀었다. 덩치도 나이도 두 배가량 차이 나는 소드 마스터와 일반인의 대치였지만, 아리아는 기백에서 전혀 밀리지 않았다. 두 맹수의 싸움을 보는 기분이었다.

"그런데 말이야. 여태껏 언니가 힘들 땐 한 번도 도와주지 않던 사람이 왜 이제야 나타나 우릴 도와준 거지?"

"그건……."

아리아의 날카로운 질문에 카이사르가 처음으로 말문이 막힌 표정을 지었다. 그의 눈빛이 가라앉고, 분위기의 주도권을 잡은 아리아가 비틀린 미소를 지었다.

"왜. 이제야 관심이 생겼다고 할 거야? 슈슈 언니가 용병왕 미르라서 그 힘을 이용하고 싶어? 설마 고귀하신 공작님께서 뒷골목에 사는 자매 등골을 빼먹으려고 하는 건 아니겠지?"

"그만."

순간 내가 미르라는 것을 아리아가 알고 있음에 당황했지만, 천재인 아리아가 여태껏 모르기도 어려웠을 거란 생각에 입을 꾹 다물었다. 아리아가 도발하듯 밀어붙이자 무심하던 카이사르의 표정이 서늘하게 굳었다.

"살고 싶다면, 도를 넘지 말아야 할 거다, 아가."

서릿발처럼 식은 붉은 두 눈. 오금을 저리게 하는 위압적인 눈이었으나, 그걸 정면으로 마주한 아리아는 오히려 더욱 서늘하게 웃었다. 툭 건드리면 터질 듯 팽팽한 분위기에 달려 들어가 막아야 하나 고민을 하는데, 아리아가 느리게 입을 열었다.

"제가 하고 싶은 말이 바로 그거였답니다, 공작 각하."

난폭한 서릿발처럼 몰아치던 목소리가 순식간에 귀족의 그것처럼 정중하고 단호하게 바뀌었다. 아리아의 빠른 태세 변환에 놀라 들어가려다 말고 눈만 끔뻑이고 있는데, 아리아가 눈매를 날카롭게 세웠다.

"슈슈 언니는 정과 호의에 약한 사람이에요. 각하께서 잘해 주신다면 어쩔 줄 몰라 하면서 각하께 마음을 주겠죠. 그러다 각하께서 호기심이 식어 언니에게 등을 돌리면 크게 상처받을 거예요."

나에 대한 정확한 관철을 뱉는 아리아의 눈은 차가웠다. 심장이 욱신거렸다. 카이사르와 눈을 정면으로 마주한 채, 아리아가 짓씹듯 내뱉었다.

"각하께서 절 구해 주신 건 무척이나 감사하게 생각해요. 생명의 은인에게 이렇게 굴면 안 되는 것도 알아요."

부드러운 목소리에 나긋한 말투. 허나 조금도 상냥하거나 따뜻하게 느껴지지 않았다. 정점을 차지한 맹수의 여유로운 그르렁거림 같았다.

눈을 내리깐 채 자신의 손끝을 내려다보던 아리아가 천천히 눈을 들었다. 한기가 서린 두 눈을. 하늘빛과 핏빛의 상반된 색채가 허공에서 뒤엉키며 치열한 기 싸움을 이었다.

"하지만 전 제 안위나 생명보단 언니가 상처받지 않는 게 더 중요해요. 이런 슈슈 언니를 끝까지 책임질 자신 없으면 함부로 호의를 베풀지 마세요. 도를 넘지 말라는 소리예요."

맹수가 자신의 구역을 침범한 존재에게 경고하듯 차가운 목소리. 여리기만 하던 두 눈이 차갑게 타올랐다. 나는 숨이 막혀 왔다.

눈을 느리게 감았다 뜬 아리아가 카이사르의 목 위로 손을 올렸다. 눈가를 움찔한 카이사르가 읽을 수 없는 눈으로 아리아를 응시했다. 새하얗고 예쁜 손가락이 카이사르의 목덜미를 틀어쥐고 힘을 주었다.

"당신 때문에 언니가 상처받는다면…… 난 악마에게 영혼을 팔아서라도 당신을 죽여 버릴 거예요."

어둡고 음침한 목소리로 뱉은 한마디에 담긴 감정의 무게는 감히 예측할 수 없었다. 늘 요정 같다 여기던 벽안이 얼어 버린 바다처럼 느껴질 때. 나 하나 상처받지 않게 하겠다고 저를 한입에 삼킬 수 있는 맹수의 목을 틀어쥔 아이는 조금도 약해 보이지 않았다.

아주 잠깐, 내가 아리아를 사랑하는 것보다 아리아가 나를 사랑하는 마음이 더 클 수도 있다는 생각을 했다.

"정말 존경스럽군. 개인적으로 저 배포를 배우고 싶을 정도야."

멍하니 굳은 내 옆에 딱 붙어 아리아와 카이사르의 대치를 관망하던 칼이 감탄했다. 침묵이 흐르는 집무실 내부를 들여다보다, 상황을 정리해야 될 것 같다는 생각에 느리게 문을 열었다.

"……아리아."

힘겹게 입을 떼, 내 세상의 이름을 불렀다. 더는 아프지 않은 내 동생. 흠칫하며 목을 조르던 손을 황급히 뗀 아리아가 나를 돌아보았다.

"……슈슈 언니."

조금 전까지 두 눈에 가득 찼던 독기와 차가움은 썰물 밀려가듯 사라지고, 오직 나를 향한 침통함과 걱정만이 그 자리를 차지했다. 오싹하리만큼 빠른 태세 변환이었지만, 아무것도 묻지 않고 두 팔을 벌렸다.

"이리 와, 아가."

치밀어 오르는 감정을 참듯 입술을 꾹 문 아리아가 내게로 달려왔다. 익숙한 온기가 품 안 가득 들어찼다. 늘 생기가 없던 양 뺨에 붉은 꽃물이 든 것을 발견하고 순간 눈물이 날 것 같았지만, 꾹 참고 아리아를 꽉 끌어안았다.

"몸은 어때. 괜찮아?"

"으응. 이제 하나도 안 아파. 언니랑 5시간 산책도 할 수 있을 것 같아."

물기로 반짝이는 눈을 한 아리아가 배시시 웃었다. 안도의 한숨을 내쉬며 아리아를 빙빙 돌려 몸 상태를 확인하고 나서야 아리아를 놔 주었다. 죽어 가는 사람처럼 늘 죽음의 향취를 내뿜던 아리아에게서 생기가 돌고 있음을 모를 수 없었다.

"……공작님."

심호흡과 함께 카이사르에게로 다가갔다. 그가 어떤 표정을 짓고 있을지 보기 두려워 고개를 푹 숙였다.

툭.

"제 동생의 무례는 제가 사과드리겠습니다. 부디 자비로운 마음으로 용서해 주십시오."

"언니!"

한쪽 무릎을 꿇은 채 사죄하니 아리아가 고함을 쳤다. 내가 왜 꿇느냐는 의미가 든 외침을 읽었으나, 다만 더 고개를 숙일 뿐이었다.

"앞으로 어떻게 하면 좋을지 말씀해 주시면 그대로 따르겠습니다. 전 온전히 공작님의 것입니다."

심지가 굳은 목소리로 선언했다. 카이사르가 나를 딸로 들이겠다고 말하긴 했으나, 하루 만에 그 마음이 바뀌었을지도 모르는 일이었다. 나는 사람의 변덕스러움을 아주 잘 알았다.

카이사르가 정기를 베풀어 주었을 때부터 이 몸 하나는 공작가에 바치기로 마음먹은 일이니 그가 뭘 요구하든 못할 건 없었다.

"너, 이름이 아리아라고 했나."

한참 동안 말없이 어두운 분위기를 풍기던 카이사르는 뜬금없이 아리아에게 말을 걸었다. 무릎 굽힌 나를 보며 얼굴을 일그러트리던 아리아가 고개를 끄덕였다.

"……맞아요."

"그래. 그럼 이제부턴 아리아 크리시스겠군."

"……!"

놀라 번뜩 고개를 들었다. 눈을 크게 뜬 나를 지그시 내려다보던 카이사르가 입을 열었다.

"책임지지 않을 거면 함부로 호의를 베풀지 말라고 했지."

"……"

"그럼 책임지면 되는 거 아닌가."

탁.

의자를 밀고 일어난 카이사르가 천천히 내게로 다가왔다. 단단한 손을 내 앞으로 뻗어 왔다.

"다시 한번 말해 주지."

"……."

"그 누구도, 설령 황제나 교황이라 할지라도, 네 무릎을 굽히게 할 순 없다."

어젯밤 나를 뒤흔들었던 활자들을 다시금 내뱉은 카이사르가 손을 더 앞으로 뻗었다. 어서 잡으라는 듯.

멍하니 그의 손을 잡으니 그가 강한 힘으로 나를 잡아 올렸다. 나와 아리아를 번갈아 본 카이사르가 느른하게 입꼬리를 올렸다.

"끝까지 책임질 테니, 너희 둘 다 내 딸이 되지 않겠는가."

"……제 인생 최대의 불명예군요."

잠시간의 무거운 침묵 후, 아리아가 한숨을 쉬며 입을 열었다.

"하지만 슈슈 언니를 위해서라면 불명예도 감수해야죠. 분명히 말해 두지만 제게 진정한 가족은 슈슈 언니밖에 없어요. 우리는 부녀라기보단 슈슈 언니 행복을 위한 동업자라고 해 두죠."

"참 맹랑하단 말이지."

"용감하다고 해 주시죠."

카이사르와 아리아 사이에 날카로운 눈빛이 오고 갔다. 분명 둘 다 서로를 보며 입꼬리를 올리고 있었으나, 기 싸움을 하고 있다는 느낌을 지울 수 없었다.

"그래. 그럼 카슈미르. 넌 어떤가."

내게로 향하는 카이사르의 시선에 흠칫 몸을 떨었다. 사실 아직도 잘 모르겠다. 내가 이런 자리에 어울리는 사람인지. 원작과 지나치게 비틀려 버린 이 상황이 괜찮은 건지. 내가, 누군가에게 마음을 열어도 될지.

타인과의 관계에서 상처를 받는 것이 두려웠다. 사람이 사랑 때문에 어디까지 처박히는지도 잘 알고 있었기에 소중한 것이 생기는 것도 두려웠다. 현재까지 아리아를 제외한 모든 타인과 깊은 관계를 맺지 않은 것은 그 때문이었다.

'하지만……'

사람 사이에서 상처받지 않는 대신 지독히 고독했다. 나는 아리아에게 버팀목이 되어야 했다. 안 그래도 아픈 아이에게 기댈 수는 없었다. 아리아에게 모든 것을 털어놓을 수도 없었다. 아리아는 친구가 아니라 지켜야 할 동생이었으니까.

허한 빈자리가, 채워지지 않는 갈증이 가슴을 태웠다. 나는 어쩌면, 오래전부터 마음 놓고 기댈 버팀목이 필요했을지도 모른다.

"……저는 정말 별 볼 일 없는 사람입니다."

시야가 뿌옇게 일렁였다. 조금은 눈시울이 달아오른 것 같기도 했다. 내 자존감이 답답할 정도로 낮다는 건 알고 있지만, 스스로에 대해 자신감을 가지는 건 내게 있어 너무 어려운 일이었다.

"그래도, 할 줄 아는 게 검 휘두르는 것뿐인 사람도 괜찮다면……"

하지만 그래도.

"공작님의 딸이 되고 싶습니다."

이런 나도 마음 편히 행복해져 보고 싶었다.

"그거면 되었다."

피식 웃은 카이사르가 내 머리칼을 헝클어트리고는 나를 꽉 안았다.

"카슈미르 크리시스, 아리아 크리시스. 내 딸이 된 걸 축하한다."

그 겨울날은, 내 생애가 모두 닳아 사라져도 잊히지 않을 만큼 황홀한 날이었다.

아리아 크리시스는 천재다.

이 단순한 문장에 반대를 표할 수 있는 사람은 아무도 없을 것이다. 그녀는 누구도 부정 못 할 세기의 천재였으니까.

'너무 쉬워.'

무엇이든 한 번 본 건 잊지 않는다. 수학이나 마법처럼 응용을 필요로 하는 과목들, 체스처럼 공간 지각 능력과 전술, 센스를 동시에 필요로 하는 게임, 확률 계산, 추리, 논술 등 머리를 써야 하는 것이라면 무엇이든지 그녀에게는 너무 쉬웠다.

그중에서도 가장 쉽고 능숙한 것은 사람의 감정을 읽고 부리는 일이었다. 아리아는 치밀한 눈치와 타고난 감각, 센스와 빠른 상황 파악 등을 요하는 일에서도 뛰어난 실력을 보였다.

그녀는 간교했다. 굽혀야 할 때와 밀고 나가야 할 때를 기민하게 알아차렸다. 아슬아슬한 적당선을 읽을 줄 알았으며, 눈앞의 타인이 자신을 해칠 늑대인지, 자신을 지켜 줄 개인지 알아볼 수 있었다.

아리아의 눈에 카이사르 크리시스는 자신을 절대 해칠 수 없는 늑대였다. 제 목덜미를 단번에 물어뜯을 수 있는 송곳니를 가지고 있으나, 절대 자신을 공격할 수 없었다.

'그런데 말이야. 여태껏 언니가 힘들 땐 한 번도 도와주지 않던 사람이 왜 이제야 나타나 우릴 도와준 거지?'

카이사르를 도발했던 것도 그가 자신을 해치지 않으리라는 확신이 있었기 때문이다. 그녀는 확신 없이 맹수와 맞서지 않았다.

아리아는 단 둘뿐이던 세상에 다른 이들이 침범했다는 사실이 불만스러웠다. 카슈미르는 자신만의 것인데. 자신의 언닌데. 카슈미르의 행복을 위해 둘만의 세상을 공유하는 것에 동의를 표하긴 했어도 싫었다.

카슈미르가 누구나 사랑에 빠질 만큼 빛나는 존재임을 알고 있었고, 분명 많은 이들의 사랑을 받기를 바랐다. 허나 막상 상황이 닥치니 온전히 받던 카슈미르의 사랑을 나눠야 한다는 생각에 속이 뒤틀리는 것이다.

"안녕하세요, 공자님."

아리아 크리시스가 칼 크리시스를 탐탁지 않게 여긴 것은 이런 사정들에 기인

충직한 검이 되려 했는데 1

했다. 집무실에서의 대화를 마친 뒤 아리아는 집무실 앞에서 칼을 붙잡았다. 눈 꼬리를 휙 접고 사람 좋은 미소를 짓는 아리아를 지그시 응시하던 칼이 입가에 비소를 머금었다.

"슈슈 앞에선 그렇게 구나 본데, 내 앞에서까지 그런 짓을 할 필요는 없을 것 같군."

"그리 말해 준다면 기꺼이 때려치울게."

산홋빛 입술에 걸쳐 있던 웃음이 순식간에 걷혀 나갔다. 지나치게 빠른 태도 변화에 칼이 어이없다는 듯 헛웃음을 지었다.

"둘만 있을 땐 말 놔도 되지? 이제 신분도 같아졌는데."

"마음대로."

아리아가 입꼬리를 비틀었다. 남매라고 하기에는 지나치게 차갑고 냉랭한 분 위기가 둘 사이를 감쌌다. 신경전에 가까운 치밀한 눈빛 교환이 얼마나 오갔을 까, 아리아가 먼저 입을 들었다.

"난 너랑 네 아버지 둘 다 마음에 안 들어."

"나라고 네가 마음에 들진 않아."

"하지만 슈슈 언니는 사랑하잖아."

비죽거리는 웃음과 함께 날아온 직구에 칼은 침묵으로 긍정했다. 한 방 먹이 고도 그리 표정이 좋지 않던 아리아는 칼의 눈동자를 한참 동안 들여다보더니 제 앞머리를 거칠게 쓸어 넘겼다.

"……가벼운 마음은 아니네."

"……."

"하…… 그래. 언니는 늘 사람들을 끌어당겼으니까."

아리아는 타인의 감정을 읽는 데 능하다. 제 언니와 닮았기에 더 불쾌한 눈앞 의 이방인은 카슈미르를 거론할 때 무겁다 못해 집착 어린 광기가 섞인 눈을 했 다.

"하나만 물어볼게. 넌 슈슈 언니의 행복을 바라는 거야, 슈슈 언니를 그냥 손에 쥐고 싶은 거야?"

"슈슈가 행복하길 바란다."

"좀 더 솔직히."

"이왕이면 내 손 안에서."

"환장하겠군."

불쾌함을 가득 머금은 웃음을 지은 아리아가 뒤틀린 눈으로 칼을 마주했다.

"나도 언니가 내 손 안에서 행복하면 좋겠거든."

어둡고 끈적거리는 집착 어린 광기가 들어찬 두 쌍의 눈동자. 둘의 눈빛은 데칼코마니처럼 닮아 있었다.

"슈슈의 행복을 바라는 건 확실하지?"

"그래."

"슈슈의 행복을 위해선 내가 필요한 것도 알고 있고?"

"……그래. 그래 보이더군."

칼이 불만족스러운 표정으로 마음에 들지 않는 사실을 겨우 인정한다는 듯 내뱉었다. 아리아는 씩 웃었다. 그녀는 그녀의 언니에게 자신의 존재가 얼마나 중요한지 잘 알고 있었다.

"인정하기 싫지만 언니의 행복을 위해선 너도 필요할 것 같더라고."

"아마 그럴 거다. 나는 슈슈가 친애하는 사람이니까."

이번엔 칼이 씩 웃고, 아리아가 마음에 들지 않는다는 듯 얼굴을 일그러트렸다.

"하지만 언니가 가장 사랑하는 사람은 나야."

"끝까지 그럴지는 두고 봐야지."

색감은 상이하나, 눈빛의 온도와 담긴 감정은 비슷한 두 눈동자 사이에서 치열한 기 싸움이 오갔다. 얼마나 서로를 노려보고 있었을까, 이를 악물며 웃은 아리아가 칼 앞으로 손을 내밀었다.

"언니의 행복을 위해선 피차 불쾌해도 자주 마주해야겠지. 앞으로 잘해 보자고. 남매가 아니라, 동료로서."

아리아에게 가족은 단 한 명뿐이었다. 카슈미르를 제외한 누구도 그 아늑하고 깊은 자리에 들일 생각이 없었다. 어쩔 수 없는 동맹을 요청하는 것 같은 아리아의 눈동자에는 불쾌함이 가득 드러났다.

"그래. 슈슈의 행복을 위해."

마찬가지로 불쾌하다는 표정을 지은 칼은 껄끄러움이 가득 드러나는 몸짓으로 아리아의 손을 잡아 흔들고는 재빠르게 손을 빼내었다.

"그럼 이만 들어가세요, 칼 오라버니. 저녁 식사 때 뵈어요."

순식간의 얼굴 위로 살가운 동생의 가면을 뒤집어쓴 아리아가 방긋 웃었다. 얼굴 가득 인상을 찌푸리던 칼이 얼마 지나지 않아 다정한 오라비의 가면을 뒤집어쓰고 빙긋 웃었다.

"그래. 이따 보지. 푹 쉬어라."

그리고 서로 등을 돌린다. 다른 방향을 본 둘의 얼굴이 동일한 온도로 서늘하게 식어 갔다. 피라고는 한 방울도 이어지지 않았음에도 소름 끼치도록 비슷한 모습이었다.

'아.'

'아.'

그 순간 두 사람의 머릿속을 지배한 생각은 동일했다.

'불쾌해라.'

'불쾌하군.'

지독하게 같은 동류에게 느끼는 불쾌감.

동족혐오였다.

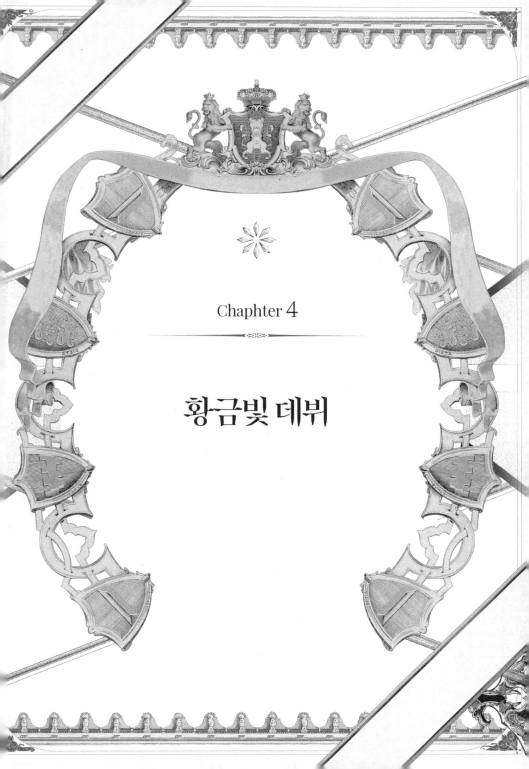

Chaphter 4

황금빛 데뷔

카슈미르 크리시스가 된 날을 시점으로, 나는 눈코 뜰 새 없이 바빠졌다.

"아가씨! 데뷔탕트 때 무슨 향유를 사용할까요? 다섯 가지 정도 추려 보았는데 그중에 골라 주세요!"

"데뷔탕트 땐 가문의 상징이 새겨진 액세서리를 하나 이상 착용하는 것이 관례인데 액세서리는 브로치로 할까요? 목걸이? 머리핀?"

"입술은 무슨 색으로 할까요? 요즘 사교계 유행은 은은한 분홍이지만 아가씨는 붉은 계열도 어울리실 것 같은걸요."

다름 아닌 데뷔탕트 준비 때문이었다.

'지금부터 일주일 동안 너와 아리아는 데뷔탕트를 준비해야 한다. 기간이 무척 빠듯하긴 하지만 내년까지 미루느니 올해 안에 해치우는 게 나으니까.'

데뷔탕트. 열다섯 살 성년이 된 귀족 영애 영식들의 데뷔 무대. 매년 눈꽃 무도회 때 일괄적으로 치러지며, 데뷔탕트에서 얼마나 성과를 거두느냐에 따라 앞으로의 사교계 활동의 성과가 좌우될 만큼 중요한 행사였다.

데뷔탕트 준비를 위해 마리아를 제외하고도 직속 시녀 다섯 명이 더 배치되어 시중을 들게 되었다. 렌과 달리아, 체리쉬, 페니, 벨이라는 20대의 젊지만 노련한 시녀들이었다.

"사실 아가씨가 문 부수고 들어오실 때 정말 사신을 보는 줄 알았어요. 그 위압감과 아득함이란…… 우리 아가씨가 세상에서 제일 멋있어요. 검 쓰는 여자가 최고라니까요."

처음에는 나를 조금 두려워하던 시녀들도 나와 함께 시간을 보내고서는 오랜 친구처럼 친근하게 굴었다.

"영애들의 예절 교육을 맡게 된 헬레나 레비토 백작 부인이에요."

그다음 날, 나와 아리아에게는 데뷔탕트 전에 속성 예절 교육을 위한 선생님이 붙었다. 자신을 헬레나 백작 부인이라고 소개한 중년의 여성은 나와 아리아를 조심스럽게 관찰했다. 우리가 공작가에 입적된 것은 현재 제국의 최대 이슈이자 관심거리였으니, 그녀도 우리가 궁금했던 것이 틀림없었다.

"두 분 다 사정상 기초부터 배우셔야 함을 들었습니다. 시간이 촉박한 만큼 기초는 건너뛰고 데뷔탕트에 필요한 최소한의 예절만 속성으로 가르쳐 드리려 해요. 수업은 시간이 시간인 만큼 조금 빡빡할 거예요."

우리가 현재까지 평민으로 살아왔음을 알면서도 헬레나는 공손한 태도를 유지했다. 나는 그녀에 대한 점수를 꽤 후하게 주며 수업을 시작했다.

"걸음걸이는 부드럽고 가볍게, 걸을 때 손은 흔드는 것이 아니라 드레스 앞에 다소곳이 모아요. 다른 귀족들에게 인사할 땐 우아하고 고고하게 고개만 살짝 숙이고, 황족이나 교황 성하 앞에서만 치맛자락을 살짝 들고 허리를 굽힙니다. 발은 벌어져선 안 돼요."

예상대로 귀족들의 예절은 복잡했다. 헬레나는 예고대로 수많은 것을 속성으로 가르쳤고, 커리큘럼대로라면 예절 수업은 하루에 4시간씩 데뷔탕트 바로 전날까지 이루어져야 했다. 다만 그녀의 완벽한 커리큘럼에 두 가지 반영되지 못했던 점이 있다면……

"아리아 영애는 정말 완벽해요. 마치 우아한 한 마리의 학 같아요. 세상에! 어쩜 저리 걸음걸이가 완벽할까! 한 번 말하면 핵심을 바로 알아차리는군요!"

아리아는 곧 사교계의 황제 자리를 탈환할 이 세계의 여주인공이며.

"……믿을 수가 없어요. 한 번 본 걸 모두 외우셨다고요? 그럴 수 있는 난이도가 아닌데…… 네? 탱고 동작을 모두 외우셨다고요? 제, 제대로 보지도 않으셨는

287

데요?"

나는 몸으로 하는 모든 것에는 천재적인 감각을 가진 소드 마스터라는 것이었다.

"말도 안 돼…… 이건 6일을 꼬박 채워도 아슬아슬한 커리큘럼이었는데……."

6일에 걸쳐 진행될 몸가짐 수업을 2시간 만에 마치게 된 헬레나가 허탈하게 중얼거렸다. 사교댄스 도우미로 참석한 칼과 완벽한 춤을 선보인 후 물을 마시던 나는 살짝 웃었다.

"아리아의 재능이 상당하죠?"

"상당하다마다요! 두 분 영애는 천재입니다! 두 분을 가르치게 되어 정말 영광이에요!"

청출어람을 두 눈으로 목격한 사람처럼 감격스럽게 외친 헬레나가 눈을 반짝였다.

"원래는 몸가짐만으로도 시간이 빠듯해 언변에 대한 수업은 끝에 조금만 하려고 했건만, 영애들이 너무 잘해 주니 언변도 정식으로 배우고 가죠."

헬레나는 나와 아리아가 언변도 빨리 배울 거라고 생각한 모양이었다. 그리고 그런 그녀의 생각은 잠시 뒤 무참히 무너졌다.

"누군가 카슈미르 영애에게 다가와 아리아 영애에 대해 돌려 욕을 하면 어떻게 하죠?"

"……장갑을 얼굴에 던지고 결투를 신청합니다."

"카슈미르 영애! 우선 부드럽게 웃고 나서 은근히 불쾌한 기색을 드러내야 한다고 했잖아요!"

"어떻게 그러겠습니까! 아리아를 욕하는데!"

"기사들 말투 사용하지 마시라니까요! '그러겠습니까?'가 아니라 '그러겠어요!' 두루높임 해요체를 사용하시라고 몇 번을 말씀드려야겠어요!"

이런 상황은 아리아도 크게 다르지 않았다.

"누군가 아리아 영애에게 다가와 영애의 출신을 욕하면 어떻게 하죠?"

"입가를 가리고 웃으면서 '듣기 불쾌하군요. 이는 크리시스의 이름과 나를 입적해 주신 공작님을 함께 욕하는 거라고 이해하면 되나요?'라고 대답해요."

"완벽해요! 그럼 영애의 출신을 욕하면서 카슈미르 영애도 함께 욕하면……."

"발코니에 거꾸로 매달려서 포크로 찔릴 미친 새끼가……."

"영애!"

헬레나는 꼬박 3시간 만에 나와 아리아의 말투 교정을 포기했다.

"그냥 황제 폐하와 교황 성하 앞에서 욕만 하지 말아 주세요……."

지친 헬레나가 의자에 늘어앉았다. 수업을 참관하고 있던 칼은 자신의 입을 틀어막으며 힘겹게 웃음을 참고 있었다.

"너희 모습을 마도구로 녹화하지 못한 게 한이군. 우울증 치료제로도 사용할 수 있을 것 같은데."

"아버지나 오라버니나 말본새가 참 아름다워요. 누가 부자 아니랄까 봐."

기나긴 수업에 지쳐 나가떨어진 아리아가 칼을 흘겨보았다. 칼 또한 아리아를 웃는 얼굴로 노려보았다.

'그래도 남주인공이랑 여주인공인데…… 너무 철천지원수 보듯 보고 있는 거 아닌가.'

핑크빛은 무슨, 핏빛뿐이다. 둘 사이에 풍기는 분위기는 누구 하나가 상대 얼굴에 장갑을 던지며 검 들고 뛰어나오라고 소리쳐도 이상하지 않을 만큼 서늘했다.

'둘은…… 안 이어지려나……?'

솔직히 둘이 붙으면 개연성은 없어도 원작의 억지력 같은 것에 따라 눈이 맞을지도 모른다는 생각을 하던 내 스스로가 머쓱해질 정도였다. 남매가 된 상태에서 서로 사랑에 빠지는 것도 이상하긴 했지만.

"내 말본새가 아무리 아름다워도 우리 사랑스러운 작은동생만 하겠나?"

아리아의 눈매가 치솟고 칼이 눈을 가늘게 떴다. 살벌한 눈빛을 주고받는 둘 사이에서 쪼그라들어 눈치를 봤다. 서로를 어떻게 생각하고 있느냐는 질문이 입 안에서 맴돌았지만, 각자 돈을 모아 서로에게 암살자를 보내기로 한 사이라는 대 답이 나올 것 같아 입을 다물었다.

'그래도 둘 다 행복하면 그만 아니냐.'

그 생각으로 머릿속을 정리하며 물을 들이켰다. 사실 원작 따위 내게는 안중 에도 없다. 처음에 어느 정도 맞춰지기를 바랐던 건 미래가 어떻게 튈지 모른다 는 불안감과 아리아의 행복 때문이었지만, 여기까지 비틀린 이상 원작을 고수하 는 게 더 이상했다. 애초에 지금 내가 세운 계획은 원작을 비틀다 못해 작살내는 길이기도 하고.

'내 삶은 내가 만들어. 내 주위 사람들의 행복도 내가 만들어 줄 거야. 내가 할 수 있어.'

아리아가 무사히 살아난 이상 나를 가로막는 것은 없다. 더는 주저할 것이 없 었다. 내가 카슈미르 크리시스가 된 이상 이 세계는 활자 속에 적혔던 세계와는 달라질 것이다.

'이왕 그렇게 되었다면.'

내 운명은 내 스스로 결정할 것이다.

"두 분 다 수고하셨어요…… 부디 데뷔탕트를 성공적으로 마치시기를……."

어쩐지 10년은 더 늙은 것 같은 헬레나 부인이 인사와 함께 백작가 저택으로 돌아갔다.

칼이 키득거렸다.

"걱정하지 마라. 너희가 무슨 말실수를 하든 크리시스는 덮어 줄 수 있으니까. 황제나 교황에게 욕 한 번쯤 해도 아버지가 뒷수습할 수 있을 거다."

큰일 날 소리를 하는 칼을 뒤로한 채 다시금 물을 들이켰다. 데뷔탕트 나흘 전, 준비는 순조롭게 진행되고 있었다. 그리고 그다음 날, 나와 아리아는 데뷔탕트에 입을 의상을 위해 의상실을 찾게 되었다.

·—⋆⫯⋆3·—·

"정말…… 너무 잘 어울리세요, 아가씨."

의상실에 가기 전 치장을 마친 달리아가 감격스러운 눈으로 거울을 응시했다. 거울에는 쑥스럽고 어색해하는 표정을 지은 내가 있었다. 조금 전, 내 치장을 담당한 달리아와 나 사이에는 가벼운 논쟁이 있었다.

'어차피 옷을 사러 가는데 차려입어야 하는 이유가 뭡니까? 와이셔츠에 바지만 입고 가면 될 것 같습니다. 검은 검사에게 필수입니다. 이곳에 올 때 차고 온 검도 함께 차고 갈 겁니다.'

'의상실은 그저 옷 가게가 아니라 소문의 근거지 같은 곳이에요. 잘 차려입고 가지 않으시면 아가씨가 공작가에서 인정받지 못하신다는 소문이 돌 거라고요! 그러지 말고 이 분홍색 드레스를 입어 보시는 건 어때요? 아가씨의 사랑스러운 분홍색 눈동자와 똑같은 색인걸요. 검은…… 호위가 있는데 챙길 필요가 있을까요?'

나는 언제든 싸울 수 있도록 가벼운 복장에 기다란 장검을 차고 가겠다는 입장이었고, 달리아는 거추장스러운 드레스를 입고 검은 놓고 가라는 입장이었다.

'하…… 좋아요. 그렇게까지 드레스가 싫으시다면 바지를 입는 걸로 해요. 그 대신 달랑 와이셔츠에 바지는 안 돼요! 물론 아가씨는 대충 입으셔도 눈이 부시지만, 조금만 신경 쓰면 헤엄치는 드래곤— '날개 달린 호랑이'와 같은 맥락의 제국 격언— 이 될 수 있는 아가씨를 꾸미지 않는 건 범죄라고요! 검도 장검 말고 옷에 숨길 수 있는 단검으로 해요!'

평생을 위험 속에서 살았던 나는, 언제든 전투태세에 돌입할 준비가 되어 있지 않으면 불안했다. 꽤 긴 논쟁 끝에 우리는 타협점을 찾았고, 타협의 결과는 이

것이었다.

부풀어 오른 비숍 소매의 하얀 셔츠. 바로크 문양이 세심하게 수놓인 와인색 투 버튼 조끼. 짧고 귀여운 검은 케이프. 타이트한 검은색 승마바지. 낮은 굽의 가죽 스패츠 부츠. 촘촘한 검은 망사를 덧댄 실루엣이 사랑스러운 마젠타 컬러의 칵테일 모자까지. 분명 나임에도 낯선 모습이었다.

"엄청 사랑스러운 도자기 인형 같아…… 제 인생 최대 역작이에요!"

입을 틀어막고 중얼거리는 달리아를 보고 있자니 부끄러움이 치밀어 올랐다. 거울 속 내 두 뺨이 발그레하게 물들었다.

'……어색해.'

달콤한 향유 냄새가 폴폴 풍기는 땋은 머리를 만지작거렸다. 하나로 깔끔하게 묶어 오른쪽으로 땋아 내린 검은 머리칼이 어색했다. 한 번 더 내 모습을 자각하고 나니 목덜미까지 달아올랐다.

"빨리 내려가요, 아가씨! 모두에게 보여 줘야 한다고요!"

"저, 좀 부끄럽습니다만……."

"아이참, 말 놓으셔야 한다니까요! 얼른 내려가요!"

"어, 응……."

달리아에게 끌려가다시피 계단을 내려갔다. 홀 너머로 카이사르와 칼, 아리아의 모습이 보였다. 아리아는 이미 준비를 끝마치고 나를 기다리며 차를 마시고 있었다. 나는 잠시 숨을 들이쉬었다.

하나로 땋아 틀어 올린 분홍색 머리는 하얀 꽃 조각과 에메랄드로 이루어진 헤어 바인으로 장식되어 있었다. 거기에 레이스가 풍성한 연두색 드레스를 입은 아리아는 그야말로 요정 같았다.

'잘 키웠다.'

뿌듯하게 웃으며 걸음을 재촉했다.

"아리아!"

밝게 부르니 찻잔을 기울이던 아리아의 등이 움찔했다. 입안에 찻물을 머금은 아리아가 더없이 활짝 웃으며 고개를 돌렸다.

그리고 마주친 눈. 아리아는 나를 보자마자 고개를 다시 돌려 옆에 앉아 있던 카이사르의 무릎 위로 찻물을 뿜었다.

"미친……."

입가로 찻물이 흐르는 아리아가 입을 꽉 틀어막았다. 어쩐지 울 것 같은 표정이었다. 덩달아 내게로 시선을 돌린 카이사르의 눈이 살짝 커졌다.

"하…… 그래. 이런 게 인생이지……."

아리아가 끊임없이 중얼거리며 손수건으로 눈가를 닦았다. 무릎에서 줄줄 흘러내리는 찻물에 시선 한번 주지 않은 카이사르가 느리게 눈을 깜박이며 나를 응시했다.

"……정말 잘 어울리는군."

들고 있던 찻잔을 책상 위에 올려놓은 칼이 멍하니 중얼거렸다. 내려놓으면서 손을 좀 흔들었는지 칼의 손과 책상에는 김이 오르는 찻물이 뚝뚝 흐르고 있었으나 누구 하나 신경 쓰지 않는 기색이었다.

"칭찬 감사합니다."

어쩐지 다들 과한 반응이라 얼굴이 달아올랐다. 머쓱하게 머리를 긁적였다.

"내가 언니한테 검은색 말고 다른 색 좀 입어 보라고! 와이셔츠에 망토 말고 다른 것도 입어 보라고! 머리 하나로 묶고 다니지만 말고 다른 머리 스타일도 해 보라고! 그렇게 말했는데! 진짜! 정말 좋아!"

아리아가 두서없이 외치며 내게 다가와 안겼다. 아리아를 마주 안아 주며 어색하게 웃었다.

"이상하진 않아?"

"절대!"

단호하게 잘라 낸 아리아가 내 목에 제 머리를 비볐다.

"너무 멋져."

얼굴에 새겨지는 미소가 환했다. 아리아의 머리 위에서 반짝거리는 헤어 바인이 잘그락거렸다.

"지금 의상실을 가나?"

어쩐지 심각한 표정을 한 카이사르가 물었다. '네.' 하고 대답하자, 그가 주머니에서 무언가를 꺼내 내게 던졌다.

휙.

앞으로 날아온 물체를 단번에 잡아챈 나는 물체를 확인하고 눈을 깜박였다.

'검을 둘러싼 검은 용은 공작가의 문양인데.'

카이사르가 내게 건넨 것은 공작가의 문양이 섬세하게 새겨진 황금 패였다. 어쩌라는 건가 싶어 고개를 갸웃하니 태연하게 찻잔을 들고 찻물을 반 이상 흘리며 한 모금 들이켠 카이사르가 심호흡을 했다.

"크리시스 가문이 구매자라는 뜻의 신분 보증 패다. 그것만 보여 주면 동부 섬하나쯤은 살 수 있을 거다."

나를 천천히 훑어본 카이사르가 휙 눈을 돌렸다. 착각인지, 그의 귀 끝이 살짝 붉었다.

"……의상실 기둥을 뽑아 와도 상관없다."

'진짜 미친놈.'

역시 카이사르 크리시스는 이상했다.

공작가의 직인이 찍힌 화려한 마차를 타고 20분쯤 달렸을까, 아리아와 짧은 대화를 나누는 사이 시내 중앙의 화려한 건물 앞에 도착했다.

"카트린느 의상실은 제국에서 가장 유행하는 의상실이에요. 사교계 시즌엔 세

달 전에 예약해도 원할 때 못 받아 본다니까요."

함께 온 달리아가 조잘조잘 정보를 풀어놨다. 이를 주의 깊게 듣고 있다, 의상실 문 앞까지 다다르자 생겨나는 의문에 미간을 좁혔다.

"……지금은 안이 비었는데?"

눈꽃 축제를 코앞에 둔 지금은 수도 모든 의상실이 바쁠 시기. 허나 카트린느 의상실 내부는 한산하다 못해 텅 비어 있었다. 의문 서린 표정을 짓고 있으니 달리아가 피식 웃었다.

"요즘 수도 사교계에서 두 분 아가씨에 대한 궁금증이 하늘을 찌르는걸요. 외출하셨다가 괜한 일을 겪을지도 모르니 공작님께서 오늘 하루 의상실을 통째로 대여하셨어요."

'진짜 돈지랄.'

이렇게까지 하는 게 어이가 없었으나 어차피 의상실 하루 대여 정도는 크리시스 금고 사정에 조그만 타격도 주지 못할 터였다. 나는 그것을 알았기에 조금 허탈해진 심정으로 의상실 문을 열었다.

"기다리고 있었습니다, 크리시스 영애들. 카트린느 의상실의 수석 디자이너, 카트린느 파탈리테입니다."

카트린느가 나와 허리 숙여 인사했다. 30대쯤 되어 보이는 그녀는 수도 최고 의상실의 수석 디자이너라는 명칭에 어울리게 유행하는 패션과 시대를 앞선 패션을 적절히 섞은 옷차림을 하고 있었다.

"만나서 반갑습니다, 부인. 아리아 크리시스입니다."

"카슈미르 크리시스입니다."

마주 고개를 숙이고는 고개를 든 카트린느의 눈동자가 무섭게 번득였다. 먹잇감을 앞둔 맹수 같은 눈동자였다.

그녀의 노골적인 시선이 나와 아리아를 훑고 지나갔다. 벌거벗겨지는 기분이었다. 기나긴 관찰 끝에 시선을 뗀 그녀는 무서울 정도로 환하게 웃고는 두 번 손

뺨을 쳤다. 의상실 내부를 박차고 나온 사람들이 나와 아리아를 감쌌다.

"그럼, 치수부터 재 볼까요?"

그 이후로는 온갖 길이 재는 것들의 향연이었다. 온몸의 치수를 재는 데만 30분이 걸렸다. 분명 며칠 동안 마수를 때려잡아도 멀쩡하던 몸이 그 잠시 동안 진이 빠졌다. 마찬가지로 지쳐 보이는 아리아와 함께 푹신한 소파에 앉아 대기하고 있으니, 카트린느가 카탈로그를 포함한 온갖 것들을 들고 다가왔다.

"두 분 영애는 정말 정반대 같아요. 아리아 영애는 청순한 인상에 근육량이 적고 몸 선이 예뻐서 은근한 노출이 있는 프릴 드레스가 어울릴 것 같고, 카슈미르 영애는 차가운 인상에 근육이 단단하고 체형이 완벽해서 깔끔한 새틴 드레스가 잘 어울릴 것 같아요."

카트린느는 수석 디자이너답게 빠른 판단력과 좋은 눈썰미의 소유자였다.

"요즘 유행은 튜닉 드레스지만 유행 따위 알 바인가요. 영애들의 몸은 정말 옷 입힐 맛이 날 것 같아요! 이번 데뷔탕트에서 단연 가장 아름다운 자매로 만들어 드리리라 자신하죠. 두 분께선 유행의 선도 주자가 될 겁니다."

눈을 번뜩이는 카트린느에게서는 광기마저 엿보였다. 조금 섬뜩함을 느끼다, 들고 있던 찻잔을 내려놓았다. 꿀을 넣은 따뜻한 레몬차 덕에 입안에는 상큼한 레몬 향이 가득했다.

"본격적으로 의상을 제작하기에 앞서 두 가지 말씀드릴 게 있습니다."

의상실로 오는 마차에서 아리아와 충분히 대화를 나눈 뒤 정한 사항들이 있었다. 내가 진중하게 말을 떼자 카트린느도 덩달아 진지한 표정을 지었다.

"첫째. 아리아의 드레스는 코르셋 없이 입을 수 있는 것이어야 하고."

현재 사교계에서 최고의 인기를 구가하는 아이템은 코르셋. 때문에 현재 시판되는 드레스의 대부분은 코르셋과 함께 입어야 했다. 하지만 나는 내 사랑스러운 여동생에게 그런 허리 학살 도구를 입게 할 생각이 전혀 없었다. 새하얘진 카트린느를 보고 싱긋 웃어 주었다.

"둘째. 내가 입을 옷은 제복이라는 것입니다."

아무리 내가 크리시스의 공녀가 되었다고 한들, 영원하고 불면할 내 정체성은 단연 '검사'였다.

크리시스 가에 입적된 뒤 무수히 고민했다. 이제 공녀가 된 나는 더 이상 검을 휘둘러서는 안 되는 걸까. 편했던 바지를 벗고 드레스를 입어야 할까. 검이 되기를 포기하고 꽃이 되어야 할까.

넘쳐흐르는 고뇌들로 잠 못 들었던 어젯밤, 충동적으로 카이사르가 묵는 옆방을 찾아가 물었다. 크리시스의 공녀가 됐으니 이제 예전 삶은 모두 버려야 하냐고. 공작님께서는 그걸 바라시냐고. 그런 나를 한참 응시하던 카이사르는 이렇게 대답했다.

'그래. 넌 이제 크리시스의 공녀지. 그와 동시에 뒷골목에서 자란 평민 카슈미르이기도 하고, 용병왕이라 칭송받는 소드 마스터 미르이기도 하다. 그 모든 정체성을 버린 채 크리시스의 공녀로만 남아야 할 필요는 없다. 물론 네가 계속 미르로 일하며 위험해지기를 원치 않는다. 하지만 네가 원한다면 말리진 않을 것이다. 난 네 모든 정체성을 품을 자신이 있으니 네가 원하는 걸 해라. 그게 바로 내가 원하는 것이다.'

벅차오르는 단어들이, 내 머리를 쓸어내리는 조금 서늘한 손이, 피부 위로 닿는 다정한 눈길이 나를 안심하게 했다.

"타협할 생각은 없습니다."

나는 크리시스의 공녀이며, 힘든 삶을 버텨 온 카슈미르이고, 마수들과 맞서 싸워 온 미르다. 그 모든 정체성들을 버리고 싶지 않았다. 카트린느의 얼굴이 새파래졌다.

사교계에서 가장 강력하고 오래 지속되는 힘은 무엇인가.

높은 작위? 물론 그 또한 무시할 순 없다. 허나 그것은 부가적인 권력으로 작용할 뿐, 사교계를 좌지우지한다고 하기에는 어폐가 있었다.

아름다운 외모? 그 또한 중요하다. 허나 그것을 최우선이라고 하기에는 부족했다. 아름다움이란 무척이나 빠르게 스러지곤 하니까.

사교계를 좌지우지하는 가장 큰 힘은, 유행을 선도하는 힘이었다. 귀족이란 사치와 세련됨에 눈이 돌아간 이들이다. 그들은 자신이 누군가에게 떨어진다는 것을, 스타일을 따라가지 못한다는 것을 버티지 못했다.

'유행을 선도하는 이들은 누구도 무시하지 못하지.'

사교계의 유행은 제국의 금전 운행에 커다란 영향을 미친다. 사교계 영애들의 지갑에서 나오는 돈이 제국의 시장판을 들었다 놨다 했으니까. 돈은 곧 정치와도 연관되어 있었기에, 설령 황제나 교황이라 할지라도 절대 사교계를 무시하지 못했다.

'그리고 나는, 아리아가 유행을 선도할 수 있도록 길을 만들어 줄 거야.'

크리시스에 제대로 입적된 이후부터 결심한 일이었다. 사회적 지위가 사교계에 큰 영향을 주지 못한다는 가장 큰 증언자가 바로 원작의 카슈미르다. 카슈미르는 제국에서도 유일한 공작가의 공녀였음에도 불구하고 사교계에서 도태되었다.

'만약 그런 걸 아리아가 겪는다면.'

상상도 하고 싶지 않았다. 나는 아리아가 사교계에서 무시당하지 않게 만들어 주고 싶었다. 물론 아리아는 내 도움 없이도 잘할 수 있다는 것을 알았다. 아마 나보다 훨씬 더 잘할 것이다. 허나 언니 되는 사람으로서 아리아의 시작을 순탄하게 만들어 주고 싶다는 마음이 있었기에, 나는 아리아에게 확실한 아이템을 하나 쥐여 주고 싶었다.

나와 아리아는 사생아와 양녀로서 물어뜯기기 딱 좋은 자리의 인물들. 이 페널티를 가지고도 살아남으려면 사교계에서 분명한 권력을 잡아야 했다.

'이번 데뷔탕트는 아리아가 사교계에서 기틀을 잡는 사건이 되어야 해. 나 또한 사교계에서 무시당하지 않는 선에서 내 포지션을 확실히 해야 하고.'

데뷔탕트는 이후 사교계 행보의 흥행 여부를 결정한다 해도 과하지 않을 정도로 중요한 행사였다. 절대 옷으로 무시당해서는 안 됐고, 오히려 우러러보여야 했다.

"하, 하지만 데뷔탕트에서 제복을 입은 레이디는 전례가 없어요! 분명 영애는 한동안 뒷말의 주인공이 될 겁니다!"

카트린느가 외쳤다. 놀란 시선들 사이에서 차분히 레몬차 한 모금을 더 들이켰다. 확실히 카트린느 말이 맞긴 했다. 솔라티네 제국에는 남존여비 사상이 아직도 남아 있었으니까. 여자가 공식적인 자리에서 드레스가 아닌 제복을 입는 것은 뒷말을 들을 법한 이야기였다.

내가 원하는 것이 바로 그거였다.

'화제성과 차별성.'

모방으로는 유행을 이끌 수 없다. 시선을 이끌고 떠들기 좋아하는 혀들을 한데 모을 법한 무언가가 있어야 했다.

'제복을 유행으로 만들긴 힘들겠지. 지금까지 형성된 틀을 단번에 부술 용기가 있는 영애들은 적을 테니까.'

유행은 누구나 따라 할 수 있는 것이어야 한다. 제복을 사교계 영애들에게 유행으로 퍼트리기에는 영애들의 복색에 대한 선입견이 너무 강했다. 그 때문에 제복을 입는 것은 유행 선도를 위해서라기보다는 내가 검을 쓰는 기사라는 선포에 가까웠다.

'절대 사교계에만 관심 있는 영애로 보여선 안 돼.'

앞으로 계획한 행보를 생각했을 때 내 첫 이미지는 기사로서 강력하게 자리매김해 둬야 할 필요가 있었다.

'내가 유행시킬 건 따로 있지.'

"부인, 이걸 한번 봐 주시겠습니까?"

주절주절 걱정을 늘어놓는 카트린느에게 종이 한 장을 건넸다. 어젯밤 긴 고심 끝에 생각해 낸 아이템이었다.

"……이건?"

일순 우울해 보이던 카트린느의 눈빛이 섬광처럼 번뜩였다. 나는 그녀의 반응을 즐기며 찻잔을 한 번 더 기울였다.

"셔츠 위에 입을 아이템입니다. 심플하지만 착용하는 것만으로도 묘한 분위기를 극대화하죠. 넓은 식견을 가진 부인께서 보시기엔 어떻습니까?"

"……확실히, 단순하면서도 획기적이군요. 단순한 덕에 꾸미는 대로 천차만별의 느낌이 될 것 같아요. 셔츠를 자주 입는 영식들에게 먼저 유행할 것 같지만 살짝 느낌만 바꾼다면 영애들에게도 유행할 것 같아요."

"드레스 위에 착용할 만한 것도 이미 스케치해 왔습니다."

종이 한 장을 더 꺼내 보여 주었다. 카트린느의 눈이 광기에 가까운 빛을 띠고 반짝였다.

"이건 확실히 유행하겠군요."

냉철한 사업가의 태도를 한 카트린느가 확신했다. 고개를 들어 나를 올려다보는 눈이 부담스러울 정도로 반짝였다. 그 모습을 본 뒤에야 나는 꽤 비열하게 한쪽 입꼬리를 올렸다.

"영애! 저와 이 아이디어로 일 한번 해 보실 생각 없으십니까!"

'계획대로.'

나는 미끼를 던졌고, 카트린느는 그 미끼를 확 물어 버린 것이었다.

"언니, 그런 아이디어는 어떻게 생각해 낸 거야?"

미친 열정을 보이는 카트린느에게서 겨우 벗어나 마차를 타고 돌아가는 중 아리아가 물었다. 존경을 담아 반짝이는 눈이 부담스러웠다.

　　　　　　　　　　　　　　　　　　　충직한 검이 되려 했는데 1

"음, 어쩌다 보니?"

'그야 전생의 기억을 베낀 거지.'

어색하게 웃으며 얼버무렸다. 카트린느가 극찬하며 함께 사업을 해 보자 제안한 그 아이템은 다름 아닌 전생에서 유행하던 패션 아이템이었다.

"언니랑 진짜 잘 어울렸어! 드레스 위에 입는 것도 예뻤고! 팔기 시작하면 불티나게 팔릴 것 같은데, 정말 카트린느 부인이랑 사업해 보려고?"

들뜬 아리아가 초롱초롱한 눈으로 나를 바라보았다. 어깨를 으쓱였다.

"난 돈이 없으니 공작님께 투자해 달라고 부탁해 봐야지. 들어주실지는 모르겠지만."

"그 양반이 언니 부탁을 안 들어줄 리가."

아리아가 코웃음을 쳤다. 시니컬한 아리아의 태도에 피식 웃음이 나왔다. 아리아와 나 사이에 불편하지 않은 침묵이 감돌았다.

"……언니한테 궁금한 건 없어?"

창밖으로 날이 저물어 사람들이 줄어든 수도를 바라보다 조심스레 질문했다. 아리아의 지긋한 시선이 내게로 닿았다.

'아리아는 당황스러운 것투성이일 텐데.'

나는 원작을 알고 있다. 그 때문에 요 며칠 폭풍처럼 몰아닥친 일들을 모두 이해했지만, 아리아는 달랐다.

'기절하고 눈 떴는데 크리시스 공작가. 평생을 함께하던 언니는 사실 공작의 딸이었고, 피에 미쳤다는 소문의 공작은 우리 자매를 입양하려 한다. 무언가 제대로 된 설명을 듣기도 전에 데뷔탕트를 준비하란다.'

아리아 입장에서는 황당하다 못해 믿기지 않는 것투성이일 것이다.

'사건과 사건 사이에 이어지는 다리가 없는 느낌이겠지.'

아리아와 진지하게 얘기를 해야 했는데, 계속 바빠서 대화 한번 제대로 못 했다. 제대로 설명해 주지 못한 것에 대한 미안함과 그런데도 군말 없이 따라 준 것에 대한 고마움을 동시에 느끼며, 무언가 깊이 생각하는 아리아를 얌전히 기다려 주었다.

"……질문, 딱 세 개만 해도 돼?"

마침내 조심스레 뱉는 부탁에 고개를 끄덕였다. 이번에는 무엇이든 진실로 대답해 줄 자신이 있었다.

"공작가 주치의한테 들었어. 나, 요정 혼혈이라며."

느리게 고개를 끄덕였다. 아리아가 슬프게 웃었다.

"언니는 예전부터 알고 있었어?"

"아니."

딱 잘라 부정했다. 예전부터 알고 있었던 건 아니다. 요정의 외향은 인간과 거의 똑같은 데다, 혼혈인 아리아는 얼마 없는 요정의 특징마저 보이지 않았으니까. 어려서는 아리아가 나와 똑같은 인간이라고 굳게 믿었다.

"알게 된 지는 얼마 안 됐어."

아리아가 보통 인간과 다르다는 낌새를 느낀 건 자연의 흐름을 읽는 소드 마스터 경지에 오르고 나서부터였다. 그냥 요정의 피도 아닌 요정왕의 딸인 아리아는, 기운이 보통 인간들과 달랐다.

'그땐 아리아가 워낙 특출나서 그런 거라고 생각했는데.'

이전에 요정을 만나 본 적이 없으니, 아리아에게서 느껴지는 자연의 기운이 요정의 기운이라는 걸 알아챌 수 있을 리 없었다. 아리아가 요정 혼혈이라는 것을 알게 된 건 전생을 기억하면서부터였으니 예전부터 알고 있었다고 하기 어려웠다. 조금 멍하니 눈을 깜빡이던 아리아는 두 번째 질문을 입에 담았다.

"언니 소드 마스터지? 그것도 용병왕 미르."

집무실에서 카이사르와 아리아의 대화를 엿들으며 아리아가 이미 알고 있음은 알게 되었지만, 직구로 날아오니 또 다른 기분이었다. 입술을 꾹 깨물며 작게 고개를 끄덕였다. 아리아가 깊게 한숨을 쉬었다.

사실 전부터 아리아가 이에 대해 아예 무지하리라고는 생각하지 않았다. 내가 날마다 곤죽이 되어 돌아갔기에 험한 일을 한다는 것을 모르기가 더 어려울뿐더러, 아리아는 천재였으니까.

'……이걸 다 외웠다고?'

'응! 쉽던데?'

고대어 교과서를 사 준 당일에 책을 통째로 외웠다면서 해맑게 웃던 아리아를 기억한다. 한 번 본 것을 모두 암기하는 천재인 아리아는 머리 회전이 범인을 초월하고 상황 유추에 특출한 재능을 보였다. 그런 아리아로서는 내가 용병 일을 한다는 것을 모르는 척해 주는 게 더 어려웠을 것이다.

"……용병이라는 걸 알아낸 건 그렇다고 쳐도, 내가 미르라는 건 어떻게 알았어?"

속이 시원하면서도 쓰라렸다. 애써 여상스럽게 웃는 내게 아리아가 슬프게 웃었다.

"언니가 독 때문에 한동안 못 깨어났을 때 언니 주머니에서 미르한테 내려진 의뢰서 봤어."

"……음, 그러니까 언제쯤?"

나는 눈치를 보며 머리를 긁적였다. 독으로 한동안 못 깨어났던 적이 한두 번이 아니었기에 확실한 시기를 예측할 수 없었다. 입술을 꾹 물었다 놓은 아리아가 한숨을 쉬었다.

"독사 독으로 쓰러졌을 때 말이야."

"아…… 그럼 안 지 2년도 더 된 거네."

"언니가 용병 일을 한다는 건 언니가 용병 되면서부터 알았거든."

애써 장난스럽게 담소를 나누지만 서로의 목소리에 씁쓸함이 깃들었음을 우리 둘 다 모르지 않았다. 흔들리는 표정으로 심호흡을 한 아리아가 쓰게 웃었다.

"그럼 마지막 질문. 언니는 여전히……"

날 사랑해?

궁금한 것이 한가득할 텐데도 그런 것을 물었다.

내 사랑스러운 동생. 영원히 사랑할 내 반쪽. 내 세상은 너로 시작해 너로 종말을 맞는다. 세상이 확장하고 사랑하는 것이 늘어난다 해도 가장 사랑하는 것은 영원히 너일 것이다. 여태껏 내 인생은 네게 바치는 하나의 제물이었으니까. 한숨처럼 웃은 나는 아리아를 꽉 끌어안았다.

"영원히, 아리아."

영원하고 불변할 거야, 내 사랑.

"흥미롭군."

사업 계획서를 주의 깊게 읽어보던 카이사르가 종이를 내려놓았다. 그의 무심한 눈동자에 미미한 흥미가 감돌았다.

"이 아이템으로 카트린느 의상실과 일해 보겠다고."

"네. 사업에 대한 건은 모두 제가 처리할 테니 공작님께선 신경 쓰지 않으셔도 됩니다."

조금 긴장한 상태로 뻣뻣하게 말했다. 아무리 아이템이 좋다 한들, 카이사르가 승낙을 하지 않으면 투자 자금을 얻을 방도가 없었다.

"사업에 자신은 있나? 그리 쉽지 않을 텐데."

"업체들에게 마수 부산물을 유통해 본 적은 있습니다만, 오너만 저일 뿐, 실질적인 사업 운행은 믿을 만한 대리인에게 맡길 생각입니다."

용병 일은 마수를 때려잡는 것만으로 끝나지 않는다. 토벌 후 끝난 산더미 같은 부산물들을 처리하고, 유용한 것들을 구별한 뒤 유통해야 했다. 때문에 나 또한 어느 정도 사업에 대해 알고 있긴 했다.

'하지만 나보다 더 잘해 줄 사람이 있으니까.'

아주 잘 아는 천재가 하나 있었다. 사업을 한 번도 해 본 적 없는 초짜지만 분명 사업 쪽으로 관심을 보였기에, 어느 정도 배우고 나면 잘해 줄 거라 믿었다.

"그래. 투자해 보지. 확실히 가능성 있어 보이니까."

카이사르의 수긍에 환하게 웃었다. 나는 그대로 조금 그의 눈치를 보다 안건을 하나 더 꺼냈다.

"음, 그리고…… 괜찮으시다면 공작님과 공자님도 무도회 때 이걸 한번 착용해 보심은 어떠실지요."

"나와 칼이?"

눈을 깜빡거리는 카이사르를 향해 굳게 고개를 끄덕였다. 나와 아리아의 입지는 아직 없으나 칼과 카이사르의 입지는 제국에서 손꼽힐 정도로 단단할 것이다. 그런 이들이 착용해 준다면 홍보에 좋을 것이 분명했다.

"뭐, 어렵지 않다. 그렇게 하지. 칼에게도 한번 물어보마. 네가 부탁했다고 하면 뒤도 안 돌아보고 좋다고 하겠지만."

"감사합니다!"

피식 웃은 카이사르가 고개를 끄덕였다. 이에 화사하게 웃음 지으니, 나를 지그시 응시하던 카이사르가 입을 열었다.

"대신 조건이 있다."

'……조건?'

조건이라고 하니 갑자기 긴장이 되었다. 비장한 낯으로 고개를 끄덕였다.

"하명하세요. 해 보겠습니다."

그가 무슨 어려운 조건을 내걸까 열심히 머리를 굴리는데, 그런 나를 응시하던 카이사르가 바람 빠지는 웃음소리를 냈다.

"어려운 건 아니니 걱정 붙들어 매고."

그가 짓궂게 웃었다.

"앞으로 나를 아빠라고 불러라."

"네?"

순간 당황해 멍청한 표정을 지었다.

'아빠⋯⋯.'

어색하기 짝이 없는 단어를 천천히 입안에서 굴려 본다.

'이게 뭐라고.'

얼굴이 화끈 달아올랐다. 민망하면서도 가슴 한구석이 간지러웠다. 입술을 달싹거리며 어쩔 줄 몰라 하는 나를 응시하던 그가 고개를 기울였다. 그가 뻔뻔하게 웃었다.

"슈슈야, 안 해 주려고?"

귀가 뜨거웠다. 아버지라고 인지하게 된 사람의 입에서 처음으로 듣게 된 애칭은 온몸이 배배 꼬이게 하기에 충분했다.

"아, 아⋯⋯."

"그래."

다정한 시선이 어색하다. 수십, 수백의 마수 떼를 마주했을 때도 이렇게 난감하지는 않았다. 첫 음을 떼고서도 머뭇거리다, 그의 시선을 피하며 작게 중얼거렸다.

"아, 버지⋯⋯."

부끄러움에 눈을 질끈 감았다. 이것이 내 최대였다. 큭, 작은 웃음소리가 탁자 너머로 들려왔다. 얼굴이 달아올랐다.

"그 정도면 되었다."

턱.

커다란 손이 내 머리를 덮었다. 어색하지만 느리게 쓸어내리는 손길이 따스했다.

"천천히 와도 괜찮다. 늘 너를 기다리고 있을 테니."

시야에 잡히는 부드러운 미소가 눈가를 뜨겁게 달구었다. 나도 모르게 푹 고개를 숙였다.

다정한 사람이었다, 내 아버지는.

데뷔탕트 당일이 성큼 다가왔다. 꼭두새벽부터 내 방으로 몰려온 시녀들은 내 존재를 재창조하려는 것처럼 열정적으로 나를 치장하기 시작했다.

"향유는 마지막으로 골랐던 와인 향으로. 응. 귀걸이는 그거."

그리고 나는 바쁘게 돌아다니는 시녀들을 지휘하느라 정신이 없었다. 목욕부터 시작해 곱슬곱슬한 머리카락을 정리하고 준비된 의상을 차려입으니 어느새 데뷔탕트를 코앞에 둔 이른 저녁이었다.

"……정말 환상적이에요."

준비를 마친 나를 위에서 아래로 천천히 훑어본 마리아가 멍하니 중얼거렸다.

"이번 데뷔탕트의 주인공은 분명 아가씨일 거예요."

마리아가 황홀하다는 표정으로 확신했다. 부끄러워져 머리를 긁적였다.

"자! 그럼 이 멋진 모습을 모두에게 보여 주러 가요!"

기세등등한 마리아를 따라 쭈뼛쭈뼛 발걸음을 옮겼다. 향긋한 향을 가득 머금은 몸이나 각 잡힌 비싼 옷 같은 것들은 역시 익숙하지 않았다.

"슈슈. 다 됐……."

진작 준비를 끝마친 건지 아래층에서 무료한 낯으로 차를 마시던 칼이 고개를 들었다. 나를 발견한 그가 크게 멈칫했다. 그의 맞은편에 앉아 있던 카이사르도 덩달아 눈을 크게 떴다.

'유전자는 위대하구나.'

원래도 눈이 부신 얼굴들이었지만, 멀끔하게 차려입은 모습을 보니 어디 신화에서나 나올 법한 미모들임을 인정할 수밖에 없었다. 복장도 둘 다 형식이 비슷한 검은 제복이었기에 원래부터 닮았던 두 사람은 한 사람을 과거와 미래로 나누어 둔 것처럼 닮아 있었다.

'이러니까 드레스 코드를 맞춘 것 같네.'

물론 나 또한 검은 제복 차림이었기에 셋이 모여 있으면 세트 같을 것이다. 어쩐지 기분이 좋아져 푸스스 웃었다.

'그럼 아리아만 드레스 코드가 다른데…… 그건 그것대로 괜찮을지도 모르겠네. 아리아가 주인공처럼 돋보일 테니까.'

내게 가장 중요한 건 아리아가 데뷔탕트에서 좋은 성과를 거두는 것이다. 아리아가 멋지게 오늘 밤의 주인공이 될 걸 생각하던 나는 얼굴 가득 웃음을 머금었다.

"아리아는 아직 안 나왔습니까?"

빠르게 계단을 내려가며 둘에게 물었다. 크리시스 부자는 내 물음에도 멍하니 답이 없었다. 고개를 갸웃했다.

"……칼? 아버지?"

조금 어색하게, 바뀐 호칭을 입에 담았다. 칼과 카이사르가 눈에 띄게 움찔했다. 방황하던 카이사르의 시선이 닿은 곳은 내 상체를 채운 액세서리였다.

"……그거."

"네?"

"너무 선정적이다."

"……네?"

'당신도 하고 있잖아.'

어이가 증발하여 카이사르의 얼굴과 상체를 번갈아 보고 있는데 그가 표정을 굳혔다.

"이렇게까지 선정적일 줄 몰랐다. 벗는 게 좋을 것 같다."

　　　　　　　　　　　　　　　　　　충직한 검이 되려 했는데 1

"그래. 멋지긴 하지만 너무 파격적이군."

'그냥…… 줄인데?'

칼까지 진지하게 충고하는 모습을 보고 있자니 그렇게까지 이상한가 싶어 쭈뼛거리게 되었다. 나는 액세서리를 매만졌다.

"지랄이야 정말. 언니! 멋지니까 벗지 마!"

뒤통수로 들려오는 익숙한 목소리에 휙 고개를 돌렸다.

'……세상에.'

잠시 할 말을 잃었다. 한껏 꾸민 아리아는 말문이 막힐 정도로 아름다웠다.

"캬…… 이게 인생이지. 좋은 인생이었다, 진짜……."

나와 똑바로 마주하더니 마찬가지로 멍한 표정을 짓던 아리아가 나이를 의심케 하는 감탄사를 뱉었다. 거친 숨을 내쉬며 황홀하다는 표정으로 '미친', '살아 있길 잘했어' 같은 말들을 중얼거리던 아리아가 성큼 다가와 나를 안았다.

"저 새끼들, 아니, 아버지랑 오라버니 말은 듣지 마! 언니 오늘 환상적인걸!"

아리아를 마주 안으며 웃었다. 아리아는 평소에도 나를 칭찬하는 데에 지극히 관대하긴 했지만, 저렇게까지 말할 땐 진실일 가능성이 높았다.

"너도 그래. 오늘 밤은 네가 주인공일 거야."

짧지만 진심 어린 칭찬에 아리아의 뺨이 미미하게 달아올랐다. 아리아와 손을 맞잡은 채 여전히 내 액세서리를 아니꼽다는 눈으로 바라보는 카이사르와 칼을 향해 빙긋 웃었다.

"그럼 갈까요?"

태양의 제국, 솔라티네의 겨울 황궁 무도회는 연중 최대의 행사 중 하나였기에 화려하고 완벽하게 준비되었다. 겨울 특산품으로 만들어진 요리들. 상아와 금으로 정교하게 꾸민 홀. 깃을 세운 공작처럼 잔뜩 꾸민 귀족들.

"크리시스 공작가가 두 양녀를 들였다는 얘기, 부인도 들으셨나요?"

"어머, 물론이죠. 제국의 가장 큰 이슈인걸요."

화려한 귀족들의 입을 뜨겁게 달구는 하나의 주제는 단연 크리시스 두 양녀의 이야기였다.

"듣기로는 둘 다 평민 출신이라는데…… 과연 사교 예의는 제대로 갖췄을지 걱정되는군요."

"그러게 말이에요! 평민들을 양녀로 들인다니, 대체 크리시스 공작님께선 무슨 생각이신 건지!"

데뷔탕트를 코앞에 둔 시기에 돌연 출사표를 던진 두 자매에 대하여 수많은 추문이 떠돌았다. 대부분의 귀족들은 평민 출신 양녀를 둘이나 들인 크리시스 공작의 의중을 궁금해하면서도, 자매의 출신을 비꼬기에 바빴다.

"크리시스 공작가의 카이사르 크리시스 공작님, 칼 크리시스 공자님, 카슈미르 크리시스 공녀님과 아리아 크리시스 공녀님이 연회장에 입장합니다!"

연회장 입장은 보통 작위 순서대로 이루어지며, 작위가 높을수록 늦게 등장하는 것이 보통이었다. 그 권력에 걸맞게 황가의 등장 바로 직전이 되어서야 공작가의 입장 소식이 연회장을 울렸다. 이윽고 연회장의 시간이 멈춘 듯 고요해지고, 거대한 문이 열리며 이번 데뷔탕트의 주인공들이 모습을 드러냈다.

"헉."

여기저기서 탄식이 울려 퍼졌다. 칼 크리시스 공자와 함께 들어선 봄의 요정 같은 소녀가 부드럽게 웃었다.

백장미 생화로 장식한 연분홍색 머리칼. 하얗고 투명한 피부. 물기를 머금은 하늘처럼 반짝이는 연하늘색 눈동자와 처연하게 축 처진 눈매. 코르셋이 없어 한눈에 보기에도 편해 보이는, 하늘색과 흰색이 섞인 하늘하늘한 슈미즈 드레스. 그리고 상체를 세밀하고 촘촘하게 덮은 은색 체인.

"저게…… 뭐죠?"

누군가 중얼거렸다.

아리아 크리시스의 상체를 덮은 것은 다이아몬드를 촘촘히 박은 체인이었다. 분명 단순한 체인에 불과했으나, 상체를 속박하고 드레스의 결을 따라 무릎까지 휘감는 체인은 차고 있는 것만으로 분위기가 상당히 묘했다.

탁.

"……세상에."

그리고 카이사르 크리시스와 함께 등장한 다음 주인공. 연회장 전체가 크게 술렁였다.

"저 공녀, 지금 제복을 입은 건가요?"

누군가의 중얼거림이 크게 울려 퍼졌다. 굽이치는 기다란 검은 머리칼. 축 처진 순한 눈매. 살짝 붉게 달아오른 눈가. 나른하게 반쯤 감긴 눈꺼풀과, 그 사이로 번쩍이는 형광 분홍빛 눈동자. 사방으로 퍼지는 기묘한 위압감. 몸에 딱 맞는 검은 제복. 그리고 흰 와이셔츠 위를 덮고 몸을 속박한 검은 줄들.

"와……."

탄성이 퍼져 나갔다. 분명 금욕적이기 짝이 없는 제복 차림임에도 몸을 이리 저리 속박한 검은 줄 하나가 묘한 분위기를 가득 퍼트렸다.

그녀의 세계에서는 통칭 '바디체인'과 '하네스'라고 불리던 것들이었다.

"많이 시끄럽군요."

예상은 했지만 피부 위로 닿는 시선들이 너무 따가웠다. 그러나 주위의 시선 과 수군거림은 미르로 살며 어느 정도 익숙해진 부분이었기에 아무렇지 않게 넘 기며 와인 잔을 하나 잡았다.

"무슨 일이 일어나면 크리시스의 이름을 팔아라. 여차하면 검을 뽑아도 된다. 뒷수습은 내가 할 테니."

마찬가지로 와인 잔을 집어 든 카이사르가 여상스러운 말투로 큰일 날 소리를 했다. 피식 웃으며 허리춤에 찬 검집을 잠시 바라보았다. 보통 귀족은 무도회 안으로 무기를 가지고 들어올 수 없었으나, 크리시스의 권력은 보통의 궤도를 상당히 벗어났기에 검을 소지하고 들어오는 것을 허락받을 수 있었다.

"공작님."

들어선 지 몇 분도 채 지나지 않았는데 카이사르에게로 시종이 다가왔다. 서늘한 무표정으로 돌아간 카이사르가 눈썹을 꿈틀거렸다.

"황제 폐하의 호출입니다."

"빌어먹을."

그가 한숨과 함께 욕설을 뱉었다. 황제가 호출했다는데 저래도 되나 싶어 눈만 깜빡거리고 있으니 카이사르가 나를 돌아보았다.

"……아무래도 이번 데뷔탕트는 함께해 줄 수 없을 것 같군. 미안하다."

카이사르의 얼굴 한편으로 짙은 짜증과 미안함이 보였기에 황급히 괜찮다는 듯 웃어 주었다.

"전 괜찮습니다. 잘 다녀오세요."

정말 싫다는 감정과 삶에 대한 경멸을 담은 눈을 하고서는 사라지는 카이사르의 뒷모습을 바라보던 칼과 아리아가 호탕하게 웃었다. 아주 쌤통이라는 뜻이 담긴 것 같은 웃음들이라 떨떠름함을 느낄 때였다.

"걱정하지 마라. 난 계속 네 곁에……."

"크리시스 공자!"

얄밉게 웃던 칼이 말을 끝마치기도 전에 한 무리의 영식이 몰려왔다. 칼의 얼굴이 순식간에 서늘하게 굳었다. 그들의 눈에 탐욕이 번들거리는 걸 보니 칼에게서 떨어지는 걸 주워 먹고 싶어 하는 것 같았으나, 떼로 몰려온 걸 보아 칼이 무섭기는 한 모양이었다.

"여기가 크리시스 공자 동생분들이십니까?"

"만나 뵙게 되어 영광입니다! 크리시스 공자, 소개를 부탁드려도 되겠습니까?"

"그대들이 알 거 없다."

"칼."

차갑게 영식들을 내치는 칼에게 은근한 눈빛을 보냈다. 칼이 움찔했다. 대상의 손위 형제에게 대상의 소개를 요청할 때 거절하는 것은 무례인 데다, 가족 불화설까지 돌 수 있었다.

"……여기는 내 큰동생 카슈미르 도레마 드 카이사르 크리시스. 여긴 내 작은동생 아리아 포스텔 드 카이사르 크리시스다."

칼이 못마땅한 표정으로 나와 아리아를 소개했다. 칼의 서늘함에 움찔하던 영식들이 방긋 웃으며 떠들어 대기 시작했다. 헬라 부인에게서 배웠던 사교용 미소를 대충 걸치며 그들의 시끄러운 주저리들을 한 귀로 흘릴 때였다.

"그런데 말입니다. 크리시스 공자와 크리시스 공녀께서 함께 착용하신 그 검은 액세서리는 어디서 구매하신 겁니까?"

한 영식의 물음에 다른 영식들도 모두 은근히 궁금하다는 기색을 드러냈다. 이목을 집중시켰다는 생각에 만족스럽게 입꼬리를 올렸다.

「칼」

칼에게 마나의 울림을 통한 진언을 보냈다.

「무슨 일이지.」

살짝 미간을 좁힌 칼이 대답했다. 소드 마스터인 나와 카이사르처럼 안정적인 진언은 아니었으나, 그도 어느 정도 경지를 갖춘 마법사인 만큼 알아듣는 데 무리는 없었다.

「이 영식들 끌고 가서 상품 홍보 좀 해 줄 수 있습니까?」

그를 향해 싱긋 웃으며 와인 잔을 기울였다. 칼에게는 미안하지만 시끄럽게 떠드는 영식들 때문에 귀가 아프던 참에 영식들도 쫓고 상품 홍보도 하고 일석이조였다. 경멸스러운 눈빛으로 영식들을 돌아보던 칼이 무언가 생각난 표정을 짓더니 나를 휙 돌아보았다.

「좋다. 대신 돌아가면 근 시일 내에 네가 검을 휘두르는 걸 보게 해 주겠다고 약속해.」

「……? 그야 어렵지 않습니다.」

뜬금없는 조건을 내거는 칼의 말에 갸우뚱하면서도 긍정을 표했다. 칼이 씨익 웃었다.

"어디서 구매한 건지 알려 주지. 대신 자리를 좀 옮기도록 하세."

"아! 물론입니다!"

칼이 발걸음을 옮기자 영식들이 황급히 그를 따라갔다. 몇몇은 나와 아리아를 돌아보며 아쉽다는 표정을 지었지만, 나는 사교용 미소를 걸친 채 손을 흔들어 주었다.

"떨거지들이 이제야 떨어져 나갔네."

"아리아……."

"……영식들이 이제야 갔네."

칼의 뒤통수를 보며 비열하게 웃던 아리아가 내 부름에 황급히 말을 바꿨다.

"언니랑 더 있고 싶지만…… 나도 이만 가 볼게."

잠시 나와 담소를 나누던 아리아는 주위 영애들이 슬슬 자신을 향해 다가오는 것을 보고 발걸음을 옮겼다. 아리아는 떠나기 전에 내 손을 꽉 잡았다.

"반드시, 이 사교계를 언니 발아래 놔줄 테니까."

기묘한 포부를 다지며 떠나는 아리아의 눈동자가 열의로 불타고 있어 뭐라 첨언하지도 못하고 어색하게 웃으며 손을 흔들어 주었다.

'나만 혼자네.'

한동안은 누군가 먼저 말을 걸어 주기를 기다렸으나, 제복과 하네스라는 파격적인 의상 때문인지 시선이 쏟아지기는 해도 다가오는 사람은 없었다.

'뭔가 하긴 해야 하는데.'

혀를 차며 와인을 들이켰다. 데뷔탕트에서 실패하면 곤란했으나, 공녀로서 누군가에게 먼저 말을 거는 건 너무 굶고 들어가는 모양새였다. 아무나 붙잡고 먼저 말을 걸까 싶기까지 할 때. 간을 보던 하이에나들이 슬슬 다가오기 시작했다.

"안녕하세요, 크리시스 공녀. 데뷔탕트를 치르게 된 걸 축하해요."

'……처음부터인가.'

웃으며 다가오는 세 영애를 보며 한숨을 쉬었다. 그들의 눈에 도사리는 악의가 강렬했다.

'처음은 그래도 호의를 가진 이들이 다가오길 바랐는데. 어쩔 수 없나.'

"반갑습니다, 영애들. 소개를 부탁드려도 되겠습니까?"

귀족들의 암투는 이미 각오한 바였다. 헬라 부인에게서 배운 사교용 미소를 입술 위로 그린 채 그들을 맞이했다.

"전 일리움 백작가의 차녀 릴리 일리움이에요. 여기는 배로니카 자작가의 플뢰르 영애, 이쪽은 테라리나 남작가의 멜로디 영애고요."

"안녕하세요, 공녀. 데뷔탕트를 치르시게 된 걸 축하해요."

"반가워요, 공녀. 무사히 데뷔탕트 마치시기를 바라요."

'릴리 일리움 백작 영애를 조심하세요. 사교계를 주름잡은 르웰린 데카르도 후작 영애 바로 다음가는 영애예요. 분명 공녀를 견제하려 할 겁니다.'

헬라 부인의 충고를 떠올리며 릴리를 지그시 응시했다. 굽이치는 연갈색 머리에 순한 하늘색 눈을 가진 릴리에게는 나를 향한 악의가 가득했다. 성가심을 느끼면서도 싱긋 웃었다.

"감사합니다. 영애들에게도 즐거운 연회가 되길 바랍니다."

우아하게 잔을 들었다. 나를 위아래로 훑어본 그들은 슬슬 시동을 걸기 시작했다.

"그나저나…… 크리시스 공녀는 복색이 굉장히 독특하네요."

"그러게요. 검은 제복이라니, 상당히 이색적이에요."

"무도회에서도 이런 옷이라니, 공녀는 정말 수수한가 봐요."

'그냥 욕을 해라.'

자기들끼리 하하 호호 웃으며 내 복색을 시원하게 돌려 깎는 모습이 참 즐거워 보였다. 느리게 웃어 보였다.

"영애들이 칭찬해 주시니 몸 둘 바를 모르겠습니다. 사실 제가 검을 잡는 사람인지라 제복을 즐겨 입거든요."

"검을…… 잡는다고요?"

아무것도 모르는 척 까기 좋은 거대한 미끼를 냅다 던져 주니 영애들이 크게 흠칫했다. 제국에서는 영애라면 마땅히 남성 기사들에게 보호받아야 한다 여겨졌기 때문에, 검을 잡는 여성은 돈 없는 평민이라는 인식이 강했다. 조금 충격받은 표정을 짓던 그들은 이내 냅다 나를 깎아내리기 시작했다.

"어머! 검을 잡는다니요! 제국에서 귀족 여성은 검을 잡지 않습니다!"

"이런. 아무래도 영애가 평민들과 함께 자라 영애로서의 덕목을 잘 모르시나 봅니다. 저희가 사교계의 선배로서 조금 도움을 드려야 하지 않을까 싶네요."

"세상에! 공녀의 손을 좀 봐요! 고생을 많이 하신 모양이군요. 가슴이 아파요. 보습에 좋은 크림을 조금 추천해 드릴까요?"

'그래. 신나게 까고 소문 좀 내 줘라.'

건수를 잡아 신난 표정들을 보며 느긋하게 와인을 들이켰다. 주위에서 엿듣던 이들이 웅성거리는 것을 살피며 속으로 웃었다.

'소드 마스터라는 게 밝혀져선 안 되지만, 검을 쓰는 사람이라는 건 소문이 나야 하니까.'

내 미래 계획을 위해서였다.

"귀족 영애가 검을 쓰다니, 크리시스 공작가의 부끄러움이 아닐지 모르겠네요!"

별말 없이 내버려 두니 더욱 신나서 입방아를 찧던 영애들이 비로소 선을 넘었다.

나는 표정을 싹 지웠다.

"일리움 영애. 말이 지나치십니다."

탁―

큰 소리가 나도록 잔을 내려놓고 차가운 눈으로 그들을 훑어보았다. 릴리가 아차 하는 표정을 지었다.

"크리시스 공작가의 이름이 이런 곳에서 나올 정도로 가벼워 보였습니까?"

"그, 그게 아니라……."

"크리시스는 오랜 역사 동안 검으로 제국을 지키던 무가입니다. 크리시스의 일원으로서 검을 잡는 것은 당연한 일일진대, 무슨 의도로 그런 말씀을 하시는 건지 잘 모르겠습니다. 크리시스의 역사를 욕하시는 겁니까?"

사교계에서는 가문의 권력이 잘 통하지 않는다. 허나 아예 통하지 않는 것은 아니었다. 제국 유일의 공작가로, 견제할 조직이 황가와 신전뿐이며 평민들에게까지 칭송되는 크리시스의 이름은 대륙 전역에서 그 무게가 무거웠다.

"공녀. 오해가 있는 듯하네요. 저희는 크리시스 공작가를 욕하는 것이 아니라, 영애가 검을 잡는 것이……."

"난 영애이기 이전에 크리시스의 일원입니다. 나를 모욕하는 것은 공작가를 욕하는 것임을 모르십니까?"

서늘한 시선에 희미한 살기를 담자 영애들이 몸을 파드득 떨었다.

"그리고 시대가 어느 시대인데 그런 소리를 하십니까. 시대를 거스르는 클래식한 사상들을 가지셨습니다."

제국에서는 여전히 남성우월주의 의식이 강했으나, 요즘은 여성이 작위를 물려받거나 여성이 기사가 되는 일도 드문드문 일어나곤 했다. 입꼬리를 비트니 영애들의 얼굴이 붉게 물들었다.

"크리시스 영애!"

발끈한 릴리가 언성을 높이던 찰나, 강렬한 장미향이 코끝을 스쳤다.

"그쯤 하지 그래요, 일리움 영애."

화염을 닮은 붉은 머리. 영롱하게 반짝이는 녹빛 눈동자. 우아한 몸짓. 먹이사슬 최상위 짐승을 닮은 노련한 사냥꾼의 눈빛. 제국 모든 금화의 입구이자 출구. 수많은 상권의 주인. 세 개의 후작가 중 하나. 부유함으로는 그를 따라갈 이름이 없다는, 통칭 '돈을 먹는 장미', 데카르도 후작가의 르웰린 데카르도였다.

릴리의 눈이 커다랗게 떠졌다.

'미친.'

나 또한 놀라 육성으로 욕을 뱉을 뻔했다.

'르웰린이 왜?'

당혹스러움에 사교용 웃음이 무너지기 시작했다. 이곳에 르웰린이 나타난 것까지는 문제가 되지 않으나, 르웰린이 미르를 본 적 있다는 것이 문제였다.

'르웰린이 여기서 날 알아보기라도 하면!'

모든 것이 완벽하게 주옥이 되어 버린다. 동공이 제자리를 모르고 흔들리기 시작했다.

"데, 데카르도 영애가 무슨 자격으로 끼어드는 건가요! 이건 저와 크리시스 영애의 일이니 물러서요!"

호랑이 없는 산에 여우처럼 군림하던 릴리가 진정한 지배자의 앞에서 움찔거리면서도 성을 냈다. 코웃음을 친 르웰린이 나를 지키듯 앞으로 나섰다.

"사교계 선배로서 괴롭힘당하는 크리시스 영애를 돕는 것이 당연하지요. 갓 데뷔탕트를 치른 영애를 도와주기는커녕 텃세나 부리고 있으니…… 사교계의 격이 떨어지는 것 같더군요."

"터, 텃세라니! 괴롭힘이라니요! 우린 그게 아니라……!"

"적당히 해요, 릴리 일리움. 추해요. 듣자 하니 크리시스 공작가도 나오던데. 큰일이라도 당하고 싶은 건가요? 크리시스의 이름이 절대 가볍지 않다는 것을 그대도 알 텐데요. 일이 커지기 전에 사과하길 권유하죠. 이 일이 크리시스 공작님 귀에 들어가는 건 그대도 원치 않을 테니까."

르웰린이 약 올리듯 입꼬리를 비틀었다. 릴리의 얼굴이 새파랗게 질렸다.

'와.'

속으로 손뼉을 쳤다. 직설적이고 깔끔한 언변. 조금은 거칠지 않나 싶은 말투를 완벽히 포장해 주는 우아함. 후에 빼앗긴다 한들, 현 사교계의 황제는 단연 르웰린이었다.

"……미안해요, 크리시스 영애. 실례를 범했군요."

호랑이의 포효에 왕 노릇을 하던 여우가 얌전히 꼬리를 말았다. 르웰린에게는 아무 말도 못 하면서 내게는 독기 서린 눈빛을 보내는 모습이 전혀 미안해 보이지 않았으나, 넘어가 주기로 마음먹었다.

"되었습니다. 실수는 누구나 하는 법이니까요. 다만 그대들은……."

차가운 눈으로 세 영애를 둘러보았다.

"입은 재앙을 여는 문. 혀는 자신을 베는 칼이라는 걸, 늘 잊지 말아야 할 것입니다."

함부로 입을 놀리다가는 끝장난다는 뜻이었다. 오싹한 것처럼 파드득 몸을 떤 릴리가 다른 영애들을 이끌고 황급히 자리를 떴다.

"……도와줘서 고마웠습니다, 데카르도 영애."

한바탕 폭풍이 지나갔음에 한숨을 돌리고는 르웰린에게 짧게 감사 인사를 남겼다. 새침한 눈빛으로 나를 흘겨본 르웰린이 휙 부채를 펼쳐 제 입가를 가렸다.

"영애를 위한 게 아니었으니 착각하지 말아요. 사교계의 격이 떨어지는 걸 두고 보기 싫었던 것뿐이에요."

'과연 소설 그대로구나.'

잔을 기울이며 피식 웃었다. 소설 속 르웰린은 라이너에 대한 사랑과 아리아를 향한 질투 때문에 흑화하기 전까진 일명 '츤데레' 성격이었다. 그녀를 향해 짧게 고개를 숙였다.

"그래도 감사합니다. 뒤늦게 인사를 하는군요. 카슈미르 도레마 드 카이사르 크리시스라고 합니다."

르웰린이 도도하게 고개를 치켜들었다.

"데카르도 후작가의 장녀, 르웰린 베르타 르 체슬러 데카르도예요."

아무리 새침하게 굴어도 전생 현생 도합 약 60년을 산 소드 마스터에게는 그저 귀여워 보일 뿐이었다. 속으로 웃고 있던 찰나, 새침하게 나를 흘기던 르웰린이 일순 미간을 좁혔다.

"그런데 크리시스 영애."

"네?"

예리한 녹빛 눈동자가 나를 지그시 응시하다, 이내 잔을 잡은 내 손으로 시선을 옮겨 갔다. 눈동자가 깊어졌다.

"우리, 어디서 본 적 있지 않나요?"

쿨럭!

헛기침이 터져 나왔다.

"아니, 아닐, 아닐 텐데요?"

"흠…… 어디서 본 것 같은데."

"아닙니다."

당황한 나머지 지나치게 단호하게 부정했다. 시선을 슬금슬금 피하는 나를 보며 미간을 좁힌 르웰린이 느리게 입술을 뗄 때였다.

"솔라티네 제국의 황제 폐하와 황후 폐하, 그의 아들 황태자 저하와 2황자 저하께서 연회장에 입장하십니다!"

태양이 지지 않는 솔라티네 제국의 지배자들이 모습을 드러냈다.

'와⋯⋯.'

위압감을 풍기며 등장한 황제에게 제일 먼저 눈이 갔다.

황가의 상징으로 여겨지는 황금빛 머리칼을 흩날리며 당당히 옥좌에 오르는 사내. 헬리오스 1세였다.

"제국의 태양을 뵙습니다."

연회장 전역에서 동시에 인사가 쏟아졌다. 나 또한 살짝 허리를 굽히며 인사말을 중얼거렸다. 권태롭게 황좌에 걸터앉은 황제가 고개를 끄덕였다.

"긴말할 거 뭐 있겠나. 다들 연회를 즐기게."

황제의 연설은 싱거울 정도로 빠르게 끝냈다. 나는 만사가 귀찮아 보이는 황제를 올려다보며 혀를 찼다.

'소설 속에선 좀 이상한 놈이었지만⋯⋯.'

그래도 황제는 황제였다. 그의 시린 벽안에 은은히 실린 위압감을 구경하는데, 문득 그의 눈동자가 내 쪽으로 굴러왔다.

황제와 정면으로 눈이 마주쳤다.

'어⋯⋯.'

깊은 푸름에 홀린 듯 빠져들다 번뜩 정신을 차렸다. 황제는 확연히 나를 응시하고 있었다. 이미 눈을 마주쳤는데 무시하기도 좀 그렇고 인사하기에는 거리가 멀어서 우물쭈물하고 있는데, 황제의 입꼬리가 짓궂게 올라갔다.

'⋯⋯윙크?'

진짜 뭔가 싶었다. 잔망스럽게 한쪽 눈을 찡긋거리는 황제를 보고 당황한 나는, 아무것도 못 본 셈 치고 고개를 돌려 외면해 버리고 말았다.

돌린 시야에 잡힌 것은 다름 아닌 황태자가 있는 곳이었다.

그리고 나는 경악했다.

'⋯⋯디, 디, 디디?'

황태자는 머리색만 바뀐 디디였다.

"……쯧. 그럼 난 이만 가 보죠."

르웰린은 입을 떡 벌리고 멍한 듯 굳어 있는 나를 지그시 응시하다 혀를 차고 사라졌다. 그녀가 사라지든 말든, 나는 그 자리에서 움직일 수 없었다.

'디디가 여기서 왜 나와?'

그야말로 경악의 극치였다. 벌어진 입은 닫힐 생각을 안 했고, 머릿속은 새하 얗게 굳었다. 나는 디디가 황좌 옆자리에 앉는 것을 멍하니 보고만 있었다.

'솔라티네 제국의 황태자는…… 남주 중 하나잖아.'

디에고 일리아스 디 헬리오스 솔라티네. 제국의 황태자이자, 소설 『요정의 밤』의 남주인공 중 하나. 황태자 디에고가 내가 구한 디디와 동일 인물이다.

'미친.'

나오는 건 욕밖에 없었다.

'그때가 그때였어?'

비틀렸다. 내가 원작을 비틀어 버렸다. 원작에서 디에고와 아리아의 접점은 다름 아닌 디에고가 암살자들로 인해 의식불명이 되는 사건이었다.

황태자 디에고는 승하한 전 황후의 아들로, 태어나면서부터 황태자로 임명받 았다. 하지만 그가 두 살이 되던 해에 티나 키프로스가 황후로 즉위했고, 자신의 친아들 2황자를 후계로 올리기 위해 디에고의 목숨을 위협하기 시작했다.

'황제는 디에고를 친애했으나, 대놓고 지켜 줄 순 없었지.'

황태자 임명은 황제가 하나, 이후 황제가 되는 것은 황태자 혼자 해야 한다. 황 제는 황위를 둔 혈전에 일절 관여할 수 없다. 솔라티네 황가의 오랜 전통이었다.

'이 과정에선 모든 편법과 불법이 암묵적으로 허용된다.'

그것이 바로 디에고가 황태자임에도 불구하고 끝없는 암살 위기를 겪어야 하 는 이유였다.

'여태껏은 버텼지만 결국 소설 도입부 시점에서 암살자들의 공격으로 의식불

명이 되지.'

디에고가 쓰러졌다면 제국이 뒤흔들렸을 터. 여태껏 이에 대한 기사 한 점 없었다는 것에 이상함을 느꼈어야 했다. 소리 없는 비명을 지르며 머리를 헝클어트렸다.

'아리아와 디에고의 접점은 의식불명인 디에고를 아리아가 치유하면서부터란 말이야!'

자연과 가장 가까운 존재인 요정들에게는 얼마나 다쳤든 목숨만 붙어 있다면 살릴 수 있는 치유력이 존재했다. 요정 혼혈인 아리아는 이 힘을 타고났고, 치유력으로 황태자 디에고를 치유하며 플래그가 꽂혀야 했다.

'그런데 망했군.'

혼수상태가 되어야 했던 디에고를 내가 구해 버렸다. 그래. 나는 어느새 원작 박살쟁이가 되어 버린 것이다.

'빌어먹을!'

쥐고 있던 잔에 금이 갔다. 넋이 나간 사람처럼 한참 디에고를 응시하는데, 황좌 옆에 앉아 그린 듯 아름다운 미소를 짓고 있던 그가 내 쪽으로 시선을 돌렸다. 빠질 듯 깊은 푸른빛 눈동자와 눈이 마주쳤다. 그의 눈동자가 크게 뜨이며 커다란 파문을 일으켰다.

'제기랄!'

속으로 욕을 짓씹으며 재빨리 고개를 돌렸다. 심장이 미친 듯이 뛰었다. 디에고의 시선이 끈질기게 내 얼굴로 따라붙었다.

'못 알아봤겠지? 설마! 가면까지 쓰고 있었는데!'

그가 알아볼 리 없다. 그와 마주할 땐 늘 가면을 쓰고 있었으니까. 비슷하다고 생각한다 한들, 소드 마스터와 공작가 영애를 연관시킬 수 있을 리 없었다.

"……뭐야. 언니 왜 목덜미가 빨개졌어?"

어느새 다가온 아리아가 심상치 않은 반응을 보이는 나와 여전히 나를 주시하는 황태자를 번갈아 보더니 미간을 좁혔다.

"설마, 저 자식 마음에 들어?"

흠칫할 정도로 가라앉은 목소리였다. 무슨 소리인가 싶어 돌아본 아리아는 심각한 표정을 하고 있었다.

"얼굴은 봐줄 만은 하다만…… 아니. 우리 언니에 비해선 곰 한 마리지. 황태자면 돈은 많겠지만 우리 언니는 드래곤 할애비한테도 못 주는데……."

이글거리는 눈으로 황태자를 노려보는 것이 정인을 첩에게 빼앗겨 격분하는 정실 같았다.

"그런 거 아니야. 그냥, 아는 사람이랑 닮아서."

대충 얼버무린 나는 눈을 가늘게 뜨는 아리아의 시선을 피하며 황급히 구석으로 몸을 피했다.

'설마 알아봤겠어. 설마…….'

휙!

혼란에 잠겨 멍하니 걸어가다, 바로 앞에서 느껴지는 인기척에 황급히 몸을 틀었다. 부딪치기 직전의 거리에서 아슬아슬하게 물러섰다.

"아, 죄송합니다."

'정신 차리자.'

눈을 질끈 감았다가 뜨고는 고개를 들었다. 또다시 경악했다.

"……당신은?"

흔들리는 은회색 머리칼. 강직함을 담은 지독히 아름다운 외모. 코끝을 스치는 로즈우드 향과 커다랗게 뜨인 금색 눈동자.

'라이너 아인하르트!'

어찌 된 것이 밟는 곳마다 지뢰였다. 무너지는 표정을 수습하지 못하고 있을 때, 혼란스러운 눈으로 나를 뚫어지라 응시하던 라이너가 중얼거렸다.

"당신이 어떻게……."

"죄, 죄송합니다! 먼저 가 보겠습니다!"

멍하니 서 있는 라이너를 두고 황급히 줄행랑을 쳤다. 심장이 미친 듯이 방망이질 쳤다.

'빌어먹을! 이러다 여기서 전 남자친구도 만나겠네!'

물론 전 남자친구 같은 것은 없었으나, 돌아보는 곳마다 폭탄이니 놀라울 지경이었다.

'얌전히 있자. 조용히 쪼그라져 있자.'

아무도 없는 구석에 몸을 밀어 넣었다. 하네스와 바디체인에 대해서는 아리아가 충분히 홍보해 줄 테니 나까지 낄 필요는 없다는 무책임한 생각이 들었다. 그늘진 구석의 커튼 틈새로 몸을 숨기는데.

"안녕, 미르. 혼자 심심하지 않나요?"

또 다른 불청객이 등장했다.

온몸을 덮은 하얀 신관복. 입과 눈을 제외하고 다 가린 가면. 신관복에 달린 모자를 푹 눌러써 잘 보이지 않는 얼굴. 코끝을 찌르는 은은한 백합 향과, 모자 너머로 나를 응시하는 다정한 은빛 눈동자까지.

"엘?"

'네가 여기서 왜 나와!'

졸도하기 직전의 기분으로 눈을 휘둥그레 떴다. 그가 여느 때와 같은 상냥한 미소를 입가에 떠었다. 순진해 보이는 얼굴이 천사 같았으나, 기이하게 번뜩이는 은빛 눈동자가 이질감을 주었다.

"오랜만이에요, 미르. 아니, 이젠 카슈미르 크리시스 영애라고 불러야 할까요?"

꿀을 잔뜩 발라 놓은 듯 달콤한 목소리가 내 몸을 굳게 만들었다. 분명, 엘은 여전했다. 여전히 상냥한 웃음을 짓고, 천사 같은 얼굴을 하고 있었다. 허나 그에게서 느껴지는 기이한 분위기는 예전과 다른 양상을 띠고 있었다.

'나를, 알아봤다.'

엘과의 만남에서는 늘 가면을 쓰고 있었다. 그럼에도 그는 나를 알아보았다.

'……어디까지 예상한 거지.'

엘에 대해서는 깊이 생각하지 않은 감이 없잖아 있었다. 워낙 순하고 착한 사람이었으니. 허나 이 상황에서 조금의 당황스러움도 없어 보이는 엘은, 분명 이 만남을 의도한 것처럼 보였다.

'내가 미르라는 걸 소문이라도 내면.'

표정이 싸늘하게 굳어갔다. 그런 나를 응시하던 엘이 읽을 수 없는 기색을 담은 채 입꼬리를 말아 올렸다.

"걱정하지 말아요. 비밀은 잘 지키니까. 당신이 미르라는 걸 말하고 다닐 생각 없어요."

"내가 당신을 어떻게 믿습니까?"

날카롭게 날을 세웠다. 순간 엘의 얼굴로 퍼져 나가는 상처받은 기색에 양심이 쿡쿡 찔려 왔지만, 워낙 예민한 안건이었기에 물러설 수는 없었다.

"우린, 친구잖아요."

낮은 목소리가 가라앉으며 옅게 그르렁거렸다. 처연한 얼굴과 상반되는 목소리에 뒷골이 서늘함을 느끼면서도 상처 입은 아기 고양이 같은 엘 앞에서 무게를 잡기가 힘들었다.

"……친구인 것과는 다른 문제입니다."

"친구는 서로 믿어야 하는 거잖아요."

엘의 애처로운 시선을 슬그머니 피한 채 변명하듯 답했다. 그러다 은빛 눈동자에 차오른 눈물을 보고, 나는 할 말을 잃었다.

'돌겠네.'

세상에서 제일 나쁜 사람이 된 기분에 눈을 질끈 감았다. 분명 나도 엘을 친구라고 생각하고 있었고, 그를 믿기도 했다. 그러나 이 일은 내게 지나치게 예민한 안건이었다. 거칠게 머리를 긁적이고 있으니 엘이 손등으로 눈가의 물기를 닦아 냈다.

"어떻게 하면 믿을 건가요? 미르에게 믿음을 줄 수 있다면 뭐든 할게요."

애처로운 눈동자가 나를 응시했다. 내게 믿음을 주기 위해 무엇이든 하겠다는 엘은 지나치게 순진해 보였다. 잠시 망설이던 나는 애써 표정을 굳힌 채 그와 마주했다.

"그럼 태양의 맹세도 하실 수 있습니까?"

태양의 맹세. 태양신을 증인으로 두고 하는 불멸의 약속. 신관이 다리가 되어 신성력으로 발동시키는 맹세로, 태양의 맹세를 깨뜨린 자는 그 자리에서 즉사한다. 목숨을 담보로 건 맹약이었다.

"미르가 원한다면, 그조차도 기꺼이 할게요."

워낙 무거운 맹세였기에 엘조차도 조금은 고민할 거라 생각했건만, 그는 거침이 없었다. 나는 살짝 흠칫했다.

"태양의 맹세가 무엇인지 모르시는 건 아니겠죠."

"……모를 것 같아요? 내가?"

순진한 엘이 뭣도 모르고 수락하는 건 아닌가 싶어 무심코 묻자, 엘이 눈을 깜빡이더니 고개를 기울였다. 하기야, 대신관인 엘이 태양의 맹세를 모를 리는 없었다.

'알면서도 이렇게 쉽게 수락한다고?'

아무리 엘이 순진해도 목숨을 건 태양의 맹세를 이렇게 쉽게 수락할 수는 없었다. 게다가 그가 쥔 것은 무려 크리시스의 공녀가 용병 출신이었다는 정보. 공작가를 협박할 수 있는 정보를, 보통 사람이라면 쉽게 포기할 리 없었다.

"내게 바라는 게 뭡니까."

엘이 이렇게까지 믿어 달라고 하는데도 결국 또 의심하고 만다. 이런 스스로에게 자괴감이 들면서도 눈매를 날카롭게 세우며 서늘한 살기를 가득 내뿜었다.

"……정말 날 조금도 믿지 않네요, 미르는."

엘이 체념한 투로 읊조렸다. 물기가 차오른 눈동자로 허공을 바라보다, 눈물을 흘리기 싫다는 듯 눈가를 움찔거렸다. 붉어진 눈가가 상황에 맞지 않게 야살스러웠다.

한참 눈물과 씨름을 하던 엘은 결국 눈을 질끈 감았다. 내게 그런 모습을 보이기 싫다는 듯. 그 안쓰러운 일련의 행동들이 하나의 유혹처럼 느껴지기까지 해서 나는 살짝 눈을 돌렸다.

"미르에게…… 바라는 게 있긴 해요."

아무리 엘이 신의 현현처럼 선한 사람이라도, 이런 값비싼 정보를 손에 쥐게 된 이상 욕심이 날 수밖에 없었을 것이다. 알면서도, 내가 캐물었으면서도 나는 간사하게 조금은 씁쓸해졌다. 역시 그의 선행에도 의도가 있었을 것만 같았다.

"말씀하시죠. 가능한 선 안에선 모두 들어 드릴 테니까. 대신 제가 미르라는 걸 밝히지 않겠다고 지금 당장 태양의 맹세를 하는 겁니다."

애써 담담하게 말하며 소매를 걸어 손목을 드러냈다. 태양의 맹세에서는 증인이 될 신관이 필요하고, 엘은 대신관이다. 그만 동의한다면 지금이라도 집행할 수 있었다.

"……미르가 원하는 대로."

슬픈 듯 처지는 눈매가 못내 처연해 보였다. 심장이 쇠꼬챙이로 푹푹 찔리는 듯한 감각을 느끼며 그에게로 손목을 들이밀었다.

"태양의 맹세를 하는 방법은 알려 드리지 않아도 괜찮나요."

"네. 알고 있습니다."

내가 그렇게 밀어붙였음에도 여전히 상냥한 목소리로 물은 엘이 내 손목을 사뿐히 붙잡았다. 따뜻한 피부의 온기가 손목을 통해 온몸으로 전달되었다. 내 손목을 잠시 내려다보던 엘이 심호흡 후 입술을 뗐다. 사방으로 신성력이 퍼져 나가기 시작했다.

"나, 태양을 섬기는 신도. 혈과 육으로 이루어진 인간과 태양을 두고 맹세하노니, 아침의 태양이 떠오르는 한 이 맹세는 영원하리라."

낮은 목소리가 맹세를 읊는다. 엘의 손에서 은빛 광채가 터져 나와 이어진 두 손목을 감쌌다. 띠 형태가 되어 두 손목 주위를 도는 엘의 신성력은 익숙한 포근함을 담고 있었고, 어쩐지 간질간질했다.

신성력이 그와 나를 이었음을 느낀 나는 전에 배웠던 맹세문을 떠올리며 천천히 입을 열었다.

"그대, 태양을 섬기는 신도. 카슈미르 크리시스가 용병 미르임을…… 내가 허락하지 않는 한 타인에게 절대 발설하지 않겠다고 맹세합니까?"

'공작가에 폐가 될 수 없어. 알려지면 내 계획에도 차질이 생기고.'

크리시스 공녀가 용병왕 미르라는 것이 알려졌다가는 대륙 전체에 파문이 일 것이 분명하다. 공작가 또한 시끄러운 소문의 희생양이 되는 것을 피할 수 없을 게 분명했다. 나는 새롭게 생긴 소중한 것들에게 피해를 주고 싶지 않았다.

언젠가는 밝히게 되겠지만, 지금은 아니었다.

느리게 눈을 깜빡인 엘은 슬프게 웃었다.

"맹세합니다."

터져 나온 빛이 손목을 감쌌다. 생명을 잇는 동맥이 욱신거림과 동시에 손목 위로 태양 신전의 상징인 만다라 태양이 새겨졌다가 사라졌다. 이제는 아무것도 남지 않은 손목을 쓸다 서늘하게 물었다.

"이제 뭘 바라는지 말씀하시죠."

조금 누그러진 목소리로 물었다. 엘이 뭘 바라고 있는 건지 조금 걱정이 되긴 해도, 이미 맹세는 이루어진 데다 그의 성격상 지나친 것을 바라진 않을 것 같았다. 엘은 씁쓸하게 입꼬리를 말아 올렸다.

"미르에겐 사랑하는 것이 많아졌더군요."

뜬금없는 서두에 어리둥절해져 고개를 기울이니, 엘이 한숨 같은 웃음을 뱉었다.

"그것들 중 하나라도 괜찮으니."

새하얗고 기다란 손가락이 아주 조심스레 내 얼굴 옆으로 내려온 머리칼을 뒤로 넘겨 주었다. 나를 내려다보는 은빛 눈동자는 나만을 집착적으로 담고 있었다. 이 작은 다정이 뭐라고. 잠시 심장이 내려앉는 것 같았다.

"부디 나도 사랑해 줘요."

여전히 이해할 수 없는 사람이었다, 엘은. 분명 천사 같은 미소를 짓고 있었음에도 참담해 보였다.

'……닮았어.'

코끝을 스치는 백합 향이 익숙하다. 끊임없이 머리를 두드리는 기시감.

닮았다. 그 아이랑.

"엘, 당신……."

조금 제정신이 아닌 채 충동적으로 의문을 입에 담으려 할 때.

"축복식이 곧 시작됩니다!"

데뷔탕트의 하이라이트가 시작하려 했다.

"……나중에 다시 보죠. 먼저 가 보겠습니다."

축복식에 늦어서는 안 됐다. 혀끝까지 차오른 의문을 삼키고는 황급히 발을 옮겼다. 다급하게 뒤로 돌았기에 그 순간 엘이 어떤 표정을 지었는지 보지 못했다.

"언니! 어디 갔다 왔어? 엄청 아슬아슬했네. 축복 순서 직전이야."

초조한 듯 드레스 자락을 움켜쥐던 아리아의 얼굴이 환해졌다. 들뜬 아리아가 내 손을 꼭 잡아 왔다.

　　　　　　　　　　　　　　　　　　　　충직한 검이 되려 했는데 1

데뷔탕트에서는 그해 데뷔를 치르는 어린 귀족들 중 가장 신분이 높은 이가 대표로 나가 교황에게 축복을 받았다. 데뷔탕트를 치르는 황가의 일원이 없었으니, 이번 대표는 나와 아리아였다.

'올해는 교황이 사정상 참석하지 못해서 대신관이 대신 축복을 진행한다고 했지.'

미리 전달받았던 사항을 떠올리며 이번 대의 교황에 대해 생각해 보았다.

태양 신전의 주인, 교황. 매 시대에 교황이 간택되는 과정은 단순했다. 구 교황이 승하한 직후 머리카락 색이 연하늘색—태양을 받치는 창공이 하늘색이기 때문에 교황의 상징 또한 하늘색이라고 한다—으로 변하는 신관이 바로 태양신이 점지한 차대 교황이었다.

제국 역사상 교황으로 점지되는 기준은 지극히 들쑥날쑥했다. 곧 죽을 것처럼 쇠약하고 나이 든 대신관이 점지되기도 했고, 신전에 바쳐진 지 얼마 되지 않은 갓난아이가 교황이 되기도 했다.

'이번 세대의 교황은 상당히 젊은 편이라고 했지. 열여덟 살에 즉위해 올해 스무 살이니까.'

이번 세대 태양 신전의 주인은 '엘리오르 라'.

'어린 나이 때문에 즉위한 당시엔 상당히 무시당했지.'

엘리오르가 즉위한 지 얼마 되지 않았을 때의 저잣거리 분위기를 기억한다. 대부분 소년이 통치할 수 있겠느냐는 부정적인 입장이었다. 게다가 이전 교황이 폭군에 가까운 인물이었기에, 신전에 대한 사람들의 인식은 바닥을 찍고 있었다. 허나 사람들의 예상과 다르게, 엘리오르 라는 잔인하지만 유능한 군주였다. 그는 즉위한 지 얼마 되지 않아 신전의 부정부패를 싹 갈아엎고 잘못된 것을 바로잡기 시작했다.

엘은 어린 나이에 공포 정치에 가까운 엄격함으로 군림하며 신전의 수뇌부들을 휘어잡은, 범상치 않은 이였다.

'그리고『요정의 밤』의 남주인공 중 하나지.'

역하렘 소설『요정의 밤』의 남주인공은 총 다섯이었다.

솔라티네의 황태자 디에고. 크리시스 공자 칼. 아인하르트 소후작 라이너. 아타라의 국왕 알렉산드로. 그리고 태양 신전의 교황 엘리오르.

지금 생각해 봐도 원작의 작가는 남주인공들의 포지션을 겹치지 않게 참 잘 잡았다.

디에고는 다정 포지션. 칼은 잔인한 미친놈. 라이너는 순정 포지션. 알렉산드로는 검 든 망나니라면…….

엘리오르는 웃는 개자식이었다.

◆•⊷⊹⚓⊹⊶•◆

'음. 요정 혼혈이라니 치유도 제대로 못하네요.'

'프레이야 백작가도 안목이 다되었나 봐요. 이런 양녀를 들이고 말이죠.'

'쯧. 그리 멍청해서야…… 당신 치유력이 아깝군요.'

엘리오르는 성스럽고 아름다운 태양의 한 면 같은 미모를 가졌으나, 입을 여는 순간 지옥에서 올라온 개로 돌변한다고 묘사되는 사람이었다. 늘 웃고 있는데 어딘지 꿍꿍이가 있는 흑막으로만 보이는 사람. 잔인하고, 위협적이며, 지옥의 주둥아리를 가진 재수 없는 놈이었다.

'그래도 인기가 엄청 많았지.'

사람들은 특이함에 끌리곤 하니, 엘리오르는 칼과 함께 인기 남주인공의 양대 산맥이었다. 등장할 때마다 그 주둥아리를 가만히 두지 않아 있는 대로 욕을 얻어먹긴 했지만, 까칠한 미인은 클래식인 법. 입은 사나우면서도 미묘하게 다정한 행동들이 인기가 많았다.

'원작이 비틀렸는데…… 엘리오르는 여전히 아리아와 사랑에 빠지려나?'

새삼 떠오른 의문에 홀 일대를 쭉 훑어보았다. 원작 속 라이너, 디에고는 이번 무도회에 참석해 아리아를 봤을 텐데도 그다지 반응을 보이지 않았다. 게다가 칼은 남주인공임에도 아리아와 원수지간 같으니, 이 세계에 원작의 억지성 같은 건 존재하지 않는 것 같았다.

'문제는 없겠지……'

원작에 연연하지 않기로 결심하긴 했지만, 역시 조금은 걱정이 되는 게 사실이었다. 생각이 많아져 멍하니 무리를 바라보다, 나는 번뜩이는 황금빛 눈동자와 눈이 마주쳤다.

'어.'

내가 착각하는 게 아니라면, 그 눈동자는 내가 그를 돌아보기 전에도 나를 향하고 있었던 게 분명했다. 조금 놀라 눈을 크게 뜨니 그의 눈빛이 짙어졌다.

황금빛 늪. 너무도 깊고 짙어 감히 이름을 정의 내릴 수 없는 감정들이 넘실거리며 내 시선을 잡았다. 흠칫하면서도 그에게서 시선을 뗄 수 없었다.

'……라이너 아인하르트.'

제국의 영광을 정의로 삼던 라이너의 세상은 아리아와의 만남을 통해 제 정의의 정의를 바꿨다. 아리아의 충견이라 불리던 라이너의 사랑은 올곧고 찬란해, 소설을 보는 당시엔 그런 사랑을 받는 아리아가 부럽다고까지 생각했던 기억이 났다.

'아리아를 볼 땐 무심하던 황금빛 눈이 불꽃처럼 짙게 일렁인다고 했던가.'

사랑에 빠진 이는 자기 자신이 아니게 된다고 누군가 말했다. 그 말의 신빙성을 더하는 것처럼, 작품 속 무심하고 딱딱하던 라이너는 아리아 앞에서만 열정적으로 변했다.

'그런데 왜……'

분명 아리아를 볼 때만 그런 눈을 한다고 했는데, 지금의 라이너는 왜 나를 소설 속 묘사와 똑같은 눈으로 보고 있는 건지.

인적이 드문 구석 벽에 등을 기댄 채 팔짱을 끼고 있는 라이너는 내게서 시선을 떼지 않았다. 황금빛 눈이 나를 옭아맨다. 그와 나의 거리는 인사하기도 애매할 만큼 멀었으나, 그가 풍기는 진득한 분위기는 거리는 문제가 되지 않는다는 듯 나를 간지럽혔다.

'……이상해.'

왜 이리 이상한 것투성이인지. 보는 것만으로 심장이 조이는 기묘한 눈이었다. 나로서는 이해할 수 없는 눈빛에 빠져 꽤 오랫동안 라이너와 시선을 교환하고 있을 때, 나를 부르는 목소리가 들려왔다.

"카슈미르 도레마 드 카이사르 크리시스 영애와 아리아 포스텔 드 카이사르 크리시스 영애는 앞으로 나와 주십시오."

'……정신 차리자.'

고개를 휘저어 잡생각들을 지워 내고 라이너에게서 어렵사리 시선을 뗐다. 등 뒤로 진득하게 따라붙는 시선을 애써 무시하며 아리아와 함께 홀 가운데로 발걸음을 옮겼다.

"무릎을 굽혀 예를 갖춰 주세요."

새하얀 신관복을 입은 남자가 나와 아리아 앞에 섰다.

반짝이는 짧은 은발. 고양이처럼 새초롬하게 올라간 눈꼬리. 라일락 빛깔을 닮은 은은한 연보라색 눈동자. 색감이나 분위기나 여러모로 신성한 느낌이 나는 젊은 미형의 남자였다.

한쪽 무릎을 굽히니 그가 나와 아리아의 머리 위로 손을 올렸다. 미리 공지된 차례에 따라 그가 신성력을 발동시키고 축복문을 읊기를 기다리는데, 신관은 신성력을 발동시키기는커녕 나를 바라보며 눈동자를 반짝였다.

"와. 영애께서 그 카슈미르입니까?"

"……네?"

작은 속삭임에 당황스러워 눈을 깜빡였다. 차례에 없는 일이었다. 내가 당황

충직한 검이 되려 했는데 1

스러워하든 말든 50년지기 친구를 만난 것처럼 눈을 반짝인 남자는 신관다운 성스러운 미소를 지었다. 그가 차분히 입을 열었다.

"정말 반갑습니다. 그 지랄병 걸린 폭군을 설탕 묻힌 마카롱으로 만드는 분이시라기에 꼭 만나 뵙고 싶었죠. 어떤 분이신지 정말 궁금했는데 직접 뵈니 그 자식이 발광하던 이유를 알겠네요."

"……?"

"자식, 매사에 까다롭게 굴기에 눈이 하늘에 달렸나 했는데 사실 라의 처소보다 더 위에 달려 있었던 거예요. 영애께선 그 자식한테 너무 과분하십니다."

"네……?"

"글쎄, 녀석이 영애만 보고 나면 미치광이가 되는데……."

하나같이 이해되지 않는 말들뿐이었다. 옆에서 같이 듣던 아리아 또한 무슨 개소리를 하고 있냐는 표정으로 남자를 올려다보고 있었다. 그러거나 말거나 알 수 없는 말들을 신나게 떠벌리던 남자는 얼마 뒤에야 멈칫했다. 나와 아리아 너머로 시선을 주던 그는, 비소를 흘리며 혀를 찼다.

"새끼, 성질 더럽기는…… 조금만 더 이러고 있다간 저놈 손에 제 사지가 산 채로 찢기겠군요. 좀 무섭긴 하지만 속은 시원해요. 하여간 자기 연애하겠다고 힘없는 부하한테 일 넘기니까 벌을 받는 거예요."

역시나 이해할 수 없었다. 나는 뭔가 싶어 살짝 뒤를 돌아보았다.

'……엘?'

축복이 지연되니 무슨 일인가 웅성거리는 인파 사이에 선 엘과 눈이 마주쳤다. 차갑게 굳어 있던 그의 입매가 나와 마주하자 여느 때와 같이 상냥하게 올라갔다.

"쯧. 저 이중인격자."

엘을 보는 남자의 눈에 징하다는 빛이 돌았다. 마치 천장 위를 기어 다니는 바퀴벌레를 보는 것 같은 표정이었다.

"대신관님. 축복 안 하시나요?"

내가 어떻게 반응해야 할지 몰라 멀뚱거리는 사이, 아리아가 우아하게 쏘아붙였다. 말투와 입가에 띤 미소만 다정할 뿐 눈은 거의 미친놈을 보는 듯했다.

"아, 참. 내 정신 좀 봐! 해야죠. 죄송합니다."

엘과 '눈으로 말해요'를 하는 듯싶던 남자가 느긋하게 고개를 끄덕였다. 눈을 돌려 나를 지그시 응시하던 남자가 장난감이 마음에 든 악동처럼 짓궂게 웃어 보였다.

"전 태양 신전의 대신관 율리안입니다. 신전의 도움이 필요하시다면 언제든 절 찾아오세요."

'분명 처음 만났는데……'

기묘하게도 율리안의 눈에는 호의가 가득했다. 첫 만남부터 내게 다정하던 엘이 떠올라 내가 신전 사람들에게 잘 통하는 얼굴인가 잠시 고민될 정도였다.

"축복을 내리겠습니다."

순식간에 근엄한 표정으로 돌아간 율리안이 손 위로 신성력을 내뿜었다. 아리아와 내 머리 위로 은빛 광채가 터져 나왔다. 빠른 태세 변환에 어이없어하면서도 신성력 특유의 포근하고 몽실한 느낌에 편안히 눈을 감았다.

"수없이 태양이 뜨고 지기를 반복하며 찾아온 한 해의 끝. 생명이 안식에 들어가는 겨울에 새싹을 틔우려는 어린 생명들에게 축복이 있을지어다. 그들이 가는 길을 태양이 비출지니, 태양이 떠오르고 지는 한 그들에게 시들지 않는 영광이 있으리라."

단조로운 목소리가 차분히 축복문을 읊었다. 햇빛이 머리 위로 스미는 느낌과 함께 율리안이 손을 뗐다.

"축복을 마칩니다. 데뷔탕트를 치르는 모든 영애 영식들의 일생의 평안을 빕니다."

박수가 터져 나왔다. 율리안은 뒤돌아 사라지기 전 내게 눈을 찡긋거렸다.

"잊지 말아요. 도움이 필요할 땐 날 찾아와요."

'진짜 뭐지?'

나는 미간을 찌푸렸다. 태양 신전에는 미친놈들만 있는 건지 의심이 갈 정도였다.

"저 자식 뭐야? 언니랑 아는 사람이야?"

"아니."

단호하게 부정했다. 율리안의 뒤통수를 노려보던 아리아가 수상하다고 중얼거리던 그때, 무도회 사교댄스 전용곡이 홀을 울렸다.

"춤춰야 하나 봐."

아리아가 작게 속삭였다. 눈을 반짝이던 아리아는 내게로 손을 내밀었다.

"언니! 나랑……!"

"안녕하십니까, 크리시스 영애!"

노래가 시작하자마자 이곳저곳에서 수많은 영식이 몰려와 아리아를 에워쌌다. 일순 혐오스럽다는 표정을 짓던 아리아는 빠르게 표정을 갈무리하며 그들에게 부드러이 웃어 보였다.

"무슨 일이실까요?"

"저, 저와 함께 한 곡 춰 주시겠습니까?"

"저와 함께도 춰 주십시오!"

"저리 비켜! 저와 춰 주세요!"

"빌어먹을…… 눈치 없는 놈들."

자기들끼리 다투기 시작한 영식들을 살기 어린 눈으로 노려보는 아리아의 입꼬리가 파들거렸다. 다른 이들은 못 들었을 희미한 속삭임이 내 귀로 꽂혔다. 나는 애써 모르는 척했다.

'아리아는 사랑받을 만한 아이니까.'

영식들에게 둘러싸인 아리아가 너무 커 버린 것 같아 입안이 씁쓸름했지만,

동시에 인기 많은 모습이 뿌듯했다. 아리아에게 춤 신청을 한 영식들의 정보를 알아보리라 마음먹고 있을 때.

"아, 여기 계셨군요. 아리아 영애, 괜찮으시다면 저와 한 곡조 추지 않으시겠습니까?"

몰려든 영식 사이로 잠시 사라졌던 율리안이 등판했다. 그는 왜인지 오른쪽 눈가에 조금 전에는 없었던, 한 대 얻어맞은 것 같은 멍을 달고 있었다.

'설마…… 말은 나한테 걸었지만 사실 관심은 아리아에게 있었다는 그런 전개?'

원작에서 등장하지 않은 인물이라 그다지 관심을 가지지 않았건만, 율리안이 아리아에게 관심 있다면 얘기가 달라진다. 대신관이라는 거물의 등장으로 파문이 인 영식들 사이에서 대치 중인 율리안과 아리아를 흥미진진하게 관전했다.

"……대신관님께서 제게 춤을 청하실 줄은 몰랐는데요."

아리아는 부드러이 웃으면서도 황당하다는 눈빛을 숨기지 않았다. 떨떠름한 아리아의 반응을 예상했다는 듯 웃은 율리안이 아리아와 무어라 작게 대화를 나누었다.

'무슨 얘기를 하는 걸까.'

조금 궁금했다. 마나를 이용하면 내용을 들을 수 있었지만, 에티켓이 있는 만큼 얌전히 관전하기만 했다.

"……그렇다면 사양 않고."

'그린라이트?'

사뿐히 율리안의 손을 잡는 아리아를 보며 감탄했다. 무언가 통한 모양이었다. 괜히 내가 설레기도 하고 한편으로는 섭섭하기도 한 미묘한 기분에 휩싸였다.

'원작 아리아는 남자 주인공들 중 하나와 추지만…… 여기까지 비틀린 마당에 그런 걸 따질 수 있을 리가.'

원작이야 엿이나 먹으라는 생각을 하며 와인 잔을 기울였다.

'그나저나 춤 한 번은 춰야 하는데.'

춤이 시작됐음에도 목석처럼 서 있기만 한 내게 몰리는 조롱 어린 시선들에 미간이 찌푸려졌다. 데뷔탕트 땐 춤을 한 번이라도 추는 것이 보통이었고, 첫 춤은 타인에게 요청받는 것이 전통이었다.

'춤 요청을 하나도 못 받으면 이걸로 꼬투리가 잡힐 텐데.'

보통은 데뷔탕트 춤 상대를 미리 구해 두지만, 나와 아리아는 시간이 없어 구하지 못했다. 아리아는 당연하게도 수많은 이들에게 춤 요청을 받았으나 나에게는 쉬이 다가오는 이가 없었다.

'내가 먼저 춤 요청이라도 해야 하나?'

고개를 숙인 채 짜증스럽게 머리를 긁적일 때였다. 그리고 그런 내 눈앞에 나타난 두 쌍의 구두.

"반갑네, 크리시스 영애."

"안녕하십니까, 크리시스 영애."

나를 부르는 두 사람의 목소리에 고개를 들었다. 각기 다른 매력을 가진 두 남자가 시선을 사로잡았다.

샹들리에 아래 찬란하게 반짝이는 금발. 깊은 심해와 닮은 푸른빛의 영롱한 눈동자. 요요하게 치켜 올라간 눈매와 부드러운 눈웃음.

달빛을 그대로 담아 실로 짠 듯 빛나는 은회색 머리칼. 짐승의 것을 닮은 나른한 금빛 눈동자. 맹수처럼 사나운 눈매와 무뚝뚝한 표정.

'미친.'

입을 떡 벌린 채 멍하니 굳은 내게, 두 사람이 동시에 손을 뻗었다.

"나와 한 곡 추지 않겠나?"

"저와 한 곡 춰 주시지 않겠습니까?"

제국의 황태자 디에고 솔라티네와 황궁 제2 기사단장 라이너 아인하르트가 동시에 내게 춤을 청해 왔다.

내게로 손을 뻗은 두 남자. 웅성거리는 사람들. 그 중심에서 시선의 주인공임에도 꿔다 놓은 보릿자루 같은 기분을 느끼고 있는 나.

'……왜? 왜 나한테 춤을 요청하지?'

잔을 든 자세 그대로 굳어 버렸다. 상상도 못 한 상황이었다. 한참 입을 떡 벌린 채 멍한 표정을 짓다, 느리게 시선을 내려 내게 뻗은 두 손을 응시했다.

얼마 전에 보았던 그대로 고생 한번 안 해 본 것처럼 깨끗하고 예쁜 디에고의 손. 기사로 살아온 게 티가 나는, 거칠지만 올곧은 라이너의 손.

'미쳐 버리겠네.'

갑작스러운 상황에 머리가 아팠다. 나는 혼란스러워하며 두 사람을 올려다보았다.

"아인하르트 소후작. 반갑네. 제2 기사단에 문제는 없나?"

"황태자 저하를 뵙습니다. 걱정해 주신 덕분에 잘 운영되고 있습니다."

동시에 손을 내민 상대를 확인한 둘이 형식적인 인사를 주고받았다. 디에고는 은은한 미소를, 라이너는 무감하지만 잔잔한 표정을 짓고 있었으나, 두 사람 사이의 분위기는 살얼음판 같았다.

"황태자 저하를, 뵙습니다. 안녕하십니까, 아인하르트 소후작."

둘의 대치를 멍하니 바라보다 어찌 되었건 인사는 해야 한다는 생각에 황급히 목례했다. 내게로 시선을 돌린 두 사람의 눈동자에 알 수 없는 감정이 퍼져 나갔다.

'설마 내가 미르라는 걸 눈치챈 건 아니겠지? 그냥 정치적인 이유인가?'

나는 재빠르게 머리를 굴리기 시작했다.

크리시스의 이름은 고귀하다. 그들이 아닌 다른 영식이 춤을 청했다면, 내게 호감을 가진 게 아니라 크리시스의 이름을 탐내어 다가왔다는 것을 어렵지 않게 예측했을 것이다.

'하지만 원작의 디에고와 라이너는 그럴 사람들이 아닌데……'

디에고와 라이너는 권력을 보고 누군가에게 다가갈 이들이 아니었다. 본인들이 지닌 권력이 대단하기도 했지만, 사람 자체가 그런 사람들이었다.

'그렇다고 내가 미르라는 걸 알아챘다고 하기엔……'

너무 애매하다.

미간을 좁히며 그들을 날카롭게 살폈다. 그러나 그들의 표정엔 이유를 알 수 없는 호의와 미묘한 흥분만 보일 뿐이었다.

"그……"

당혹스러움이 가득한 표정으로 더듬거렸다. 디에고와 라이너는 버벅거리는 나를 다정하게 바라봐 주었지만 나는 한참 생각해도 어떤 반응을 보여야 할지 감이 잡히지 않았다.

"황태자 저하와 아인하르트 소후작에게 동시에 춤 요청을 받다니, 역시 크리시스라는 걸까요."

"저 영애가 누굴 선택할지 궁금한걸요! 역시 세상에서 가장 완벽한 도형은 삼각형이죠! 정말 흥미진진해요."

자극적인 스캔들에 흥분한 귀족들이 시끄럽게 웅성거렸다. 우리 안 원숭이가 된 기분이었다.

'어차피 춤은 한 번 춰야 하고, 여기서 누굴 선택하든 스캔들은 피할 수 없다.'

데뷔탕트 첫 춤 상대와의 추문은 누구도 피할 수 없다고 들었다. 상대가 남주인공인 디에고와 라이너라서 당황했을 뿐, 춤은 춰야 했다.

'문제는…… 둘 중 누구를 선택하느냐 건데.'

피부에 닿는 두 사람의 뜨거운 시선에 식은땀을 흘렸다. 어느 손을 잡는 것이 더 좋을지 쉬이 판단할 수 없었다. 내가 미친 듯이 머리를 굴리고 있을 때쯤.

"아직 늦지 않았다면 저도 끼고 싶은걸요."

인파를 뚫고 나온 누군가가 디에고와 라이너 사이로 손을 내밀었다.

"괜찮다면 나와 춤을 춰 주지 않겠어요?"

새하얀 신관복을 입은 채 흰 가면으로 얼굴을 가린 남자. 가면 아래 가득 품은 천사 같은 미소.

대신관 엘이었다.

'돌겠네.'

눈을 질끈 감았다 떴다. 이쯤 되니 셋이 짜고 나를 놀리는 게 아닐까 싶을 정도였다. 그렇다기에는 모습을 드러낸 엘을 보며 당혹스러워하는 디에고와 라이너의 표정이 지나치게 실감 났지만.

"이게 무슨, 교……."

"쉿."

부드러이 웃은 엘이 검지를 입가에 올림으로 당황스러워 보이는 라이너를 저지했다. 라이너가 단번에 입을 닫았다. 경악스러워하는 디에고와 라이너를 보아 그들은 엘이 누구인지 알고 있는 것 같았다.

'대신관이 무도회에 온 게 그리 놀라울 일인가?'

혼자만 상황을 모르는 것 같아 멍청한 표정으로 고개를 기울였다.

"저자는 누구죠?"

"글쎄요…… 가면을 쓰고 있으니……."

나만 모르는 건 아닌지, 주위에서 엘의 정체를 추측하는 속닥거림이 시끄럽게 들려왔다.

'하여튼 선택은 해야 하는데.'

여기서 셋 다 내치고 가 버린다면 무례하다는 얘기를 들을 것이다. 데뷔탕트의 첫 춤은 청하는 이에게 내어 주는 것이 전통이니까.

창백할 정도로 하얀 엘의 손을 내려다보았다. 대신관답지 않게 거친 자욱이 남은 커다란 손. 지극히 익숙한 손이었다. 잡은 뒤 감촉은 쉬이 예상할 수 있었다. 엘의 두 손은 태양의 반려자에 걸맞게 늘 따스했으니까.

'이렇게 되면…… 내 선택은 정해졌지.'

느리게 한숨을 뱉었다.

인간의 손은 자신의 삶을 닮는다고들 한다. 제각각의 삶들을 담은 세 개의 손 중 하나를 붙잡았다.

"고마워요, 크리시스 영애."

엘이었다.

'솔직히 이 인파 사이에서 황태자랑 소후작 손을 어떻게 잡아! 그럼 둘 중 하나를 차 버린 게 될 텐데!'

디에고와 라이너는 제국 내 최고의 신랑감으로 거론되는 이들로, 따르고 연모하는 이들이 인파를 이루었다. 디에고와 라이너 중 한 명을 선택한다면 다른 하나를 차 버리는 그림이 될 테고, 그럼 분명히 적이 생길 터였다.

'그렇다면 둘 다 차 버리는 수밖에 없지.'

엘은 가면을 쓰고 있었다. 정체가 밝혀지지 않았다는 소리였다. 정체를 확연히 드러내고 있는 둘 중 하나를 선택하느니, 이상한 추문에 휘말리더라도 정체가 드러나지 않은 엘을 선택하는 것이 났다.

"이런. 차였군. 크리시스 가엔 오랫동안 영애가 없었으니 어떤 사람일지 궁금했는데 말이야. 크리시스 영애의 춤 실력이 궁금했지 뭔가."

손을 물린 디에고가 장난스럽게 웃었다. 자칫 자극적인 사각관계 스캔들로 퍼질 수 있는 상황을 단순한 사교 문제로 풀어 버리는 능숙함이 사교의 정점에 선 황태자다웠다.

"미숙한 춤 실력으로 저하께 폐를 끼칠까 저어되었습니다. 용서해 주신다면 다음 만남 때는 제가 먼저 춤을 청하겠습니다."

"그날을 기다리겠네."

디에고가 녹아내릴 듯 달콤하게 웃었다. 언행 하나하나에 날 향한 배려가 느껴져 기분이 이상했다.

"다음엔…… 제게도 함께 춤출 영광을 허락해 주시기를 바랍니다."

무감한 인상의 라이너가 올곧게 목례했다. 표정에는 변화가 없었으나, 금빛 눈동자에 너울거리는 감정의 파동은 거셌다. 조금 처진 눈매가 버림받은 강아지 같아 크게 움찔했다.

'이러니까 내가 잘못한 것 같잖아……'

"그…… 다음엔 제가 먼저 춤을 요청하겠습니다."

"기다리겠습니다."

축 처진 귀가 그의 머리 위로 보이는 것 같아 식은땀이 흘렀으나 애써 가볍게 웃음 지어 보였다. 거절을 태연하게 넘기는 둘을 보며 사람들의 수군거림이 잦아들었다.

"그럼 크리시스 영애는 나와 춤을 출까요."

내가 디에고, 라이너와 대화를 나누는 것을 지그시 응시하던 엘이 잡은 손에 힘을 주었다. 나를 잡아끄는 손길이 투정을 부리는 것 같아 갸웃하면서도 고개를 끄덕였다.

"물론, 제게 영광입니다."

내 형식적인 대답에 엘이 흐드러지게 웃음 지었다. 그의 인도를 따라 홀 중심으로 발걸음을 옮겼다.

황궁 악단이 왈츠를 연주하기 시작한다. 짧게 허리를 숙여 서로 인사한 뒤 엘의 팔이 내 허리 위에 감겼다. 잡은 손의 깍지를 끼고, 천천히 스텝을 밟기 시작했다. 엘은 잘 교육받은 귀족 영식이라고 해도 믿을 정도로 완벽한 스텝을 밟았다.

"사실 미르가 내 손을 잡을 줄은 몰랐어요."

엘이 나지막이 입을 열었다.

샹들리에의 빛을 받아 반짝이는 은빛 눈동자는 달빛을 받아 반짝이는 밤바다의 윤슬 같았다. 살짝 고개만 들어도 그의 붉은 입술이 보일 정도로 가까운 거리에 조금 어색해졌지만 망설임 없이 대답했다.

충직한 검이 되려 했는데 1

"엘과 추는 편이 가장 논란이 적을 것 같아서 말입니다."

"역시 그렇겠죠."

올라간 엘의 입꼬리에 쓸쓸함이 진득이 묻어 있었다. 그의 손을 잡고 가볍게 한 바퀴를 돌았다.

제복을 입었기에 치마가 펄럭거리며 돌아가는 화려함은 없었으나, 군더더기 없이 깔끔했다. 그 깔끔함을 살리기 위해 선택한 액세서리가 줄들을 단순히 엮은 형태인 하네스이기도 했다.

잠시 나를 본 엘이 눈을 깜빡였다.

"몸에 찬…… 액세서리는 뭔가요?"

"제가 직접 디자인한 액세서리입니다. 하네스라고 부르기로 했습니다."

"그렇군요."

직접 디자인을 했다고 하기에는 상당히 찔리지만 뻔뻔해지기로 했다. 상체를 촘촘히 덮은 검은 거미줄 같은 하네스를 지그시 응시하던 엘이 슬그머니 눈을 돌렸다.

"……좀, 외설적이진 않습니까?"

"……네?"

'이게?'

그래봐야 줄이 좀 얽혀 있는 것뿐이다. 카이사르와 칼에 이어 하네스를 지적하는 엘의 말에 안 어울리는 건가 싶어 조금 시무룩해져 물었다.

"……별로입니까?"

"아뇨, 그건 아닌데……."

엘이 난감하다는 듯 시선을 돌렸다. 그의 귀 끝이 살짝 붉었다.

"……잘 어울려요."

지나치게 가까이 있어서인지 그의 중얼거림이 확연하게 들렸다. 그래도 이상하지는 않은 모양이라는 생각에 살짝 웃음 지었다.

"엘은 왜 여기 온 겁니까?"

대신관이야 어떤 무도회든 프리패스로 입장할 수 있겠지만, 실제로 대신관이 사교 활동을 하는 경우는 적었다. 느리게 눈을 깜빡인 엘이 화사하게 웃었다.

"그야, 당신을 보기 위해서죠."

멈칫.

잠시 스텝이 버벅거렸다. 나는 고개를 들어 가라앉은 눈으로 엘을 노려보았다.

"……당신, 내가 크리시스 공녀라는 건 언제부터 알고 있었습니까?"

"아마 당신이 자각하기도 전에."

엘의 대답에 어떤 반응을 보여야 할지 알 수 없었다. 몸으로는 외우고 있는 스텝들을 가볍게 밟으면서도 머리는 끊임없이 돌아가고 있었다. 그런 나를 알았는지, 엘이 설명을 덧붙였다.

"그리 놀랄 거 없어요. 여러 상황들을 보고 그냥 짐작만 했던 거니까. 나도 확신을 못하고 있어서 쉬이 미르한테 묻지는 못한 거예요."

"무슨……."

"카이사르 공작은 18년 전, 한 여자와 여자아이를 찾았었다고 하죠. 호사가들은 그게 그의 정부와 정부 사이에서 낳은 딸이라고 예측했고요."

"……!"

"꽤 열심히 찾았지만 결국 못 찾았다고 했어요."

"그런……."

"많은 이들이 모르는 사실이지만, 제국 내에서 붉은 계열의 눈동자를 가진 이들은 크리시스 가의 사람들이 유일하고요."

원작에도 등장하지 않는 내용들이었다. 무척 놀라 엘을 바라보니 그가 부드럽게 웃었다.

"게다가 미르는 대대로 검술에 뛰어난 재능을 가지고 태어난다는 크리시스 공작가의 사람들처럼 독보적인 검술 실력까지 가지고 있었으니…… 꽤 그럴듯해 보였죠. 물론 어디까지나 예측이었지만요."

여상스러운 목소리로 이어 가는 말이 상당히 예리했다. 나는 잠시 혼란에 빠졌다.

'카이사르는 왜 18년 전에 한 여자와 여자아이 하나를 찾은 거지? 정말…… 날 찾았던 건가? 자기 입으로 날 찾았다고 하긴 했었지만…… 난 어쩌다 태어난 거지?'

원작에서조차 사창가 창기와 공작 사이에서 카슈미르가 태어난 과정을 설명하지 않았다. 일회용 악녀의 탄생은 작품에서 그리 중요한 사항이 아니었으니. 미간을 좁히다, 지금 중요한 건 그게 아니라는 생각에 의문을 지웠다.

'나야 전생을 떠올리고 알아낸 거라지만…… 앤 진짜 뭐지?'

믿을 수 없다는 눈으로 엘을 올려다보았다. 그 작은 단서들로 용병 미르가 크리시스의 공녀라는 것을 알아냈다는 것이 놀라웠다. 내 멍한 표정을 보고 웃던 엘이 제 손목을 살짝 들어 보였다. 태양의 맹세의 흔적이 새겨졌던 손목이었다.

"걱정하지 마요. 다른 이들에겐 절대 말하지 않아요."

태양의 맹세까지 한 이상, 엘을 의심하지는 않았다. 조금 누그러진 눈으로 그를 바라보고 있으니 그가 고개를 살짝 숙여 얼굴을 가까이했다.

"난 미르가 크리시스 공녀인 게 기쁜걸요."

숨길 수 없는 기쁨이 은빛 눈동자에서 반짝인다. 지나치게 아름다웠다. 나는 그 눈에 매료되는 느낌이었다.

"……어째서?"

멍한 내 물음에 느리게 웃음 지은 엘이 하이라이트로 치닫는 반주를 따라 스텝을 밟았다. 그는 팔로 내 허리를 단단히 받친 채, 휙 상체를 숙였다.

허리가 굽어지고, 엘과 내 가슴이 맞닿는다. 흐트러짐 없이 완벽한 춤의 한 동작일 뿐임에도 일순 코앞으로 온 그의 얼굴에 당황하던 찰나.

"이젠 가면에 가려지지 않은 당신을 마음껏 볼 수 있으니까."

귓가에서 옅은 속닥거림이 울려 퍼졌다. 그의 입꼬리가 매혹적인 호선을 머금었다. 순진하기 짝이 없어 보이던 엘은, 자신이 얼마나 아름다운지 잘 알고 있는 것 같았다.

'빌어먹을…… 이 인간 정말……'

포커페이스는 무너지지 않았으나 귀 끝이 살짝 붉어진 느낌이 들었다. 나는 숨을 들이쉬어 애써 침착을 유지했다.

"……그 정도 정보로 제가 크리시스 공녀일 것이라고 예측하셨다니, 대단하십니다."

"음, 난 미르가 생각하는 것보다 더 대단한 사람일걸요."

슬쩍 말을 돌리며 칭찬하자 엘이 태연히 자부심을 드러냈다. 미소를 걸치고 있던 그는, 어느 순간 얼굴을 진지하게 굳혔다.

"사실 오늘 이곳에 온 건 전해 주고 싶은 말이 있어서예요."

춤이 끝날 무렵이 되어서야 엘이 본론을 꺼냈다. 나는 미세하게 미간을 좁혔다.

"곧 아타라 왕국에서 사절단이 온다는 거 알고 있죠."

"네. 국왕이 얼마 전에 즉위했으니……."

"그 사절단을 조심하세요."

"네?"

목소리를 가라앉히며 진지하게 충고하는 엘의 모습에 덩달아 나까지 진지해져 심각한 표정을 지었다.

"아타라 왕국 사절단에 문제라도 있습니까?"

"아마 그 사절단에 미친놈이 하나 붙어 올 거예요."

"……네?"

순간 잘못 들었나 싶어 눈을 끔뻑였다. 엘은 여전히 진지했다.

"그 미친놈은 상대해 주지 마세요. 미르에게 해로워요. 달라붙어도 빠르게 잘라 내시고 안 되면 제거해 버려요. 외교 문제로 시끄러워지긴 하겠지만 카이사르 공작이 뒤처리할 수 있을 거예요. 나도 뒤처리를 도울게요."

"무슨…… 그 사람이 누군데요?"

대화의 흐름을 이해하지 못해 물음표만 띄우는 나를 보며 엘이 한숨을 쉬었다.

"누군지는 말해 줄 수 없지만…… 하여간 미르를 보자마자 달라붙는 것이 하나 있을 거예요. 그쪽으로는 관심을 주지 마세요."

처음부터 끝까지 이해할 수 없는 소리만 가득했으나, 우선 고개를 끄덕이고 보았다.

'원작에서도 아타라 왕국에서 온 사절단 때문에 큰 사건이 생기니까.'

원작을 아는 나로서는 곧 다가올 태풍에 단단히 각오하고 있는 참이었다. 엘이 안심하는 표정을 지었다.

종장에 돌입한 왈츠. 우아하게 한 바퀴 돈 뒤, 노래가 끝을 맺었다.

"어울려 줘서 고마워요, 미르."

"별말씀을. 함께해 영광이었습니다, 엘."

가벼운 인사와 함께 그의 손을 스르륵 놓을 때였다.

"……슈슈."

엘이 떨어지는 내 손을 단단히 잡았다.

'내 애칭을 어떻게……'

그의 입에서 나온 내 애칭에 놀라는데, 내 손을 끌어당긴 엘이 손등 위로 입술을 내렸다.

촉.

짧은 소리와 함께 엘의 입술이 떨어졌다. 눈을 끔뻑거리는 나를 향해 그가 슬프게 웃었다.

"다시 만날 때…… 내가 다른 모습을 하고 있어도 너무 놀라지 말아요. 슈슈를 향한 것들은 언제나 불변하니까."

기묘한 인사를 남긴 엘이 등을 돌리고 사라졌다. 하얀 신관복이 파도치듯 휘날렸다. 그 뒷모습을 지그시 응시하다, 문득 그가 입술을 맞추던 손등을 내려다보았다.

'……하늘색 머리카락?'

손등 위에 붙은 머리카락을 들어 올렸다. 엘의 머리카락으로 보이는 기다란 머리카락은 확연하게 하늘빛을 띠고 있었다.

한겨울에 치른 데뷔탕트의 춤 상대가 되어 주었던 엘은 교황의 상징인 하늘색 머리카락 한 올만 남긴 채 사라졌다.

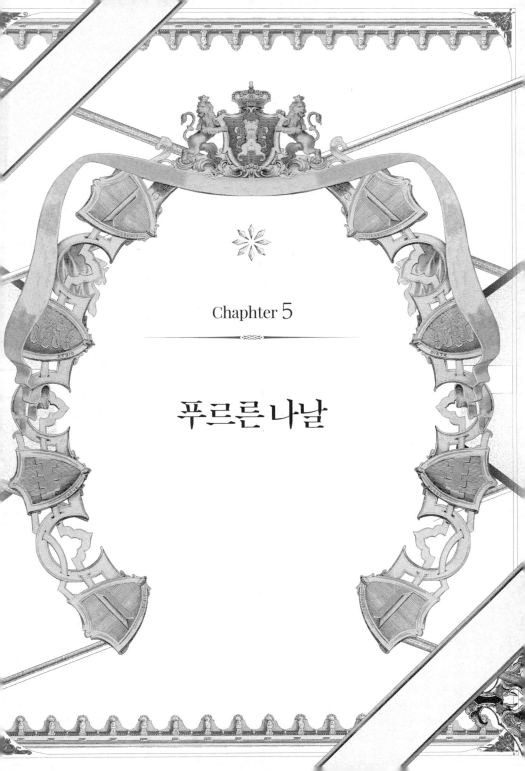

Chaphter 5

푸르른 나날

데뷔탕트로부터 한 달이 지났다. 그 한 달은 나와 아리아 모두에게 바쁜 시간이었다.

내 데뷔탕트가 혼돈과 파괴로 가득하던 막장드라마였던 것과는 별개로, 아리아의 데뷔탕트는 상당히 성공적이었다. 아리아는 데뷔탕트가 끝나자마자 초대장을 한 무더기 받으며 사교계의 입지를 넓히고 있었다. 누구 동생인지 참 기특했다.

"예상했던 대로 영식들 사이에서 하네스가 상당히 유행입니다! 1차적으로 찍어 냈던 하네스들이 이틀 만에 완판됐어요! 바디체인은 하네스보단 늦지만 그래도 닷새 만에 완판이랍니다! 완전 성공했어요! 카트린느 의상실에서 제복을 주문 제작하는 영식들도 많아졌습니다! 이게 모두 영애 덕분이에요!"

카이사르와 칼의 하네스 소화력과 아리아의 홍보 덕분인지 사업은 성공적으로 흘러갔다. 흥분한 카트린느와 수입 분배에 대한 이야기를 나누고, 의상실에서 아리아와 내 옷들을 맞추는 것으로 시간을 보내기도 했다.

"또 뵙네요, 공녀님."

율리안이 크리시스 저택으로 찾아온 사건도 있었다. 물론 그가 미쳤다고 저택에 쳐들어온 것은 아니었다. 카이사르가 태양의 맹세를 발동하기 위해 율리안을 초청했기 때문이었다. 태양의 맹세가 필요해진 건 기사들과 사용인들이 내가 미르인 걸 알아 버려서였다.

'계획이 있다고.'

'네.'

'그래. 네게 생각이 있겠지. 네가 원하는 대로 해라.'

나는 카이사르와의 진지한 대화 아래, 아직은 내가 미르라는 것을 밝히기를 원치 않는다고 고백했다.

미르에게는 적이 많다. 카이사르 또한 내가 위험해지는 걸 원치 않았기 때문에, 우리는 태양의 맹세를 통해 비밀을 지키기로 했다. 크리시스의 충실한 종들은 흔쾌히 태양의 맹세 진행에 동의했다.

수십 명에 가까운 사람들을 한 번에 맹세로 잇기 위해서는 대신관 정도는 되어야 했기에 카이사르는 대신관 율리안을 저택으로 초대했다. 맹세 진행을 위해 어쩔 수 없이 율리안에게 내가 미르임을 밝혔을 때, 율리안의 반응은 어이가 없을 정도로 담담했다.

"오, 공녀님이 용병왕 미르였다네요. 그런 충격적인 일이? 너무 놀라서 오늘 저녁은 못 먹을 것 같아요."

아무 감정도 담기지 않은 목소리로 충격적이라 중얼거리는 율리안은 의심스러운 수준이었고, 언젠가 율리안의 뒤를 캐 보겠다는 결심을 하게 될 정도였다.

"데뷔탕트 이후에 처음 뵙습니다. 몸 건강히 지내고 계셨는지요."

"걱정해 주셔서 감사합니다. 잘 지내고 있었습니다."

"공녀님께서 사업을 시작하셨다는 얘기를 들었습니다. 그게 저희 신전에서도 열풍이 불었거든요. 몇몇 신관들이 착용했다가 외설적이라는 이유로 금지된 이후론 하네스를 신전으로 밀반입하고 돈을 받는 놈들까지 생겼더군요. 글쎄 정식 신관복 액세서리로 하네스를 넣자는 미친놈도 있더라니까요? 대신관들 모두가 하네스 단속으로 골머리를 앓고 있었는데 아니 글쎄, 오늘 아침 미사에 교황 성하께서 하네스를 착용하고 오신 게 아닙니까? 그 미친, 아니, 보배로우신 성하께서 얼마나……."

율리안은 좋게 말하면 사교성이 좋았고, 나쁘게 말하면 시끄러웠다. 물 만난 물고기처럼 떠벌거리는 율리안을 빤히 바라보다 피식 웃고 말았다. 귀는 조금 따가워도 떠드는 모습이 귀여웠다.

"……언니. 저 자식 마음에 들어?"

"저놈은 절대 안 된다."

율리안의 환장스러운 수다를 얌전히 들어주고 있으니 맹세를 구경하러 온 아리아와 칼이 심각한 표정으로 이런 질문을 던질 정도였다. 나는 그저 웃으며 고개를 저어 보였다.

맹세는 대신관 율리안까지 포함하여 단체로 진행되었다. 어길 시 즉결 죽음으로 이르게 하는 정식 맹세를 단체로 하기엔 율리안의 신성력을 고갈되게 할 가능성이 높았다. 때문에, 입으로든 손으로든 비밀을 발설하려 할 시 석화 저주가 내려지는 약식 맹세로 진행되었다.

"사례는 신전으로 직접 보내도록 하겠다. 얼마를 생각했든 충분할 거다."

맹세를 끝낸 율리안에게 카이사르가 무뚝뚝하게 말했다. 내가 아닌 타인을 볼 때의 카이사르는 지나치게 차가운 감이 있어서 볼 때마다 어색했다.

"자비로운 라의 종으로서 어찌 사례를 바랄 수 있겠습니까. 차나 한잔 대접해 주셨으면 하는군요."

자애로운 미소를 지은 율리안의 보랏빛 눈동자가 내게로 향했다. 그의 눈매가 달콤하게 접혔다.

"괜찮다면 카슈미르 크리시스 공녀께서요."

"무슨 개수작이지."

"사람의 입으로 견의 말을 하시는군요."

율리안을 경계하며 내 양옆을 지키듯 서 있던 칼과 아리아가 동시에 큰일 날 소리를 했다. 신전과 공작가 사이에 불화가 일어나도 이상하지 않을 것 같은 두 사람의 말투에 나는 황급히 그들을 막아섰다.

"대신 사과드립니다, 대신관님. 사죄의 의미로 제가 직접 차를 대접해 드리겠습니다. 마리아, 응접실로 티 세트 가져와."

"언니!"

"아리아."

단호한 표정을 지으니 아리아가 입술을 꾹 깨물고 물러났다. 아리아에게는 미안했지만 어차피 한 번쯤은 만나려던 사람이었기에 이번이 기회였다. 얼굴에 불만이 가득해 보이는 칼도 뒤로한 채, 나는 율리안을 응접실로 이끌었다.

"솔직히 진짜 대접해 주실 줄 몰랐습니다."

"제 혈육들이 실수를 했는데 뭔들 못 하겠습니까."

"그거 말고 다른 이유가 있으신 것 같은데요."

역시.

의뭉스러운 미소를 짓는 율리안을 돌아보며 마주 웃었다. 보이는 것처럼 맹탕은 아닐 거라 생각했는데, 역시 예리했다.

"긴히 여쭐 것도 있습니다."

여상스럽게 덧붙이니 율리안이 피식 웃으며 발걸음을 재촉했다.

나는 눈치 빠른 사람을 좋아하니, 잘하면 율리안과 괜찮은 친구가 될 수 있을 것 같았다.

쪼르륵.

루비로 장식된 찻주전자 위로 천천히 뜨거운 물을 부었다. 진한 캐모마일 향기가 방 안을 가득 채웠다. 얼마 전 배웠던 차 우리는 방법을 떠올리며 완벽하게 우러난 차를 찻잔에 따랐다.

"공녀님께서 우려 주신 차를 마시게 되다니, 영광입니다."

"영광은 제 것입니다. 대신관님과 티타임을 함께하게 되었으니까요."

의례적인 인사말이 오가고, 한동안 침묵이 감돌았다. 팽팽하지 않은, 어쩐지 잔잔한 침묵. 차를 세 번째쯤 머금었을까, 눈앞의 율리안을 지그시 응시했다. 그 또한 나를 응시하고 있었다.

'잘생기긴 진짜 잘생겼단 말이지.'

곱게 다듬어진 짧은 은발. 요정 가루를 뿌린 듯 은은히 반짝이는 연보라색 눈동자. 곱고 유려한 얼굴선. 감탄이 나는 미모였다. 잠시 그의 미모를 감상하며 차까지 한 모금 더 넘기고 나서 입을 열었다.

"제게 할 말이 있으셔서 부르신 것 같습니다만."

"예리하시네요. 맞습니다. 하지만 공녀님의 질문부터 들어 보도록 할까요."

번뜩이는 진분홍색 홍채와 은은히 반짝이는 연보라색 홍채 사이에 전류가 오간다. 신경전이라기에는 우리 둘 다 지나치게 여유롭고 서로에게 악의가 없었기에 가벼운 탐색전이라고 하는 게 맞았다.

"별거 아닌 질문입니다. 급한 것도 아니고, 개인적인 질문이죠."

"제가 답할 수 있는 선에선 무엇이든 답해 드리겠습니다."

내가 먼저 백기를 들자 율리안이 빙그레 웃으며 찻잔을 내려놓았다. 잠시 말을 고르다 느리게 입을 열었다.

"제가 묻고 싶은 건, 태양의 맹세를 거짓으로 집행할 수 있느냐는 겁니다."

"……태양의 맹세를요?"

미간을 찌푸린 율리안이 조금 어이없다는 기색으로 되물었다. 태양의 맹세는 절대적이다. 얼마나 멍청한 질문인지는 스스로도 알고 있었기에 조금 부끄러워하면서도 고개를 끄덕였다.

"설마 조금 전 집행한 맹세를 의심하고 계신 건…….."

"물론 아닙니다. 한 달 전에 비슷한 사항으로 맹세를 한 번 했는데, 혹시 위조도 가능한가 싶어서 말입니다."

나는 아직도 엘과 했던 맹세에서 불안함을 느끼고 있었다. 분명 그는 좋은 사람이었으나, 그의 모든 언행은 기묘했다. 나를 볼 때마다 은빛 눈동자에서 넘실거리던 욕망을 떠올리며 입술을 꾹 물었다.

"아, 설마…….."

율리안의 표정이 점점 요상해지더니 어느 순간 입꼬리를 부들거렸다. 그가 제 입을 틀어막고 몸을 틀었다. 그의 어깨가 덜덜 떨리고 있었다.

"크흑…… 으흐흑…… 크학학학!"

율리안은 참는가 싶더니 결국 박장대소를 터트렸다.

'하여간 신전 놈들은 다 이상한가 봐.'

나는 미친 듯이 웃어 젖히는 율리안을 떨떠름하게 바라보았다. 한참을 웃던 그가 제 눈가에 고인 눈물을 닦고 웃음의 여운이 잔뜩 남은 눈으로 나를 바라보았다.

"맹세 후 공녀님 손목과 그놈, 아니, 그 상대의 손목에 태양 만다라가 새겨지는 것을 확인하셨습니까?"

"네."

"그렇다면 확실히 진실이네요."

율리안이 싱긋 웃음 지었다.

"태양 만다라는 절대 위조할 수 없거든요."

그는 제국인 모두가 상식적으로 알고 있는 교과서적 대답을 뱉었다. 역시 생각했던 대로라 작게 한숨만 쉬고 말았다.

'그럼 엘은 대체 내게 뭘 원하는 걸까.'

여전히 알 수 없는 난제. 조금 지끈거리는 미간을 꾹꾹 누르며 한숨을 쉬었다. 나는 검을 쓰는 사람이다. 알레고리와 수수께끼 같은 것들은 아리아나 잘하지 내게는 맞지 않았다.

"그럼 하나만 더 여쭈어도 되겠습니까?"

"물론. 제가 답할 수 있는 수준이라면요."

율리안이 흔쾌히 수락했다. 그는 무척 유쾌해 보였다. 나는 잠시 고민하다 조심스레 입을 열었다.

"혹시 엘이라는 대신관을 아십니까?"

엘의 정체에 대한 다른 예측이 요즘 들어 머릿속을 지배하고 있기는 했지만, 우선 알고 있던 대로 내뱉었다. 내 질문을 들은 율리안의 얼굴이 정말 기묘해졌다. 웃음을 참는 것 같기도, 안타까워하는 것 같기도, 어이없어하는 것 같기도 했다.

"엘, 대신관…… 크흥, 엘이라면, 음…… 제 오랜 친구죠."

"……정말요?"

율리안이 엘의 친구라니. 놀라서 눈을 크게 뜨니 고개를 살짝 튼 채 어깨를 들썩이던 율리안이 얼마 후 멀쩡해진 얼굴로 고개를 끄덕였다.

"네. 저보다 먼저 들어온 친군데…… 으음…… 아, 도움을 많이 받았습니다."

더듬더듬 말을 잇는 게 조금 이상하긴 했지만 궁금한 게 앞섰기에 진중하게 물었다.

"엘은 어떤 사람입니까?"

그 물음에 율리안의 입꼬리가 웃음을 참는 것처럼 씰룩거렸다. 조금 고민하는 기색이던 그가 피식 웃었다.

"자식. 내가 한번 살려 준다."

"네?"

"아닙니다."

이상한 중얼거림과 함께 평소의 성스러운 낯으로 돌아온 율리안이 입을 열었다.

"엘은…… 음, 다정하고요. 이타적……이고…… 화도, 낼 줄 모르는 아주 착한, 후…… 아주 착한 아이예요. 욕심도 없고, 꿍꿍이나 흑심 같은 것도…… 하…… 없, 는, 태양신 라 같은 성품을 가지고 있죠. 그래요! 이 말이 딱 맞네! 엘은 라의 현신 같은 친구예요!"

"……라는 불같은 성미와 난폭한 성질을 가진 신 아닙니까?"

많은 이들이 라를 자애로운 신이라고 하곤 했지만, 사실 라의 신화를 보면 자애로움보다는 엄격과 더러운 성격이 더 돋보였다.

"제 말이 바로 그거……! 아니, 아니지. 그러니까 제 말은! 태양처럼 따스하고 온화한 성품을 가진 친구라는 소리입니다!"

어쩐지 아주 힘겹게 칭찬을 이어 가던 율리안이 황급히 수정했다.

'그냥 욕을 하지 그러냐.'

다른 건 몰라도 엘을 향한 율리안의 평가가 진실이 아니라는 건 다섯 살짜리 애도 알 것 같았다.

'엘은…… 무척 착하고 순진하지 않던가.'

사실 율리안의 반응이 이해가 가지 않기는 했다. 내게 있어 엘은 이 험한 세상을 어떻게 살고 있는 건지 염려되는 천사 같은 이였으니. 상당히 의심스럽긴 하지만 나쁘진 않은 사람 같다는 게 내 총평이었다.

진지한 물음도 아닌데 굳이 거짓말을 하는 율리안을 떨떠름하게 바라보다 노력이 가상하니 속은 척 정도는 해 주기로 했다.

"어쨌든 나쁜 사람은 아닌 거죠?"

"라이시여, 용서하소서…… 물론 아니죠."

속이고 싶은 마음이 있긴 한 건지, 대놓고 기도를 올리는 율리안을 보며 고개를 돌리고 입술을 꾹 물어 웃음을 참았다. 하여간 웃기는 인간이었다.

'신전에선 그렇게 착하게 살진 않는 모양이지만…… 애초에 이렇게 덮어 주는 친구가 있다는 것 자체가 그렇게 나쁘게 살지 않았다는 뜻 아닐까.'

엘에 대한 평가를 살짝 수정하며 피식 웃었다.

"아, 그리고 엘은 신전 내에서 무척 유명합니다."

뜬금없는 말. 무슨 소린가 싶어 살짝 고개를 갸웃하니 율리안이 눈꼬리를 흐드러지게 휘었다.

"스무 살이 되도록 첫사랑을 못 잊어서 아직도 사랑의 열병을 앓고 있거든요."

짓궂음이 가득 묻어나는 율리안의 입매가 장난꾸러기 소년을 연상케 했다.

'엘이 첫사랑……?'

조금 이상한 기분이었다. 엘이 사랑하는 사람은 누구일까 잠시 의문을 갖다, 나 같은 사람에게도 다정했으니 정말 사랑하는 이에게는 상냥함의 끝을 보여 줄 것 같다고 생각했다.

"……그래요. 말씀해 주셔서 감사합니다. 제게 하실 말은 뭡니까?"

"아, 저도 별건 아닙니다."

싱숭생숭한 기분을 뒤로한 채 율리안에게 물었다. 그가 씨익 웃었다.

"괜찮으시다면 시간 날 때 저희 신전을 한번 찾아 주시지 않겠습니까?"

"그야 어렵지 않습니다만…… 특별한 이유가 있습니까?"

귀족들이야 작은 소원이라도 생기면 신전에 가 공물을 바치고 신관을 통해 기도를 받는 게 통상적이었으니 가는 것이야 어렵지 않았다. 허나 율리안의 태도가 조금 묘해 되물으니 그가 낄낄거리며 웃었다.

"사실 저희 신전에 공녀님을 못 잊어 매일 지랄병을 앓는 개 한 마리가 있어서요. 여기까지 올 용기는 없는 주제에 힘없는 사람들을 물고 뜯는 아주 못된 놈이죠."

"……신전에서 개도 키웁니까?"

"어쩌다 보니 그 개가 우리 신전의 최고 권력자가 되어 버려서."

생뚱맞기 짝이 없는 소리들인데, 어쩐지 이해가 된다. 나는 한숨을 쉬며 고개를 끄덕였다.

"가까운 시일 내에 한번 찾아가겠습니다."

"감사합니다. 이걸로 일주일치 지랄은 벗어난 것 같네요."

'하여튼 이상한 사람.'

안도의 한숨을 내쉬는 율리안을 보며 피식 웃었다. 그가 내 웃음을 보고 살짝 놀란 표정을 짓는 게 느껴졌지만 차나 한 모금 더 머금을 뿐이었다.

"돌아가시는데 배웅이 필요하겠습니까?"

"아, 아뇨. 차도 대접해 주셨는데 배웅까지 부탁드릴 수야 없죠."

"그럼 멀리 나가진 않겠습니다."

탁자 앞의 마력 벨을 흔드니 10초도 채 지나지 않아 시종이 문을 두드렸다. 응접실의 문을 열며 율리안에게 악수를 청했다.

"몸 조심히 돌아가시길 바랍니다. 태양의 가호가 늘 함께하시길."

"만나 뵈어 반가웠습니다. 늘 빛이 머무는 곳에 거주하시길."

새하얀 은발을 나부끼며 돌아선 율리안이 시종과 함께 걸음을 옮겼다. 벽에 기댄 채 떠나는 그의 뒷모습을 보고 있는데, 휙 고개를 돌린 율리안이 눈을 축 늘어뜨리고 입을 벙긋거렸다.

'……미안, 해요?'

율리안이 내게 미안할 짓을 한 적이 있나 갸우뚱했지만, 그는 이미 복도 너머로 사라진 이후였다.

조금은 기묘했던 하루가 지나갔다.

"몸은 다 풀었나?"

"네."

텅 빈 연무장 한가운데에 서서 스트레칭을 하는 나를 내려다보던 카이사르가 검을 잡은 그의 손목을 가볍게 돌렸다.

하얀 와이셔츠와 하이웨스트 형식의 바지를 입고 있는 카이사르는 그 자체로 빛이 났다. 잘난 얼굴에는 특별한 액세서리가 필요 없다는 것을 다시금 깨달았다.

'저, 용병 일은 그만해도 검은 계속 잡고 싶습니다.'

'그야 어렵지 않다. 공작가 혈육들 전용 연무장이 있다. 원할 때마다 언제든 가

서 연습해라. 다른 사람들 앞에서 오러만 보이지 않도록 조심하고.'

'네! 감사합니다!'

'아, 이번 주 목요일에 시간 있나?'

'특별한 약속은…… 없었던 것 같습니다.'

'그럼 나랑 대련 한 번만 하지 그래.'

'……네?'

'네 실력이 어느 정도인지 확인하고 나도 오랜만에 몸 좀 풀 겸. 안 되나?'

'아, 아뇨. 문제없습니다.'

나와 카이사르가 서슬 퍼런 검을 들고 서로를 마주하게 된 이 상황의 전말이었다.

"슈슈. 살살 하지 말고 아버지를 죽사발 내 버려라."

"아주 작살을 내 버려!"

구경하겠다고 온 칼과 아리아는 패륜적인 말들을 쏟아내며 나를 응원했다. 어쩜 둘 다 카이사르를 향한 응원은 한마디도 없는지, 그가 안쓰러워질 지경이었다.

"자식새끼들 키워 봐야 다 소용없군."

어이없다는 표정으로 칼과 아리아를 돌아본 카이사르가 혀를 찼다. 나도 어이가 없어 작게 웃고 말았다.

"그럼 잘 부탁드리겠습니다."

허리춤에 찬 검집에서 날이 잘 선 검을 뽑아내고 카이사르와 마주 본 채 허리를 숙였다. 카이사르와 나는 둘 다 소드 마스터였기에, 진검으로 대련해도 서로가 다치지 않게 조절할 수 있었다. 잠시간의 시선 교환이 오갔을까, 우리는 동시에 서로를 향해 검을 겨누었다.

쾅!

검이 맞부딪침과 동시에 굉음이 일대를 울렸다. 커다란 바람이 나와 카이사르 사이를 감쌌다. 둘 다 오러를 꺼내지 않은 맨 검이었음에도 소드 마스터끼리의 충돌은 그 자체로 강렬했다.

'같은 수준의 검사와 하는 대련은 재밌구나.'

손목이 살짝 욱신거리는 것을 느끼며 즐거움에 겨워 씨익 웃었다. 빛나는 두 날붙이 틈새로 보이는 카이사르의 얼굴 또한 미미한 흥분으로 달아올라 화사했다.

챙! 챙! 챙!

맞부딪치는 검 사이로 가벼운 탐색전이 이어졌다. 가벼운 탐색전만으로도 땅이 조금씩 패여 갔다. 충돌의 여파로 위험하지는 않을까 문득 걱정스레 칼과 아리아를 돌아보니, 칼이 이미 방어막을 시전하고 있었다. 나는 안심하며 마음껏 검을 휘둘렀다.

'절도 있고 깔끔하지만 묵직하네. 하나하나가 날카롭고.'

가로로 그어지는 살벌한 카이사르의 검을 머리 숙여 피하며 공격을 분석했다. 그의 검은 틀과 기본이 갖추어진 기사들의 검과도 비슷했으나, 무척 변칙적이고 난폭한 것이 용병들의 검과도 닮아 있었다.

'역시 카이사르 크리시스.'

호사가들이 대륙의 최강자를 논할 때 절대 빠지지 않는 이름. 그 명성이 헛것이 아니라는 걸 증명하듯 강력한 공격들이 쏟아졌다.

묵직한 공격들을 재빠르게 막아 내고 이를 악물며 검을 휘둘렀다. 나는 어떤 수련도 없이 오직 생존을 위해 검을 휘두르다 소드 마스터가 된 경우이기에, 힘도, 기술도 그에 비해 떨어졌다. 검을 휘두른 세월의 차이가 있는 만큼 카이사르에 비해 능숙함도 떨어졌다. 허나 그런 사실을 안다 해도. 내가 그보다 약한 건 삶의 형태를 보든 길이를 보든 당연한 일이었음에도.

'지기 싫다.'

늘 잠잠하던 내 속에 불꽃이 타오르기 시작했다. 불씨 위로 떨어진 흥분과 오기 같은 것들이 장작이 되어 내 심장을 살랐다.

나는 여태껏 베기에만 치중하던 공격 패턴을 바꾸기로 했다. 카이사르의 복부 쪽에 검을 휘두르는 척하다, 갑자기 방향을 틀어 그의 어깨로 검을 찔러 넣었다.

"……!"

앞서 복부 쪽을 방어하던 카이사르의 검이 조금 다급하게 어깨를 막았다. 먹히지는 않았지만 카이사르의 페이스를 조금이라도 흔들기에는 충분했던 공격이었다.

"……검이 상당히 변칙적이군."

조금 놀란 표정으로 나를 바라보는 그를 향해 씨익 웃었다. 미친 듯이 뛰는 심장의 박동을 따라 하나로 묶었던 머리를 거칠게 풀어헤쳤다. 손가락 아래 풀려나간 기다란 머리카락이 허공을 수놓았다.

검사임에도 거추장스럽게 머리칼을 엉덩이까지 기르고 있는 이유를 묻는다면, 나는 이렇게 답할 것이다.

"이제 애들 장난은 그만하죠, 아버지."

내 긴 머리는 내 싸움에 어떤 방해도 되지 못할 만큼, 내가 강하기 때문이라고.

쉬익!

거친 돌풍과 함께 검날 위로 폭발적인 검은 오러가 새겨졌다. 심장을 잇는 모든 핏줄을 타고 흐르는 마나들이 미친 듯이 날뛰기 시작했다. 어느새 내 온몸이 검은빛으로 물들고 눈동자 역시 붉어졌다.

싸움을 길게 끌 생각은 없다. 애초에 카이사르가 길게 끌려 줄 위인도 아니고, 무엇보다 장기전으로 가면 체력이 약한 내가 전적으로 불리했다. 처음부터 전력으로 갈 생각이었다.

"하, 하하!"

그런 나를 멍하니 바라보던 카이사르가 구슬땀이 엉겨 붙은 앞머리를 쓸어 넘기며 호탕하게 웃음을 터트렸다. 나를 바라보는 그의 눈이 곱게 접혔다. 처음 보

충직한 검이 되려 했는데 1

는 카이사르의 환한 웃음이었다.

"여부가 있겠나. 따님의 뜻대로."

쾅!

목덜미에 소름이 돋을 정도로 강렬한 마나의 폭주. 검은 바람으로 가득하던 연무장 일대에 핏빛 안개가 스몄다. 카이사르의 눈동자만큼이나 붉은 오러가 그의 주위에서 날뛰었다. 카이사르의 눈동자가 살기로 번뜩였다. 나와 필적하는 존재가 눈앞에 있음에 본능적으로 온몸이 긴장했다.

'즐거워.'

허나 몸이 긴장하는 것과는 별개로, 심장에서는 끊임없이 아드레날린을 뿜어내며 흥분과 즐거움을 고조시켰다. 오랜만에 날뛰는 감각들에 즐겁기 짝이 없었다. 난 앞머리를 쓸어 넘기며 세상 다시없을 만큼 환히 웃었다.

"그럼 아버지 실력 한번 봐야겠습니다."

부러 도발하듯 뱉은 말에 카이사르는 오만한 미소로 답했다. 검사 사이에 긴 말은 필요 없었다.

콰콰콰쾅!

우리는 검으로 대화하니까.

오러가 깃든 두 소드 마스터의 검이 충돌하자 온 일대가 들썩였다. 그 소음과 진동까지도 즐거워 광기가 깃든 미소를 잔뜩 머금은 채 미친 듯이 검을 휘두르기 시작했다.

'아, 좋아.'

스스로가 지나치게 흥분했음을 알았다. 허나 소드 마스터가 된 후 처음으로 실력이 비슷한 상대와 해 보는 대련이었기에, 흥분을 참기 어려웠다. 광인처럼 웃음을 터트리고 있는 카이사르의 상황도 달라 보이지 않았다.

검을 마주치는 지금 이 순간, 우리는 그 어느 때보다 닮아 있었다. 범인의 이해를 벗어난 강자들로서 서로의 유일한 이해자였다.

챙! 채챙! 캉!

검이 맞부딪치는 속도가 점점 빨라진다. 얼마 지나지 않아 일반인의 눈에는 검이 움직이는 속도가 보이지 않는 수준에 다다랐다.

객관적인 실력 면에서는 확실히 내가 밀렸다. 허나 방어라는 소모적인 행동을 형식적으로나마 하는 카이사르에 비해, 나는 오직 공격만 감행했기 때문에 쉬이 결판이 나지 않았다.

"젠장! 방어는 좀 하란 말이다!"

내 머리카락 끝을 자르며 실제로 내 옆구리를 벨 뻔한 카이사르가 황급히 검을 빼내며 소리쳤다. 나는 검이 내 옆구리를 베든 말든 그의 허벅지를 향해 검을 찔러 넣었다. 카이사르가 조금 다급하게 공격을 막았다.

실력 면에서는 나를 올라서는 카이사르가 아직도 이기지 못하고 있는 이유는, 그가 나를 실제로 베기를 주저하기 때문이었다. 나는 이미 온몸에 마나를 두르고 있어 실제 검에 찔려도 그리 크게 다치지 않는다는 걸 알고 있을 텐데도 그는 내 몸에 검이 닿으려고 하면 당황하며 물러섰다. 그리고 그게 바로 카이사르가 패한 요인이었다.

'한 번에 끝낸다.'

시야를 거슬리게 할 정도로 세차게 흐르는 땀방울을 고개를 흔들어 털어 내며 마지막 공격을 준비했다.

벌써부터 다리가 떨린다. 장기전으로 가면 확실히 내가 불리했기에 여기서 끝내야 했다.

'어떻게 해야 이길 수 있지?'

카이사르의 발목을 공격하려다 실패하고는 살짝 물러서 입술을 꽉 깨물었다.

충직한 검이 되려 했는데 1

승부욕이 속을 불살랐다. 반드시, 반드시 이기고 싶었다.

'그냥 몰아붙이는 걸론 안 돼. 순수한 근력으론 내가 떨어지니까. 실력도 내가 떨어져. 나보다 강한 상대는 어떻게 이겨야 하는 거지? 나는 여태껏 나보다 훨씬 강하던 마수들을 어떻게 이겨 왔지? 나는……!'

스스로를 몰아붙이며 머리가 과열되도록 뇌를 굴렸다. 그리고 퍼뜩 떠오르는 한 가지.

'소를 내어 주고 대를 얻는다.'

그것이 내가 감당할 수 없는 재앙들과 맞서 온 방법이었다. 희생을 결심한 이상 주저할 건 없다. 입가에 만연한 미소를 띤 채 조금 느리지만 묵직하게 이어 가던 공격 패턴을 오직 스피드에만 치중한 속검으로 바꿨다. 카이사르는 내 속셈을 읽으려는 듯 미간을 좁히면서도 빨라진 속도를 곧잘 따라왔다.

'좀 더, 더.'

근력이 떨어지는 만큼 스피드를 길러 온 나는, 정면 돌파에서 속도로 밀어붙이는 방법으로 전략을 바꾼 것처럼 속도를 올려 갔다. 몇 번이고 서로의 살을 노리다 머리칼을 베고 옷자락을 베는 아슬아슬한 검무가 이어졌다. 소드 마스터의 속도를 따라오려 애쓰는 인간의 몸뚱이가 욱신거렸지만 멈추지 않았다.

초월한 속도에 두 날붙이의 실체는 보이지 않고 오직 돌풍 같은 바람만 나와 카이사르 사이를 채우고 있을 때.

"젠장, 너……!"

나는 검을 내렸다.

막강한 힘으로 맞부딪치고 있던 두 검 중 하나가 훅 내려가자 당연한 순차로 부딪칠 대상을 잃은 카이사르의 검이 속도와 힘을 이기지 못하고 내 어깨를 향해 돌진했다. 당황한 카이사르가 검을 멈추려 했지만, 이미 힘껏 휘두른 칼의 반동을 그 순간에 멈출 수 있을 리 없었다.

그의 검 끝이 내 어깨를 꿰뚫기 위해 휘둘러질 때, 나는 피하기는커녕 그 검 앞으로 돌진했다.

푹.

섬뜩한 소리와 함께 내 왼쪽 어깨가 꿰뚫렸다. 온몸에 마나를 두르고 있었기에 뼈가 부러지지는 않았겠지만, 검이 꽤 깊이 들어간 것 같았다.

어깨에서 떨어진 붉은 선혈이 땅바닥을 적시고, 카이사르의 검 끝이 붉게 물들 때.

"제가 이겼습니다."

내 검 끝은 정확히 카이사르의 목을 겨누고 있었다.

'이겼다!'

고통이고 뭐고 내 알 바가 아니었다. 내게 중요한 건 내가 먼저 카이사르의 목덜미를 틀어쥐었다는 사실뿐이었다. 흥분을 감추지 못한 발그레한 얼굴로 배시시 웃었다.

"이 미친 새끼야!"

그리고 그런 내 시야를 덮은 건 휘날리는 분홍색 머리카락이었다.

짝!

연무장 일대를 울릴 정도로 커다란 마찰음과 함께 카이사르의 얼굴이 돌아갔다. 눈꼬리에 눈물을 단 아리아가 카이사르의 뺨을 내리치고도 진정하지 못한 것처럼 씩씩거리며 카이사르의 정강이를 마구 걷어찼다.

'어……?'

상황을 파악하지 못하고 눈만 끔뻑이는 내 앞으로는 광포한 표정을 지은 칼의 얼굴이 나타났다.

"미쳤나? 돌았냐고! 어쩌자고 거기에 달려든 거지? 널 걱정하는 사람은 안중에도 없지!"

칼이 격분한 목소리로 내게 쏘아붙였다. 영문 모를 말에 어버버하다 고개를 갸웃했다.

　　　　　　　　　　　　　　충직한 검이 되려 했는데 1

"저, 저 되게 잘하지 않았습니까? 저 이겼는데……."

"이 미친, 진짜!"

짝!

내 얼굴이 휙 돌아갔다. 하나도 아프지는 않았지만 내 뺨을 친 대상이 너무 충격적이라 뺨을 잡고 눈을 커다랗게 떴다. 내 얼굴에 손을 올린 건 눈물을 뚝뚝 흘리는 아리아였다.

"아, 아리아……?"

"야! 너 돌았어?"

"……뭐?"

생에 처음 들어보는 아리아의 '너'라는 호칭에 나는 넋이 나갔다. 눈앞에는 정말 오랜만에 보는, 격노한 아리아가 서 있었다.

"내가 그만하라고 했지, 내가 그만하라고 했지!"

분노를 주체하지 못해 정신이 나간 것처럼 그만하라고 했다는 말만 몇 번이고 반복했다. 나는 상황을 파악하지 못하고 벙찐 표정을 지었다.

"모, 못 들었는데……."

"했어! 했다고! 중간에 제발 그만하라고 했잖아!"

너무 집중한 나머지 아무것도 듣지 못한 모양이었다. 펑펑 눈물을 흘리는 아리아가 내 다치지 않은 쪽 어깨를 퍽퍽 내리쳤다. 그제야 정신을 차리고 주위를 둘러보았다.

나와 카이사르의 대련으로 쑥대밭이 된 연무장. 머리칼과 옷이 잘리고 찢긴 채 어깨에서 피를 뚝뚝 흘리는 나. 지옥에서 기어올라 온 야차 같은 표정으로 내 상처를 살피는 칼. 나를 베란다에 거꾸로 매달아 놓고 싶다는 표정으로 노려보는 아리아. 내 피가 묻은 검을 잡은 채 딱딱하게 굳어 버린 카이사르.

늘 나른하던 눈동자가 당혹스러움으로 물들고 무료하던 얼굴은 무섭도록 굳었다. 검을 쥔 그의 손이 덜덜 떨리고 있었다.

카이사르는, 그 고고하고 무감각하던 붉은 검귀 카이사르 크리시스는, 나 때문에 공포에 질려 있었다.

카이사르와 긴 시간을 본 것은 아니었으나, 그럼에도 처음이었고, 앞으로도 그에게서 볼 리 없을 거라고 생각했던 표정이었다.

"하! 그래, 평소에도 이렇게 싸웠어? 언니 몸은 생각도 안 하고 미친개처럼 달려들기만 했냐고! 그래서 늘 그렇게 죽사발이 돼서 돌아온 거야?"

아리아가 내 멱살을 잡아끌었다. 지나치게 흥분한 기색의 아리아를 어떻게 해야 할지 몰라 멍하니 아리아를 바라보았다.

그래. 그랬다. 나는, 평생을 이렇게 싸웠다. 내 살을 내줌으로써 살아남았고, 피와 시련을 거쳐 성장했다. 피로 물든 재앙이 되어, 다른 재앙들을 죽였다.

'하지만 그런 내 인생은 네가 모르길 바랐어.'

멍청하게 눈가에 물기가 돌아 미간을 찌푸렸다. 나는 아리아의 두 손을 조심스레 잡았다.

"그러니까…… 나는, 검을 제대로 배우지 못해서, 공격하고 달려드는 것밖에 몰라. 그래서, 그랬어. 널 걱정시키고 싶었던 게 아니야. 내가 무식해서 그래."

"언니가 왜 무식해! 저 새끼가 잘못한 거지!"

천천히 아리아를 달래는데, 왜인지 아리아는 더더욱 분기탱천하며 카이사르를 삿대질했다. 칼조차 카이사르에게 날카로운 눈총을 보냈다. 분위기가 너무 과열된 것을 느끼고 당혹스러워하는데, 따뜻한 품이 나를 훅 덮쳤다.

"……공작님?"

당혹스러움에 '아버지'라는 호칭 대신 경칭이 튀어나왔다.

맞닿은 몸이 덜덜 떨려 왔다. 카이사르에게서 떨어진 식은땀이 내 목덜미를 간지럽혔다. 그는 내 피가 자신의 흰 와이셔츠 위로 번지든 말든 상관하지 않고 내 몸을 으스러져라 안았다.

"다시는, 다시는 내가 내 손으로 널 해하게 하지 마라."

카이사르의 목소리가 파르르 떨리고 있었다. 나는 그제야 내 잘못을 깨달았다. 나를 안고 있던 그는 한참 뒤에야 내 어깨를 잡아 밀며 나와 얼굴을 마주했다.

땀에 젖어 축 내려온 앞머리. 파르르 떨리는 입술. 절망으로 촉촉하게 젖은 붉은 눈동자. 그는 두려워하고 있었다.

"아무것도, 정말 아무것도 하지 않아도 괜찮으니 제발 다치지 마라. 위험 앞에선 도망치고 방어하란 말이다! 대체 무슨 생각으로 달려든 거냐! 열 번이고 백 번이고 얼마든지 져 줄 테니 제발, 제발……."

다시금 카이사르의 품에 폭 안겨 들었다. 나를 안은 떨리는 팔에서, 흐르는 식은땀에서, 나는 기묘하게도 그가 나를 진정으로 사랑하고 있다는 사실을 깨달았다.

"다치지 마라, 제발……."

포근한 품 안에서 스르륵 눈을 감았다. 나는 천천히 카이사르를 마주 안았다. 간원하는 그 목소리 앞에서 할 수 있는 대답은 하나뿐이었다.

"……네, 아버지."

어깨에서는 피가 흐르고, 온몸은 욱신거림에도 마음이 따뜻하다. 사랑받고 있다는 기분에 속도 없이 웃음이 나왔다.

화악.

"와……."

내 어깨를 타고 퍼져 나가는 빛에 탄성을 뱉었다.

처음으로 느껴 보는 요정의 치유력. 신성력과 비슷하면서도 다른 감촉이 어깨를 간질이는 것에 눈을 반짝였다.

"이 상황에 와…… 같은 탄성이 나오나 봐. 와플처럼 납작 눌리고 싶나……."

서늘한 목소리에 재빨리 입을 닫았다. 온몸이 어는 것 같은 차가운 눈초리에 모순적으로 식은땀을 흘리며 슬쩍 눈치를 봤다.

"아리아. 내가 잘못했……."

"입 닫아. 지금 사과하면 바로 풀려 버릴 것 같으니까."

내겐 늘 천사 같았던 아리아가 내게 거친 말을 했다는 건 적잖은 충격을 주었다. 상처로 입을 살짝 벌리다, 지금은 내가 잘못했다는 생각에 죄인처럼 고개를 숙였다.

화악.

"음…… 이제, 다 나은 것 같은……."

"입."

나는 순한 표정으로 입을 다물었다. 아리아는 자신이 요정 혼혈이라는 것을 알자마자 치유력을 기르기 시작했고, 이제 작은 상처쯤은 쉽게 치료할 정도였다.

조금의 흔적도 남지 않고 완벽하게 치료된 내 어깨에 일곱 번째 치유력을 쏟아붓는 아리아에게서는 강박이 보였다.

'얼마나 놀랐을까.'

그렇게 해서는 안 됐다. 나는 가족 모두에게 못 할 짓을 한 것이다. 얼마나 놀랐던 건지 아직도 새하얗게 질려 있는 아리아의 뺨에 손등을 대고는 쓰게 웃었다.

"……잘못했어, 아리아. 용서해 줘."

은구슬 같은 물방울이 툭 떨어져 내 손을 적셨다. 입술을 꾹 물던 아리아가 내게 달려들어 나를 안았다. 나는 가슴 압박 붕대만 두르고 상의를 벗은 몸으로 부둥켜안은 게 민망했지만 아리아를 마주 안아 주었다.

"다시는 그러지 마."

"응."

"다시는, 언니 몸을 희생시키지 마."

"……응."

어깨를 적시는 물기를 모르는 척한 채 분홍색 머리칼을 몇 번이고 쓰다듬어 주었다. 잠시 우리가 서로의 온기를 나누고 있을 때.

똑똑.

"테일러입니다. 실례가 되지 않는다면 들어가도 되겠습니까?"

테일러가 방문을 두드려 왔다.

웃옷을 챙겨 입고 나간 방문 앞에는 테일러가 서 있었다. 그가 건넨 것은 서류 봉투였다. 보자마자 무엇인지 짐작한 나는, 미소 지으며 아리아에게로 돌아왔다. 마침 아리아에게 주려고 했던 서류였다.

"……내게 사업 총책임자를 맡기겠다고?"

서류를 모두 읽은 아리아는 얼떨떨한 표정으로 서류를 내려놓았다. 나는 차를 한 모금 마시고는 고개를 끄덕였다.

"응. 카트린느 부인에겐 이미 말해 뒀어. 아버지께도 네가 하네스와 바디체인 사업의 총책임자가 될 거라고 말씀드렸고. 내일부터 테일러가 네 사업 교육을 맡을 거야."

"어, 언니."

"총책임자라고 해서 부담 가질 거 없어. 모두가 널 도와줄 거고, 네가 사업에 익숙해지기 전까진 전체적으로 테일러가 관리할 테니까. 아버지 말로는 사업을 아예 말아먹어도 금고에 흠집도 안 간다고 하니까 마음 편하게 해."

"잠깐, 잠깐!"

상황 파악을 하지 못한 듯 삐걱거리던 아리아가 벌떡 일어났다. 동그래진 하늘색 눈이 혼란스럽게 서류를 다시금 읽어 내려갔다. 서류의 내용인즉슨, 아리아 크리시스가 하네스와 바디체인 사업의 총책임자가 된다는 것이었다.

"내가 왜? 이건 언니가 하는 거 아니었어?"

"너도 알다시피 난 책상에 앉아서 서류 처리하는 것엔 그다지 재능이 없어. 내가 잘하는 건 검을 휘두르는 거지."

혼란스러워하는 아리아를 달래듯 잔잔하게 말을 이었다. 내가 잘하는 건 예나 지금이나 몸을 움직이는 일이다. 끊임없이 검을 휘두르고 마수를 때려잡는 일 같은 것. 머리로 하는 것도 정 시킨다면 못하지는 않지만, 그 분야로는 나와 비교도 되지 않는 천재가 옆에 있는데 내가 할 필요성을 느끼지 못했다.

'……이게 뭐야?'

'응, 『역대 제국의 경제 성장과 제국의 경제가 대륙에 끼친 영향』! 도서관에서 빌려왔어!'

'이걸 읽고 있었어……?'

'아니! 그건 이미 다 읽었어! 지금은 『사업 흥망성쇠의 원인과 고찰』 읽고 있어!'

'이해가 돼?'

'으응. 모르는 단어들이 있어서 조금 어렵긴 했는데 대충 이해는 돼. 책 내용은 다 외웠어!'

아리아는 단연 세기의 천재였다. 돈이 없는 탓에 그 천재적인 두뇌에 걸맞은 교육을 시켜 주지 못한 것이 내 천추의 한이었다.

"나는 이 사업을 계획할 때부터 널 염두에 두고 있었어."

자신 없이 흔들리는 아리아의 눈동자를 똑바로 마주했다.

"네 의견을 묻지 않고 진행해서 미안해. 네게 꼭 시켜 주고 싶어서 진행을 조금 급하게 했어."

"아니, 그건 괜찮은데……."

입술을 꾹 문 아리아가 느리게 서류를 쓸었다. 분명 혼란스러워 보였음에도, 푸른 두 눈에 넘실거리는 것은 완연한 야망이었다.

"내가 잘할 수 있을까……?"

두 눈은 뜨겁게 이글거리는 야망을 품고서도 입술은 자신 없는 소리를 하는 것이 귀여워 나는 푸스스 웃었다.

'아리아는 절대 귀족 영애로 끝날 아이가 아니야.'

나는 아리아를 잘 안다. 아리아는 배움에 대한 열망과 새로운 것을 개척하고픈 야망을 가득 품은 아이였다. 나는 그런 아리아가 제 꿈을 펼치기를 바랐다.

"네가 싫다면 강제하진 않을 거야. 싫은 걸 억지로 하길 바라진 않으니까."

나는 신뢰가 가득히 깃든 눈으로 아리아를 바라보았다.

"다만 나는 네가 잘할 수 있을 거라고 믿어. 조금의 의심도 없이."

아리아는 어린 시절부터 경제와 사업에 관심이 많았고, 범인과는 비교를 거부하는 계산 속도와 냉철한 판단력을 지니고 있었다. 거기다 사교에도 뛰어났으니, 타고난 사업가라고 확신할 수 있었다.

'원작에선 왜 이런 아리아의 재능을 묵혀 두었던 건지.'

원작에서 부각된 아리아의 장점은 요정같이 아름다운 외모와 무식하도록 선한 성격, 요정 혼혈로서 타고난 치유력뿐이었다.

'전형적인 여주인공의 상이었지.'

원작에선 아리아를 천사표 여주인공으로 만들기 위해 아리아의 요정 같은 점만 부각시켰다. 그 때문에 인간 아리아로서의 무궁무진한 가능성은 모두 묻혀 버린 것이다.

'네 자의로 천사표 여주인공처럼 살기를 바란다면 말릴 수야 없겠지만, 내가 여태껏 봐 온 너는 그렇지 않았으니까.'

"네 스스로를 믿지 못하겠다면, 네 언니가 믿는 아리아 크리시스를 믿어 봐. 네 언니는 사람 보는 안목이 꽤 좋거든."

너스레를 떨 듯 덧붙이고 부드러운 시선으로 아리아를 바라보았다.

"물론, 선택은 온전히 네 몫이야."

강요는 하지 않는다. 내가 바라는 것은 아리아의 행복이니까. 선택은 온전히 아리아의 몫이어야 했다. 알 수 없는 감정이 일렁이는 눈으로 나를 응시하던 아리아가 굳게 결심한 표정으로 서류를 들어 올렸다.

"……할래."

넘실거리던 불안함을 깨끗이 씻어내고 자신감으로 채운 하늘빛 눈동자가 자신만만하게 휘어졌다.

"나, 할 수 있어."

역시 내 동생이었다.

· —&{·❀·}+3— ·

"오늘 아침, 너희를 데리고 입궁하라는 명이 내려왔다."

봄이 코앞으로 다가온 어느 겨울날, 아리아와 나를 불러들인 카이사르가 황궁 초대장을 내밀었다. 초대장을 멀뚱히 바라보다 마시던 차를 내려놓았다.

"무슨 일 있습니까?"

"황제가 너희를 만나고 싶어 한다. 너희가 준비되지 않았다고 둘러대서 최대한 입궁을 미뤘건만…… 미안하다. 황제가 더는 그 빌어먹을 호기심을 못 참나 보군."

혀를 차는 카이사르에게는 지긋지긋하다는 기색이 가득했다. 나와 아리아는 황족 모독을 가벼이 입에 담는 카이사르를 이제는 익숙하게 바라보았다. 그가 얼굴을 구겼다.

"너희, 황제 앞에서 절대 흥미롭게 보여선 안 된다."

"……네?"

"아니, 너희 둘 다 너무 흥미로워 관심을 받는 건 어쩔 수 없으려나. 젠장…… 하여간 눈에 띄는 행동을 해선 안 된다."

황제를 모르는 아리아는 카이사르의 충고에 이해할 수 없다는 표정을 지었지만, 원작을 아는 나로서는 어색한 웃음을 지을 뿐이었다.

현 황제는 남주인공 디에고의 아버지 헬리오스 1세. 뛰어난 정치적 감각과 대중을 단번에 사로잡는 위엄, 호탕한 성격을 지닌 성군이었으나, 단점이 하나 있었다.

'지독한 흥미주의자라고 했지.'

그는 원작 칼과 비슷한 수준의 미친 흥미주의자였다.

속으로 푹 한숨을 쉬었다. 원작에서는 아리아를 만난 헬리오스 1세가 재밌어 보인다는 이유로 아리아에게 황태자비를 권하던 에피소드까지 있었으니, 돌기는 어지간히 돈 사람이었다.

'엮이게 되면 골치 아프지만…….'

내 미래 계획을 위해서라면 필연적으로 엮여야만 하는 인물이다.

솟아오르려는 두통을 꾹꾹 눌렀다. 황제가 아무리 미친 짓을 해도 잘 보여야 한다고 스스로를 세뇌시켰다.

"아리아, 슈슈, 준비해라. 우리는 오늘 오후, 빠르게 입궁하고 빠르게 돌아온다."

엄숙한 표정을 지은 카이사르가 전장에 출전하는 기세로 입궁을 선포했다.

"이 집안은 그다지 마음에 들지 않지만 언니가 이런 옷들을 입을 수 있게 됐다는 건 너무 행복해."

황홀해하며 중얼거리는 아리아의 말에 머쓱하게 머리를 긁적였다. 화려한 바로크 문양이 은실로 새겨진 검은 정장과 와이셔츠 위에 착용한 두 줄 형식의 하네스는 내 몸에 딱 맞았다.

'이렇게 좋아하면 평소에도 잘 입을 걸 그랬나.'

검은 와이셔츠에 검은 망토만 대충 두르고 다니던 나날들을 떠올리며 머쓱하게 웃었다. 워낙 어둡고 음침한 옷들만 고집해 전에 어떤 이에게 어둠의 자식이 냐는 소리까지 들었던 나로서는 할 말이 없었다.

'나야 불편하지만 않은 옷이면 충분하지만…… 아리아가 저런 옷을 입을 수 있다는 건 좋네.'

화사한 연둣빛 드레스를 차려입은 아리아를 뿌듯하게 바라보았다.

"아비 앞에서 집안이 마음에 안 든다는 소리를 하는 내 둘째 따님도 참 대단하단 말이지."

"이런. 공작님 거기 계셨어요? 내가 우리 언니 보느라 공작님 계신 걸 깜빡했지 뭐예요."

내 옆에 앉은 카이사르가 실소를 터트리자 맞은편의 아리아가 천연덕스럽게 웃었다. 아웅다웅하는 둘을 보며 빙긋 웃었다.

'그래도 첫 만남을 생각하면…… 많이 발전한 거지.'

카이사르의 목을 조르던 아리아를 떠올리니 목 뒤가 서늘해졌다. 카이사르는 아리아를 범 무서운 줄 모르는 하룻강아지로, 아리아는 카이사르를 짜증 나는 멸대 1 정도로 보는 것 같지만, 그래도 몇 달간 함께 생활하니 서로 미운 정이나마 든 것 같았다.

"황궁이군요."

창문 밖을 가리켰다. 태양 제국이란 이름답게 번쩍이는 금빛으로 꾸며진 황궁은 휘황찬란했다. 우리는 크리시스 공작가의 문양이 찍힌 마차를 탄 덕분에 검문한 번 없이 황궁에 들어섰다.

안내를 따라 알현실로 발걸음을 옮기며 화려하게 장식된 황궁을 둘러보았다. 깔끔함을 중시하는 크리시스 저택과 화려함이 중점이 된 황궁은 분위기가 사뭇 달랐다.

"황제 폐하와 황태자 저하께서 기다리고 계십니다."

우리를 커다란 문 앞으로 이끈 늙은 시종이 고개를 숙이며 말했다. 흠칫 놀라 카이사르를 돌아보았다.

"황태자 저하도 함께 뵙니까?"

"그래."

'젠장……'

입술을 깨물었다. 춤 요청을 걷어찬 지도 얼마 되지 않은 데다, 디에고는 미르인 나를 본 적 있는 이였기에 조금 불편했다. 껄끄러워하는 나를 본 아리아가 눈을 부라렸다.

"설마 황태자 저하가 언니를 불편하게 해? 저번엔 춤도 신청하더니……."

"아, 그런 건……."

"황태자가 슈슈에게 춤을 신청했다고?"

카이사르가 금시초문이라는 표정으로 눈을 부라렸다. 카이사르는 데뷔탕트내내 황제의 칙령으로 바빠 디에고가 내게 춤을 신청하는 걸 보지 못했다. 이후 데뷔탕트는 어땠느냐 묻는 물음에도 그저 괜찮았다고 얼버무렸고.

사교계에 관심이 없는 카이사르는 소문에도 어두웠기에 여태껏 데뷔탕트에서 일어났던 일을 몰랐던 게 분명했다. 해명을 요하듯 뜨겁게 불타는 카이사르의 눈을 피하며 땀을 뻘뻘 흘렸다.

"신청하시긴 했는데……."

"역시 저하가 언니를 보는 눈이 심상치 않았어요. 분명 사랑에 빠진 눈이었다니까!"

"……그 어린 여우가 언젠간 일을 벌일 줄 알았다. 역시 슈슈를 함부로 내놔선 안 되는 건가…… 그래서 황태자와 춤을 춘 건가?"

"아뇨. 춤은 웬 신관복 입은 남정네랑 추더라고요. 그 인간 뒷조사가 좀 필요할 것 같은데……."

"저택에 돌아가서 그 남자 인상착의를……."

"둘 다 그만하십시오."

멀뚱히 서 있는 늙은 시종 앞에서 다른 사람이 들을까 두려운 말들을 속닥거리는 두 사람을 황급히 저지했다. 둘의 사이를 염려했던 게 무색하게도 둘은 쿵짝이 아주 잘 맞았다.

"문 열어 주시죠"

이대로 됐다가는 아리아가 카이사르에게 데뷔탕트에서 일어난 일들을 다 고해 버릴 것 같았다. 어쩔 줄 모르고 눈만 굴리고 있는 늙은 시종에게 명하자, 그가 고맙다는 눈빛을 보내며 문을 열었다.

"크리시스 공작님과 공녀님들이 도착하셨습니다."

황금빛으로 번쩍이는 응접실이 눈부셨다. 잠시 응접실 내부를 감상하다, 화려한 장식들 사이에서도 절대 빛이 죽지 않는 고고한 남자에게로 시선이 고정되었다.

화려한 의자 위에 권태롭게 앉아 있는 인영. 분명 쉰 살을 바라본다고 했건만 스무 살 후반이라고 해도 믿을 법한 인상. 허리를 넘어 흘러내리는 황금빛 머리칼과 푸르른 청염을 머금은 나른한 맹수의 눈동자.

태양이 지지 않는 솔라티네 제국의 황제, 헬리오스 1세였다.

'데뷔탕트 때 나한테 윙크하던 사람이라곤 믿기지가 않는데.'

태양이 눈앞에 빛나는 듯한 기분을 느끼며 속으로 감탄했다. 나이 든 디에고라고 해도 믿을 정도로 디에고와 판박이인 황제는 과연 지배자라는 칭호가 어울릴 만큼 무거운 위압감을 머금고 있었다.

피부가 따가울 정도로 나를 응시하는 디에고의 시선을 피해 부러 황제에게 시선을 고정하니, 무료하게 창밖을 바라보던 황제가 내게로 고개를 돌렸다.

눈이 마주친다. 헬리오스와 나 사이에 꽤 오랫동안 시선이 오갔다. 나를 날카롭게 관찰하는 짙은 시선. 위압감이 어깨를 누르는 불편한 감각을 느꼈으나, 그의 눈을 피하지 않았다. 내 경험상 이런 사람과의 만남에선 절대 꿇고 들어가서는 안 됐다.

충직한 검이 되려 했는데 1

내 어디까지 파헤쳤을까, 날 선 시선을 천천히 떼어 낸 헬리오스가 천천히 입꼬리를 올렸다. 열방을 비추는 태양처럼 화사한 미소였다. 그 예술 작품 같은 웃음을 한참 바라보고 있었을 때.

"오."

얼마 뒤 열리는 황제의 산홋빛 입술을 보며 나는 깨달았다.

"그대가 바로 내 아들놈을 찼다는 카슈미르 크리시스 영애인가?"

황제의 위엄은 딱 입을 열기 전까지만 이어진다는 것을.

헬리오스는 단단히 미친놈이었다.

"내 그대들을 아주 만나보고 싶었네. 공작이 딸 생겼다고 어찌나 유세를 부리던지! 내 부러워서 배가 아프더군!"

"아, 하하……."

"오! 아리아 공녀! 공녀로 인해 사교계가 아주 뜨겁던데! 하네스와 바디체인이라고 불리는 액세서리들을 판매하기 시작했다지? 어린 나이에 아주 대단하더군. 요새 시종들이 툭하면 하네스가 최고 유행이라고, 안 차면 폐하는 시대에 뒤떨어지는 거라고 얼마나 잔소리들을 하나 몰라!"

"어…… 감사……."

"영애가 사교계를 휘어잡았다는 얘기도 자주 들리더군. 영애가 사교계에 진출한 지 이제 몇 달 되지도 않았는데 말이야! 대단한……."

그러니까, 황제는 그렇게 안 생겨서 엄청난 수다쟁이였다.

감사하다는 말을 할 틈조차 주지 않고 칭찬을 쏟아붓는 황제를 보며 상당히 떨떠름한 표정을 지을 수밖에 없었다.

폭력에 가까운 칭찬들을 받으며 말라 가는 아리아를 안쓰럽게 바라보다, 뺨 위로 닿는 뜨거운 시선에 지금 내가 누군가를 걱정할 처지가 아니라는 걸 자각했다.

'나를 눈빛으로 태워 죽이고 싶은 건가.'

디에고의 집요한 시선을 필사적으로 피하며 그렇게 생각했다. 알현실로 들어선 순간부터 지금까지 디에고와 나는 시선 술래잡기를 하고 있었다.

'아악! 악!'

뜨거운 시선을 애써 무시하며 속으로 소리를 질렀다. 눈 마주치는 것 정도는 별일 아니라는 것도, 이렇게까지 피하는 게 더 이상해 보인다는 것도 알고 있다.

'아 쫌! 자! 자라고!'

'무슨……!'

'잘 자요…… 좋은 꾸우움…….'

하지만 아무리 태연하게 굴려 해도 그와의 마지막 만남에서 했던 만행이 떠올라 죽고 싶어졌다.

'디디가 황태자 디에고일 거라 누가 생각이나 했겠냐고!'

속으로 머리를 벽에 박았다. 한밤중에 암살자의 습격을 받아 거리에 쓰러진 남자를 누가 황태자일 거라고 생각하겠느냔 말이다. 디디를 끽해야 백작가 자제 정도로 생각하고 있던 나로서는 환장할 노릇이었다.

어그러지는 입매를 가리기 위해 떨리는 손으로 찻잔을 기울이는데, 아리아에게 칭찬 세례를 퍼붓던 황제의 시선이 어느새 내게로 향하고 있었다. 순간 찻물을 뿜을 뻔했으나 애써 참았다.

황제의 입가에 어쩐지 불길한 미소가 떠올랐다.

"카슈미르 공녀는 내 정말 만나고 싶었지."

"폐하."

황제가 첫마디를 떼자마자 눈매를 날카롭게 세운 디에고가 낮게 읊조렸다.

웃음을 참는 것처럼 입꼬리를 꿈틀거리던 황제는 디에고를 전혀 개의치 않는 것처럼 내게만 시선을 맞췄다.

"다른 사람도 아니고 황태자인 내 아들을 뻥 차 버린 멋진 사람 아닌가!"

"큽."

"하……."

필터링이라고는 개나 준 황제의 말투에 나는 찻물을 다시금 뱉을 뻔했다.

디에고는 눈을 질끈 감으며 한 손으로 제 얼굴을 덮었다. 또 시작이라는 태도였다.

디에고의 표정을 본 황제가 미친 듯이 웃어 젖혔다.

"아학학! 하학학! 내 그 일로 여태껏 디에고를 놀려 먹었지! 디에고가 날 닮아 얼굴 하나는 출중한데 그 얼굴로 크리시스 공녀한테 차였다고!"

"네?"

"폐하. 슈슈가 당황하지 않습니까."

"거 팔불출 공작은 가만히 있어 보게! 내 즐기고 있지 않나! 하여간 디에고가 공녀한테 차이고는 한동안 냉기를 풀풀……."

"폐하!"

고장 난 나를 가운데에 앉혀 놓고 양옆으로 카이사르와 디에고가 황제의 날뛰는 혀를 제지했지만, 황제는 즐거워 미치겠다는 표정으로 말을 이어 갔다.

"사각관계라니! 짜릿하지 않나! 내 옥좌에 앉아 있느라 그걸 멀리서 구경한 게 한이네. 역시 청춘은 좋단 말이지. 나 때는……."

황제는 마주하는 것만으로도 기가 빨리는 사람이었다. 거의 혼이 나간 채로 찻물을 입에 머금은 채 멍하니 허공만 바라보고 있는데, 허공에서 디에고와 눈이 마주쳤다. 크게 흠칫하는 사이, 강경한 표정을 한 그가 무어라 입 모양을 만들었다.

'뱉어.'

"크흡! 콜록! 콜록콜록!"

"슈슈!"

말의 진의고 뭐고 생각할 것도 없이 디에고의 주문에 걸리기라도 한 것처럼 찻물을 내 무릎 위로 뱉어 버렸다. 눈이 정면으로 마주치며 놀랐던 탓도 있었다.

내가 갑작스럽게 찻물을 뱉자 황제가 말을 뚝 그치고 놀란 카이사르와 아리아가 벌떡 일어났다.

"괜찮아? 뜨겁지 않아?"

"화상은 아닌지 봐라!"

"아, 괜찮, 큼, 괜찮습니다. 식은 찻물이에요. 잠깐 사레가 들려서……."

호들갑을 떠는 카이사르와 아리아를 저지하며 막힌 목으로 겨우 말을 뱉었다. 내가 숨을 고르는 사이, 맞은편에 앉아 있던 디에고가 벌떡 일어났다.

"옷이 젖었으니 갈아입어야겠군. 제가 크리시스 공녀를 탈의실로 안내하겠습니다."

그렇게 많이 젖지도 않았는데. 디에고가 뱉으라고 했던 이유는 이곳을 탈출하기 위해서였던 모양이다. 카이사르와 아리아의 날카로운 눈총이, 황제의 재밌다는 눈빛이 디에고에게로 쏟아졌다.

"자식, 개수작이냐?"

"황제 폐하, 제발 체통을……."

"알았다, 알았어. 그럼 황태자가 공녀를 안내해 주도록 하게."

황제가 입에 담기에는 지나치게 천박한 단어에 디에고가 미치겠다는 듯 마른 세수를 했다. 그제야 황제가 얼굴에서 장난기를 지우고 진지하게 명했다. 이제 와서 진지해져 봐야 여태껏 해 온 게 있어 여전히 장난스러워 보일 뿐이지만, 어쨌든 황제의 명은 명이었기에 디에고를 따라 일어났다.

"그럼 공녀는 날 따라오게."

불만이 가득해 보이는 카이사르와 아리아를 뒤로하고 응접실을 나섰다.

문밖으로 나와 조금 축축한 바지를 살짝 털어 내는데, 딱, 하고 손가락이 부딪치는 소리와 함께 따뜻한 바람이 내 몸을 감싸며 젖었던 옷이 순식간에 말랐다.

"어……."

"기본적인 마법은 할 줄 알아서."

이제는 꽤 익숙해진 낮은 목소리가 내 귀를 간지럽혔다. 흠칫하다 망설임 끝에 고개를 들어 뜨거운 시선의 주인공과 마주했다.

기묘한 감정들로 넘실거리는 푸른 눈동자가 나를 맞이했다.

솔라티네 제국의 황태자, 디에고 일리아스 디 헬리오스 솔라티네.

오두막에서 작은 추억을 함께 만들었던 디디.

디에고이자 디디인 그를 어떻게 대해야 할지 감이 잡히지 않았다.

"……바로 말리실 수 있는데 왜 탈의실에 데려다주겠다고 나오신 겁니까?"

"그 자리에서 탈출하고 싶어서. 그대도 그런 것 같던데, 아닌가?"

역시 자리를 피하려는 속셈이었나 보다. 솔직히 거기 더 있다가는 어색해서 죽어 버릴 것 같았던 것이 사실이었기에 조심스레 고개를 끄덕였다. 디에고가 피식 웃었다.

"많이 당황했겠군. 황제 폐하께서 워낙 사람 놀리는 걸 좋아하시는 분이라. 대신 사과하지."

"아, 전 괜찮습니다."

'나보단…… 네 귀가 안 괜찮은 것 같은데.'

분명 얼굴은 완벽한 포커페이스를 두르고 있지만 디에고의 귀는 타오를 듯 붉었다. 조금 귀엽다는 생각이 들었으나 그가 수치스러워할 것 같아 자연스레 고개를 돌렸다.

솔직히 황제가 놀린 대상이 나였다면 그 자리에서 찻잔에 코를 박고 싶었으니 그 심정이야 이해하고도 남았다.

"이왕 나온 김에 나랑 일탈이나 해 보지 않겠나. 바로 옆 응접실에 잠깐 있다 가는 건 어떤가?"

잠시 디에고와 단둘이 있는 상황과 다시 황제와 마주하는 것 중에 어떤 게 더 곤란한지 고민해 보았다. 다시 황제 앞에서 불편함을 느끼느니, 차라리 디에고 앞에서 정체를 들켰을까 불안해하는 게 정신력 소모가 적을 것 같았다.

"전 좋습니다."

"그럼 이리 오게."

빙긋 웃고는 앞장선 디에고가 조금 전 함께 있었던 응접실 바로 옆문을 열고 성큼성큼 들어갔다. 그를 뒤따라 들어간 방 안은 조금 전 응접실과 컬러 코드가 조금 다르다는 점을 제외하고는 거의 똑같은 모양새였다.

오른편 소파에 앉는 디에고를 보고 자연스럽게 맞은편에 앉았다. 디에고가 탁자 위의 마력 종을 울리자 금방 시종이 들어오더니 나와 디에고 앞에 다과를 준비해 주고 사라졌다.

조금은 어색한 침묵 속에 찻잔을 들었다. 마찬가지로 찻잔을 들어 한 모금 들이컨 디에고가 느리게 입을 열었다.

"슈슈."

"커흑!"

디에고의 입에서 익숙하다는 듯 튀어나온 내 애칭에 또다시 찻물을 뱉을 뻔했다. 다행히 이번에는 꿀꺽 삼키고 헛기침을 하는 정도로 그쳤으나 내 당혹스러움은 그칠 줄 몰랐다.

'알고, 있는 건가?'

표정 관리도 잊은 채 두 눈을 동그랗게 뜨고 그를 올려다보았다. 나와 눈을 똑바로 마주한 디에고가 매혹적인 미소를 지었다.

"공작과 둘째 공녀가 그대를 슈슈, 라고 부르던데, 그대 애칭인가?"

"네, 네? 네, 네. 애, 애칭입니다."

"그대와 충분히 친해진다면 나도 그대를 슈슈라고 불러도 될지 묻고 싶었다네."

당황스러움에 눈빛이 흔들릴 게 뻔한 나를 아무렇지 않은 표정으로 마주한 디에고가 화사하게 웃으며 물었다. 얼떨결에 고개를 끄덕였다.

"고맙군. 그대는 우리 단둘이 있을 땐 언제든지 날 격식 없이 디디라고 불러도 되네. 내 애칭이거든."

"……영광입니다. 조금 더 저하를 알게 되면, 그때 그리 부르겠습니다."

그의 입에서 디디라는 소리가 나왔을 땐 육성으로 지금 나를 놀리는 거냐는 물음이 튀어나올 뻔했지만, 이를 악물어 참고 애써 태연하게 넘겼다. 머리가 아플 정도로 빠르게 돌아갔다.

눈앞의 디에고를 뚫어져라 응시했다. 그는 눈을 휘어 눈웃음을 지을 뿐 내 시선을 피하지 않았다. 디에고의 태도만 봤을 땐 눈치챘다고 보는 게 맞았지만, 그렇다고 확정 짓기에는 실질적인 증거가 없었다.

'그냥 돌파하자.'

빙빙 돌리는 것도 머리 아프다. 나는 애초에 무언가 숨기는 것에 능하지 못했다. 입에 총구를 넣었다 뺐다 하는 더러운 기분을 계속 느끼고 있느니, 차라리 내 손으로 내 머리에 총구를 겨누고 확인사살을 해 버리는 편이 나았다.

"저하. 요새 편찮으신 곳은 없으십니까? 예를 들면 복부 같은 곳이요."

디에고가 습격을 받은 것이 대외적으로 알려지지 않은 상황에서 내 뜬금없는 물음은 기묘하게 들릴 게 뻔했다. 내 정공법에 잠시 푸른 눈동자 위로 옅은 파동이 일었으나, 이내 그 위로 즐거움이 파도쳤다.

"사실 얼마 전에 복부를 좀 다쳤지."

"통탄스러운 일이군요. 괜찮으십니까?"

"그래. 누가 아주 깔끔하게 치료를 해 줘서."

또다시 흐르는 기묘한 분위기.

디에고와 나는 탐색하듯 서로를 바라보고 있었다.

'이 새끼 눈치 깠네.'

그리고 나는 확신했다. 이렇게까지 나오는데 눈치 못 챌 수가 없었다. 잠시 예의도 잊고 얼굴을 살짝 구긴 채 뒷머리를 득득 긁었다.

우선 내가 미르라는 게 밝혀진다면 내 미래 계획에 지장이 생길 가능성이 다분했다. 그럼 디에고의 입을 막아야 하는데.

'돈을 먹인다고 입 닫을 위인은 아닌 것 같고. 그렇다고 내 약점을 잡고 흔들고 싶은 것도 아닌 것 같은데.'

느긋하게 턱을 괸 채 나를 응시하고 있는 디에고를 날카롭게 관찰하다, 한숨을 쉬었다.

'기색을 보니까 계속 모르는 척해 줄 것 같기도 하고. 디에고가 사람 곤란해하는 걸 즐기는 캐릭터도 아니니까…… 그냥 직접 부탁하자.'

무식하게 모르쇠하기보다는 잘 구슬려서 입을 닫게 하는 게 상책이었다.

"저하께선 비밀을 잘 지키시는 편입니까?"

"지키기로 한 건 지키는 편이지."

디에고는 여전히 의뭉스레 웃고 있었다. 작게 한숨을 쉬고는 진지하게 표정을 굳혔다.

"그럼 비밀을 지켜 달라고 부탁드리면 지켜 주실 겁니까?"

디에고가 나를 지그시 응시했다. 나는 조금 해탈한 채로 그를 마주했다.

'내가 조금만 더 냉정한 사람이었다면…… 이런 골치 아픈 일을 겪을 필요는 없었을 텐데.'

그때 디에고를 지나쳤다면. 모르는 척 돌아섰다면.

느리게 숨을 뱉었다. 몸이 편해지는 길이야 쉬웠다. 외면을 택하면 되는 일이니까.

'하지만 그래도…… 나는 늘 마음이 불편하지 않은 길을 택하겠지.'

스스로에 대한 한탄을 뱉을지언정 누군가를 구한 일을 후회하지는 않을 것이다. 후폭풍으로 괴로워할지언정 과거로 돌아간다면 또다시 이 길을 택할 것이다. 그게 나니까.

"황태자를 구한 일은 가문 대대로 영광스러워할 일일세."

"물론 압니다."

"내가 황제 폐하께 살짝 언질만 드려도 커다란 상을 내리며 치하하시겠지."

"그렇겠죠."

"그대가 원한다면 자세한 사정은 알리지 않고 그대가 날 구한 사람이라는 사실만 알려 그대를 영웅으로 만들 수도 있네."

"그렇습니까."

디에고도 빙빙 돌리는 걸 그만둔 건지 단도직입적으로 내게 말해 왔다. 진지한 그의 말들에 조금 심심한 동의를 표했다. 턱을 살짝 괸 그가 이해할 수 없다는 표정으로 나를 바라보았다.

"그런데 왜 비밀에 부치기를 원하는 거지?"

나는 느리게 눈을 굴렸다. 황태자를 구했다는 건 확실히 명예와 재물이 함께 따라올 대단한 업적이었다. 미간을 좁힌 채 내 의중을 읽으려 하는 그를 바라보다 피식 웃었다.

"우선 개인적인 사정이 있어 알려지지 않았으면 합니다."

"말하기 어려운 사정이겠지."

"안타깝게도요."

디에고가 눈을 가늘게 떴다. 냉철한 이성과 날카로운 분석, 일렁이는 감정이 기묘하게 버무려진 푸른 눈동자가 나를 응시한다.

원작의 디에고는 천성이 다정한 이였으나, 어려서부터 목숨의 위협과 중상모략에서 살아남아야 했기에 지독한 이성 또한 함께 탑재한 이였다.

'나는, 분명 그대를 사랑하는데…… 내 이성은 그대를 그저 좋은 신붓감으로만 보고 있는 것 같아. 그래서 내가 정말 진심으로 그대를 사랑하는 건지 잘 모르겠네.'

언젠가 원작의 디에고는 아리아에게 이런 고백을 한 적이 있었다. 솟구치는 감정과 지독한 이성 사이에서 괴로워하는 사람이었다, 그는.

조금 혼란스러워 보이는 디에고를 빤히 바라보다, 충동적으로 한마디를 덧붙였다.

"그리고 대가 없이 돕겠다고 하지 않았습니까. 그런 식으로 보상을 받으면 대가가 없는 게 아니죠."

나긋하게 덧붙이니 디에고의 눈이 커졌다.

그때 나는 호의에 고슴도치처럼 가시를 세우는 디에고를 보며 대가 없이 돕겠다고 했다. 그 말은 아직까지 정정할 생각이 없었다.

"사람이 사람을 돕는 건 당연한 일입니다. 개의치 마시죠."

태연하게 차를 들이켰다. 피부 위로 쏟아지는 뜨거운 시선은 추운 겨울날 나를 따뜻하게 만들어 주려는 디에고의 배려라고 생각하기로 했다.

하, 하고 작게 숨을 뱉은 디에고가 거칠게 마른세수를 했다.

"아주 출구를 봉쇄해 버리는군그래."

"네?"

"아무것도 아닐세."

살짝 달아오른 그의 귓가를 보다 고개를 갸웃했다. 잠시 허공을 바라보던 디에고가 옅게 숨을 뱉었다.

"……비밀은 지켜 주겠네. 원한다면 태양의 맹세도 해 줄 테니 걱정 붙들어 매게."

"믿겠습니다."

디에고는 침묵할지언정 빈말을 할 인물은 아니다. 별 어려움 없이 믿겠다고 선언했다. 금방 평소의 페이스로 돌아와 싱긋 웃은 디에고가 느리게 고개를 기울였다. 기우는 각도를 따라 황금빛 머리칼이 사르르 흘러내렸다.

"우린 이제 서로에게 디디와 슈슈가 아니라 황태자와 공녀가 된 건가."

"아무래도 그렇겠죠."

그가 황태자임을 알게 된 이상 그 오두막에서처럼 시건방지게 굴 수 없었다. 설마 그때 일로 경을 치려는 건가 싶어 살짝 긴장하고 있으려니, 눈을 곱게 휜 디에고가 상체를 숙여 내게로 얼굴을 가까이했다. 가까이 다가온 얼굴에 움찔할 때였다.

"그래도 우리 단둘이 있을 땐 조금의 일탈 정도는 괜찮지 않아?"

"어……."

바뀐 말투에 눈을 느리게 깜빡였다. 코앞에서 눈동자가 맞부딪친다. 기묘하게 일렁이는 눈을 축 늘어뜨린 디에고가 유려하게 입꼬리를 올렸다. 분명 천사를 닮은 외모였으나, 미소는 사람을 꾀어내는 악마를 닮아 있었다.

"단둘이 있을 땐 디디라고 불러 줘. 우리가 함께 보냈던 그날 밤처럼."

'미친, 돌았나…….'

누가 듣고 오해할까 무서운 기묘한 말을 낮은 목소리로 속삭이는 디에고를 보며 환장할 것 같은 기분이었다. 틀린 말은 아니었지만, 저 목소리로 저렇게 말하니 그냥 잠만 잤던 밤을 말하는 게 아닌 것 같았다.

'……이 인간, 지금 즐기네.'

무척 즐거워 보이는 디에고를 떨떠름한 눈으로 바라보았다. 황태자의 애칭을 부르는 건 거의 형제 수준의 친한 이가 아니면 불가능했다.

"하지만 제가 어찌 황태자 저하를……."

"안 불러 줄 건가?"

고양이처럼 새초롬한 눈매가 안쓰러울 만큼 축 처진다. 그가 저런 표정을 지을 때마다 조국을 내다 판 매국노가 된 기분이었다. 디에고에게 말려드는 것 같은 기분을 느끼며 한숨을 쉬었다.

"……디디. 다른 사람들 앞에선 그렇게 오해의 소지가 다분하게 각색하여 말하지 말아 주시길 바랍니다."

"물론 그대가 원한다면, 슈슈."

디에고가 방긋방긋 웃었다. 웃는 그의 주위로 햇살 가루가 막 떨어지는 느낌이었다. 저렇게 웃음이 헤퍼서야 주위 사람들 시신경에 대한 배려는 하나도 없는 것 아닌가. 나는 속으로 혀를 찼다.

"그날 내게 치료받았던 팔은 괜찮나."

"소드 마스터의 회복력을 아시잖습니까. 깨끗하게 회복됐습니다. 디디 상처는
요."

"나 또한 치료해 줬던 이의 실력이 좋아 말끔하게 회복됐네."

디에고의 너스레에 살짝 웃음 지었다. 이 상황이 어이없기도 했고, 꽤 재밌기
도 했다. 그런 나를 보던 디에고의 동공이 살짝 흔들렸다.

"디디."

"어, 어?"

어울리지 않게 멍한 표정으로 내 눈과 코 사이 어딘가를 보고 있던 디에고가
한 박자 늦게 대답했다. 냉철과 다정 중간에 맞춰진 완벽한 로봇 같던 그의 인간
적인 모습을 엿보았다는 생각에 키득 웃었다.

'어려서부터 친구를 가지고 싶었지.'

친구라고 부를 수 있는 존재가 전에 있기는 했었으나, 지금은 절연했다. 엘도
내 친구라고 하기는 했지만 그는 어쩐지 애매했다. 조금 설레는 웃음을 지은 채
입을 열었다.

"단둘이 있을 때 한정이긴 하지만 우리 서로의 애칭을 부르는 사이 아닙니까."

"그……렇지."

"게다가 함께 밤도 보냈고요."

"아니…… 그렇기도 하지."

어쩐지 디에고의 얼굴이 확 붉어졌다. 그런 그를 향해 활짝 웃었다.

"그럼 우리 이제 친구인 거죠?"

조금 설레 보이던 디에고의 표정이 확 식었다. 거의 봄에서 겨울로 옮겨 간 수
준의 온도 차이였다.

'……원래 이 정도면 친구 아닌가?'

고개를 갸웃했다. 제대로 된 친구를 사귀어 본 적이 없으니 친구의 기준이 뭔지 알 노릇이 없었다. 같이 대중목욕탕에 가서 온탕에 앉아 어깨동무하고 노래 정도는 불러 줘야 친구라고 부를 수 있는 건가 심각하게 고민하는데, 디에고가 한숨을 쉬었다.

"……그래. 친구일세."

세상에 버림받아 친구도 얼마 없이 산 지 18년째. 내 제대로 된 첫 친구는 그 이름도 대단한 황태자 디에고 솔라티네였다. 살짝 들떠 눈을 휘며 웃음 지었다.

"영광입니다. 무척 기뻐요."

나를 뚫어져라 응시하던 디에고가 깊은 한숨을 쉬었다. 계속 한숨만 쉬는 걸 보아 황궁 땅을 다 꺼뜨려 버릴 원대한 계획이라도 있는 모양이었다. 제 이마를 짚은 그가 또다시 한숨을 쉬었다.

"나도…… 기쁘네."

어딘지 해탈한 표정이었다.

"우리 이제 친구니 친구의 비밀은 무덤까지 가져가셔야 합니다."

"내 비밀은 지키겠다니까. 황태자의 직인이라도 찍어 줘야겠나?"

"아뇨."

느리게 눈꼬리를 휘었다.

"친구는 서로의 신뢰를 기반으로 형성되는 관계 아닙니까. 믿겠다니까요."

엘에게 들었던 말을 떠올리며 말했다. 기묘한 표정을 지은 채 허탈하게 나를 응시하던 디에고가 중얼거렸다.

"이게 성공한 건지 아닌 건지……."

한참 신세 한탄에 가까운 무언가를 중얼거리던 디에고가 방에 위치한 괘종시계를 보더니 자리에서 일어났다.

"슬슬 일어나지. 더 있다간 황제 폐하께서 우리에 대한 대하소설을 적어 내리실 게 뻔하니까."

황제를 언급하는 디에고의 얼굴에 지긋지긋함이 감돌았다. 황제를 또 마주할 생각에 구겨지려는 얼굴을 애써 펴고 나도 일어났다.

"오, 공녀 옷이 그대로네?"

황제와 내 가족이 위치한 응접실로 들어가자 여전히 시끄럽게 떠들던 황제의 시선이 번뜩이며 내게로 향한다. 나와 디에고를 번갈아 본 그가 음흉하게 웃었다. 아주 불경하지만 솔직히 황제는 미친놈 같았다.

"뭐야, 뭐야! 탈의실 데려다준다더니 데이트하고 왔나 봐?"

"폐하…… 제발…… 체통을 지키십시오."

황제의 은근한 물음에 디에고가 제 이마를 짚었다. 그의 양 귀가 금방 달아올랐다. 데이트라는 단어에 어쩐지 초췌해 보이던 아리아와 카이사르의 눈이 살기로 번뜩였다.

"폐하. 시간이 늦은 만큼 저희는 이만 돌아가 보겠습니다."

"오, 저녁은 먹고 가지 그러나. 내 카슈미르 공녀와도 긴히 할 말이……."

"안녕히 계십시오."

굳은 표정을 한 카이사르는 황제의 말도 뚝 끊고 벌떡 일어났다. 다른 귀족이 했다면 필시 경을 칠 행동이었으나, 크리시스라는 이유만으로 면죄부가 되었다. 황제가 아쉽다는 듯 혀를 찼다.

"하여간 까칠하긴. 거 카슈미르 공녀! 공녀는 내가 다음에 한번……!"

"가자, 슈슈."

황제를 개무시한 카이사르가 내 몸을 휙 돌려 문 쪽으로 이끌었다. 아리아는 나를 마크하듯 내 뒤를 지키고 섰다. 나는 황제와 디에고에게 인사조차 하지 못한 채 카이사르와 아리아에게 끌려 나갔다.

"그래."

응접실을 나온 카이사르가 우뚝 멈춰서 나를 바라보았다. 무언가 불길함을 느낄 때쯤.

"그래서 누구누구랑 사각관계라고?"

내 데뷔탕트 일화를 황제가 다 떠벌린 모양이었다. 사람 열댓 명쯤은 가볍게 찢어 죽일 듯 서늘한 눈빛을 한 카이사르가 내게 물어왔다.

나는 돌아가는 내내 남자는 장난감으로만 가지고 놀고 마음은 주지 말라는 카이사르의 기이한 강론을 들어야 했다.

탁.

멈춰 선 마차에서 가볍게 뛰어내렸다. 시녀도, 호위도 없이 혼자 도착했기에 마차 아래서 잡아 줄 사람은 없었다. 눈앞에 웅장한 건물을 마주하고 잠시 할 말을 잃었다. 하얗게 빛나는 신전은 사람을 압도하는 힘이 있었다.

'……헬레네랑도 분위기가 비슷하네.'

오랫동안 발걸음을 멈춘 레스토랑을 떠올리며 피식 웃었다. 그곳에서 만나 오던 한 사람의 얼굴이 떠올랐기 때문이다.

오늘은 율리안과의 약속을 지키러 방문한 것도 있지만, 무엇보다 확인할 게 있었다.

'추측에 확신을 얻어야지.'

혼자 머리 싸매고 고민하는 건 딱 질색이다. 만날 수 있을지는 모르겠지만, 하여튼 오늘 결판을 지을 생각이었다.

"크, 크리시스 공녀님?"

신전의 문 앞으로 성큼 걸어가니 나를 발견한 성기사 하나가 눈을 휘둥그레 떴다. 보통 귀족들은 며칠 전 예약을 하고 방문하는데 나는 일언반구도 없이 등장해서 그럴 터였다. 거물의 등장에 어찌할 줄 모르고 방황하는 성기사를 향해 부드럽게 웃어 주었다.

"신관님께 기도를 받고 싶어 조용히 방문한 겁니다. 소란은 없었으면 합니다."

마지막 말을 강조해서 또박또박 말하니 제 상관을 부르려는 듯싶던 성기사가 빠르게 차렷했다.

"신전은 모두에게 언제나 열려 있지 않습니까?"

"무, 물론입니다!"

조용히 기도하러 왔다는데 열어 주지 않을 수는 없을 것이다. 잠시 내 눈치를 본 성기사가 내 허리춤에 있는 검을 가리켰다.

"저…… 다만 무기는 반입 금지입니다. 이리 주시면 잘 보관하고 있겠습니다."

"아, 물론입니다. 아끼는 검이니 잘 맡아 주시면 감사하겠군요."

검을 몸에서 떼는 것이 상당히 마음에 들지 않았지만, 애써 웃으며 검집을 성기사에게 건넸다. 귀족 영애가 검을 차고 다닌다는 사실이 의외인지 미묘한 표정을 짓던 성기사는 금방 표정을 정리하고 문을 열어 주었다.

끼익.

거대한 문이 열렸다. 먼지 한 점 없는 대리석 바닥 위를 걸어 신전 안으로 들어섰다. 스테인드글라스를 통해 들어온 형형색색의 빛들로 빛나는 신전은 웅장함과 엄숙함이 가득했다.

복도를 지키고 있던 신관이 나를 발견하고 깜짝 놀란 표정을 지었지만, 이내 재빠르게 표정을 관리하고 성스럽게 웃었다.

"신전을 방문해 주셔서 감사합니다, 자매님. 자매님께 태양의 가호가 함께하길."

"환영해 주셔서 감사합니다. 신관님도 늘 빛이 머무는 곳에 거주하시길."

"특별히 찾아오신 이유가 있으십니까?"

부드럽게 웃으며 답했다.

"개인적으로 율리안 대신관님을 만나 뵙고 싶은데요. '엘'에 대해서 물어볼 게 있다고 전해 주실 수 있을까요?"

원래 대신관과는 미리 언질도 없이 개인적인 만남을 가질 수 없지만, 나는 크리시스였다. 조금 난감하다는 표정으로 고민하던 신관이 말했다.

"여기서 잠시만 기다려 주시겠습니까? 우선 대신관님께 여쭤 보고 오겠습니다."

신관이 안내해 준 의자에 앉아 5분쯤 기다렸을까, 신관이 빠른 걸음으로 달려왔다.

"대신관님께서 지금 바로 만나 뵈어도 괜찮다고 하십니다. 응접실로 안내해 드려도 될까요?"

"물론입니다."

빙긋 웃으며 그를 따라 복도를 가로질렀다. 어느 방으로 나를 인도한 신관이 고개를 숙였다.

"대신관님께선 금방 도착하실 겁니다."

조용히 나가는 신관의 뒷모습을 지그시 바라보다 마련된 소파에 털썩 앉았다. 굳은 결심이 들어찬 눈으로 율리안이 들어올 문을 노려보았다.

'직접적으로 물어볼 거야.'

사실 엘을 직접 찾아가서 물어볼까 했지만, 여태껏 대신관이라고 불러도 정정을 안 해 주던 인간이라 발뺌을 할지도 몰랐다.

'하지만 율리안은 솔직히 대답해 줄 것 같거든.'

내 앞에서 보이던 태도를 생각하면 알아채 주기를 바랐던 것 같기도 하고.

탁자 앞에 세팅된 다과 세트로 직접 차를 우려 마시며 10분쯤 기다렸을까.

"지랄도 가지각색이군. 내가 너처럼 한가한 줄 아나?"

"아, 진짜 좋아서 자빠질 거라니까? 우선 와 봐! 절대 후회 안 한다고!"

문밖에서 티격태격하는 소리가 들려왔다. 둘 다 익숙한 목소리였다.

'내가 왜 찾아왔는지 눈치챘구나.'

역시 율리안은 눈치가 빨랐다. 그냥 물어볼 생각이었건만, 직접 장본인까지 데려와 확인을 시켜 주려는 것이 상당히 짓궂었다.

"널 개인적으로 만나겠다고 한 귀족과 내가 왜 만나냔 말이다."

"거 참, 우선 와 보라니까. 똑똑! 들어가도 될까요?"

"들어오십시오."

여전히 실랑이를 하며 입으로 똑똑 소리를 내는 율리안의 목소리를 듣고 가볍게 허락했다.

멈칫.

밖에서 느껴지던 기척이 순간 딱딱하게 굳었다. 어느 순간 발버둥 치는 소리가 들려왔다.

"놔! 놓으라고! 이 빌어먹을 새끼가 진짜……!"

"악! 내 발 밟지 마! 미친, 머리 잡아당기지 마! 도망가지 말라고!"

"옷만, 옷만 갈아입고, 아니, 모자, 모자도…….."

"대체 언제까지 숨길 건데 멍청아! 커헉, 아니 좀만……!"

벌컥.

열리기를 기다리다간 날밤을 샐 것 같아 내가 먼저 열었다. 내게 들리지 않게 하려는 듯 속닥거리면서도 싸우는 소리는 아주 요란해 못 들은 척해 줄 수가 없었다.

내가 문을 열자 물에 나온 물고기들처럼 퍼덕거리던 두 인영이 우뚝 멈췄다. 머리가 산발이 된 율리안이 나와 눈이 마주치고 딸꾹질을 했다. 팔짱을 낀 채 식은 눈으로 주위를 돌아보았다.

누군가를 도망치지 못하게 꼭 안고 있는 율리안. 그의 새하얀 신관복 여러 곳에는 걷어차인 발자국이 남아 있었다.

그리고 눈을 휘둥그레하게 뜬 엘.

늘 모자 아래 숨겨져 있었기에 처음 보는 그의 머리칼은 물결처럼 일렁이는 신비한 연하늘색을 품고 있었다.

충직한 검이 되려 했는데 1

그가 입은 옷은 다름 아닌 태양 신전의 주인에게만 허락되는 태양이 새겨진 흰색 정복이었다.

'이건 앞구르기하면서 봐도 교황이네.'

지긋한 눈으로 엘을 바라보았다. 그는 마주친 눈을 피하지도 못한 채 애처롭게 동공을 흔들고 있었다.

'후…….'

속으로 분노 어린 숨을 쉬었다. 이미 95퍼센트 정도 확신하고 있었지만 확인 사살을 당하는 건 또 다른 기분이었다. 분명 속인 사람은 없지만 된통 속은 기분. 잔뜩 약이 오른 채로 이를 악물며 미소 지었다.

"처음 뵙겠습니다, 교황 성하. 카슈미르 크리시스 공녀입니다."

엘의 얼굴이 파랗게 질렸다.

"아학! 하하학! 정의의 철퇴 맛이 어떠냐, 요놈!"

"…….”

"…….”

"그러게 아랫사람을 괴롭히니까 벌을 받는 거예요!"

응접실 안, 나를 마주하고 앉은 율리안과 엘의 표정은 딱 정반대로 나눈 것처럼 상반되었다. 다리를 덜덜 떨며 어쩔 줄 모르고 내 시선을 피하는 엘. 친구의 고통은 내 행복이라는 듯 엘을 보며 즐거워 어쩔 줄 몰라 하는 율리안. 그런 둘을 지그시 바라보는 내 표정은 서늘했다.

"율리안."

"꺄하학! 네?"

"나가요."

"넵!"

내 단호한 목소리에 율리안이 전광석화처럼 뛰쳐나갔다. 열렸다 닫히는 문에는 시선도 주지 않고 엘만 지그시 응시하고 있으니, 그의 하늘빛 머리칼을 타고 식은땀이 흘러내렸다. 꼰 다리를 까닥거리며 턱을 쓸었다.

"성하."

"……네?"

"왜 이리 긴장을 하셨습니까. 전 아직 아무것도 안 했는데."

엘의 어깨가 움찔 떨렸다.

큰 몸으로 움츠러든 모습은 그에게 어울리지 않았다.

"……화나셨어요?"

"아뇨."

한참 후에 돌아온 엘의 조심스러운 물음에 고개를 저었다.

"성하의 얼굴을 본 직후엔 좀 많이 약 올랐지만 지금은 괜찮습니다."

움찔.

무릎 위로 다소곳이 모은 엘의 예쁜 손이 떨렸다. 어쩔 줄 몰라 하는 엘을 보며 한숨을 쉬었다. 내 짙은 한숨에 고개를 숙이고 있던 그가 휙 고개를 들었다. 엘의 은빛 눈동자가 물기로 반짝였다.

"이제…… 제가 싫나요?"

물어 오는 목소리가 애처롭게 떨렸다. 그의 눈동자에 물기가 크게 넘실거렸다. 그렇다고 하면 당장이라도 지옥에 굴러떨어질 것 같은 처절한 눈빛이었다.

'……왜 이렇게 닮았는지.'

떠오르는 기억의 잔재에 관자놀이를 꾹 눌렀다. 엘이 이곳에 들어선 순간부터 풍기기 시작한 진득한 백합 향이 머릿속을 어지럽혔다. 다시금 한숨을 쉬며 한탄처럼 대답했다.

"내가 어떻게 엘을 싫어하겠습니까."

엘이 나를 어떻게 생각하는지는 아직도 잘 모르겠다. 인간의 호의는 늘 내게 어려웠고, 그는 늘 의뭉스러웠으니. 다만 확실한 건, 나는 엘을 꽤 소중한 사람으로 여기고 있다는 것이다.

비록 살아온 삶에 의해 그의 호의를 의심하고 그의 말을 믿지 못해도, 힘들었던 시기에 나를 도와주었던 그를 미워할 수 있을 리 없었다. 나는 정에 약했다. 멍청하게도.

두 눈을 커다랗게 뜨고 나를 바라보는 엘을 보며 손가락으로 툭툭 소파의 팔걸이를 건드리다 느리게 입을 열었다.

"몇 가지 질문을 드리고 싶은데 대답해 주실 수 있으십니까."

"……원한다면 기꺼이."

그가 한숨처럼 대답했다. 잠시 말을 골랐다.

"제게 교황이라는 사실을 알리지 않으신 이유는 뭡니까. 제가 헛다리 짚는 게 재밌으셨나요?"

"아니에요! 절대 아니에요."

분위기를 풀어 보려 농담처럼 너스레를 던졌는데 엘이 격하게 부정했다. 엘의 격한 반응에 눈을 깜빡이는데, 그가 가라앉은 표정으로 입을 열었다.

"말하고 싶었어요. 말하고 싶었는데……."

"싶었는데?"

"제가 교황이라는 걸 알았으면 저와 거래를 했을 건가요?"

이건 생각지 못한 발상이었다. 엘이 교황인 걸 알았다면 그와 거래를 이어 갔을까 생각해봤다.

'솔직히 아니지.'

부담스러워서 못했을 거다. 입을 턱 닫으니 엘이 그럴 줄 알았다는 표정을 지었다.

"……좋습니다. 그럼 질문이 이어지겠네요. 왜 여태껏 저랑 거래를 했던 겁니까?"

"……"

"교황이 마수 부산품을 필요로 해서 군이 용병과 직접 거래를 했다는 건 말이 안 된다는 거 아시죠. 말 한마디만 해도 당장 달려가서 구해 올 사람들이 한둘이 아닐 텐데."

무어라 대답하려는 듯 입술을 열었다가 닫는 엘은 한참 동안 대답을 하지 못했다. 가라앉는 눈빛. 차갑게 식는 표정. 내게는 보여 주지 않던 모습이었다. 무언가 어두운 것을 떠올리듯 깊어지는 은빛 눈동자를 지그시 응시하며 대답을 기다렸다.

"나는…… 당신을 돕고 싶었어요."

"그건 충분히 알겠습니다. 그 도움들에 무척 감사드리기도 합니다. 다만 제가 묻고 싶은 건 왜 절 돕고 싶었냐는 겁니다."

늘 짐작하던 것을 오늘 확실히 확인할 작정이었다. 힘겹게 열렸던 엘의 입술이 다시금 닫혔다. 그가 내 시선을 피했다. 엘이 대답하기 싫어한다는 걸 쉬이 알 수 있었다. 망설이는 그를 보다 옅게 숨을 뱉었다.

"곤란하시다면 대답하지 않으셔도 괜찮습니다. 그럼 다른 방향으로 질문을 드리겠습니다."

데뷔탕트에서 물어보려고 했으나 시간에 몰려 하지 못했던 질문. 흔들리는 눈을 한 엘과 마주한 채 느리게 입을 열었다.

"엘. 여동생이 있습니까?"

엘은 한참 동안 대답이 없었다. 굳은 그의 표정은 읽을 수 없을 만큼 뻣뻣했다. 허나 나는 그 침묵 속에 망설임을 읽었기에, 다만 그가 먼저 입을 열 때까지 기다려 주었다.

"……네."

차가 다 식을 때쯤 되었을까 엘이 느리게 입을 열었다. 짙은 고독과 슬픔, 후회

충직한 검이 되려 했는데 1

같은 것들이 굳고 또 굳어 노폐물처럼 되어 버린 무언가가 그의 달빛 눈동자 위를 달의 구멍처럼 장식했다.

"있었어요, 여동생이."

"……."

"지금은 죽었지만요."

그 한마디는 지나치게 무거워 보였다. 그가 감당할 수 없을 정도로.

'……결국 죽었구나.'

텅 빈 공간에서 돌아섰을 때부터 그 아이의 임종은 지킬 수 없을 거라 예상했지만, 그럼에도 가슴이 아팠다. 그렇게 죽어서는 안 되는 아이였는데.

아리아를 연상시키던 동그란 두 눈을 떠올리며 눈을 질끈 감았다.

"……죄송합니다."

"미르가 미안할 게 뭐 있나요. 어쩔 수 없는 일이었는걸요."

엘과 나 사이에 무거운 침묵이 가라앉았다.

'언니, 고마워요! 덕분에 우리 오빠가 많이 밝아진 것 같아요! 언니랑 평생 같이 살 수 있다면 좋을 텐데…….'

잠시 눈을 감고 과거 어느 날을 회상하다 느리게 눈을 떴다.

'……도와주셔서 감사합니다.'

늘 상처투성이라 얼굴을 알아보기조차 힘들었던 그 아이. 지독한 가난의 향기를 풍기면서도 한편으로는 성스러운 백합 향을 흘리던 아이. 독기와 세상을 향한 증오로만 가득 차 있던 검은 눈동자와 짧고 투박한 진갈색 머리카락을 가진 아이.

그리고 눈앞의 인물을 바라본다. 수많은 것들이 뒤섞여 무어라 정의할 수 없는 감정을 담은 눈으로 나를 바라보는 남자를.

백옥같이 새하얗고 뽀얀 얼굴. 천사같이 선한 인상. 가난의 흔적은 조금도 느껴지지 않는 진득한 백합 향. 고귀하게 반짝이는 은빛 눈동자와 곱게 정돈된 하늘색 머리칼.

'이름이 없던 아이와 교황 엘리오르 라.'

공통점이라고는 내 코를 간지럽히는 그리운 향기밖에 없다. 허나 그럼에도 내 마음은 엘이 그때 그 아이라고 확신하고 있었다.

"그럼 마지막으로 하나만 더 여쭙겠습니다."

소파에 살짝 몸을 기댄 채 눈을 감고 있던 엘이 기다란 속눈썹을 든다. 언제 봐도 아름다운 은빛 눈동자가 모습을 드러냈다. 방황하던 눈동자가 내게로 초점을 잡았다. 그의 눈꼬리가 아프게 처졌다.

"무엇이든 물어봐요."

대답하기 싫어 보였다. 그게 확연히 보임에도, 엘은 허락했다. 마치 나라면 뭐든 허락된다는 듯. 그 모습에 형용할 수 없는 감정을 느꼈다.

'내가 뭐라고.'

과거의 그 아이는 내게 어린 날의 추억과 아픔으로 남아 있었다. 허나 과거 그 아이에게 나는 어떻게 남아 있을까. 감히 예상하기 어려웠기에.

'왜 그때 오지 않았어?'

정말, 정말 묻고 싶었던 질문은 마음 너머로 묻고, 다만 어렸던 그때와 같은 질문을 내놓았다.

"내가 모르는 척해 줬으면 좋겠어?"

'검정아. 내가 모르는 척했으면 좋겠어?'

엘의 눈동자가 크게 흔들렸다. 묻고 싶은 건 그게 아니지 않냐는 눈빛에 그저 웃어 보였다. 나는 그가 싫어하는 걸 강제하고 싶지 않았다.

"……모르는 척해 줬으면 좋겠어요. 내가 직접 말할 용기가 생길 때까지."

'……모르는 척해 주셨으면 좋겠어요. 당신한테 약한 모습 보이고 싶지 않아요.'

어린 날의 아픈 추억이 떠올랐다. 당신에게는 최악의 시절이었을 텐데 아직도 기억하고 있구나. 곤죽이 되어 나를 꼭 끌어안던 그때 그 소년.

"……그래. 그럼 되었습니다."

부드럽게 웃었다. 이걸로 충분히 대답이 되었다. 사실 이곳에 올 때만 해도 생각이 아주 많았다. 엘이 정말 교황이라면, 엘이, 그때 그 아이라면. 나는 어떻게 해야 할까.

허나 직접 당면해 진실을 알게 된 지금은 별 생각이 들지 않았다. 그가 교황이었든, 그 아이였든, 여태껏 나를 도와주었던 일들은 변하지 않는다.

어렸을 적 친구이자, 나를 도와주었던 조력자. 어느새 내게 소중해져 버린 사람. 그는 내게 그냥 엘이었다.

"저는 이만 가 봐야겠군요. 푹 쉬시기 바랍니다, 성하."

생각이 많아 보이는 엘을 배려해 먼저 몸을 일으키는데, 그가 황급히, 하지만 조심스레 내 와이셔츠 끝자락을 잡고 살짝 잡아끌었다. 눈을 깜빡이며 그를 바라보니, 엘이 슬픈 듯 미간을 좁혔다.

"교황인 나는 당신에게 엘이 될 수 없나요? 말했잖아요. 다른 모습이더라도 당신을 향한 건 늘 그대로라고."

엘의 눈매가 축 늘어졌다. 애처롭게 팔랑이는 속눈썹이 나를 유혹하는 것만 같았다.

"엘이라고 불러요, 슈슈. 그래 주기로 했잖아."

낮게 가라앉은 목소리가 고막을 울린다. 애처롭고 가녀리게 포장한 겉모습과는 다르게 눈동자에 도사리는 것은 광기가 뒤엉킨 집착에 가까웠다.

'……날 두고 가지 마요.'

그 모습에서 조금 이질감을 느꼈으나, 내 옷을 살짝 잡아끄는 손길에 어린 시절 그 아이가 연상되어 그만 마음을 풀고 말았다.

'아직 앤가.'

나를 붙잡은 엘을 빤히 내려다본다. 어려서 약하던 엘을 봐서 그럴까, 엘은 실제 나보다 두 살이 많은 연상이었음에도 내 눈에는 어리고 여리게만 보였다. 나는 늘 어리고 여린 것에 약했다.

"……대외적으론 교황 성하라고 불러야겠지만 둘이 있을 땐 엘이라고 부르겠습니다."

내 옷을 붙잡은 손을 천천히 잡아떼었다. 내 손보다 훨씬 큰 손이 살짝 튀었다. 익숙한 온기가 손바닥을 타고 전해졌다.

"그러니 그런 표정 짓지 말아요."

절망에 잠식되어 허우적거리는 은빛 눈동자. 내 거절을 예감했다는 듯 파르르 떨리는 속눈썹. 나는 엘의 손을 꽉 한 번 잡았다 놓아주었다. 거절하기에는 너무도 애처로운 모습이었다.

"……당신이 원한다면."

눈을 느리게 감았다 뜬 엘이 눈을 싱긋 휘었다. 역시 밝은 모습이 보기 좋았다.

"그럼 전 정말 가 보겠습니다."

엘의 안색도 그다지 좋지 않아 빨리 돌아가는 편이 좋을 것 같았다.

조금 침울한 기색으로 고개를 끄덕이는 엘을 빤히 바라보다 신분 차이는 잠시 잊고 그의 보드라운 하늘빛 머리 위에 손을 올렸다. 느리게 쓸어내리니 털실 같은 얇은 머리카락들이 손가락에 엉겼다.

"여기까지 오느라 수고했어."

놀란 표정의 엘을 내려다보며 작게 속삭였다. 은빛 눈동자가 수많은 감정들에 얽혀 수몰했다.

신전의 외톨이이던 아이가 역대 최고의 교황이라 칭송받기까지의 길은 절대 쉽지 않았을 것이다. 나는 그의 과거를 모르는 척하고 있었지만, 그래도 꼭 말해주고 싶었다.

여기까지 오느라 수고했노라고. 네가 걸어 온 모든 길을 알지 못하지만, 네 시작점이 어디였는지는 기억하기에 네 수고를 어렴풋이나마 이해한다고. 내 어린 날의 친구에게 말해 주고 싶었다.

"그럼 부디 다시 만날 날까지 평안하시길."

미련 없이 등을 돌려 나왔다. 엘에 대한 모든 의문을 풀어 속이 시원했다. 이제 엘과는 진정으로 친구가 될 수 있을 것 같았다.

"하, 하……."

딱딱하게 굳은 채 한참 허공을 바라보던 엘리오르가 허탈하게 웃었다. 그가 자신의 팔로 눈가를 덮었다.

'당신은, 그때 당신의 도움을 받기만 해야 했던 멍청하고 무력한 소년을 아직도 기억하는구나.'

절망적이고, 참혹했다. 들키고 싶지 않았다. 이제야 겨우 당신에게 도움을 줄 수 있는 자리까지 기어올라 왔는데, 또 도움만 받아야 하는 아이로 보이고 싶지 않았다.

'모르길 바랐는데, 분명, 그랬는데…….'

얼굴을 찌푸린 엘리오르가 두 손으로 제 얼굴을 덮었다. 애처로움과 다정함은 바닷물이 밀려 나가듯 사라지고, 하얀 얼굴 위에 남은 것은 집착과 광기, 절망과 기이한 기쁨 등이 뒤섞여 형체를 알아볼 수 없는 감정이었다.

'당신이 날 기억했다는 게 왜 이리 기쁠까.'

절망스러운 동시에 기쁘다. 모순적인 두 감정이 한 번에 몰아쳤다. 달에 치여 미쳐 버린 것 같은 기분. 하기야, 카슈미르를 만나게 된 이후로 늘 미쳐 있었으니 놀라울 것도 없었다.

'당신은 날 파괴하고 재창조하지.'

그 눈짓 한 번에 산산이 무너지고, 그 손길 한 번에 구원을 받는다. 휘둘리는 게 싫어 벗어나기에는 너무 늦어 버렸다. 굳은살이 박인 작고 투박한 그 손에 온 생이 휘둘려도 기쁠 만큼 사랑하고 있었다.

"카슈미르……."

짓씹듯 음절을 내뱉는다. 이 이름 하나가 딱 제 생의 무게만큼 무거워 견디기가 버거웠다.

"어떻게 하면…… 당신의 마음 한 조각 얻을 수 있을까."

갈라진 목소리가 처절했다.

짝사랑이라는 것이 애초에 보답받지 못하는 것임을 앎에도, 그 시선 한 줌, 손길 한 번 더 받고 싶어 매달리게 된다. 사랑이 안 된다면 우정이라도, 우정도 안 된다면 동정이라도 좋으니 그 일부를 받고 싶었다. 무소불위의 신전 권력을 손에 쥔 교황 엘리오르 라는 사랑 앞에서 완벽한 약자였다.

"야, 잘 만났냐?"

노크조차 없이 벌컥 열린 문 너머로 찢어 죽여도 시원찮을 원수의 얼굴이 보였다. 눈을 감은 엘리오르는 아무 말 없이 신성력에 살기를 넣어 율리안을 덮쳤다.

"흑, 컥! 이, 괴팍한 놈……!"

신전의 무해한 이미지를 위해 알려지지 않은 사실이지만, 사실 막대한 신성력은 공격을 위해 사용할 수 있었다. 잘만 하면 오러 수준의 강력한 무기가 되었다.

카슈미르가 볼 때마다 눈을 빛내던 아름다운 은빛 신성력으로 율리안의 목을 조른 엘리오르가 느리게 눈을 감았다.

"요즘 카슈미르와 친하게 지내더군."

"커흑……!"

느리게 자리에서 일어난 엘리오르가 끙끙거리는 율리안 앞에 섰다. 엘리오르의 가늘고 예쁜 손가락이 율리안의 목덜미를 잡아챘다.

"네가 여태껏 해 온 게 있기에 네 시건방진 언행들을 두고 봐주고 있지만……

알다시피 난 사랑과 우정 중 하나를 골라야 한다면 네 사지를 찢어 카슈미르에게 보내 줄 거라서."

"미친, 놈……."

완연한 광인의 얼굴을 한 채 화사하게 웃는 엘리오르와 정면으로 마주한 율리안의 얼굴이 질린다는 기색으로 물들었다. 목이 졸려 허공에 떠오른 채 컥컥거리는 율리안을 손짓 한 번으로 내려 준 엘리오르가 입꼬리를 비틀었다.

"꼬리 치지 마, 개자식아. 목뼈를 두 동강 내 버리기 전에."

율리안이 정말 너무 억울해서 죽고 싶다는 표정을 지었지만 엘리오르에게 율리안의 표정은 안중에도 없었다. 다시 털썩 소파 위로 내려앉은 그가 두 손으로 얼굴을 감쌌다.

"하, 보고 싶어……."

괴로운 얼굴을 한 엘리오르가 중얼거렸다.

그는 참으로, 지랄 맞은 첫사랑을 나고 있었다.

•┅╌३⚜३╌┅•

수많은 사건들로 가득하던 겨울이 지나고 어느새 봄이 왔다. 공작 저에서 맞는 봄은 무척 기묘한 감상을 불러일으켰다.

나는 내 방 창가에 앉아 꽃이 피기 시작한 정원을 지그시 바라보았다.

'봄은 늘 내게 휴식의 계절이었는데.'

겨울이 되면 활개를 치던 마수들은 날씨가 따뜻해지면 활동이 잦아들었기에, 내게 봄은 바빴던 겨울을 마무리하고 한숨을 돌리는 시기였다.

내게는 악몽의 계절인 겨울의 종지부를 찍어 주는 고마운 계절이기도 했다.

'다만 이번 봄은…… 아주 바쁘겠지.'

입술을 굳게 닫았다.

나는 이번 겨울 내내 검의 경지를 높이는 데 전념한 탓에 만성 근육통을 앓고 있는 어깨를 괜히 툭툭 쳐 주었다.

카슈미르 크리시스로서 맞는 첫봄은 험난한 계획들이 줄지어 있다.

북풍이 다가오고 있었다.

'내가 내 사랑하는 것들을 지킬 수 있기를.'

쓸쓸하게 웃고는 창가에서 일어나 방을 나섰다. 또다시 검을 수련하러 갈 생각이었다.

나는 화창한 봄에 겨울을 준비하고 있었다.

평화를 원한다면 전쟁을 준비해야 하는 법이었으니.

─·⋯⋯·─

"르웰린 데카르도 영애가 나랑 아리아를 티파티에 초대했다고?"

"네. 여기 초대장이에요."

햇볕이 좋아 아리아와 정원에서 티타임을 가지던 어느 날, 마리아가 나와 아리아에게 초대장을 건넸다.

'아리아야 사교계에서 열심히 활동 중이니 르웰린과 자주 부딪쳤다고 하지만…… 나는 데뷔탕트 이후에 검술에만 집념하느라 사교 활동을 거의 안 했는데. 왜 나한테도 보낸 거지?'

현재 사교의 정점에 서 있는 아리아에게 초대장을 보낸 건 이해할 수 있었다. 허나 현재 사방에서 오는 모든 초대장을 거절하고 있는 내게까지 초대장을 보낸 건 의외였다.

금빛 장미가 정밀하게 음각된 편지봉투를 이리저리 돌려 보다 준비된 편지 칼로 편지를 열어 보았다. 내부에는 평범한 초대장이 들어가 있었다.

"하! 데카르도 영애가 나랑 언니한테 동시에 초대장을 보냈다고? 속이 너무 훤히 보여서 웃길 지경이네!"

초대장을 아니꼽게 바라본 아리아가 헛웃음을 쳤다. 아리아가 저 정도로 말하다니, 무슨 영문인지 어리둥절했다.

"왜? 문제 있어?"

"그 인간이 내게 초대장을 보낼 리가 없어. 언니라면 철천지원수한테 한가하게 차나 마시자고 초대장을 보내겠어? 결투장을 보냈으면 보냈지!"

아.

작게 탄식을 뱉었다. 르웰린과 아리아의 사이가 안 좋다는 것을 잠시 망각하고 있었다.

르웰린과 아리아는 사교계의 황제를 두고 다투는 숙명의 라이벌. 원작처럼 아리아가 일방적으로 괴롭힘을 당하고 있다면 내가 끼어들어 중재했겠지만, 둘 다 서로를 물어뜯으며 선의의 경쟁 비스무리한 것을 하고 있기에 우선 내버려 두고 있는 참이었다.

'……그렇게 싫나?'

르웰린이 보낸 초대장을 한 무더기의 파리 변사체 보듯 노려보는 아리아를 보며 떨떠름한 표정을 지었다. 둘이 함께 있는 모습을 본 적이 없었기에 얼마나 사이가 좋지 않은 건지 알 수가 없었다.

"르웰린 그 인간, 분명 언니한테 초대장을 보내고 싶은 거야. 그런데 구실이 없으니까 나를 초대하는 게 목적인 척 우리 둘 다한테 초대장을 보낸 거라고! 언니가 목적인 게 분명해!"

"……뭐?"

야차 같은 표정을 한 아리아가 빽 소리를 질렀다. 나는 눈을 끔뻑이다 미간을 찡그렸다.

"……데카르도 영애가 나를 왜? 그건 너무 과대해석 아닐까?"

"잘 봐! 티파티 날이 언제인지! 하네스랑 바디체인 수출을 위한 사업 설명회

날짜잖아!"

초대장을 힐끔 내려다보았다. 티파티는 오늘로부터 사흘 뒤, 아리아가 아타라 왕국의 상인들과 만남을 갖기로 한 날이었다. 중요한 만남이었기에 절대 뺄 수 없었다.

'르웰린이 그걸 모를 리 없는데도 굳이 가지 못할 아리아에게 초대장을 보냈다는 건…… 좀 이상하긴 하네.'

데카르도가 어떤 가문인가. 제국 내 모든 금화의 입구이자 출구라고 칭송받는 최고의 재력 가문이었다. 크리시스도 순수한 재력에 한해서는 데카르도에게 한 수 접어 줄 정도니, 이 제국 내에서 데카르도가 모르는 금전 거래는 없다고 봐도 과언이 아니었다.

"그 영악한 데카르도가 내가 갈 수 없다는 걸 모를 리는 없잖아! 일부러 내가 갈 수 없는 날로 골라서 난 못 오게 하고 언니를 홀랑 잡아먹을 계획인 게 분명하다니까!"

"잡, 잡아먹……."

"르웰린 그 인간, 날 볼 때마다 언니에 대해 물어보는 게 수상했어! 이제야 본색을 드러내는 거야!"

브레스라도 뿜을 기세로 분을 터트리는 아리아를 진정시키려 노력했지만, 이미 르웰린을 제국의 원수이자 천하에 다시없을 매국노로 매도 중인 아리아는 눈에 뵈는 게 없어 보였다.

금방이라도 티 테이블 위로 올라가 '르웰린 개자식'이라는 제목의 즉석 장송곡을 열창할 기세인 아리아를 멍하니 바라보며 그냥 생각을 그만뒀다.

'언니. 르웰린 데카르도 영애랑 사귄 적 있어?'

'커흑! 뭐, 뭐라고?'

'어제 처음으로 데카르도 영애랑 단둘이 얘기를 좀 해 봤는데…… 그 인간이 계속 언니에 대해 물어보잖아. 거슬리게…… 얼른 말해 봐. 데카르도 영애 좋아

해? 설마 나보다?'

사교계에서 활동하기 시작한지 얼마 되지 않았을 때 르웰린과 만나고 와 나를 무섭게 추궁하던 아리아를 떠올리며 떨떠름한 표정을 지었다.

나야 겨울 내내 수련으로 바빠 데뷔탕트 이후로 르웰린을 만난 적이 없었지만, 활발히 활동하는 아리아는 매번 르웰린과 부딪치고 돌아와 울분을 터트리곤 했다.

'언니 엉덩이에 점이 있다는 것도 모르는 주제에! 언니를 아는 척하고! 계속 언니에 대해 물어보고! 두고 봐, 내가 곧 암살자 고용할 거야!'

'아리아, 진정을 좀⋯⋯.'

'언니는 가만히 있어! 내가 다 알아서 할 테니까!'

눈치 빠른 르웰린이 자신이라면 치를 떠는 아리아를 모를 리가 없음에도 아리아에게 초대장을 보냈다는 건 확실히 이상하긴 했다.

'그럼 정말 목적이 난가⋯⋯?'

내 이름이 떡하니 적힌 초대장을 내려다보며 심각한 표정을 지었다. 르웰린이 나를 만나고자 하는 이유가 짐작되어 불안했다.

"언니! 가지 마! 다음에 나랑 같이 다른 영애 티파티나 가자! 아님 크리시스 저택에서 티파티를 주최해도 괜찮잖아! 군이 데카르도 영애 티파티 갈 필요 없지?"

"음⋯⋯ 아니. 나 한번 가 봐야 할 것 같아."

"뭐라?"

분기탱천한 아리아가 벌떡 일어났다. 납득 가능한 이유를 요구하는 강렬한 하늘색 눈동자가 살벌한 빛을 띠었지만, 그래도 내 눈에는 귀여웠기에 빙긋 웃을 뿐이었다.

'데뷔탕트 때도 신경 쓰였고⋯⋯ 아리아에게 나에 대해서 계속 물어봤다는 것도 걸려서 한 번쯤은 만나야겠다고 생각하고 있었는데 이 기회에 잘 됐어.'

르웰린 데카르도는 최고의 사업가 가문에서 태어난 사람. 사리분별과 손익계

산에 무척 능했으며, 냉철한 이성과 날카로운 직감을 모두 가진 이였다.

　지금까지 들어온 르웰린에 대한 이야기를 기반으로 했을 때, 르웰린은 절대 이유 없이 사람을 돕지 않았다. 그녀의 행동거지는 대충 보았을 땐 기분파 같았지만 자세히 보면 이유와 이득을 철저히 계산한 뒤에 나오는 결과물이었다.

　'물론『요정의 밤』에선 르웰린을 악녀로 만들기 위해 그녀의 패악과 난폭함에만 모든 서술을 집중했지만……'

　『요정의 밤』은 우리 천재 아리아도 천사표 여주인공으로만 사용했던 빌어 처먹을 소설이다. 원작의 나쁜 서술들과 상당히 상반되는 실제 모습을 가진 크리시스 부자와 몇 달 동안 함께 살아본 나는 이제 소설을 깡그리 무시하기로 마음먹었다.

　'곧 닥쳐올 전쟁에 데카르도가 날 지지해 준다면 무척 큰 힘이 되겠지. 웬만하면 르웰린은 아군으로 만드는 게 좋아.'

　데뷔탕트 때 르웰린은 이유 없이 나를 도와줬던 데다, 나를 보고 어디서 본 적 있지 않냐는 물음까지 던졌었다. 이건 내가 그때 자신을 도와준 소드 마스터였다는 걸 예측 정도는 했다는 소리였다.

　'르웰린이 날 대하는 태도를 유심히 살펴보고, 눈치챈 것 같다면 차라리 대놓고 드러내자. 예전에 도와줬던 걸 구실로 친해지는 게 나아.'

　나는 더 이상 원작을 파괴하는 걸 두려워하지 않는다. 내 소중한 이들을 지키기 위해서라면 무엇이든 도구로 사용할 결심도 되어 있었다.

　'필요하다면 르웰린도 수단으로 사용해야지.'

　"데뷔탕트 이후에 사교 활동을 아예 안 했잖아. 나도 이제 사교계에 발을 들여야지. 그리고 르웰린 영애가 나한테 관심이 많다며. 왜인지도 궁금해서."

　하지만 내 속마음을 직접적으로 말할 순 없으니 그럴듯하게 돌려 대답했다.

　"내가 먼저 사교계를 발아래 복속한 다음에 언니한테 선물로 주려고 했는데……."

싸늘한 얼굴로, 티 테이블 위에 놓인 마카롱을 제 앞의 그릇으로 덜어 난폭하게 으깨던 아리아가 차갑게 중얼거렸다. 마카롱을 다섯 개째 고문하던 아리아는 한숨과 함께 입을 열었다.

"⋯⋯그래. 언니가 가고 싶다는데 내가 반대할 순 없지."

나를 말리는 걸 포기한 아리아의 눈꼬리가 처량하게 축 처졌다. 내가 르웰린과 만나는 게 그렇게 싫을까 싶어 순간 마음이 약해졌지만, 어차피 한 번쯤은 만나야 하는 상대인 만큼 무를 수는 없었다.

"하지만 그 인간이 언니를 괴롭히면 주저하지 말고 처단해야 해."

아리아의 눈이 다시금 매서워졌다. 온몸에 오한이 드는 것을 애써 무시했다.

"감옥은 내가 갈 테니까."

르웰린이 지지리도 싫은 모양이었다.

그리고 나는 지금 휘황찬란한 데카르도의 저택 앞에 서 있었다.

'와.'

처음 보는 데카르도 저택에 살짝 입이 벌어졌다. 크리시스 저택은 깔끔함을, 신전은 신성함을, 황궁은 화려함을 주된 컨셉으로 삼았다면, 데카르도 저택은 어딘지 신비롭고 메르헨 같은 느낌이 주가 되었다.

'진짜 잘 꾸몄다.'

장미 넝쿨이 하나하나 정교하게 새겨진 저택의 외벽을 보며 감탄을 금치 못했다. 동화나라에서 툭 튀어나온 것만 같은 건물은 사람의 동심을 끌어당겼다. 저택을 지었을 이의 안목에 감탄하며 데카르도의 시종을 따라 티파티가 진행된다는 정원으로 발걸음을 옮겼다.

데카르도의 정원은 사시사철 장미가 피어 있어 '시들지 않는 장미 정원'으로 유명했다. 정원을 덮은 탐스러운 붉은 장미들을 보고 감탄하며 발걸음을 옮겼다. 정원 이곳저곳엔 장미를 유지하기 위해 마력을 내뿜는 마석들이 달려 있었다.

'진짜 돈지랄.'

딱 봐도 상급인 마석들을 하나하나 살피며 혀를 내둘렀다. 크리시스 공작가도 이 정도로 돈지랄을 하지는 않았다.

'원작에서 전쟁이 났을 때 데카르도 저택은 어떻게 되었더라. 부서졌던가.'

거기까진 기억이 나지 않았다. 그래도 이 장미 정원이 망가지는 건 조금 슬플 것 같단 생각을 하며 형형색색의 드레스들이 눈에 띄는 정원의 티 테이블로 다가갈 때였다.

"크리시스 공녀. 왔군요."

차분하게 가라앉은 감미로운 목소리가 내 귀를 간지럽혔다.

화려하게 불타오르는 광염을 담은 기다란 머리칼. 고아하지만 속에 검을 품은 듯 날카로운 분위기를 드러내는 얼굴. 그저 자리에 앉아 있어도 그 존재로 좌중을 압도하는 카리스마. 푸르른 녹염을 담아 고고히 빛나는 진녹빛 눈동자.

그 눈동자가 나를 응시했다. 조각조각 파헤쳐지는 기분이었지만, 진득하고도 날카로운 시선을 피하지 않은 채 당당히 웃었다.

"초대해 주셔서 감사합니다, 데카르도 영애."

나는 마침내 르웰린 데카르도와 마주했다.

내 자리는 주최자인 르웰린 바로 옆이었다. 자고로 주최자의 양옆은 최고의 상석. 황궁에 황녀가 없으니만큼 제국에서 신분이 가장 높은 영애인 내가 이곳에 앉는 게 맞았다.

자리를 가지고 장난치지는 않았다는 사실에 속으로 안도의 한숨을 쉬었다.

"초대에 응해 주신 것에 감사를 표합니다, 크리시스 공녀. 덕분에 오늘 이 자리가 빛날 것 같군요."

"과찬의 말씀이십니다."

초대자와 참가자로서의 형식적인 인사가 짧게 오갔다. 보통이라면 이런저런 칭찬이 붙으며 인사가 훨씬 길어져야 했지만, 나와 르웰린 둘 다 허례허식을 중히 여기지 않았기에 짧게 끝났다.

이미 초대자 명단을 확인하긴 했지만 그럼에도 느리게 테이블 앞에 앉은 영애들을 살펴보았다. 이곳에 자리한 영애들 모두가 바디체인을 차고 있다는 것이 조금 자랑스럽기도 했다.

'내 바로 앞은 하넬 백작가의 영애고, 나머진 백작 혹은 남작 가문 영애들이네.'

당연하지만 나보다 신분이 높은 영애는 없었다. 허나 사교계는 신분으로 좌지우지되는 곳이 아니었기에, 사교계에서의 권력이 제일 큰 영애는 단연 르웰린이었다.

내게 짧은 인사를 건넨 영애들은 자기들끼리 대화를 나누면서도 나를 힐끔거렸다. 눈빛에 든 것은 대부분이 호기심, 혹은 한 번쯤은 건드려 봐도 되지 않을까 간을 보는 호승심, 그리고 악의였다.

'……좀 피곤하겠네.'

데뷔탕트 이후 첫 사교 활동이었으니 시선이 몰리고 시비가 걸리는 건 어쩔 수 없다고 생각했지만 막상 마주하자 귀찮아지는 게 사실이었다.

김이 폴폴 오르는 밀크티를 한 모금 머금으며 속으로 한숨을 쉬었다.

'……르웰린도 날 싫어하려나?'

다른 영애들이 나를 어떻게 생각하는지는 관심 없었다. 악의야 익숙했고, 그들 중 내 계획에 필요한 이들은 없었으니까. 하지만 르웰린이 내게 악의를 품었다면 어쩐지 섭섭할 것 같았다.

느리게 눈을 굴려 내 측면에 앉은 르웰린에게 시선을 보내다 살짝 놀랐다. 르웰린은 나를 뚫어져라 바라보고 있었다. 녹색 눈동자에 깃든 것은 예리한 관찰력과 긴가민가함, 그리고 날뛰는 흥분이었다.

르웰린은 나와 눈이 마주치고도 눈을 피하기는커녕 더욱 눈을 부릅뜨고 나를 노려보았다. 그 눈이 너무 부담스러워 나도 모르게 시선을 피하고 말았다.

'날 싫어하는 것 같진 않지만……'

눈빛이 상당히 부담스럽다. 그래도 내가 그 소드 마스터라는 걸 확신하지는 못하는 것 같았다. 의심은 하고 있는 것 같지만.

나를 힐끔거리긴 해도 내게 직접적으로 말을 거는 이들은 없었다. 그 덕분에 귀찮은 일 없이 차를 세 잔이나 비우고 데카르도의 재력 수준답게 삐까번쩍한 디저트 중 많이 달지 않은 것들을 먹어 치우고 있을 때였다.

"큼! 그나저나 크리시스 영애는…… 복장이 무척 편해 보이시네요."

연보랏빛의 귀여운 드레스를 입은 영애 하나가 내게 슬그머니 말을 걸었다.

'언제 지적하나 했다.'

이젠 한숨도 안 나왔다. 무료하게 눈을 깜빡이다 스스로를 내려다보았다.

새하얀 와이셔츠 위에 걸친 진보라색 베스트. 베스트 위를 가로지른 검은색 하네스. 손바닥의 반 정도가 드러난 검은색 가죽 하프팜 장갑. 다리를 딱 맞게 감싸는 하이웨스트 검은 승마바지. 어깨 위에 걸친 검은색 코트.

남자였다면 절대 지적받지 않았을 평범한 복장이었다.

남자였다면.

"그래요. 무척 편합니다. 제가 간편함과 편리함을 중시하는 편이라서."

말 사이에 깃든 비아냥을 알아듣지 못한 척 건성으로 대답했다. 사교계에서 본격적으로 활동하진 않았으나 크리시스 공작가에 입양된 뒤 불가피하게 귀족들과 만남을 가져야 했던 나는, 말을 꼬아 들어야 할 때와 있는 그대로 들어야 할 때를 알게 되었다.

"크흠! 그래도 데카르도 영애께서 이렇게 아름다운 정원에 초대해 주셨는데 예의에 맞지 않는 복장은 아닐까 염려돼요. 남성복이잖아요."

그리고 이렇게 시비를 걸어 올 때는 그 말의 진의를 굳이 파헤쳐서 따지는 것보단 있는 그대로 듣는 편이 나았다. 답답해진 상대방이 직접 진의를 꺼내 들 때까지.

크리시스가 된 뒤, 바지를 입고 나갈 때마다 지겹도록 지적을 들어 왔다. 여자가 바지를 입는 건 예의에 맞지 않는다고.

'칼과 커플룩을 맞춰 입고 같은 장소에 나가도 칼에겐 그런 소리 한마디를 안 하고 내게만 하지.'

칼이 속옷만 입고 거리를 활보해도 무서워서 찍소리도 못할 인간들이 내게만 헛소리를 하는 이유는 너무 투명해 구역질이 날 정도였다.

'내가 여자니까.'

내가 선택할 수 없고, 노력으로 바꿀 수 없는 것.

얼굴을 무표정으로 굳힌 채 잡은 잔에 살짝 힘을 주었다. 소드 마스터의 악력에 노출된 잔이 힘겹게 떨려 왔다.

'뭐, 무슨 상관이야. 그 인간들도 곧 나를 필요로 하게 될 텐데.'

어떤 간웅은 세상이 저를 버리면 저 또한 세상을 버리겠다고 했던가.

나는 조금 달랐다.

세상은 단 한 번도 나를 가진 적이 없다. 세상이 나를 원하지 않는다면 직접 세상에 없어서는 안 되는 존재가 될 것이다. 그래서 세상이 내 발에 입 맞추며 내 존재를 간원하게 만들 것이다. 그러므로 내 발에 걸려 맴도는 역풍들은 내게 간지러울 뿐이었다.

"데카르도 영애. 혹시 제 복색이 영애의 티파티에 무례가 되었습니까?"

수군수군 자기들끼리 떠드는 영애들을 뒤로하고 르웰린에게 단도직입적으로 물었다. 티파티 내내 빙빙 돌려 까이느니 한 번에 끝내는 게 나았다.

르웰린이 나를 바라본다. 르웰린이 나를 싫어하는 것 같지는 않았지만, 그렇다고 대부분의 영애가 내게 적의를 보이는 상황에서 내 편을 들어줄 것 같지는 않았다.

무례했다는 대답이 돌아오면 깔끔하게 사과하고 끝낼 생각이었다. 별것도 아닌 것에는 한 번 끓고 들어가는 게 편했다.

"아뇨."

그리고 돌아온 답변은 나를 놀라게 했다.

"잘만 어울리는데 다들 왜 그러시는지 잘 모르겠군요."

르웰린이 나를 보며 작게 웃었다. 처음으로 보는 웃는 모습에 놀라 눈을 크게 뜨니 그녀는 금방 웃음을 지워 냈다.

"하, 하지만 그래도 남성복이니까……."

"옷에 성별도 있던가요? 잠옷을 입고 오신 것도 아닌데 굳이 문젯거리로 삼을 필요성은 느끼지 못하겠네요. 오늘 입으신 진보라색 베스트가 잘 어울리시는걸요."

반박하는 영애의 말을 단호하게 끊어 낸 르웰린은 심지어 나를 칭찬하기까지 했다. 어안이 벙벙해 눈을 빠르게 깜빡였다.

"어…… 칭찬 감사합니다. 데카르도 영애의 드레스도 정말 디자인이 잘되었습니다."

내 떨떠름한 칭찬에 새초롬하게 눈을 내리깔던 르웰린이 휙 고개를 돌렸다. 역시 여전히 도도했다.

'르웰린은…… 이런 캐릭터가 아니었을 텐데?'

원작의 르웰린은 전형적인 악녀 캐릭터로 여성성과 품위, 아름다움을 집착에 가깝도록 중시하던 캐릭터였다. 사실 나서면서 복장 때문에 르웰린에게 욕을 얻어먹진 않을까 걱정까지 했는데, 참으로 쓸데없는 걱정이었던 모양이다.

'역시 『요정의 밤』은 폐기해야 되는 쓰레긴가 봐.'

원작에 연연하지 않기로 해 놓고 또 원작을 기반으로 사람의 행동을 짐작했던 스스로를 질책하며 원작의 르웰린을 머릿속에서 지워 냈다. 지금부터 보게 될 르웰린만을 진짜 르웰린으로 생각하기로 했다.

"……르웰린 영애께서 그렇게 생각하신다면 그런 거겠죠."

르웰린이 제 편을 들어줄 거라고 생각했던 건지, 잔뜩 실망한 표정을 지은 영애가 하는 수 없다는 듯 물러섰다.

사교계에서 두문불출하던 나는 부스러기로 보여도 르웰린은 무서웠던 모양이다. 기분이 좀 더러웠지만, 애들이 철이 없어 그럴 수도 있다는 너그러운 마음을 먹기로 했다.

티파티는 지루했다. 나야 딱히 아는 영애도 없었으니 가만히 차나 홀짝이다 몇 번 맞장구치는 정도가 다였다. 의외로 르웰린 또한 꽤 조용했는데, 이곳저곳에서 말을 걸어도 단답으로만 짧게 끊어 내던 그녀는 틈만 나면 나를 지그시 응시해 왔다. 조금 부담스러웠다.

"시간이 늦었으니 이만 다들 돌아가시는 게 좋겠군요."

한참 나를 바라보던 르웰린이 입을 열었다. 영애들 사이로 당혹스러움이 감돌았다. 르웰린의 시선을 슬슬 피하던 나도 놀라서 르웰린을 바라보았다.

"하, 하지만 저희 모두 모인 지 1시간밖에 지나지 않았는데……."

"아직 날이 추워 해가 빨리 져요. 다들 일찍들 귀가하시는 편이 좋겠네요."

슬쩍 의문을 제시하는 한 영애의 말을 뚝 끊어 먹은 르웰린이 단호하게 말했다. 저건 명백한 축객령이었다.

"그렇게 말씀하신다면…… 이만 일어나 봐야겠군요."

이 장소의 주인이자 사교계에서 절대적인 권력을 발휘하는 르웰린의 축객령을 거부할 수 있는 사람은 이 자리에 없었다.

'물어보고 싶은 건 못 물어봤는데…… 어쩔 수 없나.'

다들 주춤주춤 일어나기에 나도 다음을 기리며 이만 가 봐야 하나 싶어 의자를 끄는데, 르웰린의 지긋한 시선이 내게로 향했다.

"크리시스 공녀는 별일 없으시면 잠깐 남아 주실 수 있나요. 긴히 여쭐 것이 있어서."

나는 잠시 놀랐으나, 이내 고개를 끄덕였다.

"그러죠. 어렵지 않습니다."

나도 할 말이 있었으니 단둘이 있을 시간을 만들어 준다면 고마웠다. 다시 의자에 엉덩이를 붙이는 나를 부럽다는 눈빛으로 바라본 영애들이 순식간에 사라졌다.

아름다운 장미정원에는 나와 르웰린만 남게 되었다. 조용해진 주위를 즐기며 차를 한 모금 들이켰다.

"제게 묻고 싶으신 게 뭡니까."

"궁금하다고 하면 대답해 주실 건가요?"

"영애께서도 제 질문에 대답해 주신다면 대답해 드리도록 하겠습니다."

르웰린과 나 사이에 기 싸움이 오갔다. 가벼운 탐색전이었다. 새치름하게 눈꼬리를 올린 르웰린이 고개를 작게 끄덕였다.

"뭐, 기브 앤 테이크는 사업의 기본 중 기본이죠. 상도덕도 없는 사람은 아니니 걱정하지 말아요. 대신 묵비권은 제공하시겠죠?"

"물론입니다. 어차피 그리 곤란한 질문도 아니겠지만."

"질문은 하나씩 주고받기, 무조건 진실로만 답하는 거예요. 거짓말을 하느니 묵비권을 사용하기로 해요. 귀족의 명예를 걸고. 알죠?"

"네."

르웰린은 꼼꼼한 협상가였다. 짧은 협상이 오가고 둘 다 만족할 조건을 충족한 뒤, 제대로 된 대화가 시작되었다.

"좋아요. 그럼 내가 먼저 묻죠. 크리시스 공녀, 나와 전에 만난 적 있죠? 데뷔탕트 이전에요."

직구에 가까운 변화구가 날아왔다. 어차피 시원하게 까 버릴 생각으로 온 것이었기에 주저 없이 고개를 끄덕였다.

"네. 만나 뵌 적이 있었습니다."

녹음을 담은 르웰린의 눈동자가 깊어졌다. 무언가 깊이 생각하는 기색이었다. 르웰린에게 생각할 시간을 주기 위해 잠시 시간을 두고 질문을 던졌다.

"르웰린 영애께서 제 동생 아리아를 만날 때마다 저에 관한 질문을 하신다고 들었는데요, 왜 그러셨던 겁니까?"

그 질문에 르웰린의 얼굴이 불꽃처럼 타오르는 그 머리칼만큼이나 붉게 달아올랐다.

"아, 아리아 크리시스 공녀가 그런 걸 다 일러바치던가요!?"

"음…… 네."

르웰린의 귀와 목덜미까지 붉게 타올랐다. 그녀의 얼굴에 깃든 감정은 수치스러움이었다. 대체 어느 부분에 부끄러움 포인트가 있는 건지 알기 힘들어 미간을 좁혔다.

"하! 아리아 공녀는 정말 못됐군요! 무슨 그런 걸 다 일러바치고……!"

"어…… 제가 알아선 안 되는 부분이었습니까?"

새빨개진 얼굴로 노발대발하는 르웰린을 보며 떨떠름한 표정을 지었다. 오늘 하루 종일 어른스럽게 굴던 르웰린이 갑자기 앙칼진 붉은 아기 고양이가 되니 당황스러웠다.

"물, 물어보긴 했지만……! 가벼운 인적 사항이나 안부 같은 것만 물었어요! 절대 스토커처럼 영애의 사생활을 캐면서 음흉하게 웃고 그러지 않았다고요!"

제풀에 당황한 르웰린이 시키지도 않은 변명을 늘어놓았다. 격하게 부정하는 모습이 '내가 그랬소.' 하고 실토하는 것 같았지만 우선 고개를 끄덕였다.

"물론 그렇겠죠. 르웰린 영애께선 그러실 분이 아니니까요."

내 정보를 캐며 음흉하게 웃는 르웰린이라니, 상상도 가지 않았다. 르웰린이 굳이 그럴 이유도 없을 거고. 내가 긍정하자 어쩐지 르웰린의 얼굴이 더 붉어졌다.

"우선 질문에 대한 대답을 부탁드려도 되겠습니까? 물론 곤란하다면 묵비권을 사용하셔도 됩니다."

나와 시선도 마주치지 못하는 르웰린을 보며 배려하는 말투로 말했다. 어차피 정말 궁금한 건 따로 있었으니 대답하지 않아도 상관없었다. 잠시 망설이던 르웰린이 여전히 얼굴을 붉힌 채로 눈을 질끈 감았다.

"고, 공녀가 어떤 사람인지 궁금했으니까요!"

"……제가요?"

살짝 미간을 좁혔다. 기묘하고도 애매한 대답이었다. '제가 왜요?'라고 되물을까 하다가 질문은 하나씩 주고받기로 했으니 입을 꾹 다물었다.

"후…… 그럼 이제 제가 질문하죠."

새빨갛던 얼굴을 겨우 식힌 르웰린이 아직까지 격양된 감정이 살짝 묻어나는 목소리로 말했다. 질문해 보라는 뜻으로 고개를 까닥였다.

"크리시스 공녀께선 절 구해 주신 적이 있죠?"

두 번째 만에 묵직한 직구가 날아왔다. 이미 예상했던 바였기에 느리게 눈을 깜빡이다 여유롭게 차를 들이켰다.

"당연한 일을 했을 뿐입니다."

늘 생각하는 것은, 당연한 인생을 산다는 건 정말 피곤하다는 것. 불의를 지나치지 않고, 눈앞에 흐르는 무고한 피를 무시하지 않으며 사는 것은 정말 고단하다는 것. 그럼에도, 나는 그 당연한 일들을 하지 않을 수 없다는 것.

정체와 힘을 숨기는 주제에 오지랖은 넓은 나도 참 멍청한 종자였다.

"……."

읽을 수 없는 표정을 한 르웰린은 한참 동안 대답이 없었다.

찻잔을 두 손으로 잡은 채 만지작거리는 소모적인 행동만 하고 있던 그녀는 한참 뒤에 한숨을 뱉었다.

"……참 미련한 사람이네요, 공녀는."

"정확한 관철이네요."

반박할 여지도 없는 말이었다. 고개를 끄덕이며 수긍하니 르웰린이 어이가 없다는 듯 실소를 터트렸다.

"어떻게 아신 건지 여쭤도 됩니까? 보너스 질문으로요. 얼굴은 가면으로 가렸고 목소리는 변조했는데 어떻게 눈치채신 겁니까?"

디에고야 원작에서 천재적인 눈썰미를 가진 이라고 서술됐던 데다가 미르인 나와 두 번이나 만났다. 그는 그럴 수도 있다고 생각했지만, 르웰린은 그렇게 잠깐 보고 어떻게 눈치챈 건지 궁금했다.

르웰린이 오만하게 고개를 치켜올렸다.

"도와주신 은혜를 감안해 이 정도는 그냥 알려 드리죠. 영애의 손이에요."

"······손?"

고개를 기울였다. 찻잔을 잡은 내 손을 힐끔 본 르웰린이 설명을 시작했다.

"내겐 사람을 만나면 손으로 그 사람의 인생을 추측하는 습관이 있어요. 어려서부터 있었던 습관이라 지금은 여러모로 발전해 만나는 사람들의 지문 형태를 기억하는 식으로 바뀌었지만요."

'저건······ 천재라는 소리 아닌가?'

사람 손을 한 번 보고 그 사람 지문을 기억한다는 게 말이 되는 건가 싶었지만, 르웰린이 그렇다니 그럴듯해 보였다. 르웰린이라면 다섯 살에 솔방울로 수류탄도 만들었을 것 같으니까. 르웰린이 말을 이었다.

"공녀가 날 구해 줬을 때도 공녀 손을 유심히 봤어요. 공녀 손은 워낙 상처가 많아 잊기 힘들 정도였죠. 무엇보다 지문이 다 닳아서 안 보이는 게 무척 신기해서 줄곧 기억하고 있었어요."

'내 손이 그렇구나.'

새삼스레 손끝을 내려다봤다. 수많은 시간 검을 잡으며 닳고 닳아 굳은살밖에 남지 않은 손끝은 무척이나 투박했다. 잠시 쓰게 웃음 짓다 진지하게 표정을 굳혔다.

"방금 전엔 보너스였으니, 이제 진짜 질문 가죠. 그에 대해 비밀에 부쳐달라고 부탁드리면 지켜 주실 겁니까?"

진중한 목소리로 부탁하듯 물었다.

"공녀가 원한다면요."

나를 지그시 응시하던 르웰린이 조금 새침한 표정으로 수긍했다. 좀 더 확실한 답을 받고 싶어 눈을 가늘게 떴다.

"확실히 맹세할 수 있으신 겁니까?"

"하! 크리시스 공녀, 나도 은혜를 아는 사람이에요. 내 모든 명예와 데카르도의 붉은 장미를 걸고 맹세해요. 원한다면 태양의 맹세도 해 드리죠."

내 되물음에 르웰린이 자존심 상한다는 듯 헛웃음을 쳤다.

데카르도는 자신들의 가문에 대한 자부심이 하늘을 찌르는 족속들이었다. 데카르도의 일원이 데카르도의 붉은 장미를 걸고 맹세한다는 건, 이를 어기면 할복하겠다는 뜻과 같았다. 르웰린이 내게 엿을 먹이고 싶은 게 아닌 이상, 굳이 알려서 얻을 이득도 없을 테니 믿기로 했다.

"내 차례네요. 크리시스 공녀. 당신은 용병왕 미르인가요?"

'아.'

이건 좀 아픈 직구였다. 어깨를 살짝 떨며 고개를 끄덕였다. 사실 검은 오러를 드러냈던 것부터 미르라는 건 알리고 들어가는 수준이었기에 눈치챘을지도 모른다는 건 예상하고 있었다. 그때는 미르인 게 알려져도 별 상관이 없었지만, 크리시스 공녀가 되어 미르인 것을 숨기며 상황이 달라졌다.

"걱정하지 마요. 이 부분도 데카르도의 장미를 걸고 비밀에 부칠 테니까. 그냥 확인차 물어본 것뿐이에요."

내가 보내는 애처로운 눈빛에 살짝 움찔한 르웰린이 스스로 맹세를 해 보였다. 살짝 웃으며 고개를 끄덕였다. 조금 멍청하다 말할지도 모르겠지만, 어째서인지 르웰린에게는 믿음이 갔다. 그녀가 자신이 할 말을 지킬 거라는 믿음이.

"그럼 제 다음 질문인데, 음…… 이상하게 듣지 않아 주셨으면 좋겠군요."

"뭔데 그래요?"

조금 민망해서 망설이니 르웰린이 재촉했다.

르웰린의 눈치를 보다 입을 열었다.

"라이너 아인하르트 경을…… 어떻게 생각하십니까?"

내 질문에 르웰린이 정말 뜬금없는 소리를 들은 표정을 지었다. 내가 생각해도 그랬기에 어이없어하는 르웰린의 눈을 피해 허공을 보았다.

"약속은 약속이니 대답은 하죠. 자세히 생각해 본 적은 없는데…… 음, 낯짝 반반하고 능력 쓸 만한 사람?"

필터링이라고는 한 번도 걸리지 않은 직구에 순간 웃음이 튀어나왔다. 뜬금없는 질문을 한 이유는 다름 아닌 이 세계에도 흔한 판타지 소설들처럼 원작의 억지력 같은 게 있는지 확실히 확인하기 위해서였다.

'혹시 구해 준 게 나였는데도 르웰린이 라이너에게 반하진 않았을까 궁금했는데…… 그럴 리는 없는 것 같네.'

아리아와 칼을 통해 남주인공과 여주인공이 만나도 첫눈에 반하기는커녕 첫눈에 원수지간이 될 수 있다는 걸 확인했으나 말 그대로 한 번 더 확인차 물어본 것이었다. 그리고 라이너에 대해 말하는 르웰린의 표정은 말 그대로 무심 그 자체였다.

"설마 공녀는 아인하르트 경을……."

"네?"

"흠…… 아니에요."

무어라 중얼거리는 르웰린에게 되묻자, 묘한 표정과 함께 기묘한 콧바람 소리만 돌아왔다. 금방 원래의 새침한 표정으로 돌아온 르웰린이 입을 열었다.

"저는 질문 하나만 더 하면 되는데 공녀는 더 해야 할 질문이 있나요?"

"아뇨. 저도 하나만 더 하면 될 것 같군요."

"좋아요. 그럼 마지막 질문을 할게요."

무슨 질문을 하려는 건지, 이번에는 천하의 르웰린도 살짝 망설이는 기색을 보였다. 여차하면 묵비권을 사용하면 되니 나는 그리 긴장하지는 않았지만, 무얼 생각하는지 르웰린의 안색이 점점 어두워져 조금 걱정될 때였다.

"나는, 공녀를 보고 참 자유로운 사람 같다는 생각을 했어요. 데뷔탕트에서 제복을 입었던 것도 그렇고, 검을 쓴다는 말을 아무렇지도 않게 하고 다닌 점도 신기했어요."

르웰린이 나지막이 말문을 열었다. 담담한 고백 같은 그녀의 말에는 어쩐지 씁쓸함이 묻어 있어, 나는 귀를 기울일 수밖에 없었다.

오랫동안 고정된 관념이라는 것은 무서운 것이다. 사람들은 내 복색과 취미가 보통 영애와는 다르다는 이유 하나로 나에 대한 헛소문을 퍼트렸다. 나는 르웰린이 나를 이상하게 본 것이 아니라 자유롭다고 봤다는 것이 더 신기했다.

"그래서, 공녀한테 자문을 구하고 싶었어요. 정말, 정말 하고 싶은 일이 있는데, 얌전히 꽃으로 살라는 말을 들었을 때…… 공녀는 어떻게 할 건가요?"

그 마지막 질문의 무게가 지나치게 무거웠다. 처음으로 르웰린의 표정이 참혹하게 무너졌다. 내 시선을 피한 채 속눈썹을 파르르 떠는 르웰린을 지그시 응시했다.

붉고 탐스러운 머리카락. 화려한 연둣빛 드레스. 코르셋으로 꽉 조인 허리. 한 떨기의 장미같이 아름다운 자태. 분명 고고하고 아름다운데.

'왜 저리 지쳐 보일까.'

녹음을 담은 두 눈동자가 우울하게 침잠했다. 두 눈에 생기가 없었다.

원치 않는 삶은 살아 내는 것만으로도 힘겨운 법이다. 늘 빛나던 르웰린의 어두운 면을 본 것 같아 조금 아연한 기분이 되었다. 어떤 답을 줘야 할지 감을 잡을 수 없었다. 한참 말을 고르며 망설이다, 어느 순간 숨을 크게 들이쉬었다.

'나는 지금 르웰린의 사정을 추측하고 있구나.'

좋은 대답을 해 주려는 마음에, 나도 모르는 새 함부로 르웰린의 사정을 예측하고 재단하고 있었다. 이건 르웰린을 기만하는 짓이었다.

타인의 삶은 완벽히 이해할 수 있는 사람은 존재할 수 없다. 모든 인간은 서로에게 몰이해의 범위에 있는, 미지의 존재니까.

'르웰린은 나라면 어떻게 할 거냐고 물었지.'

그렇다면 내 얘기만 해 주면 되는 일이었다.

"저는 조금 극단적인 사람입니다. 자유가 보장되지 않으면 살아갈 이유를 느끼지 못해서요."

나는 내 아버지 카이사르를 사랑한다. 그가 베푼 모든 사랑에 깊은 감사를 표했다. 허나 그런 카이사르라고 해도, 그가 내 자유를 막으려 한다면 그에게 검을 겨눌 것이다. 그건 누구도 감히 손댈 수 없는 것이니까.

"시들어 꺾일 꽃이 되느니, 전 죽어서 나비가 될 겁니다."

이것이 내 답이었다. 자유 없이 사느니 죽는 것이 나았다.

르웰린의 눈동자가 크게 흔들렸다.

"데카르도 영애는…… 참 아름다운 머리카락을 가지셨습니다."

혼란스러운 표정을 짓고 있는 르웰린을 바라보며 느리게 말했다. 분명 칭찬임에도 삽시간에 얼굴을 굳힌 르웰린이 지긋지긋하다는 표정으로 한숨을 쉬었다.

"그래요. 귀에 딱지가 앉도록 듣던 말이군요. 탐스럽게 핀 장미를 닮았나요?"

"아뇨."

천천히 손을 들어 르웰린의 머리카락을 한 줌 잡았다. 그리고 르웰린을 향해 부드럽게 웃음 지었다.

"영애의 머리카락은 모든 걸 불사르는 화염을 닮았습니다."

꽃이다. 불꽃이었다. 다른 이들의 눈에는 어떻게 보일지 몰라도 내 눈에는 경이롭게 불타고 있었다.

"화염에겐 불태울 권리가 있습니다. 전 데카르도 영애가 그 권리를 포기하지 않았으면 합니다."

정처 없이 떨리는 르웰린의 동공이 그녀의 혼란을 말해 주었다. 아무래도 그녀에겐 생각할 시간이 필요할 것 같았다. 나는 빨리 마지막 질문을 하고 사라져 주기로 했다.

"그럼 마지막 질문 하겠습니다."

내게서 시선을 떼지 못하는 르웰린을 향해 방긋 웃었다.

"우리 친구 할래요, 르웰린?"

르웰린의 눈이 커다래졌다. 당황한 것 같은 그녀를 느긋하게 기다려 주었다. 꽤 시간이 지나고 나서야, 르웰린이 울음기 섞인 웃음을 터트렸다.

"당신, 정말 신기한 사람이에요."

나와 눈을 똑바로 맞춘 르웰린의 새초롬한 눈매가 활짝 휘어졌다. 처음 보는 그녀의 환한 웃음이었다.

"좋아요. 영광으로 여기세요, 카슈미르."

그렇게 내게는 새로운 친구가 생겼다.

아타라 왕국의 사절단이 오기 전까지, 나는 검술 수련에 모든 것을 전념했다. 매일 10시간에 가까운 시간 동안 수련장에서 마나 운용을 연습하고 검을 휘둘렀다.

혼자 연습하는 것만으로는 충족되기 어려운 점들이 있었기에, 사흘에 한 번씩은 카이사르와 대련했다.

승부욕에 눈이 멀어 어깨를 다쳤던 첫 대련 이후로는 오러를 씌우지 않은 목검으로 대련을 했다. 조금 시시하긴 했지만, 같은 소드 마스터와 검을 부딪치는 것만으로도 실력 향상에 큰 도움이 되었다.

"너는 강하다."

여느 때와 같이 대련을 마치고 바닥에 누워 목구멍에 물을 폭포수처럼 퍼붓고 있는 나를 지그시 내려다보던 카이사르가 입을 열었다. 뜬금없는 서론에 그에게로 눈을 돌렸다.

"다만 가장 큰 문제가 세 가지 있지."

"……문제가 세 가지면 '가장'이라는 단어를 사용하면 안 되는 거 아닙니까?"

"셋 다 무척 심각한 문제라서 그렇다."

카이사르는 무심한 얼굴로 뼈 때리기를 그렇게 잘했다. 특허를 내도 괜찮을 수준이었다. 아파 오는 골에 앓는 소리를 내다 한숨을 쉬었다.

"그게 뭡니까?"

"첫째, 요령이 없다. 둘째, 체력이 약하다. 셋째……."

카이사르의 핏빛 눈동자가 무섭게 번뜩였다.

"내가 수십 번을 말했는데, 여전히, 방어는 하는 시늉도 안 한다."

움찔.

그의 서늘한 목소리에 어깨를 떨었다. 그의 얼굴엔 불만이 많아 보였다.

"넌 단기전과 공격에 강해. 빠른 시간 내에 적을 제압하는 것엔 월등하지. 실전에서 널 이길 수 있는 검사는 이 대륙에 거의 존재하지 않는다고 봐도 무관할 거다."

들려오는 칭찬에 귀를 쫑긋 세웠다. 역시 칭찬은 언제 들어도 좋았다.

"하지만 장기전과 방어엔 최악이다. 무슨 이유로든 싸움이 1시간을 넘어서면 넌 너보다 훨씬 약한 존재도 이기지 못하고 체력 부족으로 나가떨어질 게 분명해. 거기에 검을 휘두르는 요령도 없어서 그나마 있는 체력의 효율성조차 좋지 못하지. 방어는…… 할 말이 없군. 난 싸우면서 방어를 단 한 번도 안 하는 무식한 검사를 내 생애 처음 봤다."

칭찬을 즐기기도 전에 매서운 질책이 날아왔다. 구구절절 맞는 말이라 할 말이 없었다. 매서운 카이사르의 눈동자를 피해 시선을 살짝 비끼자 그가 한숨을 쉬었다.

"내가 그런 너를 잡고 집중적으로 훈련시켜 줄 수 있다면 좋겠지만…… 나는 누군가를 가르치는 것엔 그리 능하지 못하다. 요즘은 너무 바빠 시간을 내기도 힘들고."

확실히 카이사르는 좋은 선생님은 아니었다. 황제의 명령으로 바쁘게 움직이며 나와 대련해 줄 시간도 겨우 내고 있으니 바쁜 것도 사실이었다.

"그래서 네게 선생을 하나 붙여 주려 하는데, 괜찮나?"

"선생이요?"

"그래. 대륙의 다른 소드 마스터들과는 친분이 없어 너보다 높은 수준의 소드 마스터를 선생으로 붙여 줄 순 없지만…… 체력 단련과 방어 기술엔 최고인 소드 엑스퍼트를 하나 알고 있다. 너보다 약하지만 가르치는 것은 실력과 다른 문제이니 꽤 도움이 될 거다."

나는 잠시 숨을 멈추었다. '선생'이란 단어는, 그 자체로 내 심장을 죄이게 하는 힘이 있었다.

멍한 나를 바라보는 카이사르의 눈이 가늘어짐을 느끼고 황급히 표정을 정리했다. 물론 붙여 준다면 고마웠다. 내가 보기에도 내 체력은 젬병인 데다, 방어 기술에는 아예 무지했으니까.

"저야 좋지만…… 저는 소드 마스터라는 걸 숨기고 있지 않습니까. 배우다 보면 그 선생이라는 사람이 제가 소드 마스터라는 걸 눈치챌 텐데요."

"만날 땐 미르로서 만나면 되지 않겠나."

"……그 사람한테 설명은 어떻게 하시게요? 갑자기 미르를 데려와서 가르치라고 하면 그 사람이 납득하겠습니까?"

그도 그럴 것이, 갑자기 크리시스 공작이 자신에게 용병 미르를 가르치라고 하면 얼마나 어이가 없겠는가. 크리시스 공작과 용병 미르. 내가 생각해도 너무 접점 없는 두 이름이었다.

"그 선생이라는 사람, 내 부하다."

이게 가능할까 싶은 나를 뒤로하고 카이사르가 태연하게 말했다.

"그리고 부하에게 명령을 내릴 땐 설명이 필요 없지."

그의 입꼬리가 사악하게 비틀렸다.

"부하는 상사가 보석함에 드래곤을 넣어 오라고 명령해도 바로 해 와야 하는 존재다. 걱정하지 마라. 순종적으로 만들어서 데려올 테니."

나는 정말로, 카이사르를 상사로 둔 이들이 눈물 나게 안쓰러워졌다.

그리고 그 선생이라는 사람을 만나기로 한 당일.

나는 선생의 정체도 모른 채로 수도 중심의 공작가 소유 수련장에 도착했다. 카이사르가 어련히 잘 붙여 줄 것 같아 누구인지도 묻지 않았다.

오랜만에 착용한 가면을 어색하게 매만지다 수련장을 둘러보았다. 없는 거 없이 다 갖춰진 수련장은 깔끔하고 이용하기 좋아 보였다. 거대한 역기를 들어보며 카이사르가 데려온다고 한 선생을 기다리고 있을 때였다.

"슈슈."

두 사람의 기척이 내게로 가까워졌다. 내 애칭을 부르는 카이사르의 목소리에 휙 고개를 돌렸다. 그리고 마주친 놀란 기색의 황금빛 눈동자.

"……미르?"

나는 들고 있던 역기를 내 발등 위로 던질 뻔했다.

'라, 라이너?'

입을 떡 벌린 채 경악했다. 라이너도 가르쳐야 하는 사람이 나인 줄은 모르고 왔는지 무심하던 얼굴에 놀람을 지우지 못했다.

'네가 왜 거기서 나와!'

카이사르를 중간에 둔 채 라이너와 경악 서린 눈빛을 교환했다. 눈 뜨고 졸도하기 직전인 나와 딱딱하게 굳어서 그대로 석상이 되어도 이상하지 않을 라이너를 번갈아 본 카이사르가 미간을 좁혔다.

"둘이 아는 사인가?"

해명을 요하는 카이사르의 시선에 나와 라이너 모두 난감해져 입을 다물었다.

위기에 처한 르웰린을 구하다가 만났는데 그가 내 실명을 알고 있는 걸 알고 실명은 비밀로 지키라고 협박한 뒤, 크리시스 영애가 되어 다시 만나 무도회에서 춤을 신청받고 거절한 사이를 설명할 수 있는 단어는 내가 아는 한 없었다.

'빌어먹을…… 그러고 보니 라이너도 카이사르의 부하구나……'

카이사르는 현재 군 최고 통솔권을 가진 국방부장관 정도의 직위에 있다. 황궁 제2 기사단 기사단장인 라이너는 카이사르가 까라면 까야 하는 부하였다.

'아무리 그래도 진짜 라이너를 데려올 줄은 누가 알았겠느냐고!'

아무리 카이사르의 부하라고 한들, 무려 황궁 기사단의 기사단장이었다. 기사단장! 나 하나 체력 단련시켜 주겠다고 붙이기에는 너무 거물이란 말이다.

'게다가 내 실명도 알던 놈인데! 솔직히 내가 미르인 거 눈치챘을 것 같단 말이야!'

라이너와도 언젠가는 만나 르웰린 때처럼 단판을 지을 생각이었지만, 이렇게 갑작스럽게 만날 줄은 몰랐다. 여전히 뻣뻣이 굳어 숨은 쉬고 있는 건가 싶은 라이너를 바라보며 조심스레 입을 열었다.

"황궁…… 제2 기사단장님 아니십니까."

우선 라이너가 눈치를 챘는지는 확실하지 않으니 뒷골목에서 그에게 소개를 받았던 대로 불렀다. 굳은 채 정처 없이 떠돌던 라이너의 시선이 내게로 정착했다. 그의 양 귀가 불타오르고 있었다.

"미르 님이…… 왜 여기 계십니까?"

라이너는 상황 파악이 안 되는 표정이었다. 나도 이 상황이 어이가 없어 무어라 설명도 덧붙이지 못하고 입만 끔뻑거리고 있으니, 나와 라이너를 유심히 번갈아 본 카이사르가 상황 중재에 나섰다.

"이미 서로 알고 있는 것 같긴 하지만 그래도 소개시켜 주지. 미르, 여기는 황궁 제2 기사단장이자 아인하르트 소후작인 라이너 아인하르트 경이네."

'그러니까 그런 거물의 소중한 휴일을 내 수련 도우미로서 소비하게 해도 되냐고요.'

생각할수록 어이가 없었다. 내 얼빠진 눈빛을 보지 못한 게 아닐 텐데도 카이사르는 꿋꿋이 나를 라이너에게 소개했다.

"아인하르트 경, 여기는 보다시피 황금 방패 용병 미르일세. 서로 인사하게."

"……안녕하세요."

"……안녕하십니까."

어색해 미칠 것 같은 인사가 오갔다. 이건 뭐랄까, 부모님의 강요로 맺어지게 된 상대와 처음으로 만난 선 자리 같은 느낌이었다. 나와 라이너 사이에 기묘한 기류를 느낀 카이사르가 미간을 살짝 꿈틀거리더니 내게 전음을 보내왔다.

「슈슈. 설마 아인하르트 경이 전에 널 괴롭혔다든지…….」

「그런 건 절대 아닙니다!」

카이사르의 살벌한 눈빛을 보아 잠시라도 망설였다가는 라이너를 직장 내 괴롭힘의 주인공으로 만들 것 같아 빠르게 부정했다.

「그럼 왜 난감한 표정을 짓고 있는 거지? 불편한 거라면 말해라.」

「그런, 그런 건 아닙니다…….」

불편한 건 아니었다. 원작의 남주인공인 만큼 내적 친밀감은 충만했으니까. 다만 워낙 복잡하게 얽힌 사이인 데다, 라이너가 어디까지 알고 있는 건지 확신할 수가 없으니 어떤 태도를 보여야 할지 갈피를 잡기가 힘들었다.

'그리고 라이너가 억지로 내 수련을 돕게 하고 싶지 않으니까.'

라이너를 힐끔 곁눈질했다. 여전히 패닉에 빠진 얼굴은 누가 봐도 자신의 제자가 될 사람이 미르라는 걸 사전에 듣지 못하고 온 사람이었다.

"아인하르트 경은 바쁘지 않으십니까? 제 수련을 도와주실 정도로 한가하시지 않을 것 같은데 폐를 끼치는 것 같습니다."

눈치를 보며 조심스럽게 물었다. 라이너가 가르치는 데 얼마나 재능이 있는지, 정석적인 기술 단련과 체력 단련에 얼마나 뛰어난 이인지는 익히 알고 있다.

그가 내 정체를 눈치채고 자시고를 떠나 같은 검사로서 한번 겨루고 싶은 인물이기도 했기에 욕심이 나긴 했지만, 그렇다고 싫다는 사람을 강제하고 싶지는 않았다.

"그리고 아무래도 저는 용병이니······ 아인하르트 경께서 절 마주하기 불편해하실 것 같군요."

살짝 가라앉은 채로 중얼거렸다. 기사들은 용병들을 천시한다. 기사인 라이너는, 용병인 미르와 마주하는 걸 껄끄러워할지도 몰랐다.

'이렇게 비리비리한 놈이 그 유명한 미르라고? 하! 역시 용병 놈들은 비겁하다니까! 너, 다른 기사들의 업적을 훔쳐다 네 거라고 말하고 다니는 거지? 용병이 영웅이라니 말도 안 되잖아!'

'아니, 여리여리하니 꽤 맛 좋게 생겼으니까 몸 팔다 일을 구했을지도 모르지. 용병 놈들 몸 더럽게 굴리는 거야 흔한 일이잖아?'

용병으로 일하며 기사들에게 수없이 무시를 당했던 나는, 기사들과 마주할 때면 나도 모르게 자존감이 낮아지곤 했다.

"······아인하르트 경."

흔들리는 라이너의 시선을 피한 채 입을 꾹 다물고 있으니, 인상을 서늘하게 굳힌 카이사르가 무언가 들끓는 목소리로 라이너를 불렀다. 목소리만 들으면 지금 당장 라이너를 끓는 기름에 데쳐 버릴 것 같았다. 새하얗게 질린 라이너가 황급히 고개를 저었다.

"절대 그런 게 아닙니다! 제가 어떻게 미르 님을 불편해하겠습니까!"

라이너의 목소리에 처절한 부정이 담겼다. 카이사르가 무서워서 그러는 건가 싶었지만, 라이너의 애처로운 금빛 눈동자는 오로지 내게만 향하고 있었다.

"다만 저는 분명 제가 가르쳐야 하는 사람이 있다고 듣고 왔는데 미르 님이 계셔서 놀란 것뿐입니다. 미르 님께선 제게 가르침을 받으실 만한 분이 아니시잖습니까."

라이너는 분명 많이 당황했을 텐데도 겸손하고 정중했다. 솔직한 라이너는 내가 정말 불편했다면 카이사르가 앞에 있든 말든 싫다고 뛰쳐나갔을 사람이었으니 사실인 것 같았다.

"물론이지. 미르는 경을 새끼손가락으로도 이긴다."

"공작님……."

"……."

라이너의 겸손 위에 팔불출 같은 소리로 재를 뿌리는 카이사르를 보며 쪽팔림에 이마를 짚었다. 꼭 그래야겠냐는 눈빛으로 카이사르를 바라봐도 그는 맞는 말이지 않냐는 뻔뻔한 눈빛을 보낼 뿐이었다.

"경이 미르에게 검술을 가르쳐 줄 필요는 없다. 황궁 기사단에서 진행되는 트레이닝 코스에 따라 체력을 기르는 법과 방어 기술만 가르쳐 주면 되네."

그래도 라이너는 주저하는 기색을 보였다. 그의 금빛 눈동자에서 일렁이는 감정들은 무척 복잡해 보였다.

"그래도, 제가 어떻게 미르 님을……."

"그래서."

카이사르의 핏빛 눈동자가 라이너를 지그시 응시했다. 살짝 입꼬리를 비튼 그가 고개를 기울였다.

"지금 못 하겠다는 건가, 기사단장?"

'저건 권력 남용이다.'

직급으로 부른다는 건 명령을 내린다는 뜻이었다. 카이사르의 망나니력에 잠시 감탄하고 있을 때, 한숨을 쉰 라이너가 입을 열었다.

"……명을 따릅니다."

장관이 까라는데 대대장이 안 깔 수는 없는 노릇이었다.

나는 정말로, 카이사르를 상사로 둔 라이너가 안쓰러워졌다.

"……안녕하세요."

"……네. 안녕하십니까."

황제의 급한 호출을 받은 카이사르가, 라이너가 가장 올곧고 착해 데려오긴 했지만 귀찮게 하면 처단해 버리라는 말을 남기고 사라진 이후. 커다란 수련장에 단둘이 남게 된 나와 라이너는 벌써 세 번째 어색한 인사만 나누고 있었다.

"이렇게 만나고 싶진 않았는데."

여기 온 이후부터 상당히 복잡한 얼굴을 하고 있던 라이너가 한숨과 함께 중얼거렸다. 무슨 뜻인가 싶어 고개를 갸웃하는데, 그가 벽에 기대었던 등을 일으키며 내게로 다가왔다. 불타오르기 시작한 그의 양 귀가 한눈에 보였다.

'저 얼굴로 살면 어떤 기분일까.'

다가오는 라이너의 번쩍거리는 미모를 보며 속으로 감탄했다. 신이 빚은 얼굴 위로 어우러지는 달빛 머리칼과 금빛 눈동자는 라이너로 하여금 차가우면서도 짐승 같은 분위기를 내뿜게 했다. 그의 미모에는 뭇 여인네의 가슴을 두근거리게 하는 무언가가 있었다. 나조차도 잠시 모든 상황을 제쳐 두고 감상할 정도로 잘난 얼굴이었다.

"체력 단련부터 시작하죠. 미르 님의 체력이 어느 정도 단련되면 그때부터 방어 기술을 함께 병행해서 배우는 게 좋을 것 같습니다. 괜찮으십니까?"

"네."

"그럼 미르 님의 기초 체력을 확인하기 위해 수련장 백 바퀴 돌기부터 해보겠습니다."

"네."

라이너는 나를 어려워하는가 싶으면서도 익숙하게 훈련을 주도하기 시작했다. 그의 지시에 따라 수련장을 돌기 위해 발목을 휙휙 돌리고 마나를 가볍게 내뿜기 시작했다. 마나로 강화한 몸으로는 백 바퀴야 쉬웠다.

"아니. 안 됩니다."

그리고 그런 내게 라이너가 단호박 같은 표정을 지었다.

"……네?"

"마나로 몸을 강화해서 뛰시려는 거 아닙니까. 안 됩니다. 그건 미르 님의 기초 체력이 아니라 마나 운용 실력을 확인하는 것에 불과하지 않습니까."

"어…… 그럼요?"

정식적인 훈련은 눈곱만큼도 하지 않은 내가 소드 마스터가 될 수 있었던 건 독보적인 마나 운용 실력 덕분이었다. 나는 선천적으로 마나 양이 무궁무진했고, 한번 감만 잡으면 마나를 이용한 고난이도 기술들도 자유자재로 사용할 수 있었다. 다만 그로 인해 기본이 조금도 갖춰져 있지 않았다.

"맨몸으로 백 바퀴입니다. 저도 같이 달려 드릴 테니 걱정하지 마시죠."

라이너의 단호한 표정에 마나를 이용한 오래달리기만 해 봤던 내 얼굴이 새하얗게 질렸다.

"……정말 괜찮으신 거 맞습니까?"

한참 걱정스러운 눈으로 나를 힐끔거리던 라이너가 결국 달리다 말고 물었다.

나와 함께 아흔여덟 번째 바퀴를 돌고 있는 라이너의 이마로 투명한 땀방울이 흘러내려 그의 기다란 속눈썹을 건드렸다.

'어쩜 사람이 이렇게 멀쩡하냐.'

땀에 축 젖어도 땀 냄새가 나기는커녕 특유의 체향인 로즈우드 향이 깊어지기만 하는 라이너를 보며 이를 악물고 웃었다.

"아무렇지도 않습니다."

허세였다. 오로지 정신력으로 달리기를 계속했다. 온몸은 땀으로 절어 축축했고, 다리는 후들거렸다. 라이너는 할 말이 많아 보이는 표정을 지었지만, 나는 말할 힘도 없어 입을 꾹 다물고 달리기를 계속했다.

"힘드시면 그만하셔도 괜찮습니다."

"끝까지, 뛸 수 있다고, 했습니다."

뚝뚝 끊기는 목소리로 간신히 말했다. 솔직히 혀 깨물고 죽고 싶을 만큼 힘들었지만, 중도 포기는 내 이름이 허락하지 않았다.

'내가 명색이 용병왕 미르인데……!'

이 이름에 대한 책임감 때문에 나는 일정한 속도로 숨조차 몰아쉬지 않으며 수련장 백 바퀴를 묵묵히 돌고 있었다. 다리가 풀린 건 육십 바퀴대부터였으니, 지금 나를 달리게 하는 건 오직 자존심이었다.

'앞으로 반 바퀴……!'

내가 땀을 그리 많이 흘리는 편이 아닌데도 온몸이 젖었다. 표정은 애써 태연을 가장하고 있으나 영혼은 이미 육체에서 가출한 이후였다. 내 체력이 정말 약하다는 걸 새삼 다시 느끼며 마지막 스퍼트를 냈다.

"허윽……."

"하……."

"하, 으……."

그리고 골인. 백 바퀴를 마치고 멈춰서 천천히 숨을 골랐다. 폐가 쪼그라든 기분을 느끼며 잠시 벽에 기대섰다. 다리가 미친 듯이 후들거렸다. 가면 사이로 찬 땀이 답답해 가면을 벗어던지고 싶을 정도였다.

"수고, 하셨습니다."

변조되었음에도 쉽게 티가 나는 목소리로 라이너에게 말했다. 얄밉도록 멀쩡해 보이는 라이너는 고개를 끄덕이고는 내게 마시라는 듯 물병을 건넸다.

'살았다.'

죽기 직전 생명수를 찾은 사람처럼 미친 듯이 물을 들이켰다. 급하게 들이켜느라 물을 반은 흘린 것 같지만 어쨌든 마시고 나니 훨씬 나아진 것 같았다.

'으…… 찝찝해……'

흘린 물방울이 목을 타고 옷 안으로 들어가 안 그래도 땀으로 축축한 몸을 더 찝찝하게 만들었다. 옷을 벗어 던지고 싶다는 충동을 느끼며 덮어쓴 후드 속으로 손을 넣어 축축하게 젖은 머리카락을 대충 정리했다.

"……왜 그러고 계십니까?"

문득 라이너를 돌아봤다가 눈이 마주치고 고개를 기울였다. 물을 마시려는 듯 물병을 기울이고 있는 라이너는 나를 멍하니 바라보며 물을 다 제 몸으로 흘리고 있었다. 내 부름에도 정신을 못 차리는 것 같아 살짝 다가가자 퍼뜩 뒷걸음질 친 그가 물병을 내려놓았다. 라이너도 지치긴 한 건지 그의 양 귀가 식을 틈도 없이 타오르고 있었다.

"미르 님의 체력은 나쁘지 않습니다. 검사 평균에 비해서 말입니다. 다만 소드 마스터 평균으로 봤을 땐……."

"형편없죠?"

라이너는 침묵으로 긍정했다. 나도 이제는 반쯤 해탈한 채 바닥에 털썩 내려앉았다. 조심스레 다가온 라이너가 내게서 꽤 멀찍이 떨어진 곳에 앉았다.

"운동은 근력운동과 유산소운동을 겸해서 진행할 겁니다. 다음 주에 제대로 된 트레이닝 코스를 짜서 미르 님께 전달해 드리겠습니다. 본격적으로 운동을 시작하면 영양분을 충분히 섭취하셔야 할 것 같군요. 미르 님께서는 너무 마르셨습니다."

앞으로 진행될 운동을 설명하던 라이너는 끝에 가서는 잔소리에 가까운 말들을 늘어놓았다. 라이너가 이런 캐릭터였나 싶어 조금 의아하면서도 말 한 마디 한 마디에 걱정이 들어 있음을 깨닫고 기분이 조금 이상해졌다.

'다정한 사람이구나.'

원작에서는 의무적인 일과 검에 관련된 일, 아리아에 관련된 일을 제외하고는 꽤 무심한 사람으로 표현됐는데, 역시 원작은 믿을 만한 게 못 되는 모양이었다. 그는 나를 제대로 쳐다보지도 못하면서 걱정 어린 말들을 늘어놓고 있었다.

"아인하르트 경, 오늘 운동은 더 해야 합니까?"

라이너의 말을 끊고 물었다. 잠시 내 몸 상태를 살핀 라이너가 고개를 저었다.

"오늘은 첫날이니 이 정도만 해도 될 것 같습니다."

"그럼 오늘 특별한 약속 같은 건 있으신지요."

"없습니다. 물어보시는 이유가 있으십니까?"

강아지처럼 기우뚱 고개를 기울이는 라이너를 보며 씨익 웃었다.

"그럼 저랑 식사하러 가시지 않으시겠습니까? 제가 사겠습니다."

'물어볼 것도 있고. 도와줘서 고맙기도 하고.'

내 계획대로라면 라이너는 자주 얼굴을 맞대야 하는 사이였다. 이왕 이렇게 된 거 이 기회에 친해지는 게 좋았다.

"시, 식사 말이십니까?"

라이너가 답지 않게 말을 더듬었다. 그의 목덜미가 불타는 고구마처럼 붉어졌다. 어쩔 줄 몰라 하는 라이너의 얼굴 위로 숨길 수 없는 설렘이 드러났다.

'역시 내가 소드 마스터라서 그런가?'

미쳐 버린 검 덕후가 소드 마스터에게 관심을 갖는 건 당연한 일이었다. 라이너가 나를 보자마자 대련을 신청하지 않았던 게 조금 의아하긴 했지만, 역시 라이너가 자신보다 강한 이를 좋아한다는 설정은 들어맞는 듯했다.

"나름 데이트 신청인데, 저 거절당하는 겁니까?"

그 무심하고 금욕적인 인상이 어쩔 줄 몰라 하는 게 웃겨 눈을 접으며 괜히 섭섭해하는 말투를 지어냈다. 파드득 몸을 떤 라이너가 황급히 고개를 저었다. 이젠 그의 손까지 달아올라 있었다.

"절대, 아닙니다! 저는…….."

나보다 덩치도 훨씬 큰 남자가 내 한마디에 쩔쩔매는 모습은 꽤 즐거웠다. 조금 더 놀렸다간 울기라도 할 것 같아 라이너의 대답을 얌전히 기다려 주니, 한참 고민하던 그가 느리게 입을 열었다.

"……좋습니다."

"네? 잘 못 들었습니다."

작게 웅얼거리는 라이너를 향해 엉덩이걸음으로 다가가 못 들은 척 능청스레 상체를 숙여 몸을 가까이했다. 크게 움찔한 라이너가 커다란 손으로 제 얼굴을 가렸다. 달아오른 얼굴을 가리고자 했던 것 같았지만, 손등까지 발그레했으니 소용이 없었다.

"……좋다고, 했습니다."

한참 마른세수를 한 라이너가 천천히 손을 내렸다. 손아래 드러난 그의 눈동자는 내가 생각했던 것과 상당히 다른 빛을 띠고 있었다. 번뜩이는 금빛이 내 시야를 사로잡는다. 이번엔 되레 내가 놀라 살짝 움찔했다.

수많은 감정들이 거미줄처럼 뒤엉킨 금안에 가장 크게 자리 잡은 감정은 갈망이었다. 끝도 보이지 않는 깊고 음습한 갈망. 오랫동안 충족되지 못해 가뭄으로 갈라진 대지처럼 말라 보이는 그 갈망의 사이사이를 채운 건 집착과 흥분, 그리고 나로서는 이해할 수 없는 불꽃이었다.

'라이너가 왜, 나를 저런 눈으로 보는 거지.'

보지 말아야 했던 무언가를 봐 버린 느낌. 위험하다고 생각하면서 눈을 뗄 수가 없었다. 나로서는 이해할 수 없는, 오랫동안 해묵은 깊고 짙은 무언가. 절대 소드 마스터를 향한 동경 같은 이름으로 형용할 수 있는 감정이 아니었다.

"같이 가 주십시오. 원합니다."

서늘하던 눈꼬리가 흐드러지게 휘었다. 그 눈꼬리 아래 가늘게 뜨인 눈동자에는 여전히 감정들이 들끓고 있었다.

그가 원하는 게 그저 식사인지, 나는 확신할 수 없었다.

식사를 겸할 수 있는 한적한 술집에 들어서 자리를 잡으며 라이너의 안색을 살폈다. 평민으로 살던 나야 실제로 자주 들르던 곳이었지만, 귀족인 라이너는 익숙하지 않을 게 분명했다.

"정말 이런 곳도 괜찮으시겠습니까?"

"충분합니다."

라이너는 아무렇지 않게 낡은 나무 의자에 걸터앉았다. 몸짓에서 익숙하지 않음이 보이긴 했지만, 확실히 싫은 기색은 아니었다.

"그래도 정말 더 좋은 곳에서 사 드릴 수 있었는데…….."

"정말 괜찮습니다. 제게 중요한 건 장소가 아니라서."

조금 느른하게 풀린 목소리로 의미심장한 말을 하며 내게로 시선을 고정하는 라이너와 어쩐지 시선을 마주하기 힘들어 살짝 고개를 돌렸다.

처음에 가려 했던 곳은 이런 곳이 아니었다. 크리시스 가에 입적되며 내 앞으로 막대한 사유 재산이 생겼기에 금액은 문제가 되지 않는 만큼, 고급 레스토랑에서 대접해 주고 싶었다. 다만 문제는 내가 수도에서 아는 고급 레스토랑이 단 한 곳밖에 없다는 것.

'어…… 혹시 '헬레네'라는 레스토랑 아십니까?'

늘 엘과 만남을 갖던 곳이었다. 내 물음에 순간 얼굴을 구기는가 싶던 라이너는 고개를 끄덕였다.

'네. 신전 바로 뒤에 있는 교황 소유의 레스토랑 아닙니까.'

'아, 헬레네가 교황 소유였나요?'

'그래서 제집처럼 사용했구나.'

엘은 헬레네를 자유자재로 이용했고, 헬레네는 교황의 소유. 엘은 교황. 이제야 엘이 늘 붐비는 헬레네를 제멋대로 이용할 수 있었던 이유를 알게 되었다.

새로운 깨달음을 얻은 나와는 별개로, 라이너는 그다지 기분이 좋지 않아 보였다. 늘 무표정이었지만, 그는 기분이 좋지 않을 때 입술을 꾹 깨물곤 했다.

'헬레네에서 식사를 사려고 했는데…… 경께선 헬레네를 좋아하지 않으시는 것 같네요.'

'……그것보단 그곳 주인을 좋아하지 않습니다.'

헬레네의 주인이라면 엘이었다. 라이너가 엘을 싫어할 이유가 뭐가 있나 싶어 고개를 기울이다, 사정이 있겠지 생각하며 다른 장소를 고심했다. 싫다는데 끌고 갈 수는 없는 노릇이었다.

'……사실 제가 귀족들이 다니는 레스토랑을 잘 모릅니다. 경께서 가고 싶으신 곳은 없으십니까?'

아무리 생각해도 통 갈 만한 곳이 없어 결국 부끄러움에 얼굴을 붉히며 라이너에게 직접 물었다. 가난한 평민으로 살아왔으니 어쩔 수 없다는 걸 알지만, 무지를 드러내는 건 늘 부끄러운 일이었다.

'사실 저도 잘 모릅니다.'

'……네?'

'전 아무거나 잘 먹어서 어디라도 좋습니다. 저곳 어떠십니까?'

살짝 시선을 피한 나를 지그시 응시하던 라이너가 무덤덤하게 실토했다. 소후작인 그가 이런 쪽으로 무지할 리 없는데도 정말 모르겠다는 듯 평민들이 갈 법한 낡은 건물을 가리키는 라이너에게서 나를 향한 배려를 읽었다.

'참 사려 깊은 사람이야.'

누구일지는 몰라도 라이너에게 사랑을 받게 될 사람은 무척 행복할 것 같다고 생각했다.

"술 한잔하시겠습니까?"

"괜찮습니다."

"그럼 식사만 2인분 주문하죠."

대강 먹을 만한 메뉴로 2인분을 시키고 자세를 고쳐 앉았다. 탁자에 두 팔꿈치를 지탱하고 깍지 낀 두 손 위로 턱을 얹은 채 라이너를 지그시 응시했다. 내 시선에 노출된 그가 긴장한 표정으로 목울대를 울렁였다.

"그럼 아인하르트 경. 우리 대화를 좀 해 볼까요."

내가 진지한 눈빛을 보내자, 라이너의 표정이 덩달아 진지해졌다. 들어오며 아무도 들이지 말라고 이미 언질을 해 둔 술집 내부에는 나와 라이너밖에 없었다. 술이 주가 되는 매장인지라 조명도 어두침침해 취조실에서 죄인을 취조하는 느낌이었다.

"……무슨 대화 말씀이십니까?"

무슨 말을 꺼낼지 어느 정도 눈치챘을 텐데 모르는 척하는 라이너를 보며 눈을 가늘게 떴다.

"아인하르트 경께서 제 실명을 알고 계신 부분 말입니다."

라이너의 어깨가 살짝 움찔했다. 그 일로 그의 목에 칼까지 들이밀었으니 기억이 안 난다고 할 리는 없었다. 흔들리는 라이너의 동공을 지그시 응시하다, 긴장감을 유지하며 느리게 입술을 열었다.

"그때 골목에서 절 카슈미르라고 부르셨죠."

"……."

"아주 신기한 우연으로 크리시스 가의 장녀 이름도 카슈미르고."

"……."

"놀랍게도 경께 절 소개해 준 사람은 크리시스 공작님이네요?"

특이점들을 직접 나서서 하나하나 짚어 나가는 내 모습에 라이너의 눈동자가 정처 없이 흔들렸다. 어쩔 줄 모르고 내 시선을 피하던 그가 몸을 살짝 뒤로 물렸다. 본능적인 행동인 것 같았다.

마나로 둘러싸인 세상에서 파동처럼 느껴지는 그의 기운과 그의 표정, 그의 눈빛 등을 날카롭게 읽어 낸 나는 결론을 내렸다.

'라이너는 이 상황을 피하고 싶어 한다.'

정확히 뭘 피하고 싶어 하는 건지는 확신할 수 없다. 다만 내 감은 이렇게 말하고 있었다.

'라이너는 용병 미르의 정체를 이미 눈치채고 있지만, 당사자 앞에서 그걸 직면하고 싶어 하지 않는다.'

눈을 가늘게 떴다.

라이너 아인하르트는 바보가 아니다. 용병 미르가 카슈미르 크리시스와 동일 인물이라는 건 아마 데뷔탕트에서 만났을 때 진작 눈치를 챘을 게 분명했다. 그럼에도 당사자와 그 문제에 대해 직면한 상황에서 피하고 싶다는 기색을 만연히 드러내는 건, 무슨 이유가 있음이 분명했다.

"단도직입적으로 말하겠습니다. 저는 카슈미르 크……."

"잠깐……!"

빙빙 돌리는 건 내 성격에 맞지 않는다. 그의 사정이 어떻든 나는 이 부분에서 비밀을 지켜 주겠다는 확답을 들어야만 했다. 그래서 내 입으로 먼저 말하고 시작하려는데, 라이너가 다급하게 내 말을 끊어 냈다.

'턱.' 하는 소리와 함께 강제로 말을 멈춰야 했다. 단단한 기사의 손바닥이 신체에서 가장 부드러운 부위를 가볍게 감쌌다.

입이 막힌 채로 라이너를 지그시 응시하니, 제 손에 막힌 내 입술을 보고 순간 멍한 눈을 하던 그가 나와 눈이 마주치고 퍼뜩 정신을 차렸다.

"정말 죄송합니다. 제가 감히 미르 님의 몸에 손을 댔습니다. 저는……."

라이너는 지금 당장이라도 내가 명하면 할복할 것 같은 대역 죄인의 표정을 지었다. 그는 거듭 사과하며 황급히 내 입술에서 손을 떼어 내는데, 빠져나가려는 커다란 손을 내가 붙잡았다.

라이너의 손은 따뜻했다. 손이 잡힌 라이너의 황금빛 눈동자가 정처 없이 흔들린다. 그의 손가락이 경직되듯 곱아들었다. 팽팽한 분위기가 주위를 감쌌다.

'흠.'

돌상처럼 굳어 버린 라이너를 뒤로한 채 나는 깊은 생각에 잠겼다. 하도 간절하게 내 입을 막기에 내버려 두었는데 아무리 생각해도 기묘한 상황이었다.

'라이너가 듣고 싶지 않아 할 이유가 대체 뭐가 있지?'

용병 미르가 크리시스의 공녀라는 사실은 정보상에만 내다 팔아도 막대한 값을 얻을 수 있는, 아마 등급으로 치면 A$^+$는 충분히 나올 법한 정보였다. 물론 라이너가 타인의 비밀을 내다 팔 인간은 아니다. 다만 내가 내 정체를 발설하는 것 자체를 두려워하는 것처럼 보이는 라이너의 태도는 상당히 기이했다.

"눈치챘죠?"

여전히 정신을 차리지 못하는 라이너의 손목을 틀어쥔 채 빙 돌려 물었다. 돌려 말하는 건 내 성격에 맞지 않았지만, 이유는 몰라도 라이너가 저렇게까지 싫어하는데 몰아붙이고 싶진 않았다.

라이너의 안색이 가라앉는다. 기이하게 번뜩이는 황금빛 눈동자로 식탁 어딘가를 응시하던 라이너가 느리게 눈을 깜빡였다. 그것은 충분한 긍정의 표시였다.

"그걸 타인에게 발설하실 겁니까."

눈을 가늘게 뜨고 느른한 분위기를 풍기며 라이너의 손목을 엄지로 꽉 눌렀다. 기사라는 것을 티내듯 꽤 거친 피부가 엄지에 감겨들었다. 피부 아래 거친 맥박이 느껴졌다.

동맥이 흐르는 손목은 급소. 협박의 의미를 담은 손길이었다.

라이너의 손이 눈에 띄게 경직됐다. 그의 손이 이렇게까지 붉어질 수도 있는 걸까 싶을 정도로 피가 몰렸다.

라이너가 내게 잡히지 않은 손으로 제 얼굴을 덮었다. 그의 양 귀가 불에 타다 못해 재가 되어 날리기 직전처럼 붉었다. 아마도 내 협박이 잘 먹혀든 모양이었다.

"발설하지 않겠습니다. 아인하르트의 검과 제 기사로서의 명예와 황궁 제2 기사단을 걸고 맹세하겠습니다. 그러니 제발, 손 좀 놔주십시오."

'음…… 저 정도면 자신의 모든 것을 걸고 맹세하겠다는 건데…….'

하얀 피부가 온통 붉어진 채 간절하게 말하는 라이너를 보며 떨떠름한 표정을 지었다. 조금 더 잡고 있으면 자신의 장기와 부모님까지 걸고 맹세할 기세였다.

"……믿겠습니다."

라이너는 거짓말을 할 사람이 아니다. 그렇게까지 무서웠나 싶어 천천히 잡은 손을 놔 주니, 그가 황급히 제 손을 빼내어 다른 손으로 덮었다. 눈을 질끈 감은 채 고개를 튼 그의 얼굴이 불타는 고구마 같았다.

분위기가 조금 미묘한 사이에 식사가 나왔다. 야채와 크림소스를 곁들인 햄버그스테이크였다. 맛은 괜찮게 먹을 만한 정도였다. 라이너의 기색을 살피니 그 또한 잘 먹고 있었다. 스테이크가 아니라 그릇을 썰고 있다거나, 물 대신 소스를 마실 뻔하는 실수들을 저지른다는 걸 제외하면 말이다.

먼저 식사를 마치고 천천히 식사를 이어 가는 라이너를 구경하고 있으니 그의 이마에서 식은땀이 흐르는 게 보였다. 조금 조심스럽게 입을 열었다.

"제가 많이 불편하십니까?"

끼긱.

나이프를 든 라이너의 손이 접시 중앙을 잘랐다. 얼마나 힘을 준 건지 접시에 틈이 생겨 그 사이로 크림소스가 샐 정도였다.

"절대, 아닙니다."

그가 단호하게 부정했다. 황금빛 눈동자는 참이라는 듯 심지가 곧아 있었으나, 어쩐지 그는 나와 오랫동안 눈을 마주치질 못했다.

'아닌 것 같은데…….'

"우선 알겠습니다."

본인이 아니라는데 더 할 말은 없었다. 그래도 라이너가 부담스러워하는 것 같아 그의 식사 과정을 빤히 바라보는 대신 고개를 돌려 슬슬 어둠이 내려앉기 시작한 창밖의 수도를 바라보았다. 아직은 초봄이라 해가 짧았다.

탁.

수저가 식탁에 내려앉는 소리가 들리고 나서야 고개를 돌렸다. 접시를 깔끔히 비운 라이너가 냅킨으로 제 입가를 닦아 내고 있었다.

"식사 맛있게 하셨습니까?"

"만족스러웠습니다. 대접해 주셔서 감사합니다."

형식적인 인사가 오가고, 잠시 침묵이 감돌았다. 나는 말을 골라 궁금했던 것을 입에 담았다.

"그러시는 이유가 있으십니까?"

어째서, 내 정체와 마주하지 않으려 하는지. 주어는 필요치 않았다. 라이너가 생각이 많아 보이는 눈으로 나를 응시했다. 천천히 가라앉아 그 깊이를 알 수 없는 황금빛 눈이 눈꺼풀 아래 모습을 감췄다. 눈을 질끈 감은 라이너가 한숨처럼 말했다.

"……아직은 알고 싶지 않습니다."

"아직은, 말이죠."

그냥 알기 싫다고 하면 나와 엮이기 싫다는 뜻으로 이해했을 텐데, '아직은'이라는 전제가 내게 위화감을 불러일으켰다.

라이너가 천천히 눈을 떴다. 먹구름처럼 그의 눈동자를 덮었던 깊은 고뇌가 사라진 뒤였다. 불꽃처럼 타오르는 깊은 열망만 남은 황금빛 눈동자를 지그시 응시했다.

'그 아이.'

검은 머리에 파란 눈을 하고 나를 올곧이 바라보던 소년. 오래전 일임에도 빛바래지 않고 내 기억 속에 남아 있는 아이. 그 아이와 비슷한 양상을 띤 로즈우드 향이 끊임없이 내 코를 간지럽혔다.

"당신과 등을 맞대고 싸울 수 있을 정도로 강해졌을 때, 그때 내가 당신을 직접 찾아갈 겁니다."

라이너 그 자체만 봤을 땐 알아들을 수 없는 말.

허나 만약 그가 그때 그 아이라면.

작은 가정이 내 머릿속을 어지럽혔다.

라이너가 천천히, 내 얼굴을 향해 손을 뻗었다. 접촉해도 될지 허락을 구해 오는 눈빛에 느리게 눈을 깜빡이다 우선 해 보라는 뜻으로 고개를 끄덕였다.

기사의 손답게 굳은살로 거친 손끝이 가면에 덮인 내 뺨 부근을 조심스레 쓸어내린다. 당연하지만 감촉은 느껴지지 않았다. 그가 천천히 내 뺨을 잡았다. 긴 손끝이 내 귀 부근에 살짝 닿았다 떨어졌다.

금방이라도 무언가 터질 것처럼 팽팽한 분위기가 이어졌다. 그가 이미 내 정체를 알고 있다는 걸 확신했기에 가면이 벗겨지는 건 두렵지 않다. 그럼에도 이 상황이 긴장되는 것은, 단연 눈앞의 라이너 때문일 것이다.

내 가면을 얼른 벗겨 버리고 싶다는 듯 가면을 이은 줄을 매만지는 손. 무언가를 필사적으로 억누르듯 꽉 문 붉은 입술. 애타는 것처럼 계속 입술을 쓸고 모습을 감추는 붉은 혀. 열망으로 가득 차 이젠 틈새조차 없어 보이는, 맹수를 닮은 황금빛 눈동자.

"그날엔 반드시 답을 주셔야 할 겁니다."

얼굴이 훅 가까워짐과 함께, 낮고 굵은 목소리가 내 귓가를 거칠게 긁었다. 그 순간 나는 과거로 저물어 버린 기억의 편린을 떠올리고 말았다.

'우리 둘 다 컸을 때 말이야. 뱉은 말에 무게가 생기고, 네가 나만큼 강해졌을 때. 그때도 네 마음이 여전하다면…… 그땐 확실히 답을 줄게. 다시 만날 수 있을지는 모르겠지만.'

'설마, 진짜……?'

과거와 현재가 어지럽게 뒤섞이며 내 마음을 헤집었다. 코앞까지 다가온 이글거리는 황금빛 눈동자를 그저 멍하니 바라보았다. 가까워진 그의 목덜미에서는 짙은 로즈우드 향이 났다.

"하……."

라이너가 짙은 한숨을 뱉었다. 그의 손은 분명 가면 너머를 겉돌고 있음에도 내 피부를 파헤치는 것만 같았다.

금방이라도 터질 것 같은 무언가를 품고 넘실거리던 눈동자가 일순 퍼지는 피비린내와 함께 눈꺼풀 너머로 사라졌다. 그의 붉은 입술이 날카로운 송곳니에 혹사되어 붉은 핏줄기를 흘렸다. 이윽고 다시 드러난 그의 눈동자엔 오직 처절한 간원만이 남아 있었다.

"……그때까지는 모르는 걸로 하겠습니다. 나는 당신의 정체를 모르고, 당신은 나를 '라이너 아인하르트'로만 아는 겁니다. 우리는, 아직 다시 만나지 않은 겁니다."

그 말을 하는 라이너의 표정은 너무 단호해서, 나는 다른 말을 덧붙이지 못하고 고개를 끄덕이고 말았다.

"밖이 많이 어둡습니다. 모셔다 드리고 싶지만 미르 님께서 원치 않으실 것 같군요. 먼저 가 보겠습니다."

내 뺨에 닿았던 손을 거둔 라이너가 손등으로 입술에서 흐른 핏줄기를 거칠게 닦아 내고는 벌떡 일어났다. 도망치듯 다급한 몸짓이었다.

"다시 만날 때까지 건강하시기 바랍니다."

심해 저 너머로 처박힌 듯 낮게 그르렁거리는 목소리가 짧은 인사를 남겼다. 라이너가 휙 몸을 돌려 식당을 빠져나갔다. 흩날리는 은회색 머리칼을 멍하니 바라보다 작게 읊조렸다.

"카르텔……."

마수가 가득한 숲에서 만났던 소년의 이름.

"라이너 카르텔 르 노아 아인하르트."

나는 그제야 라이너의 풀네임을 기억해 냈다.

다시 만난 소년은, 내가 감당할 수 없을 만큼 자라 있었다.

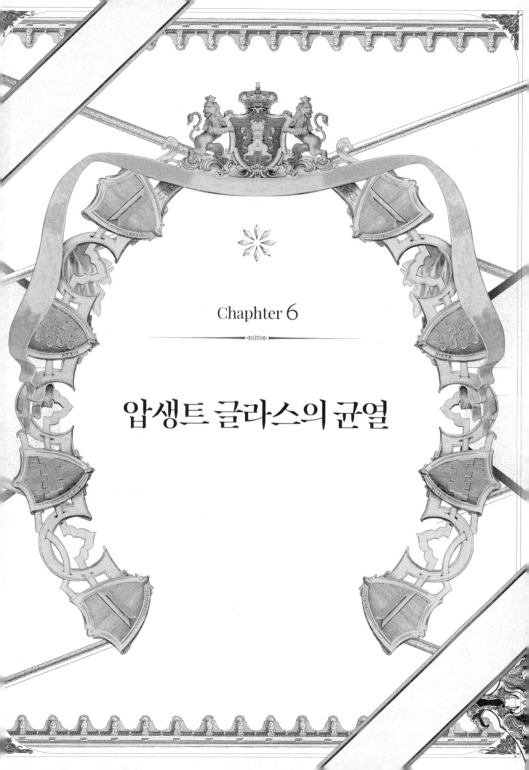

Chaphter 6

압생트 글라스의 균열

　시간은 바닷가에서 한 줌 쥐어 올린 모래와 같다. 잠시 눈을 깜빡이는 사이 손 틈으로 모래가 빠져나가듯, 시간 또한 그만큼이나 덧없이 흘러가 버렸다.

　그러니까, 아타라 왕국의 사절단이 도착했다는 소리였다.

　"슈슈 언니! 사절단 방문 축하 연회에 뭐 입고 갈 거야? 나랑 드레스코드 맞추 자!"

　"슈슈와 드레스코드는 내가 맞출 거다. 넌 저번에 맞추지 않았나."

　"염병하지 말고 나가세요, 오라버니. 언니는 나랑 맞출 거니까."

　"염병은 네가 하고 있는 그거고. 블랙과 골드 어떤가? 얼마 전에 괜찮은 제복 디자인을 봤는데."

　"하! 언니는 나랑 버건디로 맞출 거야! 버건디 제복 괜찮지? 내가 카트린느 의 상실로 주문 넣을게!"

　"슈슈 표정을 봐라. 간악하고 지독한 너와 드레스코드를 맞추느니 자결하겠 다는 표정이지 않나. 슈슈를 사랑한다더니 슈슈 의견을 그런 식으로 강제하는 건 가? 인성 참 볼만하군."

　"사족을 멸해야 할 깜찍한 놈이 혀만 살아서…… 눈깔 삐셨어요? 저건 언니가 제일 행복할 때 짓는 표정인데. 아, 오라버니는 언니랑 몇 달 안 살아 봐서 언니 표정도 못 읽는구나? 오라버니는 언니랑 어렸을 때 추억도 없지? 안쓰러워서 어 째."

　"……고약하기 짝이 없군. 그렇게 굴다간 슈슈도 널 싫어하게 될 거다."

난폭하게 싸우는 둘 사이에서 익숙하게 차를 들이켜다 말리는 시늉은 해 주기 위해 타협안을 내 보았다.

"그냥 셋 다 똑같이 맞추면 안 되는 건가? 뭐 블루 같은 걸로……."

"내가 왜 이 자식하고 드레스코드를 맞춰!"

"차라리 벌거벗고 다니는 게 낫겠군."

물론 타협안은 즉각 묵살됐지만.

서로에게 주먹을 날리기 직전인 칼과 아리아를 보는 게 하루 이틀이 아니었던 나는 익숙하게 체념한 채 다른 생각에 잠겼다.

'아타라 왕국의 사절단은 전쟁의 전초전과 같지.'

본격 『요정의 밤』이 진지한 내용을 타게 되는 시발점이었다.

'알렉산드로 레안드로 레오네 드 아타라.'

피와 재가 자욱한 왕좌를 검으로 쟁탈한 아타라 왕국의 어린 왕. 탄생 순서가 왕위 계승에 상당한 영향을 끼치는 아타라에서 7왕자로 태어나 기어코 왕좌에 앉은 집념의 인간이었다.

'말 그대로 검 든 망나니지.'

알렉산드로는 겨우 열다섯 살에 소드 엑스퍼트 경지에 이르러 제 형과 누나를 모두 도륙하고 열일곱 살 나이에 왕이 되는 미친 먼치킨이자, 자신을 막아서는 모든 걸 베어 내는 광포한 성격의 소유자였다.

'사실 그런 것치고 상당히 얌전해서 놀랐지만.'

티격태격하는 칼과 아리아를 멀거니 바라보다 손에 든 오늘자 신문을 내려다보았다. 신문은 원작을 떠올리게 된 이후로 늘 빠지지 않고 챙겨 보고 있었다.

'여태껏 알렉산드로의 폭정에 대해 신문 기사가 쓰인 적이 없었지.'

원작에서 알렉산드로는 즉위와 동시에 미친 폭정을 일삼아 대륙 전체가 무척 시끄러웠던 것으로 기억한다. 허나 내가 매일 열심히 읽고 있는 이 태양일보에서는 단 한 번도 알렉산드로의 폭정을 언급한 적이 없었다. 오늘자 신문에도 사절단이 도착했다는 기사만 맨 첫 장에 떡하니 적혀 있을 뿐이었다.

'원작에서 설명되는 알렉산드로의 도 넘은 폭정만 생각하면 신문에 나오지 않을 리가 없는데…… 역시 원작은 믿을 게 못 되는 건가.'

옅게 한숨을 뱉으며 신문을 접었다. 원작에 너무 의지하지 않겠다고 몇 번이고 다짐해도 나도 모르게 습관적으로 원작이란 틀로 사람들을 재단하곤 했다.

이런 내가 싫었지만, 다가올 전쟁에서 내 소중한 이들을 지키기 위해서는 어느 정도 원작에 의지할 수밖에 없었다.

'원작에 따르면, 이번 사절단엔 사자 중 한 명으로 위장한 알렉산드로가 제국으로 온다.'

개연성이라고는 눈곱만큼도 없는 사건이었다. 원작이 연재될 때도 국왕이 왕국을 어떻게 비우냐는 독자들의 질문이 쏟아졌는데, 작가는 이에 대해 검 든 망나니 알렉산드로 눈에 뵈는 건 아리아밖에 없기 때문이라는 대답을 내놓았다.

'사실 그럴 만도 해. 알렉산드로는…… 정말 아리아에게 미친놈이었으니까.'

부드러운 연분홍빛 머리칼을 휘날리며 사랑스러운 산홋빛 입술로 칼에게 쌍욕을 하는 아리아를 멀거니 바라보다 한숨을 쉬었다.

알렉산드로가 왕궁을 비우는 사상 초유의 미친 짓까지 하며 제국을 방문하는 이유는 오직 아리아 때문이었다. 알렉산드로는 소설계에선 흔한, 사연 있는 개자식이었다.

7왕자로 태어나 왕위 계승권에서는 가장 미비한 입지를 가지고 있던 알렉산드로는 왕위를 위해 지반을 다지던 손위 형제들에게 처리하기도 귀찮은 애송이었다. 그는 태어나면서부터 무시와 홀대를 받는 게 일상이었으며 결국 열두 살이 되던 해에 2왕자가 보낸 암살자들을 맞닥뜨린다.

'반드시 강해지셔야 합니다. 그래서 복수해 주셔야 합니다! 전 한낱 왕자의 유모로 남고 싶지 않습니다! 왕이 되어 주십시오. 왕이 돼서, 제가 왕의 기틀을 닦은 신하로 남게 해 주십시오!'

유일하게 제 옆을 지켜 주는 이였던 유모의 희생으로 간신히 텔레포트해 도망친 알렉산드로는, 중상을 입은 채 솔라티네 제국 어느 뒷골목에 떨어진다.

'*어! 여기 사람이……!*'

그리고 그곳에서 아리아를 만난다.

'원작에 따르면 아리아가 알렉산드로를 치료해 주고 플래그를 꽂았어야 했는데…… 음…….'

이제는 개처럼 서로를 물어뜯고 있는 칼과 아리아를 바라보며 애매한 표정을 지었다.

원작에 따르면 카슈미르는 열 살 때 아리아의 곁에서 사라졌어야 했으나, 내가 카슈미르가 되며 아리아의 어린 날을 함께하게 되었다. 아리아와 평생을 함께 살아온 내 기억에 따르면, 아리아는 알렉산드로는커녕, 개 한 마리조차 주워서 집으로 데려온 전적이 없었다.

'오히려 뭘 잔뜩 주웠던 건 나였지.'

어린 내가 주워 버렸던 카르텔과 레오, 이름 없는 소년, 커서 주웠던 디에고까지 떠올리며 미묘한 표정을 지었다.

생각해 보면 나는 어려서부터 아프고 약한 것들에게 약했다.

'어려서 인연들이 이렇게 될 줄은 상상도 못했는데…… 참 진한 인연들이네.'

이제는 다 커 버린 라이너와 엘리오르를 떠올렸다. 커서 이렇게 만날 줄은 정말 상상도 못한 인연들이었다.

'어려서 구해 준 애들이 다 남주인공들일 줄 누가 알았겠냐고!'

솔직히 이것만 생각하면 아직도 환장할 노릇이었다. 그들의 미묘하던 태도는 이제 이해가 됐지만, 내가 그들을 어떻게 대해야 할지 감이 전혀 잡히지 않았다.

'엘리오르는 모르는 척해 달라고 제 입으로 말했으니 모르는 척해 주고 있고, 라이너도 모르는 걸로 하겠다고 했으니 우선 나도 모르는 것처럼 하고 있는데…….'

이것들은 다 모르는 척이지, 정말 모르는 건 아니다. 그들과 함께했던 날들은 피와 재로 자욱하던 내 어린 나날들에서도 여전히 빛나는 소중한 기억들이었다. 그 기억들을 아는 척하고 추억들을 나눠 보고 싶은데 둘 다 짠 것처럼 모르는 척을 하니 나로서는 조금 섭섭했다.

'참…… 다들 나보다 나이도 많은 데다 하나는 나보다 직위도 높으니 내외들 하지 말라고 뒤통수를 쳐 줄 수도 없고…… 진짜 어떻게 대해야 하냐고…….'

복잡한 마음에 머리카락을 마구 헝클어트렸다. 그러다 문득, 어린 나를 구해 준 세 소년 중 아직 다시 만나보지 못한 게 단 한 명뿐이라는 사실을 깨달았다.

'레오.'

자신을 레오라 소개한, 열세 살쯤 중상을 입고 뒷골목에 쓰러져 있던 소년을 하나 구한 적이 있었다. 디에고를 치료했던 그 오두막에서 앙칼진 소년과 실랑이를 하며 꽤 짜증이 나기도 했지만, 지금 생각해 보면 몇 되지 않는 어린 날의 추억이었다.

'……잠깐만.'

일순 퍼뜩 떠오르는 하나의 가정. 틈만 나면 남주인공들과 엮이는 내 불운일지 행운일지 모를 이 불문율을 토대로 했을 때 예상되는 말도 안 되는 가정이었다.

내가 열세 살이면 알렉산드로는 열두 살. 알렉산드로가 제국으로 도망쳐 온 게 바로 열두 살 무렵.

알렉산드로는 제국 뒷골목에 떨어졌을 때 중상을 입고 있었고, 폭우가 내리는 한여름에 뒷골목에서 쓰러져 있던 레오 또한 중상을 입고 있었다.

'레오가…… 알렉산드로……?'

이 문장 하나에 머리가 띵했다. 황급히 신문에 찍힌 알렉산드로의 얼굴을 확인했다. 지독하게 잘생긴 얼굴은 또다시 기시감을 불러일으켰다. 내 직감이 위험하게 번뜩였으나, 우선 침착하게 생각부터 정리했다.

'그…… 앙칼진 고양이가 알렉산드로 같은 검 든 망나니처럼 됐을 리 없어. 머리색도 다르고. 얼굴은…… 꽤…… 닮은 것 같기도, 하지만…… 상황도 거의 흡사하고…… 아니 진짜? 아니, 아니야. 우선 실제로 만나 보기 전까진 몰라.'

나도 모르게 손톱을 물어뜯었다.

알렉산드로를 구했다는 것 자체는 문제가 되지 않는다. 문제는, 함께 머무는 동안 앙칼진 고양이처럼 구는 레오를 상당히 거칠게 다뤘다는 것에 있었다.

'알렉산드로가 원작처럼 사절단으로 위장해서 올까……? 아니, 아리아가 구해 주는 사건이 없었으니 안 올지도 몰라. 그런데…… 만약, 만약에 내가 구한 레오가 알렉산드로면…… 나한테 앙심 품고 복수하려고 돌아오는 거 아니야……?'

수많은 생각들로 머리가 아팠다. 레오를 다시 만나고 싶다는 생각을 여러 번 하긴 했지만, 레오가 알렉산드로 같은 검 든 망나니로 자랐을지도 모른다는 상상은 한 번도 해 본 적이 없었다.

'엘이 말하던 미친놈은 또 누구지…….'

사절단을 생각하다 보니 데뷔탕트에서 엘의 충고가 떠올라 더 머리가 아파졌다. 한참 머리를 잡고 끙끙거리다, 한숨과 함께 생각을 멈췄다.

'다음 주에 있을 사절단 방문 축하 연회에서 다 밝혀지겠지.'

거기서 엘이 말한 미친놈이 누군지, 레오는 정말 알렉산드로인지 확인하면 되는 노릇이었다.

'만약 레오가…… 정말 알렉산드로라면…… 그래서 나한테 앙심을 품고 사절단으로 위장해서 왔다면…… 뻗대야지. 별 수 있나.'

아무리 그가 검을 든 망나니라 해도 크리시스의 공녀인 나를 댕강 하지는 못할 것이다. 내가 쉽게 댕강 당해 줄 사람도 아니고. 어차피 일이 이렇게 된 거 당당해지기로 마음먹었다.

'애초에…… 알렉산드로에겐 오두막에서 보냈던 시간들이 별거 아니었을지도 모르지. 그래서 잊었을 수도 있고…… 날 알아보지 못할지도 몰라.'

생각이 여기까지 닿으니 조금 씁쓸해지기도 했다. 내겐 꽤 소중했던 시간이 함께했던 이에게는 별거 아니라는 건 조금은 슬픈 일이니까. 하지만. 복잡한 이해관계들이 수없이 얽혀 관계가 퇴색될지라도, 어린 내게 문득 찾아와 짙은 레몬향만 남기고 사라진 소년이 행복하기를 기도했던 시간은 변질되지 않았다.

'그래도. 레오가 알렉산드로든 저 멀리 변방의 농부든 행복했으면 좋겠네.'

진창 속에서 살던 어린아이가 빈 작은 소원이었다.

— 8+ ❧ +3 —

잠시 생각에 잠겨 있던 사이, 내 드레스코드를 가지고 서로 멱살을 잡게 생긴 아리아와 칼을 간신히 설득해 합의점을 찾았다.

그 결과 내 의상은 버건디와 블랙, 골드가 적절히 섞인 제복으로, 칼은 블랙과 골드로 이루어진 연미복으로, 아리아는 버건디 색 드레스로 합의가 이루어졌다. 서로와 비슷한 드레스코드인 의상은 죽어도 입지 못하겠다는 칼과 아리아 때문이었다.

합의가 끝난 뒤에도 죽어라 서로를 물어뜯는 칼과 아리아를 피해 몰래 거리로 나왔다. 소드 마스터인 나는 호위가 없이도 밖을 통행할 수 있도록 허락을 받았으나, 아무래도 맨얼굴로 나돌아 다니긴 부담스러웠기에 아예 미르로 위장하고 집을 나섰다.

정처 없이 거리를 헤매던 내 발걸음이 닿은 곳은 다름 아닌 술집이었다.

"……저거 미르 아니야?"

"설마. 미르가 이런 곳을 오겠나. 미르를 따라 하는 용병 중 하나겠지."

"그래도…… 이 근방에 미르가 많이 돌아다닌다고 들었는데…….

"에이. 요즘 미르가 의뢰도 받지 않고 두문불출한다는 소리 못 들었는가? 죽었다는 소문까지 있던데 이런 데서 술이나 마시고 있을 리가."

"역시 그런가……."

죽지도 않고 이런 데서 술이나 마시고 있는 거 맞다. 나를 힐끔거리며 시끄럽게 수군거리는 사람들을 익숙하게 무시한 채 바 구석에 앉았다. 내가 미르인지 아닌지 확인하려는 듯 나를 힐끔거리던 바텐더가 내 눈치를 보며 슬금슬금 다가왔다.

"뭘로 주문하시겠습니까?"

"보드카 마티니. 젓지 말고 흔들어서."

내 오랜 고정 메뉴였다. 한숨과 같은 한마디에 변조된 목소리가 흘러나왔다. 바텐더의 동공이 살짝 흔들리고, 주위의 수군거림이 더욱 커졌다.

"목소리까지 변조되는 거 보면 진짜 미르 아닌가?"

"……흠. 그래도 변조까지는 따라 할 수 있으니까……."

떠들썩한 주위를 익숙하게 무시했다. 어느새 주위 모든 소음은 내게 백색소음이 되었다. 바 의자 발걸이 위에 발을 얹은 채 벽에 등을 기대고 느른한 한숨을 쉬었다. 정말 마음이 복잡할 땐 조용한 곳보단 떠들썩한 사람들 사이로 숨어드는 편이 나았다.

'심란해.'

생각이 뚝뚝 흘러내릴 정도로 많았다. 아타라 왕국의 사절단, 사냥 대회, 검술 대회, 전쟁, 알렉산드로, 알렉산드로, 알렉산드로.

'빌어먹을…… 알렉산드로가 문제군.'

한숨과 함께 이마를 짚었다. 앙칼진 고양이 같던 레오의 얼굴과 포식 이후 배부른 맹수 같던 사진 속 알렉산드로의 얼굴이 머릿속을 떠나지 않았다.

'젠장! 진짜 레오가 알렉산드로면 어떡하지?'

레오를 동네 친한 동생처럼 대하던 어린 날이 생각나 머리를 부여잡았다.

'밥 안 먹는다고! 먹기 싫다고 했잖아!'

'이 애송이 새끼가 진짜…… 인간은 안 처먹으면 죽는다고, 개망나니야.'

'그래! 안 처먹고 뒈져 버릴 거야! 그러니까 날…… 읍! 안, 먹, 큽!'

'시체 치우려고 너 데려와서 치료까지 해 준 줄 아냐? 나도 없는 사정에서 널 도와주는 거니까 지랄은 적당히 해.'

'치워. 꺼져. 뒈져.'

'하…… 너 이 약 만드는 데 재료가 얼마나 비싼 게 들어가는 줄 아냐? 제발 반항 좀 그만하고 얌전히…….'

'그러니까 왜 그렇게 비싼 재료까지 써서 내 약을 만드는 건데! 그냥 나 버리면 되는데 왜 날 돕는 거냐고! 당장 대답……! 킥!'

'네가 헌신짝이냐? 마음에 안 든다고 갖다 버리게. 다음부터 얌전히 안 먹으면 입으로 먹여 준다.'

'허억, 헉, 나한테, 큭, 이런, 천한 일을, 시키고도, 헉, 무사할 줄 알아!?'

'넌 약해 빠져서 이렇게라도 운동해야 돼. 저기 또 약초 있네. 얼른 가서 캐.'

'이 미친놈아, 큭, 진짜! 그냥 네가 귀찮아서잖아! 욱, 내 등에서 내려오기라도 해!'

'체력 기르는 데 비료 포대 업고 다니는 것만큼 좋은 운동이 없어. 우리 집엔 비료 포대가 없으니 나라도 업어야지 어떡하냐. 다 널 위해서야.'

'너, 내가 반드시 죽여 버릴 거야!'

'내가 손가락만 휘둘러도 죽을 것 같은 네가? 체력 기르고 강해진 뒤에 그런 소리를 하면 무서워하는 척 정도는 해 주마.'

어렸을 때의 나는 지금의 나보다 훨씬 유치했고, 입이 더러웠으며, 감정적이었다. 원작과 전생의 기억을 합쳐 정신연령이 쉰 살 정도인 현재와 좀 어른스럽긴 해도 실제 정신연령이 열세 살이던 과거가 같을 리 없었다. 앙칼진 고양이처럼 굴던 레오가 날뛸 때면, 나는 상당히 유치하게 대처하곤 했다는 소리였다.

'젠장! 진짜 날 죽이러 오면 어떡하지?'

소리 없는 아우성을 지르며 내 앞으로 들이밀어진 보드카 마티니를 한 번에 목구멍으로 들이부었다. 차라리 취하기라도 하면 좋을 텐데, 열다섯 살 성인이 딱 되자마자 음주에 발을 들이며 간이 잔뜩 단련된 데다, 몸이 인간의 한계를 뛰어넘은 탓에 웬만해서는 절대 취하지 않았다. 빈 잔을 앞에 두고 한숨을 푹푹 쉬는 나를 힐끔거리는 바텐더에게 손짓하니 그가 황급히 다가왔다.

"하…… 제일 독한 보드카로."

"아, 스트레이트로 드릴까요, 온 더 락으로……."

"병째로. 잔은 필요 없어."

내 주문에 얼빠진 표정으로 보드카를 들고 온 바텐더는, 인생 포기한 사람처럼 보드카를 병나발 부는 나를 보고 경악스러운 표정을 지으며 슬금슬금 물러섰다.

'젠장…….'

쾅 소리 나게 병을 내려놓으며 눈을 질끈 감았다. 레오가 왕자이기만 해도 어떻게든 비벼 볼 수가 있다. 나는 황가, 신전과 대등한 권력을 가진 크리시스 공작가의 공녀니까. 아타라의 왕자 정도는 나와 서열이 비슷한 수준이었다.

'하지만 왕이 됐으면 나보다 공식적으로 신분이 높다고!'

이게 문제였다. 나보다 신분이 낮은 이가 달려들면 검으로 쥐어패면 그만이다. 허나 아타라의 국왕이 달려드는 걸 베어 내면 바로 외교 문제였다.

'이렇게 된 이상 레오가 산골짜기에서 농사짓는 순박한 농사꾼이 되었기를 바라는 수밖에 없다. 아니, 레오가 알렉산드로라 해도…… 원작과 달라져서 사절단으로 위장해서 오지만 않으면 돼. 온다 해도 날 알아보지 못하면 되는데…… 만약 날 알아보면…… 젠장! 내가 걔 생명의 은인인데 왜 이런 걸 고민하고 있어야 하지?'

갑자기 억울해져서 얼굴을 일그러뜨린 채 보드카를 잔뜩 들이켰다. 내가 그때 그 사람이라는 걸 알아채더라도 레오가 나를 해치지 않을 거라는 가정은 존재하지 않았다.

'너! 진짜 죽여 버릴 거다!'

'이 미친놈이 진짜! 반드시 죽인다!'

'내가 다른 놈들은 몰라도 너는 최고로 끔찍하게 죽여 버릴 거야!'

'걔가 나를 대하던 태도만 생각하면 날 죽여 버리기 위해 왕이 됐다고 해도 납득이 된단 말이야!'

레오를 버릇없는 꼬맹이 정도로만 인식했던 어린 날의 나는 레오를 노예처럼 부렸다. 과거의 나에게 오러를 날리고 싶은 충동을 느끼며 바에 머리를 박았다.

헤어질 때쯤 돼서는 서로 상당히 친해졌었지만, 끝에 가서 고분고분하게 군 것도 나를 방심하게 만들기 위한 속셈이었을지도 몰랐다. 그리고 그 순간 생각이 아주 많은 내 직감을 쿡 건드리는 인기척이 있었다.

'……이런 존재감이 왜 이런 곳에?'

조금 놀란 채 문 쪽으로 몸을 휙 돌렸다. 아마도 라이너와 비슷한 급. 허나 절제되고 가지런한 라이너의 기운과 정반대인 듯 난폭하게 날뛰는 광포한 기운이 문 가까이로 다가오고 있었다.

내 상대가 될 바는 아니었으나, 갑작스러운 강자의 등장에 조금 긴장한 채 검 위로 손을 올렸다.

딸랑.

작은 차임벨 소리와 함께 문이 열렸다.

검은 로브로 몸을 꽁꽁 두른, 키 큰 인영 하나가 술집에 들어섰다.

'으음…….'

등장한 인영을 보며 침음을 삼켰다. 온몸을 로브로 두른 데다, 후드까지 푹 뒤집어쓰고 있어 머리카락 한 가닥조차 보이지 않았다.

'수준은 소드 마스터 직전의 소드 엑스퍼트. 무기는 허리춤의 칼이랑 허벅지 부근의 단검 정도가 다인 것 같은데…….'

인영을 대충 훑어 무력 정보를 확인했다. 상당히 수상한 복색에 강자였지만,

내 상대가 될 정도는 아니었다. 조금 수상하긴 해도 술집에 술 마시러 온 게 문제는 아니었다. 내가 등장한 인영에게서 눈을 떼지 못하는 이유는 따로 있었다.

'……레몬 냄새……'

조금 멍하니 인영을 바라보았다. 오래되어 빛바랠 만도 한데 아직도 내 기억 한편에 자리 잡은 소년의 씁쓸한 레몬 향기.

술집에서 풍기는 지독한 술 냄새와 술주정뱅이들에게서 나는 강한 악취 사이에서도 확연히 내 후각을 사로잡는 그리운 향취였다.

'……레오?'

말도 안 되는 상상을 하며 로브를 꽁꽁 싸맨 남자를 멀거니 관찰하는데, 술집을 두리번거리던 남자의 얼굴이 일순 내 쪽으로 고정됐다.

후드를 푹 눌러쓴 탓에 보이는 건 남자의 입술뿐이었으나, 나는 그와 내가 눈이 마주쳤다고 느꼈다. 분명 후드에 가려져 있음에도 그의 시선이 나를 진득하게 훑어 내리는 것이 느껴졌다. 붉은 입술이 천천히 움직였다.

그의 입가에 짙은 웃음이 걸린다. 찾던 먹잇감을 발견한 맹수 같은 웃음이었다. 나는 어쩐지 소름이 쫙 끼쳐 휙 몸을 돌렸다.

"허."

몸을 돌린 뒤에도 내 모든 감각은 방금 들어온 남자에게 집중되어 있었다. 그가 헛웃음을 뱉는 소리를 들으며 보드카를 한 모금 더 들이켰다. 빨리 다 마시고 돌아갈 생각이었다.

탁.

그리고 내 감각을 사로잡은 장본인은, 굳이 내 옆자리에 걸터앉았다.

'……굳이?'

미간을 살짝 찌푸리며 갸웃했다. 이 술집은 바와 보통 식탁이 함께 있는 곳으로, 단체로 둘러앉을 수 있는 식탁 자리들은 꽉 찼지만, 바 앞에는 자리가 많았다. 굳이 구석에 박혀 있는 내 바로 옆자리에 앉을 필요는 없단 소리였다.

'구석 자리를…… 즐기는 사람일 거야.'

훨씬 더 가까워진 레몬 향기를 애써 무시하며 남자의 행동을 과대 해석하지 않으려 노력했다. 남자에게로 향하려는 시선을 보드카에 고정시킨 채 슬슬 관심을 거둘 때였다.

끼익.

어느 정도 거리가 있게 배치되었던 의자와 의자 간의 거리가 좁혀진다. 레몬 향기가 내 후각을 지배했다. 내 의자와 남자의 의자가 살짝 부딪쳤다.

탁.

남자는 나와 몸이 닿기 직전까지 의자를 내 쪽으로 가까이 끌었다.

'나한테…… 부담을 주려는 건가……?'

바로 직전에서 느껴지는 인기척에 떨떠름하게 눈을 깜빡였다. 남자는 몸까지 내 쪽으로 돌린 채, 턱을 괴고 가면을 쓴 내 얼굴을 부담스레 응시하고 있었다. 그 시선에 어쩐지 식은땀이 흘렀다.

'내가…… 독특한 차림을 하고 있어서 시선이 간 거겠지.'

애써 합리화했다. 심장이 두근거렸다. 이건 이성과 가까워짐에 따른 설렘이 아니라 직감에 의해 느껴지는 싸함과 불길함에 따른 심장 박동 수 증가였다.

'모르는 척하자.'

여기서 남자를 모르는 척하는 게 상책이라는 걸 직감으로 느꼈다. 남자에게 시선을 줄 틈이 없다는 걸 알리기 위해 일부러 깊은 근심이 있는 척 한숨을 푹 쉬고 보드카 병을 들어 올릴 때였다.

"이런."

낮고 감미로운 목소리가 내 귓가를 간지럽힌다. 후드에 가려져 있던 새하얀 목덜미가 움직임에 따라 살짝 드러나며 내 시선을 사로잡았다.

검은 가죽 장갑에 가려져 있어도 곧고 긴 형태가 드러나는 예쁜 손이 보드카 병을 잡았다. 병을 사이에 둔 채 손끝이 옅게 스쳤다.

후드를 깊게 눌러써 보이지 않는 눈 아래로 날카롭게 뻗은 코와 선악과의 한 면처럼 붉게 달아오른 예쁜 입술이 보였다.

붉은 입술이 야살스레 호선을 그린다. 고의인지 습관인지, 입술보다 더 붉은 살덩이가 느리게 입술 틈을 쓸고 사라졌다.

내 바로 앞까지 다가온 목덜미에서 진동하는 향을 느끼며 나는 새삼 깨달았다.

"술만 마시면 속 버릴 텐데."

내 눈앞의 남자가 지닌 체향은 오두막 소년의 것처럼 풋내와 시큼함이 가득한 어린 향이 아닌, 관능적이고 날 선 어른의 향이라고.

거울을 보지 않아도 내 동공이 크게 흔들린다는 걸 느낄 수 있었다. 이렇게까지 다가오면 모르는 척할 수가 없다.

남자가 이곳에 온 목적이 나라는 걸.

"혼자 왔나?"

나긋한 목소리가 귓가에서 속살거렸다. 내 등에선 식은땀이 흘렀다. 검은 장갑에 가려진 손끝으로 실수처럼 내 검지를 쓸어내린 손이 내 손에서 병을 앗아갔다. 나는 병을 빼앗긴 것에 반박조차 하지 못하고 후다닥 소리가 나도록 급하게 시선을 돌렸다.

"호, 혼자 왔는데."

조금 더듬거리며 대답하자 붉은 입술이 유려한 호선을 그렸다.

"그렇군."

이젠 완벽하게 내 쪽으로 몸을 돌린 남자가 상체를 살짝 내게로 기울였다. 나는 움찔 몸을 떨었다. 검은 가죽 장갑으로 덮인 손이 느리게 병목 부근을 쓸어내렸다. 그 별거 아닌 손동작이 분위기를 진득하게 했다.

　익숙한 듯 익숙하지 않은 향기와 분위기가 걸리긴 했지만, 우선 사적인 감상은 내려놓고 냉철한 시선만으로 남자의 의도를 파악하기 시작했다.

　'……유혹인가? 취향이 그쪽인 남자?'

　술집에서 대화를 걸어왔다는 점이나 그가 풍기는 분위기만 보면 유혹 쪽이 맞았지만, 그저 유혹으로 치부하기에는 내가 의심이 너무 많았다.

　'아니면…… 역시 함정인가.'

　눈동자가 가라앉았다. 내게 의도적으로 접근했다는 건 역시 미르를 노린 함정인가 싶었다. 마음속으로는 남자를 경계하면서도 우선 장단에 맞춰 주기로 했다.

　"당신도 혼자 왔나?"

　"보시다시피."

　남자가 어깨를 으쓱였다. 손짓으로 바텐더를 부른 그가 피가 흐를 것 같은 붉은 입술을 열었다.

　"과일 모둠 하나랑…… 압생트 병째로. 잔도 하나 더 가져와."

　늘어지듯 나른한 목소리가 짧게 주문했다. 주문 하나조차 치명적인 걸 보니 나를 꾀기 위해 확실한 사람을 준비한 것 같았다.

　'그런데…… 압생트라.'

　꽤 흥미로운 술을 시켰다.

　눈을 느리게 깜빡이다 살짝 고개를 틀어 남자를 바라보았다. 압생트는 많은 예술가들이 즐기는 독특한 술이었다. 허나 한때 압생트의 주재료로 쓴 쑥에 독이 있다는 루머가 돌며 생산량이 확 줄어든 적이 있었다. 얼마 뒤 이는 거짓으로 판명됐지만, 형광 연둣빛의 기이하고도 유해해 보이는 외향으로 인해 여전히 많은 이들이 '아름다운 독극물'이라고 부르는 술이었다.

　'나를…… 독살로 죽여 버리겠다는 암시인가.'

　시답잖은 생각을 하며 남자를 마주하고 느리게 턱을 괴었다. 그가 사르르 웃었다. 보이는 거라고는 하관뿐임에도 유혹적인 분위기를 뿜어내는 남자는 상당히 위험해 보였다.

"주문하신 메뉴 나왔습니다."

조금은 기묘한 침묵 아래 얼마 동안 얼굴을 마주하고 있었을까. 바텐더가 과일이 담긴 그릇과 잔 두 개, 압생트 한 병과 압생트 스푼, 각설탕이 담긴 통을 가져와 남자 앞에 내려놓았다.

"마시는 방법은 어떻게……."

"불을 붙이는 쪽으로. 라이터는 개인적으로 가지고 있으니 가 봐."

생수를 내려놓을까 말까 고민하던 바텐더가 납득한 표정으로 사라졌다. 나를 향해 싱긋 웃어 보인 남자가 잔 위에 초승달 만다라 모양으로 구멍이 뚫린 압생트 스푼을 올리고 하얀 각설탕을 하나 꺼내 스푼 위에 올렸다.

"압생트는 색이 참 아름다워. 그렇지 않나?"

남자가 여상스러운 투로 말하며 술병을 잔으로 기울였다. 흘러나오는 형광 연둣빛 액체 아래 각설탕이 흥건히 젖고 잔이 차올랐다. 유리잔 안에 담긴 형광 연둣빛 압생트는 치명적인 독극물을 연상케 했다.

"……그렇네."

그리고 나는 그 아름다운 독극물을 보며 그 색을 빼닮은 한 쌍의 눈동자를 떠올렸다.

'레오.'

연두색은 분명 무해하고 천진난만함을 상징할 텐데, 확연한 연둣빛을 띤 레오의 눈동자는 볼 때마다 나를 단숨에 죽일 독극물을 연상케 했다.

'나는, 더 이상 살고 싶지 않아.'

그리고 독극물 위로 기포처럼 떠오르던 세상을 향한 증오, 깊은 슬픔, 끝없는 자괴감이 내가 소년에게 손을 뻗게 만들었다. 내가 거두는 건 사자 새끼임을 알면서도, 나를 해칠지도 모르는 치명적인 독극물임을 느꼈으면서도, 그를 품었었다.

남자의 눈을 가린 검은색 후드를 지그시 응시했다. 나는 어쩐지 그 너머의 눈이 어떤 색일지 보고 싶어졌다.

"마시는 방법도 상당히 독특하지. 각설탕을 물에 적셔 녹이든지, 불태워 녹이든지, 어쨌든 녹이고 나서야 제대로 된 맛을 즐길 수 있으니까."

칙.

주머니에서 지포 라이터를 꺼낸 남자가 압생트로 축축하게 젖은 각설탕 위로 불을 붙였다. 화염 속에 설탕이 녹아내린다. 불타오르는 하얀 각설탕을 지그시 응시하다 남자에게로 시선을 돌렸다. 그는 야살스레 웃고 있었다.

"재밌지 않나?"

후.

즐거움이 깃든 낮은 목소리로 속삭인 후, 남자는 입김으로 불을 꺼트렸다. 진득하게 녹은 흰 설탕이 압생트와 섞여 들며 뿌연 초록빛을 만들어 냈다. 설탕이 섞이니 훨씬 더 독성이 강한 독극물이 된 것 같다는 감상을 남기며 과일이 담긴 접시로 눈을 돌렸다.

"이건 당신이 사는 건가? 먹어도 돼?"

"얼마든지."

여러 과일들이 예쁘게 배치된 접시에서 예쁜 연녹색 청포도를 하나 집어 입에 물었다. 압생트와도, 어린 소년의 눈동자와도 상당히 비슷한 색감을 띤 청포도였다. 청포도를 문 내 입을 지그시 바라보던 남자는 낮게 웃었다.

"압생트가 재밌다고 했지?"

"그래."

"나는 다른 게 더 재밌는 거 같은데."

나는 내 허리춤에 손을 얹은 채 남자의 허벅지 위로 손을 올렸다. 손에 닿는 근육이 단단했다. 움찔 떨리는 피부를 무시한 채 허벅지를 꽉 잡고 그에게로 훅 상체를 굽혔다. 가까워지는 얼굴. 나를 만난 뒤로 변함없이 여유로운 미소를 띠고 있던 남자의 입매가 처음으로 살짝 굳었다.

"난 네가 더 재밌어."

작게 속삭이고는 남자의 눈이 위치했을 후드 위를 똑바로 응시하며 느리게 웃었다. 살짝 굳은 남자를 뒤로한 채, 압생트가 담긴 잔을 잡은 남자의 손등을 살짝 간지럽혔다. 그가 손에 힘을 푸는 틈을 놓치지 않고 잔을 빼앗아 압생트를 내 입에 털어 넣었다. 섞이지 않은 각설탕 가루가 입안에서 거칠한 달콤함을 불러일으켰다.

"아가."

웃음 섞인 목소리로 속삭이며 얼굴을 더 가까이했다. 조금만 더 움직여도 서로 닿을 거리. 이제 남자의 입가에는 웃음을 한 점도 찾아볼 수 없었다. 남자의 울렁이는 목울대를 확인하고, 느리게 웃었다.

"너……."

쾅!

"여기 있다는 거 다 듣고 왔다! 용병 미르 나와!"

방해꾼이 등장했다.

'빌어 처먹을 진짜…….'

미르로 위장을 하고 다니면 웬만큼 생각이 가능한 정상인들은 알아서 나를 피해 편했으나, 아주 가끔은 저렇게 겁대가리를 상실한 귀찮은 놈들도 있었다. 속으로 쌍욕을 하며 한숨과 함께 남자의 허벅지에서 손을 떼고 가까이했던 상체 또한 물렸다. 한숨에서 압생트 특유의 기묘한 향이 났다.

"잠깐 미뤄야 할 것 같네. 나한테 손님이 온 거 같아서."

그 한마디에 남자의 입매가 무섭도록 딱딱하게 굳는다. 그의 붉은 입술이 살짝 떨려 왔다. 그 얼굴에 담긴 감정은 확연한 분노였다.

'정체가 뭔지 캐내려고 했는데…….'

아쉬운 표정을 지으며 허리춤에 찬 단검을 꺼내려던 손을 일단 물렸다. 남자의 목에 칼을 들이밀고 정체를 말하라고 협박해 볼 생각이었건만, 우선 귀찮은 놈들부터 상대해야 할 것 같았다.

"저기 미르다!"

문을 부서져라 열어젖히며 거칠게 등장한 세 치들 중 하나가 나를 발견하고 소리쳤다. 미간을 찌푸리며 그들의 기운을 가늠했다. 다들 검은 차고 있으나, 소드 엑스퍼트 경지에조차 다다르지 못한 애송이들이었다.

'우선…… 대화로 끝내는 걸 목표로 삼자.'

악의가 가득한 기세들을 보니 결국 검은 꺼내야 할 것 같지만, 그래도 쉽게 끝났으면 하는 바람이 있었다.

"무슨 볼일이 있는지 몰라도 우선 나가서 얘기하지."

시끄럽게 웅성거리는 사람들과 사고가 일어날까 불안한 눈으로 나를 힐끔거리는 바텐더를 보다 자리에서 일어났다. 술집에까지 피해를 주고 싶지는 않았다.

그리고 내 로브 소매 자락을 살짝 잡아끄는 손길이 있었다.

"……무슨 일이지?"

"나도 같이 가."

남자와 씩씩거리는 세 치들을 번갈아 보고 고개를 저으며 그의 손을 살짝 떼어 냈다.

"위험할지도 모르니 여기 있어. 금방 돌아오지."

사실 소드 엑스퍼트 경지의 남자가 저 애송이들로 인해 위험해질 가능성은 전혀 존재하지 않았으나, 내 새끼손가락으로도 제압 가능한 이들을 상대하는데 둘이 가는 건 자존심이 상했다. 내 단호한 말에 남자는 입술을 꾹 깨물면서도 더는 붙잡지 않았다.

"무슨 일이지?"

술집에서 난동을 부리려는 치들을 겨우 밖으로 끌고 나와 바로 옆의 인적이 드문 골목으로 이끌고 나서 물었다. 나와 그치들이 술집을 나선 지 얼마 되지 않아 후드의 사내가 술집을 나와 골목 가까이에 자리 잡는 인기척을 느끼긴 했으나 그 정도는 모르는 척해 주기로 했다.

"이 비겁한 놈! 네가 우리 일을 빼앗았잖아!"

우락부락한 몸의 대머리 남자가 버럭 화를 내며 나섰다. 금시초문이라 얼굴을 찡그렸다.

"나는 너희를 오늘 처음 본다만."

"이 자식 모르는 척을! 8개월 전에 우리 일이었던 팔라딘 상단의 호위 일을 네가 가져갔잖아!"

'아, 그거?'

워낙 보수가 짭짤했던 일이라 기억했다. 암브로시오 왕국에서 온 거대 상단, 팔라딘의 호위 일을 맡게 된 건 꽤 갑작스러웠다.

'미르! 의뢰 하나만 당장 맡아 주면 안 될까? 보수도 엄청 좋고 그렇게 어려운 일도 아니야!'

'무슨 일인데.'

'팔라딘 상단을 북부 지역을 지나기까지만 호위하는 일! 원래 다른 놈들이 맡기로 했는데 아직도 연락이 안 돼! 빌어먹을, 어젯밤 술을 그렇게들 처먹더니 아직 못 일어난 게 분명하다고!'

'흠…….'

'팔라딘 상단은 고위급 손님인데 이런 식으로 약속을 못 지켜서 신뢰도가 떨어지면 큰일 나는 거 알지? 네가 한 번만 대신 가 줘. 미르가 간다고 하면 상단도 훨씬 좋아할 거라고!'

'그때 술 처먹고 못 일어나서 못 나왔다는 정신 빠진 놈들이 이치들이었나.'

시큰둥한 눈으로 잔뜩 열이 오른 것 같은 세 사람을 둘러보았다. 자기들이 잘못해 놓고 내 앞에서 난리 치는 꼴이 참 보기 사나웠다.

"한동안 두문불출하기에 우리가 무서워서 도망친 줄 알았는데 잘 만났다! 너 같은 키 작은 애송이 따위, 단칼에 혼내 주지!"

놀라운 남 탓에 이어 경이로운 과대망상까지. 이런 놈들 때문에 내 칼을 더럽히기도 싫었다. 나는 귀찮은 표정으로 머리를 긁적였다.

"그냥 돌아갈 생각은 없나? 지금 가면 얌전히 돌려보내 줄 텐데."

"하! 이 자식 쫄았군!"

저치 중 하나가 헛소리를 했다. 그냥 헛소리나 좀 하다 가 버렸으면 좋겠다는 생각 반, 어디까지 하나 보자는 심정 반으로 자기들끼리 떠드는 꼴을 지켜보았다.

"역시 우리 기세에 눌린 거야! 내가 미르 별거 아니라고 했잖아! 저번에 봤는데 키도 덩치도 작아서는 발차기 한 방에 날아갈 것 같았다니까!"

"직접 보니 정말 그렇군. 저게 정말 황금 방패 용병 맞아? 그냥 마약굴에서 몸 굴리는 남창 같은데."

"미르가 몸 굴려서 일 따낸다는 소문도 있잖아. 그게 사실일지도 모르지."

"흠…… 역시…….."

'이건 좀 기분 더러운데.'

수많은 비방들을 들어오며 단단한 멘탈을 가지고 있다고 자부했지만, 저런 계열의 저질스러운 말들은 언제 든든 기분이 더러웠다.

눈을 느른하게 뜬 채 어떻게 조질까 구상하며 검집 위로 느리게 손을 올렸다.

"혼을 내 주기 전에…… 다른 방식으로도 혼을 내 볼까?"

자기들끼리 숙덕거리던 치들이 음흉한 웃음을 지었다.

'아…… 더러워…….'

정말 기분이 너무 더러워져 잔반 쓰레기를 보듯 얼굴을 일그러뜨렸다. 뭐 눈 엔 뭐만 보인다고, 저런 놈들이 내게 시비를 걸어올 때는 늘 저런 건수를 걸고넘어졌다. 뼈와 살을 인수분해해 주기 위해 검을 발도하려 할 때였다.

쾅!

"으악! 뭐, 뭐야!"

흉흉한 기세의 검이 날아와 치들의 사이를 갈랐다. 형상화된 오러는 보이지 않았으나, 무형의 마나가 휘감긴 검이었다.

'따라 나오더니.'

이미 느꼈던 인기척이 다가오는 것을 느끼며 한숨을 쉬었다.

뚜벅뚜벅.

구둣발 소리가 뒷골목을 울린다.

본 지 몇 분이나 됐다고, 벌써 익숙해진 인영. 진득한 레몬 향이 뒷골목의 악취 사이에서도 내 후각을 사로잡았다.

"이…… 구족을 멸해서 상어 밥으로 줘야 할 천하의 미친 개자식들이…….'

골목에 들어선 이는 격분한 남자였다.

"너, 넌 뭐야! 왜 끼어들, 크헉!"

"닥쳐! 죽어!"

지옥에서 기어 올라온 아수라 같은 분위기를 풍기는 남자가 치들 중 하나를 걸어찼다. 걸어차인 사람이 굉음을 내며 벽에 처박혔다. 그걸 시작으로 남자는 일방적으로 치들을 폭행하기 시작했다.

'으음…….'

나를 대신해 싸워 주는 남자를 보며 미묘한 감정을 느꼈다. 아기 고양이가 호랑이를 지키겠다고 발톱을 세운 게 재밌기도 했고, 내가 욕을 얻어먹었다고 대신 분노해 주는 게 기묘했다.

검도 들지 않은 채 체술만으로 가볍게 저치들을 조지는 남자를 보며 생각했다.

'나를, 이미 알고 있는 사람이구나.'

머릿속 가정에 무게가 가해졌다. 얼굴에서 유일하게 드러난 남자의 하관을 보며 기억 속 한 얼굴과 대치시켰다.

'닮은 것 같기도 하고……'

조금 아리송한 느낌에 고개를 갸웃했다. 내 기억이 좋지 않다기보다는, 드러난 남자의 얼굴이 어딘지 희뿌옇고 희미한 느낌이었다.

'……인상을 희미하게 하는 마도구인가.'

미간을 찌푸렸다. 소드 마스터인 나도 단번에 파훼하지 못할 정도면 상당히 고가라는 소리였다. 고가라는 건 남자가 부자라는 소리. 계속 불안한 쪽으로 생각이 흘러갔다.

"뇌가 사등분 나면 더는 그런 더러운 생각 안 하겠지?"

어느새 세 명의 치를 쓰러트린 남자가 흉흉한 기세로 땅에 박힌 검을 뽑아냈다. 아예 죽여 버릴 생각인 것 같았다. 검 손잡이를 으스러져라 잡은 남자의 손으로 순간 오러가 모이다 흠칫하며 빠르게 사라졌다.

'오러를 숨기려는 것 같은데……'

눈을 가늘게 떴다. 남자가 빠르게 기운을 갈무리하긴 했지만, 소드 마스터인 내가 그 순간을 보지 못했을 리 없었다.

'원작에서 서술되는 알렉산드로의 오러는 분명 하얀색이었지.'

난폭한 폭군 알렉산드로의 오러 색이 왜 하얀냐는 많은 이들의 의문에 작가는 이렇게 답했다.

'알렉산드로는 자신의 앞을 막은 한계를 불태워 버리는 방식으로 넘었기에, 그의 오러는 세차게 불타고 남은 허연 재의 색이라고.'

참으로 알렉산드로다운 방식이었다.

'하지만 방금 전에 얼핏 보였던 남자의 오러 색은…… 분명 형광 연둣빛이었어.'

압생트와 똑 빼닮은, 금방이라도 녹아 흘러내릴 것 같은 독극물을 닮은 색. 알렉산드로의 오러와는 확실히 다른 색이었다.

'……내 예상이 틀린 건가?'

얼굴을 와그작 찌푸렸다. 역시 머리를 쓰는 건 내게 어려웠다.

'내게 어울리는 건 정면 돌파지.'

치를 향해 검을 겨누는 남자에게 마나를 이용해 빠르게 다가갔다. 발끝을 덮는 옅은 검은 연기와 함께, 1초도 채 지나지 않아 바로 남자 앞으로 당도했다. 혹 다가온 나를 보고 조금 놀란 듯 움찔하는 남자의 검을 든 손을 탁 잡았다. 남자의 입이 놀란 듯 벌어졌다.

"살인은 안 돼."

내 작은 속삭임에 남자가 이해할 수 없다는 듯 나를 바라보았다. 물론 후드에 가려져 눈은 코빼기도 보이지 않았으나, 분위기를 보아 그런 것 같았다.

'나도 마음 같아선 사지를 분질러 버리고 싶지.'

아무리 소드 마스터가 되고 정신연령이 높다 해도, 다른 사람들보다 침착한 것뿐 감정이 사라지는 건 아니다. 여전히 저런 부류의 저질스러운 말들은 나를 분노케 했다.

'하지만 얼마 뒤엔 어차피 죽이고 싶지 않아도 수많은 사람을 죽여야만 할 텐데. 내 사적인 일로 업보를 더 쌓고 싶진 않아.'

내 소중한 것들을 지키기 위해 검을 들어야 할 시간이 올 것이다. 그때도 동정과 연민 같은 것에 휩싸여 살인을 주저할 생각은 없었으나, 아직은 아니니까.

'그리고 무엇보다…….'

"네 손을 저런 것들로 더럽힐 필요는 없잖아."

얼굴이 가까워진 채로 조금은 상냥하게 속삭였다. 굳이 도와줄 필요는 없었으나, 그래도 나 대신 분노해 싸워 준 남자가 검을 더럽히기도 아까운 저런 치들 때문에 손을 더럽히길 원치 않았다.

"하……."

한참 멍하니 나를 바라보는 것 같던 남자가 옅게 탄식 같은 한숨을 쉬었다. 위낙 거리가 가까워 그 옅은 숨결조차 피부로 가까이 와 닿았다.

"넌 참 여전해, 알아?"

숨소리 섞인 낮게 긁히는 목소리가 속삭였다. 여전하다는 말은, 예전의 나 또한 알고 있다는 소리겠지. 더는 정체를 숨길 생각이 없어 보이는 남자를 향해 씨익 웃었다.

"너는 꽤 변했어, 알아?"

조금 짓궂은 목소리로 마주 속삭이며 주저 없이 허리춤에서 단검을 뽑아내 남자의 얼굴을 덮은 후드를 훅 걷어 냈다. 남자는 이 순간을 기다렸다는 듯 기꺼이 내 손길을 받아들였다. 그리고 마주하는, 내 기억과 똑같은 채도의 형광 연둣빛 눈동자.

달콤한 설탕물을 넣으면 금방이라도 완벽한 압생트 한 잔으로 완성될 것 같은 유해한 빛깔. 밉살스럽던 소년에게 유일하게 아름답다고 칭찬해 줬던 그 눈동자와 똑같은 색. 금방이라도 내 목을 옭아맬 듯 위험해 보여도 기어코 손을 댈 아름다운 독극물.

"오랜만이야, 레오."

살랑거리는 봄 밤바람에 아무렇게나 흩날리는 연갈빛 머리칼에 시선을 주다, 추억 속에 가라앉았던 이름을 꺼내 혀 위에 올렸다. 아무리 인상을 희미하게 하는 마도구를 사용한다 한들 뇌리에 깊게 박힌 그 눈동자를 본 이상 알아보지 못할 수는 없었다.

"그러게."

한참 침묵하던 그가 느리게 입을 열었다. 내 한마디에 거칠게 일렁이던 눈동자에는 이내 환희가 담겼다. 마녀의 냄비에서 끓어오르는 독극물처럼 그의 형광 연둣빛 눈동자가 위험하게 들끓었다.

그가 천천히 손을 들어 내 가면을 벗겨 낸다. 내치면 바로 빠져나갈 수 있을 만큼 느리고 조심스러운 손길. 나와 그를 제외하고는 주위에 어떤 인기척도 느껴지지 않았기에, 그가 벗기게 내버려 두었다.

가면이 끌려 내려가고, 얼굴이 조금 허전한 느낌이 들 무렵 내 맨얼굴을 확인한 그가 배부른 맹수처럼 만족스럽게 웃음 지었다.

툭.

그와 내 사이가 훅 좁혀지고 나보다 키가 한 뼘은 더 큰 그가 상체를 숙였다. 서로의 온기를 확인하는 것처럼 이마가 맞닿았다. 그의 하얀 이마는 꽤 따뜻했다.

시야에 오직 서로만 담긴 상태로, 레오가 사르르 입꼬리를 올렸다.

"오랜만이야, 슈슈."

낮은 청년의 목소리가 내 귓가를 간지럽힌다. 그의 사납던 눈이 다정함을 머금고, 날카롭던 눈꼬리가 획 내려갔다. 불이 붙은 압생트처럼 불타는 눈동자가 위험함을 숨기려는 듯 각설탕처럼 달콤한 눈웃음을 걸쳤다.

"보고 싶었어. 정말."

홀연히 사라졌다 5년 만에 다시 돌아온 소년은, 더 이상 소년이라고 부를 수 없을 정도로 자라 있었다.

이마가 맞닿은 채 시선이 오간다. 그가 상체를 살짝 숙이고 있음에도 그와 제대로 시선을 맞추기 위해서는 살짝 고개를 들어야 했다. 이마를 살짝 떼어 내 거리를 둔 채 천천히 그를 관찰했다. 그는 탐색이 섞인 내 시선을 기껍게 받아들였다.

젖살이 어느 정도 남아 있던 얼굴은 베일 듯 날카로워졌고, 늘 치기 어린 오기를 품고 있던 눈동자는 포식 후 맹수처럼 나른하면서도 기이한 무언가로 들끓고 있었다. 어려서는 세기의 미소년처럼 빛나는 미모를 가지고 있던 그는 이젠 완연한 성인처럼 성숙하고 매혹적인 미모를 뽐내고 있었다.

'이건…… 사람이 좀 달라진 것 같은데?'

살짝 입을 벌렸다. 분명 어릴 때의 얼굴이 희미하게 남아 있긴 했으나, 근 5년간 대체 무슨 일이 있었던 건지 그는 무섭도록 성장해 있었다.

"너……."

아타라 왕국 국왕이냐……?

레오를 코앞에 둔 내 머릿속을 차지한 것은 딱 하나뿐이었으나, 혀를 맴도는 질문을 애써 삼켜 냈다.

내 머릿속에서는 이미 99퍼센트 확률로 레오가 알렉산드로라고 확신하고 있었지만, 아직 상황을 잘 모르는 만큼 직접적으로 물어보는 건 재고해 보기로 마음먹었다.

"날 불러 놓고 왜 말을 안 해."

조금 멍한 표정으로 생각만 하고 있으니 레오가 상체를 숙여 내가 떨어트린 거리를 좁혔다. 조금 움찔해 몸을 물리며 날것 그대로의 생각을 그대로 입에 담고 말았다.

"아, 아직도 안 뒈지고 살아 있었네……?"

'젠장! 너무 시건방지게 말했어!'

스스로 뱉은 말을 되새기며 눈을 질끈 감았다. 어려서 레오와 정말 친한 동네 친구처럼 지냈던 기억이 있어 그가 국왕일지도 모른다는 자각이 있음에도 입이 함부로 나불거렸다.

"하하하!"

내 말에 눈을 끔뻑이던 레오가 크게 웃음을 터트렸다. 한참을 웃던 그가 나를 바라보며 눈꼬리를 흐드러지게 휘었다. 상당히 유혹적인 자태였다.

"당연하지. 널 다시 만나러 오겠다고 했으니까."

'……얘 진짜 레오 맞아?'

흠칫하며 그에게서 살짝 물러섰다. 이런 다정하고 능숙한 언변은 내가 알던 미친 고양이 레오에게서는 상상도 못할 일이었다.

'너…… 정말 많이 달라졌다.'

샘솟는 이질감을 무시하고 최대한 평범하게 안부를 묻듯 이렇게 말하려 했으나, 다시금 내 입은 뇌의 명령을 듣지 않았다.

"너…… 왜 나 누나라고 안 부르냐?"

'젠장! 미쳤나 진짜!'

내 입을 마구 때리고 싶었다. 눈앞의 인물은 국왕일지도 모르니 정중히 대해야 한다고 머리를 세뇌시켜도 내 입은 자꾸만 뇌의 명령을 어기고 5년 전 레오를 대하듯 움직였다. 내 불만 섞인 한마디에 레오가 입매를 굳혔다.

"……누나라곤, 절대 안 부를 거야, 슈슈."

순간 정색하듯 얼굴을 굳혔던 레오의 입가로 서늘한 미소가 걸쳐졌다. 그의 이글거리는 눈에서 뭔지는 몰라도 건드리지 말아야 하는 걸 건드렸음을 어렴풋이 짐작했다.

'어려선 잘만 부르더니 왜…….'

처음 만났을 땐 빌어먹을 놈, 개자식, 죽일 놈 등의 다채로운 호칭으로 부르긴 했지만, 그래도 헤어질 때가 가까워서는 나를 누나라고 불러 주었다.

뭐가 문제인지 몰라 눈을 빠르게 깜빡이며 레오를 멀뚱히 보고만 있으니, 헛웃음을 뱉은 그가 천천히 손을 올려 내 턱을 느리게 쓸었다. 불편하다면 언제든 내칠 수 있을 정도로 느른한 손길. 분명 내가 단번에 꺾어 버릴 수 있는 손이었으나, 어쩐지 위험하다는 느낌이 들었다.

내 속의 무언가를 끌어 올리듯 턱 부근을 간지럽히던 크고 단단한 손이 내 뺨을 잡았다. 가면을 쓰지 않아 그의 손이 품은 온기가 직접적으로 피부에 와 닿았다. 무언가 들끓는 눈으로 한참 나를 응시하던 레오는 심기가 불편한 듯 입꼬리를 비틀고는 내 귓가 가까이로 고개를 숙였다.

"지금도 이런 노골적인 행동의 의미도 못 알아들을 정도로 나를 어리게 보는데 누나라고 부르기까지 하면 얼마나 더 어리게 보겠어."

그르렁거리는 목소리는 불편한 심기를 애써 억누르는 티가 역력했다.

'하긴. 앤 어렸을 때도 내가 애 취급하는 걸 싫어하긴 했지.'

어리게 보는 게 아니라 넌 진짜 어리다고 말하려다 눈치 있게 입을 닫았다. 작은 행동과 말 몇 마디로 능숙하게 텐션을 올리는 레오를 지그시 응시했다. 내 눈에는 아직 어려 보였지만, 확실히 내게 휘둘리기만 하던 예전보다는 훨씬 자라 있었다.

"많이 컸구나."

조금 뿌듯하게 웃은 채 부드러워 보이는 그의 연갈색 머리칼을 쓰다듬어 주었다. 어려서처럼 동글동글한 머리통도 아니고 만지면 솜털 같던 그 느낌도 없었지만, 자란 그의 머리칼도 충분히 부드러웠다.

내 손길이 닿자 레오가 무섭게 얼굴을 굳혔다.

'화났나?'

허락도 없이 손을 올려 불쾌한 건가 싶어 눈치를 보며 살짝 손을 물렸다. 그런 나를 본 그가 푹 한숨을 쉬었다.

"하……."

고개를 숙인 채 마른세수를 하는 레오의 양 귀가 살짝 달아올라 있었다. 그걸 보면 그렇게 싫은 건 또 아닌 듯한데, 그는 상당히 불만스러워 보였다.

"제발, 애 취급은 여기까지만."

"애 취급이 아니라 너는……."

'진짜 애야.'라는 뒷말은 레오의 흉흉한 얼굴을 보고 삼켰다. 실제로 뱉었다간 봉변을 피할 수 없을 것 같았다.

"음…… 우선 들어가서 얘기 좀 할까? 네 시간이 괜찮다면 말이야."

그 눈에 들끓는 무언가가 폭발하기 전에 황급히 말을 꺼내고 그를 다시 술집으로 이끌었다.

사실 레오 표정에 조금 쫄았다.

"그래서…… 너는 원래 아타라 왕국 귀족의 자식이었는데, 후계 다툼으로 여차저차해서 중상을 입고 제국으로 피신하게 되었고."

"응."

"내가 도와준 덕분에 다행히 살아서 다시 왕국에 돌아가 귀족 작위를 물려받은 뒤 사절단으로서 제국에 오게 되었다고?"

"바로 그거야."

빙긋 웃으며 고개를 끄덕이는 레오를 지그시 응시했다.

'이건 귀족 작위가 왕위로만 바뀌면 알렉산드로 이야긴데.'

보드카를 잔에 콸콸 따라 단번에 비웠다. 무슨 이유인지 그는 자신이 국왕이라는 걸 숨기고 싶어 하는 것 같았지만, 원작을 아는 나로선 여기까지 들은 이상 레오가 알렉산드로라는 걸 확신할 수밖에 없었다.

'젠장! 그러니까 나는 왕자한테 그런 짓들을 했던 거야?'

몸도 정신도 어렸던 과거의 나의 만행을 떠올리자니 등 뒤로 식은땀이 흘렀다. 레오를 노예처럼 부렸던 과거의 나를 암살하고 싶었다.

'아, 아냐. 우선…… 레오도 앙갚음을 하려고 나를 찾아온 건 아닌 것 같으니까. 악의를 품은 것 같지도 않고. 애도 컸으니까 어려서 내가 도와준 은혜를 알겠…… 지?'

보드카를 한 잔 더 따르며 슬쩍 레오의 눈치를 살폈다. 내가 뺏어 마셨던 잔에 다시 압생트를 조제한 그는, 내 입술 자국이 옅게 남은 부근에 정확히 입술을 대고 액체를 들이켜며 나를 향해 눈을 휘었다. 보지 말아야 할 금단의 무언가를 본 기분에 슬쩍 시선을 돌렸다.

'……쟤 진짜 왜 저렇게 컸지?'

분명 어려서는 앙칼진 터키시 앙고라였는데 크더니 웬 백사자가 됐다. 무궁화인 줄 알고 열심히 재배했는데 나온 건 대마였을 때 농부의 심정이 지금 나와 같지 않을까 싶었다.

"그래서 넌 내가 떠난 뒤에도 계속 용병으로 활동해서 지금은 소드 마스터 미르가 됐다는 거지."

"그렇지."

"그러다 우연히 네 아버지가 카이사르 크리시스 공작이라는 걸 알게 되면서 공녀가 됐고. 미르의 활동이 멈춘 것도 그 때문이라고."

"그……렇지."

더듬더듬 긍정을 표하며 이미 확인했지만 그래도 한 번 더 우리 대화를 엿듣는 사람이 있나 확인했다. 나를 찾아온 치들로 인해 내가 진짜 미르라는 게 술집에 알려진 이후로는 간 크게 나와 레오 쪽으로 다가오는 이가 없었다.

"정말 믿기 힘든 일이네."

헛웃음을 뱉은 레오가 감상을 남겼다. 고개를 살짝 끄덕여 긍정을 표했다. 솔직히 앞뒤 잘라먹고 결론만 얘기하니 이야기의 주인공인 나도 어이가 없을 정도의 막장드라마였다.

어려서 함께 지냈던 레오는 내가 미르인 걸 이미 알고 있다. 허나 크리시스의 공녀가 됐다는 사실은 모를 테니 이참에 알려 준 것이었다.

'진짜 인생…… 내가 미르라는 걸 아는 사람이 벌써 다섯 명이네.'

가족을 제외하고 엘, 라이너, 르웰린, 레오, 게다가 디에고까지…… 미르라고 직접적으로 얘기는 안 했지만 검은 오러를 본 이상 눈치를 챘을 테니 벌써 다섯 명에게 들켰다. 그래도 다섯 다 믿을 만한 사람들임에 위안을 삼으며 옅은 한숨을 쉬었다.

"이건 비밀에 부쳐 줘야 해. 부탁해."

굳은 눈으로 눈앞의 레오를 응시했다. 어차피 곧 내 입으로 밝히겠지만, 아직은 알려져서는 안 된다. 내 계획에 중요한 건 드라마틱하고 극적인 연출이니까.

딱딱하게 굳은 내 표정에 피식 웃은 레오가 고개를 끄덕였다.

"물론. 네가 원한다면 무덤까지 가져갈게. 태양의 맹세라도 할까?"

"그럴 것까진 없어."

비록 시간이 흘러 빛이 바랬을지 몰라도 여전히 내게는 소중한 추억. 레오는 여전히 내게 믿을 만한 동료였다. 의아한 표정을 짓는 레오를 향해 살짝 눈을 휘었다.

"널 믿으니까."

그의 입매가 흠칫 굳었다. 살짝 흔들린 동공. 크게 동요한 기색을 보이던 레오가 한참 뒤에 헛웃음을 뱉었다.

"……정말 무자비해."

그의 의미 모를 중얼거림에 의아해하다 그저 피식 웃었다.

"어차피 사절단 방문 축하 연회 때 다시 만나겠지. 내가 공녀라는 게 믿기 힘들면 그때 직접 확인해."

사절단으로 온 레오와 공녀로서 맞닥뜨리는 건 불가피한 일이다. 내 여상스러운 말에 나를 지그시 응시하던 그가 씨익 웃었다.

"아니. 됐어. 이미 믿고 있으니까."

그의 눈매가 야살스레 휘어졌다.

"네가 나한테 거짓말을 할 리가 없잖아."

레오는 여전히 후드를 뒤집어쓰고 있었지만 바로 앞에 앉은 나는 그의 눈동자를 어렴풋이 볼 수 있었다. 두 눈에 가득 찬 나를 향한 굳은 신뢰. 나는 잠시 할 말을 잃었다.

5년은 그리 짧은 시간이 아니다. 우리는 그 철없던 어린 날로부터 훨씬 자랐고, 서로 다른 길을 걸으며 완벽한 타인이 되었다.

'그럼에도 너는 여전히 나를 믿어 주는구나. 내가 널 믿고 있듯이.'

그게 꽤나 가슴 뭉클해서. 나도 여전히 널 믿고 있는데 이 믿음이 일방 아닌 쌍방이라는 게 따스해서.

"우리, 여전히 친구지?"

꽤 풀어진 부드러운 웃음을 지은 채 나긋이 물었다.

"……뭐?"

레오의 표정은 딱 내 정반대라고 할 수 있을 정도로 무섭게 굳었다. 그의 영문 모를 서늘한 정색에 조금 움찔했다.

"……아니야?"

어려서 치고받고 싸울 때도 악우 정도는 된다고 생각했는데. 나만 그렇게 생각한 모양이다.

'또 나만 진심이지…….'

자존감이 뚝 떨어진 채로 울적하게 눈을 내리까는 나를 바라보던 레오가 제 손에 얼굴을 묻었다.

"하…… 짜증 나. 진짜…….

한탄과 탄식이 섞인 한숨과도 같은 목소리였다. 착잡한 얼굴로 몇 번 마른세수를 한 레오가 짙은 한숨을 쉬었다.

"……그래. 우선 친구인 걸로 하자."

'아닌 것 같은데……?'

이를 부서져라 악물고 비틀린 미소를 짓는 레오를 보며 떨떠름한 표정을 지었다. 친구가 아니라 원수래도 믿을 법한 험악한 표정이었다.

"시작은, 친구로 하자."

느리게 손을 든 레오가 술집에 들어오며 챙겨 쓴 가면에 가려진 뺨 부근을 살짝 쓰다듬고는 후드 안으로 손을 넣어 내 목덜미를 잡고 제 쪽으로 끌었다. 가죽 장갑이 예민한 목덜미를 간지럽힌다. 무척이나 조심스럽고 부드러웠기에 거부감 없이 그의 손길을 받아들였다.

조금 전 뒷골목에서처럼, 다시금 이마가 맞닿는다. 차가운 가면 위로 따뜻한 레오의 이마가 닿았다. 아무래도 레오는 이마 맞대는 걸 좋아하는 것 같았다. 서로의 숨결이 느껴지는 가까운 거리에서 나를 녹일 듯 집요하게 응시하던 그가 서늘한 웃음을 지었다.

"하지만 끝도 친구일 거라곤 확신하지 마."

이를 으득 가는 소리와 함께 목을 긁는 그르렁거리는 목소리. 그 안엔 불만이 가득했다. 치열하게 들끓는 형광 연둣빛 두 눈을 멍하니 바라보았다. 주위에서 진동하는 레몬 향이 분위기를 뭉근하게 만들었다.

한참, 고개를 조금만 숙여도 입술이 닿을 거리에서 시선이 교차되었다.

"……사고 치기 전에 가야겠군."

조금 멍한 표정을 지은 나를 보며 점점 깊어지던 레오의 동공이 훅 멀어졌다. 이마에 닿아 오던 온기도 사라진 뒤였다. 조금 다급하게 후드를 푹 눌러쓴 레오가 남은 압생트를 단숨에 비우고는 압생트가 묻어 번들거리는 붉은 입술을 느리게 핥았다.

"곧 다시 보자."

내 손 쪽으로 손을 뻗은 레오가 잡아도 되냐고 허락을 구하듯 내게 눈짓을 했다. 어렸을 때처럼 손이라도 꼭 잡으며 작별인사를 하려나 싶어 살짝 고개를 끄덕여 주니, 그가 부드럽게 내 손목을 낚아챘다. 그리고 내 예상은 확실히 빗나갔다.

드러난 손목 위로 따뜻하고 부드러운 살덩이가 닿는다. 살짝 벌어진 축축한 틈새 사이로 압생트 향이 배어났다. 긴 속눈썹을 내리깔고 꽤 오랫동안 내 손목을 머금고 있던 붉은 입술이 촉, 하는 물기 어린 소리와 함께 천천히 떨어졌다.

"보고 싶을 거야."

가늘게 뜨였던 눈이 흐드러지게 휘어진다. 분명 달콤함이 뚝뚝 떨어지는 눈웃음이었으나, 그 속에서 형형하게 불타는 눈빛 때문인지 달콤함으로 사람을 꾀어내고 잡아먹는 사이렌의 무언가 같았다. 그 눈과 정면으로 마주친 내가 흠칫하니, 그가 아쉽다는 표정을 지으며 손을 놓아주고는 씨익 웃었다.

"안녕, 슈슈."

검은 로브가 흩날리고, 나를 뒤흔들던 인영이 빠르게 사라진다. 사라지는 그의 뒷모습을 멍하니 바라보며 생각했다.

'조금 전에 끝도 친구일 거라고 확신하지 말라는 말…….'

착잡함에 손바닥 위로 얼굴을 묻었다.

'제대로 안 하면 손절할 거라는 절교 협박인가?'

5년 만에 다시 만난 레오와의 동상이몽 같던 첫 만남은 그렇게 끝이 났다.

며칠 뒤, 황궁에서 아타라 왕국 사절단 방문 축하 연회가 열렸다.

"크리시스 공작가의 카이사르 크리시스 공작님과 칼 크리시스 공자님, 카슈미르 크리시스 공녀님과 아리아 크리시스 공녀님께서 연회장에 입장하십니다!"

느지막히 도착한 연회장은 붐비고 있었다. 피부 위로 꽂히는 따가운 시선들을 익숙하게 무시한 채 주위를 살폈다. 아직 황가와 교황, 사절단은 오지 않았지만 그들을 제외한 대부분의 귀족들이 도착한 것 같았다.

"어머, 크리시스 영애! 오늘도 드레스가 너무 아름다우세요!"

"오늘은 루비로 장식한 바디체인을 착용하셨네요. 전 얼마 전에 사파이어로 장식된 바디체인을 구매했답니다."

연회장에 발을 들이자마자 아리아는 몰려든 영애들에게 끌려갔다. 가면서도 아쉽다는 듯 나를 뒤돌아보는 아리아에게 웃으며 손을 흔들어 주었다.

"이번 연회에선 계속 너와 붙어 있을 거다."

데뷔탕트 이후 처음으로 함께 나온 연회에서 카이사르가 비장하게 다짐했다. 아무래도 데뷔탕트 시작과 동시에 황제의 명으로 끌려 나가 함께해 주지 못했던 게 못내 미안했던 모양이다.

"공작 각하. 긴히 드릴 말씀이 있습니다."

그런 카이사르의 다짐은 5분도 채 지나지 않아 훌쩍 다가온 중년 남성에 의해 깨졌다.

'라이너랑 똑같이 생겼네.'

늙은 라이너라고 해도 믿을 법한 노년의 사내를 힐끔 곁눈질했다. 머리가 하얗게 센 그는 얼핏 봐도 예순 살이 넘어 보였다.

라이너가 현 후작의 늦둥이 외동아들로 태어났다고 하니, 노년의 사내가 현 아인하르트의 가주인 노아 아인하르트라는 건 쉽게 짐작할 수 있었다.

"……아인하르트 후작. 꼭 지금 해야 하는 이야긴가?"

카이사르의 붉은 눈동자에 불만이 가득 묻어났다. 오금이 저리도록 서늘한 카이사르의 얼굴을 보고도 끄떡하지 않는 후작이 고개를 끄덕였다.

"북부에 관련된 이야기입니다."

카이사르의 표정이 차갑게 굳어졌다.

'슬슬 제국도 전쟁이 다가오는 걸 눈치챌 시기지.'

노아 아인하르트는 황궁 제1 기사단의 기사단장. 그런 그가 군 총사령관인 카이사르를 북부 관련 문제로 부른다는 건 전쟁에 관련된 심각한 이야기일 게 분명했다.

"……미안하군. 함께 있어 주고 싶었는데 심각한 문제라 가 봐야 할 것 같다."

"다녀오세요."

미안한 표정을 짓는 카이사르에게 괜찮다는 뜻을 담아 웃어 보였다. 나와 카이사르를 번갈아 보던 후작과 눈이 마주쳤다.

'유전자는 위대하구나……'

은회색 머리칼부터 황금빛 눈동자까지, 라이너와 얼굴을 복사했다 붙여넣기 한 것처럼 닮은 후작을 보며 속으로 감탄했다. 나를 지그시 응시하던 후작이 흥미롭다는 표정을 지었다.

"여기는……."

"아, 안녕하십니까, 아인하르트 후작. 카슈미르 크리시스입니다."

"반갑습니다, 공녀님. 노아 아인하르트입니다."

짧은 인사가 오가고 금방 갈 줄 알았건만, 후작은 흥미롭다는 표정으로 나를 바라보고 있었다.

"제 아들놈이 공녀님을 많이 존경하더군요."

"……네?"

"허허. 아인하르트와 크리시스는 대대로 함께 제국을 지켜 온 무가였죠. 이참에 결합해 보는 것도……."

콰직.

"아인하르트 후작."

손에 들고 있던 빈 와인 잔을 단숨에 가루로 만든 카이사르가 경고하듯 읊조렸다. 싸늘하게 식은 표정이 금방이라도 사람 열댓은 찢어 죽일 기세였다.

"하하! 늙은이의 농입니다. 실례가 많았습니다, 공녀님. 공작님은 저와 자리를 옮기시지요."

보통 사람이라면 무서워서 꼼짝도 못했을 카이사르의 기세 앞에서도 후작은 허허롭게 웃으며 능청스레 발걸음을 옮겼다.

'하기야. 후작도 소드 마스터니까.'

노아 아인하르트는 황궁 제1 기사단장으로, 제국의 몇 안 되는 소드 마스터 중 하나. 그는 카이사르 수준의 실력자는 아니었으나, 끝없는 노력으로 40대가 되어서 소드 마스터 자리를 거머쥔 대단한 사람이었다.

'하지만…… 다가오는 전쟁에서 전사하지.'

전쟁은 떠올리기만 해도 우울하다. 어렴풋이 후작의 최후를 떠올리다 점점 더 울적해지는 기분에 고개를 휘저어 생각을 지워 냈다.

'그나저나 아인하르트 부자는 대단하네.'

아버지인 노아는 소드 마스터에 황궁 제1 기사단장이고, 아들인 라이너는 소드 엑스퍼트에 황궁 제2 기사단장이었으니, 불공평한 유전자를 가진 부자가 쌍으로 해 먹는다 싶었다. 물론 부녀가 소드 마스터인 크리시스 공작가에서 할 말은 아니었지만.

"이번 승자는 나군."

아리아와 카이사르가 떠난 내 옆에 남은 이는 칼이었다.

"나는 반드시 이 연회가 끝날 때까지 네 곁에 있어 주지."

칼이 배부른 맹수처럼 만족스럽게 웃었다. 사실 그를 향해 다가오고 싶어 하는 이들도 상당히 많은 것 같았으나, 누군가와 눈만 마주쳐도 찢어 죽일 듯한 눈을 하는 칼 때문에 다가오지 못하는 듯 보였다.

"물론, 칼과 연회를 함께하면 무척 즐겁겠죠."

귀엽게 구는 칼을 향해 방긋 웃어 주었다. 내 웃음을 정면으로 마주한 칼의 귓가가 살짝 달아올랐다. 아리아와도 드레스코드를 맞추기 위해 착용한 버건디 색 하네스를 제외하면 칼과 내 제복은 디자인만 조금 다를 뿐, 블랙과 골드의 비슷한 색 배치를 띠었기에 커플룩 같아 보이기도 했다.

"요즘 아리아와 함께 마탑을 다닌다는 얘기를 들었습니다. 아리아도 마법을 배우고 있다는데, 잘합니까?"

"……우리 둘이 있는데 꼭 개 얘기를 해야 하나? 뭐, 그렇긴 하다. 자기도 자기 몸 하나 정도는 지키고 싶다기에 마탑을 소개시켜 줬는데 의외로 마법에 대한 재능이 상당하더군. 물론 나만큼은 아니지만. 네가 아버지와의 대련에서 다친 이후엔 마음에 변화가 있었던 건지 치유력을 증폭시키는 연습을 중심으로 하고 있다. 꼴사납긴 하지만 꽤 열심이야."

아리아 얘기가 나오자마자 곧바로 얼굴을 구기던 칼은, 그래도 내 질문에 성실히 대답해 주었다. 싫은 표정을 지으면서도 아리아의 일거수일투족에 대해 술

술 나열하는 칼을 보며 흐뭇하게 웃었다.

'처음엔 칼과 아리아가 서로에게 암살자를 보냈다는 소식을 들을까 봐 무서웠는데. 이젠 꽤 친해졌나 보네.'

물론 지금도 여전히 틈만 나면 서로에게 칼을 겨눌 것 같긴 하지만, 이 정도면 미운 정 정도는 충분히 든 것 같았다.

"안녕하십니까, 크리시스 영애."

그리고 칼과 담소를 나누는 내게로 다가온 인영이 있었다. 고개를 돌렸다가 황금빛 눈동자와 마주치고 조금 놀란 표정을 지었다.

"아인하르트 경?"

코끝을 간지럽히는 로즈우드 향기. 살짝 입을 벌렸다. 새하얀 황궁 기사단 정복을 차려입은 라이너는 빛의 사자처럼 빛났다.

'진짜 잘생겼다.'

새삼 감탄했다. 라이너는 외모가 범죄인 국가에서 태어났다면 필시 구족이 몰살당했을 것 같았다.

휴일에 미르로서 그와 만날 때 약식으로 된 간단한 기사단 제복을 입은 모습은 몇 번 봤지만, 정식 제복을 차려입은 모습은 또 처음이었다. 하얀 천에 금실이 수놓인 정복은 은회색 머리칼에 금빛 눈동자를 가진 라이너와 맞춘 듯 어울렸다.

"반갑습니다, 경. 오늘 정말 빛나시는군요."

짧게 인사하며 진심을 담아 칭찬했다. 라이너의 양 귀가 빠른 속도로 달아올랐다. 내 시선을 살짝 피한 그가 중얼거렸다.

"……감사합니다. 이 차림이 마음에 드십니까?"

"네. 제복 색 배치가 경과 정말 잘 어울립니다."

휴일마다 만나며 부쩍 가까워진 라이너와 자연스럽고 편하게 대화를 나눴다. 거듭되는 내 칭찬에 라이너의 목덜미까지 달아오르기 시작했다. 하필 흰 제복을 입고 있어 붉어지는 피부가 확연히 눈에 띄었다.

'진짜 부끄럼 많단 말이지.'

나와 시선도 맞추지 못하는 라이너를 보고 귀엽다고 생각하며 작게 웃었다. 여러 번 만나 본 라이너는 작은 칭찬이나 접촉에도 얼굴을 붉히는 부끄럼쟁이였다.

"그럼…… 자주 입고 다녀야겠군요."

"음, 자주 입기엔 좀 불편해 보이는데요."

잘 정리된 제 머리칼을 살짝 헝클어트린 라이너가 중얼거렸다. 제복을 장식하는 수많은 화려한 액세서리들을 보며 미간을 찌푸렸다. 무척 멋있긴 했지만 훈장이나 어깨 장식 등이 주렁주렁 달린 제복은 무척 불편해 보였다.

"그래도 자주 입고 다닐 겁니다."

계속 시선을 피하던 라이너가 이제야 나와 시선을 맞춰 주었다. 늘 무심해 보이던 황금빛 눈동자가 별처럼 반짝거린다. 항상 굳은 직선을 그리던 입매가 부드러운 미소를 그렸다.

"영애께서 마음에 드신다고 하지 않으셨습니까. 전 영애께 잘 보이고 싶습니다."

그리고 늘 부끄럼쟁이처럼 구는 라이너는 가끔 이렇게 사람 마음을 훅 치고 들어오는 말들을 던지곤 했다.

'……사랑받고 싶어 하는 덩치 큰 개 같아.'

라이너의 흔치 않은 웃음을 멍하니 바라보다 어쩐지 목이 타는 느낌에 손에 들고 있던 와인을 들이켰다. 평소에는 만사에 관심이 없는 호랑이 같은 라이너는 가끔 이렇게 굴곤 했다.

"……그래. 아인하르트 경 눈에 나는 보이지도 않는 모양이야?"

잠시 묘한 기류와 함께 이어지던 나와 라이너의 시선 교환을 뚝 끊어 낸 건 차갑게 날 선 칼의 목소리였다. 그제야 칼에게로 시선을 돌린 라이너는 조금 난감한 기색으로 칼을 향해 짧게 목례했다.

"……안녕하십니까, 공자님. 뒤늦게 인사드리는 무례를 용서해 주십시오."

"오. 용서하기 싫은데 어쩌지."

고집스럽게 팔짱을 낀 칼이 서늘하게 식은 붉은 눈동자로 라이너를 느리게 훑어보았다. 라이너의 얼굴에 난감한 기색이 짙어졌다.

자신보다 신분이 높은 이와 마주쳤을 때 먼저 인사를 하는 것은 귀족 사회의 아주 기본적인 예의다. 라이너는 내게 인사할 때 나와 같은 신분인 칼에게는 인사하지 않았으니, 확실히 예의에 벗어난 행동이었다.

"'내' 동생과 친하게 지내는 모양이야, 경."

'내'라는 단어에 힘을 주어 말한 칼의 목소리가 낮게 깔렸다. 이는 확연한 언짢음의 피력이었다. 나를 힐끔 곁눈질한 라이너가 조심스레 고개를 끄덕였다.

"공녀님께서 어울려 주신 덕분에 친분을 쌓고 있습니다."

"원래 슈슈가 착해서 누구하고나 잘 어울려 주긴 하지."

'영애'에서 '공녀님'으로 딱딱해진 호칭을 보니 라이너가 긴장을 한 모양이었다. 라이너와 내 친분이 별거 아니라는 듯한 칼의 말투에 라이너의 표정이 굳었다.

"얼마나 슈슈가 반가웠는지 나는 발견도 못 하더군. 내 키가 그렇게 작은 것도 아닌데 말이야."

"무례에 대해선 사과드리겠습니다. 말씀하신대로 제가 공녀님이 너무 반가워 공자님을 보지 못했던 것 같습니다."

"슈슈도 경을 반가워했을까 싶네만, 그래도 친하게 지내는 것 같아 기쁘군. 둘은 좋은 '친구'인 모양이야?"

'친구'라는 단어에 힘을 주는 칼의 말에 라이너의 미간이 크게 꿈틀거렸다. 라이너가 희미하게 입꼬리를 비틀었다.

"그저 친구라고 정의하기엔 부족하다고 생각합니다. 서로에게 귀감이 되고 천천히 알아가는 사이라."

칼과 라이너 사이에 강렬한 시선이 오간다. 날카롭게 밀어붙이는 칼과 지지 않고 받아치는 라이너를 구경하며 와인을 홀짝였다. 자고로 세상에서 제일 재밌는 건 남의 사랑과 싸움 구경인 법이었다.

'재밌는데.'

금방이라도 달려들어 목덜미를 뜯을 재규어처럼 으르렁거리는 칼과 조용히 죽일 각을 재는 호랑이처럼 눈을 번뜩이는 라이너를 보며 생각할 때쯤.

"뭐……?"

모든 걸 살라 먹을 듯 세차게 불타는 칼의 붉은 눈동자가 내게로 향했다.

"슈슈! 저 말이 사실인가?"

칼의 거친 물음에 눈동자를 굴렸다. 따지고 보면 틀린 말은 아니다. 라이너는 내 단련을 돕고 있으니 그가 내게 귀감이 되어 주는 것도 맞았고, 휴일마다 정기적으로 만나며 대화를 나누고 있으니 천천히 알아가고 있다는 것도 틀리진 않았다.

"음…… 네."

떨떠름하게 고개를 끄덕이니 뺨이 은은히 붉어진 라이너가 의기양양하게 칼을 바라보았다. 표정은 여전히 무표정인 주제에 자랑하듯 눈을 빛내는 라이너는 형제와의 다툼에서 엄마가 제 편을 들어줘 의기양양해진 다섯 살 꼬맹이 같았다.

칼이 얼굴을 확 굳혔다. 그의 눈동자에 광기 비슷한 것이 깃들었다. 입술을 잠시 짓씹은 그가 얼굴이 굳은 상태 그대로 입꼬리를 비틀었다. 원작 칼이 지었을 만한 기이한 표정에 잠시 소름이 돋았다.

"……재밌군."

전혀 재밌다는 표정이 아니었다. '하.' 하고 헛웃음을 터트린 칼이 그의 미려한 손을 덮은 검은 가죽 장갑을 느리게 벗겨 냈다. 그의 하얀 손이 모습을 드러냈다.

"라이너 아인하르트 소후작."

칼이 빙긋 웃었다. 소름 끼치는 웃음이었다.

"얼굴 대게. 장갑 던질 거거든."

귀족 사회에서 타인의 얼굴에 장갑을 던진다는 건 결투 신청을 뜻했다.

라이너의 얼굴이 심각하게 굳었다. 결투가 시작된 이상 신분은 따지지 않는다지만 공자와 다투는 게 부담이 되는 듯했다.

'그런데 천재 마법사인 칼이랑 천재 검사인 라이너가 싸우면 누가 이길까?'

한쪽 머리로는 막아야 된다고 생각하면서도 다른 쪽 머리로는 계속 이런 생각만 떠올랐다. 뼛속까지 검사인 나는 본능적으로 싸움 구경을 좋아하는 편이었다. 그래도 이 시국에 개판을 만들 수는 없으니 둘을 막아서려 할 때였다.

"황제 폐하와 교황 성하, 아타라 왕국의 사자들께서 입장하십니다!"

타이밍 좋게 황가와 교황, 사절단의 입장을 알리는 시종의 우렁찬 목소리가 울려 퍼지며 상황은 흐지부지되었다.

'……폭탄들이 아주 대거로 몰려오는구나.'

연회장 문을 열고 등장한 인영들을 보며 속으로 한숨을 쉬었다.

가장 선두에 자리 잡은 건 황가의 일원들. 장난스러운 표정을 지워 낸 황제 헬리오스와 황후 티나 키프로스, 2황자 세레논. 그리고 황태자 디에고였다.

'안 그래도 잘난 얼굴이, 차려입으니까 정말 빛이 나는구나.'

금빛 제복을 차려입고 포마드로 머리를 깔끔히 넘긴 디에고를 친근하게 바라보았다. 친구가 되기로 한 이후 그의 초대에 응해 몇 번 티타임을 가지며 디에고와 친분을 쌓은 참이었다.

그다음으로 연회장에 등장한 건 신전의 일원들이었다. 엘을 선두로 사뿐히 들어서는 신관들의 행렬에는 율리안도 껴 있었다.

'엘은…… 그냥 신 같은데.'

안 그래도 누가 뒤에서 전광판을 들고 있나 싶은 성스러운 외모에 청명한 하늘빛과 깨끗한 흰색이 섞인 교황 정복까지 차려입었다. 거기에 하늘빛 생머리를 허리까지 늘어뜨리고 신비로운 표정을 짓고 있으니 교황 정도가 아니라 어디 신전에서 막 튀어나온 신 같았다.

'좀 얄밉긴 하지만.'

엘이 대신관이라고 확신하며 이곳에서 춤을 췄던 걸 생각하면 아직도 좀 열불이 나지만, 숨긴 이유가 나를 위해서였던 만큼 너그럽게 봐주기로 했다.

신관들의 행렬을 유심히 관찰하고 있을 때였다.

'어. 눈 마주쳤다.'

평소의 장난스러운 기색을 버리고 엄숙한 표정을 짓고 있던 율리안과 눈이 마주쳤다. 금방 짓궂은 기색을 드러낸 그가 나를 향해 윙크했다. 엘과 담판을 지은 이후로 여러 번 신전을 방문하며 마주했던 덕분에 이제는 친근해진 율리안을 향해 피식 웃어 주었다.

'레오는 맨 뒤네.'

그다음으로 여러 휘황찬란한 물건들을 들고 줄줄이 등장한 사절단 일행에서 레오를 찾았다. 맨 뒤쪽에 자리 잡은 그는 칙칙한 검은 로브를 벗어 던지고 아타라 왕국의 상징인 초승달이 은실로 수놓인 남색 제복을 입고 있었다.

'솔직히 적응이 안 돼……'

좁은 오두막에서 아옹다옹하며 지내던 소년이 저렇게 자랐다는 게 실감이 나지 않았다. 예민하면서도 권태로운 레오의 차가운 얼굴이 새삼 낯설었다.

연회장 맨 앞에 자리한 두 거대한 왕좌에 황제와 엘이 자리 잡고, 그 앞으로 사절단이 섰다. 가장 첫 순서는 사절단이 가져온 선물을 황제와 교황에게 선보이는 시간이었다.

"국왕 폐하께서 보내신 선물입니다."

그러니까 알렉산드로 1세, 즉 저 사절단 무리에 조용히 껴 있는 레오의 선물은 말 그대로 무기의 향연이었다.

아타라 최고의 대장장이가 만든 명검, 아타라의 가장 뛰어난 보석 세공인이 세공한 보석으로 꾸민 단도, 금으로 만들어진 권총 등등. 사절단이 가져온 수십 개의 상자에 든 것은 모두 무기였다.

"이번에 즉위한 국왕은 제 형제를 모두 죽이고 왕좌에 올랐다죠? 그래서 저런 선물들을 준비한 건가……."

"이제 열일곱 살인 어린 왕이니 사교에 무지한 모양이에요."

경악한 귀족들의 수군거림이 이곳저곳에서 들려왔다. 조금 굳은 표정으로 선물 전달식을 지켜보던 나는 사절단 사이의 레오를 곁눈질했다. 소드 엑스퍼트인 그가 귀족들이 자신을 욕하는 걸 듣지 못했을 리 없음에도, 그의 표정에는 조금의 감정 동요도 없었다.

'확실히 전후 사정을 모르는 사람들이 보면 이상한 상황이긴 하지.'

새 왕이 즉위하며 동맹국에게 사절단을 보내는 것은 '야, 우리나라의 주인이 좀 바뀌었어도 우린 여전히 친구야, 알지?'라는 뜻이다. 나라의 주인은 바뀌었어도 동맹은 여전하다는 뜻을 내포하고 있다는 말이었다. 만약 새 왕이 즉위하고도 사절단을 보내지 않는다면 그건 동맹은 옛날이야기라는 뜻으로, 더는 동맹을 이어 갈 생각이 없다는 뜻이었다.

사절단은 말 그대로 왕을 대신해 온 왕의 사자─이 경우 진짜 왕이 숨어들어 오긴 했지만─이기에, 사절단의 태도와 사절단을 맞는 태도에 따라 나라 간의 사이가 결정되었다.

'그런데 그렇게 중요한 사절단이 선물로 무기만 가져왔다는 건…… 해석하기에 따라 상당히 예민한 문제가 될 수 있지.'

동맹국에 사절단을 보내는 왕은 해당 나라에서 보낼 수 있는 가장 최선의 것을 보내는 게 일반적이다. 그런데 무기만 보냈다는 건, 싸우자는 의미로까지 받아들여질 수 있었다.

'하지만 알렉산드로에게도 다 생각이 있겠지.'

알렉산드로는 난폭할지언정 멍청하진 않았다. 전쟁이 다가오는 시점에서 제국과 척을 지면 나라의 패망을 불러온다는 것을 그는 알고 있었다.

'이건 전쟁을 대비하라는 일종의 메시지.'

보석과 진귀한 물건들은 모두 전쟁에 필요치 않다. 무기야말로 전쟁을 앞둔 제국에 알렉산드로가 보내는 최선의 선물이었다.

내가 읽어 낸 것을 황제와 교황이 읽어 내지 못할 리 없다. 헬리오스와 엘의 불쾌하지 않은 표정이 그 증거였다. 사절단이 전달한 국왕의 편지를 받아 읽은 황제의 입가로 옅은 미소가 떠었다.

"북풍을 조심하라…… 애송이가 제법이군."

마나를 사용해 황제의 작은 중얼거림을 엿듣고 레오에게로 시선을 돌렸다. 여유롭게 팔짱을 끼고 있는 그의 입가 위로 황제와 비슷한 미소가 떠올랐다. 이후로 이어진 차례는 제국이 왕국에게로 보내는 선물 전달식이었다. 둘이 짜 맞춘 것도 아닐 텐데 제국이 준비한 선물도 무기들이었다. 전쟁이 다가오는 것을 모르고 왕국을 욕하던 하위 귀족들 사이에 혼란이 퍼졌다.

'하위 귀족들만 아직 모르는 거겠지.'

북부의 움직임은 나도 매일 신경 써서 조사하고 있는 바, 그들은 무척이나 심상치 않았다. 제국에 혼란이 일까 봐 아직 공식적으로 알려지지 않았을 뿐 북부 가까이에 거주하는 변경백들이나 황가, 신전, 수도의 고위 귀족들은 모두 눈치채고 있을 게 뻔했다.

'하지만…… 다들 쉽게 생각하고 있겠지.'

입술을 꾹 깨물었다. 현재 제국에 지배당하고 있는 북부의 반란은 역사에도 여러 번 있었던 일이다. 그리고 그 수많은 반란 동안 북부는 단 한 번도 제국을 이긴 적이 없었다. 이 때문에 모두 안이하게 생각하고 있을 게 뻔했다. 북부의 가장 위험한 무기를 모르니까.

'원래라면 북부는 절대 제국을 이길 수 없지. 용과 지렁이의 싸움 같은 거니까.'

체계화된 훈련을 받아 온 막강한 제국의 군대를, 떠돌아다니며 사는 북부의 유랑민들이 이길 가능성은 소수점 아래로 내려간다. 하지만 지렁이가 용을 이기기 위해 호랑이를 길들이는 방법을 알아냈다면, 이야기는 사뭇 달라졌다.

'북부는 마수를 길들이는 방법을 알아냈다.'

마수. 북부 지역에 흐르는, 인간은 느낄 수 없으나 짐승에게는 영향을 주는 마기에 잠식되어 신체가 기괴하게 비틀리고 신체 능력이 놀라울 정도로 강하게 변화된 동물들.

마수들로 인해 늘 고통받으며 터조차 잡지 못하고 유랑민으로 살아온 북부인들은 기나긴 마수와의 싸움 끝에 금지된 흑마법으로 마수를 조정하는 방법을 알아냈다. 루주 마을의 마수 토벌에서 칼과 함께 마주한 데베라 떼도 북부인들에 의해 조정당하는 마수였다.

'늘 제국의 지배 아래에 눌려 살았던 북부인들은 마수들로 제국과의 전쟁을 준비하지.'

내가 제국인이고, 내 소중한 이들이 제국에서 살고 있기에 제국의 편을 들고 있지만, 사실 제국이 북부인들에게 해 온 짓들을 생각하면 정말 반란이 일어나 마땅했다.

'북부를 식민지 취급하며 북부인들을 노예로 부리고 말도 안 되는 수준의 공물을 요구했지.'

역사 속 지배층들이 모두 선했던 것은 아니다. 이번 황제와 교황은 성군으로 불리며 북부를 착취하지 않았지만, 오랜 세월 동안 쌓여 온 제국을 향한 북부의 원한은 한 세대의 의로운 정치로 풀릴 수 있는 게 아니었다.

'북부의 반란은 합당하지만…… 나는 제국의 편을 들어야 해.'

제국은 확실히 북부인들에게 지울 수 없는 죄를 지었다. 허나 나는 내 소중한 것들을 지키기 위해 죄지은 제국을 승리로 이끌어야 했다. 이걸 자각하면서부터 나를 짓누르기 시작한 거대한 바위가 점점 무거워지는 느낌이었다. 숨 막히는 죄책감에 눈을 질끈 감았다.

충직한 검이 되려 했는데 1

카슈미르 크리시스는 선하지 않다. 아무리 선을 가장한다 한들, 내게 가장 중요한 건 내 사람들일 뿐.

나는 이기적이었다.

"크리시스 영애. 괜찮으십니까? 안색이 안 좋아지셨습니다."

차례가 시작된 이후 칼과의 기묘한 기 싸움을 멈추고 내 옆에서 차례를 지켜보던 라이너가 조심스레 물었다. 그의 무뚝뚝한 표정 위로 깃든 걱정이 고마워 살짝 웃었다.

"괜찮습니다. 잠시 생각이 깊어져서."

그래도 그의 얼굴에 먹구름처럼 낀 걱정은 사라지지 않았다. 우울한 멍멍이처럼 살짝 눈을 내리깔던 라이너가 잠시 머뭇거리다 물었다.

"하지만 정말 안색이 좋지 않으십니다. 열을 한번 재 봐도 되겠습니까?"

"어…… 그렇게 확인을 원하신다면 그러십시오."

아무리 내가 소드 마스터 평균에서 많이 떨어지는 체력과 신체 내구도를 가졌다 한들 쉽게 열이 날 리는 없지만, 거절했다가는 라이너가 땅굴을 파고들어 갈 기세라 우선 수락해 주었다. 물론 나는 당연히 손으로 열을 재는 평범한 상황을 상상하고 수락한 일이었다.

조심스럽게 다가온 라이너의 큰 손이 눈썹을 가리는 내 앞머리를 살며시 쓸어 올렸다. 머리칼에 닿는 손길이 간지러워 살짝 눈을 감았다. 나를 지그시 응시하며 조금 몽롱한 표정을 한 라이너가 상체를 굽혀 훅 얼굴을 가까이했다.

툭.

그리고 맞닿는 이마. 조금 미지근한 온기가 이마 위로 퍼졌다.

'뭐, 뭐…….'

순간 놀라 눈을 크게 떴다. 기다란 속눈썹을 내리깐 라이너가 코앞에 있었다. 주위에 웅성거림이 퍼진다. 닿아 오는 온기에, 가슴께에 퍼지는 몽글거림을 느낄 때였다.

쾅!

"꺄악!"

교황의 지팡이가 굉음과 함께 연회장 중심에 떨어졌다. 그제야 라이너가 이마를 떼고 지팡이가 떨어진 곳으로 시선을 돌렸다. 나도 재빨리 상황을 살폈다. 다행히 사람이 없는 곳에 떨어져 다친 이는 없었고, 연회장 바닥이 패인 것 외에 단단한 지팡이는 흠집 하나 없이 멀쩡해 보였다.

"미안하오. 손이 미끄러져서."

떨어진 지팡이의 주인인 엘에게 시선이 쏠리자 감정 하나 깃들지 않은 차가운 무표정을 짓고 있던 엘이 무감각한 어투로 말했다.

'……저게 말이야 소야?'

엘은 현재 연회장 맨 앞에 자리한 왕좌에 앉아 있다. 그런 그의 지팡이가 맨 앞에서부터 상당한 거리가 있는 연회장 중심에까지 떨어졌다는 건 필시 고의로 던졌다는 소리였다.

하지만 교황이 미끄러졌다면 미끄러진 거다. 이 연회장에서 교황에게 '미끄러진 게 아니라 던진 거 아니냐'는 의문을 제기할 멍청이는 없었기에, 시종이 황급히 지팡이를 가져다 엘에게 돌려주는 것으로 사건은 일단락되었다.

"믿을 수가 없군. 방금 무슨 근본 없는 짓을 한 거지, 경?"

분명 나와 라이너가 대화를 나누기 바로 직전에 와인을 가지고 오겠다며 떠났던 칼이 불같이 돌아와 나와 라이너 사이를 갈랐다. 뵈는 게 없는 광인의 눈을 한 칼 앞에서도 라이너는 아무렇지 않게 대답했다

"공녀님의 안색이 좋아 보이지 않아 열을 재 본 것뿐입니다."

"열을 대체 왜 그렇게 재냐는 뜻일세! ……그런데 정말 슈슈에게 열이 있나?"

"이렇게 재는 게 훨씬 느끼기 쉽습니다. 열은 없으십니다만, 여전히 안색이 좋지 않으십니다."

"느끼긴 뭘 느끼나! ……안색이 안 좋긴 하네. 빨리 연회를 마치고 가야겠군."

싸우는 건지 내 몸 상태에 대해 대화를 나누는 건지 모를 칼과 라이너의 대치를 멀거니 구경하다 그냥 조용히 자리를 옮겼다. 둘이 쿵짝이 잘 맞는 거 보니 그냥 친구끼리 티격태격하는 수준인 듯했다.

"저, 공녀님. 잠시 실례하겠습니다."

잠시 멍하니 연회장 구석을 걷고 있던 나를 누군가가 불렀다.

'시종?'

잔을 나르는 시종이었다. 이런 시종들은 대개 먼저 잔을 요구하지 않는 한 먼저 말을 걸지 않았기에 의아해하면서도 예의 바르게 맞아 주었다.

"실례일 것 없다. 무슨 일인가?"

"큼, 저, 저기……."

시종이 머뭇거렸다. 이제 보니 그의 양 뺨이 부끄러움으로 달아오른 후였다. 대체 무슨 말을 하려고 그러나 싶어 기다려 주니, 수치스러운 표정으로 한참 주저하던 그가 들고 있던 쟁반 위에서 잔을 들어 내게 건네주었다. 얼떨결에 잔을 건네받았다.

'……압생트?'

투명한 잔에서 찰랑이는 형광 연둣빛 액체에 미간을 찌푸렸다. 보통 연회장에서는 샴페인이나 와인, 탄산수, 물 정도를 통상적으로 배치해 둔다. 이외 다른 주류들은 직접 시종에게 물어 특별히 주문해야 했다.

"어…… 고맙네?"

우선 압생트를 입에 머금으면서도 떨떠름하게 시종을 바라보자, 그가 에라 모르겠다는 식으로 조금 떨어진 자리를 가리키며 외쳤다.

"저, 저쪽 신사분께서 보내시는 잔입니다!"

"크흡."

순간 웃음이 터져 입에 있던 압생트를 뱉을 뻔했다.

'이건 또 뭐야.'

이제는 개그 코드로 사용될 정도로 해묵은 작업 방식이었다. 가라앉던 기분이 조금은 풀린 느낌에 키득 웃고는 시종이 가리킨 곳으로 시선을 돌렸다.

'레오.'

사람 없는 한적한 구석에 자리한 의자에 앉아 있던 레오의 형광 연둣빛 눈동 자와 마주쳤다. 마찬가지로 압생트를 들고 있던 그가 나를 보며 익살스럽게 눈을 찡긋거렸다.

'진짜 웃기는 놈이야.'

이렇게까지 나를 호출하는데 응해 주는 게 인지상정이지 싶었다. 씨익 웃고는 그를 향해 다가갔다.

"무슨 일이십니까, 경?"

"우리 둘뿐인데 꼭 예의를 차려야겠어, 공녀님?"

레오의 맞은편에 털썩 앉아 공식적으로 만난 만큼 형식적으로나마 예를 갖추 자 미간을 찌푸린 레오가 저지했다. 불퉁한 그의 표정에 피식 웃으며 몸에 힘을 풀고 압생트를 한 모금 머금었다.

"그래, 레오. 잔은 왜 보냈지?"

"술이 필요해 보여서?"

레오의 장난스러운 표정에 웃음이 나왔다.

조금 지끈거리는 관자놀이를 꾹꾹 누르고는 눈앞의 레오를 지그시 응시했다. 날카로운 눈매가 휘어든다. 비록 과거일지라도 나와 지냈던 시간이 있는 레오는 내 감정을 읽는 데 능했다. 어린 시절의 그와 마주한 것 같다는 감상을 받은 나는, 조금 장난기가 돌았다.

"너희 나라 국왕은 어떤 사람이야? 선물로 웬 무기만 보냈기에 독특하다 싶어

충직한 검이 되려 했는데 1

서."

"컥."

잔을 기울이던 레오가 작게 기침 소리를 냈다. 잠시 흔들리던 동공은 곧바로 제자리를 찾았기에 다른 이가 봤다면 잠시 사레가 들렸다고 생각했겠지만, 내겐 그의 당황이 확연히 보였다.

"알렉산드로…… 1세 말이지."

"그래."

레오의 얼굴에 망설임이 깃들었다. 갑작스러운 자기소개를 하게 됐으니 충분히 고민스러울 것이다.

미묘한 레오의 얼굴을 감상하며 즐거이 압생트를 들이켰다.

"너만큼은 아니지만 꽤 강해. 소드 엑스퍼트야."

"흠."

"……그리고 돈도 많을걸. 왕이니까."

"그리고?"

더듬더듬 칭찬을 늘어놓는 레오를 보며 웃음을 참았다. 또 다른 자신이 못나 보이긴 싫은 모양이었다.

"……넌 어떤 사람이 좋아?"

한참 고민하던 레오가 되레 내게 질문을 던졌다. 생각해 보지 않은 부분이라 잠시 고심하다 느리게 입을 열었다.

"아마, 착한 사람."

"……착한 사람?"

레오의 얼굴이 하얗게 질렸다. 동공이 흔들리던 그가 다급히 말했다.

"착하기만 하면 돼? 무력의 정도나 재력 수준 같은 건 안 봐?"

레오의 물음에 자신만만하게 웃었다.

"강하긴 내가 충분히 강하고, 돈도 나한테 있는데 굳이?"

레오가 할 말을 잃은 듯 입을 턱 다물었다. 애써 태연한 표정을 짓지만 딱 봐도 울적해 보이는 그가 작은 목소리로 말했다.

"……네가 말하는 착함의 기준엔 살인을 저지르지 않는 것도 포함되겠지?"

"웬만하면 저지르지 않은 사람이 좋지."

내 대답에 그의 얼굴이 더욱 우중충해졌다. 힘겹게 웃음을 참으며 은근슬쩍 한마디를 덧붙여 주었다.

"아, 그리고 잘생긴 것도 좋아해."

그 말에 레오의 얼굴이 확 피었다. 안도의 한숨을 쉰 그가 씨익 웃었다.

"그럼 넌 아타라 국왕을 좋아할걸."

레오의 날카로운 눈매가 흐드러지게 휘어졌다.

"걘 잘생겼거든."

그 말을 하는 레오는 방금 막 하늘에서 떨어진 천사처럼 아름다웠기에 나는 반박할 수 없었다.

'크더니 능구렁이 한 마리가 됐구나.'

내 한 마디 한 마디에 발끈해 빽빽거리던 어린 레오는 없다는 생각에 아쉬우면서도 능숙하게 분위기를 주도하는 지금의 레오에게서 눈을 뗄 수 없었다.

"그런데 말이야."

나른하게 의자에 몸을 기대 나를 바라보다 내 이마로 시선을 굴리더니 표정을 굳힌 레오가 상체를 훅 숙여 내게 얼굴을 가까이했다. 그의 입꼬리가 서늘하게 비틀렸다.

"방금 같이 있었던 노란 눈 치랑은 어떤 관계야?"

방금 같이 있었던 노란 눈의 누군가라면 라이너뿐이다. 소후작인 라이너를 치라고 부르는 레오를 보며 미간을 좁혔다.

"그 사람은 치가 아니라 라이너 아인하르트 소후작……."

"알아, 누군지."

짓씹듯 말을 뱉는 레오의 눈동자가 형형한 불길에 휩싸였다. 코앞까지 다가온 그가 고개를 기울였다. 휘어진 눈매로 들끓는 무언가가 뚝뚝 떨어졌다.

"왜 그치가 얼굴 들이미는 걸 내버려 뒀어?"

레오의 물음에 눈을 깜빡였다. 그야 처음에는 손으로 열을 재는 건 줄 알고 허락을 해 준 거지만. 친구 사이에 이마 정도 맞댈 수 있는 거 아닌가 싶었다.

"그야 친구니까. 너도 친구라서 허락해 줬었잖아."

뭐가 문제냐는 투로 말하니 레오의 얼굴이 삽시간에 굳었다.

"빌어먹을 친구……."

환장하겠다는 표정을 지은 채 무언가 말하려는 듯 한참 입을 열었다 닫았다 반복하던 그가 자기 머리칼을 마구 헝클어트리고는 고개를 휙 돌려 등받이에 이마를 마구 박기 시작했다.

"아악! 짜증 나! 악! 진짜 짜증 나!"

'이 자식이 미쳤나…….'

발광하며 이마가 새빨개지도록 머리를 박아 대는 레오는 정말 미친놈 같았다. 나는 주위를 살폈다. 다행히 인적이 드물어 보는 이는 없었다.

"그만해. 머리 다쳐."

말리지 않으면 정말 머리를 깨 버릴 기세인 레오를 보고 한숨을 쉬며 살짝 몸을 일으켜 그와 등받이 사이로 손을 밀어 넣었다. 그제야 그가 자해를 멈췄다.

"……슈슈."

고개를 휙 돌린 레오가 내게로 얼굴을 가까이했다. 직전에 있는 그의 눈동자가 일렁이며 파동 치다, 형용할 수 없는 착잡함을 담아 질끈 감겼다.

툭.

레오가 고개를 기울이며 이마가 맞닿았다. 눈가를 간지럽히는 그의 연갈색 머리칼에 나도 덩달아 살짝 눈을 감았다. 진동하는 레몬 향 사이로, 그가 한숨을 쉬었다.

"우린 친구니까 이런 거 해도 되는 거지."

"내가 원한다면 언제든."

여상스레 대답했다.

나는 내 선 안으로 들인 이들에게 관대한 편이다. 스킨십을 특별히 싫어하는 것도 아니었으니, 겨우 이마를 맞대는 것 정도야 레오가 원한다면 언제든 허락해 줄 의향이 있었다. 대답이 마음에 들지 않았던 건지 그의 입매가 일그러졌다.

"그럼 만약에."

섬세한 속눈썹이 느리게 들리고 투명한 연록 빛 눈동자가 나를 주시했다. 욕망. 분노. 갈증. 수많은 감정들을 뒤섞은 마녀의 독극물 냄비가 보글보글 끓는 듯했다.

"내가 이것보다 더한 걸 원한다고 하면 어떡할 거야?"

짙게 가라앉은 목소리가 숨결을 섞어 속삭인다. 레오가 눈을 가늘게 떴다. 이마가 맞닿은 상태에서 그가 고개를 살짝 트는 바람에 피를 머금은 듯 붉은 그의 입술이 내 입술 직전까지 다가왔다. 번들거리는 붉은 입술에서 압생트 향이 났다.

'녀석. 자기가 라이너보다 더 친한 친구라는 걸 확인받고 싶은 건가.'

안타깝게도, 내게 레오는 아직 너무 어려 보였다. 나는 그의 얼굴을 직전에 둔 상태로 뿌듯하게 웃었다. 누나라고 불러 주지 않아 내게 거리를 두려는 건가 싶었지만 이렇게 보니 여전히 나를 따르는 것 같았다. 내 미소를 본 레오의 미간이 크게 꿈틀거렸다.

"물론."

턱을 살짝 들어 레오의 이마 앞에 입술을 두고 천천히 고개를 숙여 입술을 내려앉혔다. 이마에 하는 키스는 우정의 의미를 담으니까.

그가 크게 몸을 떨었다. 그의 이마에서 입술을 떼어 내고 패닉 상태에 가까워 보이는 레오에게 한마디 덧붙였다.

"네가 원한다면 더한 것까지도 허락할게."

눈이 마주치고, 눈빛이 오간다. 그의 흔들리는 눈동자에 담긴 나를 지그시 응시했다. 친애를 담아 빙긋 웃고 있는 나를.

형광 분홍빛 눈동자와 형광 연둣빛 눈동자. 동일한 형광빛으로 빛나는 나와 그의 눈이 꽤 닮았다고 잠시 생각했다. 그 속에 담긴 건, 너무도 달랐지만.

"……하."

멍하니 나를 바라보던 레오가 숨을 뱉었다. 다시금 고개를 돌린 그가 더욱 세게 등받이에 이마를 박기 시작했다.

"악! 아악! 아아아악! 악! 흐악!"

레오는 소리를 지르며 등받이가 먼저 부러지나 이마가 먼저 깨지나 확인해 보겠다는 듯 미친 듯이 머리를 박았다.

'얘가 왜 이래 진짜? 이런 답을 원했던 게 아닌 건가?'

이유를 알 수 없는 그의 행동에 미간을 찌푸렸다. 그가 소리를 질러대니 없는 사람들도 올 것 같아 황급히 레오의 어깨를 쥐고 입부터 틀어막고 보았다. 아타라에서 온 사자가 광인이라는 소문이 나 봤자 좋을 것 하나 없었다.

보드라운 입술이 굳은살 박여 딱딱한 내 손바닥에 눌리고 나서야 그는 미친 짓을 멈추었다.

"너 어디 아파? 의원 불러 줘?"

정신분열이 일어난 건 아닌가 싶어 그의 양어깨를 붙잡고 걱정스레 물었다. 넋이 나간 표정으로 나를 멀거니 바라보던 레오가 두 손에 제 얼굴을 포개고는 고개를 푹 숙였다. 덕분에 붉어진 귀 끝이 잘 보였다. 해석할 수 없는 해괴한 소리를 내던 그가 작게 웅얼거렸다.

"나, 네가 너무 싫어."

'얘 사춘긴가?'

갑자기 또 왜 이러나 싶었다. 뭐라고 말하나 들어는 보려고 또다시 해괴한 소리를 내는 레오를 앞에 두고 잠자코 기다리고 있으니, 한참 뒤에야 얼굴을 든 그가 얼굴을 일그러뜨렸다. 그의 양 뺨에 꽃물이 들어 있었다.

"그런데 여전히 너무 좋아."

낮은 목소리가 체념을 담고 있었다. 모순을 말하는 레오의 얼굴에 비참함이 깃들었다. 무어라 말하려다 그의 얼굴이 너무 착잡하다는 것을 깨닫고 그만 입을 닫았다. 수많은 감정들이 벅차올라 금방이라도 뚝뚝 떨어질 것 같은 그의 눈동자를 응시하다 그저 등을 토닥여 주었다.

"넌 너무 무자비하게 다정해……."

그르렁거리는 목소리가 거칠었다. 한 손에 얼굴을 묻은 그가 짙게 한숨을 쉬었다. 한숨에 압생트 향이 섞여 표류했다.

'취했구나.'

나는 확신했다. 아무나 잡고 난리치는 게 그의 주사라면야 이 꼴도 납득할 수 있었다. 나는 그의 등을 몇 번 더 토닥여 주었다. 내 무릎에 토하지만 않는 이상 어떤 주사든 받아 줄 수 있었다.

"그래도 너랑 이마를 최초로 맞댔던 남자는 나지."

가라앉은 목소리가 옅은 간절함을 담아 묻는다. 긍정하지 않으면 살인이 일어날 것 같은 분위기이기도 했고, 사실이기도 했기에 고개를 끄덕였다.

"응. 내 최초는 네가 가졌어."

조곤조곤한 목소리로 긍정했다. 내 대답을 들은 레오가 크게 움찔하며 손바닥에 묻고 있던 얼굴을 휙 들었다.

"뭐……?"

그는 물음표가 백만 개 정도 떠오른 표정으로 나를 응시했다.

"왜 말을, 말을 그렇게 하지?"

"내가 잘못 말했어?"

"아니, 왜…… 왜 그렇게 설레게…… 너, 너, 다른 사람들한테도 그런 식으로 말해?"

갑자기 버럭 화를 내는 그를 보며 눈을 끔뻑였다.

"난 너한테만 이래."

내가 레오에게 하는 것만큼이나 편하게 말을 붙이는 사람은 거의 없었다. 내 말 한마디에 레오는 기름 묻은 짚단에 화르륵 옮겨 붙은 불처럼 순식간에 얼굴을 붉히고 죽고 싶다는 표정을 지었다.

"진짜 나한테 왜 그래…… 나 오늘 잠 못 잔단 말이야……."

웅얼거린 레오가 내 어깨에 이마를 툭 기대었다. 그런 그를 보며 확신했다.

'확실히 취했구나.'

붉어진 얼굴. 제정신으로 할 수 없는 자해 자행. 오락가락하는 기분. 제대로 가누지 못하고 어딘가에 기대는 몸. 사랑이나 그 비슷한 것 때문이란 선택지는 없다. 레오는 취한 게 분명했다.

졸지에 취한 이의 뒤치다꺼리를 하게 되어 골치가 아팠지만, 그래도 안쓰러우니 잘 돌봐 주기로 마음을 먹었다. 넋 나간 표정을 짓고 있는 레오를 의자에 기대게 하고 물이라도 가져다주려 자리에서 일어날 때였다.

"오랜만이에요, 공녀님."

나를 부르는 익숙한 목소리에 느리게 고개를 돌렸다.

"교황 성하께서 공녀님을 부르십니다."

느리게 휘는 연보라색 눈동자.

대신관 율리안이었다.

"공녀님께선 지금 나와 시간을 갖고 계십니다만."

의자에 늘어져 있던 레오가 허리를 펴고 자세를 갖추었다. 빠르게 변하는 말투와 제자리를 잡은 듯 익숙하게 지어지는 위압적인 얼굴이 그가 내 앞에서는 편하게 굴지언정 확연한 왕임을 알려 주었다.

"당신이……."

레오를 발견한 율리안의 표정이 기묘하게 변했다. 율리안의 자세가 제대로 갖춰졌다. 나는 율리안의 반응을 보며 미간을 좁혔다.

'율리안은…… 레오가 알렉산드로라는 걸 알고 있으려나?'

아마 고위층은 모두 알렉산드로가 사절단에 섞여 온다는 걸 알고 있을 거다. 국왕이, 그것도 소드 엑스퍼트인 알렉산드로가 언질도 없이 온다는 건 전쟁 선포 비슷한 걸로 받아들여질 수 있으니까. 알렉산드로가 공식적으로 오지 않은 이유는 동맹국이면서도 사절단에 왕이 함께 온다는 건 국가의 위상이 깎이는 일이기 때문일 것이다.

'아마 황가나 교황 정도는 알고 있을 거고, 카이사르도 알고 있을 가능성이 높은데…… 대신관인 율리안까지도 알고 있으려나?'

대신관은 후작 정도의 권력을 가지고 있는 만큼, 알고 있다고 확신하기에는 상당히 애매하다. 허나 율리안은 엘과 상당히 가까운 친구인 데다 레오를 보고 긴장한 율리안을 보고 있자니 이미 레오가 알렉산드로라는 언질을 받았을 가능성이 높아 보였다.

"……제가 방해를 했나 보군요. 허나 교황 성하의 호출입니다."

율리안이 자세를 낮추었다. 이전의 기색을 완벽히 지운 레오가 서늘한 눈으로 율리안을 내려다보았다. 레오의 시선을 피한 율리안이 나를 바라보았다.

"공녀님. 저와 함께 가 주시겠습니까?"

율리안은 자세를 낮추면서도 꿋꿋이 나를 향해 물었다.

"감히."

눈을 사납게 뜬 레오가 살기를 흩뿌렸다. 나야 아무렇지 않았지만, 율리안은 순간 숨을 쉬지 못했다.

"어디 대신관 따위가……."

"레오."

일어서려는 레오를 저지했다. 그를 향해 씨익 웃었다.

"대신관님께 무슨 무례야. 넌 귀족이니까 성하의 호출을 따르는 게 맞지."

한순간에 레오의 입이 닫혔다. 무어라 반박하지 못하던 그가 얼굴을 일그러트리며 으득 이를 갈았다. 약이 올라도 한참 오른 것 같았다.

국왕과 교황으로 봤을 땐 알렉산드로, 그러니까 레오와 엘의 신분이 동일하다. 그래서 나와 먼저 시간을 갖고 있던 레오가 나를 보내지 않겠다고 하면 뒤늦게 호출한 엘이 물러서야 마땅하다. 허나 지금은 레오가 국왕 직위를 공식적으로 드러내지 않은 상황. 엘의 호출을 강제로 물릴 명분이 없었다.

'물론 호출을 받은 당사자인 나는 거절할 수 있지만.'

나는 크리시스의 공녀. 교황의 부름이라 할지라도 몸 상태라도 탓해서 거절할 수 있었다. 게다가 갑작스러운 호출인 만큼 거절해도 내 무례는 아니었다.

'하지만 갈 거다, 이 자식아.'

부들거리는 레오를 뒤로한 채 자리에서 일어났다. 가지 말라는 뜻을 담은 그의 뜨거운 눈빛이 등에 닿는 것을 느끼면서도 히죽 웃었다. 생각보다 더 약 올라하니 속이 시원했다.

내가 엘의 갑작스러운 호출에도 별말 없이 응하는 건, 그가 율리안까지 보내가며 나를 호출한 이유가 궁금하기도 했지만 레오 자식 약 좀 올랐으면 하는 유치한 마음도 있어서였다.

'이 자식, 나한테 정체를 속이고 있으니까.'

정확한 이유는 모른다. 아마도 사정이 있을 것이다. 허나 그럼에도 친구가 내게 숨기는 것이 있다는 건 섭섭한 일이었다.

'아타라 국왕이라고 솔직히 고백하면 내가 뭐 떼먹으려 들 거라고 생각하는 건가.'

나를 그렇게 속 좁은 인간으로 봤을지도 모른다 생각하니 짜증이 났다.

"가시죠, 대신관님."

"어, 네……."

나와 레오를 번갈아 본 율리안이 얼떨떨해하며 나를 인도했다. 자리에서 꽤 멀어질 때쯤 잔이 박살 나는 파열음이 들리는 듯했으나 가볍게 무시했다.

레오가 내게 자신이 아타라 국왕임을 솔직히 밝혔다면 그의 자존심을 생각해 엘의 호출을 재고하는 척이라도 해 줬겠지만. 친구한테 정체를 숨기는 놈의 자존심을 생각해 줄 마음은 없었다.

"성하께서 절 부르신 이유를 아십니까?"

율리안을 따라가며 물었다. 눈을 굴리던 그가 한숨처럼 웃었다.

"글쎄요. 다만 오늘은 특히나 지랄이 심하더군요. 물론 그 자식이야 공녀님이 옆에 없으실 땐 항상 미친개지만. 오늘은 특히나요. 녀석. 지랄병엔 약도 없는데……"

여러 번 율리안과 만나며 느낀 것은, 그에겐 간덩이가 없다는 것이다. 제국의 교황을 익숙하게 개 취급하다니. 처음에는 엘 앞에서도 엘을 개라고 부르는 율리안을 보며 그의 목을 걱정했지만, 이젠 나도 익숙해졌다.

'그나저나 엘은…… 대체 평소에 어떻게 사는 거지?'

율리안의 발언들이나 간혹 엘을 마주한 성기사들의 반응을 보면 그리 쉬운 성격은 아닌 것 같은데, 내게는 또 보드라운 시나몬롤처럼 굴었다.

'어려서도 그리 쉬운 성격은 아니긴 했지. 끝에 가서는 고분고분하게 굴었지만……'

음, 소리를 내며 골똘히 생각했다. 하여간 내 주위의 사람들은 다 복잡하고 어려운 것 같았다.

'엘은 내게만 특별하게 구는 건가?'

이 정도의 유추는 쉽다. 문제는 내게 특별하게 구는 이유였다. 나를 앞서가는 율리안이 주절거리는, 엘에 대한 욕을 한 귀로 듣고 흘리며 심각하게 고민했다. 그리고 피식 웃었다.

'역시 나랑 어려서부터 친하게 지냈기 때문이겠지. 엘에겐 내가 절친인 건가?'

카슈미르 크리시스는 눈치가 빨랐다. 더 정확히는 눈치만 빨랐으며, 그 어떤 것도 사랑과 연관시키질 못했다.

⋯⊶⊰✦⊱⊷⋯

율리안이 나를 안내한 곳은 이미 커튼이 쳐져 있던 발코니였다. 발코니 앞에서 물러서는 율리안과 짧은 인사를 나누고 헛기침으로 인기척을 낸 뒤 커튼을 걷었다.

달빛이 깃든 발코니는 묘한 분위기를 풍겼다. 살살 불어오는 밤바람을 따라 흐르는 밤의 향취에 섞여 드는 익숙한 백합 향기를 맡으며 발코니 안으로 들어섰다.

"성하. 부르셨다고 들었습니다."

테라스 난간에 기댄 엘은 지그시 눈을 감고 있었다. 달빛을 받은 그의 하늘빛 머리칼이 신비롭게 반짝였다.

그의 고개가 천천히 내게로 향했다. 하얀 속눈썹이 살짝 들리며 달빛보다 더 반짝이는 은빛 눈동자가 드러났다.

'아.'

그의 눈을 본 순간 속으로 탄식했다. 분명 빛나고 있는데. 요정 가루를 한 움큼 묻힌 듯 찬란한데. 그렇게나, 아름다운데. 여전히 천사 같은 얼굴인데.

'너무 어두워.'

그의 눈빛은 소름 끼치도록 가라앉아 있었다. 빛이 들지 않는 달의 뒷면을 봐 버린 기분이었다.

"슈슈."

굳게 닫혀 있던 입매가 흐드러지듯 휘어진다. 원래도 축 처진 순한 눈매로, 눈웃음까지 지으니 태어나서 누구도 해쳐 본 적 없는 무해한 존재 같아 보였다.

'하지만.'

소드 마스터인 내가 그에게서 흐르는 기류를 읽지 못할 리 없다. 난간을 부서져라—실제 난간은 여러 군데 금이 가 있었다—잡은 뼈마디가 툭 튀어나온, 조금은 거친 두 손. 살짝 떨리는 입꼬리. 새하얀 치열로 짓씹어 피를 뱉기 직전의 붉은 입술. 나와 눈을 맞추려 하지 않는, 온갖 어두운 감정들이 뚝뚝 떨어지는 은빛 눈동자. 엘은 분노를 억누르고 있었다. 그것도, 아마 나 때문에.

"제게 화가 나셨습니까?"

이에 대해 말을 꺼내도 되나 잠시 고민하다 결국 입을 열었다. 어딘지 위험해 보이는 엘을 건드려선 안 될 것 같았으나, 돌려 말하는 것은 내게 어울리지 않았다.

"……그게 중요한가요?"

내 물음에 다시금 눈을 감은 엘이 잠시간의 침묵 끝에 입을 열었다. 다시금 그의 섬세한 속눈썹이 들렸을 땐 그의 눈동자에서 흘러넘치던 모든 것들이 갈무리된 이후였다.

"난 어차피 당신한테 화를 낼 수 없을 텐데."

엘이 평소와 같은 낯으로 웃었다. 그 인간 같지 않은, 조각 같은 미소로. 순진하다 못해 맑아 보이는 얼굴이었다.

한 제국의 교황인 이는 그리 쉽게 자신의 권한을 깎아내렸다. 고개를 푹 숙인 채 느린 발걸음으로 내게 다가온 엘이 조심스럽게 흘러내린 내 옆머리를 귀 뒤로 넘겨 주었다. 그의 얼굴이 내 어깨 너머를 향하며 나와 시선이 엇갈렸다.

"내가 무슨 자격이 있다고 당신한테 화를 내요."

귓가 바로 옆을 간지럽히는 나긋하고 감미로운 목소리가 이를 악문 듯한 건 분명 환청이 아니었을 것이다.

"화를 내진 못하지만 화는 나셨다는 소리로 들리는데요."

담담히 지적하자 그가 입을 다물었다. 침묵은 긍정의 다른 말이었다. 살짝 물러서서 그의 표정을 살피려 했으나, 사뿐히 내 어깨를 잡는 엘로 인해 저지되었다. 그는 여전히 내게 얼굴을 보여 주려 하지 않았다.

"대화는 얼굴을 마주 보고 하는 것이 예의라고 알고 있습니다."

"이번만 무례를 범하도록 하죠."

"엘리오르."

"……아."

나지막이 그의 이름을 부르자 그가 신음 같은 한숨을 뱉었다.

"얼굴 보여 주세요. 우리 꽤 오랜만에 보지 않습니까."

엘과 담판을 지은 이후 틈틈이 신전을 찾아갔으나, 요새 들어서 여러 일 때문에 바빠 찾아가지 못했다. 둘만 대면하는 건 벌써 몇 주 만이었다.

엘의 양어깨를 잡고 살짝 밀자 그가 순순히 물러났다.

그와 눈이 마주치고, 잠시 할 말을 잃었다.

'어려워.'

평생을 마수와 사활을 건 싸움을 하며 보냈다. 때문에 내게는 사람보다 마수가 익숙했고, 대화보다 검 휘두르는 것을 잘했다. 가까운 사람이라고 할 법한 존재는 아리아뿐이었던 좁은 세상에서 졸업한 지 이제 얼마 되지도 않았다.

인간과 인간의 감정은 여전히 내게 어려웠다. 투명한 은빛 눈동자를 잠식한 어둠의 의미를 나는 읽을 수 없었다. 그럼에도 저 멀리 어딘가로 추락하는 그 눈에서 눈을 뗄 수 없어 한참을 아무 말 없이 엘을 바라보고만 있었다. 그의 눈이 천천히 나를 훑다, 결국은 땅에 떨구어졌다.

"왜 화가 나셨습니까?"

수많은 감정들이 뒤엉킨 그 눈에서 내가 읽을 수 있었던 건 한 자락의 분노뿐이었기에 그리 물었다. 엘이 내게 했던 것처럼 살짝 흐트러져 내려온 그의 옆머리를 귀 뒤로 넘겨 주며, 최대한 상냥하게.

굳은살 박인 내 손끝이 엘의 하얀 귓바퀴를 살짝 쓸었다. 그가 입술을 짓씹었다. 한참 바닥을 노려보던 그가 느지막이 입을 열었다.

"⋯⋯당신의 다정함에, 계속 욕심을 부리는 나 자신에게 화가 났어요."

이해할 수 없는 대답. 여전히 읽을 수 없는 감정. 그저 검으로 베기만 하면 끝나는 이지 없는 마수들만 상대하던 내게, 인간이란 복잡한 동물은 난제였다.

"그럼 제게 화가 나신 게 아니네요."

"난 당신에게 화를 낼 수 없다니까."

"그럼 왜 저와 눈을 마주치지 않으십니까?"

엘이 입을 다물었다. 고집스레 바닥을 노려보는 그의 미간 어딘가를 지그시 응시했다.

인간이 익숙하지 않은 나는, 말의 진위를 읽고 복잡한 감정의 이유를 알아내는 것을 잘하지 못했다. 마수는 말을 하지 못하고, 간혹 머리를 굴리는 놈이라 해도 복잡한 감정을 품지 못하니까. 허나 눈치는 빨랐다. 눈치는 본능적으로 상황을 파악하는, 동물적인 감각. 눈앞의 인간이 품은 감정을 완전히 이해하지 못할지라도, 그 감정으로 인해 일어날 일들을 읽을 수는 있었다.

'아가씨는 어쩜 그렇게 눈치가 빠르신지 몰라요. 제 마음을 다 아시는 것 같다니까요! 정말 섬세하세요.'

그러니까 여러 번 들어왔던 이런 종류의 칭찬은 사실이 아니었다. 나는 타인의 속마음을 아는 게 아니라, 겉으로 묻어나는 감정을 겉핥기로 읽어 내고 그로 인해 일어날 상황을 대비할 뿐이니까. 내가 모르는 감정과 마주했을 땐 그 마음을 오해하기도 했다.

"눈, 마주쳐 주십시오. 그렇지 않으면 전 엘을 어떻게 대해야 할지 모릅니다."

눈은 그의 영혼. 아무리 감추는 데에 능숙한 사람도 영혼을 바꾸지는 못한다. 그래서 나는 타인과 대화할 때 반드시 눈을 마주치고, 그 눈에 담긴 것을 읽어 낸 후에 행동했다.

'그르릉⋯⋯ 크앙!'

이 또한 마수들과 맞서며 생긴 습관이었다. 마수들의 눈이 향하는 방향. 물든 마기의 정도. 그 안에 드는 감정들. 그 모든 것을 파악하고 움직여야 죽지 않았으니까.

"……나는, 당신이 생각하는 것만큼 다정한 사람이 아니에요."

엘이 느릿하게 입술을 뗐다. 그가 나를 특별하게 대한다는 것은 이미 알고 있었다.

'친한 친구니까. ……아마도.'

짐작하고 있는 이유가 맞는지 확신하지 못할 뿐. 나는 내가 모르는 감정을 해석할 줄은 몰라서, 그런 것들과 마주하면 내가 알고 있는 감정으로 치환하기만 했다.

"나는 당신이 싫어하는 부류의 사람일 거예요. 잔인하고, 난폭하며, 생명을 중시할 줄 모르고, 유치하기 짝이 없는 그런 사람."

엘이 천천히 고개를 든다. 내 시야를 가득 채우는 은빛 눈동자.

"그리고 그런 모습은 당신이 모르길 바랐어요."

또다시, 미지와 마주했다.

"……어렵군요."

나로서는 이해할 수 없는 무언가를 그득히 담은 은빛 눈동자를 응시하다 한숨을 내쉬었다.

"제게 보여 주지 않는 다른 일면의 엘도 몰랐으면 하고, 과거도 모르는 척해 달라고 하고. 저는 당신 앞에서 멍청이가 돼야겠네요."

"나는……!"

"당신이 원한다면 모르는 척하는 건 어렵지 않습니다, 엘리오르."

단단한 목소리로 그의 이름을 불렀다. 여전히 조금은 어색한, 그의 새 이름을.

내가 알던 과거의 그는 이름 없는 소년이었다. 태어나자마자 고아원에 버려져 이름이 없다고 그의 입으로 말했었다.

'검정아.'

나는 그를 그의 검은 눈을 따 '검정'이라고 불렀다. 투박하게 깎은 진한 검은색 머리에 세상을 향한 증오로 불타는 검은 눈동자를 가진 소년. 내 어린 시절 친구였던 검정이.

이름부터 외향, 직위까지 모든 것이 달라져 나타난 소년은, 더 이상 내가 읽을 수 없는 눈을 하고서 내게 난제를 내밀었다.

"하지만 왜인지는 알고 멍청이가 되고 싶습니다. 말해 주세요. 왜 몰라야 하는 겁니까."

나는 역시 빙빙 돌리는 것에 재능이 없었다. 올곧은 눈으로 그를 응시하며 직접적으로 물었다.

입술을 꾹 깨문 엘이 느리게 대답했다.

"알면…… 당신이 날……."

"내가 당신을?"

주저하는 엘을 도와 상냥하게 호응해 주었다. 그가 눈을 질끈 감았다.

"……싫어할까 봐요."

목소리에서 죽죽 늘어나는 감정이 처참했다. 한 손으로 얼굴을 덮은 채 짙게 한숨을 뱉는 엘을 지그시 바라보았다. 그는 두려워하고 있었다. 내게 미움받는 것을.

"당신 앞에서가 아닌 나는 실제로 그렇게 상냥한 사람이 아니에요. 율리안 그 새끼, 아니, 그 친구가 욕하는 대로 성격도 그리 좋지 않아요. 당신과 어울리지 않는 사람이죠. 그리고 과거는……."

엘의 눈동자가 깊어졌다. 과거를 회상하듯 느리게 구르는 동공에 차오르는 건 단연 경멸이었다. 그러나 나를 향한 것이 아니라, 과거의 자신을 향한 경멸이었다.

"이제야 당신과 조금은 걸맞은 자리에 올랐는데, 당신이 또다시 나를 그런 무능력한 꼬맹이 보듯 보지 않기를 바랐어요."

나는 그가 과거의 자신을 좋아하지 않는다는 걸 눈치챌 수 있었다.

"……나는 아주 주관적인 사람입니다, 엘."

엘의 유려한 얼굴을 가득 메운 자기혐오를 지그시 들여다보다 천천히 입을 열었다. 땅에 닿아 방황하던 그의 눈동자가 내게 초점을 맞췄다. 아주 맹목적이고 간절한, 신을 보는 신도 같은 눈빛이었다.

"난 내가 본 걸 믿고, 내 주관을 따라 만물을 판단합니다. 그래서 객관적인 당신은 중요하지 않아요."

엘의 창백한 뺨을 잡아 내게로 고정시켰다. 엘의 눈이 한순간 몽롱해졌다. 한 치의 흔들림도 없이 그를 응시했다.

"당신이 다른 사람에게 어떻게 굴든 상관없습니다. 난 내가 본 당신만 믿습니다."

사실 그랬다. 나는 내가 보지 않는 곳에서 엘이 사람 수백을 때려 죽여도 개의치 않았다. 이기적이라고 해도 내게 중요한 건 내 사람들뿐이었다. 나는 내 눈앞에서 사람이 죽어 가는 걸 보지 못할 뿐, 성인군자는 아니었다.

"하나만 묻겠습니다. 내게 보여 준 상냥함이 거짓이었습니까?"

내 물음에 엘이 울 듯 웃었다.

촉.

그리고 몇 달 전 연회장에서 춤을 마쳤을 때처럼 내 손등 위에 입을 맞췄다.

"당신을 향한 것들은 늘 불변하고 한 점 거짓이 없어요, 슈슈."

녹을 듯 달콤한 목소리로 엘은 그렇게 속삭였다. 곧은 진심이 담긴 그의 말을 듣고 피식 웃었다.

"그거면 충분합니다."

불어오는 밤바람에 조금 노곤해진 몸을 난간에 기대었다.

"그리고 무언가 오해를 하고 계신 것 같은데요."

우두커니 서 있는 엘의 턱을 살며시 잡아끌었다. 그가 속절없이 내게로 끌려온다. 멍한 그의 얼굴을 바로 앞에 둔 채 장난스레 웃음 지었다.

교황은 태양신 라의 대리. 그런 교황의 몸에 함부로 손을 대는 것은 라의 권위를 무시한 것으로 간주되어 중범죄에 속한다. 허나 그럼에도, 나는 엘의 몸에 손을 대는 것을 주저치 않았다.

"내가 친애하는 건 교황 엘리오르 라가 아니라 과거 내 친구였던 엘입니다."

내가 그를 친애하는 건 그가 교황이기 때문이 아니다. 그가 교황이든, 여전히 진창을 구르는 고아 소년이든, 조금도 개의치 않았다. 그는 이미 내 친구이고, 내 사람이니까.

"……아."

한참 몽롱한 눈으로 나를 응시하던 엘이 짧은 탄식을 뱉었다. 눈을 느리게 감았다 뜬 그가 나를 마주한 채 두 손으로 난간을 짚었다. 나는 엘의 두 팔 사이에 갇힌 모양새가 되었다.

"……당신은 그때도 그랬죠."

얼굴이 가까이 다가온 탓에 속삭임이 귓전에 꽂힌다. 고개를 살짝 기울인 채 엘을 바라보자 그가 짙은 숨을 뱉었다. 공기 중에 일렁이는 백합 향이 어지러울 정도로 강했다.

"그렇게 별거 아니라는 표정으로, 아주 태연하게 나를 구원해요."

여전히 내가 읽을 수 없는 눈빛을 띠고 있으나, 그 사이에 내가 알고 있는 감정이 하나 깃들었다. 마수들에게서도 간혹 볼 수 있는, 가장 짐승적인 본능.

욕망. 나를 향한 욕망이었다.

"사람들은 내가 태양신을 섬기는 교황이라고 생각하지만, 사실 내게 신은 당신이라는 걸 아나요?"

신성모독이다. 교황의 입에서 나온 것이라고는 상상도 못 할 만큼 불경한 소리. 허나 그렇기에 훨씬 자극적이었다.

엘의 눈이 곱게 접힌다. 겉보기엔 기쁜 웃음이었지만, 그가 속을 숨기기 위해 웃은 것 같다는 느낌을 지울 수 없었다. 욕망으로 붉게 달아오른 그의 눈가를 지그시 응시하며 입을 열었다.

"······사람을 신으로 삼으면 안 됩니다. 위험해요."

"나도 알아요."

내 손을 가볍게 잡아 들고 상체를 숙인 엘이 내 손등에 그의 입술을 대었다.

"아."

짧은 단말마를 뱉었다. '춥─' 하는 물기 어린 소리와 함께 투박하고 흉터투성이의 피부가 부드러운 붉은 입술 사이로 잠시 빨려 들어갔다 나왔다. 손등 위로 열꽃이 퍼진 듯 붉은 자국이 남았다. 조금 얼떨떨해하고 있으니, 나를 올려다본 엘이 빙긋 웃었다.

"하지만 위험하다고 해서 물러설 수 있는 수준이 아니라서."

기묘한 속삭임이 귓가로 파고드는 감각은 오싹했다. 고개를 숙인 채 잠시 주저하다 그와 마주했다. 엘의 은빛 눈동자와 마주했을 땐 무방비한 상태로 맹수를 마주친 느낌이었다.

"······아타라 사절단과는 접촉해 봤나요?"

얼마나 시선이 오갔을까. 내게서 진득한 시선을 떼며 느리게 물러난 엘이 조금은 부자연스럽게 주제를 돌렸다. 무어라 더 말을 하려다 말았다. 그가 말을 돌리고 싶다는 의견을 피력했으니, 그에 따를 뿐이었다.

"멀리서 본 게 답니다. 친분을 쌓을 틈도 없었습니다."

"그래도 만나 본 이가 한 명은 있을 것 같은데요."

'있긴······ 하지. 사절단이자 국왕······.'

레오의 얼굴을 떠올리며 고개를 끄덕였다. 엘의 눈빛이 순간 서늘해지다 도로 평소의 빛을 찾았다.

"그 자식이 슈슈한테 달라붙었습니까?"

"어…… 달라붙는다기보다는 그냥 친구입니다."

떨떠름하게 대답하자 엘의 표정이 상당히 미묘해졌다. 불신, 비웃음, 동정 등이 뒤섞인 기묘한 얼굴이었다.

"왕국을 선물로 갖다 바칠 놈이던데 친구라고요……."

그가 작게 중얼거렸다. 물론 레오가 나와 친하기는 하지만, 왕국까지 줄 정도로 미친놈은 아닌데.

"음, 엘은 레오와 아는 사입니까?"

"……레오? 그 잡초 색 눈에 사납게 생긴 애송이 말씀하시는 겁니까?"

"잡초 색 눈…… 맞는 것 같습니다."

미의 신도 울고 갈 레오의 아름다운 외형을 단번에 깎아내리는 엘을 보며 순간 웃음이 튀어나올 뻔했으나 입술을 깨물어 참았다. 엘의 얼굴은 애교 부리는 데베라를 본 것처럼 썩어 들어갔다.

"……얼굴은 알지만 그리 유쾌한 사이는 아닙니다. 직접 만난 것도 아니고 영상 통화 마도구를 통해서만 봤죠."

국가 간의 급한 회의는 영상 통화 마도구를 통해 진행되는 경우가 많았으니, 교황인 그가 아타라 국왕의 얼굴을 모르는 게 더 이상했다. 다만 레오에 대해 말하는 엘은 손에 검만 있다면 그를 베어 버릴 것 같은 표정을 짓고 있었으니 기이할 따름이었다.

"저번 데뷔탕트에서 만나면 처단하라고 하셨던 사절단의 미친놈이 레오를 말씀하셨던 겁니까?"

레오가 국왕이라는 걸 모를 리 없는 그가 설마 국왕을 미친놈이라고 칭했을까 싶긴 했지만 레오 말고는 접촉한 사절단의 일원이 없었으니 어쩔 수 없는 추측이었다. 긴가민가하며 물었던 내 자신이 우습게도 엘은 단호히 긍정했다.

"몇 번 봤지만 미친놈이 확실했습니다."

"오……."

"슈슈와는 어떤 연관도 생기지 않기를 바랐지만…… 이미 꽤 친해지신 것 같군요."

"어려서부터 알던 사이였거든요."

엘의 눈이 가늘어졌다. 팔짱을 낀 채 숨을 고르는 그의 눈은 기이한 열기로 들끓고 있었다.

"내가 슈슈의 인간관계에 참견할 자격은 없지만…… 그래도 그치와 너무 친하게 지내진 않았으면 해요."

"특별한 이유라도 있습니까?"

눈을 끔뻑이다 고개를 기울였다. 엘이 레오에게 악의를 가지고 있는 건 쉬이 알 수 있었지만 그 이유는 알 수 없었다. 눈을 가늘게 뜬 채 엘의 의중을 파악하자니, 그가 물기 어린 웃음을 뱉었다.

"당신은 평소엔 소름 끼치도록 예리한데…… 자신이 사랑받고 있다는 자각은 전혀 하지 못하는 것 같단 말이죠."

사랑도 많이 받아 본 사람이나 그게 무엇인지 아는 법. 나도 사랑을 받아 본 적이 없진 않다. 아리아는 늘 나를 사랑해 주었고, 짧은 시간이었으나 칼과 카이사르가 베푸는 사랑도 충분했으니까. 허나 엘이 말하는 사랑이 내가 여태껏 익숙해진 가족 간의 사랑이 아니라는 건 쉬이 눈치챌 수 있었다.

"나는 당신의 시야가 향하는 모든 곳을 질투해요, 슈슈."

엘이 빙긋 웃었다. 태연자약한, 어떤 흠도 없는 완벽한 미소. 허나 나는 그의 분위기가 심상치 않음을 읽어 낼 수 있었다.

"이런 마음을 당신이 이해하기를 바라는 건 내 이기심인 걸 알아요. 하지만 그래도……."

뒷짐을 진 채 상체를 숙인 엘의 얼굴이 부쩍 가깝게 다가왔다. 살랑거리는 봄바람을 닮은 미소 뒤에 숨어 있는, 질척이는 무언가가 내 신경을 간지럽혔다.

"내게 당신이 얼마나 간절한지, 조금은 알아줬으면 좋겠어요."

달콤한 목소리에 인위적인 단내가 그득하다. 은빛 눈동자에 뚝뚝 떨어지는 것은 분명 간절함이었으나, 내게 살려 달라 애원하는 이들의 간절한 눈동자와 너무 달랐다. 나는 한참을 미지와 마주하다 느리게 눈을 감았다.

"……제겐 무척 어려운 일이네요. 하지만 노력해 보겠습니다."

감정은 어렵다. 공녀가 되어 많은 이들을 만나고서도 여전히 어려웠다. 허나 엘은 내게 이미 소중한 사람이었다. 그가 이름 없는 소년이었을 적부터 말이다. 내게 소중한 엘이 원한다면 그가 품은 미지와 마주하려는 노력은 할 수 있었다.

"부디요."

그제야 그가 조금은 진심으로 웃었다.

살짝 맑아진 엘의 얼굴이 참 예뻐 잠시 감상하다, 닫힌 테라스 커튼에 생각이 닿았다.

"너무 오랫동안 단둘이 있으면 성하의 명예에 누가 될까 염려됩니다."

소문나기 전에 슬슬 일별하자는 뜻이었다. 한 제국의 교황이라고 해도 추문은 피할 수 없다. 특히 그는 혼인 적령기의 완벽한 신랑감이었으니 많은 이들이 그의 연애 소식에 기를 쓰고 귀를 기울이고 있을 터였다.

'엘을 연모하는 이들도 한가득이니까.'

교황이라는 막강한 직위에다 어딘지 처연하고 신비로운 외모는 사람들의 마음을 뒤흔들기에 충분했다. 권력은 비슷해도 결혼을 정치의 한 축으로 보며 황제의 결혼에 개입하는 황가와는 달리, 신전은 교황이 평민과 연애해도 개입하지 않았다. 황후보다는 교황 반려가 훨씬 가능성 있는 꿈이란 소리였다.

'돌 맞기 전에 나가야지.'

과년한 남녀가, 그것도 교황과 공녀가 연회장 테라스에서 단둘이 오랫동안 있었다는 얘기는 어떻게 퍼져도 좋지 않을 게 뻔했다. 마침 커튼 밖 인기척이 완전히 잦아든 참이니 이 틈에 슬쩍 나가는 게 좋을 것 같았다.

"……그래요. 나도 추문으로 슈슈를 힘들게 하고 싶진 않으니까요."

엘이 느지막이 물러났다. 축 처진 그의 입꼬리가 신경 쓰였지만, 그를 위해서
도 이만 헤어지는 게 좋았다.

"빠른 시일 내로 또 신전에 뵈러 가겠습니다."

"기다릴게요."

"그럼 이만. 늘 태양의 가호가 함께하시길."

짧게 목례하고 물러나서 테라스를 나왔다. 다행히 바깥에는 아무도 없었다.
안도의 한숨을 쉬며 단조로운 걸음으로 인파가 많이 몰린 메인 홀에 다다랐다.
고개를 숙인 채 조용히 구석으로 향하니 사람들은 나를 알아보지 못한 채 나를
지나쳤다.

홀만 들어서면 따갑도록 쏟아지던 시선들이 사라지니 숨쉬기 편하다고 생각
할 때였을까. 누군가 내게로 다가오는 인기척이 들려왔다.

"크리시스 영애! 찾고 있었습니다!"

그리고 그 누군가는 쩌렁쩌렁한 목소리로 나를 불렀다. 수많은 시선들이 내게
로 몰렸다.

'빌어먹을!'

조용함을 즐기다 갑작스러운 낭패에 속으로 욕을 씹으며 내게 다가온 인영을
떨떠름하게 바라보았다. 단 한 번도 대화를 나눈 적 없는 내 나이 또래의 영식이
었다. 의문을 가득 품은 눈으로 그를 바라볼 때였을까, 잔뜩 붉어진 얼굴을 한 그
가 크게 소리쳤다.

"곧 다가올 사냥 대회에서 제게 정표를 만들어 주시지 않으시겠습니까!"

초면인 남자는 내게 냅다 엿을 던졌다.

사냥 대회의 정표.

솔라티네 역사상 가장 위대한 황제로 칭송되는 패왕 챔버러 솔라티네가 대륙을 상대로 한 최후의 정복 전쟁에서 황후에게 정표를 받아가 승리했다는 전설에서 기인한 풍습.

제국에는 여자가 사냥 대회에 출전하는 형제나 연인, 혹은 연모하는 이에게 손수건 등의 선물을 주는 전통으로 자리 잡아 있었다.

'형제'나 '연인', 혹은 '연모하는 이'에게 말이다.

'우선 저 새끼는 내 형제가 아니다.'

저런 형제가 있었어도 호적에서 파 버렸을 거다.

고개를 살짝 기울인 채 당당하게 어깨를 펴고 있는 남자를 따꺼움 가득한 눈으로 바라보았다. 내 눈빛에 잠시 움찔하는 듯싶던 남자가 다시금 뻔뻔하게 웃었다.

얼굴은 꽤 반반한 놈이다. 허나 얼굴 가득한 오만함이 모든 호감을 마이너스로 만들었다.

'저 새끼는 내 연인도 아니다.'

내 머리가 깨지는 한이 있어도 저런 놈과 사귀지 않는다. 게다가 맹세컨대 나는 이 자식을 단 한 번도 본 적이 없었다. 정인은커녕 친구도 아니었다.

'그럼 지금 연모하는 이의 자격으로 내가 만든 정표를 받고 싶다는 건가.'

하지만 저 영식은 내게 완벽한 타인이었다. 나는 그를 연모하지 않는다는 말이었다. 이 공개적인 자리에서 내게 정표를 구한 이유를 가늠하다 우선 입을 열었다.

"실례지만 성함이?"

생판 남인 상판대기의 남자가 뉘 집 자식인지부터 알아야 할 것 같았다. 내 무뚝뚝한 물음에 남자의 얼굴이 달아올랐다. 내가 자기를 이미 알고 있을 거라 생각한 모양이었다.

"하…… 하. 카슈미르 크리시스 영애는 사교계에 자주 발을 들이지 않으셨으니 모르셨을 수도 있죠. 이해합니다. 저는 프라마 백작가의 차남, 아우디입니다. 우드라고 불러 주셔도 좋습니다."

이해를 바라지도 않았는데 자기 혼자 나를 이해하고 있는 아우디인지 벤츠인지를 지그시 응시하다 짧게 고개를 끄덕였다.

'무슨 속셈인지는 몰라도 빨리 끝내자.'

때 아닌 소란에 몰려들어 시끄럽게 입방아를 찧기 시작한 주위 귀족들을 보며 한숨을 쉬었다.

사교계에서 잠적했던 나는 몰랐지만, 저번 데뷔탕트 때문에 한동안 사교계에서 나에 대한 사각관계 추문이 돌았었다고 아리아가 알려 준 적이 있다. 이번에도 조용히는 못 끝낼 것 같다는 불길한 예감이 들었지만, 하여간 빨리 끝내기로 했다.

"그래요, 프라마 영식. 사냥 대회 정표라니, 갑자기 무슨 말이십니까."

애칭을 요구하는 그를 가볍게 무시하고 차갑게 물었다. 내 태도에 잠시 붉으락푸르락하던 아우디가 애써 표정을 정리하고 매혹적인 미소를 지었다. 얼굴은 꽤 반반했던 탓에 보기 나쁘지는 않았으나 나는 불쾌하기만 했다.

'나를 어떻게 해 보려고 하는 거구나.'

역겨움에 입매를 꿈틀거렸다. 사랑이나 호의는 낯설어도 불쾌한 의도가 담긴 유혹은 내게 무척 친숙하다. 무감한 눈동자로 아우디를 응시했다. 차라리 이렇게 속이 뻔히 보이는 수작이 나았다.

"갑작스럽다는 건 알고 있습니다. 하지만…… 더 이상 참을 수 없었습니다."

그가 살짝 새초롬한 눈매를 늘어뜨렸다. 가식적인 처연함이 그의 얼굴에 만연했다.

'엘만큼이나 잘생기고, 엘만큼 연기를 잘하기라도 하던가.'

엘도 간혹 가식적인 처연함을 보이기는 했지만 그의 완벽한 연기력과 신을 넘어선 미모 때문에 그는 정말 처연한 한 떨기의 백합 같았다. 얼마나 안쓰럽게 눈매를 늘어뜨리는지, 그 순간에는 나도 모르게 넘어갔다가 뒤늦게 직감으로 가식이었다는 걸 알아차리곤 했다.

아우디도 분명 잘생긴 편에 속했으나, 정신계 마법으로 그에게 직접 고문당하고 나서도 얼굴만 보면 다시 사랑할 수밖에 없을 것 같은 칼과 세상에서 가장 아름다운 아리아를 매일 보는 내게는 우스울 따름이었다. 나도 모르게 얼굴을 일그러뜨리려다 애써 포커페이스를 지켰다.

'참고 있다니. 지금 참고 있는 건 나인데.'

마음 깊숙이에서 솟아오르는 불쾌함과 역겨움으로 검을 꺼내 들고 싶은 충동을 참고 있는 건 나였다. 무슨 뜻이냐는 의미로 눈썹을 꿈틀거리자, 아우디가 사랑에 빠진 이의 얼굴을 가장하며 외쳤다.

"카슈미르를 향한…… 제 정열적인 사랑 말입니다!"

웅성웅성.

아우디의 폭발 선언에 주위가 미친 듯이 북적거리기 시작했다. 조용히 넘어가려던 계획을 시원하게 날려 버리는 아우디를 보며 이마를 짚었다.

"압니다. 많이 당황스러우시겠죠. 하지만 데뷔탕트에서 영애를 처음 본 순간부터 영애와 사랑에 빠졌습니다! 그래서 영애께 사냥 대회 정표를 받고 싶습니다. 영애의 새하얀 피부와 흑단 같은 검은 머리칼……."

'개소리하고 있네.'

겉보기에는 정열적인 아우디의 고백을 식은 눈으로 들었다. 그의 연기는 그리 나쁘지 않았지만, 속임수를 사용하는 몇몇 지능 높은 마수들과 수없이 마주해 본 나는 거짓을 읽는 데에 능했다. 그의 사랑 고백이 거짓이라는 건 눈 감고도 알아차릴 수 있다는 소리였다.

'굳이 무모하게 공개적인 장소에서 고백을 하는 이유가 뭐지.'

온갖 미사여구를 붙여 사랑 노래를 만들 기세인 아우디를 뒤로한 채 조용히 그의 의도를 짐작하기 시작했다. 하긴, 그가 정말 나를 사랑하지 않는데도 공개

　　　　　　　　　　　　충직한 검이 되려 했는데 1

적인 고백을 자처한 이유는 사실상 하나밖에 없었다.

'나를 엿 먹이고 싶구나.'

공개 고백이 일어났는데 받은 상대가 고백을 거절하면, 보통은 받은 당사자가 쉽게 행동하고 다닌다고 매도당했다. 특히 그 당사자가 여자라면 훨씬 더 쉽게 욕을 얻어먹었다. 여자가 행동을 조심하지 못한다고 말이다. 내 표정이 서늘하게 가라앉았다.

'하지만 왜?'

나는 결단코 아우디의 미움을 살 만한 짓을 한 적이 없었다. 미간을 좁히며 기억을 뒤적이는데, 문득 얼마 전 그의 이름을 들었던 때가 떠올랐다.

'오늘 프라마 가의 차남을 만났다. 내게 정신계 마법을 한 번만 사용해 달라는 부탁을 하더군. 제 형을 미치게 만들어서 자기가 프라마의 가주가 될 거라나 뭐라나…… 가주만 되면 톡톡히 보답하겠다는 헛소리를 지껄이기에 저주 마법을 쏘고 거꾸로 매달아서…… 아니, 아니. 그냥 나왔다. 하도 달라붙기에 내치는 것도 귀찮아서 내버려 둔 쓰레기였는데 내가 자기 친구라도 된 줄 아는 모양이더군. 복수한다고 꽥꽥 소리 지르는데 같잖아서야 원…… 아니. 아니지. 복수한다는 게 너무 무서웠다, 슈슈. 나 나쁜 짓도 안 하고 착하게 돌아왔으니 위로해 줘라. 지금 심적인 충격이 상당하다. 안아 줘.'

내가 공녀가 된 이후 적어도 사흘에 한 번은 꼭 나와 티타임을 가지는 칼이 언젠가 티타임에서 스치듯 했던 말이었다. 이를 떠올림과 동시에 모든 수수께끼가 풀렸다.

'칼은 건드리기 무서우니까, 그 동생인 나를 추문으로 괴롭혀보겠다는 건가.'

결론을 내리고 나니 가슴속 깊은 곳에서 짜증과 분노가 치밀어 올랐다. 공자인 칼은 무섭고 공녀인 나는 우습단 소리였다.

'아무리 내가 수련에 열중해서 입지를 다지지 못했다지만. 이건 너무 심한데.'

이 정도로 우습게 보였다는 건 문제가 있어도 단단히 있었다. 나는 신비주의와 내 정체가 공개되는 순간의 드라마틱함을 지키려고 두문불출했던 거지, 이렇게 우습게 보이려고 했던 게 아니었다.

'아…… 빡치네.'

계속 같지도 않은 고백을 늘어놓는 아우디를 보다 잘 정돈되어 있던 앞머리를 거칠게 쓸어 넘겼다. 넘치는 분노로 인해 나도 모르게 희미한 살기를 흘리자 아우디가 소름이 끼치는지 몸을 부르르 떨며 잠시 헛소리를 멈췄다.

"이쯤 하는 게 좋겠군, 프라마 영식."

그리고 그 사이에 끼어든 한 사람이 있었다.

"화, 황태자 저하?"

평소의 다정하고 단정한 미소가 아닌, 섬뜩한 미소를 지은 디에고였다.

"잠시 상황을 봤는데, 영애가 당황해하는 것 같아서. 연회장에서 할 얘기는 아니지 않나."

금방이라도 사형을 명할 것 같은 싸늘한 표정과 별개로 디에고는 능숙하게 상황을 중재했다. 갑자기 벌어진 삼파전에 좌중이 크게 술렁였다. 예상치 못한 거물의 등장에 당황해 버벅거리는 아우디를 서늘하게 바라보았다.

'황태자는 무서운데 나는 부스러기로 봤다 이거지.'

어쩐지 갈수록 더 화나는 기분이었다. 내 앞을 막듯이 선 디에고를 한 팔로 정중하게 저지하며 앞으로 나섰다.

"……크리시스 영애?"

조금 당황한 목소리였다. 그런 디에고를 향해 애써 분노를 억누르고 입꼬리를 비틀어 웃었다. 표정 관리에 실패한 모양인지 내 얼굴을 본 디에고가 움찔했다.

"저하. 중재는 감사하지만 제가 정리할 문제인 것 같습니다."

데뷔탕트에서 내게 춤을 신청한 이후, 디에고는 나와의 염문에 시달리고 있었다. 이후 내가 디에고가 개인적으로 청한 티타임에 여러 번 응하면서 크리시스의 공녀와 황태자가 꾸준히 교제하고 있다는 소문이 서서히 퍼지고 있었다.

나야 추문이 돌든 염문이 돌든 조금의 관심도 없다. 허나 아직까지도 2황자와 황위를 두고 기 싸움 중인 디에고는 나쁜 소문이라도 돌면 입지가 상당히 위태로워질 게 뻔했다.

이 상황에서 디에고가 상황을 정리한 모양새가 되면 디에고와 나에 대한 소문은 걷잡을 수 없이 불어날 게 분명하다. 이건 내가 정리해야 했다. 그리고 무엇보다는.

'나는 내 일을 정리하는 데 백마 탄 왕자 같은 거 필요 없어.'

내 일은 내가 끝마쳐야 했다.

"우선 프라마 영식이 보여 주신 마음엔 감사를 표합니다. 허나 전 영식께 마음이 전혀 없습니다. 더는 절 마음에 품지 않으셨으면 하는군요. 상대를 배려도 하지 않고 공개적으로 이런 일을 벌이시는 분의 마음에 담기고 싶지 않습니다."

디에고를 앞서 나와 차갑게 식은 미소를 입가에 걸친 채 날카롭게 말했다. 그가 정말 나를 사랑했다면 최대한 돌려 거절해 주었겠지만, 이런 치에게까지 돌려 말할 생각은 없었다.

아우디의 얼굴이 분노로 붉어졌다. 무언가 변명하고 싶은 표정이었으나 이 상황이 크나큰 무례라는 자각 정도는 있는지 더 입을 열지는 않았다.

"그리고 일주일 뒤 열릴 사냥 대회에 정표는 조금 다른 이유로 드리지 못할 것 같군요."

눈을 나른하게 뜬 채 입꼬리를 삐딱하게 비틀었다. 카이사르와 몇 달을 함께 하며 나도 모르게 답습해 버린 그의 산물. 타인의 오금을 저리게 만드는 권위적인 표정이었다.

주위 귀족들의 웅성거림이 커짐과 동시에, 나를 바로 마주한 아우디의 얼굴이 긴장으로 굳었다.

'사냥 대회의 정표는 사냥 대회에 나가지 않는 영애들이 나가는 남자들에게 무사히 돌아오라는 기원을 담아 선물하는 것.'

개인적인 마음으로는 저 빌어먹을 자동차 자식이 맹수에게 목덜미라도 물어뜯겼으면 하는 마음에 주지 않는 거지만, 공식적으로는 다른 이유였다.

'어차피 다들 곧 알게 될 거니까, 이 김에 선전포고하는 것도 좋겠지.'

오만한 눈을 한 채 당당하게 선포했다.

"저도 사냥 대회에 출전합니다."

나는, 사냥 대회를 먹어 버릴 예정이었다.

일대에 거대한 파문이 일었다.

"지금 뭐라고……."

미친 듯이 수군거리는 사람들 사이에서 넋을 놓은 표정을 짓고 있던 아우디가 멍하니 되물었다. 나는 싸늘한 무표정으로 다시금 대답했다.

"저도 사냥 대회에 나갈 거라고 했습니다."

여태껏 제국의 역사에서 여자가 사냥 대회에 출전한 전례는 없다. 참으로 기묘한 일이었다. 분명 사냥 대회 출전 대상은 '성년을 넘긴 모든 귀족'인데 말이다.

'하지만 전례가 없다는 게 불가능하다는 뜻은 아니지.'

말 그대로 출전하려는 여자가 여태껏 없었을 뿐, 출전 기준을 보면 여전히 성별을 가르지 않았다.

그렇다면 내가 최초가 되면 되는 일이었다.

"제, 제게 정표를 주고 싶지 않으셔서 거짓말을 하시는 겁니까!?"

아직도 정신을 못 차린 아우디를 보며 코웃음을 쳤다.

"무언가 오해를 하고 계신 모양인데, 영식께선 제게 거짓말을 이끌어 낼 정도로 중요한 분이 아니십니다."

거짓말도 이유가 있어야 하지, 이 자동차 자식한텐 거짓말을 할 이유조차 없었다. 주위에서 키득거리는 소리가 들림과 동시에 아우디의 얼굴이 분노로 붉어졌다.

'아우디 프라마는 권위적이고 바람기가 심하며 가부장적인 데다 자존심이 강

해 사람들 앞에서 모욕당하는 걸 참지 못한다고 했던가.'

별로 중요한 사람이 아니라 칼에게 듣고 흘려 버렸던 아우디에 대한 정보를 떠올렸다. 칼도 아우디를 지나가는 개미처럼 봤던 만큼, 아우디에 대한 긴 이야 기조차 하지 않았기에 알 수 있는 정보라고는 이것뿐이었다.

'하지만 이거면 충분하지.'

서늘하게 웃음 지었다. 나를 무시하는 행태에 조금 많이 화가 난 이상, 나는 이 자동차 자식의 무례를 그저 흘려 버릴 생각이 없었다. 아주 다시는 회생하지 못 하도록 짓밟아 버릴 생각이었다.

"이, 이! 감히 저를 그렇게 모욕하고……!"

"'감히'는 그대에게 적용해야 하는 말이지, 아우디 프라마 백작 영식."

겨우 띠고 있던 서늘한 웃음조차 지우고 싸늘한 무표정으로 아우디를 마주했 다. 한순간에 바뀐 말투에 아우디가 놀란 표정을 지었다.

아우디는 백작 영식. 나는 공작 영애. 어디를 봐도 내가 위다. 그에게 존대를 사용했던 것은 그저 존댓말이 편하기 때문이었다. 하지만 그가 무례를 범한 이상 더는 존대를 해 줄 생각이 없었다.

"감히. 그리 방자하게 굴고 내게 예의를 바랐나?"

입매를 비틀며 아우디를 노려보았다. 살짝 흘린 살기에 그가 움찔 몸을 떨면 서도 여전히 눈을 부라렸다. 아직도 정신을 못 차린 모습을 보면 역시 무식함도 죄였다.

"그래도 거짓을 고하시는 건 너무하시지 않습니까!"

"무슨?"

"아무리 제게 정표가 주기 싫으셨다고 해도 이렇게 많은 사람 앞에서 사냥 대 회에 출전한다고 거짓말을 하지 않으셨습니까!"

혼자서 나를 상대하는 건 무리라고 상대했는지, 아우디가 주위 귀족들을 둘러 보며 호소하듯 말했다. 나는 차가운 눈으로 주위를 둘러보다가 인파 사이에서 거의 마법을 시전하기 직전인 야차 같은 칼을 발견하고 눈을 부라리며 전음을 보냈다.

「이건 내 일입니다. 끼어들지 마십시오.」

「이건 나 때문에……!」

「내가 처리할 겁니다. 절 믿는다면 나서지 마세요.」

튀어나오려는 듯 발을 움찔거리던 칼이 이를 악물었다. 그의 눈동자에 맺힌 격분 어린 광기를 보았음에도 그저 고개를 돌렸다. 이건 내 문제였다.

"그래. 어째서 거짓이라고 생각했지?"

"어째서라뇨!"

아우디가 당당하게 선포했다.

"여자는 사냥 대회에 출전하지 못하니까! 여자가 사냥을 어떻게 합니까!"

'오…… 이건…… 정말 듣도 보도 못한 지랄병이군.'

나는 잠시 입을 벌렸다. 내 뒤에 서 있던 디에고가 헛웃음 치는 소리가 어렴풋이 들려왔다. 열이 올라 지끈거리는 관자놀이를 꾹 눌렀다.

'곱게는 안 끝낼 거다.'

그러니까 나는, 완전히 분노했다. 내가 우습게 볼 이가 아니라는 걸 각인시킬 겸 일을 조금 크게 벌릴 생각이었다. 느리게 턱을 쓸었다.

"내게 정표를 요구한 걸 보아 그대도 사냥 대회에 출전하는 모양이지?"

"네? 물론입니다."

뜬금없는 물음에 고개를 갸웃하는 아우디를 향해 자신만만하게 웃었다.

"그럼 내가 사냥 대회에 출전해, 그대보다 많은 사냥감을 사냥해 오면 어떡할 건가?"

주위가 크게 술렁이고 아우디의 얼굴이 굳었다. 모욕당했다고 생각하는 모양이었다.

'너랑 비교하는 것 자체가 나한테는 모욕이다, 자동차 자식아.'

불쾌함을 그득히 드러내는 아우디를 보며 뒤틀린 미소를 지었다. 소드 마스터인 내가 기사 작위조차 받지 못한 놈과 이런 내기를 한다는 것 자체가 수치스러운 일이었으나, 아우디를 확실히 짓밟기 위해 참아 보기로 했다.

"그런 일이 일어날 리 없지 않습니까!"

"만약 일어나면 어떻게 하겠느냐는 말일세."

눈을 시리게 빛내며 그를 바라보았다. 아우디가 크게 움찔했다.

"그때는, 그대도 그대가 저지른 무례에 책임을 져야 할 거야."

아우디가 뒷걸음쳤다. 은은히 풍기는 살기에 짓눌려 자기도 모르게 한 행동인 듯했다. 심호흡으로 살기를 갈무리한 뒤 비틀린 웃음을 지었다.

"만약 그대가 나보다 더 많은 사냥감을 잡아 오면, 나는 그대의 사랑 고백을 들어주도록 하지."

내 한마디에 온 사방이 시끄러워졌다. 아우디의 얼굴이 예상치 못한 행운을 마주한 사람처럼 밝아졌다. 칼에게 복수를 하려고 시작한 일인데 공녀와 연애를 할 기회로까지 치달으니 기쁜 모양이었다.

뒤에 서 있던 디에고가 크게 움찔하는 게 느껴졌다. 허나 나는 질 생각 따위 조금도 없는 만큼, 아우디의 얼굴에 대고 차갑게 웃었다.

"허나 만약 내가 더 많은 사냥감을 가져오면 말이야."

냉랭한 표정을 한 채 느지막한 걸음으로 아우디를 향해 걸어갔다. 맹수가 먹이를 낚아챌 때 인내심을 갖고 느린 속도로 이동하는 것처럼, 위압감을 담아서.

'어떻게 해야 이 자동차 자식이 가장 치욕스러울까.'

내가 아우디에게 얻어 낼 수 있는 건 맹세코 단 하나도 없었다. 아우디는 나보다 잘난 게 단 한 군데도 없으니까. 다만 나는, 아우디가 나를 무시한 대가를 치르길 바랐다.

'이놈은 사람들 앞에서 수치를 당하는 걸 가장 꺼린다고 했으니까.'

떠오른 생각에 먹잇감을 눈앞에 둔 맹수처럼 눈을 번뜩이며 짓씹듯 내뱉었다.

"그래. 그땐 그대가 온 귀족들이 보는 사냥 대회 시상식에서 무릎 꿇고 내 발등에 입을 맞추는 것으로 하자."

발등에 입을 맞추는 건 종이 그 주인에게 굴복을 표할 때 행하는 행위였다.

술렁.

주위가 크게 들썩였다. 경악, 의심, 존경, 적의 등이 담긴 시선들을 모두 의연히 받아들인 채 입꼬리를 비틀어 비웃자 아우디의 얼굴이 굳었다. 주먹을 쥔 그의 손이 부들부들 떨렸다. 무시당했다는 생각에 치욕스러운 모양이었다.

'네가 여태껏 날 무시한 건 생각도 안 나냐.'

속으로 욕을 하면서도 겉으로는 비웃음을 지었다.

"설마 겁먹은 건가? 방금 전에 그대 입으로 여자는 사냥을 할 수 없다고 말했을 텐데. 이런, 자신이 없다면 지금이라도……."

"누가 자신이 없다는 겁니까!?"

발끈한 아우디가 소리쳤다. 씩씩거리던 그가 당부하듯 말했다.

"대신 영애께서도 절 받아주시겠다는 약속 잊지 마셔야 합니다! 사냥감은 온전히 영애의 힘으로 잡으셔야 하고요! 공작님이나 공자님의 도움을 받으시면 절대 안 됩니다!"

'이 새끼가 날 무시해도 유분수지…….'

내가 다른 사람의 도움을 받을 거라고 확신하는 표정에 이를 악물었다. 솔직히 지금이라도 제복 재킷 안에 숨긴 단검을 꺼내 자동차 놈 얼굴에 박아 버리고 싶었으나, 가까스로 참으며 싸늘하게 웃었다.

"물론. 태양에 대고 맹세하지."

태양의 제국 솔라티네에서 태양에 대고 맹세한다는 건 목숨을 끊겠다는 말과 같았다. 내 확신 어린 말투에 아우디가 살짝 움츠러들었다.

"그럼 사냥 대회 날 보지."

끓어오르는 용암이 내 몸속을 태우는 듯했다. 오랜만에 느껴보는 생생한 분노와 승부욕에 섬뜩하게 웃으며 주위를 둘러싼 사람들을 제치고 당당하게 걸어갔다.

사냥 대회는 검사로서의 나의 데뷔전.

아무래도, 상당히 화려한 데뷔전이 될 것 같았다.

"후……."

성큼성큼 테라스로 나가 거친 숨을 뱉었다. 분노로 붉게 달아올랐던 머리가 밤바람을 맞으니 조금 식는 것 같았다. 난간에 몸을 기댄 채, 테라스 너머로 펼쳐진 아름다운 황궁 정원을 바라보았다.

"개새끼 진짜…… 뼈와 살을 인수분해해서 데베라에게 던져 줬어야 했는데……."

알코올 충동을 강하게 느끼며 아우디 얼굴 앞에서 내뱉지 못했던 상스러운 욕설들을 짓씹었다.

평민으로 태어나 용병으로 살아온 내 말투는 상당히 거친 편이었다. 허나 공녀가 된 이후로 내 언행은 크리시스의 명예와 직결되었기에, 감정을 억눌러야 할 때가 많았다.

'……진짜 짜증 나.'

난간에 등을 기댄 채 뻗은 손으로 난간을 으스러져라 잡았다. 쩌적, 하는 소리와 함께 살짝 금이 갔다. 차오르는 분노를 애써 누르며 크게 심호흡했다.

어려서부터 억눌리고 살았던 나는 감정을 억누르는 것 또한 능했다. 빈민가 고아 소녀에게는 불의에 맞설 힘이 없었으니, 분노를 이끌어 내지 못할 정도로 감정을 짓밟아 놓아야 했다. 허나 그럼에도 내가 분노를 참지 못하는 일이 딱 두 가지였다.

'하나는 내 가족을 욕하는 것. 또 하나는, 내 무위를 무시하는 것.'

얼마 전까지만 해도 이 '가족'이란 테두리에는 아리아밖에 없었지만, 이제는 둘이나 더 생겨 버렸다. 크리시스 부자까지 너무 사랑하게 되어 버린 나는 그들이 모욕을 당하는 걸 절대 참을 수 없었다.

'그리고 무위는…… 내가 내 존재 가치를 증명하던 단 하나의 매개체니까.'

입술을 꾹 문 채 품속에 숨긴 단도를 느리게 매만졌다. 정식 기사 작위를 받은 기사가 아닌 이상 연회장에 날붙이를 소지하는 건 금지되는데도 몰래 품고 온 검. 씻을 때도 검을 옆에 두고 씻고, 잘 때도 머리맡에 검을 두고 자는 내가 연회장에 왔다고 검을 포기할 수 있을 리 없었다.

카이사르도, 칼도, 아리아도 늘 내가 소중하다고 말해 주었다. 존재를 증명하려 노력할 필요 없다고, 나는 존재 자체로 그들에게 도움이 된다는 그런 달콤한 말들을 했다.

'하지만…….'

옅은 숨을 뱉으며 오른손을 내려다보았다. 귀족의 것이라고는 믿기지 않을 정도로 상처 가득한 손을. 수많은 사고들로 수차례 부러졌다 붙은 손가락과 두터운 굳은살, 찢어졌다 붙은 흉터들로 인해 이젠 형태 자체가 기이하게 변형된 못난 손이었다.

'나는 여태껏 검으로 내 존재를 증명해 왔는걸.'

평생을 어둠 속에서 살아왔다. 마수의 피비린내 사이에서 뒹굴며 살던 생의 길이에 비하면 카슈미르 크리시스로서의 삶은 터무니없이 짧았다.

가족들이 속상해할까 봐 직접 입으로 옮기지는 못했지만, 나는 여전히 내 존재 가치를 확신하지 못했다. 과연 내가 강력한 검사라는 것 외에 다른 장점이 있는지 아직도 잘 모르겠다.

'검은 내 모든 것이었지.'

검으로 아리아를 지키는 것으로 생을 증명하던 내 세계는 여러 사람들을 만나며 조금씩 확장해 가고 있다. 그럼에도 불구하고 여전히 검은 내 많은 부분을 차지했다.

검은 내 유일한 자존심. 검을 휘둘러 온 삶은 내 생의 증명. 강력한 무위는 내 가치. 때문에 나는 내 무위를 무시한 아우디를 절대 두고 볼 수 없었다.

부스럭.

그리고 상념에 빠져 있던 나는 커튼 너머에서 들려오는 인기척에 신경을 곤두세웠다.

'……누군가 온다.'

점점 가까워지는 발소리에 커튼 앞에 서서 미간을 찌푸리다, 발소리가 커튼 앞에 당도한 순간 내가 먼저 커튼을 젖혔다.

촤르륵.

그리고 마주한 얼굴. 코끝을 스치는 바닐라 향에 눈을 끔뻑였다.

"……황태자 저하?"

나를 찾아온 이는 황태자 디에고였다.

"슈슈. 괜찮다면 자리에 함께해도 되겠나?"

부드럽게 눈을 휜 디에고가 물었다.

'테라스에 함께 있는 건 최고의 추문감인데.'

날카롭게 발코니 밖 인기척을 살피다 안도의 한숨을 쉬었다. 다행히 주위에 사람은 없었지만, 안 그래도 묘한 추문으로 엮이는 디에고와 내가 단둘이 오래 있어서야 좋은 꼴은 못 볼 것이다.

"물론 영광입니다만, 오래 있지는 않으시는 게 좋겠습니다."

디에고도 동의하는지 살짝 고개를 끄덕였다. 커튼을 살짝 걷어 주니 그가 달빛이 깃든 발코니로 들어섰다. 마주 보고 선 그와 나 사이에, 잠시 미묘한 침묵이 흘렀다.

"무슨 일이십니까?"

분노가 채 가라앉지 않은 상황이었던지라 목소리가 거칠게 나갔다. 시선을 들어 하늘을 바라보던 디에고가 나를 바라보았다. 그의 눈매가 살짝 처졌다.

"사과하고 싶어서 왔네."

"네?"

'디디가 내게 사과할 일이 있었던가.'

갑작스러운 안건에 어리둥절하고 있으니 그가 말을 이었다.

"조금 전 프라마 영식 일 말일세. 그대가 그런 취급을 받고 있는 것에 분노해 끼어들었었는데, 생각해 보니 그대를 무시하는 것처럼 보였을 수도 있겠다는 생각도 들더군. 그대는 그런 일쯤은 혼자 쉽게 해결할 수 있는 사람인데 말이야."

차분한 목소리에 깊게 스민 믿음이 굳건했다. 디에고는 정말로 나를 좋은 사람으로 보고 있는 것 같았다.

"함부로 끼어든 부분에 대해 사과하겠네. 내가 주제넘었어."

어절 하나하나에 깃든 정중함. 애초에 그에게는 조금도 분노하지 않았는데 없던 분노도 풀리게 하는 태도였다. 디에고의 행동은 객관적으로 봤을 때도 다정하면 다정했지 무례가 아닐뿐더러, 그는 황태자였다. 설령 무례였다 해도 이렇게까지 사과할 필요는 없었다.

'정말 완벽한 지도자의 상이란 말이지.'

근 몇 달간 디에고와의 주기적인 만남을 가지며 내가 느낀 점이었다. 누구에게나 예의 바른 동시에 냉정하도록 공평했고, 품위를 지키는 동시에 자신을 낮출 줄 알았다. 보기 힘든 올곧은 이였다.

"괜찮습니다. 디디가 사과할 일은 아닙니다."

잔잔히 일렁이는 푸른 눈이 내게로 향했다. 그를 향해 빙긋 웃어 주었다.

"제가 스스로 처리할 일이었기에 디디를 내친 것뿐이지, 사실 나서 줘서 무척 고마웠습니다."

이건 진심이었다. 내 일에 함께 분노해 줄 수 있는 이가 존재한다는 건 그 사실만으로도 마음을 따뜻하게 했다.

"그렇게 생각했다니 다행이군. 내게도 화난 건 아닌가 싶었는데."

그제야 디에고가 진중함을 내려놓고 안도의 한숨을 쉬었다. 축 처졌던 눈매가 부드러운 호선을 그리는 걸 지그시 응시하다 입매를 굳혔다.

'원작의 디에고는 황제가 되지만…… 내가 미래를 비튼 현재 세계에서도 황제가 될 수 있으려나.'

원작에서는 황제가 갑작스럽게 승하하면서 황태자였던 디에고가 급박하게 황위에 오른다. 허나 내가 이 스토리라인을 뒤바꿀 예정이었기에 디에고가 황제가 되는 미래는 장담할 수 없게 되었다.

'현재는 황태자와 2황자 세레논의 입지가 비등비등한 상황.'

황제는 디에고를 황태자로 밀고 있으나, 황제는 황위 다툼에는 일절 관여를 할 수가 없기에 디에고는 윗선의 도움을 받지 않고 오직 스스로의 힘으로 권력을 다져야 했다. 허나 2황자는 친어미이자 현 황후인 티나 키프로스의 도움을 받고 있어 권력을 쥐는 것이 디에고보다 훨씬 용이했다. 때문에 현재 2황자의 입지는 황태자인 디에고조차 무시 못 할 정도였다.

'황실 회의에서 간혹 황태자를 바꿔야 하지 않느냐는 말까지 나온다고 하니…… 아슬아슬한 상황이지.'

이 상황에서 내가 스토리라인을 비틀면 2황자가 황제가 되는 구도가 나올지도 몰랐다.

'그건 안 돼. 세레논도 똑똑하긴 하지만…… 디에고만큼은 아니야.'

2황자 세레논은 악독하거나 멍청한 인간은 아니었지만, 디에고라는 완벽한 황제감과 비교할 만한 위인은 아니었다. 솔라티네 제국이 최고의 성군을 맞이할 수 있는 기회를 망쳐서는 안 됐다.

'크리시스가 디에고를 지지할 수 있다면 좋을 텐데…….'

여태껏 황위 다툼에 일절 말을 얹지 않았으나 권력이 거대한 크리시스 공작가가 디에고를 지지해 주기만 하면 황좌는 확실히 디에고의 것이 될 것이다. 허나 크리시스 공작가는 긴 역사 동안 권력이란 저울의 무게를 수평으로 맞추는 역할을 한 가문으로서 완벽한 중립을 지키고 있었다.

그 기나긴 중립의 역사를 깰 수는 없을뿐더러, 여태껏 침묵하다 이제야 황위 다툼에 말을 얹는 것은 신전파와 황제파 중 황제파를 더 지지한다는 암시로까지 보일 수 있었다.

'크리시스가 지지를 할 순 없지만…… 내가 도와줄 순 있겠지.'

미래를 바꾸어 황위를 확신할 수 없게 된 부분에 개인적인 미안함도 있는 데다, 나는 반드시 디에고를 황제로 만들고 싶었다.

그는 황좌에 어울리는 사람이다. 이것에는 반론할 여지가 없었다.

"디디."

"응?"

따뜻한 눈길로 나를 바라보던 그가 웃으며 고개를 기울였다. 달빛을 받은 금발이 햇빛처럼 반짝거렸다. 나는 근엄한 표정을 지었다.

"제가 반드시 디디를 황제로 만들 겁니다."

"……뭐라고?"

"자세히는 모르셔도 됩니다. 그냥 알고만 계세요."

내 갑작스러운 선포에 디에고가 멍하게 되물었다. 그의 당황스러움은 뒤로한 채 검지를 세워 앞뒤로 흔들며 톡톡히 새겨들으라는 제스처를 취했다. 결심이 굳은 내 눈과 마주한 채 눈을 깜빡이던 디에고가 이내 크게 웃음을 터트렸다.

"그래. 내 믿지."

심해를 닮은 푸른 눈동자에는 나를 향한 굳은 믿음이 도사리고 있었다. 계속해서 비처지는 나를 향한 믿음에 잠시 입을 다물었다.

"……절 믿으십니까? 제가 어떻게 할 줄 알고."

"어떻게 할지는 모르지. 하지만 믿어."

충직한 검이 되려 했는데 1

은은히 반짝이는 달빛이 그와 나 사이를 비추었다. 다정한 웃음이 디에고의 입가에 걸렸다. 그 웃음은 내 모든 걸 받아들이겠다는 것만 같아서, 나도 모르게 입을 열고 말았다.

"……디디가 믿는 나는 모든 걸 망쳐 버릴지도 모릅니다."

여태껏 마음을 답답하게 틀어막고 있던 문장 하나가 입 밖으로 튀어나왔다. 내가 뱉고도 내가 놀라 흠칫 입을 막았다.

모두의 최선을 위해, 내가 사랑하는 이들의 행복을 위해 모든 걸 이용해서라도 미래를 바꾸겠다고 굳게 결심했건만. 사실은 아직도 확신할 수 없을 때가 많았다.

과연 내가 미래를 바꾸는 것이 옳은가? 그것이 정녕 최선의 결과를 가져올까? 내 노력들이 상황을 더욱 악화시키기만 한다면. 나 때문에, 내 주위 사람들이 불행해진다면.

내 개입으로 이미 많은 것이 뒤바뀌었다. 『요정의 밤』은, 더 이상 이 세계의 묵시록이 아니었다. 이제는 활자로 적혔던 것들이 뒤바뀌고, 활자로 적히지 않았던 미래들이 펼쳐질 것이다. 오직 내 손 안에서. 나조차도 모르는 미래가 내 앞에 있었고, 그 미래는 나를 아득하게 만들었다.

'내가 잘할 수 있을까.'

입술을 꾹 깨문 채 고개를 숙였다. 무거운 부담감과 수많은 고민들이 양어깨를 짓눌렀다. 복잡한 생각들로 조금 어두워진 나를 디에고가 지그시 응시했다.

턱.

그리고 그의 커다란 손이 내 어깨를 단단히 잡았다.

"그대는 자주 망각하는 것 같아."

"……네?"

"그대가 무언가를 아주 크게 망친다 해도, 그걸 수습해 줄 사람이 그대 주위에 아주 많다는 걸 말이야. 그중엔 나도 있지."

숙였던 고개를 천천히 들어 올렸다. 상냥함과 믿음으로 반짝이는 벽안이 너무 아름다워 눈이 멀 것만 같았다. 투박한 내 손과는 달리 흠집 하나 없이 긴 손으로 내 머리카락을 쓸어내린 디에고가 미소 지었다.

"그대는 내가 가장 아끼고 신뢰하는 사람이야. 나는 그대가 스스로의 가능성에 대해 조금 더 자신감을 가졌으면 좋겠네. 그대는 무엇이든 잘할 수 있을 거고, 또 잘 못하면 좀 어떤가? 수습해 줄 이들이 한가득인데. 그러니 두려워하지 말게."

다정한 이였다, 디에고 솔라티네. 그의 상냥한 목소리는 사람을 안심하게 하는 힘이 있어서, 나는 어깨를 누르던 것들을 잊고 그저 웃고 말았다.

"……감사합니다. 정말이요."

나를 믿어 주고 이런 위로를 해 줄 수 있는 사람이 곁에 있어서 정말 기뻤다. 나는 달빛에 비친 그를 바라보다 표정을 진중하게 가다듬었다.

"제가 디디에게 가장 아끼고 신뢰하는 이라면, 디디는 제게 유일한 주군입니다."

현 황제는 내 아버지의 주군이었고, 세레논은 그릇이 되지 않는다. 내가 인정하는 내 시대의 황제는 디에고가 유일했다. 맹세하는 기사처럼, 디에고의 손을 잡고 허리를 굽혀 그의 손등 위에 입 맞췄다. 정수리로 닿는 그의 시선이 뜨거웠다.

"황제가 되시면 꼭 좋은 제국을 만들어 주셔야 합니다. 그 누구도 소외받지 않는 제국을요."

평생을 태양 제국의 그림자 속에서 살았던 나는, 다정한 디에고가 그 그림자까지 굽어살필 수 있는 이라고 믿어 의심치 않았다.

"그리해 주신다면, 저는 그 제국을 지키는 검이 되겠습니다."

예로부터 신전은 모든 것을 덮는 하늘, 솔라티네 황가는 그 하늘 위에 뜬 태양, 크리시스 공작가는 하늘과 태양을 지키는 검으로 표현되었다. 디에고가 모두를 비추는 태양이 되어 준다면, 나는 그를 위해 망설임 없이 검을 들 자신이 있었다. 정식은 아니나, 이것은 일종의 충성 맹세였다.

"……내게 충성을 맹세하는 건가?"

"그렇다고도 말할 수 있습니다."

디에고가 진지하게 낯을 굳힌 채 엄지로 제 입술을 쓸었다. 한참 무언가 고민하던 그는 고개를 저었다.

"정말 기쁘지만, 난 거절할 거네."

"……."

예상치 못한 거절에 눈을 깜빡였다. 조금 멍해진 나를 보며 작게 웃은 그는 내 손에 잡힌 자기 손을 살짝 빼내고는 역으로 내 손을 잡았다.

"충성 맹세는 상하 관계를 표하지. 그대가 내 신하가 되겠다는 소리 아닌가."

"……그렇습니다."

"난 그게 싫거든."

"……?"

내가 여전히 이해하지 못하고 물음표를 얼굴에 띄우고 있으니, 잡은 내 손을 끌어당긴 디에고가 허리를 숙이고 내 손등 위로 입술을 맞추었다. 금실 같은 그의 머리카락이 손등 위를 간지럽혔다.

"난 그대가 내 옆에 섰으면 좋겠어. 날 섬기는 게 아니라 나와 함께 걸어갔으면 좋겠네. 이 생이 끝날 때까지 말이야."

낮고 감미로운 목소리가 달콤하게 속삭였다. 그 속삭임을 잠시 이해하지 못하고 눈을 깜빡이던 나는, 퍼뜩 그 뜻을 알아차리고 잡히지 않은 손으로 내 입을 덮었다.

'이건, 우리 우정이 영원하다는 소리인가……!'

디에고가 내게 소중한 친구인 만큼 나도 디에고에게 소중한 친구라는 사실에 가슴이 뭉클했다. 나는 디에고를 향해 활짝 웃으며 고개를 끄덕였다.

"물론입니다. 우린 평생 친구입니다!"

"뭐?"

양 귀가 붉어진 채로 무언가 기대하는 표정을 짓던 디에고의 표정이 한순간에 무너졌다. 사과나무를 심은 곳에 촉수 괴물이 자라나는 걸 본 농부의 표정 같았다. 그 표정에 잠시 어리둥절하면서도 나는 내 가슴을 주먹으로 한 번 치며 당당하게 선포했다.

"평생 친구로서 디디의 가는 길을 함께하겠습니다. 우린 끝까지 함께입니다."

표정 위로 물음표를 백만 개 정도 동동 띄운 채 나를 응시하던 디에고가 머리를 한 대 맞은 사람처럼 비틀거리며 손을 난간으로 짚었다. 그가 자기 손에 얼굴을 묻었다.

"슈슈, 제발…… 제발, 좀 다른 방향으로 생각해 볼 순 없겠나……?"

디에고의 웅얼거림에 고개를 기울였다.

역시, 나로서는 이해할 수 없는 말이었다.

"……인기척이 가깝습니다. 슬슬 자리를 파하는 게 좋겠군요."

두 손에 얼굴을 묻은 채 이상한 소리를 내고 있는 디에고를 걱정스레 응시하다, 들려오는 인기척에 눈썹을 치켜세웠다.

"그대 먼저 나가게. 난 찬바람을 좀 더 쐬야 할 것 같으니……."

세상 허망한 표정으로 밤하늘을 바라보던 그가 중얼거렸다. 같이 나가는 모습을 보였다간 또 염문이 퍼질 테니, 디에고를 향해 짧게 목례하고 그의 말대로 먼저 발코니를 나섰다.

'이 정도면 돌아가도 무례는 아닐 시간인데.'

제복 재킷 안주머니에서 회중시계를 꺼내 시간을 확인했다. 황실 무도회인 만큼 두어 시간 정도는 예의상 머물러야 했는데, 곧 시작한 지 2시간이 지날 시간이었다.

'아리아는 바쁠 테고…… 칼은 나랑 같이 돌아가 주려나.'

아리아야 사교계의 황제로 슬슬 자리매김하는 시점이기에 이러한 행사에 올 때마다 상당히 바빴다. 허나 칼은 사교에 전혀 관심이 없어 행사에 갈 때마다 와인이나 마시다가 돌아가도 무례는 아닐 시기가 되자마자 뒤도 돌아보지 않고 나왔다.

'르웰린을 만나지 못한 건 조금 아쉽지만…… 자기 전에 조금이라도 수련하려면 빨리 돌아가야지.'

친구를 하기로 합의를 본 이후, 르웰린과 나는 상당히 친밀한 사이를 유지했다. 일주일에 한 번 정도는 꼭 그녀와 시간을 가질 정도였으니 급속도로 친해지는 건 당연한 결과였다.

르웰린도 이번 연회에 참석한다는 얘기를 들었으나, 내가 워낙 구석진 곳만 다니다 보니 한 번도 마주치질 못했다. 아쉬움에 한숨을 쉬면서도 칼을 데리고 돌아가기 위해 연회장에서 홀로 발걸음을 옮길 때였다.

"놔! 놓으라고!"

"닥치고 따라오지 못해!?"

복도 반대편에서 들려오는 두 남녀의 목소리에 발걸음을 멈췄다. 이곳은 귀족들이 밀회를 즐기기 위해 구성된 구역으로, 외지고 어두웠다. 이런 곳에서 발버둥을 치듯 큰 소리를 내며 놓으라고 소리치는 여자의 목소리와 사나운 남자의 목소리가 난다는 것은 표하는 바가 명확했다. 허나 내 몸이 딱딱하게 굳은 건 여자의 목소리가 내 귀에 아주 익숙하다는 것 때문이었다.

'르웰린!'

목소리의 주인은 분명 르웰린 데카르도였다.

나는 소리가 난 방향으로 미친 듯이 달리기 시작했다.

'저기 있다!'

오른쪽으로 꺾어지는 복도에서 르웰린과 남자를 발견한 나는 우선 벽에 등을 대고 몸을 숨긴 채 상황을 살폈다.

르웰린의 머리를 잡아채고 질질 끌고 가는 남자. 머리가 엉망이 된 르웰린은 저항하면서도 힘을 당해 내지 못하고 끌려가고 있었다. 보는 사람이 아플 정도로 거친 손길을 보며 나는 치미는 분노를 참을 수 없었다.

"정말 천박하기 짝이 없네. 그러니까 네게 후계자 자리를 넘길 수 없다는 거야!"

발버둥 치던 르웰린이 짓씹듯 내뱉었다. 그 한마디에 격분한 얼굴로 르웰린을 끌고 가던 남자가 우뚝 멈춰 섰다.

"이 미친년이…… 뭐라고?"

섬뜩하게 눈을 번뜩인 남자가 잡았던 르웰린의 머리를 놓고 휙 뒤를 돌아 그녀와 마주했다. 분노로 광인의 것처럼 빛나는 흑안과 마주하면서도 르웰린은 조금도 주춤거리지 않았다. 그녀의 녹색 눈동자가 이글이글 불타올랐다.

남자가 이를 으득 갈았다.

"감히 사람들 앞에서 내게 치욕을 주고도 정신을 못 차리다니……."

"치욕이라니, 웃기는구나, 메르헨 데카르도. 나는 맞는 말을 했을 뿐이야."

르웰린의 입꼬리가 비뚜름하게 올라갔다. 냉철한 사업가를 닮은 차가운 비소였다.

"데카르도의 후계는 태어난 순서와 성별을 불문하고 오직 개개인의 능력으로만 정해지지. 아버지는 아직 우리 중에 데카르도의 후계를 지정하지 않으셨는데 네가 사람들 앞에서 후계자를 자칭하고 다니는 걸 어떻게 보고만 있을 수 있겠니?"

남자의 두 눈이 분노로 이글거렸다. 나는 오가는 몇 마디에서 단번에 상황을 파악했다.

'안 그래도 르웰린이랑 닮았다 싶었는데…… 메르헨 데카르도였군.'

타오를 듯 붉은 머리에 검은 눈동자, 르웰린과 닮은 이목구비. 르웰린보다 10개월 먼저 나온 르웰린과 동갑의 남자 형제로, 현재 르웰린의 가장 큰 고민거리였다.

'메르헨은 탐욕스럽고 난폭해요. 인내심도 짧아서 내 형제지만 아주 넌더리가 나는 인간이죠. 사실 그건 참을 수 있어요. 내가 참을 수 없는 건 딱 하나, 그가 능력이 없다는 거예요. 슈슈, 나는…… 데카르도가 메르헨의 손에 들어가면 분명 패망의 길을 걸으리라는 걸 알고 있어요. 아버지도 그걸 아시니 어려서부터 내게 후계자의 길을 걸을 생각이 없냐고 물으셨던 거겠죠.'

처음에 르웰린은 메르헨을 두려워해 그에 대해 말을 꺼내지 못했다. 허나 어느 정도 나와 시간을 가지며 용기를 가지게 된 그녀는 자신의 가장 큰 고민을 내게 털어놓게 되었다.

'장성한 자식이 둘이 있는데도 현 후작 체슬러 데카르도가 여태껏 후계자를 발표하지 않아 무슨 속사정이 있을 거라고 짐작은 했는데…… 이런 문제일 줄은 몰랐어.'

그녀의 형제인 메르헨 데카르도는 성격도 더러운데 능력도 없는, 말 그대로 쓰레기였다. 게다가 허영심이 많고 허풍도 심해 데카르도의 재산을 축내며 아직 후계자가 정해지지 않았음에도 자신이 후계자가 될 거라고 마구 떠벌리고 다닌다고 했다.

데카르도 후작가의 후계는 모든 것을 불문하고 오직 능력의 유무만으로 정해진다. 이런 메르헨에게 후계를 맡길 수 없었던 현 후작 체슬러는 르웰린에게 후계를 맡는 것이 어떠냐고 끊임없이 물었다고 했다.

'사실 르웰린은 사업 가문 데카르도의 완벽한 후계자지.'

르웰린을 알게 될수록 느꼈던 건, 그녀는 진정으로 사업가라는 것이었다.

'하네스 사업이 무척 성공적이라는 얘기 들었어요. 하지만 저번에 의상실에서 열었던 이벤트는 조금 실수였던 것 같군요. 시도는 나쁘지 않았지만 겨냥한 대상이 좋지 않았어요. 아리아 영애에게 이벤트 대상을 한 번 더 생각해 보라고 말해 보세요.'

르웰린은 냉철한 분석과 사업적 감각에서는 세기의 천재인 아리아를 능가할 정도였다. 르웰린은 아리아를 라이벌이라고 생각하면서도 어린 나이에 사업을 성공적으로 이끌어 가고 있는 아리아를 존중했기에, 나와 시간을 가질 때면 슬쩍 사업에 대한 팁을 흘려 주곤 했다.

그녀와의 대화에서 알게 된 정보를 아리아에게 알려 줄 때면 르웰린을 싫어하는 아리아조차도 고개를 끄덕일 정도였으니, 르웰린은 사업가로 타고난 것이 분명했다. 이를 일찍이 눈치챈 체슬러 후작은 르웰린이 어렸을 때부터 후계 수업을 시키는 등 그녀를 후계자로 세우려 고군분투했지만, 정작 르웰린 자신이 후계를 잇기를 꺼려했다.

'메르헨 때문이었지.'

르웰린은 자신에 대한 이야기에 무척 조심스러웠기에, 나도 그녀가 완전히 내게 마음을 연 얼마 전에야 알게 된 얘기였다.

'어려서부터 메르헨이 너무 무서웠어요. 제가 무언가 생산적인 걸 하려고 하면…… 절 거울 앞으로 끌고 가서 네게서 쓸모 있는 부분은 그 얼굴밖에 없다고 소리를 질렀거든요. 제가 동의하지 않는 한 놔 주지 않았죠. 제가 후계자 수업을 받을 때면 들어와 난동을 피웠어요. 메르헨에게 휘둘리지 않겠다고 결심했는데…… 점점 자라면서 어느 순간 돌아보니 나는 이미 그 말에 의해 살고 있더라고요. 메르헨이 두려워 후계자 자리에 욕심을 부리지 못했고, 난 내 아름다움에 집착하고 있었죠.'

이는 명백한 정신적 폭력이었으나, 르웰린은 보호를 받지 못했다. 르웰린의 어머니는 그녀를 낳으며 죽었고, 체슬러는 아이들 사이에서 그런 일이 일어나고 있음을 눈치채지 못할 만큼 바빴으며, 데카르도의 사용인들은 침묵했다. 완벽한

충직한 검이 되려 했는데 1

능력주의 가문인 데카르도에서는 모든 것을 자기 힘으로 헤쳐 나가야 했기 때문이다.

메르헨의 세뇌로 인해 르웰린은 아름다움에 집착하는 이로 자라났다. 아름다움만이 그녀의 유일한 쓸모라고 배웠으니까. 사교계에 입성한 지 얼마 되지 않아 사교계를 휘어잡게 된 르웰린은 이내 사교계에서의 권력에도 집착을 하기 시작했다. 사교계에서의 넓은 입지는 후계자가 될 수 없는 그녀가 휘두를 수 있는 유일한 권력이었기 때문에.

기어코 사교계의 황제 자리를 차지한 르웰린은 그 후에도 행복하지 못했다. 그녀가 진정으로 원했던 건 자신의 장점을 완벽하게 뽐낼 수 있는 사업가의 자리였으니. 그녀의 주위를 차지한 이들은 모두 그녀의 아름다움에 꼬인 남자들이거나 데카르도의 돈을 보고 붙은 장사치들이었다.

'무엇이 부족한지도 자각하지 못한 채 끝없는 갈증만 느끼며 살았어요. 공포와 마주하기 무서워 스스로 꽃으로 사는 길을 택했으면서도 삶에 대한 불만은 멈추지 않았죠. 불만만 가득하니 성격은 점점 날카로워지기만 했어요. 삶에 대한 회의와 내가 지금 쥔 사교계 권력에 대한 집착만 늘어나고 있을 때, 나는 당신을 만난 거예요.'

내가 르웰린을 구했던 그날, 그녀는 처음으로 타인에게 관심을 가져 보았다고 했다.

'원작에선 그런 관심이 라이너에 대한 잘못된 사랑으로 이루어지면서 르웰린이 완전히 망가져 버린 듯하니…… 내가 구한 게 다행이었어.'

르웰린은 그녀의 외모에도, 데카르도의 재력에도 욕심을 품지 않은 채 자신을 구하기만 하고 사라진 내가 누구인지 미친 듯이 궁금했다고 한다.

'나는 타인의 시선을 신경 쓰지 않고 오직 앞으로만 나아가는 슈슈가 부러워요. 너무 곧아서 부러지진 않을까 걱정되기도 하지만…… 그게 바로 내가 당신을 좋아하는 이유니까요. 슈슈, 나는요, 당신을 부러워하는 데에서 그치지 않을 거예요. 당신이 한다면 나도 할 수 있다는 자신감이 생겼거든요. 당신은 검으로 당신의 사랑하는 것들을 지키겠다고 했죠? 나는 내 가문과 사업체들을 사랑해요. 그것들이 멍청한 메르헨의 손에 망가지는 것을 두고 볼 수 없어요. 나는 내 능력으로, 메르헨에게서 내가 사랑하는 것들을 지킬 겁니다.'

르웰린은 정말 빛나는 사람이었다. 그녀는 그녀가 이런 결심을 할 수 있었던 게 모두 내 덕분이라고 했지만, 내 생각은 조금 달랐다.

르웰린은 태어나기를 화염으로 태어난 이였다. 냉철과 야망으로 이글거리는 그녀의 두 눈을 보자마자 나는 알 수 있었다. 나는 그 화염 위에 작은 장작 하나를 던졌을 뿐, 모든 결심과 실행은 그녀의 손아래에서 이루어졌다.

"르웰린, 너 대체 왜 이렇게 변한 거니? 원래는 말 잘 들었잖아, 응? 오빠한테 화난 거 있어?"

소리를 지르는 걸로는 르웰린이 굽히지 않으리라는 걸 짐작한 건지, 메르헨이 르웰린을 달래듯 채근했다. 르웰린이 차갑게 웃음 지었다.

"난 변하지 않았어. 네가 무서우니까 말을 듣는 척했을 뿐, 원래 이런 사람이었지. 그리고 우리 어차피 동갑인데 오빠 타령은 그만두지 그래. 후계자 사칭도 그만두고."

르웰린의 날카로운 말투에 메르헨의 얼굴이 단숨에 구겨졌다. 자기 뜻대로 되지 않는 르웰린이 마음에 들지 않는지, 메르헨이 이를 악물었다.

"데카르도의 후계자는 나야. 너도 인정했잖아!"

"아니! 난 단 한 번도 너 같은 치를 후계자로 인정한 적 없어! 데카르도의 후계자라고 자칭하고 다니면서 감정 조절도 못 하고, 툭하면 손부터 나오지! 그렇다고 일을 잘하느냐 하면 그것도 아니야! 너 같은 걸 어떻게 후계자로 인정하겠니? 가문 망하라고 비는 꼴인데!"

둘 사이에 격해지는 분위기가 금방이라도 터질 듯 팽팽했다. 르웰린에게 이런 직접적인 말을 들어 본 것은 처음인지, 메르헨이 놀라 눈을 동그랗게 뜨다 분노로 눈을 부라렸다. 난폭한 분노를 머금은 검은 눈동자와 두려움 없이 올곧이 뻗은 녹색 눈동자가 치열하게 부딪쳤다.

"……그래. 뭐가 널 이렇게 망쳤는지 이제야 알겠군. 넌 분명 크리시스의 장녀를 만나면서부터 이렇게 변했지? 남자 옷을 입고 설치는 미친 계집애 말이야."

르웰린의 얼굴이 차갑게 굳었다. 눈매를 사납게 세운 그녀가 으르렁거렸다.

"닥쳐. 네 더러운 입에서 논해질 이름이 아니야."

"그래, 그 계집 때문이구나! 그 계집이 네게 더러운 물을 들인 모양이지? 정말 웃기지도 않는군! 그 근본도 모를 계집에게 물들다니!"

"닥치라고!"

나는 르웰린이 그렇게까지 분노한 모습을 처음 보았다. 드레스를 찢어져라 쥔 채 부들부들 떠는 그녀는 당장이라도 메르헨의 따귀를 올려붙일 것 같았다.

"그 계집이 네게 후계자가 될 수 있다고 헛된 믿음을 심어 주든? 그래, 그 계집이 미쳤다는 건 검을 휘두르고 다닌다는 소문이 돌 때부터 알아봤지! 여자가 검을 어떻게 휘두르겠어!"

르웰린의 얼굴이 분노로 파랗게 질렸지만, 정작 욕설의 당사자인 나는 조금도 흔들리지 않았다. 오히려 나는 르웰린이 걱정되었다.

'르웰린은, 정말 화나면……'

나도 모르게 손톱을 물어뜯었다. 르웰린은 쉽게 화내지 않지만, 그녀와 몇 달 동안 친밀하게 지낸 나는 그녀가 진정으로 화내는 모습을 단 한 번 본 적이 있었다.

'진짜 무서웠는데…….'

르웰린을 곁눈질했다. 격분이 차오르던 르웰린의 얼굴에 어느 순간 표정이 싹 걷혔다. 나는 그녀의 분노한 얼굴보다 그녀의 무표정에서 더욱 공포를 느꼈다.

'저건, 싸움의 시작을 알리는 징조니까……!'

내 예상은 적중했다. 르웰린의 무표정 위로, 광기를 담은 미소가 떠오르기 시작했으니까.

"그 근본도 없이 날뛰는 아가리엔 약도 없겠구나, 혀를 뽑아다 스프로 만들어 버릴 개자식아."

"……뭐?"

르웰린은 원래도 아가리 파이터였으나, 그녀가 진정으로 화가 나면 입에 걸려 있던 봉인이 풀리며 욕쟁이 아가리 파이터가 되었다.

"잘난 곳이라곤 하나도 없는 주제에 허영심과 같잖은 자신감만 꽉 찬 빌어 처먹을 놈이 간덩이가 불어 터져서는 줏대도 없는 아가리를 나불거리는군. 내가 제일 싫어하는 놈이 너 같은 놈이야. 능력도 없으면서 혀만 날뛰는 종자들! 네가 잡은 사업체가 적자를 타기 시작했다는 건 제국민들 모두가 안다고! 네가 너무 부끄러워서 버틸 수가 없어!"

"이, 이런 미친년이! 너 지금 말 다 했어?"

"아니! 아직 안 끝났어! 나는 다른 건 다 참아도 능력이 없는 건 못 참아! 데카르도인 주제에 사업 감각은 하나도 없고, 거래처 사람들을 만났다 하면 사고를 치는 구제불능 주제에! 감히 데카르도의 후계를 자칭하고 다니는 너를 더는 참지 못하겠어!"

"……이, 이!"

과열되는 분위기에 르웰린을 보호하려 끼어들어야 하나 각을 재고 있던 것이 무색하게, 르웰린은 정말 시원하게 욕을 뱉어 냈다. 평소의 고풍스러운 모습은 버리고 타오르는 눈으로 미친 듯이 메르헨을 물어뜯는 르웰린은 한 마리의 광견 같았다.

'끼어들어야…… 하나?'

벽에 등을 기댄 채 주춤거렸다. 이쯤 되니 메르헨이 당하는 것 같았다.

'그래도 당당히 말하는 모습이 보기 좋네.'

르웰린을 보며 살짝 웃음 지었다. 봇물 터지듯 쏟아져 나오는 말들은 모두 르

　　　　　　　　　　　충직한 검이 되려 했는데 1

웰린이 평소에 누르고 살던 말들이었다.

메르헨은 르웰린에게 트라우마 덩어리와도 같은 존재. 그 앞에서 하고 싶은 말을 할 수 있게 되었다는 건 그녀가 트라우마를 많이 이겨 냈다는 뜻과도 같았으니, 저절로 안심이 되었다.

드레스를 찢어져라 잡아 쥔 두 손. 독기를 담아 악문 이. 엉망으로 엉켰으나, 여전히 모든 것을 살라 먹을 화염처럼 새빨간 머리칼. 그리고 단단한 심지 위에 미친 듯이 불타오르는 녹색 눈동자.

연약한 한 송이 장미도, 아름다운 저녁노을도, 탐스러운 사과도 르웰린에게 어울리지 않았다.

"잘 들어. 데카르도의 후계는 내가 이을 거야! 너 같은 놈이 아니라 바로 내가! 이제부턴 내가 후계자야!"

그녀는 불꽃이었다. 차가운 이성을 품고도 내가 여태껏 봐 온 어떤 이보다 맹렬하게 타오르는, 시린 화염이었다.

르웰린의 당당한 선포에 복도가 울렸다. 나조차도 놀라 살짝 입을 벌렸다. 눈을 부릅뜬 채 입을 떡 벌린 메르헨이 더듬거렸다.

"네, 네가…… 후계를 잇겠다고……?"

"그래! 내가 너보다 수십 배는 더 잘할 테니까!"

오만하다 싶을 정도로 자신감 넘치는 한마디에 신빙성은 충분했다. 르웰린을 지그시 응시하던 나는 친구의 성장에 기분 좋게 웃었다.

"네가 정말 미쳤군."

"내가 원하는 삶을 사는 게 미친 거라면, 난 몇 번이라도 기꺼이 미치겠어."

검은 눈동자와 녹색 눈동자 사이에 치열한 눈빛이 오간다. 악문 잇새로 짓씹듯 내뱉는 르웰린의 말에 메르헨이 헛웃음을 지었다. 기이한 광기로 번뜩이는 그의 두 눈이 심상치 않았다.

"하! 미친년에겐 매가 답이지!"

메르헨의 큰 손이 가감 없이 쳐들렸다. 이를 악문 르웰린이 다가올 고통을 각오하듯 질끈 눈을 감았다.

탁.

사람은 모든 것을 잘할 수 없기에 함께 사는 것. 르웰린이 사업에 있어 천재적이라면, 나는 모든 종류의 무력 다툼에서 천재적이었다. 메르헨의 손이 르웰린의 뺨에 닿기 직전의 찰나에, 나는 마나를 일으켜 그 사이를 막았다.

"적당히 하지 그래, 데카르도 영식."

르웰린이 폭력으로 곤경을 겪는다면, 친구인 내가 나설 차례였다.

"크, 크리시스……?"

"크리시스 영애. 존칭은 똑바로 붙여야지."

손목이 잡힌 메르헨의 두 눈이 멍해지다 이내 동그랗게 뜨였다. 말도 제대로 못하고 더듬거리는 그를 무감각하게 응시하다 고개를 돌려 르웰린을 바라보았다. 눈을 질끈 감았다가 고통이 느껴지지 않자 살짝 눈을 뜬 르웰린이 나를 발견하고 놀란 표정을 지었다.

"르웰린, 괜찮습니까?"

"네?"

"머리카락 말입니다. 아파 보이는데 괜찮아요?"

내 물음에 그제야 자신의 상태를 자각했는지 르웰린의 양 뺨이 붉어졌다. 그녀가 황급히 산발이 된 붉은 머리카락을 정돈했다.

"……못 볼 꼴을 보였군요."

"머리카락이 엉망인 걸 지적한 게 아니에요. 그건 아무 상관도 없습니다. 내 말은 아프지 않느냐는 겁니다."

이 상황에서도 습관처럼 자신의 상태보단 외향에 신경 쓰는 르웰린이 너무 안쓰러워, 제 머리카락을 정돈하는 그녀의 작은 손을 부드럽게 저지했다. 손목이 비틀린 메르헨의 짧은 비명 소리는 가볍게 무시했다.

"……괜, 괜찮아요."

얼굴이 달아오른 르웰린이 휙 고개를 돌렸다. 살짝 떨리는 그녀의 어깨를 못 본 척 부드럽게 웃어 준 뒤 메르헨에게로 고개를 돌렸다. 모든 감정을 빼고 얼굴을 차갑게 굳힌 채였다.

"데카르도 영식. 이게 무슨 무뢰배 같은 짓인가."

"……이, 이건 데카르도 가문의 일입니다! 크리시스 영애는 빠지시죠!"

"내 친구가 폭행을 당하기 일보 직전이었는데 어떻게 빠질 수가 있지? 게다가 나에 대한 무례한 언급도 들리던데."

메르헨의 얼굴이 하얗게 질렸다. 내게 잡힌 손목을 빼려 안간힘을 쓰던 그는, 내가 그의 손목을 부러뜨릴 듯 힘을 주자 겁먹은 쥐새끼처럼 파드득거리면서도 나를 죽일 듯 노려보았다.

"……어디까지 들었습니까?"

"아마 처음부터 끝까지."

메르헨의 얼굴이 새파랗게 질려 갔다. 아무리 데카르도가 재산이 많다 한들, 순수 권력으로는 크리시스를 능가할 수 없다. 작위부터가 후작과 공작이었으니까. 메르헨의 막말을 문제 삼아 크리시스가 데카르도에게 항의하면 메르헨은 책임을 져도 단단히 져야 했다.

'아버지나 칼, 아리아에게 말하면 곧장 셋이서 메르헨의 사지를 찢으려 들 테니…… 웬만하면 이 일을 공개하지 않는 게 좋지만, 메르헨을 협박할 무기로는 사용하기 좋겠지.'

차갑게 얼어붙은 시선으로 메르헨을 느리게 훑어보며 생각을 정리했다. 눈빛에 담긴 살기를 읽은 건지, 그가 파드득 몸을 떨었다.

"그대를 어떻게 처리할까."

내 입에서 소름 끼치도록 고저 없는 차가운 목소리가 흘러나왔다. 덜덜 떨던 메르헨이 이를 악물더니 버럭 소리쳤다.

"제, 제가 영애를 욕했다는 증거 있습니까? 아무리 영애가 크리시스더라도 증거도 없이 후작가를 고발할 순 없습니다!"

'진짜 멍청한 놈이구나.'

메르헨에 대한 욕으로 대하소설을 적을 기세이던 르웰린이 이해가 되는 순간이었다. 궁지에 몰린 쥐처럼 찍찍거리는 모습에 나도 모르게 헛웃음을 뱉었다.

"저 미친놈이 가문을 말아먹으려고……."

내 뒤에 서 있던 르웰린이 중얼거렸다. 나는 차갑게 식은 눈으로 메르헨을 응시하며 가볍게 팔짱을 끼었다.

"아무래도 영식은 권력 축에 대한 이해가 부족한 것 같군."

"……그게 무슨 소립니까."

아직도 상황을 파악하지 못한 것 같은 메르헨의 손목을 잡은 손에 더 힘을 주었다. 그가 새된 비명을 질렀다. 메르헨이 르웰린에게 했던 짓들을 생각하면 그냥 부러뜨리고 싶었으나, 그가 발광하는 모습은 또 보고 싶지 않아서 애써 욕구를 눌렀다.

입꼬리를 살짝 비튼 채, 메르헨 앞으로 얼굴을 들이밀고 속삭였다.

"크리시스는 이 제국의 유일한 공작가네. 포도나무에 사과가 달렸다 해도, 크리시스 입에서 나왔다면 그 말은 진리란 말일세."

크리시스는 대대로 제국의 군 통솔권을 물려받는다. 아무리 공작가라고 한들 군 통솔권을 이어받는 것은 과한 세습이 아니냐는 타 귀족들의 항의는 매 시대마다 있었으나, 크리시스는 피를 타고 이어지는 검에 대한 재능과 카리스마, 군 통솔 감각으로 그 모든 항의들을 눌렀다.

"내 아무리 아직 작위가 없는 영애여도 크리시스야. 그대 하나 묻는 것도 못할 것 같나?"

그러한 크리시스는 제국의 역사가 존재하는 동안 최상의 권력을 지니며 모든 이들에게 공포의 대상이었다. 무감각한 속삭임에 메르헨이 딱딱하게 굳었다.

"그대가 한 말에 책임을 져야지. 참고로 크리시스를 입에 올린 값은 상당히 비싸네."

눈을 접은 채 입꼬리를 비틀었다. 눈을 부릅뜬 채 덜덜 떨던 메르헨은 이내 짓씹듯 속삭였다.

"평민에게서 난 사생아 계집애 주제에……."

작은 속삭임이었으나 고요한 복도에서 그 속삭임을 듣지 못할 이는 없었다. 메르헨은 무능한 주제에 상황 파악도 못하고 입도 간수하지 못하는 쓰레기였다.

'이 새끼가.'

내 입매가 살짝 굳고 분노한 르웰린이 메르헨 앞으로 발걸음을 옮길 때였다.

콱.

"커흑!"

순식간에 일대에 스며든 검은 연기가 메르헨의 목을 틀어쥐었다. 갑자기 목이 졸린 메르헨이 제 목을 부여잡고 콜록거렸다. 익숙한 마력의 기운이 느껴졌고 한숨이 저절로 나왔다.

'일 났네.'

정작 욕을 들은 당사자인 나는 용병 생활로 워낙 욕설에 익숙해 조금 짜증이 난 게 다인데 몰래 숨어 듣고 있던 다른 이가 격분한 것 같았다.

전부터 인기척이 느껴지던 어딘가를 똑바로 바라보았다. 메르헨 뒤쪽 복도는 눈으로 봐선 아무도 보이지 않았으나, 공간의 흐름을 느끼던 나는 전부터 누군가의 존재를 짐작하고 있었던 참이었다.

"죽이면 안 됩니다."

내 한숨 섞인 한마디에 인기척이 가까워졌다. 그가 걸음을 옮길 때마다 투명 마법이 옅어지며 천천히 사람의 형태가 만들어졌다.

천천히 색채를 찾기 시작한 검은 머리카락. 사납게 발을 옮기는 긴 다리. 광기와 분노가 들어찬 안광으로 번뜩이는 붉은 눈동자.

"……칼."

내 형제, 칼 크리시스였다.

"글쎄. 이런 숨 쉬는 공기조차 낭비하는 쓰레기는 죽어도 되지 않을까 싶은데."

평소엔 짓지 않는 화사한 미소를 얼굴 가득 지은 칼이 내 곁으로 다가와 고양이처럼 내 어깨에 머리를 비볐다. 부드러운 검은 머리카락이 검은 제복 위에서 뭉그러졌다.

다른 이가 보면 어리광을 부리고 있다고 생각하겠지만, 칼과 몇 달 동안 함께 지내 온 나는 온몸을 잔뜩 긴장시켰다.

사람들마다 화내는 성향은 다르다. 얼굴을 구기고 버럭 화를 내는 사람이 있는 반면, 차갑게 정색을 하는 사람도 있고, 오히려 웃는 사람도 있었다.

그리고 칼의 경우는 맨 후자였으니.

"죽이면 안 돼? 응?"

이건 칼이 머리끝까지 화가 났을 때 보이는 태도였다.

"……칼 공자. 인사는 잠시 뒤로 미루죠. 언제부터 있었나요?"

내가 칼을 어떻게 해야 하나 곤란함을 느끼고 있을 때, 목이 졸려 컥컥거리는 메르헨에게는 시선도 주지 않은 르웰린이 차가운 이성이 깃든 눈으로 칼을 응시했다.

'이 일이 퍼지면 르웰린도 곤란해질 테니까.'

칼이 작정하고 이 일을 문제 삼으면 메르헨은 가볍게 묻힐 테지만, 그와 동시에 데카르도 가문도 욕을 먹는다. 나와는 친구니 대화로 이 일을 정리할 수 있겠지만, 칼과는 친분이 없기에 칼로 인해 소문이 퍼질까 걱정하는 모양이었다.

충직한 검이 되려 했는데 1

"르웰린 데카르도."

내 허리에 한 팔을 둘러 안고는 내 목에 얼굴을 박은 채 분노 어린 숨을 고르던 칼이 그제야 르웰린의 존재를 인식했다는 듯 그녀에게 시선을 주었다. 귓가 바로 옆에서 들려오는 짧은 속삭임이 소름 끼치도록 무감각했다. 깊은 분노를 담은 붉은 눈동자와 차갑게 불타오르는 녹색 눈동자가 서로를 탐색하듯 세차게 부딪쳤다.

"……그대가 후계자가 되겠다고 선포할 때부터. 복도를 지나려다 분위기가 심상치 않기에 투명 마법으로 잠시 숨어 있었는데……."

칼이 메르헨에게로 시선을 돌렸다. 평소 유리알같이 투명하던 그의 눈에서는 용암 같은 분노가 뚝뚝 떨어지고 있었다. 칼의 시선을 느낀 메르헨이 파드득 몸을 떨었다.

"저 새끼가, 감히……."

"칼."

강대한 마력이 모이기 시작한 칼의 손을 황급히 붙잡으며 저지하듯 그의 이름을 불렀다. 메테오를 날릴 기세로 날뛰던 마력에 내 손길이 닿자 모여 있던 마력들이 느리게 사그라졌다. 이를 악문 칼이 내 손을 꽉 잡았다.

"아까 프라마 영식도 그러더니, 요즘 들어 별 같지도 않은 것들이 내 동생 앞에서 지랄을 한단 말이지. 내 동생이 새끼손가락만 휘둘러도 뒈질 텐데 말이야."

숨결이 가득한 목소리가 거칠게 속삭였다. 등 뒤로 느껴지는 칼의 기운은 금방이라도 터질 듯 난폭했다.

"하지만 내 슈슈는 너무 착해서 이런 버러지들도 살려 두지…… 이럴 때는 조금 잔인해져도 괜찮은데."

칼이 짙게 한숨을 쉬었다. 뜨거운 숨결이 목덜미에 그대로 느껴졌다.

"그게 내가 사랑한 네 올곧음이니 어쩔 수 없는 거겠지."

한탄이 섞인 목소리에 마음이 간질거렸다. 나를 사랑해 주는 이가 있다는 건 언제든 기분 좋은 일이었다.

"그러니 내가 오빠 된 도리로서 너 대신 저 자식을 손봐 주려고 하는데."

"죽이는 건 안 된다고 했습니다. 슬슬 풀어 주세요."

"……."

은근슬쩍 메르헨의 목을 조른 검은 연기를 더 짙게 만들던 칼이 입술을 짓씹으며 마법을 해체했다. 나는 제 목을 부여잡고 꼴사납게 허겁지겁 숨을 들이쉬는 메르헨을 무감각한 시선으로 내려다보다 르웰린을 돌아보았다.

"이 일에 대한 처분은 르웰린에게 맡기고 싶습니다."

바닥에서 허우적거리는 메르헨을 응시하던 르웰린이 나를 바라보았다. 올곧은 시선으로 그녀를 마주하며 입을 열었다.

"난 르웰린의 뜻을 따를 겁니다. 이 일을 공식적인 안건으로 만들기를 바라십니까, 저희 둘 다 침묵하길 바라십니까."

녹음이 깃든 두 눈이 옅게 일렁였다. 이 일을 공식적인 안건으로 만들 시 메르헨은 귀족 사회에서 매도되어 르웰린은 아주 쉽게 메르헨을 처리할 수 있겠지만, 대신 데카르도는 치욕을 피할 수 없다. 그렇다고 묻고 지나가면 데카르도의 명예는 지켜도 나를 모독한 메르헨을 봐주겠다는 의미가 되었다.

"난 괜찮습니다, 르웰린."

나 때문에 선택을 망설이는 것 같은 르웰린에게 단언했다. 르웰린이 움찔 몸을 떨었다.

'난 정말 괜찮으니까.'

살면서 별의별 욕을 다 들어본 나야 메르헨이 한 욕설 정도는 어린애들 장난처럼 들릴뿐더러, 내게 중요한 건 르웰린의 마음이지 메르헨을 처벌하는 게 아니었다. 흔들리는 눈으로 날 응시하던 르웰린이 입술을 짓씹다 질끈 눈을 감았다.

"……이번 일은, 침묵해 주셨으면 좋겠어요."

르웰린은 태어나기를 사업가였다. 무엇이 이치에 맞는지 잘 알았다. 미안함에 나와 눈도 마주치지 못하는 그녀를 향해 괜찮다는 듯 웃어 주었다.

"하."

그러나 칼은 괜찮지 않은 모양이었다.

"정말 웃기지도 않는군. 그대는 슈슈를 모욕한 치를 처벌하는 것보다 가문의 명예가 더 중요한가?"

"……칼."

"슈슈는 그대를 위해 나섰는데 그대는 손익이나 따지고 있다니 역겹기 짝이 없군. 장사치들 가문에서 나온 종자들은 다 이런 건가? 오라비나 동생이나……."

"칼!"

칼이 한 음절 한 음절 짓씹을 때마다 르웰린이 새하얗게 질려 갔다. 칼의 비아냥이 도를 넘으려 함에 급히 그의 말을 막고, 몸을 돌려 칼과 마주 보았다.

"나를 봐요."

르웰린을 죽일 듯 노려보는 칼의 양 뺨을 꽉 붙잡았다. 냉기가 서린 피부의 질감이 손바닥에 닿았다. 칼이 그제야 시선을 내려 나를 바라봤다. 날것 그대로의 분노가 이글거리는 칼의 눈동자와 마주하고 작게 속삭였다.

"그러지 마세요. 내 친구입니다."

르웰린이 나와 가문의 명예를 두고 손익을 따진다 한들, 그녀는 여전히 내 친구다. 나는 내 친구 르웰린이 내가 사랑하는 칼로 인해 상처받지 않기를 바랐다.

붉은 눈동자와 짙은 분홍빛 눈동자 사이에 시선이 오가고, 칼이 입술을 짓씹었다.

"……하."

칼이 그의 양 뺨을 잡은 내 손 위로 자기 손을 올렸다. 손등 위로 차가운 손바닥이 겹쳐졌다. 그 상태로 한참 마음을 진정시키듯 눈을 감은 채 호흡을 고르던 칼은, 조금의 이성을 찾고 나서야 천천히 눈을 떴다.

"……널 봐서 입 다무는 거야."

"그래요."

"원래라면 저 새끼를 죽여 버렸을 텐데 너 때문에 참는 거라고."

"압니다. 잘했어요."

이런 투로 말하는 칼은 꽤 익숙하다. 다정하게 어르며 칼의 머리카락을 쓰다듬어 주었다. 그제야 그의 기세가 조금 누그러졌다. 한숨을 쉰 칼이 아직도 끙끙거리는 메르헨의 목덜미를 잡아 들었다. 메르헨이 고통스럽게 컥컥거렸으나, 아무도 그에게 신경 쓰지 않았다.

"야. 결투 신청이다."

주머니에서 검은 가죽 장갑을 꺼낸 칼이 무감각한 표정으로 메르헨의 뺨을 장갑으로 내리쳤다. 얼마나 세게 휘둘렀는지 메르헨의 얼굴이 휙 돌아갈 정도였다. 메르헨이 비명을 지르며 뺨을 부여잡든 말든 조금도 신경 쓰지 않은 칼이 내게로 시선을 돌리며 눈매를 늘어뜨렸다.

"결투 정도는 허락할 거지? 죽이지만 않으면 되잖아."

'……죽일 것 같은데.'

아직도 불안정하게 날뛰는 칼의 기운을 보면 당장이라도 지옥을 여는 마법진이라도 그려 메르헨을 밀어 넣을 기세이나, 저렇게까지 말하는 걸 보아 죽이진 않을 듯싶었다. 죽기 직전의 상태로 만들어 놓을 것 같긴 하지만.

허락하듯 고개를 끄덕이니, 칼이 빙긋 웃었다.

"이따 집에서 봐, 슈슈."

일상 같은 인사, 태평한 목소리와 상반되게, 메르헨의 목덜미를 잡고 정원으로 질질 끄는 손길은 난폭하기 짝이 없었다. 비명을 지르다 침묵 마법에 걸려 소리 없이 입만 뻐끔거리며 발버둥 치는 메르헨을 무감각하게 바라보다 칼에게 손을 흔들어 주었다. 메르헨에게는 동정심조차 들지 않았다.

"……르웰린."

칼이 완전히 사라진 것을 확인하고 살짝 고개를 돌려 르웰린을 바라보았다.

칼의 비아냥으로 상처를 받지는 않았을까 걱정되었다.

"슈슈, 미, 미안해요……."

아니나 다를까, 새하얗게 질려 있던 르웰린은 나와 눈이 마주치자마자 커다란 눈물방울을 흘려보냈다.

'이런.'

눈물이 흐르는 커다란 녹색 눈동자가 너무도 처연해서, 나는 잘못한 게 없는데도 죄책감을 느껴야 했다. 빠르게 르웰린에게로 다가갔다.

"나는 슈슈보다 가문의 명예를 중시한 게 아니었어요! 물론 가문의 명예도 중요하지만 슈슈에게 비할 바는 아니라고요! 슈슈는 내게 유일한 친구예요. 정말 소중하고, 또……."

"압니다."

쉴 새 없이 눈물을 흘리며 횡설수설하는 르웰린을 긴 말 없이 꼭 안아 주었다. 움찔 어깨를 떨던 그녀가 이내 내 품에 얼굴을 묻었다.

"괜찮아요, 르웰린. 정말이에요. 난 괜찮습니다."

내 가슴을 축축하게 적시는 르웰린의 등을 천천히 토닥이며 끊임없이 속삭였다.

사람은 적응의 동물이기 때문에, 자주 만나 본 것들에는 점점 무뎌졌다. 그리고 적의와 무시, 비하는 이 세계에 태어난 내가 가장 먼저 익숙해진 것들이었다.

열 살쯤 되었을 때부터 검을 잡고 쭉 용병으로 살아왔다. 용병으로서 산다는 건, 돈만 쥐여 주면 뭐든 할 수 있는 천박한 종자로 취급받으며 내 생명을 담보로 한 일들에 마구 뛰어들어야 한다는 것을 뜻했다.

'……네가 이번 의뢰를 맡은 용병이라고? 지금 나랑 장난하나? 이런 땅딸보가 오면 어쩌자는 거야!'

'돈만 주면 뭐든 하겠다고? 하하! 재밌군! 1골드 줄 테니 내가 뱉은 침 한번 핥아 보지 그래!'

나라고 처음부터 강했던 것은 아니다. 검은 재앙 미르라는 이름을 공짜로 얻은 것도 아니었다. 소드 마스터 경지에 다다라 누구도 나를 무시하지 못하게 된 것은 열일곱 살 무렵. 소드 마스터가 되기 전 7년 동안은 갖은 무시와 치욕을 당해야 했다.

　쉽지 않은 삶이었다. 내 몸은 돈 몇 푼에 사지를 오가야 했고, 내 귀는 모든 폭언을 감내해야 했으며, 내 입은 무슨 일이 생겨도 불평 없이 침묵해야 했다. 돈이 필요했으니까. 나와 아리아가 하루를 더 버티기 위해서는 동전 하나가 간절했으니까.

　살기 위해 시작했던 일은 나를 죽고 싶게 만들었다. 힘들지 않은 하루는 없었다. 키가 작고 마르다는 이유로 끊임없이 쏟아지는 무시들을 버텨야 했고, 용병은 돈만 주면 뭐든 한다는 인식 아래 나를 함부로 다루는 이들에게 고개를 조아려야 했다.

　매일 몸도 마음도 상처투성이가 되어 집에 돌아갔다. 나를 기다리던 아리아에게는 걱정하지 않도록 웃어 주고, 매일 밤 아리아가 잠든 집을 나와 숲속 나무 위에서 소리를 죽여 울었다. 모두가 잠든 평화로운 밤에 나만 깨어 죽음을 상상했다.

　모두가 행복한 것 같은데, 왜 나만 불행할까. 왜 수많은 사람들 중 하필 아리아가 아파야 했을까. 나는 왜 이런 환경에서 태어나 이런 일을 해야 할까. 나는 왜, 왜 나만.

　나를 수몰시킬 듯 몰아치는 불행에도 결국은 익숙해졌다. 그것은 매일 밤 나를 찾아왔으니까. 더 이상 닳을 곳이 없을 만큼 닳고, 침몰하는 감정에 못 견뎌 눈물을 터트리는 것이 일상이 되고 나서야 나는 닥쳐오는 모든 부정적인 것들에 무덤덤해질 수 있었다.

　"괜찮아요. 정말로."

　'메르헨의 욕설 정도면 칭찬 수준이니까.'

불행의 끝을 본 이는 웬만한 충격에는 반응하지 않는다. 굳은살이 너무 짙게 박혀 웬만한 통증은 느껴지지도 않으니. 나는 정말 괜찮았다.

"나는, 가문의 명예가 슈슈보다 중요했던 게 아니에요. 메르헨을 공식적으로 매도하면 슈슈의 손을 더럽히는 것만 같아서…… 메르헨과는 태어나면서부터 이어진 끈질긴 악연이었으니, 내 손으로 그를 끊어 내고 싶었어요. 공작가의 힘을 빌리는 게 아니라 내 손으로, 내 손으로 그를 무너뜨리고 싶었어요. 그래서, 그래서……."

"네. 압니다. 괜찮아요."

물기가 가득 찬 목소리로 중얼거리는 르웰린의 등을 천천히 토닥여 주었다. 그걸 알았기에 선택을 르웰린에게 맡겼던 거다. 메르헨의 처분은 전적으로 그녀의 몫으로 남겨 주고 싶었으니까.

경직되어 있던 르웰린의 어깨가 풀리고, 뻣뻣하게 굳어 있던 두 팔이 내 허리에 감겼다. 르웰린이 소리 없이 울었다. 엉망이 된 그녀의 붉은 머리칼을 부드럽게 쓰다듬으며 빙긋 웃었다.

"미안해하지 말고 르웰린의 길을 가요. 친구라는 건 당신이 가는 길을 돕는 존재니까. 난 르웰린이 어떤 길을 택했든 응원했을 겁니다. 메르헨을 처벌하지 못하면 좀 어떻습니까. 당신이 더 중요한데. 괜찮습니다."

거센 흐느낌이 들려왔다. 나는 괜찮다는 말을 반복하며 르웰린의 울음이 그칠 때까지 담담히 곁을 지켜 주었다.

탈 많았던 연회는 그렇게 끝이 났다.

시간이 흐르고, 아타라 사절단 환영 연회로부터 엿새가 지났다. 사냥 대회를 하루 앞둔 시점, 아주 오랜만에 크리시스 네 가족이 저택 정원 테라스에서 함께 티타임을 가지던 참이었다.

"슈슈. 줄 게 있다."

"네?"

헛기침을 하며 답지 않게 수줍은 표정을 지은 칼을 보다 멀뚱히 들고 있던 잔을 내려놓았다. 의문을 담아 고개를 기울이니 한 번 더 헛기침을 한 칼이 주머니에서 작은 상자를 꺼냈다.

"내일이 사냥 대회이지 않나. 정표를 좀 준비해 보았다."

'정표'라는 단어가 나오자 얌전히 자기 차를 마시고 있던 아리아와 카이사르의 눈동자가 번뜩였다. 휙 소리 나게 돌아가 칼을 향하는 얼굴들을 보며 떨떠름한 표정을 지었다.

"칼은 출전하지 않을 생각입니까?"

"응. 사냥에 별 관심이 없기도 하고, 어차피 우승은 네가 할 테니까."

내 우승을 확신하는 칼의 반응에 머리를 긁적였다. 민망해하는 나를 보며 피식 웃은 칼이 상자를 열어 물건을 꺼냈다.

"손수건은 줘도 쓰지 않을 것 같고. 화려한 액세서리는 불편해할 것 같아서 가벼운 반지로 준비했다."

상자 안에 든 것은 장식 하나 없는 얇은 은반지였다. 귀족이 차기에는 지나치게 밋밋한 반지였지만, 심플한 걸 좋아하는 나로서는 환영이었다.

"그냥 액세서리를 주면 형식적인 것 같으니 같으니 마나의 순환을 고르게 해 주는 마법을 걸었다. 평소에 차고 다녀도 좋을 거다. 내가 끼워 줘도 되나?"

반지를 제 손에 쥔 칼이 나를 향해 씨익 웃었다. 반지보다는 시간 들여 준비해 준 그 마음이 고마워 기쁘게 고개를 끄덕이며 칼에게 오른손을 내밀었다.

"아니. 오른손은 네가 검을 잡는 손 아닌가. 불편할지도 모르니 왼손으로 주지 그래."

"어, 그럴까요."

　　　　　　　　　　　　충직한 검이 되려 했는데 1

칼의 종용에 손을 왼손으로 바꾸었다.

칼은 상쾌한 웃음을 띤 채 내 손을 조심스레 잡고 내 손가락 위로 반지를 끼웠다. 사이즈 조절 마법이 걸린 건지, 조금 헐거워 보이던 반지는 내 손가락에 들어가자마자 맞춘 것처럼 조여들었다.

'음, 그런데…… 위치가……'

왼손 약지에 채워진 반지를 내려다보며 눈을 깜빡였다. 칼을 힐끔 곁눈질하니, 칼이 당당하게 웃었다.

"요즘 네 주위를 날아다니는 날파리가 많아 보여서 말이다. 달라붙으면 애인 있다고 하면서 반지를 보여 줘라."

"알겠습니다."

애 달래듯 당부하는 칼을 보며 작게 웃었다. 친구는 많아도 내게 성애적 마음을 품고 다가오는 이는 하나도 없다. 허나 칼의 걱정이 귀여워 흔쾌히 고개를 끄덕였다.

쾅!

칼과 나 사이에 다정한 시선이 오가던 그때, 티 테이블이 큰 소리와 함께 덜컹거렸다. 조금 놀라 소리가 나는 쪽으로 고개를 돌렸다.

"상도덕이 없나 봐, 오라비."

그곳에는 티 테이블 위에 부들거리는 주먹을 둔 채 이를 악물고 웃는 아리아가 있었다.

"우리 슈슈 언니한테 주는 사냥 대회 정표는 겹치지 않게 준비하는 걸로 합의 봤을 텐데요. 분명 내가…… 사흘 전에 반지를 준비할 거라고 말해 뒀을 텐데……."

"난 일주일 전부터 반지를 생각하고 있었어서 말이다. 이런. 설마 정말로 반지를 준비한 건가? 그런데 어쩌지. 슈슈 왼손 약지는 내가 먼저 차지했는데."

"이 자식이 진짜……."

뻔뻔스레 웃는 칼을 보며 눈을 부릅뜬 아리아가 벌떡 일어났다. 아리아의 푸른 눈동자가 시리게 번뜩이더니 어느새 아리아의 손에는 마법진이 발동되고 있었다. 재수 없는 웃음을 지은 칼이 다리를 꼬고 앉은 채로 여유롭게 마법진을 발동시켰다.

"지금 마법 스승에게 마법으로 덤비는 건가? 아주 불초 제자가 따로 없군."

"마법 좀 가르쳐 준다고 유세 부리는 꼴이란…… 당신이 지금 하고 있는 연구에 내 치유력 도움을 받고 있다는 건 잊었나 봐?"

금방이라도 서로에게 메테오를 날릴 기세인 칼과 아리아를 보며 한숨을 쉬었다. 말싸움이 고작이던 둘의 싸움은 아리아가 마법을 배우기 시작한 뒤부터 스케일이 점점 커지기 시작했다.

'나, 이제 강해질 거야. 더는 언니한테 지킴만 받지 않을래. 언니를 지킬 수 있을 정도로 강해질 거야.'

평생 언제 죽을지 모르는 병든 몸을 가지고 살던 아이다. 공작 저에 온 지 얼마 되지 않아 함께 소풍을 나갔던 날, 자신이 마음껏 뛰어도 지치지 않는 정상적인 몸을 갖게 됐다는 걸 자각한 아리아는 한참을 울다가 그렇게 말했다. 누구도 무시하지 못할 만큼 강해지겠다고.

아리아는 한동안 자신의 무력을 기를 방법을 신중히 고심했다. 한때는 내게 검을 배워 보기도 했으나, 검을 배우기 시작한 지 1시간 만에 재능이 없음을 스스로 깨닫고 포기했다.

냉정히 말해 아리아는 몸으로 하는 것에 재능이 전혀 없었다. 무력을 기르기 위해 여러 가지 것들을 배워 보던 아리아가 정착한 곳은 다름 아닌 마법이었다.

아리아가 마법을 배우게 된 계기는 무척 어이가 없었다. 여느 때처럼 칼과 싸우던 아리아는 마법을 사용해 자신을 골리는 칼에 분노해 자기도 모르게 마법을 사용하고는 마법에 대한 자신의 재능을 처음으로 자각했기 때문이다.

'그 녀석에 대해서 좋은 말을 하려니 입에서 가시가 돋을 것 같지만…… 아리아 크리시스, 천재는 천재더군. 마법의 시전은 그리 간단하지 않아. 복잡하고 난해한 마법진의 수식을 모두 외우고 공식을 이해해야 해. 그 마법을 전개할 수 있을 만큼의 마력도 필요하지. 때문에 하나의 마법을 배우려면 무척 많은 시간이 필요해. 그런데 아리아 크리시스는…… 내가 마법진을 전개한 그 잠깐 사이 나타난 마법진의 형식을 모두 외우고 이해한 거야. 자각도 없이 말이야. 젠장. 걘 왜 마법까지 잘하는 건지…… 재수가 없단 말이지.'

마법에 있어 천재라 불리는 칼이 이렇게 말할 정도였다. 한편 아리아는 칼을 이렇게 표현했다.

'요즘 칼 새끼, 아니, 칼 오라비에게 마법을 배우고 있어. 매일 하는 일도 없이 언니한테 거머리처럼 붙어 있기에 쓸모 있는 군데가 있기는 하나 싶었는데…… 마법을 좀 하더라고. 그 오만한 자식이 잘난 척하는 꼴을 보고 있자면 얼굴에 파이어볼을 날리고 싶지만…… 확실히 좋은 선생이야. 으, 내 입으로 그놈을 인정하다니, 토 나올 것 같아…….'

'아리아, 말. 그래도 칼이 가르쳐 주기는 하나 보네. 안 가르쳐 줄 것처럼 굴더니.'

'……칫. 알았어. 물론 처음엔 죽어도 안 가르쳐 준다고 질질거렸지. 새끼, 유세 부리는 꼴이 얼마나 같잖, 아니, 깜찍하던지. 가르쳐 주는 대신, 나는 오라비 연구를 돕기로 했어.'

'연구?'

'치유의 힘을 아티펙트에 담는 연구를 하더라고. 언니가 검술 훈련하느라 자주 다치니까 휴대용으로 가지고 다니면서 제때제때 치료할 수 있게 하려는 것 같더라. 흥. 내가 매일 밤마다 치유력으로 언니를 치료해 주는 게 질투 났던 거겠지. 꼬우면 지도 요정 혼혈 하든지…… 자기도 정기 부족에나 시달려 보라고 해. 그게 얼마나 힘든데.'

'아리아.'

'……알았어. 하여튼 오라비의 연구를 돕는다는 조건으로 마법을 배우고 있어. 나야 연구를 도우면서 치유력을 사용하는 연습도 하고 마법도 배우니까 일석이조지.'

몸이 완치된 후에 저절로 치유력을 깨우친 아리아는, 요즘 들어 검술 연습에 매진하며 상처가 많이 생기는 내 몸을 밤마다 치유해 주곤 했다. 잔뜩 욕을 쏟아 놓으면서도 결론적으로 평가는 나쁘지 않은 걸 보면 칼과 아리아의 사이는 천천히 호전되고 있는 듯했다.

"오라비야, 네 주제에 언니 왼손 약지를 차지하겠다고? 말도 안 되는 소리! 순순히 포기해."

"포기 못 하겠다면 어쩔 거지? 나와 마법으로 싸우려고? 마법에 재능이 좀 있다고 해서 나를 능가했다는 망상은 하지 마라. 5억 년은 멀었으니까."

……아주 천천히 말이다. 서로에게 얼굴을 들이민 채 서로의 목덜미를 물어뜯기 직전인 칼과 아리아를 바라보다 한숨을 쉬었다.

'둘 다 평소엔 지나치게 어른스러운데 붙여만 놓으면 애 같아진단 말이야.'

아리아는 어려서부터 무척 차분하고 영민했다. 천재적인 두뇌에 어려운 환경이 겹쳐지니 어떤 일에도 떼 한 번 쓰지 않는 애어른이 된 것이다.

칼 같은 경우 만사에 인간답지 않을 정도로 냉정하고 능숙했으니, 둘 다 지나치게 어른스러웠다.

'가끔 이렇게 애다운 모습들을 보이는 게 좋긴 하지만…… 요즘은 마법까지 사용해서 싸우니 너무 격해지면 위험하단 말이지.'

'이게 무슨…… 둘 다 괜찮아? 오다가 폭탄 맞았어?'

'아니, 그냥…….'

'그냥 이 자식이랑 좀 싸웠어.'

얼마 전 마탑에서 의견 차이로 싸우고 사이좋게 만신창이가 되어 돌아왔던 둘을 떠올리며 미간을 찡그렸다. 이대로 내버려 두면 또 싸우기 시작할 게 뻔했다.

여유롭게 차를 마시며 칼과 아리아의 대치를 관전하고 있는 카이사르는 둘을 말릴 생각이 전혀 없어 보였기에 내가 나설 수밖에 없었다.

"둘 다 그만."

내 한숨 섞인 제지에 칼과 아리아가 흠칫하며 마법진을 해제했다. 그들이 나를 향해 고개를 휙 돌리곤 눈빛을 불태웠다.

"언니, 말해 봐! 저 자식이 준 반지는 버리고 내 반지를 왼손 약지에 끼울 거지?"

"쟤 말은 들을 거 없다. 계속 거기에 끼우고 있어라!"

'둘 다 왜 저렇게 왼손 약지에 집착하는 거지.'

어디 끼우든 끼우고만 있으면 된다고 생각하는 나로서는 이해가 되지 않는 논쟁 주제였다. 대답을 종용하는 둘의 뜨거운 시선을 받으며 눈을 끔뻑이다, 아리아에게로 손을 내밀었다.

"아리아. 준비한 정표 지금 줄래?"

눈을 깜빡이던 아리아가 주머니에서 작은 케이스를 꺼내 내게 건넸다. 케이스를 열자 보인 것은 작은 오팔이 박힌 은색 반지였다.

'둘 다 귀엽단 말이야.'

칼이 준 반지와 아리아가 준 반지를 번갈아 보다 피식 웃었다. 둘 다 나를 위해 고민하고 숙고해서 정표를 준비했을 거라는 생각에 사랑스러워 견딜 수 없었다. 아리아의 반지를 손 안에서 굴리다, 칼의 것과 마찬가지로 왼손 약지 위에 끼웠다.

"둘 다 고마워."

두 개의 반지가 끼워진 약지를 보며 흐드러지게 웃음 지었다.

"심장 멎을 뻔했네. 기분 좋으니 한 번만 봐주지."

"심장 멎고 그대로 생을 마감했으면 좋았을 텐데. 슈슈가 좋아하니 물러서는 거다. 다음엔 물러서지 않을 거야."

나를 지그시 응시하던 칼과 아리아가 서로를 돌아보더니 굳은 표정으로 악수했다. 피부와 피부가 닿지 않은 채 손을 흔드는 시늉만 하는 이상한 악수였다.

둘 사이에 기묘한 대화가 오가는 사이, 내 맞은편에 조용히 앉아 있던 카이사르가 씨익 웃으며 자리에서 일어섰다.

"그럼 이제 내 차례인가."

나를 향해 위풍당당하게 걸어오는 그의 손에는 내 키의 반절쯤 되는 크기의 상자가 들려 있었다.

"나도 네게 선물을 주고 싶구나."

내 의자 옆에 선 카이사르가 한쪽 무릎을 꿇고 나를 올려다보았다. 갑작스러운 그의 행동에 눈을 동그랗게 떴다.

"어, 아버지는 사냥 대회에 출전하시잖습니까. 그런데 제게 정표를……."

"그러니 정표가 아니라 선물이다. 나만 가만히 있을 순 없지."

카이사르가 옅지만 부드럽게 웃었다. 처음에는 볼 수 있을 거라고 상상조차 못 했으나 이제는 조금 익숙해진, 카이사르의 새로운 웃음을 지그시 응시했다.

나는 크리시스의 일원이 된 뒤 조금씩 달라졌다. 늘 억누르던 감정을 분출하는 방법을 배웠고, 호의를 경계하는 대신 감사하는 방법을 배웠으며, 다가오는 행복에 불안해하는 대신 마음 놓고 누리는 방법을 배웠다.

내가 달라졌듯, 카이사르도 달라졌다. 지나치게 과묵하던 그는 비록 대상이 저택 사람들뿐일지라도 조금씩 타인과 대화하기 시작했고, 나를 무감각하게 응시하는 대신 웃기 시작했다.

내가 누군가로 인해 변한다는 건, 또 누군가가 나로 인해 변한다는 건 그 자체로 놀랍고 황홀한 일이었다.

"너는 원하는 걸 말하는 법이 없어서 뭘 줄까 많이 고민했다. 그러다 네가 가장 좋아할 만한 걸 준비했지."

카이사르가 내게 상자를 건넸다. 갸웃하며 상자를 열었다. 그리고 눈을 동그랗게 떴다.

"와······."

상자 안에 든 것은 검이었다. 심장이 두근거렸다. 입을 살짝 벌린 채로 상자에서 검집을 꺼냈다. 검집까지 함께 들었음에도 검은 무게가 무척 가벼웠다. 홀린 듯 검 손잡이를 잡고 발검했다.

스르릉.

날붙이가 긁히는 소리와 함께 검이 모습을 드러냈다. 반짝이는 눈으로 검을 자세히 관찰했다. 한눈에 보기에도 좋은 강철로 만들어진 듯한 날카로운 검날. 마법이 깃들었는지 은은히 느껴지는 마력. 금빛으로 정교하게 장식된 손잡이와 손잡이 중심에 박힌 마정석.

'와······.'

계속 감탄만 나왔다. 몇 달의 고민과 저축 끝에 열다섯 살 무렵 동네 무기 상점에서 구입한 검을 여태껏 쓰고 있는 나로서는 처음 잡아보는 좋은 검이었다. 내가 검에 홀려 있는 사이, 카이사르가 뿌듯한 미소를 지은 채 설명했다.

"북부에서만 나오는 강철로 만들어진 검이다. 오러를 증폭시키는 데 최적화되어 있지. 손잡이에 박힌 마정석은 마나의 흐름을 고르게 하는 효과가 있다. 사실 네가 이 저택에 온 지 얼마 되지 않아 의뢰를 맡겼었는데 이제야 도착을 했더군. 대륙 최고의 대장장이 아타라 왕국의 포로스가 만든 것이다. 마음에 드느냐?"

'마음에, 드냐고?'

한참 검을 응시하다 말고 카이사르를 돌아보았다. 그의 얼굴에는 미미한 기대가 서려 있었다. 그를 향해 세상 다시없을 것처럼 환하게 웃음 지었다.

"최고의 선물입니다, 아버지."

검은 내 영혼. 내 인생의 의미는 검으로 시작해 검으로 끝을 맺었다.

검이 마음에 드는 것도 있었지만, 이 선물로 검이 내게 얼마나 중요한 의미인지 카이사르가 인정해 주는 것만 같아 한없이 기뻤다.

"이 검을 가지고 프라마 영식인지 뭔지의 사지를 동강 내 버리면 더 좋겠지만…… 그치는 네가 네 방식으로 처리하겠다고 선언했으니까. 네가 처리한다고 해서 내 손을 대지 않는 것이니, 반드시 사냥 대회에서 이겨 보이며 납작하게 눌러 버려라."

아우디를 언급하는 카이사르의 표정은 말 그대로 지옥에서 기어 올라온 야차 같았다. 순간 소드 마스터인 나조차도 잠시 소름이 돋을 정도로 퍼진 살기에 어색하게 웃었다.

'아우디를 참수해 버리겠다고 날뛰는 두 사람을 말리느라 힘들었지.'

황실 무도회 이후, 아우디와 나 사이의 해프닝을 소문으로 들은 아리아와 그런 아리아를 통해 해프닝을 전해 들은 카이사르는 몇 번이나 프라마 가문으로 쳐들어가려 했다.

'넌 내 딸이다. 카슈미르 크리시스란 말이다! 너무 귀해서 만지는 것조차 조심스러운, 내가 내 생에 최초로 깊이 사랑하게 된 존재다! 그런 네가, 그런 내 딸이! 그런 치에게 모욕을 당했다는 걸 알고도 가만히 있으라고? 그럴 순 없다. 나는 네가 모욕을 당하던 그 자리에 함께 있어 주지 못했다는 것만으로도 데베라 아가리에 머리를 처박고 싶단 말이다! 나를, 네 아비를 이 이상 비참하게 하지 마라. 아우디 프라마는 오늘 죽는다.'

'내가, 내가! 평민 출신 양녀 주제에 주제도 모르고 사교계에서 날뛴다는 소리를 들으면서까지 사교계를 휘어잡으려고 하는 이유가 뭔지 알아? 언니 때문이야! 나 하나 살리겠다고 용병계에 뛰어들어서 평생 거칠게 산 언니가 더는 누구에게도 무시당하지 않길 바라니까! 이 빌어먹을 사교계를 내 발아래 꿇려서 사교계에 존재하는 그 어떤 귀족도 언니를 무시하지 못하게 만들고 싶어! 그런데, 그런 같지도 않은 놈이 언니를 모욕한 걸 참으라고? 난 못 참아! 반드시 그 새끼를 죽여 버릴 거야!'

어쩌다 보니 격분한 두 사람에게서 가슴 저리는 진심을 들어 버리고 울컥한

충직한 검이 되려 했는데 1

나를 도와준 건 다름 아닌 칼이었다.

'나라고 그 새끼 목을 따고 싶지 않은 것 같습니까? 그 새끼를 가장 죽이고 싶은 건 납니다. 내가…… 내가, 원인이니까. 그 새끼는 내게 앙갚음하려고 카슈미르를 건드린 거니까. 마음 같아선 그놈을 제발 죽여 달라고 애원할 때까지 고문해 버리고 싶습니다.'

'그런데 왜……!'

'모욕을 당한 건 슈슈니까. 슈슈가 자기 방식으로 처리하겠다지 않습니까.'

'……'

'우린 그걸 방해하면 안 됩니다. 슈슈가 누구도 끼어들지 않기를 바랐습니다.'

그날, 칼은 나를 향한 존중을 보여 주었다. 분노를 주체하지 못해 불타는 눈을 하고서도 자신의 감정은 뒤로한 채 내 방식을 존중해야 한다고 말했다.

'칼은 메르헨에 관한 건에서도 내 선택을 존중해 침묵해 줬지.'

황실 무도회 다음 날 메르헨이 죽기 직전의 꼴로 황궁 정원 구석에서 발견되긴 했지만, 칼은 나와 약속한 대로 메르헨이 날 모욕한 건에 대해서는 입을 다물었다. 만약 칼의 발설로 카이사르와 아리아가 아우디에 이어 메르헨까지 나를 모욕한 걸 알았다면 사교계 자체를 뒤집겠다고 날뛰었을 테니, 큰 소란을 원치 않는 나로서는 다행인 일이었다.

칼의 설득에 두 사람은 분노에 차 씩씩거리면서도 자신들의 감정을 누르고 나를 존중해 주었다. 당장이라도 달려 나가고 싶다는 표정으로 내 방식을 존중한다고 말하는 이들은 너무 사랑스럽고 소중했다.

'어, 언니? 울어? 자, 잠깐만. 울지 말고…… 그 빌어먹을 새끼 진짜…… 나 봐. 응?'

'……네가 우리의 참견을 원치 않는다고 생각했는데 아닌가? 내가 조지러 가지 말라고 해서 섭섭했나? 지금이라도 가서 그놈 정신을 붕괴시킬까?'

'슈슈. 울지 마라. 네가 울면…… 어떻게 해야 할지 모르겠다.'

부어지는 과분한 사랑이 내 좁은 마음을 꽉 채우다 못해 넘쳐흘러 버려서, 그날은 조금 울었던 것 같다.

'이 시간이 오기 위해 내가 여태껏 불행했던 게 아닐까.'

행복과 불행은 등가교환이기에, 이 벅찬 행복을 위해 지금까지의 불행이 있었던 게 아닐까 싶을 정도였다. 그렇게 생각할 정도로, 지금의 나는 행복했다.

'그래서 반드시 이 시간들을 지킬 거야.'

다시금 결심하며 사랑스럽다는 표정으로 세 사람을 눈에 담을 때였다.

쾅!

"빌어먹을! 마스터키 사용하시기 있습니까! 검 관련한 선물은 안 하는 걸로 합의 보지 않았습니까!"

"누군 지금 검 좋아하는 거 몰라서 선물 안 한 줄 아나!"

칼과 아리아가 격노한 표정으로 들고 일어났다. 아무래도 내가 모르는, 세 사람 사이의 협상이 있었던 모양이다. 편법을 저지른 것 같은 카이사르를 어리둥절한 표정으로 바라보고 있으니, 그가 재수 없게 입꼬리를 올렸다.

"수단과 방법을 가리지 않는 자가 가장 사랑받는 법이다."

쾅!

말이 끝남과 동시에 두 사람이 카이사르에게 공격 마법을 시전했다. 카이사르가 오러로 날아오는 공격들을 막아 낸 건 익숙한 순차였다.

평화롭고, 참을 수 없이 행복한 하루.

그리고 사냥 대회 날이 다가왔다.

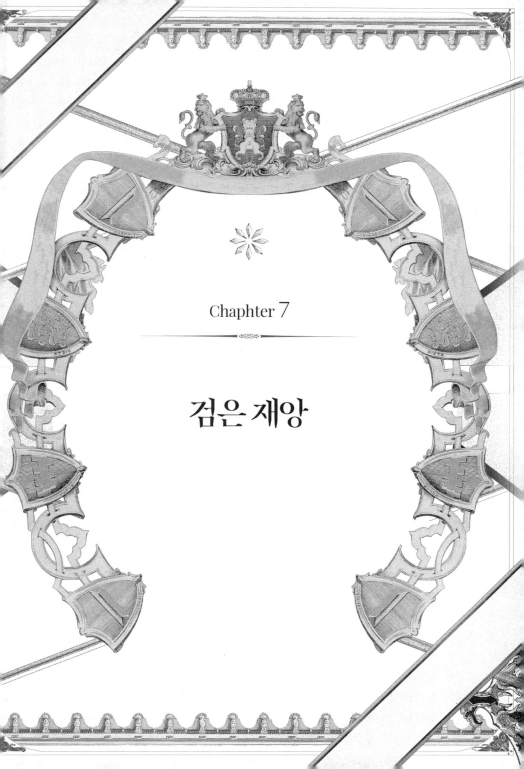

Chaphter 7

검은 재앙

"······정말 그대로도 괜찮으신 거죠?"

나갈 준비를 마친 나를 일일이 뜯어보던 마리아가 몇 번이고 물었던 물음을 다시금 입에 담았다. 걱정 근심이 가득한 그녀를 향해 빙긋 웃어 주었다.

"충분해."

"그래도····· 치장도 하나도 안 하신 데다 사냥 대회에 출전하시는데 보호구가 하나도 없는 건······."

"마리아. 네 앞에 있는 나는 누구지?"

내 확언에도 염려를 늘어놓는 마리아의 말을 뚝 끊으며 그녀를 응시했다. 입술을 앙다문 그녀가 허리를 굽혔다.

"크리시스 가의 공녀이시며, 제 주인이십니다."

"그리고 소드 마스터 미르지."

마리아의 어깨가 흠칫 튀었다. 마리아는 내가 미르라는 것을 발언하지 않겠다고 맹세한 사용인들 중 하나로, 내가 미르라는 것을 직접 입에 담지 못했다. 미르라는 이름이 나오자 긴장한 기색이 된 그녀를 향해 당당하게 웃었다.

광포한 마수들을 상대하면서도 검은 망토 하나만 입고 다녔던 나다. 보호구는 몸을 무겁게만 할 뿐, 내게는 방해만 되었다.

"소드 마스터의 마나는 어떤 보호구보다 강해."

그 어떤 단단한 보호구도 내 마나보다 나를 더 잘 지켜 줄 수 없으리라는 자신감이었다.

"언니! 준비 다 끝났어?"

1층으로 내려가니 아리아와 칼, 카이사르가 준비를 마치고 기다리고 있었다. 고개를 끄덕이며 빙긋 웃었다. 내게로 달려온 아리아는 나를 위아래로 훑어보더니 흠칫하며 미간을 찌푸렸다.

"……이러고 간다고?"

"응? 응."

아리아의 표정이 와그작 구겨졌다. 눈을 끔뻑이다 문제가 있나 싶어 고개를 기울였다.

"이상해?"

"아니, 아니…… 어울려. 엄청 멋진데…… 그게 문제야."

"뭐?"

"너무…… 치명적이잖아."

데뷔탕트 때의 데자뷰를 느끼며 얼굴 위로 물음표를 띄웠다. 저번에는 칼과 카이사르가 그러더니, 이번에는 아리아도 그랬다.

'대체…… 무슨 문제가 있는 거지?'

현재 내 복장은 평범하다 못해 밋밋하기 짝이 없었다. 피부가 직접적으로 드러나는 부분도 무릎과 종아리 윗부분 조금뿐이었다. 문제점을 모르겠다는 뜻을 담아 아리아를 바라보고 있자니, 소파에 앉아 있던 칼과 카이사르도 덩달아 심각한 표정으로 내게 다가왔다.

"……이런 여자라면 착취를 당해도 좋겠구나, 라는 생각이 든다. 너무 위험해."

"맞다. 조금…… 아슬아슬한 느낌이군."

"언니 옷차림은…… 드러내고 외설적인 게 아니라 은은히 치명적이야. 사람의 상상력을 자극하는 느낌이랄까?"

'대체 어디가?'

내 복색을 훑어보며 심각하게 대화를 나누고 있는 칼과 카이사르, 아리아를 보다 혼란스러워졌다. 내 복색을 몇 번 더 관찰해도 지나치게 심플하면 심플했지, 외설적인 부분은 한 군데도 없었다.

"이 정도면 귀족 영식의 평범한 차림 아닙니까?"

"……그렇긴 하다. 하지만 네가 입으니까 뭔가 이상해. 배덕감이 든다."

'이건 또 무슨 소리야.'

짜게 식은 표정으로 헛소리를 하는 칼을 바라보았다. 그는 어쩐지 나와 눈을 맞추지 못하고 시선을 피했다.

'뭐, 세 사람이야 워낙 내게 칭찬이 후하니까.'

이것도 그의 일종이라고 생각하며 어깨를 으쓱하며 넘겼다.

"우선 알겠습니다. 하지만 옷 갈아입을 시간은 없으니 출발하죠."

세 사람의 얼굴에 불만이 차올랐으나, 어쩔 수 없는 일이었다.

사냥 대회가 열리는 숲 앞 공터에는 여러 채의 천막들과 많은 귀족들로 바글거렸다. 수많은 귀족들이 입방아를 찧는 대화 주제는 단연 이것이었다.

"이번 사냥 대회엔 카슈미르 크리시스 공녀가 출전한다죠?"

일주일 전 사절단 맞이 환영 연회에서 돌연 사냥 대회 출전을 선포한 카슈미르 크리시스.

등장과 동시에 사교계를 휘어잡으며 종횡무진하는 아리아 크리시스에 비해, 카슈미르는 지나치게 고요했다. 불참 시 문제가 제기될 수 있는 거대한 행사가 아닌 이상 모습을 드러내지 않는 의뭉스러운 인물.

모습을 드러내도 거리감이 느껴질 만큼 인외적인 분위기를 풍기며 누구와도 어울리지 않는다. 두문불출하면서도 가끔 황궁과 신전에서만 모습을 보이니, 그에 따라 달라붙는 소문들은 무궁무진했다.

"황실 무도회에서 프라마 영식과 대치하던 거 봤어요? 정말 당당하던데요."

"전 당당하기보단 조금 거칠다고 느껴지더군요. 게다가 검을 쓴다잖아요. 성격이 어떨지는……"

"황태자 저하께서 프라마 영식을 막아서던 거 봤어요? 저하와 크리시스 영애가 교제하는 사이라는 소리도 들리던데요."

"난 크리시스 영애가 교황 성하와 친분이 있다는 소리를 들었어요."

"저번 데뷔탕트에서 아인하르트 소후작이 춤을 신청하지 않았나요?"

수군수군.

호의와 적의, 진위 여부를 알 수 없는 뜬구름 잡는 소문들이 사방을 울렸다.

시끄럽게 떠드는 이들 모두, 등장할 때마다 섬뜩하리만큼 압도적인 분위기를 풍기는 카슈미르 크리시스에게 직접 말을 걸 용기는 없는 자들이었다.

탁.

그리고 그 소란 사이로 소란의 주인공을 실은 마차가 등장했다.

"……크리시스 공작가의 마차로군요."

모두가 긴장했다. 아타라 왕국의 사절단과 황가, 신전의 일원이 도착하기 직전 도착할 마차는 크리시스의 것이 유일했다.

탁.

시종에 의해 마차 문이 열리고, 가장 먼저 등장한 인물은 카이사르 크리시스였다.

경이로운 미모 위로 깃든 무심함과 눈짓 한 번으로 사람을 압도하는 카리스마, 온몸에 흐르는 색기. 검은 제복 재킷 속 와이셔츠 위에 착용한 검은색 하네스는 존재하는 것만으로도 기이한 분위기를 만들어 냈다.

그다음으로 마차에서 내린 인물은 칼 크리시스였다.

제 아비를 똑 닮아 경탄스러운 미모와 날것 그대로의, 맹수처럼 날카로운 분위기. 제 위에 아무것도 두지 않았다는 듯 풍겨 오는 오만함. 정석대로 차려입은 카이사르에 비해 검은 와이셔츠 하나만 가볍게 입은 칼의 몸 위에는 마찬가지로 검은 하네스가 자리 잡고 있었다.

그다음으로 모습을 드러낸 이는 아리아 크리시스였다.

앞선 부자와는 정반대의 느낌이지만 마찬가지로 경이로운 미모, 요정을 연상케 하는 청초한 분위기, 그 사이를 비집고 느껴지는 강인함. 외모와 어울리지 않는 날카로운 카리스마를 풍기는 그녀는 승마바지에 테일코트 차림을 하고 머리를 틀어 올리고 있었다. 테일코트 아래에는 핑크 다이아몬드가 얽힌 바디체인이 자리하고 있었다.

그리고 모습을 드러내는 논란의 주인공.

"아."

소름 끼치게 번뜩이는 형광 분홍빛 눈이 좌중을 훑어봄과 동시에 이곳저곳에서 탄성이 새어 나왔다. '아름답다', '아름답지 않다'의 양자택일로 평가할 수 있는 무언가가 아니었다.

한없이 강렬했다.

등장과 동시에 사방을 누르는 지독한 위압감에 사람들은 그녀의 외모가 어떤지를 평가할 여유도 없이 황급히 눈을 내리깔았다. 그 위압감을 간신히 이겨내고 조심스레 다시 관찰하면, 가장 먼저 보이는 것은 파동 한 점 없이 가라앉은 형광 분홍빛 눈동자였다.

비할 수 있는 무언가가 없을 만큼 인위적이고 독특한 색이었다. 크리시스 부자의 무심한 눈과 닮은 듯하면서도, 빛 한 점 없는 그들과는 다르게 은은히 반짝이고 있는 진분홍빛 눈.

햇빛을 받으면 기이한 안광으로 번뜩거리고, 어둠이 깔리면 형광으로 빛날 것 같은 그 눈은 보기만 해도 오싹한 동시에 사람의 시선을 잡는 힘이 있었다.

한참 홀린 듯 그 눈을 바라보다 천천히 그녀의 다른 곳을 관찰하기 시작하면 저절로 입이 벌어졌다.

깔끔한 하얀색 비숍 셔츠. 양어깨에 걸린 멜빵과 멜빵에 이어진 무릎을 드러내는 반바지. 무릎 아래 종아리를 덮는 하얀 니삭스. 장검 형태의 오브젝트가 달린 검은 구두. 허리춤에 찬 검집과 어깨에 멘 활.

분명 평범한 차림이었다. 평범하다 못해 단순하고 지나치게 무난했다. 분명 그런데. 그녀의 온몸에서는 기이한 색기가 넘치도록 흘러나왔다.

비숍 셔츠 위를 조인 복잡한 형태의 하네스는 카슈미르의 말랐으면서도 다부진 상체의 형태를 드러냈다. 반바지와 니삭스 사이로 살짝 드러난 흉터투성이 무릎 위로는 X자 형태로 교차된 검은 삭스 가터가 자리 잡고 있었다.

어린 귀공자 같은 단정한 복장을 하고서는, 몸 여러 군데를 검은 줄들로 묶은 카슈미르 크리시스는 보는 사람으로 하여금 기묘한 배덕감을 느끼게 했다.

탁.

광택이 나는 검은 구두가 마차를 넘어 잔디를 밟았다. 사방에 퍼지는 위압감에 작은 발걸음에도 땅이 울리는 듯했다.

그녀가 고개를 들어 잔디밭 너머의 숲을 바라보았다. 빠르게 구르는 동공이 숲을 면밀히 살폈다.

기이한 빛을 품은 진분홍빛 눈동자가 얼마나 관찰했을까.

"오랜만이네."

작게 중얼거린 카슈미르가 자신의 터로 돌아온 맹수처럼 만족스레 웃었다.

"실례합니다. 카슈미르 크리시스 영애 계십니까?"

곧이어 등장한 황제의 호출로 이를 갈며 사라진 카이사르와 영애들의 호출로 나간 아리아를 뒤로하고 칼과 막사에서 티타임을 가지고 있는 중에, 누군가 밖에서 나를 불렀다.

나는 티타임을 방해받아 얼굴이 구겨진 칼을 눈빛으로 달래며 자리에서 일어났다.

"무슨 일인가."

막사 밖에 서 있는 이는 황실 시종 유니폼을 차려입은 젊은 남자였다. 그가 정중히 허리를 굽혀 인사했다.

"공녀님의 개인 시간을 방해하게 되어 송구합니다만, 황태자 저하께서 공녀님을 막사로 호출하셨습니다."

'디디가?'

그가 나를 부를 이유가 있나 싶어 고개를 갸웃했으나, 우선 황태자가 정식으로 호출한 이상 갈 수밖에 없었다.

"금방 준비하지. 잠시만 기다려 주게."

시종이 고개를 끄덕였고, 나는 그를 뒤로한 채 다시 막사 안으로 들어갔다.

"무슨 일이지?"

"황태자 저하께서 절 호출하셨습니다."

칼의 표정이 완전히 구겨졌다.

"꼭 가야 하나?"

"가야 하는 거 아시잖습니까."

"안 그래도 요즘 황궁을 자주 가면서……."

그가 축 처진 표정을 지었다. 시무룩해 보이는 칼을 보며 눈을 깜빡이다 조심스레 그의 머리를 쓰다듬어 주었다. 손가락 사이사이로 얇고 부드러운 머리칼이 얽혔다.

"금방 돌아오겠습니다. 조금만 기다려 주십시오."

칼을 향해 빙긋 웃었다. 그런 나를 지그시 응시하던 그는 한숨을 쉬었다. 칼의

충직한 검이 되려 했는데 1

얼굴 위로 애처로운 표정이 떠올랐다.

"……난 친구도 없어서 네가 없으면 쭉 혼자 있어야 한다. 네가 나를 너무 외롭게 두지 않았으면 좋겠어."

스산하리만치 날카롭던 눈매가 축 처지는 모습은 가슴 저리도록 안쓰러웠다. 입매를 축 늘어뜨리며 다시금 칼의 머리를 쓰다듬어 주었다.

"오래 걸리지 않을 겁니다. 다녀올게요."

내 손길을 기껍게 받아들인 칼이 힘없이 손을 흔들었다. 안쓰러움을 자극하는 그를 몇 번 돌아보면서도 막사를 나섰다.

쾅!

'……?'

그리고 막사를 나서 두어 발걸음 정도 떼자마자 들리는 거대한 파열음에 놀라 막사를 돌아보았다. 분명 무언가 부서지는 소리였다.

'칼이…… 잔을 놓쳤나?'

걱정되어 돌아가 볼까 하다가, 상당한 수준의 마법사인 칼이 이 정도 소란에 다쳤을 리는 없다는 생각에 마음을 진정하며 마찬가지로 놀란 표정을 지은 채 막사를 돌아본 시종을 종용했다.

"아마 공자께서 잔을 놓친 모양이야. 우선 안내해 주면 고맙겠군."

"아…… 네."

시종의 안내를 따라 막사들 사이를 지났다. 걸음마다 따라붙는 시선들은 익숙하게 무시한 채, 가장 크고 화려한 황가의 막사가 위치한 곳으로 발걸음을 옮겼다.

"이제야 만났군."

디에고의 막사 바로 앞쯤에 다다랐을 때, 낮고 감미로운 목소리가 내 발목을 잡았다. 순간 시종의 몸이 잔뜩 긴장한 것을 확인하며 고개를 돌렸다.

라일락 내음이 풍길 것 같은 희뿌연 연보라색 머리칼. 녹아내릴 듯 달콤한 인상에 유려한 미인. 축 처진 눈꼬리 아래로 꿀이 뚝뚝 떨어질 것만 같다.

검을 잡고 있는 커다란 손이 꽤 거친 것을 보아 어느 정도 검을 휘두르는 이였다.

디에고를 닮았으나 훨씬 채도가 낮은 뿌연 푸른색 눈동자와 마주하며, 정중히 고개를 숙였다.

"2황자 저하를 뵙습니다."

솔라티네 제국의 2황자, 세레논 오디세이 디 헬리오스 솔라티네였다.

"그래. 카슈미르 크리시스 공녀, 맞지?"

"네, 저하."

앉아 있던 바위에서 훌쩍 뛰어내린 세레논이 성큼성큼 내게로 다가왔다. 그의 발걸음에 따라 그가 쥐고 있던 검 끝이 잔디밭에 질질 끌리며 패인 자국을 냈다.

'세레논은 소드 엑스퍼트를 직전에 앞둔 검사라고 했던가.'

세레논은 올해로 열여덟 살. 내 주위에 천재들이 많아 젊은 소드 엑스퍼트가 흔해 보이는 것뿐, 검술을 교양으로만 배우는 황가의 일원인 세레논이 열여덟 살이란 나이에 소드 엑스퍼트를 앞뒀다는 것은 대단한 성취였다.

'이번 사냥 대회에도 참가한다고 했지. 영애들에게 인기도 많은 편이고.'

소문으로 세레논은 상당히 검소하다고 했다. 그럼에도 현재 사냥 대회에 참석할 사람의 차림이라고는 믿기지 않을 만큼 수많은 액세서리들을 착용하고 있는 것을 보아 정표를 상당수 받은 듯했다.

들어온 소문들과 원작의 정보들을 조합하며 다가오는 남자를 천천히 파헤쳤다.

디에고가 화사한 태양을 닮았다면, 세레논은 밤에 은은한 빛을 드리우는 달을 닮았다. 전체적으로 희뿌연 색감과 느른한 분위기가 이를 표명했다.

'디에고에 비해 조금 떨어질 뿐, 객관적으로 보았을 때 대단히 총명하며, 충분한 제왕의 자질을 가진 인물.'

『요정의 밤』에서 2황자 세레논에 대한 서술은 이것뿐이었다. 세레논의 흰빛 도는 연보라색 머리칼에 잠시 시선을 두며 눈을 가늘게 떴다.

'황가의 상징인 금발이 아니란 말이지.'

대대로 황가의 상징은 금발이다. 디에고도, 현 황제 헬리오스도 모두 번쩍거리는 금발을 가지고 있었다. 귀족들은 겉치레와 형식을 중요시했기에, 세레논의 머리카락 색은 그의 황위 계승에 큰 방해가 되는 요소 중 하나라고 해도 과언이 아니었다.

'이렇게 가까이에서 보는 건 처음인데…… 신기하네.'

내 19년 인생 중 18년 동안은 그의 발끝도 볼 수 없는 평민으로 살았고, 크리시스의 일원이 된 후에도 수련에 집중하느라 세레논과 대면할 수 있는 기회가 적었다.

"너무 경계하지는 말게. 난 그대에게 악의가 없으니. 공녀가 형님과 워낙에 친하게 지내기에 어떤 사람인지 궁금했을 뿐이야."

'나쁜 사람은 아닌 것 같은데.'

부드럽게 웃는 그를 보며 느리게 눈을 깜빡였다. 악의를 읽는 데에 도가 튼 내가 보기에도 세레논에게는 악의가 없었다. 그저 번뜩이는 호기심만 있을 뿐.

'황태자와 황위를 다투는 상태에서 황태자와 친한 나를 경계하지 않는다니.'

나는 미미하게 미간을 찌푸렸다.

크리시스 공작가와 황태자의 결합은 상당히 위협적일 텐데도 그는 나를 경계하는 기색이 아니었다. 세레논의 의중을 파악하려 그를 지그시 응시하고 있을 때였다.

"2황자 저하. 대화하시는 중에 송구하오나, 현재 공녀님께서는 디에고 황태자 저하의 호출을 받으셨습니다."

잔뜩 긴장한 시종이 세레논과 내 사이에 살짝 끼어들어 허리를 숙였다. 이 시종은 디에고의 수족인 만큼, 디에고와 황위를 다투는 세레논을 경계하는 듯했다.

세레논이 얼굴을 찌푸리며 머리를 긁적였다. 행동거지마다 그린 듯 완벽한 품위를 보이는 디에고와는 다르게 가벼워 보이는 행동이었다.

"이런. 형님의 호출을 받았나. 얘기를 좀 해 보고 싶었건만…… 아쉽군."

'흐음…….'

아쉬운 표정을 지으면서도 쉽게 나를 놔 주려는 듯 보이는 세레논을 바라보며 눈을 가늘게 떴다.

세레논은 시종의 만류에도 나와의 대화를 이어 갈 수 있는 신분의 사람이다. 허나 그는 디에고의 이름이 나오자마자 조금의 불쾌한 기색도 없이 물러났다.

'디에고를 싫어하진 않나 본데.'

그는 디에고와 황위를 다투고 있는 만큼 디에고를 싫어할 거라고 생각했건만, 의외의 태도였다.

세레논을 지그시 바라보고 있자 내게로 눈을 돌린 그가 방긋 웃었다. 맑고 호쾌해 보이는 웃음이었다.

"아쉽게 되었네, 공녀. 너무 형님이랑만 놀지 말고 나와도 놀아 주면 고맙겠어."

양해를 구하듯 친절한 목소리. 가식은 느껴지지 않았다.

'내가 세레논에 대해 너무 선입견을 가지고 있었나.'

공식 석상에서 몇 번 스치듯 보기만 했지 그와 제대로 대화를 나눈 건 이번이 처음임에도 세레논에 대한 선입견을 품고 있었던 것 같았다. 편협했던 인식을 스스로 반성하며 입가 위로 잔잔한 미소를 띠었다.

"영광입니다, 저하. 언제든 불러 주시기 바랍니다."

세레논에 대한 호기심이 생겼다. 내 웃음을 보고 살짝 놀란 표정을 짓던 세레논은, 이내 나보다 더 밝게 웃었다.

"하하! 그래. 이만 가 보게. 형님께서 기다리실 것 같으니."

세레논에게 짧은 목례를 마친 뒤 눈짓으로 시종에게 길 안내를 종용했다. 나와 세레논을 사이에 두고 안절부절못하던 시종이 이제야 환한 낯을 하며 나를 안내했다.

"황태자 저하. 크리시스 공녀님을 모셔 왔습니다."

커다란 막사 앞에 도착한 시종이 문 앞에서 나지막이 말했다.

"안으로 들여라."

시종이 문 앞에서 물러나고, 나는 막사의 문을 걷으며 천천히 안으로 들어섰다.

크고 화려해 보이던 겉모습과는 다르게 막사 안은 겉치장 없이 단정하고 깔끔했다. 잠시 주위를 한 바퀴 돌아보다, 반짝이는 금빛 실들이 머무는 곳에 시선이 멈췄다.

보통 공식 석상에서 입던 화려한 황가의 제복 대신 엉덩이를 덮는 길이의 와인색 튜닉 위에 허리띠를 착용한 디에고에게서는 느슨한 분위기가 풍겼다. 의자에 기대 와인 잔을 기울이던 그의 눈동자가 내게로 고정되었다.

늘 생각하지만, 디에고의 두 눈은 금방이라도 잠겨들 것만 같은 색을 품고 있었다. 모험을 위해 길을 떠난 선원들의 배를 집어삼키는 심해처럼. 눈동자 속에서 넘실거리는 파도가 위협적이지만, 집어삼켜지는 순간에도 황홀할 만큼 매혹적이었다.

'확실히, 디에고만큼 왕좌에 어울리는 사람은 없어.'

디에고의 시선을 피하지 않으며 그의 앞으로 걸어갔다. 디에고는 눈짓 한 번, 몸짓 한 번에도 지배자의 아우라가 풍겼다.

마침내 디에고 앞에 선 나는, 정중히 허리를 굽혔다.

"황태자 저하를 뵙습니다."

황태자. 눈앞의 남자에게 지독히도 어울리는 명칭.

새삼스레, 그가 미래의 태양이라는 것이 마음에 와닿았다.

"그래. 와 줘서 고맙군, 슈슈."

한참 나를 응시하던 그가 조금 뒤늦게 대답했다. 내 옷을 살피던 그가 시선을 조급하게 들며 어색하게 웃었다.

"어쩐 일로 부르셨습니까?"

고개를 살짝 기울이며 물으니, 조금 멍해 보이던 그가 아, 하며 자리에서 일어났다. 올라간 시야에 고개를 빳빳이 들었다.

"그대, 이번 사냥 대회에 출전하지 않나."

"그렇습니다."

"친, 구 된 도리로서 그냥 보낼 수는 없지."

'친구'를 발음할 때 이 가는 소리가 살짝 들린 것만 제외하면 말을 깔끔히 마친 디에고가 탁자 위에 있던 상자를 잡아 내 앞으로 내밀었다.

"사냥 대회 정표일세."

디에고의 붉은 입술 위로 유려한 미소가 피어났다. 사랑스러운 것을 보듯 반짝이는 그의 눈동자를 잠시 응시하다 기분이 이상해져 열린 상자로 시선을 돌렸다.

상자 안에 담긴 것은 벨벳 재질로 만들어진 짙은 푸른색의 긴 천이었다. 디에고의 눈 색과 똑 닮은 리본은 아무래도 머리를 묶는 리본 같았다.

'참 다정한 사람.'

정표까지 준비해 준 디에고의 정성에 가슴이 찡했다. 내 반응을 살피는 디에고를 향해 활짝 웃었다.

"감사합니다, 디디. 덕분에 안전히 다녀올 수 있을 것 같습니다."

따뜻한 마음이 담긴 물건에는 마법이 깃드는 법이다. 애초에 북부에서 많이 벗어나 마수도 없는 숲속에 나를 해칠 만한 동물은 없겠지만, 그래도 디에고의 정표 덕분에 더 안전히 다녀올 수 있을 것만 같았다.

웃고 있는 나를 한참 들여다보던 디에고가 길게 숨을 내쉬었다. 한숨과 닮은 탄식 섞인 숨에 내가 무언가 잘못했나 싶어 눈을 깜빡이니, 그가 아무것도 아니라는 듯 싱긋 웃었다.

"괜찮다면 내가 이걸로 그대 머리를 묶어 줘도 되겠나?"

'황태자한테…… 이런 일을 맡겨도 되나?'

끈을 꺼내 들고 반짝이는 눈으로 나를 올려다보는 디에고를 보며 잠시 고민했지만, 자신이 원한다는데 안 될 게 뭐가 있나 싶어 흔쾌히 고개를 끄덕였다.

"디디만 괜찮다면, 물론입니다."

환히 웃은 디에고가 내 등 뒤에 섰다. 목덜미로 옅은 그의 숨결이 느껴졌다. 막사 안에 퍼진 익숙한 바닐라 향에 느리게 눈을 감으며 머리카락으로 닿는 손길을 받아들였다.

쓱. 쓰윽.

빗 대신 디에고의 길게 뻗은 손가락이 내 머리카락을 빗어 내렸다. 허리까지 흘러내리는 숱 많은 머리카락을 일일이 빗어 내는 게 귀찮을 법도 한데, 디에고는 군말 없이 내 머리카락을 정성스레 매만졌다. 그의 손길 아래 내 머리카락에 발랐던 향유 향이 사방으로 퍼지며 막사 안을 덮은 바닐라 향과 뒤엉켰다.

'기분이 좀, 이상한데.'

시녀들이 빗으로 머리를 빗어 주는 거야 늘 있는 일이지만, 건장한 사내가 손으로 직접 내 머리를 정리해 주는 건 처음이었다.

곧 깨질 유리 인형을 다루듯 조심스러운 손길. 머리카락을 쓸어내리다 간혹 목덜미를 스치는 손끝. 머리카락 위로 퍼지는 고른 숨결. 그 모든 요소들이 막사 안의 분위기를 기묘하게 만들었다.

"……그대 머리카락은 참 부드럽군."

한참 아무 말 없이 내 머리카락을 쓸던 디에고가 중얼거렸다. 낮게 가라앉은 목소리가 귓가를 스침에 따라 눈을 느리게 깜빡이다 짧게 감사하다는 말을 뱉었다.

"이제 묶겠네."

머리를 빗던 손이 머리카락을 한데 모으기 시작했다. 두피가 조심스레 당겨지는 것을 느끼며 조금 노곤하게 눈을 깜빡였다. 부드러운 손길에 잠이 들 것만 같았다.

"높게 묶는 것이 좋나, 낮게 묶는 것이 좋나?"

"전 높게 묶는 편입니다."

보통은 풀어헤치고 다니는 편이었지만 묶게 되면 포니테일로 높게 묶는 것이 내 성향이었다. 고개를 끄덕인 디에고가 위쪽에서 머리를 그러모으기 시작했다. 이에 따라 머리카락에 가려져 있던 목덜미에 시원한 바람이 깃들었다. 휑한 목덜미가 조금 어색해 목덜미를 매만졌다.

멈칫.

머리카락을 그러모으던 디에고의 손길이 일순 멈칫했다. 소드 마스터의 예민한 감으로 머리카락에만 닿아 있던 그의 시선이 목을 타고 내려가는 것을 느꼈다. 유려하던 그의 손길이 뻣뻣하게 굳자 어리둥절해 고개를 돌렸다.

"디디?"

멍한 기색이 깃든 푸른 눈동자와 마주쳤다. 나와 눈이 마주친 디에고의 눈동자가 살짝 흔들리며 목울대가 울렁였다.

"안 묶으십니까?"

고개를 기울이며 묻자 퍼뜩 정신을 차린 디에고가 높이 잡아 올렸던 내 머리카락을 확 아래로 내렸다. 뭔가 싶어 디에고를 지그시 응시하니, 그가 살짝 내 시선을 피했다.

"……그대는 머리를 낮게 묶는 게 좋겠군."

"……?"

설명을 바라는 눈빛으로 그를 바라보아도 그는 대답 없이 내 얼굴을 앞으로 돌려 버렸다. 얼핏 스쳐본 그의 귀 끝이 붉었다. 디에고는 내 머리카락을 아래로 축 늘어뜨리고 목덜미가 덮일 만큼 느슨하게 묶기 시작했다.

'이럴 거면 왜 물어본 거지?'

어이가 없긴 했지만 선물을 받는 입장인 만큼 얌전히 있기로 했다. 하나로 묶인 머리카락을 만지작거리다, 생각난 물음에 느리게 입을 뗐다.

"궁금한 것이 하나 있는데, 물어도 괜찮겠습니까?"

"무엇이든."

그의 흔쾌한 대답에 조심스레 말을 이었다.

"디디의 막사 앞에서 2황자 저하를 만나 뵈었습니다."

"세레논과? 그럴 수도 있었겠군. 그 아이 막사는 내 막사 바로 옆에 있으니."

세레논에 대해 말하는 디디의 말투는 조금의 불쾌함도 없이 유려했다. 리본을 천천히 동이는 그를 방해하지 않으려 희미하게 고개를 끄덕였다.

"네. 제가 어디로 가는지 물으시더니 디디에게 가는 거라면 잡지 않겠다고 하시더군요. 제 짧은 생각으론 디디와 2황자 저하께서 사이가 그리 좋지 않으리라 예상했었는데…… 아닌 것 같아 놀랐습니다."

리본을 묶던 디에고의 손이 멈칫했다. 그의 한숨이 내 머리카락을 간지럽혔다.

"그래. 실질적으로 세레논과 나는 사이가 나쁘지 않아. 사실 우애가 괜찮은 편에 속하지. 세레논은…… 황위에 욕심이 없거든."

"2황자 저하께서 말입니까?"

"그래."

조금 놀라 높아진 목소리로 물었다. 어쩐지 착잡한 목소리로 짧게 긍정하는 디에고의 모습에 깊은 생각에 빠졌다.

그러고 보면 정말 2황자가 대외적으로 황위에 욕심을 드러낸 것을 본 적이 없었다. 그는 무성한 소문들 중심에서 수많은 거짓 거죽을 쓰고 묵묵히 서 있었을 뿐, 실질적으로 2황자의 황위 계승에 힘쓰는 건 그의 외가인 키프로스 백작가를 중심으로 한 2황자파 귀족들이었다.

"나는 슈슈, 그대가 다른 이들과 친하게 지내는 것이 싫네."

디에고가 나지막한 목소리로 속삭였다.

이유를 묻기도 전에 그가 말을 이었다.

"하지만 세레논과는 그대가 조금 친하게 지내 줬으면 좋겠다고 생각해. 세레논은 무척 안쓰러운 아이거든."

'……안쓰럽다고?'

황위를 놓고 다투는 호적수에게 할 평가는 확실히 아니었다. 기묘하다고 생각하며 세레논에 대해 조금 알아봐야겠다고 생각했다.

"다 됐군."

내 머리카락을 한참 매만지던 디에고가 느리게 손을 떼어 냈다. 꼼꼼히 묶인 머리카락을 만지작거리다 작게 웃었다.

"묶어 줘서 고맙습니다, 디디."

등 뒤로 한숨 같은 그의 웃음이 느껴졌다. 디에고가 살짝 고개를 숙임과 동시에 목덜미 위로 촉촉한 무언가가 닿았다 떨어졌다.

촉.

갑작스럽게 와 닿은 부드러운 감촉에 살짝 흠칫하며 뒤를 돌아보았다. 정작 내 목덜미에 입을 맞춘 디에고는 태연하게 웃고 있었다. 눈을 끔뻑이며 그를 바라보고 있으니, 디에고가 피식 웃으며 내 눈가를 간지럽히는 앞머리를 정리해 주었다.

"승리의 키스일세. 다치지 말고, 꼭 프라마 영식의 코를 납작하게 누를 만큼의 사냥감을 가져오라는 뜻이야."

다정한 한마디에 마음이 간질거렸다. 그의 푸른 눈동자에 가득 들어찬 애정보다 조금 더 진득한, 나로서는 이해할 수 없는 감정을 바라보다, 눈꼬리를 휘며 방긋 웃었다.

"물론, 승리를 가지고 오겠습니다."

나는 평생 동안 마수들을 학살해 온 용병 미르.

애초에 나를 대적할 수 있는 존재는 이 숲속에 없었다.

"슈슈."

"아버지?"

디에고에게서 정표를 받고 크리시스의 막사로 향하던 도중, 황제의 호출로 사라졌던 카이사르와 마주치고 반갑게 그에게로 다가갔다. 잠시 내 머리를 묶은 끈을 지그시 노려보던 카이사르는 이내 나를 보며 옅게 웃었다.

"슬슬 사냥이 시작할 시간이다. 준비 됐느냐?"

"네. 준비는 마쳤습니다."

등에 멘 활과 허리춤에 찬, 카이사르가 선물한 검을 보며 뿌듯하게 웃었다. 카이사르가 내 옆에 섰다.

"그래. 그럼 숲의 시작까지는 함께 가자꾸나."

내 어깨에 팔을 두르는 카이사르를 이제는 자연스럽게 받아들이며 함께 걸음을 맞춰 사람들이 모여 있는 숲의 초입으로 향했다.

사냥이 시작되기 직전인지라, 숲의 초입에는 사냥 대회에 출전하는 이들과 그런 이들을 응원하는 이들로 북적거렸다. 나를 말이 모인 쪽으로 이끈 카이사르는 크리시스 가의 말들 사이에서 가장 날쌔고 건장해 보이는 흑마의 고삐를 내게 건넸다.

'이건…… 카이사르가 애용하는 명마 아닌가.'

황제가 이 말의 새끼 한 마리 얻겠다고 카이사르에게 거대한 저택 하나를 하사했을 정도로 훌륭한 명마였다. 고삐를 잡은 채 눈을 깜빡이고 있으니, 카이사르가 피식 웃었다.

"너야 말 없이 이동하는 게 더 편하겠지만, 사람들 앞에선 말을 타는 시늉 정도는 하는 게 좋을 것 같아서 말이다."

숲에 익숙해질 대로 익숙해진 나에게는 거창한 말로 이동하는 것보다는 두 다리로 이동하는 게 훨씬 빠르고 편리했지만, 무도회에서 사냥 대회에 참가하겠다고 선포한 내게 사람들의 시선이 집중될 것이다. 사람들이 집중하고 있는 가운데 그냥 걸어 들어가는 건 얕보일 수 있으니, 숲에 들어갈 때만큼은 말을 타고 들어

가라는 뜻이었다.

"그리고 이왕 말을 탈 거면 최고의 명마를 타야 하지 않겠나. 내 딸인데."

자신이 가장 아끼던 말의 고삐를 내 두 손에 꽉 쥐여 준 카이사르가 느리게 웃었다. 그 말 한마디엔 나를 향한 애정이 그득히 묻어 있어서, 나는 카이사르를 향해 환하게 웃었다.

"감사합니다."

나는 어느새, 이런 벅찬 호의를 어색해하지 않는 사람이 되어 있었다.

나는 카이사르의 흑마를, 카이사르는 내가 탄 흑마만큼은 아니지만 충분히 건강하고 날쌔 보이는 갈색 말을 타고 다시 숲의 초입으로 향했다.

모인 이들을 쓱 훑어본 나는 고개를 기울였다.

"그러고 보니 교황 성하께서 안 보이시는데요."

사냥에 출전하는 성기사들은 무리 사이사이에서 보였지만, 정작 교황인 엘은 보이지 않았다.

'보통 사냥 대회엔 황제와 교황이 함께 참관하는 게 의례인데.'

흥미롭다는 눈으로 사냥 대회의 무리들을 응시하고 있는 황제와 빈 교황의 왕좌를 보며 의문을 품고 있으니, 카이사르가 입을 열었다.

"교황은 오늘 아침 급하게 치료가 필요한 환자가 생겨서 늦게 온다더군. 곧 오긴 할 게다."

'흠……'

기묘함에 미간을 찌푸렸다. 교황의 신성력은 신전 내 어떤 사제의 것보다 강하지만, 절대 아무에게나 베풀어지지 않는다. 보통 환자들은 신관, 귀족인 환자는 대신관 선에서 처리되고, 후작 이상 귀족의 목숨이 위급할 정도는 되어야 교황이 나섰다.

'그런데 이런 시기에 교황이 나서서 치료해야 할 정도의 고위급 인사 중에서 환자가 생겼다는 건…… 좀 이상한데.'

무언가 기억이 날 듯 말 듯 답답했다. 말 위에 멍하니 앉아 머리를 헤집었다.

'원작에서 나왔던 것 같기도 하고……'

사실 나라고 『요정의 밤』의 모든 내용을 제대로 기억하고 있는 것은 아니다. 애초에 현생도 아닌 전생의 기억이니까. 기억하고 있는 것은 큼직한 사건의 흐름과 중요하게 다뤄졌던 인물들의 상세 설정뿐이었다.

'우선…… 사냥부터 하자.'

걸리는 부분들이 많았지만, 당장은 사냥에 집중해야 했다. 엘이 도착하면 환자에 대해 물어보기로 하고, 잠시 물건을 가지러 막사로 간 카이사르를 뒤로한 채 혼자 말 위에 앉아 사냥 시작을 기다릴 때였다.

"크리시스 영애."

그리고 그때, 옆에서 나를 부르는 익숙한 목소리가 들려왔다. 반가운 마음에 가벼운 미소를 걸친 채 고개를 돌렸다.

"아인하르트 경."

햇빛을 받은 금빛 눈동자가 요요하게 빛났다. 내 나지막한 부름에 차갑도록 무뚝뚝한 라이너의 무표정 위로 조금의 부드러움이 깃들었다.

"사냥 대회에 출전하신다고 들었습니다."

타고 있던 백마를 몰아 내 가까이로 온 라이너가 말했다.

'역시 라이너도 알고 있군.'

황실 무도회에서 벌어진 아우디와의 대치는 일파만파로 사교계에 퍼져 나가 사실상 이번 사냥 대회 최고의 관심거리가 되었으니, 모르는 게 더 어렵기도 했다. 그 증거로 온 귀족들의 시선이 따갑도록 내게 쏠리고 있었다.

"검사 된 사람으로서 사냥 대회에 불참해서야 되겠습니까."

여유롭게 웃으며 고개를 끄덕였다. 그런 나를 응시하던 라이너는 조금 머뭇거리더니, 낮게 가라앉은 목소리로 물었다.

"이번에 밝히실 생각이십니까?"

주어는 없었지만, 그가 무얼 묻고 싶어 하는지 짐작하는 것은 어렵지 않았다.

'미르라는 걸 밝히고 싶어 하지 않던 내가 무위의 척도를 드러낼 사냥 대회에 참가한 것을 이상하게 생각하는 모양이지.'

확실히 그의 입장에서는 이상해 보일 만했다. 그에게 미르임을 발설하지 말라 협박까지 하던 내가, 사람들의 시선을 몰기까지 하며 사냥 대회에 참가하려는 것이 말이다.

'하지만 나는 미르인 걸 영원히 숨기고 싶은 게 아니니까.'

다가오는 북풍에서 용병왕 검은 재앙 '미르'라는 정체성은 내가 가진 가장 강력한 패 중 하나였다. 나는 이 '미르'라는 패를 버릴 생각이 전혀 없었다.

'내가 여태껏 정체를 숨긴 건 오히려 밝혀지는 순간의 드라마틱함을 위함이지.'

현재 정체를 숨기고 있는 건 '미르'라는 정체성을 버리기 위해서가 아니라, '미르'라는 정체성을 대중에게 강렬하게 각인시키기 위해서였다. 카슈미르 크리시스는 영웅 미르로서 화려하게 등단해야 했으니까.

'이번 사냥 대회는 귀족들에게 나와 내 무위에 대한 호기심을 심어 주기 위한 밑밥이지.'

내 계획에서는 사람들의 지지가 필요했고, 대중의 지지를 받기 위해서는 확실한 이미지 각인과 드라마틱한 소재가 필요했다.

'이러니 인위적인 연출가가 된 느낌이지만…… 다 나라와 민족을 위한 일이니까.'

내 계획은 정말 말 그대로 솔라티네 제국을 위한 것이었다. 내게 제국을 구하고자 하는 원대한 목적이 있는 건 아니지만, 어찌 되었건 결과적으로 내 모든 행동들은 제국의 안위를 위한 것이었다.

"아직은 밝힐 생각 없습니다."

내 작은 속삭임에 라이너가 내 의중을 읽으려는 듯 눈을 가늘게 떴다. 그런 그를 향해 씨익 웃었다.

"'아직은' 말입니다."

내 의미심장한 대답에 라이너가 나를 지그시 응시했다. 의문이 어린 그의 황금빛 눈동자를 향해 웃어 주고는 자연스레 화제를 바꾸었다.

"아인하르트 경께서도 사냥 대회에 출전하시죠?"

눈을 느릿하게 깜빡인 라이너는 불평 없이 내 말 돌림에 호응해 고개를 끄덕였다.

"크리시스 영애께선 사냥을 혼자 다니실 예정이십니까?"

"아무래도요. 함께 갈 사람이 없으니."

어깨를 으쓱였다. 사냥을 같이할 만한 사람이라고는 카이사르밖에 없는데, 그와 내가 함께 사냥을 했다가는 숲의 생태계가 망가질 것 같아서 따로 사냥을 하기로 미리 합의를 본 참이었다.

내 대답에 고개를 숙이고 말고삐를 매만지던 라이너는 잠시 나를 힐끔 하더니 느리게 입을 열었다.

"그럼…… 저랑 같이 사냥하시지 않으시겠습니까."

'라이너랑 사냥을?'

예상치 못한 제안에 고개를 기울였다. 내 표정에서 의아함을 읽었는지, 라이너가 조금 조급하게 말을 덧붙였다.

"영애에 비해 많이 떨어지겠지만, 그래도 폐가 되지 않는 선까지는 할 수 있습니다. 사냥감 몰이나 잡일들도 시켜 주시면 열심히 하겠습니다."

쏟아지는 말들에 눈을 깜빡이며 그를 응시하니, 내가 거절하리라고 생각한 건지 라이너의 입꼬리가 축 처졌다. 표정은 여전히 무감각하기 짝이 없었음에도 어쩐지 버림받은 개를 연상케 하는 처연한 기색이었다.

"……역시 안 됩니까."

날카롭던 눈꼬리가 일순 내려가고, 붉은 입술이 꾹 다물렸다. 무섭도록 단단하던 인상의 미인이 시무룩해지는 건 상당한 공격력을 띠고 있었다.

'뭐야. 이건 마스터키 사용 아닌가.'

조금 흠칫하며 라이너를 응시했다. 볼 때마다 생각하지만 정말 소름 끼치도록 잘생긴 얼굴이었다.

'한 명 정도는…… 같이 가도 괜찮으니까.'

라이너 정도의 소드 엑스퍼트면 방해가 되지 않을 수준이기도 하고, 내가 미르인 것도 알고 있어 무위를 숨길 필요도 없었다. 무엇보다 이렇게까지 같이 가고 싶다는데 거절할 필요는 없지 않나 싶었다. 절대 얼굴에 홀린 건 아니었다.

"원하신다면 어렵지 않습니다."

짧은 긍정에 라이너의 얼굴이 확 밝아졌다. 하나같은 무표정에서도 여러 감정을 드러내는 라이너를 조금 신기하게 바라보다 말고삐를 잡아끌었다.

"허나 숲에 들어가면 아인하르트 경을 잘 챙겨 드리지 못할 수도 있습니다. 제가 워낙 혼자 활동하는 것에 익숙해서요."

"괜찮습니다. 최선을 다해 따라가겠습니다."

라이너의 얼굴 위로 굳은 각오가 보였다. 어쩐지 그에게 너무 기합이 들어간 것 같아 조금 민망해졌다.

"그럼 이번 사냥 대회 동안 잘 부탁드리겠습니다."

가볍게 웃으며 그에게 손을 뻗었다. 라이너가 내 손을 내려다보다 조심스럽게 손을 맞잡았다.

두 검사의 거친 손이 맞닿았다. 나만큼이나 거친 그의 손에서 동질감을 느꼈다. 얼마간 아무 말 없이 그의 손을 꽉 잡고만 있으니 맞잡힌 라이너의 손이 서서히 붉어지기 시작했다. 너무 오래 잡고 있었나 싶어 빠르게 흔들고 스르륵 놔 주었다. 천천히 손을 뺀 라이너가 악수한 손을 빤히 내려다보더니 살짝 고개를 돌렸다. 단정한 은회색 머리칼 아래 드러난 귀 끝이 은은한 붉은빛을 띠고 있었다.

"그러고 보니 아타라 왕국 사절단이 보이지 않는군요."

충직한 검이 되려 했는데 1

주위를 한 번 더 둘러보고 중얼거렸다. 이번 사냥 대회는 아타라 사절단의 방문을 축하하며 열린 것이다. 하여 분명 사절단이 주축이 되어 진행되어야 할 터인데, 레오는 코빼기도 보이지 않았다.

"……아타라의 사절단 말입니까."

라이너의 표정이 어두워졌다. 나는 거기서 뭔가 있음을 짐작했다. 몸을 옆으로 휙 기울여 라이너에게로 가까이한 나는 당황하는 그를 못 본 척한 채 속삭였다.

"무슨 일이 있는 것 같습니다만."

"……"

"……제게 말해 주실 순 없는 겁니까?"

입술을 꾹 문 채 눈꼬리를 축 늘어뜨렸다. 라이너의 얼굴 위로 당혹스러움이 퍼져 나갔다. 그의 두 손이 말고삐를 끊어지도록 강하게 쥐었다.

'알려줄 것도 같은데.'

알리면 그가 곤란해지는 심각한 기밀 사항 같았다면 나도 들이대지는 않았겠지만, 분위기를 보아하니 여차하면 말해 줄 수 있는 일 같았다. 휴일에 꾸준히 만남을 가지며 라이너가 불쌍해 보이는 표정에 약하다는 걸 알아낸 나는 잔뜩 속상한 기색을 보이며 한숨을 푹 쉬었다.

"말해 주셔도 혼자만 알고 있을 건데…… 역시 저를 믿기엔 무리이신 모양입니다."

"절대 아닙니다!"

라이너가 버럭 소리를 높였다. 이에 따라 안 그래도 시선이 몰려 있던 나와 그에게 더 많은 이들의 시선이 몰렸다. 실수했음을 깨달은 듯 입을 턱 다물던 라이너는 옅게 한숨을 쉬었다.

"절대, 영애를 믿지 못하는 게 아닙니다."

그가 금빛 눈동자를 진지하게 빛내며 단언했다. 너무 단호하게 부정해 찔러

본 게 미안해질 정도였다. 조금 눈치를 보다 목소리를 낮춰 물었다.

"그럼 아타라 사절단에게 무슨 일이 생긴 건지 말해 주시지 않겠습니까."

금빛 눈동자가 망설임으로 일렁였다. 크고 기사다운 손이 말고삐를 자꾸만 다잡는 것이 보였다. 저렇게까지 망설이는 걸 보고 있자니 괴롭히는 것 같은 기분이 들었지만, 그래도 나는 알아야 했다.

'직감이 울리고 있어. 뭔가 있다.'

세계의 흐름을 읽는 소드 마스터의 직감은 절대적이었으니까. 내가 잊고 있었던 중요한 실마리 하나가 수면 위로 떠오를 듯 말 듯 파들거리고 있었다.

"라이너."

간절함을 담은 나지막한 부름에 라이너가 퍼뜩 고개를 들고 놀란 눈으로 나를 바라보았다.

'아인하르트 경'이라는 호칭에 익숙해져 웬만해서는 입에 담지 않는 이름. 익숙하면서도 어색한 호칭을 부르며 그를 똑바로 바라보았다.

"말해 주세요."

나는, 알아야만 했다.

입을 살짝 벌린 라이너가 다시금 한숨을 쉬었다. 감았다 뜬 황금빛 눈동자 위로 결연함이 깃들었다. 상체를 숙여 내게 얼굴을 가까이한 라이너가 내 귓가에서 속삭였다.

"사교계에 파란이 일어날 것 같아서 공식적인 발표를 할지 말지 아직 결정이 되지 않은 사항입니다만……."

"네."

"아타라 사절단 중 한 명이 외부로 인한 독살 시도로 의식을 잃었습니다."

내 얼굴이 딱딱하게 굳었다.

"그 사람, 그 독살당할 뻔한 사람이 누굽니까?"

가슴이 철렁한 나는 나도 모르게 라이너의 옷깃을 확 잡아끌며 다급하게 물었다.

'설마 레오인가!'

분명 『요정의 밤』에 이 사건이 기록된 것 같기도 한데, 기억이 날 듯 기억이 나지 않았다. 레오일지도 몰라 초조해하고 있으니 놀란 나를 빤히 응시하던 라이너가 입을 열었다.

"아이비 론. 아타라 왕국의 남작 되는 자입니다. 아마 영애께선 누군지 모르실 것 같군요."

아이비 론. 확실히 모르는 이의 이름이었다. 크게 숨을 들이쉬다 맥없이 라이너의 옷깃을 놓았다.

'레오는 아니야. 레오의 가명은 다른 것이었으니까.'

알아본 바, 아타라의 국왕이기도 한 레오는 '레오 블루벨 소백작'이라는 가짜 신분을 가지고 제국에 방문했다. 순간 놀란 심장을 심호흡으로 빠르게 진정시켰다.

"어쩌다 일어난 일입니까. 사건의 경위는?"

"오늘 아침에 일어난 일이라 아직 밝혀지지 않았습니다. 현재 범인을 색출 중입니다만, 대외적으로 알려지면 아타라 왕국과 제국 간의 불화가 일어날 수 있을 것 같아 사절단과 합의하에 우선 비밀에 부치고 있습니다. 사절단이 늦는 건 이 일을 조사하기 위해서고요."

'설마 엘이 늦는 것도 아이비 남작을 치유하기 위해서인가.'

이제야 퍼즐이 조금씩 맞춰지는 느낌이었다. 아이비 론은 남작의 직위밖에 되지 않지만 어찌 되었건 왕국을 대표해서 온 사절단 중 한 사람. 교황이 신성력을 사용할 만했다.

'그런데…… 누가? 왜 사절단을 해치고자 한 거지?'

중요한 사건을 잇는 가느다란 실마리 하나가 불타 없어진 것만 같았다. 과거의 기억과 현재의 기억들이 맞물리고 뒤엉켜 터질 것 같은 머리를 부여잡았다.

"크리시스 영애. 괜찮으십니까?"

얼굴을 찌푸린 나를 조용히 살피던 라이너가 무미건조한 투로 물어 왔다. 메마른 목소리에 숨듯이 깃든 걱정에 조금 마음이 따뜻해짐을 느끼며 입꼬리를 살짝 끌어올렸다.

"괜찮습니다. 잠시 생각이 많아져서."

'우선, 우선 사냥부터. 레오가 도착하면 어떤 상황인지 한 번 더 물어보자.'

애써 복잡한 머리를 정리하고 고개를 들었다. 지금 가장 우선인 것은 사냥이었다.

'나는 그 자동차 새끼를 무릎 꿇려야 하니까.'

다시금 마음을 다지며 말고삐를 꽉 잡는데, 어쩐지 표정이 어두워진 라이너가 천천히 입을 열었다.

"……영애께선 사절단 중에 마음에 둔 이가 있으십니까?"

'사절단에서?'

그의 갑작스러운 물음에 눈을 깜빡이다 고개를 저었다.

"친우는 한 명 있습니다만…… 마음에 둔 이는 없습니다."

'레오는 친구니까.'

잠시 고민하다 뱉은 내 대답에 라이너의 얼굴이 희미하게 밝아졌다.

"그럼 됐습니다. 슬슬 들어가시지요."

작게 중얼거린 그는 숲의 초입 쪽으로 말을 몰기 시작했다. 왜 그런 질문을 했는지 궁금했으나, 그래 봐야 별 이유가 있었을까 싶어 얌전히 그를 따라 말을 몰았다.

숲의 초입은 말을 탄 사람들로 북적거렸다. 라이너를 따라 사람들을 피해 말을 몰았다. 그와 함께 숲으로 들어서려던 찰나, 등 뒤로 불쾌한 목소리가 들려왔다.

"아인하르트 경과 사냥을 나가려 하나 봅니다, 카슈미르 영애."

내 옆에서 속도를 맞춰 말을 몰던 라이너의 얼굴이 무참하게 일그러졌다. 늘 무감각한 라이너가 저렇게까지 불쾌해하는 걸 본 것은 이번이 처음이었다.

'진정해. 검은 뽑으면 안 돼.'

사람들의 시선이 일제히 몰려드는 것을 느끼며 눈을 감고 심호흡했다. 목소리만으로 내 야마를 돌게 하는 경이로운 이를 향해 고개를 돌렸다.

"난 그대에게 내 이름을 허락한 기억이 없네만, 프라마 영식."

이 사냥 대회에 파란을 일으킨 장본인, 아우디 프라마였다.

감정 한 점 담지 않은 차가운 내 반응에도 아랑곳하지 않고 웃은 아우디는 회색 점박이 말을 몰고 내게로 다가왔다. 내 옆을 지키던 라이너에게서 슬슬 살기가 풍기기 시작했다.

"그리 차갑게 굴지 말아 주시죠. 앞으로 허락하게 되실 텐데."

'이 새끼가.'

오만하게 나를 내려다보는 아우디에 속으로 이를 갈았다. 저건 이미 자기가 승리해 내 연인이 되는 미래를 확신했다는 태도였다. 뱉는 말마다 내 심기를 거스르는 그의 입을 조각 내 버리고 싶다는 충동을 간신히 참으며 차가운 눈으로 그를 바라보았다.

"무슨 볼일이지?"

용건만 간단히 말하는 투로 그를 압박했다. 아우디를 잠시 마주한 것만으로 전투력이 상승하는 기분이라 빨리 사냥에 들어가고 싶었다.

"아, 다름이 아니라…… 카슈미르 영애께서 아인하르트 경과 함께 사냥을 가시려는 것 같아서 말입니다."

"그럴 예정인데. 문제라도 있나?"

눈썹을 꿈틀거리며 차갑게 대답했다. 기분 나쁘게 웃은 아우디가 살짝 고개를 기울였다.

"분명 오직 영애의 힘으로 사냥을 하시겠다고 단언하셨는데, 아인하르트 경과 함께 가시면 규칙을 어기시는 게 아닌가 싶어서요.”

저건 내가 라이너의 도움을 받으리라고 확신하고 있는 태도였다.

‘대체 나를 얼마나 물로 보면.’

웅성거리는 사람들 가운데서 입술을 짓씹으며 간신히 퍼져 나가려는 살기를 붙들었다.

아우디는 『카슈미르 크리시스의 분노를 이끌어 내는 101가지 방법』 따위의 책을 가지고 있는 것 같았다.

“내 분명 연회에서 누구의 도움도 받지 않겠노라고 태양에 대고 맹세했을 텐데. 내 맹세가 그대에겐 우스웠나?”

침착하려 노력했으나 입에서는 거칠고 들끓는 목소리가 튀어 나왔다. 다른 것은 다 참아도 내 무위를 저렇게나 무시하는 건 참기가 힘들었다.

“아, 물론 아닙니다. 저는 다만 정의로운 기사인 아인하르트 경께서 사냥감을 잡지 못해 곤란해하는 카슈미르 영애를 도와주시지 않을까 염려되었지 뭡니까.”

어깨를 으쓱인 아우디가 능청스럽게 말했다. 기저에 깔린 것은, 내가 라이너의 도움 없이는 사냥감을 한 마리도 잡지 못하리라는 확신이었다.

분노에 겨운 헛숨을 들이켰다. 사람을 살살 긁는 아우디의 태도는 내가 분노로 이를 악물게 하기에 충분했다.

“이 이상 크리시스 영애를 모욕하지 말아야 할 겁니다.”

그리고 검을 잡을까 말까 고민하던 나를 멈춰 세운 것은, 당사자인 나보다 더 분노한 것 같은 라이너의 목소리였다.

‘……라이너?’

라이너와 눈이 마주친 아우디가 흠칫하며 겁먹은 쥐새끼처럼 움츠러들고, 옆에 있는 나도 순간 놀랐다.

라이너 아인하르트는 뭐랄까, 자로 맞춰진 완벽한 기사의 정석 같은 사람이었다. 정직하고, 올곧았으며, 어떤 상황에서도 흥분하지 않을 것 같았다.

'그런 라이너가 화를 낸다니.'

솔직히 상상이 가지 않았다. 라이너가 무슨 표정을 짓고 있는지 확인하는 것이 어쩐지 주저되어 머뭇거리고 있을 때, 겁먹은 기색이 역력한 아우디가 소심하게 반론했다.

"아, 아인하르트 경, 모욕이라니요! 저는 그저……!"

"나는."

아우디의 소심한 반론은 라이너의 가라앉은 목소리에 의해 끊겼다. 감미롭던 목소리가 해저를 긁고 분출하듯 낮고 거칠어진 것을 느끼며 천천히 라이너에게로 고개를 돌렸다.

바람을 타고 부는 짙은 로즈우드 향 사이로 살기가 불어왔다. 일반인들에게는 보이지 않겠지만, 소드 마스터인 내 눈에는 사방으로 퍼져 나가는 거친 마나의 파동이 보였다. 소드 엑스퍼트에게서 살기가 터져 나오니 자연스레 사람들이 공포에 질렸다.

그리고 나는 처음으로 보았다.

"그대에게 닥치라고 하고 있는 겁니다, 프라마 영식."

진정으로 분노한 라이너의 모습을.

일직선으로 굳힌 입매. 분노를 억누르듯 말고삐를 꽉 쥔 손. 자각하지 못하고 퍼트리는 것 같은 흉흉한 살기와 서늘한 눈빛을 띠고 번뜩이는 황금빛 눈동자.

'그' 올곧은 라이너에게서 닥치라는 소리가 나왔음에 놀라기도 전에 나는 한 가지 사실을 깨달았다.

"한 번만 더 크리시스 영애를 그런 식으로 말한다면 용서하지 않겠습니다."

라이너는 화가 나면 정말 무섭다는 걸.

살기에 짓눌린 아우디가 무어라 덧붙이지도 못한 채 입을 턱 다물었다. 라이너보다 강한 나조차도 형형하게 불타는 그의 기세에 눌려 일순 눈치를 봤다.

'아니, 모욕을 당한 건 난데…….'

나보다 라이너가 더 화난 것 같았다. 나를 위해 화를 내는 것이 고마우면서도 어쩐지 입장이 미묘해져 머리를 긁적였다.

"크리시스 영애가 내 도움을 받을 것 같아 염려된다고 하셨습니까?"

"네, 네? 네……."

라이너의 차가운 물음에 아우디가 소름이 끼친 듯 몸을 부르르 떨며 더듬거렸다. 라이너가 황금빛 눈동자를 시리게 번뜩였다.

"그건 염려치 마시죠. 아인하르트의 이름을 걸고 맹세하건대, 나는 감히 크리시스 영애의 사냥을 방해하지 않을 겁니다."

아인하르트의 차기 후계자가 그 가문의 이름을 걸고 내뱉는 맹세의 말은 올곧고도 무거웠다. 일대에 잠시 침묵이 감돌았다. 아우디가 입술을 콱 깨물었다 놓았다.

"그, 그래도……!"

"그리고 무엇보다도."

아직도 정신을 못 차린 아우디의 반박 시도는 라이너에 의해 가로막혔다. 차갑게 아우디를 내려다본 라이너가 나를 돌아보았다. 나를 곧게 응시하는 황금빛 눈동자에 잠시 말을 잃었다. 굳건한 신뢰와 맹목적인 애정으로 가득 들어찬 두 눈동자를. 조금의 흐트러짐도 없는 깊고 짙은 그의 눈은 마주하는 것만으로도 가슴을 내려앉게 만들었다.

소드 엑스퍼트인 라이너는 소드 마스터인 나보다 강하지 않았다. 교황인 엘이나 국왕인 레오처럼 막강한 권력을 쥔 것도 아니었다. 그는 소후작이었으니까. 황태자인 디에고만큼 사교에 능하지도 못했다.

"크리시스 영애께선 내 도움을 필요로 하시지 않습니다. 영애께선 능히 혼자 해내실 수 있으니까."

허나 라이너 아인하르트는, 내가 아는 어떤 이보다 올바르고 믿을 수 있는 이였다. 낮은 목소리에 든 확신이, 나를 바라보는 눈에 담긴 믿음이 들끓던 분노를 잠재우고 식었던 마음을 따뜻한 것들로 채웠다.

'정말 좋은 사람이구나.'

부드럽게 웃었다. 어린 시절 구해 주었던 라이너가 이렇게나 좋은 사람이 되어서 내 앞에 나타난 건, 불행했던 내 어린 시절이 그렇게 헛되진 않았다는 위로 같았다.

"아인하르트 경의 말이 맞네."

자신감 넘치는 웃음을 입가에 띤 채, 말을 몰아 당당히 아우디와 마주했다. 나는 당혹스러운 표정을 지은 그를 향해 확실히 선포했다.

"나는 내 힘만으로도 그대와의 내기에서 이길 자신이 있어."

검은 재앙은 위기를 벗어나게 해 줄 백마 탄 왕자를 필요로 하지 않는다. 위기를 함께하고 도와주는 동료가 있을 뿐이었다.

·⋯⋙❧⋘⋯·

"괜찮으십니까?"

시끄러운 주위를 뒤로한 채 말을 몰고 숲으로 들어선 지 얼마나 되었을까. 뒤를 돌아봐도 공터가 보이지 않을 때가 되어서야 라이너가 입을 열었다.

'갑자기 괜찮냐니.'

여태껏 침묵하다 갑자기 뜬금없는 질문을 하는 라이너를 멀거니 바라보았다. 설명을 요구하는 내 표정을 읽었는지 그가 말을 덧붙였다.

"프라마 영식이 무례를 범했지 않습니까. 혹시 불쾌해서 저와 사냥하는 것도 원치 않게 되신 건 아닌지 염려했습니다."

"불쾌했던 건 맞지만…… 왜 그 때문에 경과 사냥하는 것을 원치 않을 거라고 생각하셨습니까?"

아우디의 지랄과 라이너와의 사냥은 다른 얘기였다. 미간을 좁히며 고개를 기울이니 입술을 짓씹은 라이너가 고개를 떨구었다.

"……어찌 되었건 저 때문에 그런 모욕을 들으신 거 아닙니까. 괜히 제가 함께 가자고 하여 그런 말을 들으신 게 아닌가 싶어 죄송했습니다."

눈을 느리게 깜짝였다. 라이너는 조금 전 일에 죄책감을 느끼고 있는 것 같았다. 모욕을 들은 당사자인 나보다 더 심란해 보이는 그를 바라보다 피식 웃었다.

"경께선 참 상냥하십니다."

"……네?"

짧은 한마디에 라이너의 얼굴이 급속도로 달아올랐다.

다정하게 라이너를 바라보자 그가 입술을 계속해서 짓씹으며 내 시선을 피했다. 늘 생각하지만, 그는 무감각하기 짝이 없는 표정을 한 주제에 내 앞에서 수줍음은 많이 탔다.

"……과찬이십니다."

"사실인걸요."

말고삐를 느슨하게 잡고 안장에 살짝 몸을 기댄 채 하늘을 올려다보았다. 구름이 어느 정도 몰린 하늘은 비가 올 것 같기도 했지만, 아직은 화창해 보였다. 익숙한 숲의 내음 사이로 묵직하면서도 향긋한 로즈우드 향이 섞이는 것을 느끼며 숨을 크게 들이쉬었다.

"보통 남자들은 그 상황에서 자신의 기사도를 자랑하려 들었을 겁니다. 자신이 얼마나 강하고 정의로운지 뽐내려고 저를 이용했겠지요. 하지만 경께서는 스스로를 드러내기보단 저를 지지해 주지 않으셨습니까."

예측하건대, 만약 라이너가 아닌 다른 영식과 그런 상황에 처했다면 그 영식은 나를 위해 화내 주는 척, 자신의 정의로움을 한껏 드러냈을 거다. 신사로서 나대신 사냥을 해 주겠다고 하며, 사교계의 모든 시선이 쏠린 이 내기에서 자신이 주인공이 되려 했을지도 몰랐다.

하지만 라이너는 진심으로 나를 위해 분노하면서도 자연스럽게 주목받을 주체를 자신이 아닌 나로 만들었다. 그는 조금의 욕심도 없이 오직 나를 위해 나선 것이었다.

"제 편이 되어 주셔서 감사했습니다."

나지막이 속삭이며 라이너를 향해 싱긋 웃었다. 내 주위에 이런 사람이 있다는 것이 무척 기뻤다.

"경과 인연이 생긴 것은 제 생에 손꼽힐 만큼 커다란 행운 중 하나인 것 같습니다."

나를 바라보던 라이너의 얼굴이 삽시간에 달아올랐다. 양 귀와 목덜미까지 새빨개진 그가 휙 고개를 돌렸다. 늘 무감각하던 얼굴이 어쩔 줄 모르는 표정으로 물들었다.

'저런 표정도 지을 줄 아는구나.'

라이너의 흔치 않은 표정 변화에 조금 신기한 눈빛으로 그를 곁눈질했다. 수줍음 많은 소년 같은 표정을 지은 라이너는, 저절로 내게 과거의 편린을 떠올리게 했다.

'카르텔.'

짧게 다듬어진 검은 머리. 호리호리하고 마른 몸. 병색이 깃든 창백한 얼굴. 소름이 끼칠 정도로 아무것도 들어 있지 않은 무감각한 푸른 눈. 라이너의 과거이자, 어린 시절 내 친구였던 소년이다.

'그러고 보니 카르텔과 처음 만났던 때랑 지금 상황이 비슷하네.'

문득 든 기시감에 주위를 둘러보았다. 그때는 가을이었고 지금은 봄이라는 점과 그도 나도 훌쩍 커 버렸다는 점이 다르긴 했지만, 장소가 숲이라는 것도, 우리 둘뿐이라는 것도 비슷했다.

카르텔과의 만남은 예상치 못한 순간에 일어났다. 열네 살이 되던 해의 가을, 마수 토벌 의뢰를 받고 갔던 어느 숲에서 마수에게 둘러싸인 카르텔을 발견했던 건 순전한 우연이었으니.

'전 여기서나 제 일상에서나 모두에게 폐가 되는 것 같아요.'

아예 감정이 없는 것처럼 무감각한 얼굴이 우울로 깃들던 것을 기억한다. 열다섯 살의 소년은, 몸도 마음도 병들어 있었다.

'그 아이가 지금의 라이너라니…… 진짜…… 많이 컸구나.'

기특한 마음 반, 놀라움 반으로 라이너를 새삼스레 관찰했다.

병 때문에 성장이 늦어 나와 비슷하던 키는 어느덧 나를 훌쩍 뛰어넘어, 눈을 마주치려면 올려다봐야 했다. 병색이 짙던 여린 얼굴은 생기가 감도는 강직한 얼굴이 되었고, 심하게 말랐던 몸은 크고 튼튼해졌다. 어린 느낌이 강하던 미소년은 완연한 성인의 미인이 되었다. 무엇보다 눈에 띄는 변화는 소름 끼치도록 아무것도 담겨 있지 않던 푸른 눈이, 여전히 무감각하지만 그래도 감정의 파동 정도는 담을 수 있는 황금빛 눈이 됐다는 것이었다.

마수가 가득하던 숲에서 만났던 공허한 소년은 한 사람의 기사로 단단하게 성장해 있었다.

'이젠 아프지 않은 거겠지.'

문득 든 생각에 라이너를 뚫어져라 관찰했다. 내게서 시선을 피한 채 식은땀을 흘리던 라이너가 한참 뒤에야 천천히 고개를 돌려 나와 마주했다. 푸른 하늘의 색을 그대로 대비시킨 듯, 그의 얼굴이 은은한 붉은빛을 띠었다.

"제가 상냥하다고 하셨지요."

그가 작게 속삭였다.

"공녀께서는 상냥한 사람을 좋아하십니까?"

나지막한 물음과 함께 내게 닿는 눈빛이 맹목적이었다. 자신의 주인을 바라보는 충견과도 닮은 눈에, 나는 눈을 느리게 깜빡이다 작게 웃었다.

세상의 유행은 돌고 돌았다. 어느새 사람들은 악과 차가움, 잔인함 같은 것들을 꽤 멋진 것으로 미화시키곤 했다. 그래도 나는 여전히 상냥하고 다정한 사람들이 좋았다. 애쓰며 사는 것을 비웃지 않고, 외로운 길을 묵묵하게 지지해 주는 이들이 좋았다.

"네. 저는 상냥한 사람이 좋습니다."

나는, 라이너 같은 사람이 좋았다.

라이너가 웃는다. 그는 무심하던 낯을 벗어던지고 꽃이 만개하듯 웃었다.

"그렇다면 크리시스 영애에게만은 계속 상냥할 수 있도록 노력하겠습니다."

태양을 등진 붉은 얼굴 위로 깃든 웃음은, 무척이나 아름다워 오래도록 잊을 수 없을 것 같았다.

· — ɛɜ · ♣ · ɛɜ — ·

"······그런데, 크리시스 영애."

"네?"

"저희 이거 다······."

쉬익!

무언가가 날카롭게 허공을 가르는 소리와 함께, 호수 앞에서 물을 마시던 노루가 픽 쓰러졌다. 정확히 심장을 맞춘 검은 화살을 만족스럽게 바라보다 라이너를 돌아보았다. 일반 화살이 아닌 내 오러로 작동되는 특별한 활은 대상이 내 시야에 있는 한 아무렇게나 쏴도 백발백중이었다.

"죄송합니다. 다시 말씀해 주시겠습니까?"

즉사한 사슴을 보고 살짝 입을 벌린 라이너는, 내 물음에 잠시 입술을 닫았다. 그의 목울대가 울렁였다.

"저희, 이 사냥감을 다 가지고 돌아갈 수 있겠습니까?"

그의 물음에는 허탈함과 곤란함이 함께 묻어 있었다. 나는 그 말에 활에 묻어난 마나를 갈무리하며 나무 아래 모아 둔 사냥감을 곁눈질했다.

'뭐, 3시간 동안 잡은 것치곤 어느 정도 잡았군.'

무심한 눈으로 사냥감들을 품평하고는 마나로 단숨에 호숫가로 달려가 사슴을 가지고 왔다. 사냥감 더미 위에 사슴을 던져 놓고는 눈을 간지럽히는 앞머리를 쓸어 넘겼다. 푸른 리본으로 묶인 머리카락이 바람에 흔들렸다.

"걱정하지 마시죠. 제게 다 방법이 있습니다."

쌓인 사냥감을 질린 눈으로 바라보고 있는 라이너를 향해 자신만만하게 웃고는 주머니에서 조그만 돌을 꺼냈다.

"그건 뭡니까?"

"칼에게 부탁해서 제작한 마도구입니다."

짧게 대답하며 돌을 사냥감이 쌓여 있는 곳으로 던졌다.

파앗!

돌이 떨어진 곳으로 빛 무리가 퍼짐과 동시에 사냥감들이 모습을 감췄다. 조금 놀란 표정을 지은 라이너를 향해 자랑스럽게 웃었다.

"대상을 무한 아공간 보관 창고로 이동시켜 주죠. 칼이 저를 위해 특별히 준비해 준 것입니다. 이건 저희의 첫 번째 거점이죠."

"그렇, 아니, 첫 번째 거점이라면? 아직 돌아가실 생각이 없으신 겁니까?"

고개를 끄덕이며 수긍하던 라이너가 퍼뜩 되물었다. 나는 눈을 깜빡이는 그를 향해 씨익 웃었다.

"물론입니다. 돌은 넉넉잡아 20개까지 준비해 왔습니다."

사냥 대회는 내일 정오까지 진행되며, 나는 다짐했다시피 사냥 대회를 완벽하게 집어삼킬 예정이었다. 2시간 동안 소드 마스터의 뒤를 쫓느라 살짝 땀에 젖은 라이너가 존경과 경악이 함께 담긴 표정으로 나를 바라보았다.

"혹시 힘이 드십니까? 그럼 먼저 돌아가셔도 좋습니다. 저는 더 사냥을 할 테니."

땀에 젖은 앞머리를 쓸어 넘기는 라이너를 곁눈질하며 발 위로 마나를 덧씌웠다. 곤두선 직감이 주위에 짐승이 있음을 말해 주고 있었다.

'사냥은 꽤 재밌구나.'

나는 거의 평생을 검을 휘두르며 살았지만, 검을 휘두른 이유는 대부분 거대한 마수에게서 생존하기 위해서였다. 사냥이라는 유흥을 위해 검을 휘두르는 것은 또 다른 느낌이었다. 시작은 아우디를 물 먹이기 위해서였으나 하다 보니 내가 즐기고 있었다.

"아닙니다. 전혀 힘들지 않습니다."

라이너가 거세게 부정하며 그도 발 위로 마나를 덧씌웠다. 황금빛 마나가 일렁이는 것이 꼭 금가루가 휘날리는 것 같아 무척 예뻤다.

"좋습니다. 조금 전에 계획했던 대로 이젠 오소리 굴로 가 보죠."

"네."

"흔적은 숲 오른편에 남겨져 있었으니 우선 발자국을 따라서……."

쿵.

순간 심장이 떨어진다. 나는 말을 잇지 못한 채 딱딱하게 굳었다. 심장이 빠르게 방망이질 치기 시작하고, 온몸의 털이 곤두섰다. 따갑도록 울리는 머리를 느끼며, 확실한 답을 도출해 냈다.

'가까이에, 거대한 위험이 있다.'

소드 마스터인 나도 긴장할 정도로 거대한 위험. 얼굴을 딱딱하게 굳힌 채 직감이 경고하는 방향에 온 신경을 집중했다.

"……영애?"

라이너가 갑자기 말을 멈춘 나를 어리둥절한 눈으로 바라보았다. 그가 느끼지 못하는 것도 무리는 아니었다. 이 기척은 나조차도 방향을 잡기 어려울 정도로 희미했으니까. 라이너의 말에 답하지도 못한 채, 빠르게 주위를 돌아보았다.

'어디지? 무슨 존재지?'

눈을 부라린 채 직감을 날카롭게 세웠다. 마수 사이에서 구르던 내 본능은 다른 소드 마스터들보다 몇 배는 더 날카로웠다. 몇 달쯤 토벌을 쉬었다고 하여 무더질 감각이 아니었다. 짐승보다 더 날카로운 내 직감이 가리키는 방향은 명확했다.

"라이너!"

크앙!

생각을 거치지 않은 채 오직 직감만을 따라 재빠르게 몸을 움직여 라이너를 거칠게 밀쳐 냈다. 라이너의 몸이 나무 쪽으로 밀려남과 동시에, 거대한 울음소리와 함께 라이너가 있었던 자리에 허공에서 거대한 아가리가 나타났다.

라이너는 안전했지만, 그를 밀쳐 내고 그의 자리에 서게 된 내 상황은 조금 달랐다.

콰득.

"카슈미르!"

살이 뚫리는 섬뜩한 소리와 함께, 날카로운 송곳니가 박힌 어깨에서 옅은 핏줄기가 솟았다. 라이너의 얼굴이 새하얗게 질렸다.

'어지러워.'

다급하게 어깨로 마나를 씌워 뼈가 부러지는 것까진 막았지만, 그 찰나에 완벽하게 방어하는 것은 무리였다. 송곳니에 묻은 독이 어깨 위를 적시는 것을 느끼며 재빠르게 발검했다.

촤악!

다음 순간 은빛 선이 길게 그려지며 번뜩이는 칼날이 마수의 몸통을 베어 냈다.

크아악!

귀를 따갑게 울리는 듣기 싫은 울음소리. 코를 혹사시키는 역겨운 피비린내. 얼굴로 튄 검은색 피.

모두, 내겐 익숙한 것들.

'너무 풀렸구나, 카슈미르 크리시스.'

눈매를 서늘하게 세웠다. 아무리 이 마수가 모든 기척을 귀신처럼 감출 수 있는 종이었다고 해도, 예민한 직감을 자랑하는 나로서 이리 뒤늦게 느껴 어깨까지 내어 줬다는 건 부끄러운 일이었다.

오랜만에 온몸을 지배하는 긴장. 미친 듯이 울리는 직감을 느끼며, 내 어깨를 보고 하얗게 질려 있는 라이너의 앞을 막아섰다.

"제 뒤로 물러서 계십시오, 경."

크르릉…….

상처를 입은 마수가 거칠게 으르렁거리는 것을 들으며 검을 세웠다. 날카롭게 빛나는 검날 위로 검은 피가 흘러내려 내 손을 적셨다.

갈고리 같은 발톱과 초록색 털로 뒤덮인 두꺼운 가죽. 독이 뚝뚝 흘러내리는 송곳니와 투명 마법을 건 것처럼 일렁이는 몸체.

일명 '깊은 숲속의 고요한 폭군', 하라바나였다.

나보다 몇 배는 큰 덩치와 팽팽하게 대치하며, 라이너에게 말했다.

"이 거대 마수는 조종당하고 있습니다."

이지를 잃은 두 눈. 소드 마스터가 내뿜는 살기에도 조금의 물러섬도 없는 무모함. 그리고 은은히 풍겨 오는 흑마법 특유의 소름 끼치는 기운.

북부인들에 의해 조종당하는 마수가 사냥 대회가 벌어지는 숲 한가운데에 출몰했다.

"……조종당하고 있다고 하셨습니까?"

나무에 등을 부딪쳤던 라이너가 딱딱하게 얼굴을 굳히며 검을 뽑고 일어났다. 잠시라도 하라바나의 움직임을 묶어 놓기 위해 미친 듯이 살기를 내뿜어 대며 고개를 끄덕였다.

마나를 오러로 검 위에 출력하는 것은 향수를 한 번 칙 뿌려 몸에 향기가 남게 하는 것이라면, 마나를 살기로 변환하여 내뿜는 것은 마나라는 향수를 아예 뚜껑을 열고 통째로 바닥에 부어 버리는 것과 같았다. 실용성이 상당히 떨어진다는 소리였다.

거대 마수의 발을 묶어 둘 정도의 살기는 소드 마스터인 나라도 오랫동안 내뿜고 있을 수는 없었다.

"자세하게 설명해 줄 시간은 없습니다. 빨리 말을 묶어 둔 곳으로 가 말을 타고 도망가십시오!"

다급하게 외쳤다.

하라바나는 수많은 종의 마수들 중 최강이라 불렸다. 마수들 중에서도 가장 큰 몸집에, 무척 난폭한 성정으로 개체 수는 희귀하다 싶을 정도로 적지만 한번 사람이 사는 마을로 내려오면 혼자서 마을 하나를 쑥대밭으로 만드는 위험한 마수였다. 하라바나를 상대하며 라이너까지 지켜 줄 자신은 없었다.

크릉…… 크아앙!

말하느라 내뿜는 살기가 조금 옅어지자, 살기에 억눌려 있던 하라바나가 조금 숨통이 트인 것처럼 크게 울부짖었다. 급한 마음에 라이너가 도망치는 것도 확인하지 못한 채 마나를 쭉쭉 소비하게 하는 살기를 거두고 검 위로 오러를 씌웠다.

살기를 거둠과 동시에, 거대한 발이 나를 향해 날아왔다.

캉!

칠흑 같은 검은 오러와 갈고리 같은 발톱이 맞부딪쳤다. 서걱 하는 소리와 함께 발톱과 발의 일부가 베여 나갔다. 하라바나가 고통으로 울부짖었다. 나는 뒤이어 빠른 속도로 날아오는 발과 이빨을 칼로 쳐냈다.

'젠장. 하라바나가 왜 여기서 나타난 거지?'

수많은 생각으로 머리가 어지러웠다. 뚫린 어깨로 독이 스며드는 고통에 더욱 정신이 없었다. 북부인들이 조종하는 마수가 왜 사냥 대회가 벌어지는 숲 한복판에서 나타난 건지, 이에 대한 원작의 내용이 기억이 날 듯 기억이 나지 않았다.

'우선, 하라바나부터 처리하자.'

생각이 어지러워지니 집중력도 흩어져 오러가 옅어지는 걸 느끼자마자 번뜩 정신을 차렸다. 생각은 나중에 해도 늦지 않았다.

'하라바나는 보통 방법으로 잡기 쉽지 않다.'

하라바나는 몸집이 거대한 데도 속도가 상당히 빨랐고, 머리까지 좋았다. 소드 마스터의 오러로 같은 곳을 세 번쯤 찔러야 치명타를 입힐 수 있을 만큼 가죽도 두꺼웠으니, 가장 강력한 마수라는 이명은 괜히 붙은 것이 아니었다.

'하지만 약점이 있지.'

내 마수 토벌 경력은 8년 남짓. 그 8년 동안 몇 번 마주한 하라바나와의 치열한 접전 끝에 알아낸 치명적인 약점이 있었다.

'바로 입천장.'

하라바나는 입천장의 피부가 무척 약했다. 그곳에 칼을 쑤셔 박으면, 하라바나는 99퍼센트의 확률로 죽었다.

'하지만…… 독니에 물릴 각오를 해야 하지.'

어깨가 욱신거림을 느끼며 이를 악물었다. 하라바나의 독은 치명적이다. 내가 독의 내성이 있었기에 망정이지 평범한 사람이었다면 물리자마자 죽었을 게 뻔했다.

'혼절 정도는 각오해야겠군.'

이미 라이너를 지키다 한 번 물렸고, 입천장을 공격할 때 한 번 더 물릴 가능성이 높았다. 아무리 내가 소드 마스터라도 치명적인 하라바나의 독니에 연속으로 두 번 물리면 회복까지 시간이 걸릴 수밖에 없었다.

스걱.

날아오는 거대한 발을 피하며 거대한 몸뚱이로 최대로 출력한 오러를 날렸다. 입천장을 찌르기 위해서는 하라바나의 움직임을 더디게 만들어야 했다. 검은 오러의 난폭한 난도질에 하라바나가 기괴한 울음소리를 내질렀으나, 두꺼운 가죽은 조금 흠집만 났을 뿐 아직 멀쩡했다.

'아파.'

서서히 독이 퍼지며 어깨가 부풀어 올랐다. 물린 어깨도 하필 검을 잡는 오른쪽이라 검을 휘두르기 위해 팔을 들 때마다 머리가 어지러웠다. 날아오는 발을 피하며 검을 다시금 휘두르려 할 때였다.

서격.

나를 향해 날아오던 발톱이, 내 뒤에서 날아온 금빛 오러로 인해 저지되었다. 성스럽다는 감상이 드는 황금빛 오러가 허공에서 산란하는 것을 잠시 멍하니 바라보다 천천히 뒤를 돌아보았다.

"나는 그때 그 병든 아이가 아닙니다."

바람에 휘날리는 은회색 머리칼. 으스러져라 검 손잡이를 잡은 손. 강한 심지를 담아 번뜩이는 황금빛 눈동자.

"이제 다시는 당신에게 지켜지기만 하지 않을 겁니다."

라이너가 지난 시간에 대한 후회와 다가올 시간에 대한 각오가 담긴 눈으로 나를 마주했다.

"더 이상 혼자 하려 하지 마십시오."

"……아."

그의 눈과 마주하며 짧게 숨을 뱉었다. 혼자서 재앙과 상대하는 것이 너무 익숙해 잊고 있었다.

라이너는 더 이상 그날의 어린아이가 아니며, 나는 혼자 싸울 필요가 없다는 것.

서격.

새삼스러운 깨달음 사이에서도 하라바나의 공격은 계속되었다. 날아오는 하라바나의 거대한 갈고리 같은 발톱을 살짝 피하며 빠르게 잘라 냈다. 하라바나가 또다시 괴성을 질렀지만, 여전히 하라바나의 몸에는 어떤 치명상도 남아 있지 않았다.

한 발에 발톱이 10개. 하라바나의 발은 4개. 총 40개의 발톱을 가진 하라바나의 발톱을 이제 겨우 2개 잘라 냈다.

하라바나는 최강의 마수종으로서 드래곤과 버금갈 만큼 강한 마수다. 역시, 하라바나를 혼자 상대하는 것은 어려웠다.

"……그래."

한숨처럼 웃으며 고개를 끄덕였다.

나는 허공으로 뛰어올라 라이너 옆에 섰다.

잘 벼려진 은색 검날 위로 칠흑 같은 오러가 덧씌워진다. 라이너를 앞에서 지키고 서는 게 아니라, 그의 옆에 서서 검을 앞으로 세웠다.

"당신은 더 이상 내가 지켜 줘야만 하는 어린아이가 아니지."

내가 일방적으로 지켜 주는 것이 아니라, 함께 싸우는 구도였다. 내 반응에 라이너의 얼굴 위로 커다란 파문이 일었다. 황금빛 눈동자 위로 감정의 파도가 넘실거렸다.

"……맞습니다."

그리고 이내, 당당한 미소가 깃들었다.

그의 검 위로 황금빛 오러가 씌워진다. 내 오러보다는 미약하지만 확실히 소드 엑스퍼트의 끝을 보고 있음이 짐작되는 강한 오러. 황금빛과 칠흑빛의 두 오러가 강하게 치솟아 끝에서 맞닿으며 기이한 색으로 융합되었다.

"전 이제부터 당신과 함께 싸울 겁니다."

성숙한 라이너의 얼굴 위로 미숙하던 소년을 덧씌워 본다.

검 하나 잡는 것도 위태로워 보이던 소년은, 어느새 자라서 나와 검을 함께할 정도로 강해져 있었다.

'이상한 기분이네.'

너무 자라 버린 것이 어쩐지 섭섭하면서도 내가 키운 것처럼 뿌듯했다. 복잡 미묘했지만, 굳이 따지자면 긍정적인 감정이 강했다.

'당신 같은 사람이 되고 싶어요.'

파란 눈을 동경으로 반짝이며 내게 속삭이던 소년. 소년은 나와 함께 싸울 수 있는 사람이 되어 돌아왔다. 나는 섭섭하다는 표정을 짓는 대신, 그때 그 소년을 향해 호쾌하게 웃음 지었다.

"그래. 이젠 나랑 같이 싸워 줘."

쾅!

거대한 덩치가 나와 라이너 사이로 달려들었다. 땅이 울리며 굉음이 사방으로 퍼져 나갔다. 나와 라이너, 둘 다 발에 마나를 두른 채 어렵지 않게 양옆으로 물러서 하라바나의 공격을 피했다.

쾅! 쾅!

굉음과 함께 사방에 땅이 파였다. 적수가 둘로 늘어나자 당황한 듯 다급하게 쏟아지는 하라바나의 공격을 피하는 건 어렵지 않았다. 내게로 날아든 거대한 발의 발톱을 거칠게 베어 내며 라이너를 돌아보았다. 굉음 때문에 귀가 먹먹해 의사소통을 위해서는 크게 소리쳐야 했다.

"마수를 상대해 본 적이 있으십니까!"

"몇 번 상대해 본 적은 있지만 이 마수는 처음입니다!"

내게로 달려드는 하라바나의 꼬리 부근에 오러를 날려 하라바나의 시선을 끈 라이너가 소리쳐 대답했다.

'라이너는 하라바나를 모르나 보군.'

입술을 짓씹었다. '하라바나'가 아니라 '이 마수'라고 호칭하는 것을 보아, 라이너는 하라바나에 대해 무지한 것 같았다.

'하기야. 고기는 맛이 좋고 영양가도 높아 귀족들 사이에 희귀한 고기로 유통되지만…… 자세한 외향은 잘 알려지지 않았으니까.'

하라바나의 피부 위로 줄줄 흐르는 기이한 진액을 보며 미간을 찌푸렸다.

하라바나는 무척 희귀한 마수로서 그 고기 또한 상당한 값으로 거래되기 때문에, 하라바나의 고기를 맛볼 수 있는 것은 귀족들뿐이다.

허나 품위를 생명처럼 생각하는 귀족들이 보기만 해도 토 나올 것 같은 하라바나의 외향을 자세히 알게 되면 하라바나 고기를 원하지 않을 게 분명했다. 때문에 상인들 사이에서 하라바나의 외향에 대한 자세한 정보는 암묵적인 비밀로 취급되곤 했다. 그들도 먹고 살아야 했으니까.

'나같이 마수 토벌을 전문으로 하는 미친 용병이나 하라바나의 외향부터 특징까지 모두 꿰고 있지.'

라이너에게 달려들려 하는 하라바나의 두툼한 발등 위로 검 끝을 푹 찍어 내리며 소리쳤다.

"하라바나는 '깊은 숲속의 고요한 폭군'이라는 이명을 가진 희귀종의 거대 마수입니다! 이빨엔 치명적인 독이 묻어 있으니 스치지 않도록 조심하십시오!"

"네! 그런데……."

쾅!

하라바나의 빗나간 일격에 나무가 단숨에 부서졌다. 굉음에 미간을 찌푸린 라이너의 표정이 묘해졌다.

"깊은 숲속의…… '고요한' 폭군이 맞습니까?"

그의 말투에는 저게 어딜 봐서 고요하냐는 뜻이 그득히 배어 있었다. 네모난 원, 타지 않는 불과 녹지 않는 얼음처럼 상반된 두 명제가 합쳐진 것을 본 사람처럼 아리송한 라이너의 표정을 보며 쓰게 웃었다.

"평소의 하라바나는 전혀 고요하지 않지만, 자신을 위협하는 적수를 만났을 땐 달라집니다!"

날아오는 공격을 피해 몸을 굽히며 검을 옆으로 그어 하라바나의 다리를 공격했다.

마수 토벌을 이골이 날 정도로 해 온 내게 사실 거대 마수 한 마리를 상대하는 것은 그리 어렵지 않았다. 만약 하라바나에게 날카로운 독니와 갈고리 같은 발톱밖에 없었다면 나는 10분 안에 하라바나를 깔끔하게 처리했을 것이다. 그럼에도 내가 하라바나를 혼자 상대하기 버겁다고 생각한 건, 다름 아닌 하라바나의 특성에 있었다.

'곧 시작하겠군.'

나와 라이너를 버거워하던 하라바나의 몸 위로 일렁이던 마기가 더욱 강해짐을 느끼며 검을 더 단단히 잡았다. 라이너를 향해 아가리를 벌리다 내 오러를 맞고 밀려난 하라바나가 어느 순간 움직임을 완전히 멈췄다.

"……무슨."

난폭하게 공격하다 말고 갑자기 멈춘 하라바나를 보고 당황한 라이너가 덩달아 멈칫했다. 심상치 않게 일렁이는 마기를 느끼며, 나는 긴장감에 침을 삼켰다.

"하라바나는……."

내가 운을 떼기 시작함과 동시에 하라바나의 형체가 일렁이며 옅어지기 시작했다. 존재라는 것이 스포이트에 빨려 들어간 듯 순식간에 사라지기 시작했다.

강하게 느껴지던 마기와 존재감조차 어느새 씻은 듯 사라지고, 하라바나가 서 있던 자리가 텅 비며 완전히 주변 풍경과 융화되었을 때. 나는 침묵 속에서 무겁게 입을 열었다.

"일정 시간 동안, 자신의 존재를 완전히 없앨 수 있습니다."

그것이 하라바나가 깊은 숲속의 '고요한' 폭군이라고 불리는 이유였다.

하라바나가 사라진 뒤, 나와 라이너 사이에는 짙은 침묵이 감돌았다. 표정이 심각하게 굳은 라이너와 빠르게 시선을 교환했다.

"존재가…… 완전히 사라진단 말입니까?"

"네. 투명해지는 정도가 아니라 존재를 이 세상에서 완전히 지웁니다. 저조차 기척을 느끼지 못할 만큼. 아예 실체 자체가 사라진 거라 이 상태에선 검을 휘둘러도 타격을 받지 않습니다. 그래서 하라바나가 위험한 겁니다."

검을 세운 채 날카롭게 주위를 경계하는 라이너를 향해 고개를 끄덕였다. 이것이 바로 내가 하라바나의 기습에 뒤늦게 대처할 수밖에 없는 이유였다.

'아무리 나라도 실체가 없는 것의 기척을 느낄 순 없으니까.'

투명 상태라면 색깔이 있는 무언가를 뿌려서라도 존재를 확인하면 되지만, 실체가 사라진 것의 습격에는 대처할 수 있는 방법이 없었다.

"다행히 하라바나 또한 실체가 없는 상태에선 공격을 할 수 없습니다. 또한 하라바나가 이 상태를 유지하는 것은 최대 1분이죠. 한 번 실체를 사라지게 하고 나서 다시 실체를 사라지게 하려면 약 5분간은 대기 시간을 가져야 하고, 이 상태를 유지하는 건 하라바나에게 상당한 체력 소모를 가져옵니다. 제가 상대한 하라바나들 중 아무리 힘 센 놈이라도 실체를 네 번 이상 없애진 못했습니다. 무적 같지만 절대 무적은 아닙니다."

끊임없이 주위를 경계하며 피로 얻은 정보들을 라이너에게 알렸다. 이렇게까지 상세한 하라바나의 특징은 직접 하라바나와 맞서 싸워 온 나만 알 수 있는 것이었다. 마수와 싸우는 것에 한해서는 내가 이 대륙의 어느 누구보다도 풍부한 경험과 뛰어난 실력을 가지고 있다고 자부할 수 있었다.

"전혀 예측할 수 없는 기습이 최대 무기인 하라바나와 상대할 때 가장 중요한 것은 순간 반응 속도입니다."

"순간 반응 속도 말입니까?"

"네."

라이너가 주위를 경계하면서도 되물었다. 성실한 학생 같은 그를 향해 씨익 웃은 나는, 꽉 잡은 검 위로 오러를 폭발시키듯 불어넣었다.

"하라바나는 실체가 없는 상황에선 공격을 할 수 없기 때문에, 공격을 하는 순간엔 반드시 실체를 드러냅니다."

실체가 나타나는 찰나, 내 감각을 두드리는 익숙한 마기. 마수 특유의 역겨운 냄새. 오러를 발동한 순간 그 어떤 짐승보다도 넓어지는 시야.

"그리고 그 순간은 기습하기 위해 무방비해진 하라바나를 역 기습하기 가장 좋은 때입니다."

크앙!

나는 하라바나의 기척이 느껴진 찰나, 그곳을 향해 힘껏 검을 휘둘렀다.

미친 듯이 날뛰는 검은 오러가 초승달 모양을 그리며 라이너 바로 뒤에서 나타난 하라바나에게 날아갔다. 오러가 라이너를 삼킬 듯 벌린 아가리 속에 정확히 들어가길 바랐지만, 아쉽게도 그 순간 하라바나가 고개를 튼 탓에 뺨에 상처를 내는 것이 전부였다. 검은 피가 솟구치고, 하라바나가 비명을 지르는 것을 들으며 외쳤다.

"피하십시오!"

머리 위로 검은 피를 뒤집어쓴 라이너가 빠르게 마나를 개방하며 내 쪽으로 달려왔다. 우리는 함께 검을 겨누었다. 그런 우리 앞으로 조금 지친 기색의 하라바나가 대치하고 섰다.

쉬익!

거센 돌풍과 함께 내 검 위로 검은 오러가 물들었다. 하라바나가 한차례 지치는 순간을 기다리며 절제하던 오러를 풀어헤치자, 조금 전과는 비교도 되지 않을 만큼 강한 오러가 검을 물들었다.

'이전엔 하라바나의 가죽을 뚫기 위해 세 번을 찔러야 했지.'

마나의 활력을 받아 미친 듯이 두근거리는 심장을 즐기며 느리게 웃음을 흘렸다. 하라바나의 눈동자 위로 비치는 내 눈이 붉게 번뜩였다.

'하지만 이젠 두 번 안에 뚫을 수 있다.'

크리시스 가에 입적된 이후 마수를 토벌하지 않았다고 해서 놀고만 있었던 게 아니다. 나는 끊임없이 수련을 거쳤고, 그 결과 한 단계 더 성장했다.

'하라바나가 한 번 더 형태를 없애기 전에 끝낸다!'

콰앙!

검은 오러가 허공을 가르며 하라바나의 몸통을 베었다. 오러를 절제하던 이전과는 확연히 차이가 나는 상처의 깊이. 검은 피를 철철 흘리기 시작한 하라바나가 울부짖었다.

"라이너! 하라바나는 입천장이 약점입니다! 그곳을 꿰뚫으면 즉사해요! 입천
장을 찌르기 위해선 움직임을 느리게 만들어야 합니다. 제가 앞다리를 공격하겠
습니다! 라이너는 뒷다리를 공격해 주세요!"

"알겠습니다!"

하라바나의 앞다리로 빠르게 돌진해 앞다리 근육이 있는 부분에 검을 꽂아 넣
었다. 하라바나는 속도까지 빠른 막강의 마수였지만, 확실히 덩치가 산만했기에
찌를 곳이 많았다. 라이너가 황금빛 오러로 하라바나의 뒷다리를 지지는 것을 확
인하며 검을 휘둘러 다른 앞다리에도 상처를 입혔다.

꾸엑!

괴상한 울음소리를 낸 하라바나가 미친 듯이 발을 휘둘렀다. 그 산만한 덩치
에서 나온다고는 믿기 힘들 만큼 여전히 빠른 속도였지만, 확실히 전보다는 속도
가 많이 느려져 있었다. 나는 가벼운 장애물 달리기처럼 느껴지는 공격들을 쉽게
피해 나갔다.

"라이너! 검기로 하라바나의 입을 벌려 주십시오! 제가 하라바나의 입속으로
들어가서 입천장을 공격하겠습니다!"

호랑이를 잡으려면 호랑이 굴로 들어가야 한다. 하라바나의 입은 무척 거대했
기 때문에 입천장을 공격하기 위해서는 직접 입안으로 들어가야 했다.

얼핏 들으면 미친 것처럼 들리는 내 계획을 들은 라이너의 얼굴이 차갑게 굳
었다.

"그건 너무 위험합니다! 차라리 제가 할 테니 카슈미르가……!"

"라이너!"

하라바나의 공격을 피하며 크게 고함을 쳤다. 각자 빠르게 움직이는 가운데
찰나의 부딪치는 시선. 흔들리는 황금빛 눈동자를 흔들림 없이 바라보며 말했다.

"더 강한 사람이 위험을 감수하는 게 맞습니다. 길을 만들어 주십시오."

강자는 자신의 강함에 책임을 져야 한다. 멍청하고 미련해 보일지라도 그것이 내 신념이었다.

"당신은……."

아연실색한 얼굴로 무언가 말을 이으려던 라이너의 시도는 그를 향해 날아든 하라바나의 뒷발로 끝까지 이어지지 못했다. 황급히 몸을 피한 라이너가 이를 악물더니 참혹한 표정으로 고개를 끄덕였다.

"……알겠습니다. 지금 바로 입을 벌릴 테니 준비해 주십시오!"

하라바나의 뒤쪽에 있던 라이너가 세차게 휘둘러지는 하라바나의 꼬리를 피해 내가 있는 방향으로 달려오기 시작했다. 일순 주위로 작은 마나의 돌풍이 일어날 정도로 강한 오러를 끌어올린 그가 허공으로 뛰어올라 거대한 입의 세로 방향으로 검을 휘둘렀다.

촤악!

금빛 오러에 지져진 피부에서 썩은 내가 난다. 확실히 라이너 또한 강력한 소드 엑스퍼트였다. 하라바나의 두꺼운 가죽이 꽤 깊숙이 베이며 검은 피를 울컥 쏟았다.

크아아아악!

그리고, 하라바나의 입이 벌어졌다.

내 차례였다.

콰과광!

내 혈관을 타고 흐르는 막대한 양의 마나가 검을 쥔 손끝으로 집중되며, 나를 둘러싸고 태풍과도 같은 마나의 폭발이 일어났다. 한계까지 마나를 끌어들인 심장이 미친 듯이 두근거리고 막대한 마나가 집중된 오른손 손끝이 욱신거렸다.

검은 재앙이라 불리는 칠흑 같은 오러가 하늘을 뚫을 듯 솟구칠 때, 난 조금의 망설임도 없이 하라바나의 아가리로 돌진했다.

얼핏 보아도 백여 개는 넘을 것 같은 누런 이빨들에는 모두 맹독이 흐르고 있

충직한 검이 되려 했는데 1

다. 토 나올 것 같은 악취가 후각을 마비시켰다. 아가리 속에 뛰어드는 과정에서 섬뜩하도록 날카로운 송곳니에 왼팔이 살짝 긁히며 독이 흐르는 방향을 따라 살이 녹는 것이 느껴졌으나 개의치 않았다.

공포도, 악취도, 통증도, 불행의 늪에서 태어난 내게는 너무 익숙한 것들.

나는 그곳에서 살아남았고,

푸욱.

이곳에서도 살아남을 것이다.

캬아아악!

이젠 익숙해질 법도 하지만 여전히 섬뜩한 살 뚫리는 감각이 검을 쥔 손을 덮는다. 검에 꿰뚫린 입천장에서 검은 피가 터져 나오며 내 온몸을 적셨다.

'귀 아파.'

하라바나의 거대한 울음소리를 직전에서 들은 탓에 귀가 먹먹했다. 내가 소드 마스터가 아니었다면 고막이 터졌을지도 모른다고 생각하며, 하라바나의 몸부림으로 미친 듯이 흔들리는 입속에서 애써 중심을 잡았다.

캬아악!

'지금!'

하라바나가 다시금 고통에 겨워 울부짖으며 입을 크게 벌렸다. 그 틈을 타 발위로 마나를 덧씌우고 초인적인 속도로 밖으로 몸을 던졌다.

"카슈미르!"

허공에 날아든 나를 부르는 다급한 목소리가 귀를 찔렀다. 착지를 준비하기도 전에 단단한 팔이 내 몸을 으스러질 듯 감쌌다.

쾅!

하라바나가 쓰러졌다. 거대한 몸뚱이가 땅에 닿음과 동시에 지진을 방불케 하는 울림과 흙 폭풍이 사방으로 몰아닥쳤다. 귀가 윙윙거리고 시야가 어지러워졌다.

그렇게 하라바나는 죽었다.

'이렇게까지 요란스러운데 외부에 있는 사람들 중 누구도 이곳으로 오지 않았다고.'

말도 안 된다. 거대한 하라바나는 1킬로미터 밖의 일반인도 소란을 느낄 수 있을 만큼 요란을 피웠다.

'게다가 사냥 대회에 참여한 이들 중 두 사람이 소드 마스터인데.'

내 아버지 카이사르 크리시스와 라이너의 아버지 노아 아인하르트. 그들은 상당한 수준의 소드 마스터들이다. 정상적인 상황이라면 그들이 여태까지 이곳의 상황을 느끼지 못했을 리 없었다.

'무언가 수작질을 해 놓았군.'

가볍게 결론을 내렸다.

분명 하라바나가 죽었는데도 여전히 사방을 덮은 흑마법의 기운. 미간을 좁히며 주위를 둘러보았다.

"카슈미르, 카슈미르……."

그리고 내 관찰은 몸을 으스러질 듯 안아오는 따뜻한 품으로 인해 뻣뻣하게 멈춰야 했다.

역겨운 하라바나의 피 냄새를 비집고 퍼져 오는 진득한 로즈우드 향. 덜덜 떨리는 단단한 팔. 내 속눈썹을 간지럽히는 은회색 머리칼. 절망이 물든 그의 얼굴을 올려다보다 한숨처럼 말했다.

"……아인하르트 경. 계속 절 안고 계시면 몸에 피가 묻으실 겁니다."

"지금 그게 중요합니까!"

라이너가 버럭 소리를 질렀다. 하라바나의 피를 온몸에 뒤집어쓴 나를 꽉 안은 라이너의 옷은 당연스럽게도 검은 피로 물들어 갔다. 나는 죄책감에 물든 그의 황금빛 눈동자를 직시했다.

"제 계획에 동의하셨으면서 왜 그러십니까. 이건 제가 하자고 했던 일입니다."

충직한 검이 되려 했는데 1

"팔이 다치지 않으셨습니까! 저는 당연히 영애께서 스스로 다치지 않을 자신이 있어서 제의한 계획인 줄 알았습니다! 왜 이렇게 스스로의 몸을 돌보지 않으십니까! 차라리 제가 했어야 했습니다!"

나는 언성을 높이며 화를 내는 라이너를 오늘 처음으로 보았다. 야차 같은 얼굴을 한 그를 조금 놀란 눈으로 바라보다 눈을 느리게 내리깔며 중얼거렸다.

"……이게 최선의 방법이었습니다."

내게 최선의 방법이란, 나의 희생으로 사람들이 최소의 피해만 겪게 하는 것.

'이게 내가 살아온 방식이니까.'

상대의 숨통을 끊기 위해서는 나 또한 죽음을 각오해야 한다. 이것이 내가 검은 재앙으로서 배워 온 삶의 방식이었다.

이전에 카이사르와 함께 대련을 했던 때를 떠올린다. 카이사르는 내게 다치지 말라고 했고, 아리아는 나를 희생하지 말라고 했다.

그들이 얼마나 나를 걱정하는지, 얼마나 나를 사랑함에 그런 말을 했는지 알지만, 그래도 잘 고쳐지지 않았다. 이렇게 살아온 생이 너무 길었으니까.

나는 이런 방식으로 살아남아 왔다.

아연한 표정으로 나를 내려다보던 라이너가 슬픈 눈을 한 채 제 입술을 꾹 물었다. 녹을 듯 처연한 황금빛 눈동자가 나를 처절하게 응시했다.

그 눈과 마주하기가 어려워 살짝 시선을 돌리니, 라이너의 짙은 한숨이 내 목덜미에 스며들었다.

촉.

살짝 고개를 숙인 라이너가 먼지와 검은 피로 더러워진 이마 위로 짧게 입술을 맞췄다. 경건하게까지 느껴지는 조심스러운 입맞춤. 그 짧은 입맞춤에서 범람하는 그의 감정이 흘러내리는 것만 같아 나는 답지 않게 몸을 움츠러트렸다.

"나는, 카슈미르."

한참 심호흡을 하던 그는 그르렁거리는 목소리로 내 귓가에 속삭였다.

"네가 최선의 길이 아니라 가장 안전할 수 있는 길을 선택했으면 좋겠어."

거친 목소리와는 다르게 치밀도록 다정한 한마디. 울렁이는 속에 헛숨을 들이켠 나는 천천히 눈을 감으며 그 한마디를 곱씹었다.

이 한마디는 내가 여태껏 살아왔던 삶을 위로하며 이제는 괜찮다고 다독이는 것 같아서 마음이 저려 왔다.

"……카르텔."

오랜만에 혀 위로 올려 보는 추억 뒤에 묻힌 이름.

라이너의 어깨가 살짝 떨려 왔다.

천천히 손을 들어 그의 어깨를 붙잡고 그의 귓가에 속삭였다.

"나, 피곤해."

흑사된 오른팔의 근육이 떨리고, 독니에 찔린 왼팔과 왼 어깨가 타는 듯 고통스럽다. 재앙과 마주하며 몸을 지배하던 긴장감이 한순간에 풀리며 줄 끊긴 마리오네트가 된 것만 같았다.

"이제 조금 쉬어도 될까."

여태껏 최선을 선택하며 살아온 것에 후회는 없다. 허나 힘들었다. 무척. 잠시 누군가에게 기대 쉬고 싶을 정도로.

"카슈미르……."

얼굴을 일그러트린 라이너가 한숨처럼 내 이름을 속삭였다. 굳은살이 박인 손끝이 살며시 내 눈꺼풀을 건드려 눈을 감겼다.

"수고했어. 쉬어."

귓가에 스며드는 다정한 목소리에 몸에 힘을 풀었다. 확인해야 할 것도 많고, 여기서 쉬어서는 안 됨을 알지만, 독에 중독된 몸은 말을 듣지 않았다.

'조금은, 쉬어도 되지 않을까. 내겐 뒤를 지켜 줄 라이너가 있으니까.'

나를 받쳐 주는 든든한 팔이 믿음직한 동료의 탄생을 알리는 것만 같아, 이래서는 안 된다고 생각하면서도 계속 긴장이 풀린다. 한번 감고 나자 눈꺼풀이 뇌의 제어를 듣지 않았다.

"자고 일어나면 모든 게 정리되어 있을 거야."

자장가와 같은 따스한 속삭임 아래, 나는 스르르 수마로 빨려 들어갔다.

타닥타닥.

피부로 닿는 따뜻한 온기와 장작이 타는 평화로운 소리에 부스스 눈을 떴다. 하라바나 독으로 인해 열이 펄펄 끓던 몸은 어느새 은은한 미열만 돌고 있었다. 욱신거리던 근육들이 한층 가라앉은 것을 느끼며, 습관적으로 주위를 경계하며 상체를 일으켰다.

스르륵.

몸을 움직임에 따라 몸을 덮고 있던 검은색 모포가 흘러내렸다. 내 것이 아니었기에 잠시 갸웃했으나, 이내 코끝을 간질이는 향으로 인해 모포의 주인을 쉬이 짐작할 수 있었다.

'라이너 거네.'

짙고 묵직한 로즈우드 향. 올곧고도 매력적인 그와 잘 어울리는 향이었다. 가까이에서 라이너의 기운이 느껴짐에 느리게 주위를 둘러보았다.

내가 누워 있던 곳은 아늑한 동굴 속이었다. 짐승이 묵은 흔적이 없고, 약간의 이끼와 덩굴이 자리한 것을 빼면 깔끔한 동굴. 독 기운 때문에 기절하듯 잠든 나를 라이너가 이곳으로 데려온 모양이었다.

'……따뜻해.'

흘러내린 모포를 등 뒤에 두르고 동굴 중앙에서 타오르고 있는 모닥불 가까이로 몸을 옮겼다. 조금 비몽사몽인 채로 라이너가 피운 것으로 추정되는 모닥불 앞에서 열기를 쬐고 있을 때였다.

"일어나셨군요."

동굴 입구에서 들려오는 익숙한 목소리에 고개를 돌렸다.

"아인하르트 경."

내 나지막한 부름에 그가 희미하게 웃으며 모닥불 앞으로 성큼 걸어왔다.

"몸은 좀 어떠십니까?"

"미열이 조금 있는 것 빼곤 거의 다 회복된 것 같습니다."

어깨를 휘휘 돌리며 몸 상태를 짐작했다. 이전이었다면 고열을 동반한 중독 상태를 깡으로 버티든지, 해독제를 달여 먹든지 해야 나았을 텐데, 이젠 반나절 만에 자연 회복으로 나을 수 있었다. 크리시스 가에 입적된 뒤부터 수련에 집념하며 충분한 영양분을 섭취한 덕분에 회복 속도가 전보다 훨씬 빨라진 것 같았다.

"다행입니다. 허기지실까 싶어 하라바나 고기를 조금 해체해 가져왔습니다."

"아, 제가 도와 드릴 게 있습니까?"

"아뇨. 영애는 푹 쉬십시오. 제가 하겠습니다."

자리에서 일어나기만 해도 역정을 낼 것 같은 라이너의 표정을 확인하고 얌전히 있기로 마음먹었다. 잠시 멀뚱히 라이너가 하는 양을 구경하다 느릿하게 동굴 벽에 몸을 기대었다.

'라이너의 도움도 컸지만, 그걸 배제하고도 하라바나를 처치하는 속도가 훨씬 빨라졌어.'

원래였다면 하라바나를 처치하기 위해서 1시간 이상을 싸워야 했다. 하지만 이번에는 겨우 20분 남짓 동안 끝냈으니, 내 경지가 높아진 것이 확실했다.

'게다가 많이 다치지도 않았고.'

원래였다면 하라바나를 처치한 이후 곧바로 독에 중독되어 몸도 가누지 못하는 상태가 되었을 것이다. 나는 방어를 하지 않았고, 체력도 약했으니까. 하지만 꾸준한 방어 훈련과 체력 단련으로 강해진 몸은 반나절 취침으로도 거의 원 상태가 되었으니, 뿌듯하지 않을 수 없었다.

'이건 라이너의 공이 크고.'

모닥불 앞에서 부스럭거리고 있는 라이너를 힐끔 곁눈질했다. 거대한 초록빛 고깃덩어리를 나뭇가지에 끼운 라이너는 조금 엉성하게 만들어진 지지대를 통해 모닥불로 고기를 굽고 있었다.

'라이너가 없었다면 이렇게까지 강해질 수 없었을 거야.'

매주 만나 함께 수련을 이어 가던 날들을 떠올리며 피식 웃었다. 라이너의 정성 어린 가르침 덕에, 나는 소드 마스터의 평균치에 가까워지며 방어와 체력에 있어서도 라이너를 뛰어넘을 날을 코앞에 두고 있었다.

'참 고마운 사람이지.'

아무리 상사의 명령이라고 해도 그렇게까지 정성껏 도와주기는 힘들었을 거다. 상냥한 눈길로 그를 바라보고 있으니, 여느 때와 같은 무표정으로 고기를 굽던 그가 시선을 느꼈는지 느리게 입을 열었다.

"필요한 게 있으십니까."

늘 생각하지만 라이너의 목소리는 참으로 무뚝뚝했다.

다른 사람이 들었다면 순간 움찔할 정도로 감정이 없었지만, 이젠 그의 목소리에 익숙해진 나는 그것이 라이너의 목소리일 뿐임을 알았다. 희미하게 웃으며 고개를 저었다.

"아뇨. 그저 경에게 감사해서 말입니다."

움찔.

'오, 붉어진다.'

붉은 물감을 푼 것처럼 삽시간에 달아오르는 라이너의 양 귀를 보며 웃음을 참았다. 그는 조각 같은 얼굴을 가지고 기계 같은 태도를 유지하면서도 부끄러움은 참 잘 탔다.

라이너가 고개를 돌리며 헛기침을 뱉었다.

"……감사하실 일이 아닙니다. 영애가 아니었다면 저는 하라바나 앞에서 살아 남지도 못했을 겁니다."

"오늘 일뿐만 아니라 여태껏 도와주신 것에 대해서도 감사하고 있는 겁니다. 시간을 내어 제 수련을 도와주지 않으셨습니까."

내 작은 속삭임에 그의 입매가 살짝 굳는다. 그는 내가 스스로 미르임을 암시하는 말을 할 때마다 이런 거부감을 보였다. 대답 없이 고개를 숙인 라이너는 말 없이 잘 구워진 고기를 손질하기 시작했다.

'카르텔인 건 확실한데, 대체 왜 저러는 걸까?'

그는 우리의 과거 이야기를 하려 하지 않았다. 내가 미르인 것에 대해서도 일절 발언하지 않았고, 나는 입꼬리를 축 늘어뜨린 채 턱을 쓸어내렸다.

'당신과 등을 맞대고 싸울 수 있을 정도로 강해졌을 때, 그때 내가 당신을 직접 찾아갈 겁니다.'

라이너와 결판을 냈던 날, 그가 했던 말을 생생히 기억한다. 수많은 감정이 뒤섞인 황금빛 눈이 나를 곧게 응시하던 순간을.

'카르텔은 그때도 자신이 지켜지기만 해야 한다는 것에 치를 떨었지. 아직 나보다 약해서 정체를 밝히기 부끄러운 건가? 라이너는 아직 소드 엑스퍼트고 나는 소드 마스터니까…… 소드 마스터가 되면 그땐 얘기해 주려나?'

골똘한 생각에 잠겨 있을 때, 어느새 요리를 끝낸 라이너가 나를 불렀다.

"크리시스 영애. 식사하시죠."

"아, 네."

기다리고 있는 라이너를 보고 퍼뜩 정신을 차린 채 자리에서 일어났다. 그리고 일어남에 따라 펄럭거리는 와이셔츠를 보고 멈칫했다.

'어?'

와이셔츠가, 내가 평소 입는 사이즈보다 훨씬 컸다. 거의 이불보를 입은 기분이었다. 눈을 빠르게 깜빡이며 내 상태를 훑어보았다. 이제 보니 원래 입고 있던 멜빵의 줄도 끊어져 바지만 남아 있고, 차고 있던 하네스도 보이지 않았다.

무엇보다 내 온몸을 덮다시피 한 로즈우드 향. 라이너의 모포를 덮고 자서 그런 줄 알았건만, 이제 보니 향기는 내가 입고 있는 와이셔츠에서 나고 있었다.

"영애?"

라이너는 일어나다 말고 엉거주춤한 자세로 멈춰 있는 내게 왜 안 오냐는 눈빛을 보냈다. 나는 머뭇거리다 느리게 입을 열었다.

"경. 혹시 제가…… 지금 경의 옷을 입고 있습니까?"

툭.

그의 손에 들려 있던 무언가가 떨어진다. 라이너의 얼굴이 삽시간에 달아올랐다. 그가 벌떡 일어나 성큼 내게로 다가왔다.

"그게 아닙니다. 영애가 생각하는 게 아닙니다! 제가 다 설명할 수 있습니다!"

"아니, 저는 별생각 안 했습니다만……."

"절대 불경한 짓을 하지 않았습니다! 믿어 주십시오!"

내가 무언가 오해를 했다고 생각한 건지, 라이너가 답지 않게 당혹스러운 기색으로 두서없이 말을 뱉기 시작했다. 얼굴은 새빨개진 채 내 몸에는 손도 대지 못하고 안절부절못하고 있는 그를 눈을 깜빡이며 바라보다, 웃음을 참지 못하고 소리를 내어 크게 웃었다.

'진짜답지 않게 구네.'

오래전부터 생각해 왔지만, 라이너는 사실 상당히 귀여웠다. 킥킥거리는 나를 멍하니 바라보던 라이너의 얼굴이 더욱 붉어졌다.

"……정말, 이상한 짓은 하지 않았단 말입니다."

라이너가 제 손등으로 입가를 가린 채 시선을 피하며 중얼거렸다. 그 모습은 첫사랑에 수줍어하는 소년과도 같아서, 나는 짓궂은 장난기가 돌고 말았다. 나는 일어나려다 만 자세에서 다시금 털썩 땅에 주저앉으며 팔짱을 끼고 그를 올려다보았다.

"우선 제 옷을 갈아입히셨다는 것부터가 이상합니다만. 뭘 하신 겁니까?"

내 목소리에는 누가 듣기에도 장난기가 잔뜩 서려 있었지만, 뇌까지 열에 달아오른 것 같은 라이너는 눈치채지 못한 것 같았다.

내가 자신을 추궁한다고 생각했는지 동공을 흔들던 그는, 여전히 나와 시선을 맞추지 못한 채 입을 열었다.

"영애가, 잠드신 후에 저는 영애를 안고 사냥 대회의 진을 친 곳으로 돌아가려 했습니다. 그런데 그럴 수 없었습니다."

"어째서?"

당혹스러워 보이기만 하던 라이너의 얼굴이 조금 진지해졌다. 그는 여전히 붉은 얼굴로 조심스레 나와 눈을 맞췄다.

"영애와 제가 있는 곳에서 사냥 대회 진이 있는 곳으로 가는 길엔 보라색 결계가 쳐져 있었습니다."

'보라색 결계.'

그 한 단어에 수많은 장면들이 파노라마처럼 내 머릿속을 스치고 지나갔다. 나는 딱딱하게 얼굴을 굳혔다.

'이걸 잊고 있었다니.'

미간을 찌푸리며 이마를 짚었다. 시간이 지날수록 전생의 기억이 옅어지고 이에 따라 『요정의 밤』의 내용도 슬슬 잊어 가고 있었다고 해도 이 사건을 잊고 있었던 스스로를 믿을 수가 없었다.

"아마 영애께서는 깨뜨릴 수 있을 것 같지만 제 힘으론 깨지지 않았습니다. 되는 대로 결계의 출처라도 추적해 보려 했지만, 마나로 만들어진 결계가 아닌 건지 이상한 기운만 풍길 뿐 흔적을 드러내지 않았습니다."

'하기야 원작에서도 소드 엑스퍼트 수준으론 깨뜨릴 수 없다고 했으니까. 그 결계는 흑마법으로 만들어졌겠지.'

이제야 떠오르는 원작과 현재 상황을 접합시키며 관자놀이를 꾹 눌렀다. 기억이 떠오르며 머리를 지배하는 생각은 단 하나였다.

'알렉산드로, 레오가 위험해.'

그가 위험했다.

"우선, 알겠습니다. 그래서 그다음은?"

심각하게 얼굴을 굳히고 있으니 라이너의 걱정스러운 시선이 피부로 와 닿았다. 그를 걱정시키지 않으려 애써 웃으며 여상스레 물었다. 그가 여전히 조금 달아오른 얼굴로 입을 열었다.

"영애께선 독 때문에 고열을 앓으셨습니다. 하라바나의 피가 온몸에 묻어 청결 상태도 좋지 않으셨기에, 저는 영애를……."

"씻겨 주신 겁니까?"

'어쩐지 몸이 너무 깨끗하더라니.'

물수건으로 닦아 주기라도 했나 싶었는데 아예 씻겼던 모양이었다. 조금 가라앉나 싶었던 라이너의 양 귀가 다시금 달아올랐다. 그는 기사임에도 피부가 하얀데다 머리카락은 또 밝은 은회색이었기에 붉게 달아오르는 피부가 한눈에 보였다.

그 반응이 웃겨 조금 웃음기 서린 눈으로 라이너를 보고 있자니, 금빛 눈동자가 나와 마주하지 못하고 허공으로 굴렀다.

"……얼마 안 가 호수를 발견해 그곳에서 영애를 씻겨 드렸습니다. 다른 건 몰라도 독이 피부에 계속 고여 있으면 안 된다고 생각했습니다."

"호오……."

"……천으로 눈을 가리고 했고, 영애의 하의엔 손도 대지 않았습니다. 믿어 주십시오."

라이너가 거짓말을 하지 못한다는 건 내가 더 잘 안다. 간곡하게 말하는 그를 보며 힘겹게 웃음을 참고는 고개를 끄덕였다. 나야 평생을 용병으로 살았던 탓에 상체를 보인 것쯤은 아무렇지도 않았다. 어차피 가슴에는 압박붕대를 두르고 있었으니.

"저는 당연히 경을 믿습니다. 경께서도 전투 후에 지치셨을 텐데 보살펴 주셔서 감사합니다."

조곤조곤한 목소리로 속삭이니 시선을 피하던 라이너가 그제야 나를 마주했다. 그의 입꼬리가 희미하게, 하지만 확실하게 올라갔다.

하라바나의 고기는 역시 환상적이었다.

라이너가 자신의 아공간 주머니에 야영을 위한 소품들과 향신료까지 챙겨 온 덕분에 나는 맛있는 식사를 할 수 있었다.

'라이너는 집안일도 잘할 것 같은데.'

뒷정리를 도와주려다 강하게 저지당한 뒤, 모포를 어깨에 두르고 모닥불 앞에 앉아 주위를 정돈하는 라이너를 구경했다. 나를 씻기고는 그도 씻은 건지 청결한 라이너의 몸 위로는 생긴 지 얼마 되지 않은 상처들이 여럿 보였다.

'조금 더 지켰어야 했나.'

와이셔츠의 소매를 팔뚝까지 걷은 탓에 드러난 그의 근육 잡힌 팔에 난 기다란 상처를 속상한 눈으로 바라보고 있자니, 내 시선을 느낀 건지 라이너가 소매를 끌어당겨 팔을 가렸다.

"경께선 괜찮으십니까? 아프신 곳은 없습니까."

"하라바나를 정면으로 상대한 건 영애였고 저는 보조만 했을 뿐이지 않습니까. 전 멀쩡합니다."

라이너의 목소리엔 살짝 날이 서 있었다. 자신은 멀쩡하고 나만 다쳤다는 점에서 불만이 큰 듯했다. 눈을 허공으로 굴린 나는 그의 눈치를 보며 중얼거렸다.

"어…… 그래도 우리 둘 다 살아남았지 않았습니까. 이 기회에 경과 합이 꽤 잘 맞는다는 걸 알게 되어 기뻤습니다."

라이너와의 수련은 라이너가 일방적으로 나를 돕는 형태라 그와 합을 맞출 기회가 없었다. 하지만 이번 싸움으로 라이너와 나는 손발이 상당히 잘 맞는다는 것을 알았으니, 한 명의 검사로서 꽤 즐거웠다.

'이상적인 움직임이었지.'

내 주도로 양쪽에서 상대를 몰아붙이다, 라이너가 길을 터 주면 내가 결정적인 타격을 입힌다. 라이너의 검은 정직하면서도 하나하나 묵직했기에, 변칙적이면서도 날카로운 내 검과 상호보완적이었다.

"경은…… 정말 강해졌더군요."

다리를 모아 앉은 채 고개를 기울였다.

진심이었다. 내가 조금 비정상적일 뿐, 라이너는 충분히 천재라고 불릴 법한 이였다.

'그 약하던 몸을 여기까지 단련하기 위해 얼마나 노력했을까.'

라이너의 과거를 아는 나는, 그의 현재가 절대 허투루 나오지 않았다는 걸 알았다.

뒷정리를 마친 라이너는 모닥불을 사이에 두고 내 맞은편에 털썩 앉았다. 라이너의 환상적인 얼굴 위로 음영이 졌다.

"하지만 저는 더 강해지고 싶습니다."

"지금도 충분히 강하실 텐데요."

그가 나를 바라본다. 분명 해가 졌음에도 라이너의 두 눈에는 여전히 황금빛 노을이 물들어 있었다. 올곧은 그는 영혼의 창이라는 눈에 늘 태양을 담고 있는 것 같았다. 누구에게나 공평하게 내리쬐는 태양을.

"나는, 카슈미르, 당신만큼 강해지고 싶습니다."

또 그 말이었다. 입을 꾹 다문 채 턱을 쓸어내리다 입을 열었다.

"저만큼 강해지면 뭘 하실 생각입니까? 저와 싸워서 이겨 보고 싶습니까?"

라이너가 희미하게 바람 빠진 웃음소리를 내고는 고개를 저었다.

"그럴 리가요. 나는 당신을 지키고 싶습니다."

군은 심지가 선 목소리로 속삭이는 그를 지긋한 시선으로 응시했다. 내 시선을 피하지 않은 라이너의 눈동자 위로 잔잔한 불씨가 타올랐다.

"압니다. 당신은 누군가에게 지켜질 필요도 없고, 지켜지기를 원치도 않겠죠. 알고 있지만 그래도 지키고 싶었습니다. 당신이 믿고 등을 맡길 수 있는 사람이 되고 싶었습니다. 그리고⋯⋯."

담백하게, 또 묵묵하게. 고백하듯 말하던 라이너는 이내 멈칫했다. 입술을 열었다 닫은 그는 눈을 내리깔더니 고개를 저었다.

"⋯⋯아닙니다. 이건 나중에 말하는 것이 좋겠군요."

'뭐야. 사람을 가장 화나게 하는 건 말을 하다 마는 건데.'

말을 하다 마는 라이너를 어이없다는 눈으로 바라보니, 그가 피식 웃었다.

"걱정하지 마십시오. 꼭 말할 거니까. 카슈미르만큼 강해진 뒤에 꼭 말할 겁니다."

그의 입은 웃고 있었지만, 두 눈이 거세게 타올랐다. 그런 그를 보며 눈을 느리게 깜빡이다 고개를 끄덕이며 대꾸했다.

"무슨 말을 할지는 몰라도 기대하고 있겠습니다."

나는 라이너의 웃음을 눈에 담다 떠오른 질문에 입술을 뗐다.

"그런데 경. 이럴 땐 저를 잘도 카슈미르라고 부르면서 평소엔 영애라고 부르시는군요."

"콜록."

눈을 가늘게 뜬 내 물음에 라이너가 사레에 들린 사람처럼 기침을 뱉었다.

"그건⋯⋯ 함부로 이름을 불러 죄송합니다. 제가 실례를 범했습니다."

평민들이야 이름이든 성이든 아무렇게나 부르지만, 귀족들의 경우 성이 아닌 이름을 허락하는 건 가족이나 연인, 혹은 친한 친구뿐이었다. 라이너의 정중한 사과에 고개를 저었다.

"저는 이름을 불렀다는 것을 질책하고 싶은 게 아닙니다."

은은하게 타오르는 모닥불 너머로 그의 얼굴이 보인다. 내 친애하는 친구의 얼굴이. 나는 그를 마주한 채 부드럽게 눈꼬리를 휘었다.

"우린 이제 충분히 친해진 것 같은데. 언제쯤 제 이름을 불러 주실 겁니까?"

라이너가 입을 살짝 벌렸다. 조금 놀란 것 같았다.

'라이너는 충분히 이름을 허락할 만하지.'

내게 있어 그는 소중한 사람들 중 하나였다. 조금 웃음기 서린 눈으로 그를 바라보고 있으니, 몽롱한 눈으로 나를 바라보던 그가 하, 하고 숨을 뱉었다.

"카슈미르."

"네."

"카슈미르……"

"그래요. 그게 제 이름이죠."

몇 번이고 내 이름을 중얼거리는 라이너를 보며 푸스스 웃고는 장단을 맞춰 주었다. 한숨과 함께 고개를 젖힌 그가 제 앞머리를 거칠게 쓸어 넘겼다. 그의 크고 단단한 손끝 아래 헤집어지는 은회색 머리칼. 잠시 심호흡을 한 라이너가 천천히 나를 마주했다.

"……이 이름을 당신 앞에서 얼마나 불러 보고 싶었는지 당신은 모를 겁니다."

깊고 눅진한 감정이 배어나는 무거운 표정. 선명한 애정이 담긴 두 눈. 라이너의 목소리가 조금은 그르렁거리는 듯했다.

"제 이름이 그렇게 부르고 싶으셨습니까? 그럼 말을 하지 그러셨습니까. 이제부터 마음껏 부르십시오. 카슈미르라고."

'부르겠다고 했으면 언제든 허락해 줬을 텐데. 부끄러웠나?'

여태껏 봐 온 라이너는 얼음심장처럼 생긴 주제에 수줍음을 잘 탔다. 지금도 은근히 붉어져 있는 목덜미를 보면 확실했다.

그가 수줍어 솔직하지 못했다고 확신하며 당당하게 웃으니, 나를 지그시 응시하던 라이너가 자리를 털고 일어섰다.

"……나는 아주 오랫동안 당신의 이름을 불러왔습니다. 당신이 듣지 못할 곳에서요."

느지막한 걸음으로 걸어온 그는 내 앞에서 한쪽 무릎을 굽히고는 상체를 숙였다. 라이너가 한쪽 무릎을 굽힌 상태임에도 나와 그의 키 차이는 상당했기에, 그와 시선을 맞추기 위해서는 고개를 살짝 쳐들어야 했다.

"정체불명의 용병, 미르. 당신이 미르라는 것 외에 아는 건 카슈미르라는 이름뿐."

라이너가 천천히 손을 들어 내 뺨을 붙잡았다. 차갑게 식은 큰 손이 불 앞에 앉아 있는 동안 살짝 열이 올라 있던 내 뺨에 닿았다. 손을 통해 전해지는 냉기에 움찔하다, 잔잔히 들끓는 황금빛 눈동자와 마주하고 멍한 표정을 지었다.

"나는 얼굴조차 모르는 당신을 그리워하며 수많은 밤을 지새웠습니다. 내게 당신은 구세주이자 사는 이유이며, 닿고 싶은 유일한 이상향이었습니다. 처음 만난 순간부터 지금까지."

나는 할 말을 잃고 헛숨을 들이켰다. 그의 눈동자가 조금의 애처로움과 열기 한가득을 담아 번뜩였다.

"그 긴 시간을 버텨 이제야 당신의 이름을 부르는데, 난 아직도 당신만큼 강해지질 못했습니다."

뺨을 살짝 끄는 손길에 거부 없이 이끌렸다. 라이너보다 낮은 시야 끝에는 산홋빛 입술이 하얀 치열에 아프도록 물려 있었다. 시야를 들면, 그곳에는 자기혐오가 가득 물든 두 눈이 자리하고 있었다.

툭.

뺨에서 어깨로 손을 옮긴 라이너가 내 어깨에 이마를 기댔다. 내게 표정을 보여 주고 싶지 않은 것처럼 고개를 숙인 그가 속삭였다.

충직한 검이 되려 했는데 1

"조금만, 조금만 더 기다려 주십시오. 금방 당신만큼 강해질 수 있습니다. 오늘처럼 당신이 혼자서 괴물 아가리에 뛰어드는 모습을 다시는, 지켜만 보고 있지 않을 겁니다."

내 어깨를 꽉 잡은 손이 미세하게 떨린다. 어깨로 스며드는 짙은 숨결도 불안정했다.

"카슈미르. 차라리 다음부턴 날 버리고 도망가요. 제발 다시는…… 내 눈앞에서 그런 짓 하지 말아 주십시오."

'아무렇지 않은 게 아니었구나.'

다시 한번 느꼈다. 라이너 아인하르트는 표정 관리에 놀랍도록 능한 사람이라고. 내 앞에서야 가끔 포커페이스가 무너질 뿐, 그는 귀족들 사이에서 감정이 없는 기계로 여겨졌다. 허나 나는 알았다. 그는 표정 관리에 능할 뿐, 감정이 없는 게 아니라는 걸.

일어나서 본 라이너의 표정이 너무 태연해서 잊고 있었다. 멍청하게도.

나는 늘 혼자 하던 대로 거침없이 하라바나 아가리로 몸을 던졌고, 라이너는 그것을 보고 있을 수밖에 없었다는 걸. 그는 친구가 맨몸으로 사지에 뛰어드는 걸 무력하게 보고만 있어야 했다.

'……내가 못 할 짓을 했구나.'

입장을 역전해 내 앞에서 라이너가 그런 짓을 했다면, 나는 라이너가 하라바나 아가리에서 나온 직후 그를 때려눕혔을 게 분명했다. 하라바나에 의한 부상보다 내게 얻어맞아 생긴 부상이 더 많도록.

라이너도 나와 같으면 같았지 다르진 않을 거라 생각하니 심장 부근에서 아릿한 통증이 느껴졌다.

"경."

"라이너. 라이너라고 불러 주십시오."

살짝 갈라진 목소리가 간절했다.

"······라이너."

옅은 숨을 뱉은 나는 내 이마에 맞닿은 라이너의 뒷머리를 부드럽게 잡고 끌어당겼다. 그가 힘없이 끌려와 내게 안기듯 몸을 겹쳐 왔다.

"내가 미안합니다."

라이너가 천천히 숨을 골랐다. 나는 살며시 눈을 감은 채 그를 꼭 안아 주었다. 그의 목덜미에서 퍼진 짙은 로즈우드 향이 내 후각을 잠식시켰다.

"당신에게 못 볼 꼴을 보여 줘서 미안해요."

"당신이 왜 내게 미안합니까."

크고 단단한 두 손이 내 양어깨를 꽉 붙잡고 살짝 뒤로 물렸다. 물기가 없으나 울고 있는 두 눈이 나를 애절하게 응시했다.

"그러지 마십시오. 당신이 마음 써야 하는 대상은 내가 아닙니다. 나는 당신이 스스로를 돌보지 못했음에 마음을 썼으면 좋겠습니다. 나는 카슈미르가, 조금만 더 이기적이었으면 좋겠습니다."

사람들은 내가 영웅이길 바랐다.

약한 이들을 위해 거침없이 위험으로 몸을 던지는 검은 재앙. 절망이 담긴 칠흑빛 오러를 오직 타인을 지키기 위해서만 사용하는 의로운 이.

사람들은 내가 내 피로 만든 강함을 자신들을 위해 사용하길 바랐고, 나도 그것이 당연한 줄 알았다.

'그런데 당신은 내가 이기적이었으면 좋겠다고 말하는구나.'

한없이 정의롭고 올곧아 보이던 기사는, 간절한 눈으로 내게 이기심을 간청했다. 느리게 속눈썹을 늘어뜨려 시야를 차단했다. 눈을 감지 않으면 몰아치는 황금빛 파도에 침몰될 것만 같았다.

'하지만 나는 그럴 수가 없는데.'

내 입매가 곤란한 기색을 담아 굳었다. 희생으로라도 타인을 지키는 게 바로 내 이기다. 내게 있어 가장 큰 욕심은 내 주위 사람들이 평화로운 세상에서 행복하게 사는 것이니까. 평화를 원한다면 필연 전쟁을 준비해야 했다.

"라이너, 나는⋯⋯."

그러겠다고 단순한 거짓말을 뱉는 대신, 주저하며 그럴 순 없다 말하려 했다.

순간 라이너의 양팔이 내 허리를 감싸고 끌어당겼다. 길고 단단한 팔에 단단히 속박된 나는 그 품으로 속절없이 끌려갔다. 나를 으스러져라 안은 채 내 목덜미를 숨결로 흐트러트린다.

귓가와 목덜미, 그 사이에서 끊임없이 뱉어지는 조금 급한 숨. 내 와이셔츠에 밴 향과 동일한 향을 뿜어내는 목덜미. 울렁거리는 목울대. 라이너의 모든 요소들이 자극적이었다. 온몸이 간지러웠다.

"⋯⋯그냥 말하지 마."

늘 정중하던 존대를 치워 버린 목소리는 거칠고 낮다. 그는 금방이라도 사라질 무언가를 쥐고 어쩔 줄 몰라 하는 아이 같았다. 나는 그만 입을 닫았다.

나를 자신의 무릎에 앉힌 라이너는 한참 동안 아무 말 없이 내 목덜미에 얼굴을 박고 있었다. 내 목덜미에서 빠르게 뛰고 있는 맥을 확인이라도 하듯.

그와 내 몸을 맞붙이려는 듯 내 허리를 단단히 끌어안은 팔이 사실 내치지 말라는 듯 미세하게 떨리고 있음을 아는 나는 한숨을 쉬며 그의 목덜미에 손을 둘렀다.

때때로 침묵은 백 번의 혀 놀림보다 더 많은 말을 했다. 농밀한 숨결과 함께 흐르는 침묵에서 라이너가 바라는 것은 진실이 아니라는 것을 깨달은 나는 고요히 그를 안아 주었다. 지금 라이너에게 필요한 것은 안정이었다.

"⋯⋯네게서 내 향이 나."

숨을 크게 들이쉰 라이너가 한참 뒤에 낮고 농밀한 목소리로 속삭였다. 목덜미 직전에 있는 그의 입술은 내 목덜미에 입 맞추듯 움직였다. 나는 작게 웃음소리를 내뱉으며 속삭였다.

"당신에게서도 내 향이 나."

라이너가 더욱 강하게 나를 안아 왔다.

침묵과 맞닿은 피부로 서로를 위로하며, 동굴에서의 밤은 그렇게 지나갔다.

"으음……."

작게 앓는 소리를 내며 뒤척였다. 몸을 움직임에 따라 등 아래에 깔린 천 자락이 부스럭거렸다. 심호흡과 함께 잠기운을 털어 내고 눈을 번쩍 뜨며 몸을 일으켰다.

시야에 담긴 것은 역시 동굴 안 풍경이었다. 습기 없고 아늑한 동굴 밖엔 이른 아침 해가 반짝이고 있었다. 잠시 햇빛이 비추는 숲 정경을 구경하다 기지개를 켜며 일어났다.

'어제 깜빡 잠들었었지.'

위태로워 보이는 라이너를 달래 준다고 안고 있다가 품속에서 깜빡 잠들었다. 그전에 한숨 자고도 여독이 남아 몸이 급박하게 휴식을 원했던 것 같았다.

'이제 완벽하게 회복한 것 같네.'

짧게 하품을 뱉고 스트레칭하듯 팔을 휘휘 돌렸다. 회복이 빠르다는 점은 체력을 단련하며 가장 좋은 점 중 하나였다. 한숨 자는 것만으로도 맹독에 중독되어 있던 몸이 가벼워졌으니 말이다.

'라이너는 산책이라도 간 건가.'

라이너가 자의로 동굴을 나서는 걸 자는 중에도 얼핏 느꼈기에 동굴 안에 라이너가 없다는 건 놀랍지 않았다. 잠시 감각을 곤두세워 라이너가 멀리 있지 않음을 짐작하고는 동굴을 나서기 위해 짐을 정리하기 시작했다.

"……카슈미르?"

"아, 오셨습니까?"

모포를 개다 말고 등 뒤에서 들려오는 익숙한 목소리에 여상스레 대답했다. 입고 있는 라이너 셔츠에서 구겨진 부분을 대충 정리하고 휙 고개를 돌렸다.

그곳엔, 상반신을 탈의한 채 젖은 머리를 수건으로 말리는 상태 그대로 굳은 라이너가 있었다.

'……미친.'

그의 몸과 정면으로 마주한 나도 그를 따라 굳고 말았다. 아마도 신은 라이너를 만들 때 엄격의 대천사 얼굴과 정욕의 악마 몸을 접붙인 모양이었다. 솔직히 어제 안겨 있으며 라이너의 몸이 상당히 좋다는 것은 예상한 바였으나, 짐작과 실제로 보는 것은 차원이 달랐다.

구릿빛도, 우윳빛도 아닌, 우유를 많이 섞은 카페라테와 비슷한 색인 피부. 각 잡힌 몸선. 넓게 벌어진 어깨. 얼핏 보아도 단단한 근육들. 누가 자를 가져다 그린 듯 뚜렷한 복부의 근육. 소드 엑스퍼트 경지를 쉬이 얻어 내지는 않았다는 게 엿보이는 온몸의 흉터들. 그리고 그 몸을 따라 흘러내리는, 작은 물방울들.

'저 얼굴에 저 몸은…… 신의 불공평함을 증명하는 가장 유력한 증거물 아닌가?'

라이너의 몸을 바라보며 멍하니 생각했다. 용병으로 살아오며 근육질 몸이야 거울만 봐도 볼 수 있었지만, 단언하건대 저렇게 조각 같은 몸은 처음이었다. 거의 예술 작품을 보는 기분으로 라이너의 몸을 바라보던 나는, 상체를 따라 시선을 느리게 올리다 당혹스러움이 담긴 황금빛 눈동자와 정면으로 마주쳤다.

오가는 시선. 잠시간의 침묵.

"그, 그런 의도가 아니었습니다!"

"저는 카슈미르가 일어나 있을 줄 몰랐습니다!"

우리는 동시에 펄쩍 뛰며 변명했다.

"그러니까, 저는 라이너를 희롱한 게 아니라, 그, 갑자기 보여서 본의 아니게 본 것뿐입니다!"

"더러운 모습으로 카슈미르를 볼 순 없으니 일찍 일어나 호수에서 씻고 돌아오는 길이었습니다. 워낙 이른 아침이라 카슈미르가 일어나 있을 줄 몰랐습니다!"

"그, 그런데 솔직히 라이너의 몸이 잘못했습니다! 한 사람의 인간으로서 어쩔 수 없이 시선이 가는 몸 아닙니까!"

"카슈미르를 몸으로 유혹해 보겠다는 불경한 생각 같은 건 일절 한 적이 없습니다! ……잠시 해 본 적이 있긴 하지만…… 태양에 맹세코 이번은 실수입니다!"

서로 할 말만 하는 상황에서 말이 이어질 리 없었다. 라이너와 나, 둘 다 당황한 상태였던지라 이상한 대치는 계속 이어졌다.

'미치겠네.'

라이너의 상체가 목덜미를 따라 붉어지는 것을 보고 있자니 나까지 달아오르는 기분이었다. 얼굴이 홧홧해짐을 느끼며 머리를 거칠게 헤집었다.

용병으로 살며 남자의 몸을 본 경험은 한두 번이 아니었다. 용병이란 족속들은 조금만 더워도 옷을 휙휙 벗으니까. 미르로 살며 의뢰를 혼자서 처리하는 경우가 많긴 했어도, 단체 의뢰를 맡은 경험이 없는 건 아니다. 우락부락한 용병들과 함께 생활하며 남자 알몸 정도야 아무렇지 않다고 생각해 왔다.

'그런데 왜……'

겨우 옷을 벗은 상체를 보고 어쩔 줄 몰라 하는 스스로가 어색했다. 아무래도 라이너가 지나치게 당황하니 나도 덩달아 당황한 것 같았다.

"그, 몸에 물, 물부터 닦으십시오! 음란하게 그게 뭡니까!"

뇌에 살짝 열이 오른 채로 빽 소리쳤다. 솔직히 각진 근육들 틈새로 물방울이 흐르는 모습이 너무 선정적이라 나도 모르게 눈이 갔다. 시선을 겨우 들어 라이너의 눈을 바라보니, 온몸이 붉어진 그가 머리를 말리던 수건으로 빠르게 몸을 닦기 시작했다.

'진정해, 카슈미르 크리시스.'

엇나간 이성을 다잡으며 애써 심호흡했다. 온몸이 불타던 라이너도 슬슬 이성을 찾고 있는 듯했다.

"그리고 옷을 입으십시오."

"알겠습니다."

"제가 벗어 드려야 합니까?"

"네. ……네?"

넋이 나가 대답하는 듯싶던 라이너가 순간 멈칫하더니 커진 눈으로 반문했다. 뜨거운 목덜미를 진정시키느라 정신이 없었던 나는 아무 생각 없이 답했다.

"제가 지금 라이너의 셔츠를 빌려 입고 있지 않습니까. 옷이 필요하다면 제가 벗어 드리면……."

"무슨 미친 소리를 하시는 겁니까!"

이성을 되찾았다고 생각했는데, 아무래도 우리 둘 다 아직 제정신이 아닌 모양이었다. 가라앉나 싶었던 라이너의 얼굴은 다시 순식간에 붉어지고, 나는 처음으로 라이너의 입에서 험한 말을 들었다. 처음 듣는 그의 험한 말에 당황한 나는 뇌를 거치지 않은 헛소리를 하고 말았다.

"아니, 뭐…… 뭐, 옷 좀 벗을 수도 있지! 라이너만 근육 있는 줄 압니까! 나도 복근 있고, 이두박근 있고! 승모근도 엄청 단단합니다! 라이너한테 지지 않는단 말입니다!"

"압니다! 이미 카슈미르의 몸을 봤으니까!"

'어?'

라이너가 얼굴이 붉어진 채로 소리치고, 나는 횡설수설하다 말고 삐끗 멈췄다. 상당히 이상하게 들리는 말이었다.

"어쩌다……?"

조금 멍해진 내가 허망한 표정으로 물었다. 나를 보고 멈칫한 라이너는, 이내 자기가 한 말을 자각한 건지 멍하니 입을 벌렸다. 그는 수건까지 내팽개치고 황급히 내게 다가왔다.

"그게 아닙니다!"

"아니……."

"어제 카슈미르를 호수에서 씻기다 불가피하게 봤단 말입니다! 옷을 벗겨 드릴 때만 더듬지 않으려고 눈으로 확인하고 씻겨 드릴 땐 눈을 가렸습니다! 오해하지 마십시오!"

'아, 그때.'

그거라면 어제 이미 얘기가 끝난 상황이었다. 몸을 봤다는 말에 순간 머리가 정지했던 나는 사실을 알고 빠르게 이성을 되찾았다.

"아, 알겠습니다. 우선, 우선 옷부터 입으시죠."

잠깐 대치를 하며 하라바나를 사냥하고 나서보다 더 피곤해진 나는, 앞머리를 쓸어 넘기며 이 웃기지도 않는 대치의 원인을 지적했다. 내 앞에 서서 안절부절못하던 라이너도 이제야 슬슬 이성이 돌아오는지 빠르게 등을 돌리더니 주머니에서 여분의 셔츠를 꺼내 입기 시작했다.

'진짜…… 내가 왜 그랬지?'

같이 당황해서 횡설수설하던 꼴이란. 조금 전은 정말 나답지 않았다. 자책과 수치심으로 붉어진 얼굴을 두 손으로 덮었다.

"다 입었습니다."

라이너도 진정을 위한 시간이 필요했던 건지, 옷을 열 번은 갈아입고도 남았을 시간이 지난 뒤에야 그는 느지막이 말했다. 그동안 완전히 이성을 되찾은 나는 조금 전 망언들로 인한 부끄러움을 애써 지운 채 얼굴을 가린 두 손을 내렸다.

씻어서 보송보송한 데다 깨끗한 새 셔츠까지 입은 라이너는 하얗게 빛났지만, 가릴 수 없는 두 귀는 여전히 붉게 타오르고 있었다.

"라이너. 제가 조금 전엔 실언을 많이 했던 것 같습니다."

"……저도 마찬가지입니다."

충직한 검이 되려 했는데 1

라이너와 나 사이에 어색한 사과가 오갔다. 잠시 이어지는 침묵을 먼저 끊어 낸 건 나였다.

"……그럼 이제 보라색 결계가 있었다는 곳으로 갈까요? 슬슬 막사를 찾아가야 하지 않겠습니까."

"아, 네. 그래야죠."

퍼뜩 고개를 끄덕인 라이너는 빠르게 자신의 짐을 정리하기 시작했다. 나는 그런 그를 기다리며 라이너가 씻었다는 호수로 가 세수를 했다.

'……왜 이렇게 부끄러웠을까. 그렇게 부끄러울 만한 일도 아니었는데.'

여전히 목덜미가 조금 뜨거웠다.

"이곳입니다."

라이너를 따라 도착한 곳은 하라바나와 혈투를 벌였던 곳에서 조금 떨어진 길목이었다. 오는 길에 혹시나 하는 마음에 하라바나와 혈투를 벌였던 곳도 들렀으나, 역시나 하라바나의 사체는 감쪽같이 사라진 뒤였다.

'흑마법에 조종당한 마수는 존재 자체가 저주받은 탓에 숨통이 끊어진 직후로부터 1시간 안에 사체가 산화되어 사라진다고 했지.'

안 그래도 저주받은 존재인 마수가 저주받은 마법의 끝판왕인 흑마법과 만났으니, 흑마법에 조종되는 마수는 태양신 라가 와도 구제하지 못할 최악의 존재일 터였다.

'다만 그 마수에서 잘라 낸 일부는 시간이 지나도 사라지지 않는다고 했지.'

그것이 나와 라이너가 아무 문제없이 하라바나 고기를 먹을 수 있었던 이유였다. 거대하던 하라바나 사체가 흔적도 없이 사라져 혼란스러워하던 라이너에게 간단히 설명한 뒤 그를 이끌고 결계 앞에 온 참이었다.

'원작에서 나온 그 결계군.'

예상하던 바였기에 놀랍진 않았다. 나는 눈을 가늘게 뜨고 불길한 진보랏빛으로 일렁이는 반투명 결계에 짧게 손을 대어 보았다. 전기충격 같은 자극이 오진 않았으나, 잠시 손을 댄 것만으로도 상당히 불쾌해질 만큼 지독한 마기를 띠고 있었다.

"강력한 결계군요."

"네. 제 오러로도 부서지지 않았습니다. 여태껏 단 한 번도 본 적 없는 형태의 결계인 데다 보기만 해도……."

"무척 불쾌하죠."

늘 같은 무표정이지만 미세하게 불쾌해 보이는 라이너가 고개를 끄덕였다.

나와 라이너는 오러를 사용하는 검사. 오러는 마나를 일종의 파장으로 치환시켰을 뿐, 마나의 순수한 형태는 남겨 둔다. 때문에 오러를 사용하는 이들은 가장 순수한 방식으로 마나와 소통한다고 말할 수 있었다.

마나는 대자연을 움직이는 흐름. 그래서 소드 마스터는 용과 요정들과 더불어 자연 그 자체와 가장 가까운 존재 중 하나였다. 허나 흑마법은 마나를 저주받은 방식으로 가공해 변형시킨다. 흑마법은 인간이 가장 쉽게 강해지는 방법이지만, 사용할수록 술사의 영혼을 망가트렸다.

'오러와 흑마법은 정반대 성향을 띠지.'

라이너와 내가 흑마법의 기운을 느끼고 불쾌해하는 것은 당연한 일이었다.

'하지만 참아야지.'

속을 간지럽히는 역겨움을 참으며 결계 위로 다시금 손을 올렸다. 결계는 사후경직이 시작된 사체처럼 차갑고 딱딱했다.

치직.

결계 안으로 내 마나를 불어넣어 결계 내 마나의 흐름을 읽기 시작했다. 흑마법을 읽어 내는 건 처음인지라 잠시 고전하긴 했지만, 한 번 형식을 읽은 뒤로는

충직한 검이 되려 했는데 1

쉬웠다.

"이곳은 결계 내부입니다. 이 결계는 내부 기척이 외부로 새어 나가는 걸 막는 동시에 내부에서 외부로 이동하는 걸 막는군요. 외부에서 내부로 오는 건 자유롭습니다. 라이너가 망가트리지 못한 걸 보니 소드 마스터는 돼야 부서트릴 수 있고요. 상당한 수준의 술사가 전개한 것 같습니다."

불쾌함에 빠르게 손을 떼며 말했다. 역시 원작 그대로였다.

'아버지와 노아 아인하르트 경은 숲 입구 쪽에서 사냥을 하고 있나 보네. 하기야 아버지도 황제에게 이끌려 어쩔 수 없이 하는 기색이었고…… 그는 사냥에 관심을 가질 만한 사람이 아니니까.'

결계는 숲 깊숙한 곳에 전개되어 있다. 만약 그들이 결계 가까이로 왔다면 필시 이상한 점을 느꼈을 테지만, 여태껏 아무런 소란도 없는 것을 보아 숲 입구에서만 형식적으로 사냥하느라 결계의 존재를 모르는 것이 분명했다.

내 말을 조용히 듣던 라이너는 잠시 생각하더니 무거운 표정으로 입을 열었다.

"카슈미르가 말한 것이 정말이라면…… 이곳은, 마치 함정 같군요."

들어오는 것은 자유로우나 나가는 것은 소드 엑스퍼트조차 할 수 없고, 내부에서 무슨 일이 일어나고 있는지 외부에 있는 사람들은 알 수 없다. 아주 정밀한 함정이 아닐 수 없었다.

"그럼 문제는 하나죠."

차분하게 읊조리며 불길한 기운이 느껴지기 시작한 북쪽 부근으로 몸을 돌렸다. 라이너 또한 불길한 낌새를 느낀 건지 얼굴을 굳히며 나와 같은 방향을 바라보았다.

거리는 그리 멀지 않았다. 약 3킬로미터 너머. 사람은 둘. 그리고…….

흑마법에 물든 마수 한 마리.

"이 함정의 희생양은 누구인가."

이것은 이미 예견된 이야기. 나는 알고 있었다.

이 함정의 희생양은 내 친구였다.

나와 라이너는 누가 먼저랄 것도 없이 달리기 시작했다.

발에 마나를 두른 채 전속력으로 달린 덕분에 도착은 빨랐다. 사방으로 퍼지는 역겨운 마수의 기운과 역겨움을 한층 더해 주는 흑마법의 기운. 뒤틀리는 속을 애써 억누르며 발걸음을 재촉했다.

목적지에 가까워질수록 주위는 황폐화되어 있었다. 갑작스러운 가뭄을 마주한 듯 말라비틀어져 시든 나무들. 그을린 자국이 남은 풀들. 부서진 돌들. 사방에 묻어난 정체불명의 점액질. 부서진 바위들 사이로 보이는, 도망치는 뱀들.

거대한 뱀이 기어간 듯이 움푹 파인 땅.

'젠장.'

원작을 아는 나로서는 어떤 마수가 나올지 예상한 바이지만, 막상 그 마수의 흔적들을 직접 눈으로 확인하자니 착잡하지 않을 수 없었다.

긴장으로 빠르게 뛰는 심장과, 생명의 위험을 오싹한 스릴로 받아들여 미친 듯이 흥분한 본능을 애써 잠재우며 더욱더 마나를 방출했다.

키에에엑!

점점 가까워지는 소름 끼치는 괴성. 고막이 찢어질 것 같은 소리였다. 귀를 매만지며 얼굴을 살짝 찌푸리던 라이너는 어느 순간 시선을 한곳에 멈추며 눈을 크게 떴다.

"카슈미르, 이건……!"

"네. 뱀의 몸체입니다."

괴성이 가까워지는 길목에서 보이기 시작한 건 건장한 성인 남성 둘을 겹쳐 놓은 둘레에 매끈한 비늘이 덮여 있는 몸이었다. 역겨운 마기가 풍기는 잿빛 몸은 연신 꿈틀거리며 끝을 모르고 이어지고 있었다.

우리는 그 몸을 이정표 삼아 더욱 빠르게 달렸다.

캬아아아악!

마수 특유의 시체 썩는 악취에 숨을 참았다. 사방 나무들이 꺾여 숲 한가운데임에도 휘휘한 공터 같았다. 땅이 크게 울리고, 자욱하던 흙먼지 바람이 한차례 지나간 뒤 맞닥뜨리는 것은.

키에에에…….

족히 80미터는 될 법한 긴 몸체. 벌린 입 사이로 보이는 맹독이 깃든 송곳니. 세로로 길쭉한, 섬뜩한 동공에 소름 끼치도록 붉은 눈동자.

숨결만으로 나무를 시들게 하고, 돌을 산산조각 내며, 풀이 타들어 가게 하는 공포의 주인. 하라바나와 함께 드래곤에 필적하는 최강의 마수라 불리는 대재앙.

"……저건, 마수 바실리스크입니다."

뱀들의 왕, 바실리스크였다.

와락.

내 말을 듣고 크게 흠칫한 라이너는 눈 깜짝할 새에 나를 제 품에 가뒀다. 검을 꺼내려다 영문도 모르고 안긴 나는 표정 위로 물음표를 띄웠다.

"무슨…… 뭐 하시는 겁니까?"

"바실리스크와 눈을 마주치면 석화되지 않습니까!"

제 가슴팍으로 내 시야를 차단한 그가 내 뒷머리를 꽉 붙잡았다. 라이너 가슴에 눌려 질식되던 나는 그를 살짝 밀어냈다.

'그 헛소문 때문이구나.'

수천 종에 달하는 가지각색의 마수들 중에서도 대재앙이라고 일컬어지는 다섯 마수가 있다. 그중 하나인 하라바나가 대외로 알려진 정보가 극히 적은 경우라면, 다른 하나인 바실리스크는 알려진 정보들이 하나같이 헛소문인 경우였다.

'나도 바실리스크와 싸워 본 건 단 한 번뿐이었지만…….'

그것만으로도 사람들 사이에 퍼진 소문들이 얼마나 어처구니없는 것들이었는지 알 수 있었다.

'진짜 귀엽게 굴어.'

안절부절못하는 라이너를 올려다보다 입을 가리고 웃었다. 바실리스크의 눈을 보면 석화가 된다는 소문은 워낙 유명했기에 그의 반응도 이해 못 할 일은 아니었다.

어떻게든 살려 보겠다고 나를 덮치듯 안은 라이너를 생각하면 웃음이 터질 것 같았으나, 꾹 참고 진지한 표정을 지었다.

"바실리스크의 눈과 마주한다고 해서 굳지 않습니다. 그건 헛소문이에요. 오히려 위험한 건 숨결입니다. 바실리스크의 숨결엔 맹독이 묻어납니다."

"……정말입니까?"

"물론입니다. 눈이 마주치기만 해도 굳으면 전 진즉에 굳었을 겁니다."

진지한 목소리로 단언하고 나서야 라이너는 나를 품에서 놓아주었다. 얼핏 본 그의 목덜미가 상당히 붉었다. 또 웃음이 튀어나올 뻔했으나 애써 참고, 시들어 나뭇잎이 다 떨어진 나무 뒤에 숨어 정황을 살폈다.

키에에엑!

바실리스크가 다시금 소름 끼치는 비명을 질렀다. 귀가 먹먹했다. 전투는 이제 막 시작한 모양인지 바실리스크와 사람 모두 그리 지친 기색은 아니었다. 바실리스크는 몸에 잔상처가 조금 난 것 외에는 멀쩡했다.

"비늘 난 지렁이 새끼가 아가리 가만 안 두고……."

짜증스러운 중얼거림. 대재앙을 앞에 둔 사람치고는 상당히 태평한 낯을 한 남자가 검을 세웠다.

바람을 따라 짧게 나부끼는 연갈색 머리칼. 날이 선 검날에 반사된 빛을 받은 두 눈이 위험한 형광 연둣빛으로 번뜩였다.

서걱.

크고 단단한 손 아래에서 검이 허공을 갈랐다. 광포하다는 말이 어울리는 형광 연둣빛 오러가 허공을 날아 바실리스크의 몸통 부근을 베었다.

충직한 검이 되려 했는데 1

카아아악!

바실리스크가 또다시 비명을 질렀다. 아직은 조금 불안정한 소드 엑스퍼트의 오러는 바실리스크의 두꺼운 살을 뚫고 치명상을 입히지는 못했지만, 검은 피를 흘리게 하기엔 충분했다.

'역시.'

내 예상대로, 이 공간에 자리한 두 사람 중 하나는 알렉산드로 아타라, 레오였다.

'그가 목표물이야.'

분명 두 사람이 서 있음에도 바실리스크는 부자연스러울 정도로 레오만을 공격했다. 레오는 집요하게 쏟아지는 공격을 조금 버겁게 받아내느라 나와 라이너가 가까이에 있다는 것조차 알아채지 못한 것 같았다.

'그리고 저 사람은…… 여기 있을 거라고 상상도 못 한 사람인데.'

레오 옆을 차지한 인영을 바라보며 침을 삼켰다.

이건 원작과 다른 부분이었다.

"이 괴물은 대체 왜 폐하만 공격하는 겁니까!"

"젠장, 그걸 내가 어떻게 알겠나!"

대상에게로 향하는 레오의 서늘한 표정이 조금은 낯설다. 레오와 말다툼하고 있는 인물은, 다름 아닌 2황자 세레논 솔라티네였다.

'세레논도 레오가 국왕이라는 걸 알고 있었던 모양이군.'

그는 2황자이니 모르는 게 더 이상하긴 했다. 깍듯이 폐하라는 존칭을 사용하는 세레논을 보며 레오가 한 나라의 통치자라는 것을 새삼 자각했다.

"황자, 그대는 가만히 있지만 말고 저 파충류 새끼 움직임 좀 잡아 놓고 있게!"

"그걸 제가 어떻게 합니까! 숨 막혀 죽을 것 같은데! 전 서 있는 것만으로도 힘겹단 말입니다!"

"빌어먹을…… 여태껏 독 내성도 안 기르고 뭐 했는가!"

"폐하께서야 소드 엑스퍼트지만 전 아무것도 아니란 말입니다!"

세레논과 레오가 힘겹게 바실리스크의 공격을 피하며 말다툼을 했다. 바실리스크의 숨결에는 독이 스며들어 있으니, 확실히 검의 경지가 낮은 세레논으로서는 숨 쉬고 있는 것만으로도 버거울 게 뻔했다.

'세레논은 먼저 대피시켜야겠군.'

세레논은 가만히만 있어도 독에 노출되어 위급해질 가능성이 높았다.

'그리고…… 아직 세레논에겐 내가 미르라는 사실을 알리고 싶지 않으니까.'

세레논은 라이너, 레오와는 다르게 내가 미르라는 사실을 몰랐다. 아직 세레논이 어떤 사람인지 확실히 모르는 상황에서 내 오러를 노출시키고 싶지 않았다.

"폐하! 피하십시오!"

숨을 헐떡거리던 세레논이 새하얗게 질려 외쳤다. 광포하게 날뛰는 형광 연둣빛 오러로 두꺼운 비늘을 지지고 있던 레오에게 바실리스크의 아가리가 다가가고 있었다.

"라이너!"

"네!"

짧게 이름을 부르는 것만으로도 라이너는 내가 하고자 하는 말을 알아차리고 황금빛 오러가 깃든 검을 빼들었다.

쉬익!

키에에엑!

초승달 형태를 띤 황금빛 오러가 허공을 갈라 바실리스크의 눈을 강타했다. 눈을 질끈 감은 바실리스크가 고통스럽게 울부짖었다. 무방비한 상태로 위험에 노출되어 있던 레오와 새하얗게 질려 있던 세레논이 동시에 나와 라이너에게로 시선을 돌렸다.

"……아인하르트 경? 크리시스 공녀?"

"……슈슈?"

둘 다 멍하니 넋이 나간 얼굴이었다. 라이너와 나를 번갈아 보며 휘둥그레 눈을 뜬 세레논과는 달리, 레오의 시선은 오직 내게 고정되어 있었다.

"설명할 시간 없습니다!"

검 손잡이를 꽉 쥔 나는 그들에게 손짓했다.

"이쪽으로 오십시오!"

"무, 무슨……."

"빨리! 뛰어오십시오!"

내 엄한 외침에 레오와 세레논은 영문을 모르겠다는 표정을 하고서도 마나를 풀어 전속력으로 달려왔다. 바실리스크가 고통으로 정신이 없을 때 우리 넷은 공터 가장자리의 나무 사이로 숨어들었다.

"대체 자네들은 어떻게 이곳에……."

"그런 건 얘기할 시간 없습니다!"

어안이 벙벙해 보이는 세레논을 버럭 소리 질러 가로막고 날카롭게 뜬 눈으로 그 둘을 훑어보았다. 흠칫한 레오와 세레논은 얌전히 경청하는 자세를 취했다.

"모두 잘 들으십시오. 저는 이제 한 가지 길을 제시할 겁니다."

"……."

"다른 길은 없습니다. 거부권도 없습니다. 제가 시키는 대로 하십시오. 안 하면 모두 죽습니다."

'이곳에 나보다 강한 사람도 없고, 나보다 바실리스크를 잘 아는 사람도 없어.'

나는 평생 이런 상황에 노출되어 살았다. 사실 내게 있어서는 귀족처럼 차려입고 우아하게 차를 마시는 것보다 이런 상황이 훨씬 더 익숙했다.

내 위압적인 단언에 라이너와 레오는 굳은 표정으로 고개를 끄덕였다.

"대체…… 공녀는 어떻게 자신하는 거지?"

허나 아무것도 모르는 세레논은 쉽게 고개를 끄덕인 라이너와 레오를 번갈아 보더니 복잡한 표정으로 중얼거렸다.

'그는 나를 평범한 공녀로 알 테니 내가 이렇게 자신 있게 말하는 이유를 이해하지 못하는 거겠지.'

이해는 했지만 가타부타 설명할 시간이 없었다. 나는 서늘한 눈초리에 위압을 담아 세레논을 응시했다.

"긴말은 하지 않겠습니다. 제겐 모두를 살릴……."

내게 가장 익숙한 단어를 뱉으려다 잠시 멈칫했다. 어젯밤 나눴던 대화가 생각난 탓이었다.

내 옆을 지키고 선 믿음직스러운 남자를 곁눈질했다. 사시사철 올곧은 황금빛 눈동자를 오직 내게 집중하고 있는 라이너를.

잠시 옅은 헛숨을 들이켠 나는, 느리게 말을 이었다.

"……모두를 살릴, 가장 안전한 방법이 있습니다."

나는 최선이란 단어 대신, 안전이라는 단어를 사용하기로 했다. 내 안전을 바라는 사람이 내 곁에 있으니까.

라이너의 입가 위로 떠오른 옅은 미소를 잠시 눈에 담다 세레논에게로 눈을 돌렸다. 내 가라앉은 눈과 마주한 그가 살짝 몸을 움츠렸다. 바실리스크의 숨결에 노출된 세레논의 눈가가 점점 짙은 보랏빛을 띠고 있었다.

"송구하오나 저하, 따르지 않으시겠다면 강제하도록 하겠습니다."

시간이 없다. 세레논의 숨소리는 점점 더 거칠어지고 있었고, 고통의 몸부림을 멈춘 바실리스크는 살벌한 기세로 우리를 찾고 있었다.

'세레논이 죽게 할 순 없어.'

바실리스크가 우릴 찾으면 가장 먼저 죽게 될 건 세레논이다. 검의 경지가 있어 독 내성이 있는 나와 라이너, 레오와는 달리 그는 독에 노출된 것만으로도 힘겨워 보였으니까.

'그가 어떤 사람이든, 내 눈앞에서 죽게 하진 않아.'

내 눈앞에서 사람이 죽는 건 보지 못하겠다. 그뿐이었다. 이곳에서 벗어나면

벌을 받을 각오를 한 채, 세레논에게 강압적으로 말했다.

안개 낀 하늘처럼 뿌연 푸른색 눈동자를 올곧이 응시한다. 독에 노출되어 조금 멍해 보이는 눈동자가 허공을 헤매다 내게로 초점을 맞췄다.

'……아.'

나는 눈동자 깊은 곳에 깃든 두려움을 읽는다. 세레논의 몸은 이제야 발견한 게 놀라울 정도로 확연히 떨리고 있었다.

평생 마수가 가득한 숲에서 구른 나와는 다르다. 그는 가장 고귀한 곳에서 축복받으며 태어난 황가의 일원이다. 이런 상황이 익숙할 리 없었다. 겉보기엔 평정심을 유지하고 있는 듯 보이지만 두렵고 혼란스러울 게 뻔했다.

"……저하."

낮은 목소리로 읊조리며 세레논의 어깨를 잡았다. 그의 어깨가 파득 튀었다. 구름이 소용돌이치는 우중충한 하늘을 닮은 그의 눈을 똑바로 응시하며 단언했다.

"오늘은 아닙니다. 오늘은, 아무도 죽지 않습니다. 제가 그렇게 하겠습니다. 그러니 제 말을 따라 주세요."

오늘은 아니다. 적어도 내 눈앞에선 아무도 죽지 않을 것이다.

"……알겠네."

나와 시선을 교환하며 차츰 진정을 찾은 세레논이 작게 고개를 끄덕였다. 어느새 흔들림이 멎은 눈동자는 굳은 결심을 띠고 있었다.

"사실 아직 공녀가 어떻게 그리 자신하는지 모르겠네. 공녀가 믿을 만한 사람인지도 모르겠고."

세레논이 눈을 가늘게 떴다. 무언가를 가늠하듯 깊어진 눈동자. 그의 의심은 타당했기에, 나는 묵묵히 그 시선을 받아 냈다.

"하지만, 그래도 믿어 보려 해. 내 감이 그대를 믿어도 괜찮다고 말하고 있거든. 내 감은 꽤 쓸 만한 편일세."

'정말 괜찮은 감을 가진 모양이네.'

희미하게 웃었다. 처음 보았을 때처럼 호쾌하고 밝은 웃음을 되찾은 세레논이 작게 덧붙였다.

"무엇보다, 형님이 그렇게 좋아하는 이가 나쁜 사람일 리 없거든."

그의 덧붙임에 레오와 라이너의 기운이 일순 흉흉해졌다 빠르게 잠잠해졌다. 상당한 살기를 풍기던 둘을 잠시 어리둥절하게 번갈아 보다, 세레논은 역시 디에고와 사이가 좋은 것 같다고 짧게 생각했다.

"좋습니다. 허나 계획을 진행하기 전에, 한 사람의 허락만은 꼭 받아야 할 것 같군요."

살벌하게 주위를 두리번거리는 바실리스크의 주의를 돌리기 위해 주위 마나 흐름을 헤집고는 목소리를 죽였다. 모두가 내게 집중하는 가운데, 나는 한 사람에게로 시선을 돌렸다.

"레오."

내가 이곳에 당도한 순간부터 오직 나만을 집착적으로 담고 있던 압생트 빛 눈동자가 깊어진다. 잠시 머뭇거리다, 조심스레 입을 열었다.

"내가 지금 생각하고 있는 계획은, 너를 이용하는 계획이야. 네가 위험해질 거야."

바실리스크의 목표는 레오다. 나는 이를 본격적으로 이용할 생각이었다.

'물론 내가 필사적으로 레오를 지키겠지만.'

애초에 타인을 미끼로 사용한다는 것 자체가 되먹지 못한 발상이었다. 조금 가라앉은 눈으로 그를 바라보고 있으니, 날카롭던 레오의 눈매가 흐드러지게 휘어졌다.

"대체 뭘 주저하는 거야? 나는 네 손이 날 사지로 밀어 넣어도 기뻐할 텐데."

연둣빛 눈동자가 위험하게 번뜩였다. 지독히 유해하고 치명적인 웃음을 입가에 건 그가 속삭였다.

"네 뜻대로 해. 난 네 명령이라면 뭐든 하니까."

사람의 심장을 건드리는 낮은 목소리가 맹목적인 빛을 띠었다. 맹수의 눈을 한 주제에 순종적으로 눈을 내리깐 레오는 제 스스로 목줄을 맨 사자 같았다.

"……그래. 한번 해 보자."

이렇게 나를 믿고 있는 그를 위험에 처하게 하는 것이 싫었지만, 역시 이것이 가장 안전한 방법이었다. 나는 무겁게 고개를 끄덕이고 설명을 시작했다.

"바실리스크의 숨결엔 독이 깃듭니다. 치명적인 맹독이요."

"아, 그래서…… 이렇게 힘들었던 건가."

"네. 독에 면역이 없는 이들은 바실리스크 가까이에 있는 것만으로도 위험합니다."

세레논이 지친 숨을 내뱉으며 나를 묘한 눈으로 바라보았다. 그 눈빛을 그저 넘긴 채 설명을 이었다.

"그래서, 전투에 앞서 저하를 대피시키는 게 먼저입니다."

"나도 싸울 수 있……!"

"지금 안 피하시면 검을 들기도 전에 죽습니다."

반박하려 드는 세레논을 끊어 내며 고요한 눈으로 그를 응시했다. 슬슬 보랏 빛이 올라오는 그의 피부는 상당히 위태로워 보였다. 세레논의 동공이 흔들렸고, 그는 입술을 지그시 깨물더니 무겁게 고개를 끄덕였다.

"……알았네."

그의 순응에 나 역시 짧게 고개를 끄덕이고 시선을 돌렸다. 두 쌍의 눈동자가 뜨겁게 나를 주시한다. 색채도, 눈빛도 사뭇 다른 두 눈. 그 사이에서 나는, 짧은 심호흡 뒤에 나지막이 입을 열었다.

"라이너. 2황자 저하와 함께 이곳에서 도망치십시오."

"카슈미르!"

내 단호한 한마디에 얼굴을 일그러트린 라이너가 믿기지 않는다는 듯 나를 바라보았다. 나무에 기대어 서 있던 레오는 라이너와 상반되게 밝은 낯으로 비죽 웃었다.

"뭐, 슈슈의 계획엔 경이 필요 없나 보군."

레오의 비아냥에 라이너의 기운이 일순 흉흉해진다. 이 상황에서 하나 도움되지 않는 도발을 하고 있는 레오를 흘겨보다, 으스러져라 주먹을 쥔 라이너를 돌아보았다.

"라이너는 황궁 기사단장이지 않습니까. 황가의 일원을 가장 우선시하는 것이 맞습니다."

"하지만, 내게 가장 중요한 건 당신입니다!"

라이너의 외침에 눈을 크게 떴다. 심장이 쿵 내려앉는 느낌을 받았지만, 지금 중요한 건 그게 아니었다. 강렬하게 타오르는 황금빛 눈동자에 피부가 그을리는 것 같았으나 황급히 세레논에게로 시선을 돌렸다.

'황궁 제2 기사단장이 황족 앞에서 이런 소리를 하면 어떡해!'

저건 세레논이 불충죄로 벌을 내려도 할 말이 없는 발언이었다. 혹여 세레논이 분노했을까 봐 초조했다.

"호오……."

허나 내 예상과는 다르게, 세레논은 아주 흥미롭다는 표정이었다. 번뜩이는 눈으로 라이너를 주시하는 그의 모습은 분노보다는 재밌어 죽을 것 같다는 느낌이었다.

'이걸로 라이너에게 벌을 주진 않을 모양인데.'

갑자기 맥이 빠져 숨을 뱉었다. 살짝 안심하며 라이너에게로 다시 고개를 돌렸다.

"라이너. 제게 계획이 있습니다."

"또 혼자 사지로 뛰어드는 계획 말이십니까?"

"이번엔 그런 거 아닙니다."

"그럼 단둘이 바실리스크를 어떻게 상대하겠다는 겁니까!"

"우리 둘이서……."

'하라바나를 처치했는데 레오랑 바실리스크를 상대 못하겠습니까.'라고 말하려다 세레논이 나와 라이너를 흥미 어린 눈으로 바라보고 있다는 것을 자각하고 입을 닫았다. 세레논 앞에서 할 말은 아니었다.

"이리 깔끔하지 못해서야. 너무 구질구질해서 전 연인인 줄 알겠군."

고집이 가득해 보이는 라이너의 얼굴을 바라보며 어떻게 보내야 하나 곤란해하고 있는데, 레오가 비죽 웃으며 불난 곳에 기름을 들이부었다.

대놓고 모욕을 당한 라이너의 표정이 차갑게 굳었다. 사뭇 다른 기운의 두 살기가 허공에서 치열하게 맞부딪쳤다.

"……낄 자리가 아니십니다."

"왜 낄 자리가 아닌가? 자네 때문에 슈슈의 계획이 지체되고 있는데."

"카슈미르와 제 일입니다."

"카슈미르의 일은 내 일이기도 해서."

'이 새끼들이…… 지금 뭐하는 거지?'

저기 앞에서 바실리스크가 우리네를 찾겠다고 숲을 쑥대밭으로 만들고 있는데 둘 다 위기감이 지나치게 없었다. 이 시국에 이 대치가 너무도 어이없어 잠시 둘을 번갈아 보다, 한숨을 쉬며 둘 사이를 가로막았다.

"애들 장난하는 것도 아니고…… 적당히 하고 둘 다 물러나시죠."

그제야 둘이 살기를 거두었다. 나는 라이너를 돌아보았다.

"라이너. 번복할 생각은 없습니다. 2황자 저하와 함께 가세요."

"하지만……!"

"라이너 아인하르트."

고저 없는 목소리로 그의 이름을 읊조리며 위압감을 담아 그를 응시했다.

용병 일을 하며 가장 먼저 배운 것이 타인을 압도시키는 법이었다. 덩치가 작왔던 나는 늘 무시당했으니까. 시선으로, 눈빛으로, 작은 움직임으로, 살기로 상대를 제압한다. 상대가 내 말을 따르도록.

약간의 살기를 푼 채 서늘한 시선으로 그를 응시했다.

"거부권은 없다고 했을 텐데요."

새하얀 치열이 불그스름한 입술을 짓씹었다. 라이너의 입술에서 옅게 피가 새어 나왔다.

"이 이상 불복종할 시 강제로 하겠습니다."

나는 생각을 바꿀 생각이 없었다. 세레논이 가는 길에 독에 중독되어 쓰러지기라도 하면 누군가 하나는 업고 가야 한다. 레오는 미끼가 되어야 하고, 나는 메인 카운터가 되어야 하니 라이너가 가는 것이 맞았다.

"대답."

무감각한 목소리로 대답을 재촉했다. 입술에서 터져 나온 피를 삼킨 라이너는 느릿하게 입술을 열었다.

"……알겠습니다."

갈라지는 목소리가 처참했으나, 숙여지는 고개는 순종적이었다.

'……누구 하나 잡아다 찢어 버릴 기센데.'

허나 내 눈엔 보였다. 그의 넘실거리는 황금빛 눈동자가 공포스러울 정도로 번뜩이고, 그를 둘러싼 마나가 미친 듯이 날뛰고 있다는 걸. 그는 온몸으로 강한 거부감과 반항심을 드러내고 있었다.

'하지만 어쩔 수 없어.'

마음이 약해지긴 했지만, 어쩔 수 없는 사항이다. 라이너의 강렬한 시선을 살짝 피한 채, 주머니에서 은빛 마석과 하늘빛 마석을 꺼냈다.

"……이건?"

"순간 이동 마석입니다."

세 사람의 눈이 휘둥그레졌다. 귀족들의 장난과도 같은 사냥 대회에 이런 것까지 가져왔다는 걸 놀라워하는 기색이었다.

'사실 나도 작정하고 가져온 건 아니지만.'

은빛 마석은 엘이 준 것으로, 이제는 거의 분신처럼 소지하고 다니는 것이다. 또 다른 하늘빛 마석은, 얼마 전 아리아가 자신이 처음으로 제작했다며 내게 선물한 마석이었다.

'내 처음은 언니에게 주고 싶었어. 첫 작품이라 멀리는 이동하지 못하겠지만…… 위급 상황으로 대피할 때 사용하긴 좋을 거야.'

'엘이 선물한 마석에 비하면 한없이 떨어지지만…… 느껴지는 마나의 양을 보아 결계 너머 5미터 정도까진 갈 수 있어.'

처음 만든 것인데 이 정도면 대단한 것이다. 역시 내 동생은 천재라는 팔불출 같은 생각을 잠시 하다, 은빛 마석을 세레논에게, 하늘빛 마석을 라이너에게 건넸다.

"둘이 함께 다녀야 합니다. 황자님께서는 라이너에게서 떨어지지 마십시오. 최대한 빨리 이곳에서 벗어나서, 결계 앞에서 마석을 쓰십시오. 같은 위치에 도착하는 걸로 합의 보신 뒤에 최대한 빨리 공터로 돌아가 이곳 상황을 알리고 지원을 요청해 주십시오. 올 때 다른 사람은 몰라도 성기사나 신관들은 꼭 있는 대로 대동해 오셔야 합니다!"

"소드 마스터인 크리시스 공작도 아니고 성기사와 신관들? 왜 하필……."

캬아악!

바로 직전에서 바실리스크의 울부짖음이 들려왔다. 대화를 하다 보니 세워 놓았던 마나 막이 흔들리며 바실리스크가 기적을 눈치챈 모양이었다. 마음이 급해진 나는 다급하게 말했다.

"바실리스크의 시체를 치울 때 그들이 필요합니다! 이 이상 자세히는 설명 못 해요, 빨리 가십시오!"

스르릉.

날 선 검이 살벌한 소리와 함께 검집에서 모습을 드러냈다. 카이사르에게 선물받은, 잘 벼려진 검이 울었다. 아직 오러는 끌어올리지 못한 채 세레논과 라이너를 돌아보았다.

"빨리 가요, 지금! 레오! 공격해서 시선을 끌어!"

"알았어!"

내가 막을 해제하고 바실리스크가 빠르게 우리를 돌아봄과 동시에, 사납게 빛나는 레오의 오러가 바실리스크를 덮쳤다. 바실리스크의 이지 없는 붉은 눈이 시리게 반짝거렸다. 바실리스크가 레오에게 시선을 빼앗긴 틈을 타, 나는 주춤거리는 세레논과 라이너를 향해 버럭 소리 질렀다.

"가! 어서!"

그제야 그들이 발걸음을 떼었다. 경계가 있는 쪽으로 달리는 그들이 시야에서 사라질 때까지 바라보았다. 그랬기에, 끊임없이 뒤를 돌아보는 라이너를 모를 수 없었다.

「카슈미르, 제발…… 다치지 말아 주십시오.」

사라지는 인영 사이로 짧은 전음이 내 머릿속을 울린다. 볼 것도 없이 라이너의 전음이었다. 간절한 그 울림에 한숨을 쉬고는, 검을 꽉 잡았다.

콰아아앙!

온몸에서 폭발하듯 솟구치는 마나. 그리고 검을 덮는 난폭한 검은 흐름. 세레논이 간 이상 주저할 이유는 없다. 내 온몸을 달구는 심장의 박동과 마나의 방출을 느끼며, 요요한 눈으로 바실리스크를 바라보았다.

이젠, 검은 재앙의 시간이었다.

2권에서 계속

충직한 검이 되려 했는데 1